中国历代通俗演义

唐史通俗演义 下

蔡东藩 • 著

中国书籍出版社
China Book Press

图书在版编目（CIP）数据

唐史通俗演义：全 2 册/蔡东藩著 . —北京：中国书籍出版社，
2015. 10
（中国历代通俗演义）
ISBN 978 - 7 - 5068 - 5236 - 4

Ⅰ . ①唐… Ⅱ . ①蔡… Ⅲ . ①章回小说 – 中国 – 现代 Ⅳ . ①
I246. 4

中国版本图书馆 CIP 数据核字（2015）第 249855 号

唐史通俗演义 （下）

蔡东藩 著

图书策划	武 斌 崔付建	
责任编辑	刘 娜	
责任印制	孙马飞 马 芝	
出版发行	中国书籍出版社	
地 址	北京市丰台区三路居路 97 号（邮编：100073）	
电 话	(010)52257143(总编室) (010)52257153(发行部)	
电子邮箱	chinabp@ vip. sina. com	
经 销	全国新华书店	
印 刷	阳谷毕升印务有限公司	
开 本	880 毫米 ×1230 毫米 1/32	
字 数	665 千字	
印 张	30.5	
版 次	2016 年 1 月第 1 版 2021 年 2 月第 2 次印刷	
书 号	ISBN 978 - 7 - 5068 - 5236 - 4	
总 定 价	980.00 元（全十一卷）	

第五十一回

失潼关哥舒翰丧师　驻马嵬杨贵妃陨命

　　却说玄宗因贵妃哀请，竟为所动，遂将亲征命令，停止不行。适监军宦官边令诚，自潼关回来，奏称封常清虚张贼势，摇动军心，高仙芝弃陕地数百里，且偷减军士粮赐，顿时恼动玄宗，即命令诚赍敕驰往，就军中立斩封、高二人。看官阅过前回，应知常清、仙芝，原非良将，但令诚所奏却是多半虚诬。先是常清战败，屡遣使表陈贼势，猖獗可畏，幸勿轻视，玄宗已疑他情虚畏罪，故事张皇，及常清与令诚相见，毫无馈遗，令诚引为恨事；又尝向仙芝前，有所干请，仙芝亦未肯照行，为此种种情由，遂轻身诣阙，诬害两人。至赍敕驰往潼关，先令常清出关听敕，宣读未终，即将他一刀杀死。再进关会晤仙芝，仙芝正欲问及朝事，令诚即开口道："大夫亦有恩命。"仙芝乃下阶跪伏，听宣诏敕。令诚朗声读毕，仙芝道："我遇贼即退，罪固当死，但谓我偷减粮赐，我何尝有这等事情。上有天，下有地，究竟是冤诬我呢！"令诚瞋目道："你敢违旨么？"仙芝道："我原说是应死，不过死也要死得明白，冤枉事究须声明。"令诚道："既已愿死，何必多言。"遂将仙芝绑出，斩首了事。纲目书杀不书诛，正因他死非其罪。将士相率呼冤，只因敕命煌煌，不敢反抗，没奈何含忍过去。

　　令诚使将军李承光，暂摄军篆，过了数日，前陇右兼河西节度使哥舒翰，受命为兵马副元帅，统兵六万，来到潼关。翰本因疾入朝，留养京师，玄宗欲借他威名，且闻他与禄山未协，因迫令统军出征。授御史中丞田良邱为行军司马，起居郎萧昕为判官，蕃将火拔归仁等，各率部落随行。翰抱病未痊，不能治事，悉把军务委任良邱。良邱又不敢专决，使李承光管辖步兵，王思礼管辖骑兵。二人争长，兵权不一，再经翰用法严苛，待下少恩，于是潼关二十万官军，统皆灰心懈体了。为下文失关张本。

是时安禄山尚留据东京，僭称大燕皇帝，改元圣武，用达奚珣为侍中，张通儒为中书令，高尚、严庄为中书侍郎，分兵四出，威胁大河、南北等郡。平阳太守颜真卿，已捕诛禄山部将段子光，收李憕、卢奕、蒋清首级，编蒲为身，棺殓埋葬，发丧受吊，厉兵讨贼。段子光为禄山所遣，事见前回。景城、河间、博平诸郡县，俱杀死伪官，响应真卿。常山太守颜杲卿，与真卿遥为犄角，彼此通书商议，拟连兵断贼归路，牵制禄山，免致西轶。贼将高邈、何千年至常山，被杲卿擒住，河北十七郡，同时归附。惟范阳、北平、密云、渔阳、汲邺六郡，尚属禄山。杲卿又密使人入渔阳，招降贼将范循，循迟疑未决。郏城人马燧，潜劝范循道："禄山负恩悖逆，终当破灭，君若举范阳归国，覆他巢穴，这是最大的功劳，此机不宜坐失哩。"循意亦少动。不料为别将牛润容所闻，遽报禄山，禄山召循至东京，把他枭首，循若有意归国，何必赴召，这真叫作该死。遂令骁将史思明、蔡希德等，率大兵往攻常山。杲卿正缮城凿濠，为守备计，猝遇贼兵到来，未免着忙，急发使诣太原，乞请援师。太原尹王承业拥兵不救，累得杲卿势孤援绝，拒战数昼夜，终被贼兵攻入。杲卿及长史袁履谦，巷战力尽，相继被执，由思明解送洛阳。禄山怒责杲卿道："汝前为范阳功曹，我荐汝为判官，不到几年，超至太守，何事负汝，乃敢造反？"杲卿亦张目骂道："汝本营州牧羊奴，天子擢汝为三道节度使，恩幸无比，何事负汝，乃敢造反？我世为唐臣，禄位皆为唐有，岂因汝奏荐，便从汝反么？今日为国讨贼，不幸被执，恨不能生啖汝肉，怎得谓反？臊羯狗，要杀便杀，毋庸多言。"义声卓著。禄山大怒，命将杲卿、履谦等，缚住柱上，一并磔死。二人骂不绝口，舌被割，胫被截，到死方休。颜氏一门，死义共三十余人。

思明既克常山，复引兵进击诸郡，诸郡均不能守，复为贼有。独饶阳太守卢全诚，始终不受伪命，登陴固守，为思明所围。朔方节度使郭子仪，方收云中，拔马邑，开东陉关，出讨逆贼。唐廷命进取东京，子仪表荐兵马使李光弼，具有将才可当方面，乃有诏授光弼为河东节度使。子仪分朔方兵万人，给与光弼，光弼遂领兵出井陉，进攻常山。常山为史思明所陷，留部将安思义居守，思义闻光弼到来，召集团练兵三千人，及部下番兵，登城守御。光弼射书谕降，为团练兵所得，竟将思义执住，送交光弼军前。光弼问思义道："汝自知当死否？"思义不答。光弼又道："汝久历行阵，看我此次出兵，能破思明否？汝为我计，应该如何？汝策可取，当不杀汝。"思义道："大夫远来疲敝，猝遇大敌，恐未易抵挡，不如按兵入守，量胜后进，窃料胡骑虽锐，未能持重，一不得利，气沮心离，那时方可与战，不患不胜了。"光弼甚喜，亲与解缚，即移军入城。思义复进言道："思明今在饶阳，去此不过二百里，昨晚羽书已去，料他必前来相援，公当速行筹备，毋致仓皇。"光弼乃安排弩矢，分弓弩手为二队，千人乘城，千人在城下待命，自与将士环甲以待。入夜更番守着，天尚未晓，外边已有鼓角声，继而喊声震地，史思明带着健骑二万人，直抵城下。光弼遣步卒五千，开东门出战，贼锋锐甚，鏖战不退。城上一声鼓响，千矢齐发，射毙贼兵多名，贼势稍却。光弼复令城下待命的弓弩手，分作四队，从东门驱出，接连发矢，与飞蝗相似，思明虽然凶悍，到此也未免惊慌，敛兵退去。未几有村民告知光弼，谓有贼兵五千，自饶阳来至九门，光弼即遣步骑各二千人，偃旗息鼓，掩击过去，把贼兵杀得一个不留。思明退入九门，分兵截常山粮道，郭子仪亲援光弼，合兵攻思明。思明开城搦战，大败亏输，贼众齐溃。贼将李立节，中箭毙命，蔡希德遁去，思明自知难支，奔至赵郡去了。

　　子仪、光弼，纵兵追击，直抵赵郡，思明立脚不住，又转趋博陵。博陵城坚濠广，思明集众固守，子仪、光弼，进攻不克，收兵退回。贼将蔡希德又还救思明，范阳贼将牛廷玠，也率万余人助思明，思明乃驱兵复出，蹑击唐军。子仪等方至恒阳，固垒不战，思明顿兵已久，俱有倦志，乃退至嘉山。哪知子仪、光弼，分左右翼杀来，一时堵截不住，纷纷溃走。唐军大杀一阵，斩首四万级，捕获千余人，连思明都中矢落马，散发跣足，匆匆走脱，还守博陵。唐军大振，河北十余郡，均杀贼守将，奉款乞降。<small>中兴名臣，应推郭李，故起兵讨贼，备详战事。</small>是时真源令张巡，方克复雍邱，击退贼守令狐潮，平原太守颜真卿，时任河北采访使，进拔魏郡，击败贼守袁知泰。北海太守贺兰进明，与真卿合兵，受职河北招讨使，攻克信郡。颍川太守来瑱，前后破贼甚众，贼呼为来嚼铁。河南节度使，改任高祖孙嗣虢王巨，亦引兵解南阳围。平卢贼将刘客奴等通书颜真卿，愿取范阳自赎。真卿遣判官贾载，助给衣粮，并遣子为质，一面请命朝廷，特授客奴为平卢节度使，赐名正臣。<small>总括一段，简而不漏。</small>禄山闻各处警信，惊惶的了不得，便召高尚、严庄入詈道："汝等教我造反，以为计出万全，今前阻潼关，兵不得进，北路一带，尽成敌国，又不得退，尚好说是万全么？"高严两人，无词可答，怀惭而退，好几日不敢复见。可巧田乾真自潼关退还，入劝禄山道："自古帝王创业，均有胜负，怎能一举即成？尚、庄皆佐命元勋，一旦严谴，诸将谁不

懈体，那时进退两难，真正失计呢。"禄山乃悟，复召入尚、
庄，置酒款待，和好如初。因复令崔乾祐自陕进兵，又遣孙孝
哲、安神威等继进，待再攻潼关不下，才归范阳。计议已定，
仍在洛阳待着。

潼关元帅哥舒翰，曾两却贼兵，副使王思礼密语翰道：
"禄山造反，以诛杨国忠为名，若公留兵三万人守关，自率精
锐还长安，入清君侧，这也是汉挫七国的秘计呢。"指汉诛晁错
事。翰摇首道："若照汝言，是翰造反，并不是禄山造反呢。"
此说还是有理。时户部尚书安思顺，与禄山同宗，前曾奏言禄
山必反，所以免坐。翰独与他有隙，伪为贼书，献诸阙下。书
中系结思顺为内应，不由玄宗不惧，且因翰疏陈思顺七罪，即
令赐死。国忠欲营救思顺，正苦无法，又闻王思礼密谋，益加
惴惧，遂募万人屯灞上，令亲信杜乾运为将，托名御贼，实是
防翰。翰知国忠私意，表请灞上军拨隶潼关，并诱乾运议事，
枭首以徇。于是国忠愈加怨恨，遂日促翰出关讨贼。翰上言
"禄山为逆，未得人心，应持重相待，不出数月，贼势瓦解，
一鼓可擒"云云。玄宗颇以为然。偏国忠日进谗言，但说翰
逗留不进，坐误军机，玄宗乃遣使四出，诇敌虚实。俄有中使
返报，贼将崔乾祐，在陕兵不满四千人，又皆羸弱无备，应急
击勿失。想是国忠授意。于是玄宗遂疑及翰，促他出兵。翰上
书道："禄山用兵已久，岂肯无备？臣料他是羸师诱我，我若
往击，正堕贼计。况贼兵远来，利在速战，官军据险，利在坚
守，总教灭贼有期，何必遽求速效？现在诸道征兵，尚多未
集，不如少安毋躁，待贼有变，再行出兵。"这书达到唐廷，
又有郭子仪、李光弼联名奏陈，亦请自率部军，北取范阳，捣
贼巢穴，令贼内溃，潼关大军，但应固守敝贼，不宜轻出等
语。郭李所见更是妥当。玄宗迭览两疏，意存犹豫。国忠独进言
道："翰拥兵二十万，不谓不众，就使不能复洛，亦当复陕，

难道四五千贼兵都畏如蛇蝎么？若今日不出，明日不战，老师
费财，坐待贼敝，臣恐贼势反将日盛，官军且将自敝呢。"这
一席话，又把玄宗哄动，一日三使，催翰出关。国忠不忌翰，不
致速死，玄宗不促翰，不致出奔。翰窘迫无计，只好引军东出，
临行时抚膺恸哭，害得全军丧胆，未战先慌。这便是败亡预兆。
行至灵宝西原，望见前面已扎贼军，南倚山，北控河，据险待
着。翰令王思礼率兵五万，充作前锋，别将庞忠等，引兵十万
接应，自率亲兵三万，登河北高阜，扬旗擂鼓，算做助威。那
贼将崔乾祐，带着羸卒万人，前来挑战，东一簇，西一群，三
三五五，散如列星，忽合忽离，忽前忽却，官军见他行伍不
齐，全无军法，都不禁冷笑起来。先哭后笑，都是无谓。当下麾
军齐进，甫及贼阵，乾祐即偃旗退去。思礼督军力追，庞忠继
进，渐渐的走入隘道，两旁都是峭壁，不由的胆战心惊，正观
望间，只听连珠炮响，左右山下，统竖起贼旗，木头石块，一
齐抛下，官军多头破血流，相率伤亡。思礼亟令倒退，偏庞忠
的后军，陆续进来，一退一进，顿致前后相挤，变成了一团
糟。崔乾祐煞是厉害，又从山南绕至河北，来击哥舒翰军。翰
在山阜遥望，见思礼、庞忠两军，未曾退归，那贼兵又鼓噪而
至，料知前军失手，忙用毡车数十乘，作为前驱，自率军从高
阜杀下，拦截乾祐来路。乾祐见翰军前拥毡车，不宜发矢，竟
用草车相抵，乘风纵火。看官试想！毡是引火的物件，一经燃
着，哪里还能扑灭？并且贼军据着上风，翰军碰着逆风，风猛
火烈，烟焰飞腾，霎时间天黑如晦。翰军目被烟迷，自相斗
杀，及至惊悟，又被贼军捣入，阵势大乱，尸血模糊，一半弃
甲入山，一半抛戈投河。翰率麾下百余骑，西奔入关，关外本
有三堑，阔二丈，深一丈，专防贼兵冲突，自官军陆续奔回，
时已昏夜，黑暗中不辨高低，多半陷入堑中，须臾填满，后来
的败兵，践尸而过，几似平地。翰检点兵士，只剩得八千多

人，不禁大恸，忽由火拔归仁入报道："贼兵将到关下了。"翰惶急道："现在兵败势孤，不堪再战，我只有到关西驿，收集散卒，再来保关，君且留此御贼，待我重来协守。"言毕即行。归仁留居关上，竟通使乾祐，愿执翰出降。乾祐乃进屯关下，专待归仁出来。归仁竟率百余骑，至关西驿，入语翰道："贼兵到了，请公上马！"翰上马出驿，归仁率众叩头道："公率二十万众出征，一战尽覆，尚何面目再见天子？且公不闻高仙芝、封常清故事么？今为公计，只有东行一策，还可自全。"翰叹道："我身为大帅，岂可降贼？"说至此，便欲下马。归仁喝令随骑，竟将翰足系住马腹，策鞭拥去。余众不肯从降，亦被缚住，驱出关外，往降乾祐。适值贼将田乾真来接应乾祐军，即囚翰等送洛阳。禄山召翰入见，狞笑道："汝常轻我，今果何如？"翰匍伏道："臣肉眼不识圣人。"一念贪生，天良尽丧。禄山大喜，命翰为司空，及见火拔归仁，却怒叱道："汝敢叛主，不忠不义，留汝何用？"立命左右将他推出，一刀两段。禄山此举，颇快人意，但自问果无愧否？遂令崔乾祐留据潼关，促孙孝哲、安神威等西攻长安。

　　玄宗闻潼关紧急，方拟遣将往援，蓦闻潼关败卒，驰走阙下，报称哥舒翰败没状，不由的魂飞天外，忙召宰相杨国忠等商议。有说宜调兵亲征，有说宜征兵勤王，独国忠提出幸蜀两字，称为上策。原是三十六策的上策。议至日暮，尚未决定，忽又有候吏人报道："今日平安火不至，莫非有急变不成？"玄宗益觉惊惶。看官道平安火是何物？原来唐朝制度，每三十里设一烽堠，日晓日暮，各放烟一次，叫作平安火。此火不燔，显见得是不平安呢。玄宗再问国忠，国忠道："臣尝兼职剑南节度使，早令副使崔图，练兵储粮，防备不测，目下远水难救近火，且由车驾暂幸西蜀，有恃无恐，然后征集各道将帅，四面蹙贼，管保能转危为安呢。"狡兔原善营窟，可惜猎犬不容。玄宗踌躇半晌，方道："且至明日再议！"国忠等依次散归。

韩、虢两夫人，闻知消息不佳，已在国忠第中，等待国忠还商，国忠慌慌张张的回来，见了两妹，便连声道："走！走！走！"两夫人问为何事？国忠道："潼关失守，贼兵将要入都，此时不走，还待何时！"两夫人急着道："走到哪里去？"国忠道："我已劝皇上幸蜀，蜀中是我故乡，饶有家产，且有险可守，不怕贼兵飞至，我等仍然不失富贵，怎奈皇上尚依违两可，未肯照行。"虢国夫人应声道："赴蜀原是上策，皇上不从，何弗令贵妃劝导？"这一句话，把国忠提醒，便要两夫人乘夜入宫。约至夜半，两夫人回来，报称皇上已应允赴蜀，定于明日晚间起程，但事关秘密，嘱勿漏泄风声。国忠道："这个自然，今夜已迟，彼此安寝，明晨各掮挡行李罢！"两夫人唯唯而去。

国忠睡了半夜，一闻鸡声，即已起床，命仆役整顿行装，自己草草盥洗，便即入朝。到了朝堂，寂无一人，待至许久，方有几个官吏到来，问及军谋，国忠佯作不知。既而内监出来，召国忠入内殿，国忠奉召进去，密谈多时。玄宗乃出御勤政楼，下亲征诏，命京兆尹魏方进为御史大夫，兼置顿使。少尹崔光远为京兆尹，充西京留守。内官边令诚掌宫闱管钥。又命剑南道预备储峙，只说新授节度使颍王璬，将启节至镇。一班王公大臣，见了这等诏敕，统私自疑议，未识玄妙。及玄宗还宫，移仗北内，傍晚又有密诏传出，独给龙武大将军陈玄礼，令他整缮六军，厚赐钱帛，选闲厩马九百余匹，夜半待用。外人都莫明其妙。到了翌晨，尚有大臣入朝，至宫门前，漏声依然，卫仗亦照常陈列。俄而宫门大启，宫人一拥出来，多半是乱头粗服，备极仓皇，及问明情由，都说皇上、贵妃等不知去向，于是内外抢攘，立时大乱。原来是日黎明，玄宗已率同贵妃，及皇子、妃主、皇孙，并杨国忠兄妹，同平章事韦见素，御史大夫魏方进，龙武大将军陈玄礼，宫监将军高力士等，潜出延秋门，向西径去。

行过左藏，国忠请将库藏焚去，免为贼有。玄宗愀然道："贼若入都，无库可掠，必屠掠百姓，不如留此给贼，毋重困吾赤子。"及出都行过便桥，国忠又命将桥焚毁，玄宗又道："士民各避贼求生，奈何绝他去路？"乃回顾高力士道："你且留此，带着数人，扑灭余火，再行赶来。"玄宗尚有仁心，所以得保首领。力士领旨，把火扑灭，仍将桥梁留着，然后西行扈跸。玄宗行至咸阳望贤宫，令中使驰召县令，促令供食，哪知县令早已逃去，没人肯来供应。日已过午，玄宗以下，均未得食，国忠自购胡饼，献与玄宗。玄宗乃命人民献饭，立给价值，人民乃争进粗粝，杂以麦豆。皇子、皇孙等用手掬食，须臾即尽。当由玄宗量给价钱，好言抚慰，大众皆哭，玄宗亦挥泪不止。有一白发老翁，曳杖前来，走至御前，伏地陈词道："小民郭从谨，敢献刍言，未知陛下肯容纳否？"玄宗道："汝且说来！"从谨道："禄山包藏祸心，已非一日，从前陛下误宠，致有今日。小民尚记得宋璟为相，屡进直言，天下赖以安平，近年朝无良相，谀臣幸进，阙门以外，陛下皆无从得知。小民伏居草野，早知祸在旦夕，所恨区区愚诚，无从得达，今日才得睹天颜，一陈鄙悃，但已自觉无及了。"玄宗太息道："朕也自悔不明，已追悔无及哩。"随命从谨起来，遣令归家。从行军士，尚未得食，乃令散诣村落，自去求食。待至日昃，军士复集，乃得再进。夜半始达金城馆驿，驿丞早逃，暗无灯火，大众疲倦得很，席地就寝，也不管甚么尊卑上下了。玄宗本不知尊卑上下，应该有此结局。

次日早起，适王思礼自潼关奔回，报明哥舒翰降贼，玄宗即授思礼为陇右河西节度使，指日赴镇，收合散卒，徐图东讨。思礼退见陈玄礼，密与语道："杨氏误国致乱，奈何尚在君侧?我早劝哥舒翰表诛国忠,渠不见从,遂致受擒,将军何不为国除奸呢?"玄礼点首。思礼遂辞玄宗,仍然东去。玄宗启行至马嵬驿,正挈贵妃入驿休息,但听得驿门外面,喊杀连天,吓得玄宗面色如土,贵妃更银牙乱战,粉脸成青,亟命高力士往外查明。至力士还报,才知杨国忠父子,与韩国夫人,已被禁军杀死。玄宗大惊道:"玄礼何在?"御史大夫魏方进在侧,便道:"由臣出探,究为何事?"言毕趋出,见外面禁军,已将国忠首级,悬示驿门,并把肢体脔割,不由的愤愤道:"汝等如何擅杀宰相?"道言未绝,那军士一拥而上,又将方进砍成数段,同平章事韦见素,出视方进,也为乱军所殴,血流满地。旋闻有数人出阻道:"勿伤韦相公!"见素方得退入驿中,报知玄宗,玄宗正没法摆布,那外面仍然喧扰不休。高力士请玄宗自出慰谕,玄宗乃硬着头皮,扶杖出门,慰劳军士,令各收队。军士仍围住驿门,毫不遵旨,惹得玄宗焦躁起来,令力士出问玄礼。玄礼答道:"国忠既诛,贵妃不宜供奉,请皇上割恩正法。"力士道:"这恐不便入请。"军士听了,都哗然道:"不杀贵妃,誓不扈驾。"一面说,一面有殴力士意。力士慌忙退还,向玄宗陈述。玄宗失色道:"贵妃常居深宫,不闻外事,何罪当诛?"力士道:"贵妃原是无罪,但将士已杀国忠,贵妃尚侍左右,终未能安众心。愿陛下俯从所请,将士安,陛下亦安了。"玄宗沉吟不语,返入驿门,倚杖立着。京兆司录韦谔,系韦见素子,亦扈驾在侧,即趋前跪奏道:"众怒难犯,安危只在须臾,愿陛下速行处决。"玄宗尚在迟疑,外面哗声益甚,几乎要拥进门来。韦谔尚跪在地上,叩头力请,甚至流血。玄宗顿足道:"罢了!罢了!"道言未绝,力士踉跄趋入道:"军士已闯进来了,陛下若不速决,他们要自来杀贵妃了。"一层紧一层,我为玄宗急煞。玄宗不禁泪下,半晌才道:"我也顾不得贵妃了。你替朕传旨,赐妃自尽罢!"力士乃起身入内,引贵妃往佛堂自缢。韦谔亦起身出外,传谕禁军道:"皇上已赐贵妃自尽了。"大众乃齐呼万岁。

小子曾记白乐天《长恨歌》中有四语道:

> 翠华摇摇行复止,西出都门百余里。
> 六军不发无奈何,宛转蛾眉马前死。

欲知贵妃死时情状,待至下回叙明。

哥舒翰之所为,不谓无罪,但守关不战,待贼自敝,未始非老成慎重之见,况有郭李诸将,规复河朔,固足毁贼之老巢,而制贼之死命者乎。国忠忌翰,促令陷贼,潼关不守,亟议幸蜀,陷翰犹可,陷天子可乎?惟国忠之意,以为都可弃,君可辱,而私怨不可不复,身命不可不保,兄弟姊妹,不可不安。自秦赴蜀,犹归故乡,庸讵知王思礼等之窃议其旁,陈玄礼等之加刃其后耶?杨玉环不顾廉耻,竟尚骄奢,看似无关治乱,而实为乱阶,蛊君误国,不死何待?历叙之以昭大戒,笔法固犹是紫阳也。

第五十二回

唐肃宗称尊灵武　雷海青殉节洛阳

却说杨贵妃迭闻凶耗，心似刀割，已洒了无数泪痕；及高力士传旨赐死，突然倒地，险些儿晕将过去，好容易按定了神，才呜咽道："全家俱覆，留我何为？但亦容我辞别皇上。"力士乃引贵妃至玄宗前，玄宗不忍相看，掩面流涕。贵妃带哭带语道："愿大家保重！妾诚负国恩，死无所恨，唯乞容礼佛而死。"玄宗勉强答道："愿妃子善地受生。"说到"生"字，已是不能成语。力士即牵贵妃至佛堂，贵妃向佛再拜道："佛爷，佛爷！我杨玉环在宫时，哪里防到有这个结局？想是造孽深重，因遭此谴，今日死了，还仗佛力，超度阴魂。"说至此，伏地大恸，披发委地。力士闻外面哗声未息，恐生不测，忙将贵妃牵至梨树下，解了罗巾，系住树枝。贵妃自知无救，北向拜道："妾与圣上永诀了。"阅至此，也令人下泪。拜毕，即用头套入巾中，两脚悬空，霎时气绝，年三十有八，系天宝十五载六月间事。力士见贵妃已死，遂将尸首移置驿庭，令玄礼等入视。玄礼举半首示众人，众乃欢声道："是了，是了。"玄礼遂率军士免胄解甲，顿首谢罪，三呼万岁，趋出敛兵。玄宗出抚贵妃尸，悲恸一场，即命高力士速行瘗葬，草草不及备棺，即用紫褥裹尸，瘗诸马嵬坡下。适值南方贡使，驰献鲜荔枝，玄宗睹物怀人，又泪下不止，且命将荔枝陈祭贵妃，然后启行。先是术士李遐周有诗云："燕市人皆去，函关马不归。

若逢山下鬼，环上系罗衣。"第一句是指禄山造反，第二句是指哥舒翰失关，第三句是指马嵬驿，第四句是指玉环自缢，至此语语俱验。国忠妻裴柔，与虢国夫人母子，潜奔陈仓，匿官店中，被县令薛景仙搜捕，一并诛死，这且不必絮述。

且说玄宗自马嵬启跸，将要西行，命韦谔为御史中丞，充置顿使。甫出驿门，前驱又逗留不进。玄宗复吃一大惊，遣韦谔问明情由，将士齐声道："国忠部下，多在蜀中，我等岂可前往，自投死路？"韦谔道："汝等不愿往蜀，将到何处？"将士等议论不一，或云往河陇，或云往灵武，或云往太原，或竟说是还都。谔还白玄宗，玄宗踌躇不答。谔进言道："若要还京，当有御贼的兵马，目今兵马稀少，如何东归？不如且至扶风，再定行止。"玄宗点首。谔因传谕众人，颇得多数赞成，乃扈驾前进。不意一波才平，一波又起，沿途人民，东凑西集，都遮道请留，提出"宫殿陵寝"四大字，责备玄宗。玄宗且劝且行，偏百姓来得越多，一簇儿拥住玄宗，一簇儿拦住太子，且哗然道："至尊既不肯留，小民等愿率子弟，从殿下东行破贼，若殿下与至尊，一同西去，试问偌大中原，何人作主？"玄宗乃传谕太子，令暂留宣慰，自己策马径行。保全老命要紧，连爱子也不及顾了。众百姓见太子留着，乃放玄宗自去。

太子尚欲上前随驾，语百姓道："至尊远冒险阻，我怎忍远离左右？且我尚未面辞，亦当往白至尊，面禀去留。"众百姓仍拦住马头，不肯放行。太子拟纵马前驱，冲出圈外，忽后面有两人过来，竟将太子马僵挽住，同声道："逆胡犯阙四海分崩，不顺人情，如何恢复？今殿下从至尊西行，若贼兵烧绝栈道，中原必拱手授贼了。人心一离，不可复合，他日欲再至此地，尚可得么？不如招集西北边兵，召入郭子仪、李光弼诸将，并力讨贼，庶或能克复二京，削平四海，社稷危而复安，宗庙毁而复存，扫除宫禁，迎还至尊，才得为孝，何必拘拘定省，徒作儿女子态度呢。"唐室不亡，幸有此议。太子闻言瞧着，一个是第三子建宁王倓，一个是东宫侍卫李辅国。正欲出言回答，又有一人叩马谏道："倓等所议甚是，愿殿下勿违良策，勿拂众情。"太子又复注视，乃是长子广平王俶，乃语俶道："你等既欲我留着，亦须禀明至尊，你可前去奏闻。"俶应声前行，驰白玄宗。玄宗叹道："人心如此，就是天意。"遂命将后军二千人，及飞龙厩马，分与太子，且宣谕道："太子仁孝，可奉宗庙，汝等善事太子便了。"又语俶道："汝去返报太子，社稷为重，不必念我。我前待西北诸胡，多惠少怨，将来必定得用，我亦当有旨传位呢。"俶叩谢而退，归语太子。太子即宣慰百姓，留图规复，百姓欢然散去。看看天色将暮，广平王俶道："日薄西山，此地怎可久驻？应择定去向，方可依居。"建宁王倓道："殿下尝为朔方节度大使，将来按时致启，倓尚略记姓名，今河陇兵民，多半降贼，未便轻往，不若朔方路近，士马全盛，河西行军司马裴冕，曾在该处，他是衣冠名族，必无二心，若前去依他，徐图大举，方为上策。"大众统以为然，遂向北进行。途次遇着潼关败卒，误认为贼，竟与他交战起来，及彼此说明，两下已死伤了若干。乃收集残卒，策马渡过渭水，连夜驰三百余里。士卒器械，亡失过半。道出新平安定，守吏统已遁去，不便休息。及驰至彭原，太守李遵开城出迎，献上衣服及糗粮，拨助兵士数百人。太子不欲入城，复北行至平凉，阅监牧马，得数百匹。又募兵得五百余名，众心少定，乃发使往候玄宗。

玄宗已至扶风，士卒饥怨，语多不逊，陈玄礼不能制。玄礼曾教猱升木，无怪其不能制驭。适成都贡入春彩十余万匹，到了扶风。玄宗命陈列庭中，召将士入谕道："朕近年衰老，任相非人，以致逆胡作乱，势甚猖狂，不得已远避贼锋，卿等仓猝从行，不及别父母妻孥，跋涉至此，不胜劳苦，这皆为朕所累，朕亦自觉无颜。今将西行入蜀，道阻且长，未免更困，朕多失德，应受艰辛，今愿与眷属中官，自行西往，祸福安危，听诸天命，卿等不必随朕，尽可东归。现有蜀地贡彩，聊助行资，归见父母及长安父老，为朕致意，幸好自爱，无烦相念！"语至此，那龙目内的泪珠，已不知流落多少。将士均不禁感泣，且齐声道："臣等誓从陛下，不敢有贰。"玄宗哽咽良久，方道："去留听卿！"乃起身入内，命玄礼将所陈贡彩，悉数分给将士。将士乃相率效死，各无异言。虽是玄宗权术，但亦可见人心向背之由来。

　　玄宗即于次日动身，离了扶风，向蜀进发。行至散关，使颍王璬先行，寿王瑁继进。辗转到了河池，剑南节度副使兼蜀郡长史崔圆，奉迎车驾，且陈蜀土丰稔、兵马强壮等状。玄宗大喜，面授崔圆同平章事，相偕入蜀。到了普安，才接到平凉来使，由玄宗问明情形，即面谕道："朕早欲传位太子，一切举措，但教择当而行，朕自不为遥制。且朕在蜀平安，你可归报太子，勿劳记念！"来使领旨自去。忽由侍郎房琯，驰入谒见，伏地泣奏道："京城已被陷没了。"玄宗长叹数声，又问陷没后情形。琯对道："自陛下出都，京内无主，非常扰乱，臣与崔光远、边令诚等，日夜弹压，秩序少定。过了十日，贼兵入都，臣等赤手空拳，如何对敌？本拟一死报恩，但念陛下入蜀，未知安否，所以奔赴行在，来见陛下一面，死也甘心。"都城情事，略借房琯口中叙过。玄宗道："如何卿只自来？"琯又道："崔光远、边令诚等，闻有通贼消息，余人亦首鼠两端，无志远行。"玄宗道："张均兄弟，奈何不来？"琯答道："臣曾邀与俱来，他也心存观望，不愿来此。"玄宗见力士在侧，便顾语道："汝说验否？"力士不禁惭报，俯首无言。原来玄宗出奔，朝臣多未与闻，当奔至咸阳时，玄宗与力士测议，何人当来？何人不来？力士道："张均、张垍，世受厚恩，且连戚里，料必先来。埧尚玄宗女宁亲公主，已见前文。房琯为禄山所荐，且素系物望，陛下不令入相，未免怏怏，恐未必肯来呢。"玄宗摇首不语。至房琯驰谒，所以顾语力士，驳他前说，嗣复语力士道："汝只知其一，不知其二。从前陈希烈罢相，朕尝有相埧意，嗣由国忠荐入韦见素，乃令埧仍原职，朕已料他阴怀怨望，无意前来了。"力士愧谢。玄宗即进房琯同平章事。

琯请玄宗下诏讨贼，玄宗乃令太子为天下兵马元帅，领朔方、河北、河东、平卢节度使，规复东、西二京。永王璘充山南、东道、岭南、黔中、江南、西道节度都使，盛王琦充广陵大都督，领江南东路，及淮南河南等路节度都使。丰王珙充武威都督，领河西、陇右、安西、北庭、等处节度都使。琦、珙皆玄宗子，后皆不行，惟永王璘出镇江陵，招兵买马，侈然自豪。暗伏下文。那太子亨太子凡四易名。且不待命至，竟先做起皇帝来了。语中有刺。太子至平凉后，朔方留后杜鸿渐，六城水陆运使魏少游、节度判官崔漪、支度判官卢简金、盐池判官李涵，相与谋议道："平凉散地，不足屯兵，惟灵武兵食完富，可以有为，若迎请太子到此，北收诸城兵，西发河、陇劲骑，南向收复中原，确是万世一时的机会呢。"谋议既定，乃使涵奉笺太子，并将朔方士马兵粮总数，列籍以献。河西司马裴冕，驰抵平凉，正值李涵到来，遂同见太子，共劝他移节朔方。太子大喜，留冕为御史中丞，令涵转报杜鸿渐等，率兵来迎。鸿渐得报，遂留少游葺治行辕，自与崔漪率兵千人，驰抵平凉，进见太子，面陈机要，请太子即日启节。太子乃与裴冕、鸿渐等，同至灵武，但见宫室帏帐，俱仿禁中，膳食服御，备极富丽。太子慨然道："祖宗陵寝，悉被蹂躏，皇上又奔波川峡，我何忍安居耽乐呢？"遂命左右撤除重帏，所进饮食，概从减省。即此一念，已足致兴。军吏等盛称俭德，相率悦服。既而裴冕、杜鸿渐等，复联名上笺，请太子遵马嵬命，即皇帝位，玄宗在马嵬时，虽有传位之言，并非正式下诏，裴冕等贪佐命功，因有此请，不足为训。太子不许。冕等一再上笺，尚不见允，乃同谒太子道："将士皆关中人，岂不日夜思归？今不惮崎岖，从殿下远涉沙塞，无非攀龙附凤，图建微功。若殿下只知守经，不知达权，将来人心失望，不可复合，前途反觉日危了。乞殿下勉徇众请，毋拘小节！"语虽近是，究竟勉强。

　　太子乃即于七月甲子日，就灵武城南楼，即位称尊。群臣舞蹈楼前，齐呼万岁，是谓肃宗皇帝。遥尊玄宗为上皇天帝，大赦天下，即改本年为至德元年，即日改元，何其急急。命裴冕为中书侍郎，同平章事；杜鸿渐、崔漪，并知中书舍人事；改关内采访使为节度使，徙治安化；令前蒲关防御使吕崇贲充任；陈仓令薛景仙，升授扶风太守，兼防御使；陇右节度使郭英义，调任天水太守，兼防御使。朝局草创，诸事简率，廷臣不满三十人。武夫却骄慢异常，大将管崇嗣入朝，背阙踞坐，谈笑自若。监察御史李勉，上章弹劾，始将崇嗣系治，肃宗特旨宥免，且语左右道："我有李勉，朝廷始见尊重了。"

　　越数日，方接玄宗制敕，令充天下兵马元帅，肃宗不便遵行，乃遣使赍表入蜀，奏陈即位情形。至此才行奏闻，毋乃太迟。灵武距蜀千里，往返需时，肃宗既已称尊，也不管玄宗允否，当然亲裁大政，且特召故人李泌，入备咨询。泌字长源，世居京兆，幼时即以才敏著名，及长，上书言事，洞中时弊。玄宗欲授泌官职，泌固辞不受，乃令与太子游，联为布衣交。太子常称为先生，不呼泌名，偏杨国忠专相，恨他书词激切，奏徙蕲春，历久得归，隐居颍阳。此次肃宗北行，已发使敦请，泌义无可辞，乃应征就道，到了灵武，肃宗已是即位了。泌入见时，只好称臣，肃宗欢颜相待，令他旁坐，彼此问答多时，即欲任为右相。泌又固辞道："陛下屈尊待臣，视如宾友，比宰相更贵显得多了，臣有所知，无不上达，何必定要受职呢。"肃宗乃待以客礼，一如为太子时。出与联辔，寝与对榻，每事必咨，所言皆从，仿佛与刘备遇孔明，苻坚遇王猛相类。特叙此以志得人。泌遂替肃宗拟草，颁诏四方，说得非常痛切。

河西节度副使李嗣业，发兵五千；安西行军司马李栖筠，发兵七千，陆续驰达灵武。郭子仪、李光弼、颜真卿等，前闻潼关失守，俱引兵退还。平卢节度使王元臣败死，常山、赵郡，又复失守，贼将令狐潮再图雍邱，还亏张巡控御有方，才得却敌。颜真卿闻肃宗新立，用蜡丸藏表，从间道遣达灵武。肃宗授真卿工部尚书，兼御史大夫，仍领河北采访使，亦用蜡丸传达，附以赦书。真卿颁下诸郡，又遍传河南、江淮，诸道方知肃宗嗣位，渐有固志。郭子仪率兵五万入卫肃宗，留李光弼居守井陉。肃宗见了子仪，喜出望外，立授子仪为灵武长史，同平章事。又命李光弼留守北都，亦加同平章事官衔。灵武威声，自是渐振。到了九月初旬，韦见素、房琯、崔涣等，自蜀中奉传国宝，及传位诏册，来至灵武，由肃宗出城恭迎。原来玄宗自颁诏讨贼后，即由普安赴巴西，太守崔涣迎谒，奏对称旨，立命为同平章事。继由巴西赴成都，正值灵武使至，玄宗问明使人，欣然喜道："我儿应天顺人，我复何忧？"当下令改制敕为诰，所有臣僚章奏，俱称太上皇。军国重事，先取皇帝进止，然后上闻。俟克复两京，当不预政。随命韦见素、房琯、崔涣三相，为禅位奉诏使。三相见了肃宗，宣敕传位，且奉上宝册。肃宗辞谢道："近因中原未靖，权总百官，岂敢趁着患难，即思承袭帝统？"诸臣固请领受，乃将册宝奉置别殿，朝夕拜谒，如定省礼。未免虚文。留韦见素等辅政，待遇房琯，格外从厚。琯词气激昂，好似有绝大才识，肃宗视为奇才，竟欲把收复两京的责任，尽委琯身。这也所谓以言取人，未免多失呢。也为后文伏笔。

　　且说贼将孙孝哲等，奉安禄山伪命，由潼关进陷长安，崔光远边令诚等，开门纳贼，孝哲入都，收捕妃主皇孙数十人，及百官内侍宫女数百人，悉数囚系，乃遣人驰报禄山。禄山大喜，遣张通儒为西京留守，仍命崔光远为京兆尹，使安忠顺率兵屯苑中，归孝哲节制，并特授孝哲二札，一是唐室大臣，若肯归降，当酌量授官；二是查明杨贵妃兄妹下落，若得收捕，立送洛阳。这二札去后，隔日即得复报，唐故相陈希烈，及张均、张垍等，一律投诚。杨氏家眷，自贵妃、国忠以下，统在马嵬驿伏诛。禄山听了，不禁悲愤交集道："杨国忠是该死的，但如何害我阿环姊妹？我此来夺了长安，满拟将她姊妹数人，尽行充入后房，俾我得畅意取乐，不意将她屠戮，此恨何时得消呢？"又忽忆着爱子庆宗，前被赐死，益发愤怒，遂传命孝哲，除陈希烈、张均兄弟已经投降，应即令来洛授官外，所有在京皇亲国戚，无论皇子、皇孙、郡主、县主，及驸马、郡马等，悉行处斩，致祭爱子，庆宗。孝哲本是一个杀星，既接禄山命令，遂把拘住的妃、主、皇孙，并搜得驸马、郡马数人，统牵至崇仁坊，设起安庆宗灵位，将妃、主等人，一一剖心致祭，惨无人道。再把杨国忠、高力士余党，捉一个，杀一个，还有王公将相，扈驾出奔，留有家眷在京，尽行捕戮，连襁褓婴儿也杀得一个不留。这场惨劫，统是杨氏一门酿成。一面掠取左藏，得了许多金帛，大为满意，因日夕纵酒，不愿西出。禄山命陈希烈、张均、张垍，并为同平章事，自己也无心西进，乐得居住东京，恣情声色，图个眼前快活。所以玄宗父子，一西一北，安然过去，并没有甚么追兵。大是幸事。

　　禄山且想着那梨园子弟，教坊乐工，及驯象舞马等物，前时曾供奉玄宗，此刻正好取至洛阳，自备玩赏，因即遣使至长安，令孝哲等如数取到。禄山遂在凝碧池旁，大张筵饮，宴集百官。凝碧池在洛阳苑中，也是一个名胜地，时当仲秋，金风拂地，玉露横天，池水不波，碧漪如画。禄山兴高采烈，居然服了衮冕，由文武官员，拥至席间，高踞上坐。庆绪、庆恩两子，侍坐两旁，各官员左右分席，依次坐下。先命乐工大吹大鼓，奏过一番军乐，然后肴醴上陈，飞觥痛饮。禄山连尽数大觥，乃令各乐工各自奏技，于是凤箫龙笛、象管鸾笙、金钟玉磬、羯鼓琵琶、箜篌方响、手拍等一齐发声，或吹或弹，或敲或击，真个是繁音缛节，悦耳动人。禄山用箸击案道："奏得好！奏得好！"恐怕是对牛弹琴。各官员趁势贡谀，起座说道："臣等想天宝皇帝，不知费着多少心力，教成此曲，今日却留与主上受用，这真是洪福齐天呢。"反衬雷海青之骂。禄山掀髯笑道："我当年入宫侍宴，也曾听过好几次雅乐，只是前番尚受拘束，不比今日这般快意，可惜李三郎有美人儿陪着，我却还不及他哩。"各官员又道："主上要选美人儿，很是容易，况且段娘娘德容兼备，也是一个贤内助，比那杨家姊妹，更好得多了。"禄山摇首道："未必！未必。"

看官听着！禄山嬖妾段氏，颇有姿色，为禄山所宠爱，少子庆恩，便是段氏所出，因此各伪官乐得奉承。插此数语，无非为下文伏线。禄山语虽如此，心中却是甚喜，便要梨园子弟，及舞马驯象等，相继歌舞。蓦听得一片泣声，传入耳中，不由的惊讶道："何处来的哭声？"言未已，竟有一人大哭起来。禄山怒甚，便令卫军当场查明。卫军查得乐工中人，多半带着泪痕，有一人执着琵琶，却俯首大恸，便将他抓至席前，听禄山发落。禄山张目道："朕在此开太平盛宴，你这乐工，敢无故啼哭，真正可恶！"那乐工竟抗声道："安禄山！你本是失机边将，罪应斩首，幸蒙圣恩赦宥，拜将封王，你不思报效朝廷，反敢称兵作乱，屠戮神京，逼迁圣驾，眼见得恶贯满盈，不日就遭天戮了。还说甚么太平筵宴？"说罢，将手中的琵琶，掷将过去。当被禄山亲军一格，砰然落地。那乐工向西再哭，已被那卫军缚住，用刀乱砍，霎时间血肉模糊，肢体解散，把一个大唐忠魂，送入地府中去了。看官道此人何名？原来就是雷海青。画龙点睛。

小子记得古诗云：

> 昔年只见安金藏，此日还看雷海青。
> 一样乐工同气烈，满朝愧此两优伶。

雷海青既被杀死，禄山尚怒气未息，竟愤然起座，大踏步走出去了。各伪官扫兴而散。当时感动了一个文士，也赋诗志悼云：

> 万古伤心生野烟，百官何日再朝天？
> 秋槐叶落空宫里，凝碧池头奏管弦。

欲知此诗为何人所作，试看下回便知。

肃宗未奉父命，遽尔即位，后来宋儒多严词驳斥，谓其乘危篡位，以子叛父，语虽未免太过，但肃宗亦未免太急。灵武之与剑南往返不过两月，何勿因裴冕杜鸿渐等之劝进，遣使请命，待册嗣位？况玄宗出发马嵬，已有传位之言，不过因途次仓猝，未曾决定，彼时若禀命而行，当然允准，岂一二月间之时期，竟不及待耶？况古来嗣君承统，大都越岁改元，肃宗草率即位，即改称至德元年，而入蜀之使，迟迟后发，是其居心之僭窃，不问可知。纲目直书即位，本回且特书称尊，示无父也。雷海青一乐工耳，长安之陷，不闻有一烈士，独海青奋不顾身，甘心殉国，忠肝义胆，自足千古，宁得以乐工少之耶？《唐书·忠义传》，置诸不录，实为一大阙文，得此篇以彰之，其庶足扬名而示后欤？阅者于此等处着眼，方不负著书人苦心。

第五十三回

结君心欢暱张良娣　受逆报剌死安禄山

却说唐朝一代，专用诗赋取士，所以诗人辈出，代有盛名。玄宗年间，第一个有名诗人，要算李太白。见前文。李白以下，就是杜甫及王维。甫字子美，系襄阳人，著作郎杜审言孙，曾献《郊天》《飨庙》及《祭太清宫赋》三篇，玄宗叹为奇才，命为参军。至禄山造反，避走三川，肃宗继立，赢服奔行在，为贼所得，同时与太原人王维，并陷贼中。杜甫乘隙先逃，走往凤翔，维服药下痢，佯作暗疾，不受伪命。禄山重他才名，硬迫为给事中，他仍寓居古寺中，托词养疴。既闻雷海青尽忠，很是悼痛，所以作诗记感。后来贼乱荡平，维隶名贼籍，几不免死，亏得这一首诗，传达肃宗。肃宗说他不忘故主，情有可原，更兼维弟王缙，已受职侍郎，情愿舍官赎兄，乃将维赦罪授职，累迁至尚书右丞，这真是仗诗救命哩。不没王维，并插入杜甫，即善善从长之意。

闲文少表。且说肃宗既正名定位，做了大唐天子，便定计讨贼，拟授建宁王倓为元帅。李泌入谏道："建宁王素称英毅，不愧将才，但广平是兄，建宁是弟，若建宁功成，难道使广平为吴太伯么？"肃宗道："广平原是冢嗣，名义自在，岂必以元帅为重？"泌答道："广平未正位东宫，今天下艰难，众心所属，都在元帅。若建宁大功得成，陛下虽欲不为储贰，那时帮辅建宁的功臣，尚肯袖手旁观么？太宗、上皇，已有明证，请陛下三思？"肃宗点头道："先生言是，朕当变计。"及李泌退出，建宁王倓迎谢道："先生所奏，正合我心。"泌却步道："泌只知为国，不知植党，王不必疑泌，亦不必谢泌，但能始终孝友，便是国家的幸福了。"言已自去。

越日有诏传出，令广平王俶为天下兵马元帅，统率诸将东征。俶既受命，表请简选谋臣，肃宗属意李泌，因恐泌不肯受，踌躇了好多时，乃召泌入语道："先生白衣事朕，志节高超，朕亦深佩，惟日前与先生同出视军，曾闻军士窃议，黄衣为圣人，白衣为山人，朕方待先生决谋定策，岂可令军士滋疑？还请先生暂服紫袍，藉杜众惑。"泌不得已受命。肃宗即亲赐金紫，由泌接受而出，肃宗复取过纸笔，写了数语，盖上国宝，藏入袖中，俟泌服紫入谢，不禁微笑道："既已服此，岂可无名？"遂从袖中取出手敕，递与李泌。泌接敕审视，乃是授职侍谋军国元帅府行军长史，当即拜辞道："臣不敢任职，请陛下另委！"肃宗道："朕本不敢相屈，但时艰方亟，全仗大才匡济，待乱事平定，任行高志便了。"泌乃拜受。嗣是肃宗呼泌为卿，有时仍呼为先生，以示优宠，肃宗任用李泌，也可谓煞费苦心。遂就禁中置元帅府，俶入侍，泌留府中；泌入侍，俶留府中。军书旁午，毫不积压。泌又入请道："诸将畏惮天威，在陛下前敷陈军事，或不能畅达意见，万一小差，为害甚大，自后诸将奏请，乞先令与臣及广平熟议，然后上闻，免致错误。"肃宗准奏，遇有文牍关系军情，悉令送府。泌随到随阅，看系急报，虽夜间禁门已闭，亦必隔门通进，稍缓乃待天明，禁门钥契，统委俶与泌掌管，宫府联络，政令一新。

肃宗命幽王守礼子承宷为敦煌王，与蕃将仆固怀恩，出使回纥，借兵入援。又悬赏招徕朔方番夷，令从官军讨逆。泌乃劝肃宗转幸彭原，预待西北援师。肃宗依言移跸，既至彭原，廨舍狭隘，里面作为行宫，外面即作为元帅府。当时肃宗有一侍妾，母家姓张，系睿宗皇后胞妹的孙女，肃宗为太子时，纳为良娣，因韦坚一案，与韦妃绝婚，见前文。张良娣遂得专宠。玄宗西奔，肃宗挈良娣随行，辗转到了灵武，良娣日侍左右，夜寝必居前室。肃宗与语道："暮夜可虞，汝宜在后，不宜在前。"良娣道："近方多事，倘有不测，妾愿委身当寇，殿下可从帐后避难，宁可祸妾，不可及殿下。"未几产生一男，才阅三日，即起缝战士衣。肃宗以产后节劳为戒，良娣道："今日不应自养，殿下当为国家计，毋专为妾忧。"看似忠义过人，及阅到后文，才知她小忠小信，都为固宠乞怜起见，妇人之可畏如此。看官试想！似张良娣之灵心慧舌，哪得不动人爱怜？况且良娣姿色，也是一时无两，更兼与肃宗患难相依，事事能先承旨意，无怪肃宗格外钟情，恩爱得了不得呢。又是一个祸根。

及玄宗遣使传位，并赐张良娣七宝鞍，良娣大喜，偏李泌入见肃宗，乘间进谏道："今四海分崩，当以俭约示人，良娣不应乘此，请撤除鞍上珠玉，付库吏收藏，留赏有功。"肃宗正倚重李泌，没奈何依着泌言。蓦闻廊下有哭泣声，当即惊问何人？但见建宁王倓，趋至座前，叩首答道："祸乱未已，臣方引为深忧，今陛下从谏如流，眼见承平有日，陛下可迎还上皇，同入长安，臣不禁喜极而悲呢。"事亲有隐无犯，倓未免太露锋芒。肃宗不答。倓与泌先后趋出，只张良娣好生不乐，对着肃宗，未免怏怏。肃宗瞧破良娣心思，再三慰谕，并与良娣饮博为欢，替她解恨。此后饮博两事，几成惯习，至移跸彭原，往往日夕纵博，声达户外。所有四方奏报，多致停壅。泌在元帅府中，与行宫只隔一墙，当然闻知，免不得入宫切谏。肃宗虽然面允，却恐良娣失欢，潜令干树鸡为子，树鸡即木菌，亦名木枞，南楚人谓鸡为枞，故转语称枞为鸡。不令有声。既而肃宗语泌道："良娣祖母，就是朕祖母昭成太后的妹子，上皇亦颇爱良娣，朕欲使她正位中宫，卿意以为可否？"泌对道："陛下在灵武时，因群臣公同劝进，不忍违反众情，乃践登天位，并非为一身一家计。若册后事宜，应俟上皇迎归，亲承大命，方为合礼。"肃宗乃止。张良娣竭力侍奉，满望肃宗指日册封，得正后位，偏偏李泌常来唐突，恨不得力加撵逐，拔去那眼前钉，平时侍居帷阃，辄有微言冷语，讥评李泌，还幸肃宗信泌尚深，君臣得无嫌隙，相好如初。

李泌以外，要算房琯最得主眷。会北海太守贺兰进明，遣参军第五琦入蜀白事，琦主张理财济饷，由玄宗特旨拔擢，命为江淮租庸使，创榷盐法，充作军用，且至彭原面奏肃宗，请将江淮租赋，购易轻货，溯江沿汉，运给军需，肃宗很是奖勉。独房琯劾琦聚敛，不应重任。肃宗怫然道："军需方急，无财必散，卿欲黜琦，财从何出？"说得房琯无词可对。贺兰进明，也从北海入觐，肃宗命为岭南节度使，兼御史大夫。琯独加一摄字，进明探悉情形，并闻第五琦为琯所劾，未免恨上加恨，遂乘入谢肃宗时，力斥琯大言无当，非宰相才，一或误用，必蹈晋王衍覆辙。肃宗颇以为是，渐与房琯相疏。琯本意气自豪，怎肯受人奚落？当下拜表陈词，慷慨愿效，请自将兵收复两京。肃宗觉到琯疏，也觉得眉飞色舞，即日批准，特加琯招讨西京，兼防御蒲、潼两关兵马节度使，一切参佐，准他自选。琯用户部侍郎李揖为司马，给事中刘秩为参谋，克日起行。

揖与秩皆白面书生，未娴军旅，琯独视为奇才，尝语人道："贼军里面，虽有许多曳落河，见五十回。我有一个刘秩，已足抵敌，况更有李揖呢？"想两人亦素好大言，所以与琯投契。于是分部兵为三军，使裨将杨希文将南军，从宜寿进发；刘贵哲将中军，从武功进发，李光进将北军，从奉天进发。琯居中军，兼程前进，到了便桥，憩宿一宵。北军亦倍道趋至，两军同进陈涛斜，与贼将安守忠相值，两阵对圆，琯用牛车二千乘，作为前驱，两旁用步骑夹着，往突敌阵，总道是无坚不破，无锐不摧。哪知贼军中却拥出许多劲卒，手中统执着火具，顺风抛来，霎时间尘焰蔽天，咫尺莫辨，各牛未经战阵，骤睹此状，不禁大骇，纷纷倒退。步马各兵，禁遏不住，反被牛车蹂踏，陆续倾跌，眼见得人畜大乱，未战先奔，贼兵趁势杀人，官军或死或伤，共四万余人。琯收集败兵，不满万人，悔愤的了不得。可巧南军到来，遂欲督军再战，聊报前败。

南军统将杨希文，见两军败绩，已先夺气，部下兵弁，亦相率惊心。琯全未觉察，反严申军令，有进无退，违令立斩。前愚后愤，怎得成功。杨希文与刘贵哲，面面相觑，暗生异心，等到两军对仗，不上数合，已相率披靡。贼兵一拥而进，顿将房琯困在垓心，琯麾军冲突，都被杀退。李楫、刘秩，到此都无谋无勇，只是据鞍发颤，束手待毙。琯自己也是文人，但能挥动令旗，不能运动刀斧，一着错误，四面楚歌，也只好拼死了事。正在危急万分，突有一将跨马杀入，带着若干残军，来救房琯，琯改忧为喜，乃招呼部众，随着来将，杀出重围。看官道来将为谁？原来就是北军统将李光进。光进保护房琯，且战且行，奔走了好几十里，方得脱离险地，后面才不见贼兵。房琯检点残卒，只北军尚有数千人，南军、中军，多已不知去向，便惊问光进道："杨刘二将，到哪里去了？"光进冷笑道："他两人已解甲降贼，还要说他做甚？"叫房琯如何对答？琯懊丧异常，没奈何率同光进等，回至彭原，此时也管不得肃宗诘责，只好趋跄入见，肉袒请罪。

肃宗接到败报，本已愤怒得很，还是李泌先为缓颊，才算格外包容，特加恩宥。临行时问了数语，嘱令招集散兵，再图进取。琯意外得免，始谢恩出去。言不顾行，实不副名，曾自觉汗颜否？肃宗正要退朝，忽由吴郡太守兼采访使李希言，遣吏呈入军报，乃是永王璘起兵江淮，公然造反了。肃宗叹道：

"璘为朕弟，自幼失母，母为郭顺仪，早殁。经朕抚养成人，奈何背朕造反呢？"乃一面表奏上皇，一面敕璘归蜀，觐见上皇。看官！你想璘已决计造反，还肯敛兵赴蜀么？璘出镇江陵时，谏议大夫高适，曾谏阻玄宗，玄宗不从。及璘至江陵，见租赋山积，顿蓄异图。有子名偊，曾受封襄成王，好刚使气，劝父潜据江南，如东晋故事。璘遂引私党薛镠等为谋主，季广琛等为将军，潜募勇士数万人，分袭吴郡及广陵。吴郡太守李希言侦知消息，立遣使驰报彭原，自率军出屯丹阳，防璘袭击。璘接到还蜀诏敕，掷置地上道："我兄未奉上命，僭号河北，我难道不好称帝江东么？"演述璘语，见得肃宗即位，兄弟尚且不服，何况天下？遂领兵进击丹阳。李希言闻警，忙遣副将元景曜等，前往拦截。景曜与战失利，反去降璘，江淮大震。希言再向彭原告急，肃宗即召高适计议，命为淮南节度使，且调前颍川太守来瑱，为淮南西道节度使，令与江东节度使韦陟，合军讨璘。

江南事甫经调将，河北诸郡，又报陷没。贼将尹子奇史思明，先后攻陷河间景城。河间太守李奂被杀，景城太守李暐，投水自尽。颜真卿遣将往援，复遭陷没。贼将康没野坡，且进攻平原，真卿力不能支，也弃郡南走。乐安、清河、博平诸郡，均为贼有。惟饶阳太守李系，及裨将张兴，死守孤城，贼不能克，思明召集各郡兵士，并力合攻。张兴力举千钧，尚迭抛巨石，压毙贼兵数百，恼得思明督众猛扑，接连数昼夜，尚自守住。及至粮尽援穷，太守李系，窘迫自焚，城中无主乃乱，始被攻入。张兴力屈被擒，思明劝他归降，兴慨然道："我是大唐忠臣，万无降理，但为汝等计，亦应去逆效顺。试思主上待遇禄山，恩如父子，何人可及？禄山不知报德，反且兴兵指阙，涂炭生民，大丈夫不能翦除凶逆，乃北面为叛贼臣，自居何等？譬如燕巢幕上，怎能久安？若能乘间取贼，转祸为福，长享富贵，岂非上策？"思明哪里肯从，反叱兴不明顺逆。兴始痛詈思明，思明大怒，把兴锯死，*不略张兴，具见阐扬*。因还踞博陵。

尹子奇率五千马贼，渡河略北海，意欲南取江淮，适敦煌王承寀，到了回纥，得回纥优待，并妻以可敦女妹，令与仆固怀恩，先行反报，愿为援助。*回应本回前文*。随即遣部将葛逻支，领二千骑兵，奄至范阳城下。尹子奇乃引兵北返，还救范阳。这时候的安禄山，也发兵攻入颍水，执住太守薛愿、长史庞坚，送至洛阳，不屈遇害。肃宗迭闻警耗，很是忧惧，便召问李泌道："贼势如此，何时可定？"泌从容答道："臣观贼势虽强，并无大志，依臣所料，不过二年，便可削平。"肃宗惊喜道："有这般容易么？"泌又答道："贼中骁将，不过史思明、安守忠、田乾真、张忠志、阿史那承庆数人。今陛下若令李光弼出井陉，郭子仪入河东，臣料思明忠志二贼，不敢离范阳常山，守忠、乾真二贼，不敢离长安，我用两帅，足縻四贼。禄山潜据洛阳，随身只有承庆，若陛下出军扶风，与子仪、光弼，互出击贼，贼救首，我击贼尾，贼救尾，我击贼首，使贼往来奔命，自致劳顿，我常以逸待劳，贼至暂避，贼去尾追，不攻城，不遏路。待至来春天暖，命建宁王为范阳节度，与光弼南北犄角，直取范阳，覆贼巢穴，贼退无所归，留不得安，然后大军四面蹙贼，禄山虽狡，恐亦必为我所擒了。"*确是妙算，不比房琯大言*。肃宗大喜，即命建宁王倓职掌禁兵，李辅国为司马，预备北征；*用一李辅国助倓，倓其死乎*？令郭子仪、李光弼分道行事，自己在彭原过年，拟于来春即往扶风，且改称扶风为凤翔郡。

时光易过，腊尽春回，至德二载元日，肃宗在行宫中，向西遥觐上皇，然后亲御行幄，草草受贺。过了数日，正拟启驾南行，忽接了一个极大的好音，安禄山被李猪儿刺死了。禄山自盘踞洛阳，纵情酒色，累得两目昏眊，不能视事，身又病痕，因致烦躁异常。左右使令，稍不如意，即加鞭挞。阉竖李猪儿，被挞尤多，几乎不保性命。嬖妾段氏见禄山多病，恐有不测，意欲趁禄山在日，立亲生子庆恩为太子，将来可以专政，免受嫡子庆绪压制。愁眉泪眼，容易动人，禄山竟为所惑，竟有废嫡立庶的意思。禄山负恩忘义，宜有杀身之祸，但祸源亦起自内壁，可见小星专宠，必致危亡。庆绪颇有所闻，很觉危惧，便与严庄密商，求一救死的良策。庄却故意说道："君要臣死，不得不死，父要子亡，不得不亡，叫我如何相救？"庆绪越发着忙，便道："我是嫡子，应该承立，难道庆恩夺我储位，我便束手就死么？"严庄冷笑道："从古以来，废一子，立一子，那被废的能有几个保全性命，这也是没奈何的事情。"庆绪急得泪下，又道："如兄说来，竟是没法了。"庄又道："死中求生，亦并非一定没法。"庆绪道："兄快教我！"庄遂与附耳道："束手就死，死是定了，若要不死，这手是万不可束的。试思主子与唐朝皇帝，名是君臣，实同父子，为何兴动干戈，以臣逐君，以子攻父？可见天下到了万不得已的事情，总须行那万不得已的计策。时不可失，幸勿再自束手了。"即将禄山行为，引作一证，这便叫作眼前报。庆绪听着，低头一想，便道："兄为我计，敢不敬从！"庄又道："不行便罢，欲行还须从速。机会一失，便是死期。"庆绪迟疑道："可惜一时觅不到能手。"庄复道："欲要行事，何勿召李猪儿？"庆绪喜甚，便密召猪儿入室，自与严庄同问道："汝受过鞭挞，约有几次？"猪儿泣道："前后受挞，记不胜记了。"庄又逼入一步道："似你说来，不死还是侥幸的。"猪儿道："怕不是吗？"庄遂召猪儿入耳厢，与他私语多时，猪儿竟满口承允，便出来别过庆绪，一溜烟似的走了。

　　是夕就去行事，也是禄山该死，因为心中烦躁，屏退左右，兀自一人睡着。猪儿怀着利刃，奋然径入。寝门外虽尚有人守住，都已坐着打盹，况猪儿是禄山贴身侍监，向来自由进出，就是模糊看见，也不必盘诘。猪儿挨开了门，悄步进去，可巧外面更鼓冬冬，他即趁声揭帐，先将禄山枕畔的宝刀，抽了出来。禄山忽觉惊醒，将被揭开，口中喝问何人？猪儿心下一急，转念他双目已盲，何如立刻下手，便取出亮晃晃的匕首，直刺他大腹中。禄山忍痛不住，亟伸手去摸枕畔宝刀，已无着落，遂摇动帐竿道："这定是家贼谋逆呢。"国贼为家贼所杀，是应该的。道言未绝，那肚肠已经流出，血渍满床，就在床上滚了几转，大叫一声，顿时气绝。猪儿已经得手，刚要趋出，门外的侍役，已闻声进来，双手不敌四拳，正捏了一把冷汗。忽见严庄与庆绪，带兵直入，来救猪儿，猪儿喜甚，便语侍役道："诸位欲共享富贵，快快迎谒储君，休得妄动！"大众乃垂手站立，严庄命手下抬开卧榻，就在榻下掘地数尺，用毡裹禄山尸，暂埋穴中，且戒大众不得声张。"一朝权在手，便把令来行，"捏称主子病笃，立庆绪为太子，择日传位。一面密迫段氏母子，一同自尽。越日又传出伪谕，太子即位，尊禄山为太上皇，重赏内外诸将官。大小各贼，怎知严庄等诡计，总道是事出真情。庆绪嗣位，在洛的伪官，统来朝贺，各处亦争上贺表。又越日方说禄山已死，下令发丧。那时从床下掘出尸身，早已腐烂，草草成殓，丧葬了事。相传禄山是猪龙转世，从前侍宴唐宫，醉后现出猪身龙首，玄宗虽是惊诧，但以为猪龙无用，无杀害意，终致酿成一番大乱，几乎亡国。禄山僭称伪号，一年有余，也徒落得腹破肠流，毙于非命。小子有诗叹道：

天公假手李猪儿，刲刃胸前血肉糜。
臣敢逐君子弑父，谁云冥漠本无知？

禄山死信，传达彭原，肃宗以下，还道天下可即日太平，遂无意北征，竟演出一出杀子戏来了。欲知详情，请阅下回。

杨贵妃之后，复有张良娣，唐室女祸，何迭起而未有已也。顾杨妃以骄妒闻，一再忤旨，而仍得专宠，王之不明，人所共知。若张良娣则寝前御寇，产后缝衣，几与汉之冯婕妤、明之马皇后相类，此在中知以上之主，犹或堕其彀中，况肃宗且非中知乎？爱之怜之，因致纵之，阴柔狡黠之妇寺，往往出人所不及防，否则杨妃祸国，覆辙不远，肃宗虽愚，亦不应复为良娣所惑也。安禄山惑于内嬖，猝致屠肠，虽由逆报之相寻，亦因妇言而启衅。传有之曰："谋及妇人，宜其死也。"观唐事而益信矣。

第五十四回

统三军广平奏绩　复两京李泌辞归

却说肃宗既宠张良娣，又因良娣在灵武时，产下一儿，取名为佋，即封兴王，子以母贵，也得肃宗钟爱，与他子不同。张良娣恃宠生骄，竟欲把两三岁的小儿，作为将来的储贰，第一着欲陷害广平王，第二着欲陷害建宁王。府司马李辅国，本是飞龙厩中的阉奴，以狡猾得幸，及见良娣专宠，复曲意奉承，讨好良娣。良娣正好引为帮手，构陷二王。建宁王倓，素性任侠，看不上良娣等人，尝私语李泌道："先生举倓掌兵，俾尽臣子微忱，倓很是感激。但君侧有一大害，不可不除。"泌问为谁？倓说是张良娣。泌摇首道："此非人子所宜言，愿王忍耐为是。"倓不以为然，有时入见肃宗，必劝肃宗勿信内言，并请速立太子。别人可请，倓不宜请。肃宗听过了好几次，乃乘李泌入见，便垂问道："广平为元帅逾年，今欲命建宁专征，又未免名分相等，朕欲即立广平为太子，卿意以为何如？"泌答道："军事倥偬，应即区处，若陛下家事，总须禀命上皇，否则陛下即位的苦心，何从分说呢？"肃宗道："卿言亦是，容朕三思后行。"泌退回元帅府中，转告广平王俶。俶即入谒，凑便陈请道："陛下尚未奉晨昏，臣何敢入当储贰？"肃宗慰谕数语，乃将建储事暂行搁起。李泌奏阻建储，或谓储位未定，因启张、李狡谋，然试问从前已立之太子，亦如何废死？以此咎泌，殊非正论。

至禄山已死，肃宗以首逆既殄，大乱可平，索性把建宁专征的问题，也搁着不提。倓有志靖乱，一再进谏，且直陈道："陛下若听信妇寺，恐两京无从收复，上皇无从迎还了。"语太激烈，适致杀身。看官！你想这数句言论，叫肃宗如何忍受得住？还有张良娣李辅国二人，得闻此言，怎能不恨到极点，互肆毒谋？当下由良娣先入，辅国继进，一唱一和，只说倓时有怨言，尝恨不得为元帅，谋害广平。此时的肃宗，正将倓叱退，余怒未息，怎禁得火上添油？凭着一腔怒气，立下手谕，把倓赐死。倓是个傲气的人，要死就死，竟仰药自尽。至李泌得知此事，意欲入谏，已是无及，可惜一个贤王，死得不明不白，含冤地下。广平王俶，怀了兔死狐悲的观念，密与李泌商量，欲去辅国及良娣，泌劝阻道："王不惩建宁的覆辙么？能尽孝道，自足致福。良娣妇人，不足深虑，但教委曲承顺，包管前途无碍了。"始终劝人以孝，李长源不愧正人。俶闻言乃止。

只肃宗信谗杀子，尚未觉悟，忽由太原递到贼警，史思明自博陵，蔡希德自太行，高秀岩自大同，牛廷玠自范阳，共引贼十万名，入寇太原，肃宗才惊讶道："我道禄山已死，可无后患，哪知贼势越发猖獗哩。"说罢，急召泌入议。泌奏道："太原有李光弼，才足拒贼，请陛下勿忧！但陛下宜速幸凤翔，示意进取，方能振作士气，驯致中兴。"肃宗点首道："朕当择日起程了。"言未已，又接睢阳警报，伪河南节度使尹子奇，受安庆绪命，率妫、檀二州贼兵，及同罗、奚众，共十三万人，进逼睢阳，肃宗又惊慌起来。泌又道："睢阳太守许远，忠义过人，当能死守。且张巡方移守宁陵，巡远亲如兄弟，宁陵、睢阳，相隔不远，互相援应，谅可支持，俟郭子仪收复河东，再去援他未迟。"肃宗道："两处无虞，朕即当往幸凤翔，劳卿整顿军装，待朕下令启行。"泌乃退出。越数日，报称军装已备，请即启跸。肃宗逐日延宕，专候两路消息，藉决行止。

已而太原驰入捷书，李光弼用诈降计，令贼缓攻，暗中窟地道至贼营，出贼不意，内外攻击，俘斩万余人，思明退去，余贼可无虑了。肃宗方决幸凤翔，启行诏下，又接睢阳捷报，张巡自宁陵援睢阳，与许远合兵，共得六千八百人，远守巡战，连擒贼将六十余，杀贼二万，贼将尹子奇夜遁，睢阳已解围了。本回宗旨，在收复两京，此外战事，只可用虚写法，否则宾主不分，如何醒目？肃宗大喜，遂启驾至凤翔。陇右、河西、西城、安西各兵士，依次来会。江、淮租赋，也陆续解到。原来永王璘叛乱后，经广陵太守李成式，招降叛将季广琛，叛党解散。永王璘溃走鄱阳，为江西采访使皇甫侁擒住，诛死了事。了过永王璘。江淮复安，运道无阻。

李泌遂请如前策，北攻范阳。肃宗道："大兵已集，正应捣贼腹心，卿反欲迂道西北，往攻范阳，岂非忽近图远么？"泌答道："现时所集各兵，统是西北戍卒，及诸胡部落，性多耐寒畏暑，若用他锐气，克复两京，原是易事，但贼率余众，遁归巢穴，关东地热，春气已深，各军必困倦思归，贼却得休兵秣马，静俟各军去后，再行南来，岂不可虑？所以臣请先行北伐，用兵寒乡，扫除贼穴，永绝祸根，贼进退失据，一鼓聚歼，不但两京可取，天下也从此太平了。"彼时肃宗若用泌言，不致有思明之乱。肃宗道："朕非不从卿计，惟朕定省久虚，急欲先复西京，迎还上皇，聊申子道，不能再待北伐，幸卿原谅！"泌乃趋出。

适郭子仪遣使奏捷，逐去贼将崔乾祐，平定河东。肃宗遂进子仪为司空，兼天下兵马副元帅，出攻西京。子仪即遣子郭旰，及兵马使李韶光、大将军王祚济河，进破潼关贼兵，斩首五百级。正拟乘胜入关，忽由安庆绪遣到援兵数万，截击郭旰。旰与战大败，死亡万余人。李韶光、王祚先后战死，蕃将仆固怀恩保旰渡渭，退守河东。天下不如意事，重迭而来，节度使王思礼调镇关内，贼将安守忠等入寇，思礼遣将出战，为贼所败，退保扶风。守忠追蹑至太和关，去凤翔仅五十里，凤翔大骇，飞诏郭子仪入援。子仪星夜奔赴，中途遇着贼将、李归仁，奋力杀退，至西渭桥，与王思礼合军，进屯潏西。贼将安守忠李归仁，也联兵驻清渠，彼此相隔里许，相持七日。子仪等持重不战，守忠想了一个诱敌计，假意退兵，那时子仪亦堕贼计中，督兵追击，约行数里，才见贼骑倚山背水，摆成一字长蛇阵，子仪令攻贼中坚，不意贼兵首尾，分作两翼，夹击官军，官军不能相顾，四散奔逃。子仪亟率仆固怀恩等，断住后路，让败军先走，自己随战随退，还保武功。为子仪留身分，故不肯大书败状。随即单身诣阙，乞请自贬，乃降为左仆射。

是时，山南东道节度使鲁炅困守南阳，屡为贼将田承嗣等所围，粮尽援绝，突围走襄阳。河东节度副使，兼上党长史程千里，出击贼将蔡希德，马踬被擒。灵昌太守许叔冀，为贼困住，拔众走彭城。睢阳数次却贼，数次受围，贼将尹子奇誓破此城，城中兵少食尽，势亦垂危。再作总括语，均见笔法。肃宗屡闻败警，焦灼的了不得，且因贼兵逼近，无暇他顾，只好委任郭子仪，决计再攻西京，当下大犒将士，一一慰勉。且特语子仪道："功成与否，在此一举，愿卿竭忠尽智，无负朕望。"子仪道："此行不捷，臣必捐生。但有两大要事，请陛下施行。"肃宗问是何事？子仪一一说出，一是请元帅广平王俶，亲自督师；一是请征兵回纥，同往击贼。肃宗准如所请，遂令广平王调集朔方、西域等军，大举出征，一面驰使回纥，乞即发兵入援。

回纥怀仁可汗子磨延啜，嗣父登位，号葛勒可汗，有意和唐，立遣太子叶护等，率精兵四千余人，驰至凤翔。当由肃宗引见，厚礼款待。且令广平王俶，与叶护相见，约为兄弟。叶护大喜，称俶为兄，于是共得兵十五万人，号称二十万，出指长安。到了城西香积寺旁，连营为阵。李嗣业统前军，王思礼统后军，郭子仪统中军，长安贼亦倾寨出战，共约十万人，与官军南北对垒。贼将李归仁拨马舞刀，出来挑战，前军各奋力接仗，战不多时，那归仁故态复萌，佯作败退状，驰回本阵。官军乘胜追上，直薄贼垒，谁料归仁翻身出来，把刀一麾，贼阵中有名悍卒，统持着大刀阔斧，恶狠狠的截杀官军。官军猝为所乘，自相惊乱。李嗣业在后督战，见部下逐渐溃退，不禁大愤道："今日不委身饵贼，我军尚有生望么？"说着，即将铁甲卸去，持了一柄纯钢铸的长刀，纵马向前，大呼奋击，刀光过处，贼头纷纷落地。归仁舞刀来迎，嗣业刀长手快，乱劈过去，喝一声着，已将归仁头盔劈落。归仁披发逃回，贼亦随却。嗣业再接再厉，身先士卒，杀入贼阵。回纥叶护，也率众随上，趁势捣贼，贼众遂乱。力写嗣业。郭子仪知贼多诈，令仆固怀恩带领锐卒，防护辎重，果然贼后军抄至官军阵后，前来掩袭。怀恩驱军杀出，一阵横扫，好似风卷残云，立将贼兵驱尽。子仪、思礼两军，一齐出击，那嗣业带着前军，与回纥健卒，已洞穿贼垒，从前面杀到后面，会集全师，再行夹攻。自午至酉，斩首六万级，安守忠、李归仁等，到此也不能再战，弃甲曳兵，逃回城中。入夜尚嚣声不止。广平王俶，见全师大胜，鸣金收军。仆固怀恩叩马进言道："贼今夜必弃城出走，请元帅下令穷追。"俶摇首道："军力已疲，不宜轻进。"怀恩又道："战尚神速，可进即进，大帅如虑各军劳苦，怀恩愿率三百骑，追缚贼首，归献麾下。"余勇可贾。俶复道："将军战了一日，也未免吃力，且回营休息，明日再议！"怀恩不便再争，怏怏而退。

各军俱归宿营中，到了次日，俶正升帐发令，已有侦骑来报，贼将安守忠、李归仁，与张通儒、田乾真等，均已弃城遁去。俶乃整军入城，百姓扶老携幼，争来迎接，夹道欢呼，喜极而泣。至俶入城安民，回纥叶护，向俶请求，欲如前约。原来肃宗召见叶护时，曾与面约，谓克复西京，土地人民归唐，金帛子女归回纥。回纥援兵只有四千，何足平贼，况欲借外力以平内乱，后患亦多，肃宗遽以是为约，何其愦愦？叶护见京城已复，当然如约要求，俶无法推辞，只好向叶护下拜道："今始得京师，若遽行俘掠，东京必望风生怖，为贼固守，不可复取了。愿至东京后，始遵前约。"说亦谬误。叶护下马答拜道："当为殿下径往东京。"言已，复上马出城，驻营待命。俶留京抚阅三日，军民胡羌，罗拜道旁，相率叹美道："广平王真华夷共主呢。"亦属过誉。

捷报到了凤翔，肃宗大喜，百官入贺，即日遣中使啖庭瑶入蜀，奏白上皇，表请东归。一面命左仆射裴冕入西京，祭告郊庙，宣慰百姓。且调嗣虢王因留守西京，令广平王俶东出平洛。惟行军长史李泌，召还行在，不必东行。泌驰还凤翔，入谒肃宗，肃宗慰劳数语，即接说道："朕已表请上皇东归，朕当退居东宫，仍循子职。"泌忙答道："上皇未必东来了。"肃宗惊问何因？泌答道："陛下正位改元，已经二载，今忽奉此表，转使上皇心疑，怎肯即归？"肃宗爽然道："朕知误了，今且奈何？"泌从容道："陛下放心，臣当另草大臣贺表，请上皇东归便了。"肃宗即命左右取过纸笔，嘱泌草表。泌不假思索，一挥即就，捧呈肃宗过目。肃宗瞧着，系是群臣署名，略说："自马嵬请留，灵武劝进，及今收复京师，皇上无日不思定省，请上皇即日回銮，以就孝养"云云。结末数语，尤说得情词迫切，悱恻动人。肃宗不觉泪下，立命中使奉表入蜀，且留泌宴饮，同榻寝宿。泌乘间乞归道："臣已略报圣恩，今请许作闲人。"肃宗道:"朕与先生同忧,应与先生同乐,奈何思去?"泌答道:"臣有五不可留,愿陛下听臣归去,赐臣余生。"肃宗问道:"何谓五不可留?"泌答道:"臣遇陛下太早,陛下任臣太重,宠臣太深,臣功太高,迹亦太奇,有此五虑,所以不可复留。"这也是知彼知己之论。肃宗笑道:"夜已深了,先生且睡,缓日再议。"泌又道:"陛下与臣同榻,臣且尚不得请,况异日在御案前呢。陛下若不许臣去,便是要杀臣了。"语足惊人,然确是阅历有得之言。肃宗惊诧道:"先生何疑朕至此?朕非病狂,何至妄杀先生?"泌凄然道:"陛下不欲杀臣,臣尚得求去,否则臣何敢再言?且臣恐杀身,并非疑及陛下,就是这五不可呢。臣思陛下待臣甚厚,臣且未得尽言,他日天下既安,臣未必常邀圣眷,那时还好尽言么?"肃宗道:"朕知道了。先生屡欲北伐,朕不肯从,所以介意。"泌答道:"非为此事,乃是建宁一事哩。"肃宗道:"建宁过听小人,谋害乃兄,欲夺储位,朕不得已赐死,先生岂尚未闻么?"泌又道:"建宁若有此心,广平王当必怀怨,今广平每与臣言,痛弟含冤,一再泪下,且陛下前日,欲用建宁为元帅,臣请改任广平王,建宁果欲夺嫡,应恨臣切齿,为什么视臣为忠,益加亲善呢?"肃宗听到此语,也忍不住泪,且泣且语道:"先生言是,朕亦知悔了。但事成既往,朕不愿再闻。"泌又道:"臣非咎既往,乃欲陛下警戒将来。从前天后错杀太子弘,次子贤内怀忧惧,作《黄台瓜》词,中有二语云:'一摘使瓜好,再摘使瓜稀。'陛下已经过一摘了,幸勿再摘!"肃宗愕然道:"朕不至再有此事。先生良言,朕当书绅。"泌又说道:"陛下能时常留意,何必多存形迹,此事已蒙俞允,臣愿毕了,只请陛下准臣还山。"肃宗道:"且待东京收复,朕还都再议。"泌乃无言。看官听着!这番密陈,虽是泌明哲保身,但也为广平王起见,他恐张、李再行构难,诬害广平,所以殷勤陈情，启沃主心，这真是苦心调停，保全不少哩。应该赞扬。

转眼间由秋经冬，睢阳急报，与雪片相似。肃宗促邻郡速援，且特饬同平章事张镐，出任河南节度使，驰援睢阳。幸喜平洛大军，沿途顺手，屡献捷音，华阴弘农，次第平复，并献入俘囚百余人，肃宗命一律斩首。监察御史李勉入谏道："今元恶未除，海内枭桀，多半为贼所胁污，闻陛下龙兴，方思革面洗心，沐浴圣化，若概从骈戮，恐反驱令从贼，诛不胜诛了，愿陛下三思！"肃宗乃下诏特赦，远近闻风归附。贼将张通儒等，败奔至陕，安庆绪悉发洛阳兵众，令严庄为统帅，往援通儒，步骑合计十五万，共拒官军。郭子仪等长驱直进，到了新店，前面正遇着大队贼兵，依山列营，气势颇盛。子仪颇以为忧，即与回纥叶护商议，令率回纥兵绕出山后，袭击贼背。叶护依计而行，子仪乃麾兵攻贼，贼仗着锐气，由高趋下，猛扑官军。官军前队多伤，逐步倒退。蓦闻得山上鼓响，有数十支硬箭，射入贼中。贼众回首惊顾道："回纥兵到了！"随即骇走，子仪与回纥叶护，先后夹攻，杀得贼兵东倒西歪，尸骸遍野。严庄张通儒等，落荒东走，连陕城也不及顾了。子仪遂请广平王俶，乘胜入陕城，再命仆固怀恩等，分道追贼，如入无人之境。严庄奔入洛阳，狼狈得很，庆绪本视酒如命，每日深居简出，狂饮不休，一切军务，全靠严庄主持。庄既败还，庆绪当然惊惶，急与庄商议对敌。庄已垂头丧气，想不出甚么法儿，好多时献上一策，乃是一个"走"字。庆绪依计而行，遂聚集党羽，黄昏出奔，唐将哥舒翰程千里等，从前陷入贼中，至此一并杀死，便匆匆出后苑门，逃向河北去了。

捷书到陕，广平王俶，率大军驰入东京，回纥兵争先拥进，肆行劫掠，可怜洛阳城内的百姓，前次已遭贼蹂躏，此番复遇夷掠夺，儿啼女散，家尽财空。骚扰了两昼夜，回纥兵心尚未足，纵掠如故，郭子仪看不过去，请命广平王召入父老，募集罗锦万匹，酬谢回纥，才算休兵。这皆是肃宗父子贻害百姓，可叹！肃宗日夜望捷，既得好音，便拟启跸回京。李泌又固请还山，肃宗不许。适值啖庭瑶自蜀驰归，呈上上皇手诰，竟欲终老剑南，不愿东归，肃宗未免忧虑。越数日，赍奉群臣贺表的使臣，亦自成都遣还，报称上皇览表，甚是喜慰，命食作乐，下诰定行期。肃宗遂召语李泌道："使我父子重见，全出先生大力，曷胜感慰！"泌下拜道："两京收复，上皇归来，臣报德已毕了。但望陛下加恩，赐臣骸骨！"肃宗尚欲挽留，经泌伏地力请，乃怆然道："先生请起！朕暂允先生归山。"泌乃起身趋出，草草整装，便即陛辞。肃宗亲送出城，洒泪而别。一肩行李，两袖清风，飘然南行去了。到了衡山，地方官已经奉敕为泌筑室山中，并送给三品俸禄，泌乃山居自乐，不问世事。小子有诗叹道：

> 范蠡沼吴甘隐去，张良兴汉托仙游。
> 功成身退斯为智，唐室更逢李邺侯。

李泌去后，肃宗即遣韦见素入蜀，奉迎上皇，一面启跸还都。临行时接得张镐急报，又未免触动悲怀，究竟为着何事？且至下回说明。

　　本回事实，最为杂沓，若一一分叙，便如断烂朝报相等，毫无趣味。著书人以广平出征，及李泌归隐为纲，而此外各事，俱随笔销纳，既不病繁，亦不嫌略。盖广平出征，两京始得收复，此为最大要件，不得不格外从详。李泌之出，关系甚大，不特收复两京，出自泌之参赞，即如迎还上皇，保全广平，何一非泌之力乎？外有郭子仪，内有李泌，而肃宗始得中兴，故叙述武事，处处注重郭子仪，叙述文谟，处处注重李泌，握其要而众具毕张，阅此可以知行文之法焉。

第五十五回

与城俱亡双忠死义 从贼堕节六等定刑

却说河南节度使张镐，曾奉敕往援睢阳，因调集各军，不免稍需时日。当时尝飞檄谯郡太守闾邱晓等，星夜往援，哪知闾邱晓等，均不奉命，坐听睢阳失守，张巡、许远，先后殉义，及镐率军至睢阳城下，城已被陷三日了。镐召闾邱晓至军，严词诘责，捶毙杖下，当即遣使飞报凤翔。肃宗未免痛悼，因登程还京，一切赠恤，俟到京后再议，但遥敕镐查明张、许家属，速即奏报。看官欲知张、许殉义情事，待小子本末叙明。*阐扬忠义，应从详叙。*

张巡、南阳人，夙谙武略，登进士第，出为县令。禄山乱起，陷入河南，谯郡太守杨万石降贼，胁巡为长史，使西迎贼军。巡至真源，率吏哭玄元皇帝庙中，起兵讨逆，得壮士千人，西诣雍邱。适雍邱令令狐潮出迎贼众，遂入城拒守。令狐潮引贼兵四万，来夺雍邱，巡孤军出战，杀退贼兵。潮与巡有旧交，屡诱巡降，巡以大义相责，始终不从。潮连番进攻，城中矢尽，巡缚草为人，被服黑衣，夜缒城下，共计千余。潮因暮夜昏昏，不便出战，但令射箭，巡将草人扯起，得矢十余万，得复射贼。嗣令壮士缒城出袭，服饰如草人，贼笑不设备，竟被壮士突入，大破贼寨。潮屡退屡进，巡使郎将雷万春登陴守御，贼用飞弩迭射，连中雷颊，共计六箭。雷直立不动，贼疑为木人，哗然噪动，但听城上大声道："黠贼，认得我雷将军否?"仿佛《三国演义》中之张翼德。贼大惊骇。巡乘势杀出,擒贼将十四人,斩首百余级,潮乃遁去。

　　既而河南节度使嗣虢王巨,出驻彭城,命巡为先锋使。巡闻宁陵围急,移军往援,始与睢阳太守许远相见。远系许敬宗曾孙,天性忠厚,晓明吏治。颇能为乃祖干蛊。既见巡,恍如旧识,互叙年齿,乃同年所生,远长数月,巡因呼远为兄,誓相援应。还有城父令姚訚,亦与联合。贼将杨朝宗率马步二万,袭击宁陵,巡、远合军与战,杀贼万余人,投尸汴水,河为不流。有诏擢巡为河南节度副使。至德二载,禄山刺死,庆绪遣将尹子奇,带领蕃胡各骑兵,猛扑睢阳。巡率军援远,血战二十余日,锐气不衰。远以材不及巡,专治军粮战具,一切攻守事宜,均归巡主张。巡连败子奇,所获车马牛羊,悉分给兵士,秋毫不入私囊,诏拜巡为御史中丞,远为侍御史,訚为吏部郎中。子奇三战三北,益兵进攻,巡不依古法,临危应变,奇出不穷。尝欲射死子奇,苦不能识,乃削蒿为矢,射入贼营。贼以为城中矢尽,喜白子奇,子奇遂亲自督攻,巡将南霁云,觑定子奇,抽矢搭弓,射将下去,正中子奇左目。子奇痛不可忍,伏鞍而逃。巡自城中杀出,杀贼无算,余贼保护子奇,又复遁去。

　　巡因将士有功,遣使白嗣虢王巨,请给赏物。巨只给空白告身三十纸,还统是营中末职,经巡遗书责巨,巨全然不保,且命将睢阳积谷,运去三万斛,转给濮阳、济阴。远遣使固争,终不见从,反说远不受节制,静候严参。远拗他不过,只好眼睁睁的由他运去。济阴得粮即叛,接应子奇,子奇目创已愈,遂征兵远近,得悍贼数万,再攻睢阳。此次来报前恨,百方攻扑,迭用云梯、钩、车、木驴等物,俱为巡破毁,毫不见效。子奇乃不敢复攻,但穿壕立栅,困住孤城。城中守兵,本来只数千人,自经子奇迭攻,或死或伤,减去十成之八,只有六百人尚能防御。更因积粮被巨运去，无食可依，起初每人每日，给米一勺，后来米已食尽，但食茶纸树皮，不得已遣南霁云等，突围出去，或飞报行在，或告急邻郡。

时许叔冀在谯郡，尚衡在彭城，俱不肯出援。霁云乞师不应，愤投临淮。御史大夫贺兰进明，正代任河南节度使，在临淮驻着，霁云入见，备述睢阳苦况，请速济师。进明道："今日睢阳已不知存亡，兵去何益？"霁云道："睢阳若陷，霁云当以死谢大夫，且睢阳既拔，即及临淮，唇齿相依，怎得不救？"进明道："事从缓商，君远来疲乏，姑且留宴。"霁云尚望进明出师，忍气待着。少顷，堂上陈筵，堂下奏乐，进明延霁云入座，霁云不禁流涕道："睢阳兵士，不食月余，霁云何忍独食？食亦何能下咽？大夫坐拥强兵，不愿分兵救患，忠义何存？愿大夫熟察！"说至此，竟将指插入口中，忍痛啮下，呈示进明道："霁云奉命乞援，不能代伸主将苦衷，抱歉何似！愿留一指示信，方可归报。"旁座见霁云忠愤，也为泣下。独进明麻木不仁，奈何？进明道："我亦知君忠勇，但往救睢阳，势已无及，不如留在我处，徐图立功。"霁云道："霁云若忍负张公，便是不忠不义，大夫留我何益。"言毕，竟酹酒地上，向各座拱手，抢步下堂，上马径去。路过佛寺，见浮屠矗立，浮屠即塔。抽矢射中上层砖瓦，且指誓道："我若破贼，必灭贺兰，这矢就是记恨哩。"还至宁陵，与城使廉坦，同率步骑三千人，冒围入城。贼因霁云突围外出，日夜防有援兵，至是悉众阻截，由霁云拼死冲突，杀开一条血路，驰入睢阳，回顾手下，已仅得千人。

巡见霁云，知进明等俱不肯发兵，也未免惶急，将吏无不痛哭，且议突围东奔。巡语许远道："睢阳为江淮保障，若弃城他去，贼必乘胜南下，是江淮将尽为贼有了。况我众饥羸，未能远走，在城固死，出城亦死，我想行在虽远，去使谅可达到，将来总有复音，不如坚守待命。"远亦赞成巡议，可奈满城无粮，嗷嗷待哺，米尽食茶纸，茶纸尽食马，马尽食雀鼠，雀鼠又尽，至煮铠弩皮以食。巡妾霍氏，情愿杀身饷士，巡听令自刎，烹尸出陈，指语大众道："诸君累月乏食，忠愤曾不少衰，我恨不割肉啖众，怎肯顾惜一妾，坐视士饥？"将士等相向泪下，巡强令嚼食，远亦杀奴僮哺卒。区区数人，不足一饱，以连日饿殍枕藉，所余只四百人，亦皆饿病不支，巡西向再拜道："臣力竭了，生不能报陛下，死当为厉鬼杀贼。"贼众见城守寥寥，即四面登城，陷入城内，巡、远及姚訚南霁云、雷万春等，陆续受擒，各被推至子奇面前。子奇问巡道："君每战必眦裂齿碎，究为何意？"巡愤然道："我志吞逆贼，怎得不裂眦碎齿？"子奇怒道："你存齿几何？"遂用刀抉视巡齿，只存三四枚，也不觉失声道："可敬可敬！君能从我，当共图富贵。"巡骂道："我为君父而死，死何足恨？尔等甘心附贼，贼彘不如，宁能长存人世么？"子奇尚欲存巡，用刀置巡项，迫令快降，巡终不屈。又胁降南霁云，霁云未应。巡呼道："南八霁云小字。男儿，一死罢了，岂可为贼屈？"霁云笑道："我不欲遽死，思有所为，公素知我，我敢不死么？"乃与姚訚、雷万春等三十六人，同时遇害。许远被解送洛阳，洛阳已为唐军所破，转送偃师，亦以不屈见杀。睢阳称为双忠，建祠尸祝，号为双忠庙，至今尚存。大节千秋！肃宗闻进明等不肯出援，乃改任张镐，兼江南节度使，间邱晓为谯郡太守。卒以道远不及，且为间邱晓所误，终致双忠毕命，徒自流芳，这也是可悲可叹呢。

肃宗自凤翔入西京，百姓欢跃，争呼万岁。御史中丞崔器，令前时从贼诸官，均免冠徒跣，至含元殿前，顿首请罪。就是东京降贼诸官吏，如陈希烈、张均、张垍、达奚珣等，亦均由广平王收送西京，俱至朝堂听候惩处，肃宗命改系狱中。

惟汲郡人甄济、武功人苏源明，屡经禄山胁迫，始终不受伪命，有诏特擢济为秘书郎，源明为考功郎中，兼知制诰。回纥太子叶护，自东京还师，入觐宣政殿，面陈军中马少，愿留兵沙苑，自归取马，再来助讨范阳，扫清余孽。肃宗大喜，即封他为忠义王，所有回纥部兵，各赐锦绣缯器，并愿岁给绢二万匹，使就朔方军领受，叶护拜辞而去。已而广平王俶、郭子仪皆还西京，肃宗封子仪为代国公，食邑千户，且面加慰谕道："国家再造，皆由卿力。"子仪顿首拜谢，诏令再往东都，经略北讨。张镐与鲁炅、来瑱、嗣吴王祗、李嗣业、李奂五节度，出略河东、河南各郡县，大半平定。贼将严庄，料知无成，背了安庆绪，潜行来降，肃宗命为司农卿。尹子奇为张镐所败，败走陈留，陈留人袭杀子奇，举城降官军。肃宗很是喜慰，乃修复宗庙，整缮宫殿，专待上皇还都。

至十二月间，上皇已到咸阳，由肃宗备齐法驾，带同百官，往望贤宫迎接上皇。上皇在宫南楼，开轩俯瞩，肃宗改服紫袍，下马趋进，拜舞楼下。上皇降楼抚慰，父子相对泣下，因见肃宗服紫，即向索黄袍，亲披肃宗身上。肃宗顿首固辞，何必做作。上皇道："天数人心，已皆归汝，使朕得保养余年，就是汝的孝思了，何必多辞。"肃宗乃受，请上皇登殿，受百官朝贺毕，命尚食进膳，尝而后进。是夕侍宿行宫，翌晨奉上皇启驾，肃宗亲自执靮，前行数步，经上皇谕止，方乘马前导，不敢自当驰道。上皇顾左右道："我为天子五十年，不足言贵，今为天子父，才算是真贵了。"慢着! 尚有张氏在内。既至西京，御含元殿慰抚官民，寻诣长乐殿九庙神主，恸哭多时，恐是哭杨贵妃。乃往幸兴庆宫，就此居住。肃宗再请避位，退居东宫，还要如此，多令人笑。上皇不许，出传国玺授与肃宗。肃宗涕泣受宝，始出御丹凤楼，颁诏大赦。惟与禄山同反，及李林甫、王銊、杨国忠子孙，不在免例。立广平王俶为楚王，加郭子仪司徒，李光弼司空，其余扈驾立功诸臣，俱进阶赐爵有差。追赠死节诸臣，如李憕、卢弈、蒋清、张介然、颜杲卿、袁履谦、张巡、许远、姚訚、南霁云、雷万春等，各依原官增阶，子孙赐荫。郡县来年租庸，三分减一。近时所改郡名官名，一律复旧。以蜀郡为南京，凤翔为西京，西京为中京，册封张良娣为淑妃，皇子南阳王系以下，<small>肃宗有十四子，次子名系。</small>各令迁封。拜李辅国为殿中监，晋封成国公。时韦见素、裴冕、房琯等，均已罢相，改用苗晋卿为侍中，王屿为中书侍郎，李麟同中书门下三品，内外腾欢，翕然同声。惟张巡得追封扬州大都督，许远亦追封荆州大都督。巡子亚夫，远子玫，一并授官。当时颇多异议，有说巡死守睢阳，杀身无补，有说巡忍残人命，与其食人，宁可全人。<small>不责奸臣，但责忠臣，是何居心？</small>巡友李翰，乃为巡作传，且附表上呈，略云：

> 巡以寡击众，以弱制强，保江、淮以待陛下之师，师至而巡死，巡之功大矣。而议者或罪巡以食人，愚巡以守死，善遏恶扬，录瑕弃功，臣窃痛之！巡所以固守者，待诸军之救，救兵不至而食尽，食既尽而及人，乖其素志。设使巡守城之初，已有食人之计，捐数百生命以全天下，臣犹曰功过相掩，况非其素志乎？今巡死大难，不睹休明，惟有令名，是以荣禄。若不时纪录，恐远而不传，使巡生死不遇，可悲孰甚？臣敬撰《巡传》一卷献上，乞遍列史官，以昭忠烈而存实迹，则不胜幸甚！

此外尚有张澹、李纾、董南史、张建封、樊晃、朱巨川等，亦皆为巡辩白，群议始息。既又訾及许远，谓远不与巡同死，有幸生意。巡季子去疾，亦为所惑，后来上书斥远，谓："远有异心，使父巡功业隳败，负憾九泉，臣与远不共戴天，

请追夺远官以刷冤耻"等语。亏得尚书省据理申驳,略言:
"远后巡死,即目为从贼,他人死在巡前,独不可目巡为叛
么?且贼人屠城,尝以生擒守吏为功,远为睢阳守吏,贼不遽
杀,便是为此,有何可疑?彼时去疾尚幼,事未详知,乃有此
议,其实两人忠烈,皎若日星,不得妄评优劣。"议乃得寝。
前叙两人详迹,此更述及当时正论,无非阐表双忠。这且搁下不提。

　　且说御史中丞崔器,既令两京从贼诸官,请罪系狱,又与
礼部尚书李岘、兵部侍郎吕谭,奉制按问。器与谭俱主张严
办,上言从贼诸臣,皆应处死。独李岘用侍御史李栖筠为详理
判官,拟酌量轻重,分等治罪。三人争议累日,请旨定夺。肃
宗从李岘议,乃定罪名为六等,最重处斩,次赐自尽,次杖一
百,次三等流贬。张均、张垍列在处死条内,肃宗意欲宥此二
人,转奏上皇,拟降敕特赦。上皇道:"均、垍世受国恩,乃
甘心从贼,且为贼尽力,毁我家事,怎可不诛?"肃宗叩头再
拜道:"臣非张说父子,哪有今日,若不能保全均、垍,倘他
日死而有知,何面目再见张说?"语至此,俯伏流涕。上皇命
左右扶起肃宗,复与语道:"我看汝面,饶了张垍死罪,流成
岭外。张均逆奴,无君无父,定不可赦,汝不必申请了。"肃
宗乃涕泣受命。看官道肃宗何故要赦此二人?肃宗系杨良媛所
出,当杨氏初孕时,正值太平公主用事,专与玄宗为仇,时张
说正官侍读,得出入东宫,玄宗密语说道:"良媛有孕,恐太
平公主闻知,又要当做一桩话柄,说我内多嬖宠,在父皇前搬
弄是非,不如用药堕胎,免得他来借口。"张说道:"龙种岂
可轻堕?"玄宗道:"欲全一子,转害自身,实属不值,我意
已决,幸为我觅一堕胎药,勿泄勿忘。"说乃趋出,自思此事
实为难得很,堕了胎有损母子,不堕胎有碍储君,现只好取药
二剂,一安胎,一堕胎,送将进去,由他取用,听凭天数罢
了。便是他狡猾处。计划已定,遂挟药二剂以入,但说统是堕

胎药。玄宗接药后，趁那夜静无人的时候，在密室亲自取煎，给杨氏服了下去，腹中毫无动静，反安安稳稳的睡了一宵，次日也不见什么变动，原来所服的是那剂安胎药了。玄宗哪里晓得，只道是一剂无效，须进二剂，因再照昨夜办法，仍在夜间密煎。他因连夜辛苦，就隐几假寐，朦胧睡去，忽见有一金甲神，就药炉前环绕一周，用戈拨倒药炉，不由的突然惊寤，急起身看时，药炉果已倾翻，炭火亦已浇灭，益觉惊异不置。次日又密告张说，说拜贺道："这便是天神呵护哩！臣原说龙种不宜轻堕，只恐有妨尊命，因特呈进二药，取决天命，不瞒殿下说，一剂是安胎药，一剂是堕胎药，想前日所服的是安胎药了。昨夜所煎的是堕胎药，天意不使堕胎，乃遣神明拨倾此药。殿下能顺天而行，不特免祸，且足获福呢。"玄宗乃止。果然肃宗生后，太平公主以谋逆赐死，玄宗即得受禅。杨良媛进位贵嫔，复生一女，即宁亲公主。及年已长成，下嫁说子张垍，这便是肃宗母子，暗中报德的意思。

　　肃宗生平所最恨的是李林甫，所最亲的是张说父子，即位后尝欲发林甫墓，焚骨扬灰，还是李泌极谏，谓恐上皇疑及韦妃绝婚，特地修怨，反滋不安，肃宗方才罢议。补叙张说父子关系，因插入李林甫事，笔法聪明。独想念均垍兄弟，尝欲拔出贼中，仍令复官，且追痛生母已殁，只遗自己及女弟二人，女弟宁亲公主，既嫁与张垍，越应该设法保全，俾得夫妇完聚，可巧玄宗在蜀，已称上皇，并令百官共议杨贵嫔尊称，得追册为元献皇后。肃宗生母，得册为后，亦就此补叙。肃宗因上皇顾念生母，势必兼及张氏一家，所以均垍拟辟，特向上皇前从宽，偏是上皇不许，但只赦张垍一人，仍然长流，那时爱莫能助，只好付诸一叹罢了。后来垍死流所，宁亲公主竟改嫁裴颖，唐朝家法，原是不管名节，毋庸细表。单说当时从贼诸官，罪名已定，斩达奚珣等十八人，赐陈希烈等七人自尽，张均列入在内。此外或杖或流贬，分别处分，一班寡廉鲜耻的官吏，至此才知懊悔，但已是无及了。嗣有人从贼中自拔来降，谓安庆绪奔邺郡，尚有唐室故吏随着，初闻陈希烈等遇赦，统自恨失身贼庭，及闻希烈等被诛，乃决计从贼，不敢归唐。肃宗听说，悔叹不已。后儒以为背主事贼，行同枭獍，不杀何待，有什么可悔呢？小子有诗叹道：

> 犬马犹存报主恩，胡为人面反无知？
> 大廷赏罚应持正，怎得拘拘顾尔私。

肃宗既核定赏罚，再拟调兵讨贼，忽报贼将史思明、高秀岩等，遣使奉表，情愿挈众投诚，究竟是否真降？容小子下回续叙。

张巡许远，为唐室一代忠臣，不得不详叙事实，为后世之为人臣者劝。南霁云雷万春等，皆忠义士，一经演述，须眉活现，所谓附骥尾而名益显者欤？张均张垍，丧心附逆，死有余辜，此而不诛，何以对死事诸臣于地下乎？玄宗不许末减，尚知彰善瘅恶之义，而肃宗乃以张说私恩，必欲保全均垍，为私废公，殊不足取。况均垍为唐室叛臣，即不当为张说逆子，说不忠唐则已，说而忠唐，即起地下而问之，亦以为必杀无赦。信赏必罚，乃可图功，为国者可以知所鉴矣。

第五十六回

九节度受制鱼朝恩　两叛将投降李光弼

却说史思明自围攻太原，被李光弼击退后，还守范阳。应五十四回。庆绪封他为妫川王，兼范阳节度使。范阳本安氏巢穴，凡禄山所得两京珍宝，多半运往，堆积如山。思明恃富生骄，便欲取范阳为己有，不服庆绪节制。庆绪又失去洛阳，走保邺郡。李归仁等有众数万，溃归范阳，沿途剽掠，人物无遗。思明乘势招徕，并将他所掠各物，一一截住，势益富强。庆绪在邺，四面征兵，蔡希德、田承嗣、武令珣等，先后趋集，复得六万人。独思明不发一卒，亦不通一使。庆绪知他怀贰，特遣阿史那承庆、安守忠、李立节三人，率五千骑诣范阳，借征兵为名，嘱令侦袭。思明闻两人入境，已料他不怀好意，即与部下密商。一个乖似一个。判官狄仁智道："大夫为安氏臣，无非惮他凶威，勉承奔走。今安氏失势，唐室中兴，大夫何不率众归唐，自求多福呢？"裨将乌承玼亦道："庆绪似叶上露，不久必亡，大夫奈何与他同尽？不如归款唐廷为是。"思明也以为然，遂设伏帐外，自率众数万出迎。既见承庆、守忠，即下马行礼，握手道故，备极殷勤。承庆等如何下手，只好随入城中。思明即引承庆等入厅，张乐设宴。饮至半酣，掷杯为号，伏兵突入，竟将承庆等三人拿下，一面收截来骑甲兵，给赀遣散。乃令部将窦子昂奉表唐廷，愿将所部十三郡及兵十三万人归降。并令伪河东节度使高秀岩，亦拜表投诚。肃宗大喜，召见子昂，慰抚交至，即敕封思明为归义王，仍兼范阳节度使，子七人皆除显官。封赏太急。授秀岩云中太守，诸子亦得列职。且遣内侍李思敬与前信都太守乌承恩，驰往宣慰，使率部众讨庆绪。思明受了册封，立斩安守忠、李立节两人，表明诚意。只阿史那承庆与有旧交，释置不问。承恩遍历河北，宣布诏旨。沧、瀛、安、深、德、棣等州皆降，惟相州尚属安氏，河北大势，也统算平复了。

　　未几至至德三载，上皇加肃宗尊号，称为"光天文武大圣孝感皇帝"。肃宗也加奉上皇尊号，称为"圣皇天帝"。父子天性相关，何必虚名施报。大赦改元，仍以载为年，称至德三载为乾元元年。立淑妃张氏为皇后，命李辅国兼太仆卿。两人内外勾结，势倾朝野，且屡引子以母贵的成语，讽示肃宗。肃宗以兴王佋虽为后出，究竟年幼序卑，不便立储。尝语考功郎中李揆道："朕意欲立俶为太子，卿意何如？"揆再拜称贺道："这是社稷幸福，臣不胜大庆呢。"肃宗乃改封楚王俶为成王，越数日即立为太子，更名为豫。

　　同平章事张镐，素性简澹，不事中要。后与辅国，皆不喜镐，尝有谗言。会镐上言："史思明因乱窃位，人面兽心，万不可恃。新任滑州刺史许叔冀，狡猾多诈，临难必变。"肃宗以为过虑，不切事机，遂罢为荆州防御使，所有兼任河南节度使一缺，易委崔光远接任。崔曾将西京献贼，奈何不诛，反加重任？不到半年，史思明逆迹昭著，竟复叛唐自主，且称起大圣燕王来了。自张镐罢去后，接连是李光弼奏请，谓："思明凶狡，必将叛乱，应令乌承恩就便预防。"肃宗还是未信。光弼又上第二次密奏，劝肃宗用承恩为范阳副使，且赐阿史那承庆铁券，令图思明。肃宗乃依计照行。看官！你道光弼何故要重用承恩？原来承恩父名知义，曾任平卢节度使。思明尝居知义麾下，感他厚待，因此承恩守信都，城为思明所陷，承恩陷入贼中，思明待以客礼，纵令南还。及承恩奉敕宣慰，思明格外恭敬，视若上宾。承恩有所陈请，思明多曲意相从。光弼侦知情事，因欲就承恩身上，诱取思明。肃宗从光弼言，授承恩为范阳节度副使，且令转赐阿史那承庆铁券。

承恩秘而未发，但出私财联络部曲，且数着妇人衣，诣诸将营，劝令效忠唐室。诸将或转告思明，思明当然生疑，遂延承恩入宴，留宿府中，阴令心腹二人，伏住床下，一面命承恩少子，夜入省父。承恩私语少子道："我受命除此逆胡，当授我为节度使。"语尚未毕，那床下即冲出两人，大呼而去。承恩自知谋泄，慌得脚忙手乱。门外已有胡兵拥入，立将承恩父子拿下，并搜承恩行囊，得铁券及光弼文牒，一并献与思明。思明责承恩道："我有何负汝，乃欲害我？"承恩无词可答，只好说是李光弼主谋。思明乃集将佐吏民，西向大哭道："臣率十三万众归降朝廷，何事负陛下，乃欲杀臣？"随即喝令左右，榜杀承恩父子，并索得承恩党与二百余人，尽行杀死。独承恩弟承玼，为思明部下裨将，得脱身走太原。思明遂囚住中使李思敬，且令狄仁智、张不矜草表，请诛光弼。表既草就，不矜持示思明，及将入函，复由仁智削去。不料事又被泄，由思明召入二人，诘问罪状，且顾语仁智道："我用汝垂三十年，今日罪当斩首，乃汝负我，非我负汝。"仁智厉声道："人生总有一死，得尽忠义，死也值得。若从大夫造反，不过虚延岁月，将来死且遗臭，何如速死为愈呢！"久居贼中，不染贼习，却是个好男儿。思明怒起，喝令侍从将仁智捶死。不矜亦随毙杖下，另遣他人草表，传达唐廷。肃宗乃颁敕慰谕，统推在承恩一人身上，谓非朝廷与光弼意。看官！你道史思明是个小儿，肯听唐朝皇帝的诳言吗？益使悍贼轻视？更可笑的是命九节度出讨安庆绪，反差一个宦官鱼朝恩，去做观军容使，监制这九节度。这真是越弄越错了。一折便下，笔如潮流。

　　九节度使为谁？就是朔方节度郭子仪、河东节度李光弼、泽潞节度王思礼、淮西节度鲁炅、兴平节度李奂、滑濮节度许叔冀、镇西兼北庭节度李嗣业、郑蔡节度季光琛、河南节度崔光远。这九节度麾下的马兵步兵，合将拢来，差不多有五六十万。肃宗本拟令子仪为统帅，只因光弼与子仪功业相等，难相统属，所以不置元帅，特创一个观军容使的名目，令宦官鱼朝恩充职。朝恩晓得甚么兵法，不知他如何运动，得此美差。赫赫威灵的九节度使，竟要这阉奴前来监督，叫他们如何服气呢？评论得当。子仪先引兵至河东，至获嘉县，破贼将安太清，太清走保卫州。安庆绪尽发邺中部众，亲自带领，往救太清。子仪用埋伏计，诱贼近垒，呼起伏兵，一阵攒射，顿将庆绪击走，遂拔卫州。庆绪奔还邺城，子仪乃会集九节度兵马，陆续围邺。庆绪大惧，急向思明处求援，情愿把位置让与思明。思明遂自称大圣燕王，出兵陷魏郡，留驻观变。光弼在军中倡议道："思明既得魏郡，尚按兵不进，明明是待我懈弛，恰好来掩我不备呢。为今日计，且由我军与朔方军，同逼魏城，与他一战，我料他鉴嘉山覆辙，必不敢轻出。嘉山事见五十一回。这边尚有七路大军，足下邺城。邺城拔，庆绪死，再合全师攻思明，思明虽狡，也无能为了。"确是万全计策。偏鱼朝恩硬来作梗，定要他同攻邺城，说是兵多易下，再击思明不迟。各节度又多模棱两可，没一个出来作主，徒落得你推我诿，势若散沙。自乾元元年十月围邺，直至二年正月，尚未得手。镇西节度李嗣业，忍不住一腔烦恼，遂亲自扑城。城上箭如雨下，突将嗣业臂上，射中一箭。嗣业不以为意，把箭拔去，哪知箭镞有毒，侵入肌骨，霎时间暴肿起来，痛不可忍，乃收兵回营，越宿竟致谢世。

　　兵马使荔非元礼，代统士卒，仍然留军围城。郭子仪等筑垒再重，穿堑三重，且决漳水灌入城中。城中井泉皆溢，贼兵多迁居高处，更因粮食已尽，一鼠且值钱四千，并淘马矢以食马，急得庆绪不知所措，但日望思明进援。思明煞是厉害，闻邺城危急万分，乃引兵趋救，却又一时不到城下，但遣轻骑挑战。官军出击，便即散归；官军回营，又复趋集。闹得官军日夜不安。思明更选壮士数队，扮作官军模样，四处拦截官军粮运。每见舟车运至，即上前焚掠，官军防不胜防，遂致各营乏食，均有归志。实是号令不专之弊。思明乃引众直抵城下，与官军决战。李光弼、王思礼、许叔冀鲁炅四路兵马，先出交锋。鏖战了两三时，杀伤相当。鲁炅中流矢退还，子仪等乃出兵继进。甫经布阵，忽觉大风卷至，拔木扬沙，霎时天昏地暗，咫尺不辨。两军互相惊诧，彼此骇散，贼兵北溃，官军南奔，甲仗辎重，抛弃无算。子仪走回河阳，忙将桥梁拆断，保住东京，哪知东京留守崔圆、河南尹苏震等已经遁去。士民骇奔山谷，途中如织。那诸节度的溃兵，反乘势剽掠，吏不能止，惟李光弼、王思礼整军退归，沿途无犯，但百姓已吃苦得够了。子仪入东京，已剩了一座空城，幸诸将继至，得数万人。大众以东京空虚，必不可守，不如退保蒲、陕。独都虞侯张用济道："蒲、陕荐饥，不若守河阳，河阳得守，东京自无虞了。"子仪乃使都游奕使韩游环，率五百骑趋河阳；用济以步卒五千继进，协同守御。果然思明遣伪行军司马周挚，来夺河阳，被用济率兵杀退。更筑南北两城，分兵戍守，贼兵始不敢进窥了。九节度上表请罪，肃宗一律赦免，惟削夺崔圆、苏震官阶，且令子仪为东畿、山东、河东诸道元帅，权知东京留守，主持战守事宜。

子仪因新遭败衄，未敢急进。那史思明得收整士卒，驻扎邺南。安庆绪因官军溃去，遣将出搜官军各营，得余粟六七万石，遂与孙孝哲、崔乾祐等，谋拒思明。偏张通儒等以庆绪负义，各有违言。思明复遣使责庆绪，庆绪窘蹙，只好向思明乞和，甚至上表称臣。思明封还表文，愿各略去君臣礼节，改称兄弟。庆绪大悦，因请歃血同盟。思明狡黠得很，阳为允许，即邀庆绪至营设誓。庆绪便冒冒失失的带着四弟及骑兵三百，出城诣思明营。思明盛张军备，高踞胡床，传庆绪入见。庆绪才知有变，奈已不能退回，只好低首趋入，屈膝下拜道："臣不能负荷先业，弃两都，陷重围，幸蒙大王忆念上皇，远垂救援，使臣应死复生。臣虽摩顶至踵，尚难报德。"说至此，蓦听案上猛拍一声，且厉叱道："失去两都，还是小事，尔为人子，敢杀父夺位，神人共愤，天地不容。我为太上皇讨贼，岂受尔谄媚么？"强盗也讲正理么？但禄山之死，假手于子，庆绪之死，假手于臣，逆报昭彰，千古不爽。庆绪听着，魂已出壳，又闻思明一声呼叱，即有数壮士走近身前，把自己抓了出去。俄见四个阿弟，也被他陆续牵至，还有孙孝哲、崔乾祐、高尚诸人，一古脑儿绑缚起来，正是懊悔不及。忽又有人传出号令，庆绪兄弟赐死，孙孝哲、崔乾祐、高尚处斩。当由似虎似狼的兵役，应声动手，一面用绳勒项，一面开刀枭首。不到一刻，那庆绪以下的逆魂凶魄，仍做了同帮，向森罗殿上对簿去了。全力写照，为大逆不道者戒。统计禄山父子僭位，三年而灭。

思明即勒兵入邺城，授张通儒等官阶，收降安氏遗众，留子朝义统兵居守。自率众还至范阳，僭称大燕皇帝，建元顺天，立妻辛氏为皇后，子朝义为怀王，周挚为相，李归仁为将。改范阳为燕京，称州为郡。郊天遇暴风，不得成礼；铸顺天通宝钱，仅得一文，余皆无成。思明不肯罢休，复分军四出，渡河南下。这时候的唐肃宗，方宠昵张皇后，信任李辅国。辅国入司符宝，出掌禁兵，所有制敕，必经辅国押署，然后施行。宰相百司，有事陈请，必须先白辅国，后达肃宗。辅国骄横专恣，无人敢违。苗晋卿、王玙、李麟等，皆不合辅国意，相继罢去，改用京兆尹李岘，中书舍人李揆，户部侍郎第五琦，同平章事。揆见辅国，执子弟礼，尊为五父。辅国排行第五。惟李岘入白肃宗谓制敕应由中书颁行，且劾辅国专权乱政，须加裁抑。肃宗疑信参半，但令制敕归中书掌管，已是得罪辅国。岘入相才经匝月，即被辅国诬害，贬为蜀州刺史。鱼朝恩与李辅国，本是同党，自邺还京，屡谮郭子仪；辅国也从旁怂恿。不由肃宗不信，因将子仪召还，改任李光弼为朔方节度使兼兵马元帅。子仪待下，宽而有恩；光弼却务从严整，接任后整肃军纪，壁垒一新。宽严各有利弊，但不能用宽，毋宁尚严。当下持节出巡，遍阅河上诸营。尚未告毕，接到河北贼警，史思明留子朝清守范阳，自率众从濮阳入寇。思明、子朝义出白皋，伪相周挚出胡良，贼将令狐彰出黎阳，四路渡河，拟会集汴州。光弼急驰至汴，语节度使许叔冀道："大夫守住此城，以十五日为期，我当调兵急救，幸勿有误。"叔冀许诺，光弼即去。

及思明进攻汴州，叔冀与战不利，竟竖起降旗，投顺思明。也不出张镐所料。思明乘胜西进，直抵郑州。光弼正在东京调兵，迭接警耗，便与留守韦陟商议。陟请暂弃东京，退守潼关。光弼道："贼乘胜前来，势必甚锐。东京原不易守，但无故弃地五百里，贼势不益张么？不若移军河阳，北连泽、潞，可进可退，表里相应，使贼不敢西侵，这便是猿臂的形势哩。公好辨礼，我好谈兵，今日为拒贼计，公却逊我一筹，直言莫怪。"陟不能答，乃令陟率东京官属，西行入关；牒河南尹李若幽，使率吏民出城，至陕避贼；自领军士运油铁诸物，径诣河阳。道经石桥，天已昏暮，望见前面已有贼骑游弋。光弼步步为营，秉炬前进，贼骑不敢驰突，便即引去。夜半入河阳城，有众二万，刍粟仅支十日，经光弼按阅守备，部分士卒，才及天晓，均已办就。即此已见长才。思明陷郑州逾滑州，径抵东京城，城内虚无一人，遂引兵攻河阳，令骁将刘龙仙，至城下挑战。光弼登城俯视，见龙仙坐在马上，举足加鬈，满口嫚骂，乃旁顾诸将道："何人敢取此贼？"仆固怀恩挺身请行，光弼道："公系大将，近且受封大宁郡王，区区草寇，何必劳公！"怀恩新近加封，即借此叙过。言未已，有裨将白孝德应声道："末将愿往！"光弼问须带兵若干？孝德道："何必带兵，看孝德一人一骑，即可往取贼首。"光弼道："来贼虽是轻躁，却颇勇悍，总须用兵为助。"孝德道："多兵转不易取了。待孝德先出，大帅选精骑五十名为后应，且在城上鼓噪助威，管教贼首取献。"已有成算。光弼大喜，抚孝德背道："好壮士！好壮士！"孝德抢步下城，跃马径出，两手持着两矛，越濠而前。龙仙见只一人一骑，毫不在意，俟孝德将近，方欲动手，孝德即摇手相示。龙仙疑非与敌，乃持刀不动，嫚骂如故。孝德复驰上数步，与龙仙相距，不过十步左右，便即停住，瞋目问道："来将可识我么？"龙仙问是何人？孝德道："我乃大唐将官白孝德。"龙仙道："是何狗彘？"道言未绝，孝德已跃马突进，口中大呼杀贼，手中双矛并举，向龙仙脑前刺入。龙仙急忙闪避，胁下已经受创，忍痛返奔。城上鼓声骤起，城下五十骑，亦渡濠继进。龙仙越觉着忙，环走堤上，被孝德骤马追上，用矛猛刺，贯入龙仙胸中。龙仙堕落马下，孝德即下马枭取首级，复腾身上马，举首示贼道："何人再来受死！"贼众辟易。孝德却从容揽辔，与五十骑返入城中，献上首级。光弼慰劳有加，记上首功。

思明既失了龙仙，一时不敢攻城，但出良马千余匹，每日在河渚洗澡，循环不休。光弼却命索军中牝马，得五百匹，纵浴河旁。贼马为牝马所引，渡河而来，被官军尽驱入城。思明又失了千余匹良马，叫苦不迭。乃另生一计，移军河清县，断截光弼粮道。光弼也出军至野水渡，抵制思明，相持一日。光弼夜还河阳，留兵千人，使部将雍希颢守栅，且嘱道："贼将高庭晖、李日越，皆万人敌，今夜必来劫营。汝只守着，不必与战；他若请降，汝可与俱来。"语真奇突。言毕即行。希颢莫明其妙，只好遵令固守。往至天晓，果见一贼将纵马前来，带着数百骑驰近栅前。希颢顾语左右道："来将不是高庭晖，必是李日越，我等应奉元帅令，从容待着，看他如何?"于是裹甲息兵，吟笑相视。来将到了栅下，瞧着官军非常整暇，不禁奇异起来，便喝问官军道："司空在否?"希颢答道："昨夜已回城了。"来将又问道："留兵若干? 统将何人?"希颢道："留兵千人，统将是我雍希颢。"来将沉吟不答。希颢却问道："汝系姓李，还是姓高?"来将答言李姓。希颢笑道："想是李日越将军了。司空有命，知将军夙抱忠心，不过暂为贼迫，今特令我待着，迎接将军。"来将踌躇半晌，顾语左右道："今失李光弼，得雍希颢，我若回去，必死无疑，不如归顺唐朝罢。"从骑均无异言。来将便即请降，希颢开栅相见，问明名号，正是李日越，当下引见光弼。光弼喜甚，特别优待，任以心腹。日越甚是感激，愿作书招降高庭晖。光弼道："不必不必，他自然会来投诚的。"又是奇语。诸将闻言，越觉惊疑。连日越亦暗暗称奇，不知他葫芦里卖甚么药。哪知过了数日，高庭晖果率部众来降。光弼待遇甚优，与日越相同，俱为奏给官阶。诸将见光弼收降二人，概如所料，还道他与有密约，遂入帐问明光弼，欲释所疑。光弼道："我与高、李素不相识，何来密契? 不过揆情度理，容易招降。我闻思明尝嘱部下，谓我只能凭城，不能野战。今我出野水渡，以为我已失计，必遣日越等袭我。日越不得与我战，势不敢归，自然请降。庭晖才勇，出日越上，闻日越得我宠任，也必前来投诚，谋占一席。今果如我所料，也算是侥幸成功哩。"说来似无甚奇异，但非知彼知己，乌能得此? 诸将统是拜服。及问明高、李二人，所言适符，自是诸将益敬服光弼，惟命是从。将帅能服众心，全仗才智。

思明愤激得很，复进攻河阳。光弼令郑陈节度使李抱玉守南城，自屯中潬。伪相周挚攻南城，被抱玉用诱敌计，出奇兵击退，改攻中潬。光弼令镇西行营节度使荔非元礼，用劲卒拒战。元礼出守栅中，坐视贼众填堑，按兵不动。光弼瞧着，即驰问元礼道："贼兵已近，奈何坐视？"元礼道："司空欲战呢，还是欲守呢？"光弼道："自然欲战。"元礼道："如果欲战，贼已为我填濠，何必出去拦阻呢？"光弼不觉省悟道："甚善，甚善，我一时见不到此，愿公努力！"为将者能独出己意，又能善用人谋，方为良将。言讫自去。元礼俟堑已填就，即开栅纵兵，鼓噪奋击，杀贼无数。周挚见不可敌，复改趋北城。思明又派兵益挚，自攻南城，遥为声援。光弼登城遥望，见贼众如墙前进，旁顾左右道："贼兵多而不整，不足畏虑，待至日中，保为诸君破贼哩。"乃命诸将出战，两下里搏击多时，看日色已将亭午，尚是胜负不分。光弼召问诸将道："贼阵何方最坚？"诸将答称西北隅。光弼即令骁将郝廷玉往击，又问次为何方？诸将答称西南隅。光弼又令蕃将论廷贞往击。两将奉命前去，光弼亲出督阵，下令军中道："视我令旗进军，我飐旗若缓，任尔择利。否则有进无退，违者立斩。又用短刀置靴中，语诸将道："战是危事，我为国三公，不可死诸贼手。万一不利，诸君死敌，我亦自刭，不令诸君独死哩。"于是摇旗指麾，再出搏战。忽见廷玉奔还，即命左右往取廷玉首级。廷玉语使人道："马适中箭，非敢擅退。"使人返报，光弼即命易马再进。有顷，复见仆固怀恩父子，倒退下来。复饬使人往取首级，怀恩见使人提刀驰来，乃与子玚硬着头皮，大呼向前。光弼把手中令旗，连飐不休，诸将拼命齐进，再接再厉，十荡十决。这一场鏖战，有分教：

　　上将功成歌虎拜，贼军胆落效狼奔。

贼众大溃，周挚遁去。官军斩得贼首千余级，俘虏五百人，驱示南城，思明亦仓皇窜走。光弼再进攻怀州。究竟怀州能否得手，请看官再阅下回。

　　禄山、思明，狡黠相等，禄山且负唐廷，何论思明？叛而来归，万不足恃，为肃宗计，亟宜召他入朝，诱离巢穴，思明来则姑留京以羁縻之，否则责其抗命，仍加挞伐可也。九节度中，郭、李最为忠智。若令郭攻邺城，李攻范阳，余七节度分隶两人，则号令既专，责成有自，安庆绪似釜底游鱼，不亡何待？史思明虽较强盛，以光弼制之，亦觉有余，何致有相州之溃耶？乃内宠李辅国，外任鱼朝恩，与尸失律，理有固然。藉非然者，河阳一役，光弼仅有众二万人，粮食亦第支十日，卒之击退贼军，大获胜仗，是可知分听生乱，专任有成，何肃宗之始终不悟也？本回叙九节度之溃及史思明之败，两两相对，余蕴曲包，而安庆绪之见杀于思明，尤为形容尽致。贼党相残，逆报不爽，作者之寓意，固深且远矣。

第五十七回

迁上皇阉寺擅权　宠少子逆胡速祸

　　却说怀州守将，便是安庆绪部下的安太清。庆绪被思明杀毙，他乃投降思明，思明令为河南节度使。光弼督兵攻怀州，途次接得诏敕，进光弼为太尉，兼中书令。光弼受诏，遣还中使，仍进薄怀州城下。太清出战败退，告急思明，思明率众来援。由光弼留兵围城，自率兵逆击，至沁水旁，与思明相遇，麾军奋斗，杀贼三千余人。思明遁去，转袭河阳城，又为光弼侦知，还兵截杀，斩贼首千五百余级。思明复遭一挫，只好退回洛阳。光弼乃得专攻怀州。安太清系百战余生，颇有能耐，拒守至三月有余，尚是无懈可击。光弼决丹水灌城，仍不能拔，再命郝廷玉潜挖地道，穿入城中。内应外合，方将怀州攻破，生擒太清，献俘阙下。肃宗祭告太庙，改乾元三年为上元元年，大赦天下。增光弼实封千五百户，前敌各官，进秩有差。一面奉上皇至大明宫，称觞上寿，且邀上皇妹玉真公主及上皇旧嫔如仙媛，一并侍宴，并召梨园旧徒，奏乐承欢。哪知上皇反触景生悲，暗暗堕泪，勉强饮了数杯，便即托词不适，返驾兴庆宫。为这一事，遂令宫中又生出许多纠葛来了。文似看山不喜平。

　　先是上皇奔蜀，时常悼念杨妃，乐工张野狐随驾同行，辄进言劝解。上皇泪眼相顾道："剑门一带，鸟啼花落，水绿山青，无非助朕悲悼，叫朕如何排解呢？"及行斜谷口，适霖雨兼旬，车上铃声，隔山相应。留神细听，仿佛是三郎郎当，郎当郎当的声音。玄宗特采仿哀声，作了一出《雨霖铃曲》，聊寄悲思。后来自蜀东归，道过马嵬，至杨妃瘗葬处，亲自祭奠，流泪不止。既还居兴庆宫，即命肃宗下敕改葬。偏李辅国从中阻挠，说是亡国妇人，幸免戮尸，何足赐葬。乃遣李揆入奏上皇，但托称龙武将士，深恨杨氏，今若改葬故妃，恐反令将士反侧不安。上皇乃止，惟密遣高力士往马嵬坡，具棺改葬。力士就原坎觅尸，肌肤俱已消尽，只剩了一副骷髅。两语足唤醒世人痴梦。独胸前所佩的锦香囊，尚属完好，乃将囊取留，拾骨置棺，另埋别所。又因当时有一驿卒，曾拾杨妃遗袜一只，归付老母，老母尝出袜示人，借此索钱，已赚得好几千缗。力士闻知，也向她赎出，携袜与囊，一并归献。上皇得此两物，越加唏嘘，特命画工绘杨妃肖像，悬置寝室，朝夕相对，终日咨嗟。嗣又忆及梅妃江采苹，饬内外一体访查，且特悬赏格，如觅得梅妃，授官三秩，赐钱百万，不意亦竟无下落。有内侍进梅妃肖像，上皇即题诗像上：

> "忆昔娇妃在紫宸，铅华不御得天真。霜绡虽似当时态，争奈娇波不顾人。"

题毕，命模像刊石。嗣因暑月昼寝，仿佛见梅妃到来，含涕语道："昔陛下蒙尘，妾死乱军中，有人哀妾惨死，埋骨池东梅株旁。"语尚未毕，突被外面一阵风声，惊醒梦魔，便起床往太液池边，令高力士等检寻尸骨，终无所得。继思梅亭外面，曾有汤池，莫非瘗在此处，乃移驾过视，尚存梅花十余株，命中使启视，果然得尸，裹以锦裀，盛以酒糟，附土三尺许，尸骨胁下，刀痕尚在。上皇忍不住大恸，左右亦莫能仰视，当下命以妃礼易葬，由上皇自制诔文，哭奠一番，方才回宫。美人薄命，江杨同辙，事俱依曹邺《梅妃传》中，尝见《隋唐演义》，谓梅妃复会上皇，意欲为美人泄忿，反至荒谬不经。

　　嗣是上皇闲居宫中，不是追悼梅妃，就是追念杨妃。肃宗颇曲体亲心，时往省视。凡从前扈从诸人，仍令随侍，就是歌场散史、曲部遗伶，也一律召还，供奉上皇，俾娱老境。怎奈上皇只是不乐，即如大明宫中的庆宴，一场喜事，变作愁城。肃宗亦未免介意。张皇后与李辅国，平素不为上皇所喜，遂乘此互进蜚言，谓上皇别有隐衷，不可不防，惹得肃宗亦将信将疑。会张后子兴王佋病殁，后因悲生怨，反归咎上皇，说他老而不死，无故哀泣，遂致殃及我儿。仿佛村妇口角，亏作者摹仿出来。如是与辅国日夜筹商，尝欲设法泄恨。可巧上皇御长庆楼，父老经过楼下，仰见上皇，都拜伏呼万岁。上皇命赐酒食，且召将军郭英乂等，上楼赐宴。李辅国借端发难，遂入白肃宗道："上皇居兴庆宫，日与外人交通，陈玄礼、高力士等谋不利陛下。今六军将士，皆灵武功臣，均因是生疑。臣多方晓谕，彼皆未释，不敢不据实奏闻。"肃宗沉吟良久，万道："上皇慈仁，不应有此。"辅国又道："上皇原无此意，恐群小蒙蔽上皇，或致生事。陛下为天下主，当思为社稷计，防患未萌，岂可徒徇匹夫愚孝？且兴庆宫逼近民居，垣墙浅露，亦非至尊所宜安养；不若大内深严，奉居上皇，既可远避尘嚣，尤足杜绝小人，荧惑圣听。"自己是小人，反说人家是小人，想是以己之腹，度人之心。肃宗不禁泪下，且徐徐道："上皇爱居兴庆宫，奈何遽请迁居？"言未已，突见张后出来，即从旁接口道："妾为陛下计，亦是奏迁上皇，可免后虑，愿陛下采纳良言！"肃宗仍然摇首。尚有父子情，但不能正言折服，终太优柔。张后忿然道："今日不听良言，他日不要后悔。"泼悍之至。说罢，即返身入内。肃宗依然未决。辅国退出，遍嗾六军将士，令他伏阙吁请，乞迎上皇居西内。肃宗只是下泪，不答一词。

堂堂天子，反效儿女子态，专知哭泣，是何意思？辅国反出语将士道："圣上自知从众，汝等且退。"将士等乃起身散去。

肃宗为了此事，乃忧闷成疾。辅国竟诈传诏敕，把兴庆宫的厩马三百匹，取了二百九十匹，只剩十匹，然后令铁骑五百人，待着睿武门外。自趋入兴庆宫，矫称上语，迎上皇游西内。上皇驰马出宫，高力士后随，至睿武门，忽见铁骑满布，露刃而立，上皇惊问何事？那骑士却应声道："皇上以兴庆宫湫隘，特迎上皇迁居西内。"上皇尚未及答，辅国即走近上皇驾前，来持御马。惹得上皇大骇，险些儿坠下马来。高力士赶前一步，向辅国摇手道："今日即有他变，亦须顾全礼义，怎得惊动上皇？"辅国回叱道："老翁太不解事。"力士不禁大怒道："李辅国休得无礼！五十年太平天子，辅国意欲何为？"这三语驳斥辅国，那辅国才觉禁受不起，慢慢儿的走开。力士又代上皇宣诰道："太上皇劳问将士，无事且退，不必护驾。"各骑士见辅国气馁，也不敢倔强，便各纳刃下拜，三呼万岁而退。力士复叱辅国道："辅国可为太上皇引马！"辅国只好上前，与力士相对执辔，导上皇入西内，居甘露殿中，辅国乃退。殿中萧瑟得很，但剩老太监数人，器具食物都不甚完备，尘封户牖，草满庭除。比华清宫何如？上皇不觉唏嘘，执力士手道："今日若非将军，朕且为兵死鬼了。"力士从旁劝慰，上皇复道："我儿为辅国所惑，恐不得终全孝道，但兴庆宫是我土地，我本欲让与皇帝，皇帝不受，我乃暂住，今日徙居，还是我初志呢！"无聊语，聊以自慰。待至午餐，膳人进食，多是冷藏残羹，不堪下箸。上皇命膳人撤肉，且嘱："自今日始，不必进肉食，我当茹素终身。"愤极。草草食罢，直至酉刻，始有老宫婢数人，拨来侍奉，且将上皇随身衣物，搬取了来。既见上皇，相向号泣。上皇亦流涕道："不必如此，我闻皇帝有疾，想此事非他主使哩。"嗣是与高力士闲步庭中，看侍婢扫除尘秽，芟剃草木，粗粗整理，才得少安。

辅国因矫旨移徙上皇，也恐肃宗见责，先托张后奏闻，再率六军将士，趋入内殿，素服请罪。肃宗被他挟迫，反用好言抚慰道："卿等为社稷计，防微杜渐，亦何必疑惧。"上皇处尚可任权阉矫制，对诸他人将如何？辅国等欢跃而出。时颜真卿已入任刑部尚书，却不忍坐视无言，遂率百僚上表，请问上皇起居。辅国竟诬为朋党，奏贬为蓬州长史，且把高力士、陈玄礼等，一齐劾奏，说他潜谋叛逆，私引凶徒。里面又有张皇后浸润，竟勒令陈玄礼致仕，流力士至巫州，遣如仙媛至归州安置，迫玉真公主出居玉真观。另选后宫百余人，侍奉西内、令万安咸宜二公主，皆上皇女。入视服膳。看官！你想上皇至此，安心不安心呢？肃宗为张后、辅国所制，竟不向西内问安，但遣人侍候上皇起居，只传言上疾未愈。就是对外事件，本令郭子仪出统诸道兵马，北攻范阳，又被鱼朝恩阻挠，事不果行。

到了仲冬时候，淮西节度副使刘展，竟造起反来，大扰江、淮。江、淮一带，虽经永王璘变乱，不久即平，尚无大害。乾元二年，襄州将康楚元、张嘉延及张维瑾、曹玠等先后作乱，影响延及江、淮，但也迭起迭亡，无碍大局。至刘展一反，竟横行江、淮间，所过残破，蹂躏数州。溯源竟委。展初为宋州刺史，与御史中丞王铣，同领淮西节度副使。铣贪暴不法，展刚愎自用，节度使王仲升，奏铣不法，将他诛死，并使监军邢延恩入陈展罪，亦请捕诛。延恩以展有威名，恐不受命，特向肃宗献策，请除展江、淮都统，俟他释兵赴镇，中道逮捕云云。肃宗乃命延恩赍敕授展，哪知展已瞧破机关，谓须先得印节，然后启程。延恩没法，驰至江、淮都统李峘处，说明原委，令峘暂交印信，转给与展。展乃上表谢恩，即带宋州兵七千，驰赴广陵。延恩无从下手，计划全然失败，天子无戏言，怎得为欺人计？延恩固误，肃宗尤误。急忙奔回广陵，联络李峘，并约淮东节度使邓景山，发兵拒展。展说峘反，峘说展反，彼此移檄州县，弄得大众疑惑，无所适从。但江、淮都统的符节，已入展手，反似展奉敕赴任，理直气壮。兵民多不直李峘，未曾与展接仗，先已溃奔。峘奔宣城；延恩奔寿州；展长驱入广陵，遣将攻邓景山。景山复败，部兵亦溃。展乃连陷升、润、苏、湖、濠、楚等州，江、淮几无乾净土。景山与延恩，惶急得很，一面奏请调平卢兵援淮南，一面遣使促平卢节度田神功，愿以淮南子女玉帛，作为酬劳。神功正屯兵任城，立选精骑南下，到了彭城，才接诏敕，令他讨展，他却名正言顺，与展开仗。展连战皆败，弃城东走，神功得入广陵及楚州，纵兵大掠，复遣将分道追展，且约景山延恩等三面夹攻。展穷蹙至金山，为神功部将贾隐林追及，一箭中目，趁手杀死。三路兵搜剿余党，依次荡平。只平卢军沿途掳掠，计十余日，饱载而归。兵亦与强盗相等，苦哉南人！当时北方糜烂，南方本尚宁谧，至此百姓始受荼毒。前遭刘展，后遇神功，两次掠劫，当然十室九空了。刘展乱事，贻害不小，故叙述特详。

还有阴忮贪贼的鱼朝恩，与李辅国狼狈为奸，镇日里蛊惑肃宗，范阳当攻不攻，是为朝廷所误。东京尚不可攻，偏朝恩定要肃宗下敕，催李光弼即速进兵。光弼上言贼锋尚锐，未可轻进，偏鱼朝恩责他逗挠，日遣中使督促。光弼不得已，会集朝恩等攻东京，择险列营。仆固怀恩自恃功高，因光弼屡加裁抑，有不满意，独引部下出阵平原。光弼使语怀恩道："依险列阵，可进可退；若列阵平原，败且立尽，思明未可轻视哩。"怀恩不从，正龃龉间，史思明骤马出城，悉众来犯，怀恩立足不住，便即退后。顿时牵动后军，连光弼也支持不住，只好返奔。思明乘势进击，杀死官军数千人，军资器械，多被夺去。光弼渡河，走保闻喜。河阳、怀州复为贼陷，唐廷闻得败状，上下震惊，忙增兵屯陕。神策节度使卫伯玉，自东京败还，到了陕城，急收集溃卒，与新军协力固守。不到数日，即有贼兵进攻，统将就是史朝义。伯玉引军出击，大破贼兵，朝义再却再进，伯玉三战三胜。思明闻朝义屡败，不禁愤愤道："竖子何足成大事？不如令他速死！"当下命朝义筑三角城，欲贮军粮，限一日告毕。到了傍晚，思明亲往按视，见城虽筑就，尚未泥塈，更痛詈朝义，叱他延缓，并令工役立刻加泥，须臾竣事。思明乃返，还是怒气勃勃，且行且语道："俟克陕州，定斩此贼。"看官！你道思明欲杀朝义，果止为攻陕一事么？说来也有一段隐情，差不多与禄山相似。

思明除夕生，禄山元日生，两人生年，只隔一日，又是同种同乡，同投军伍。禄山渐贵，思明尚未显达。土豪有女辛氏，尚未字人，偶见思明面目魁梧，暗生羡慕，便请诸父母，愿嫁思明。不去私奔，还算贞女。父母以思明微贱，不欲相收，偏该女拼生觅死，硬欲嫁他，也只得听女自便。思明既娶得辛女，当然欢爱。惟前时已有私遇，怀妊未产，未几即生一子，取名朝义。思明得禄山荐举，积功至将军，辛氏亦生子朝清。思明因自负道："自我得辛氏为妻，官得累擢，又庆添丁，想是我妻福命过人，所以有此幸遇哩。"嗣是益宠辛氏，并爱朝清，渐渐的嫉视朝义。只朝义素性循谨，待士有恩，朝清淫酗好杀，士卒多乐附朝义，怨恨朝清，所以思明僭称帝号，已立辛氏为后，独至建储一事，始终未决。及朝义攻陕屡败，遂决议除去朝义，立朝清为太子。三角城竣，即于次日下令，再命朝义攻陕，阅日未克，便当斩首，并在鹿桥驿待报，这令一下，朝义原是自危，就是朝义部下，亦皆恐惧。部将骆悦、蔡文景，密白朝义道："陕城岂一日可下？悦等与王，明日就要骈首了。"朝义道："奈何，奈何？"悦复道："主子欲废长立幼，所以借此害王，今日只好强请主子，收回成命，或可求生。"朝义俯首不答。悦与文景齐声道："王若不忍，我等将降唐去了。"好似严庄之说庆绪，惟口吻却是不同。朝义急得没法，不得已语二人道："君等须好好入请，毋惊我父！"

悦等遂率部兵三百，待夜入驿，托言有要事禀报，径入思明寝所。四顾不见思明，便叱问寝前卫士。卫士已缩做一团，不敢遽答。悦与文景，立杀数人，才有人说他如厕，指示路径。悦等驰入厕所，仍然不见思明，忽闻墙后有马铃声，亟登墙了望，见有一人牵马出厩，正在跨鞍。悦部下周子俊，弯弓发矢，正中那人左臂，堕落马下。子俊即逾垣出视，悦等亦相继跃出，到了马前，仔细一瞧，正是思明。当将他两手反剪，捆绑起来。随笔叙来，确是夜景。思明受伤未死，便问由何人倡逆。悦大声道："奉怀王命！"思明道："我早晨失言，应有此事，但为子岂可弑父？为臣岂可弑君？尔等难道未知么？"悦复道："安氏子为何人所杀？况足下杀人甚多，岂无报应？"答语妙甚。思明太息道："怀王，怀王，乃敢杀我么？但可惜太早，使我不得至长安。"悦不与多言，竟牵思明至柳泉驿，令部兵守着，自还报朝义道："大事成了。"朝义道："惊动我父否？"悦答言未曾，遂令许季常往告后军。季常即许叔冀子，叔冀正与周挚驻军福昌，一闻季常入报，叔冀却不以为意，既可叛唐，何妨叛思明。挚惊仆地上。也是个没用家伙。季常驰还，悦即劝朝义道："一不做，二不休，大义灭亲，自古有的。"弑父也足称大义吗？朝义已不知所为，支吾对答。悦遂至柳泉驿，缢杀思明，藉毡裹尸，用橐驼载还东京。路过福昌，托思明命，召周挚出见。挚还疑思明未死，贸然出迎，甫至悦军中，即由悦指麾部兵，把他拿下，一刀两段。当下遣使奉迎朝义，共至东京。

朝义即日称帝，改元显圣，令部将向贡、阿史那玉，率数百骑往范阳，令图朝清。朝清尚未知思明死耗，既见贡、玉，便问及思明安否？贡伪说道："闻主上将立王为太子，特令贡等促王入侍，请王即日启行！"朝清大喜，即命治装。贡与玉退出后，密令步骑入牙城，专俟朝清出来，便好动手。偏朝清得微察密谋，竟擐甲登城楼，召贡诘问。贡潜伏隐处，但遣玉陈兵楼下，与相辩答。朝清怒起，拈弓在手，射毙玉军数人。玉返马佯奔，那朝清不识好歹，下楼出追，才经百余步，贡在朝清背后，骤马发箭，立将朝清射倒。玉还马再战，杀退朝清左右，便将朝清擒住，复与贡突入城中，揭示朝义檄文，一面搜获朝清母辛氏，与朝清一并杀讫。辛氏愿嫁思明得为皇后，当时似具慧眼，哪知却如是收场。朝清部将本不得志，见了朝义榜示及贡、玉各军，或俯首迎降，或袖手避去。独张通儒闻变，召集部下，前来拒战，终因士卒离心，为乱军所杀，范阳乃定。朝义遣部将李怀仙为幽州节度使，留守燕京。但朝义所部节度使，多系禄山旧将，思明僭号时，已多是阳奉阴违，此次朝义嗣立，更不愿受命。眼见得势处孤危，不久将灭了。

　　肃宗仍令各道节度使，进攻朝义，且加李辅国为兵部尚书，执掌全国军务。看官！你想国家军政，何等重大？岂可为阉奴所玩弄吗？那肃宗还是昏愦糊涂，在大明宫建设道场，讽经祷福，号宫人为佛菩萨，北门武士为金刚神王，召大臣膜拜围绕。一面去尊号及年号，以建子月为岁首。子月朔日，受百官朝贺，如元日仪。会张后生一婴女，肃宗非常钟爱，暇辄怀抱。山人李唐入见，肃宗正抱弄幼女，顾语唐道："朕颇爱此女，愿卿勿怪！"唐答道："太上皇思见陛下，想亦似陛下垂爱公主呢。"因机讽谏，唐颇怀忠。肃宗不觉泣下，但尚惮着张后，不敢诣西内，直至残腊相近，方往朝一次。越年，河东军乱，杀死节度使邓景山，自推兵马使辛云京为节度使。未几，绛州行营又乱，前锋将王元振，又杀死都统李国贞。镇西、北庭行营兵，复杀死节度使荔非元礼，自推裨将白孝德为统帅。警报络绎不绝，肃宗乃封郭子仪为汾阳王，知诸道节度行营，兼兴平定国等副元帅。子仪奉命至绛州，召入王元振，数罪正法。辛云京闻风生畏，也查出乱首数十人，一并按诛，河东诸镇始皆奉法。肃宗得子仪奏报，心下稍慰，但为张后、李辅国所使，反害得无权无柄，一切举动，不得自由，免不得抑郁寡欢，时患不豫。上皇寂居西内，种种怅触，尤觉得少乐多忧，凄然欲尽。曾记上皇尝自吟道：

> 刻木牵丝作老翁，鸡皮鹤发与真同。
> 须臾舞罢寂无事，还似人生一世中。

是时上皇已七十八岁了。年力衰迈，禁不住忧病相侵。忽有一方士从西方来，自言能觅杨太真。欲知他如何觅法，且至下回再表。

先圣有言，身修而后家齐，家齐而后国治，国治而后天下平，此实千古不易之至论，试证诸本回而益恍然矣。玄宗纳子妇为妃，便生出许多祸乱，后来且受制于子妇，不能修身齐家者，宁能治国平天下乎？肃宗嬖悍妻，任权阉，为子不孝，为夫不义，为君不明，是亦一不能修齐，即不能平治之明证也。即如安、史之亡，虽由逆报昭彰，万不能避，然安禄山之死，死于妇人，史思明之死，亦未始不死于妇人。废长立幼之议起，而摅胸击颈之祸作。身不修，家不齐，必至杀身覆家而后止，遑问治国平天下耶？

第五十八回

弑张后代宗即位　平史贼蕃将立功

却说西蜀来一方士，入见上皇，自言姓杨名通幽，法号鸿都道士，有李少君术，李少君系汉武时人。能致亡灵来会。上皇大喜，即命在宫中设坛，焚符发檄，步罡诵咒，忙乱了好几日，杳无影响。通幽入禀上皇道："贵妃想是仙侣，不入地府，待臣神游驭气，穷幽索渺，务要寻取仙踪，才行返报。"上皇自然照允。通幽乃命坛下侍役，不得妄动，亦不得喧哗，自己俯伏坛前，运出元神，往觅芳魂。约阅一日，并不见他醒悟，仍然伏着，又阅一日，还是照旧，直至三日有余，方霍然起身，自觉精力尚疲，又盘坐了一歇，始从袖中摸了一摸，然后趋至坛下，入谒上皇。上皇即问他有无觅着？通幽道："臣已见过贵妃了，取有信物，可以作证。"说至此，即从袖中取出两物，乃是金钗半支，钿盒半具，呈与上皇。上皇接过一瞧，乃是初召杨妃时，作为定情的赐物，但不过缺了一半，便问从何处取来？通幽道："说来话长，待臣详奏。"从通幽口中，叙出情事，方有来历，不然，有谁见通幽四觅耶？

上皇赐他旁坐，通幽谢座毕，乃坐谈道："臣运出元神，游行霄汉，遍觅上界仙府，并无贵妃踪迹，转入地府中，又四觅无着，再旁求四虚上下，东极大海，逾蓬壶岛，才见仙山缥缈，仙阙迷离，下有洞户东向，双扉阖住，门上恰署有'玉妃太真院'五字。臣因贵妃生时，曾号太真，正好叩门入见，当

· 549 ·

有双鬟启户出视，问明由来，再行入报。俄有碧衣侍女，出导臣入，再诘所从。臣答言为太上皇传命，碧衣女却说是：'玉妃方寝，令臣少待。'言已自去。是时云海沉沉，洞天日晚，琼户重阍，悄然无声。臣静候多时，才由碧衣女传宣，命臣入谒。但见侍女七八人，拥一仙子登堂，冠金莲，披紫绡，佩红玉，曳凤舄，云鬟半嚲，睡态犹存。臣料她定是贵妃，便上前致命。贵妃亦向臣答揖，且问上皇安否？次问及天宝十四载后时事，臣一一答讫。贵妃叹息数声，令碧衣女取出金钗钿盒，折半授臣，且语臣道：'为谢太上皇，谨献是物，聊寻旧好。'臣接受钗、钿，复问贵妃在日，与太上皇有无密词。贵妃乃徐徐道：'天宝十载，侍驾避暑，曾于七夕夜间，在长生殿中乞巧，与上皇对天密誓，有世世愿为夫妇一语，此语只有上皇知晓，可作凭信。'"上皇听到此言，不禁泫然道："确有此事，此外尚有他语否？"通幽复道："贵妃又说为此一念，恐再堕下界，重结后缘。唯上皇为孔升真人后身，不久即当重聚，好合如初。幸为转达圣躬，毋徒自苦。"上皇流涕道："我情愿速死，如贵妃言，且得重聚，真是早死一日好一日了。"通幽起拜道："臣恐蹈新垣平覆辙，新垣平亦汉武时人。故不避嫌疑，依言详述。"上皇道："这有何妨，不过卿为朕劳苦了。"遂命左右取出金帛，赐给通幽。通幽谢赏而退，仍还西蜀去了。

　　究竟此事是真是假，也无从辨明。恐未必全真。惟上皇自迁居西内，久不茹荤，及经通幽奏陈后，更辟谷服气，累日不食。看官试想！一个肉骨凡胎，哪能时常绝粒？辟谷不过美名，祈死实是真相。况且老病缠绵，悲怀莫诉，形同槁木，心如死灰，眼见得是要与世长辞了。临崩前一日，尚吹紫玉笛数声，调极悲咽，相传有双鹤下庭，徘徊而去。次日已气息奄奄，召语侍儿宫爱道："我本孔升真人，降生尘世，今将重饭仙班，当与妃子相见，亦复何恨。"又指示紫玉笛道："此笛非尔所宝，可转给大收。系代宗豫小字。尔可为我具汤沐浴，俟我就枕，慎勿惊我。"宫爱乃奉上香汤，侍上皇沐浴更衣，安卧榻上，方才退出。是夕宫爱闻上皇有笑语声，尚不敢入视。黎明进见，上皇双目紧闭，四肢俱僵，已呜呼哀哉了。统计玄宗在位四十三年，居蜀二年有余，还居大内又五年，寿七十八岁而崩，后来尊谥为"大圣大明皇帝"，所以后世沿称为"唐明皇"。补语断不可少。

　　肃宗已好几月不朝上皇，蓦闻上皇升遐，不免悲悔交集，号恸不食，病且转剧，乃只在内殿举哀，令群臣临太极殿，奉梓宫至殿中治丧。蕃官追怀上皇遗德，剺面割耳，多至四百余人。越日，命苗晋卿摄行冢宰，且诏太子豫监国。适楚州献上宝玉十三枚，群臣表贺，且上言太子曾封楚王，今楚州降宝，宜应瑞改元，乃改上元三年为宝应元年，仍以建寅为正月，下诏特赦，放还流人。高力士自巫州遇赦，还至朗州，闻上皇已崩，悲不自胜，甚至呕血数升，不久即殁。享年亦七十九岁。力士虽是宦官，还算瑕瑜互见，特书死以表其忠。肃宗病笃，宫中又发生内乱。原来张后、辅国，本是内外勾结，互相为援。后来辅国专权，连张后也受他挟制，以此积不能容，致成嫌隙。女子小人，往往如是。后见肃宗疾亟，召太子入语道："李辅国久典禁兵，制敕皆从彼出，且擅事逼迁上皇，为罪尤大。自己本与同谋，至此反欲抵赖。他心中所忌，只有我与太子。今主上弥留，辅国连结程元振等，阴谋作乱，不可不诛。"太子流涕道："皇上抱病甚剧，不便入告。若骤诛辅国，必致震惊，此事只好缓议罢。"后乃答道："太子且归！待后再商。"太子趋出，后更召越王系入议，且与语道："太子仁弱，不能诛贼臣，汝可能行否？"系是肃宗次子，初封南阳，后徙封越。曾见五十五回。本来是痛恨辅国，至是听着后言，竟满口承认下去。乃即命内监段恒俊，就阉寺中挑选精壮，得二百人，授甲殿后。欲以阉奴除阉奴，已是失策。

不料为程元振所闻，竟告知辅国。元振曾为飞龙厩副使，与辅国同类相关，联为指臂。当下号召党徒，至凌霄门探听消息。适值太子到来，意欲入门，辅国、元振，即上前拦住道："宫中有变，殿下断不可轻入。"太子道："有甚么变端？现有中使奉敕召我，说是皇上大渐，我难道就畏死不入吗？"元振道："社稷事大，殿下还应慎重。"说着，即指麾党羽，拥太子入飞龙殿，环兵守着。自与辅国诈传太子命令，号召禁兵，闯入宫中，搜捕越王系、段恒俊等，将他系狱。张后闻变，忙奔至肃宗寝室内，冀避兵锋。不意辅国胆大妄为，竟带兵数十人，突入帝寝，逼后出室。后哪里肯行，哀乞肃宗救命。肃宗已死多活少，经此一急，顿时气壅，喘吁吁的说不出话。可恨辅国目无君上，遽将张后两手扯住，拖出寝门，比曹阿瞒，还要厉害。一面捕张后左右，共数十人，同牵至冷宫中，分别拘禁。内侍宫姜，相率骇散。肃宗第六子兖王侗，闻乱入宫，巧巧碰着李辅国，问为何事起变？辅国诬言皇后谋逆。侗止驳斥数语，又被辅国麾兵执住。更可怜那在位七年、改元四次、享寿五十二岁的肃宗皇帝，独自卧在床上，又惊又骇，又悲又恼，喘急多时，无人顾问，竟就此了结残生。宠任妇寺，应该如此。辅国自往探视，见肃宗已是死去，遂出来嘱托党徒，分头行事，勒毙张皇后，杀死张后左右数十人。外如越王系、兖王侗、段恒俊等，一古脑儿牵出开刀，不留一人。张后尚有一子，年仅三龄，取名为侗，已封定王。辅国欲斩草除根，复亲往搜捕，哪知这身在襁褓的小儿，因无人照管，已是骇死，不劳顾问了。全尸而死，还算幸事。

辅国乃与元振同入飞龙殿，请太子素服，出九仙门，与宰相等相见，述及肃宗晏驾事。摄冢宰苗晋卿，年逾七十，素来胆小，不能有为。新任同平章事元载，由度支郎中升任，专知刻剥百姓，趋媚权要，当然不敢发言。彼此唯唯诺诺，一听辅国处分。于是至两仪殿，发肃宗丧，奉太子即位枢前。越四日始御内殿听政，是为代宗。辅国竟自命为定策功臣，越加专恣，且语代宗道："大家注见前。但居禁中，外事自有老奴处分。"代宗听了，也觉心下不平，但因他手握兵权，不便指斥，只好阳示尊礼，呼为尚父，事无大小，俱就咨询。就是群臣出入，亦必先诣辅国处所。辅国侈然自大，呼叱任情，未几且加职司空，兼中书令。程元振亦升任左监门卫将军。代宗追尊生母吴氏为皇后，加谥"章敬"。吴氏幼入掖庭，得侍肃宗。当代宗怀妊时，曾梦金甲神用剑决胁，醒后顾视胁下，尚隐隐有痕。后生代宗，玄宗因得生嫡皇孙，亲视洗澡。保姆因儿体孱弱，另取他宫儿以进。玄宗谛视，有不悦状，保姆乃叩头实陈。玄宗道："快取本儿来！"及见嫡孙，欣然道："你等以为体弱，我看他福过乃父哩。"遂召入肃宗，一同欢宴，且顾语高力士道："一日见三天子，也可为乐事了。"唯吴氏有德无寿，殁时年止十八，至此始追册为后。且追复玄宗废后王氏位号，并玄宗子瑛、瑶、琚三人，皆复故封。废肃宗后张氏，及越王系、兖王佩皆为庶人。封长子适为鲁王，次子邈为郑王，三子回为韩王。适为代宗侍女沈氏所出。自安禄山陷入长安，沈氏不及出奔，被掳至东京。及东京克复，得与代宗相见，仍留居行宫，未及西归。至史思明再入东京，沈氏竟不知去向。代宗遣使四访，仍无下落，乃将后位虚悬，但册韩王回母独孤氏为贵妃。所有肃宗旧侍，如知内省事朱光辉、内常侍啖庭瑶及山人李唐等三十余人，均远流黔中。李辅国素恨礼部尚书萧华，因贬华为峡州司马。程元振暗忌左仆射裴冕，因出冕为施州刺史。唐廷只知有李、程，不知有代宗。

既而李、程两人，亦互争权势。程元振密白代宗，请裁制辅国，乃解辅国行军司马及兵部尚书兼职，且把他迁居外第。

辅国始有戒心，上表逊位，有诏罢辅国兼中书令，进爵博陆王。宦官封王，旷古未闻。辅国入谢，愤咽陈词道："老奴死罪，事郎君不了，愿从地下事先帝。"竟称代宗为郎君，彼心目中岂尚有天子耶！代宗虽听不下去，表面上尚虚与周旋，好言慰谕。辅国乃悻悻出去。后来与元振商得一策，密遣牙门将杜济，入辅国第，刺杀辅国，截去右臂，并枭首掷坑厕中。杜济返报，代宗令他潜避，佯下敕令有司捕盗，一面刻木代首，合尸以葬，赠官太傅，惟谥法却是一个"丑"字。看官听说！代宗本来嫉视辅国，只因张后生前，常有易太子意，代宗时怀恐惧。及辅国擅杀张后，为代宗除一障碍，代宗反感念辅国，所以不欲明诛，但加暗杀，这无非是私心自用呢。代宗不明诛辅国，显然失刑，况去一辅国，存一元振，亦何分优劣乎？元振再超任骠骑大将军，独揽政权，且召郭子仪入朝，意图构害。子仪闻命即至，请自撤副元帅及节度使职衔，有旨准奏。徙封鲁王适为雍王，特授天下兵马元帅，令统军讨史朝义。且遣中使刘清潭，至回纥征兵。先是回纥太子叶护，归国取马，拟再来助讨范阳。应五十五回。偏葛勒可汗，不肯再发兵马，反上言请婚。肃宗方倚重回纥，即将幼女宁国公主，许嫁葛勒可汗，且亲送女至咸阳，慰勉再三。公主泣道："国家多难，以女和蕃，死且不恨。"语毕即行。既至回纥，尊为可敦，并献马五百匹及貂裘白毡等作为谢仪。有诏册封葛勒为英武威远毗伽可汗，葛勒拜受。惟太子叶护，因与肃宗立有旧约，愿自领兵助攻范阳。葛勒可汗仍然不从，父子间致启违言，惹得葛勒动怒，竟将叶护逼死。后来颇也自悔，遣王子骨啜特勒、宰相帝德等，率骑兵三千，与九节度等同攻相州。即邺城。九节度败溃，骨啜等亦奔还京师，由肃宗厚赐遣还。葛勒可汗，复为少子移地健乞婚，肃宗乃取仆固怀恩女，遣嫁移地健。俄而葛勒可汗病终，宁国公主以无子得还。移地健嗣立，号"牟羽可汗"，以怀恩女为可敦，使大臣莫贺达干等入朝，并问公主起居。

　　及代宗即位，远赦未颁，史朝义计诱回纥，诈称唐室两遇大丧，中原无主，请回纥入收府库，可得巨资。牟羽可汗信为真言，即引兵南行，途次正与刘清潭相值。牟羽即问清潭道："唐室已亡，怎得有使？"清潭答道："先帝虽弃天下，今嗣皇即广平王，曾与可汗兄叶护，共收两京，且曾岁给贵国缯绢，难道已忘怀么？"牟羽无言可驳，乃偕清潭入塞。沿途见州县空虚，烽障无守，复有轻唐意，免不得嘲笑清潭。清潭密报唐庭，代宗乃遣怀恩往抚，再命雍王适统兵至陕，迎劳回纥可汗。雍王适到了陕州；回纥兵亦至，列营河北。适与御史中丞药子昂、兵马使魏琚、元帅府判官韦少华、行军司马李进，共诣回纥营，与牟羽可汗相见。牟羽踞坐胡床，令适拜舞。药子昂趋进道："雍王系嫡皇孙，两宫在殡，礼不当拜舞。"此语亦未免失辞。回纥将车鼻，在旁诘问道："唐天子与可汗，曾约为兄弟，雍王见我可汗，当视如叔父，怎得不拜舞哩？"子昂固拒道："雍王为大唐太子，将来即为中国主，岂可向外国可汗拜舞么？"车鼻不应，竟麾令军士，拥子昂等四人至帐后，各鞭百下，乃令随适回营。少华与琚，不堪痛苦，是夕竟殁。也是国耻。

　　诸道节度使，陆续会集，闻雍王为回纥所辱，拟袭击回纥，为雪耻计。雍王以贼尚未灭，不应轻启衅端，乃含忍而止。回纥见官军大集，气亦少夺，乃愿同讨贼。于是仆固怀恩，引回纥兵为前驱，郭英乂、鱼朝恩为后殿，出发陕州。雍王适在陕居守，遥作声援。各军向东京进发，泽潞节度使李抱玉与河南等道副元帅，俱率兵来会，直抵东京北郊，遂分军拔怀州，合阵横水。贼众数万，立栅固守。怀恩遣骁骑及回纥兵，绕道南山，出栅东北，与大军前后夹击，得将贼栅冲破，毙贼甚多。史朝义自领精兵十万，出城援应，列阵昭觉寺旁，官军连击不动。镇西节度使马璘道："事已急了，不出死力，如何破贼？"说着，即一马当先，奋突贼阵。贼前队多盾牌手，由璘用长槊拨去两牌，骤马径入。官军随势拥进，贼众披靡，奔至石榴园、老君庙，方拟小憩，又被官军赶到，大杀一阵。贼无心再战，自相践踏，尸满山谷。官军斩首六万级，捕掳二万人。朝义领轻骑数百，东走郑州。怀恩进克东京，乘胜夺河阳城，留回纥可汗屯河阳，令子右厢兵马使瑒，及朔方兵马使高辅成，率步骑万余，追击朝义，至郑州再战再捷。朝义又东走汴州，伪陈留节度使张献诚，闭门不纳，朝义转趋濮州，渡河北奔。

是时官军依次北向，东京乏人居守，回纥兵自河阳入东京，肆行杀掠，纵火连旬。可怜东京居民，三次遭劫，徒落得庐黔垣赭，家尽人空。乱世人民，真是没趣。怀恩也不遑顾及，闻前军得胜，也亲往追贼。朝义且战且奔，滑州、卫州，均被怀恩克复。伪睢阳节度使田承嗣等，来援朝义，与怀恩子瑒鏖战半日，又复败退，偕朝义同走莫州。官军争传露布，且遍檄两河，令贼党自拔来降。伪邺州节度使薛嵩，向李抱玉处投诚，举相、卫、洺、邢四州来降。伪恒阳节度使张忠志，向辛云京处投诚，举恒、赵、深、定、易五州来降。承嗣与朝义居莫州城，勉强支过残年。越年，唐廷已改元广德，且饬各军进讨，加怀恩为河北副元帅。怀恩乃令兵马使薛兼训、郝廷玉等，会同田神功、辛云京两节度，进围莫州。史朝义屡出拒战，无一胜仗。官军锐气未衰，淄青节度使侯希逸，又复踵至，眼见得斗大孤城，不日可下，田承嗣自知不支，劝朝义亲往幽州，发兵还救。朝义乃率锐骑五千，自北门突围夜走。承嗣即投款官军，把朝义母妻子女，作为贽敬，一古脑儿献至军前。官军收得俘虏，也不及入城，再向前追蹑朝义。

朝义踉跄北走，一口气跑至范阳城下，但见城门紧闭，城上已竖起大唐旗帜，这一吓非同小可，险些儿跌下马来。嗣见城楼上立着一将，却是面熟得很，仔细一想，记得是范阳兵马使李抱忠，便呼抱忠与语道："汝等为何叛我？须知食我禄，当为我尽忠。我因莫州被围，特率轻骑到此，发兵往援。汝等若尚知君臣大义，应即洗心悔过，共支大局。"言未已，那抱忠已应声道："天不祚燕，唐室复兴，今我等已经归唐，岂得再为反复？大丈夫耻以诡计相图，愿早择去就，自保生全。"朝义闻言，半晌才说道："我今日尚未得食，可能饷我一饱否？"抱忠应诺，令人馈食城东。朝义与部骑食讫，远远听有喊杀声，恐是唐军追至，急急的奔往广阳。广阳亦闭门不纳，谋投奚、契丹。部骑已陆续散去，范阳留守李怀仙遣兵追还。朝义料难保全，遂缢死医巫闾祠下。怀仙取朝义首，赍献长安。总计史氏父子，僭号凡四年而亡。比安氏较多一年。李怀仙、薛嵩、田承嗣、张忠志，次第至怀恩军营，请随军效力。怀恩恐贼平宠衰，仍奏留四人复职。代宗已是厌兵，竟如所请。薛嵩为相、卫、邢、洺、贝、磁六州节度使；田承嗣为魏、博、德、沧、瀛五州节度使；李怀仙仍守故地，为卢龙节度使。张忠志本是奚人，特赐姓名为李宝臣，仍统恒、赵、深、定、易五州，且称他部军为成德军，令为成德军节度使。一面下诏大赦，凡东京及两河伪官，既已反正，不究既往。于是叛臣许叔冀以下，均得以意外免死，侥幸全生。遗祸无穷。小子有诗叹道：

　　　　姑息由来足养奸，况经事虏畔天颜。
　　　　未明功罪徒施惠，贼子何堪帝宠颁。

　　还有回纥部众，所过抄掠，尚未肯敛兵归国，后来如何处置，且至下回再详。

张后有可杀之罪，辅国非杀张后之人，此二语实为确评。况张后之谮杀建宁，谋迁上皇，无一非辅国与谋。设当时无辅国其人，吾料张后孤掌难鸣，亦未必果能遂恶也。纲目书杀不书弑，汪克宽尝驳斥之，张天如亦谓张后谋诛辅国，事虽不成，英武却非帝所及。然后辅国之逼死张后，当乎否乎？宦官而可杀后也，是赵盾之于晋君，公子归生之于郑伯，《春秋》何必书弑乎？宜清高宗之斥纲目为失当也。代宗不能诛贼，反感其有杀后之功，拜相封王，宠贵无比，厥后入程元振言，乃遣人刺死之；功罪不明，已可概见。至若史朝义僭踞东京，已成弩末，既不必借兵回纥，亦无庸特任亲王，但令郭、李为帅，已足荡平河朔。一误不足，且于贼将之乞降，仍令握兵任重，所有伪官，悉置不问，天下亦何惮而不再反也？呜呼代宗！呜呼唐室！

第五十九回

避寇乱天子蒙尘　耀军徽令公却敌

却说回纥可汗纵兵四掠，人民骇散，市落为墟。泽潞节度李抱玉，方受命兼辖陈郑，拟遣官属劝阻，无人敢往。独赵城尉马燧请行。燧闻回纥兵入境，先遣人纳赂渠帅，约无暴虐。渠帅因贻一令旗，与燧面约道："如有犯令，请君自加捕戮，决无异言。"燧取旗弹压，回纥兵相顾失色，愿遵约束。会唐廷论功行赏，特册回纥可汗为英义建功毗伽可汗，可敦为毗伽可敦，且自可汗至宰相，共赐实封二万户，以下亦封赏有差。回纥可汗，始满意而去。代宗乃大赉群臣，如正副元帅及各道节度，悉赠官阶。惟山南东道节度使来瑱，本已召入为兵部尚书，兼同平章事，偏程元振与瑱未协，说他与贼通谋，竟坐流播州，旋且赐死。瑱旧时部曲，大为不平，特推兵马使梁崇义为统帅，唐廷却不能讨，乃命崇义为山南东道节度留后。留后之名自此始。崇义为瑱讼冤，乞为改葬，有诏许改葬事，瑱始得还正首邱。

代宗因乱事敉平，始封玄宗于泰陵，肃宗于乔陵，嗣分河北诸州为五部，各专责成。幽、莫、妫、檀、平、蓟六州，归幽州管辖；恒、定、赵、深、易五州，归成德军管辖；相贝、邢、洺四州，归相州管辖；魏、博、德三州，归魏州管辖；沧、棣、冀、瀛四州，归淄青管辖；怀、卫二州及河阳，归泽潞管辖。各设节度使。历叙疆域，为后文各节度争乱伏案。余节度使各仍旧境。仆固怀恩以功进尚书左仆射，兼中书令，坐镇朔方，令护送回纥可汗归国，道出太原。河东节度使辛云京，恐怀恩与回纥连谋，以致见袭，因闭关自守，不敢犒师。怀恩恨他不情，上表白状，代宗不报。怀恩遂调朔方兵数万，屯驻汾州，令子玚屯兵榆次，裨将李光逸屯兵祁县，李怀光屯兵晋州，张维岳屯兵沁州。明是胁制云京。云京见环境皆敌，益滋危惧。适中使骆奉仙至太原，云京厚与结欢，令还报怀恩反状。怀恩亦奏请诛云京奉仙。代宗两不加罪，但优诏调停。皇帝出做和事老，国事可知。怀恩以功大遭谗，愤激的了不得，乃上书自讼道：

臣世本夷人，少蒙上皇驱策。禄山之乱，臣以偏裨决死靖难，仗天威神，克灭强胡。思明继逆，先帝委臣以兵，誓雪国仇，攻城野战，身先士卒。兄弟殁于阵，子姓殁于军，九族之内，十不一在，而存者疮痍满身。陛下龙潜时，亲总师旅，臣事麾下，悉臣之愚，是时数以微功，已为李辅国谗间，几至毁家。陛下即位，知臣负谤，遂开独见之明，杜众多之口，拔臣于汧陇，任臣以朔方，游魂反干，朽骨再肉。前日回纥入塞，士人未晓，京辅震惊。陛下诏臣至太原劳问，许臣一切处置，因得与可汗计议，分道用兵，收复东都，扫荡燕、蓟。时可汗在洛，为鱼朝恩猜阻，已失欢心。及臣护送回纥，辛云京闭城不出，潜使攘窃，蕃夷怨怒，弥缝百端，乃得返国。臣还汾州，休息士马。云京畏臣劾奏，故构为飞谤，以起异端。陛下不垂明察，欲使忠直之臣，陷谗邪之口，臣所为拊心泣血者也。臣静而思之，负罪有六：昔同罗叛乱，骚扰河曲，臣不顾老母，为先帝扫清叛寇，臣罪一也；臣男玢为同罗所虏，得间亡归，臣斩之以令众士，臣罪二也；臣女远嫁外

夷，为国和亲，荡平寇敌，臣罪三也；臣与子场躬履行
阵，不顾死亡，为国效命，臣罪四也；河北新附诸镇，皆
握强兵，臣抚绥以安反侧，臣罪五也；臣说谕回纥，使赴
急难，戡定中原，二陵复土，使陛下勤孝两全，臣罪
六也。

臣既负六罪，诚合万诛，唯当吞恨九泉，衔冤千古，
复何诉哉？臣受恩至重，夙夜思奉天颜，但以来瑱受诛，
朝廷不示其罪，诸道节度，谁不疑惧？且臣前后所奏骆奉
仙，情词非不撝实，陛下竟无处置，宠任弥深，是皆由同
类比周，蒙蔽圣听。窃闻四方遣人奏事，陛下皆云骠骑议
之，可否不出宰相，远近益加疑沮。如臣朔方将士，功效
最高，为先帝中兴主人，陛下不加优奖，反信谗言。子仪
先已被猜，臣今又遭诋毁，弓藏鸟尽，信非虚言。倘不纳
愚恳，且务因循，臣实不敢保家，陛下岂能安国？惟陛下
图之！

代宗得怀恩书，遣同平章事裴遵床赍敕至汾州，宣慰怀
恩，怀恩跪听诏敕。待遵庆读毕，抱住遵庆两足，且泣且诉。
遵庆忙扶起怀恩，极言圣眷方隆，可无他虑，因劝令入朝。怀
恩以惧死为词，竟不肯入京。遵庆乃返报代宗，代宗尚得过且
过，不以为意。忽由邠州传入急报，乃是吐蕃入寇，带同吐谷
浑、党项、氐、羌二十万众，鼓行而东，前锋已到邠州了。代
宗大骇道："虏众入境，如何有这般迅速？莫非边境各吏，统
死了不成。"不是边吏俱死，实是你已经死了半个。当下召入群臣，
亟筹控御。群臣统面面相觑，不敢发言。

看官听着！邠州距离长安，不过数百里，吐蕃如此深入，
应该早有边警，为何至此才闻呢？说来又有原因，正好就此补
叙。自唐廷与吐蕃划界，立碑赤岭，总算和好了几年。及金城

公主病殁后，金城公主遣嫁吐蕃主弃隶跋赞，俱见前文。吐蕃与唐失和，屡次窥边，经河陇诸节度使王忠嗣、哥舒翰、高仙芝等先后守御，终不得逞。至安、史迭乱，所有河、陇戍兵，俱征召入援，边备乃虚。肃宗初年，吐蕃主娑悉笼猎赞，弃隶跋赞孙。乘唐内讧，迭陷威、武、河源等军，并取廓、霸、岷诸州。代宗即位，复陷临洮，朝廷使御史大夫李之芳等，往修旧好，反被羁住。至广德元年，郭子仪以吐蕃留使，不可不防，代宗不省。到了秋季，吐蕃引兵入大震关，连陷兰、廓、河、鄯、洮、岷、秦、成渭等州，尽取河西陇右地。边吏陆续告急，俱被程元振阻匿，不使上闻。虏众长驱直入，泾州刺史高晖，开城迎降，反导虏众深入邠州，代宗才得闻知。宰相以下，均无方法，只好再请出郭子仪，令为副元帅，出镇咸阳。正元帅就用了雍王适。适不过是个皇子，名位虽尊，究竟无拳无勇。子仪闲废已久，所有部曲，多已离散，至是仓猝召募，只得二十骑，便即起行。及抵咸阳，吐蕃兵已逾奉天、武功，渡渭而来。子仪亟使判官王延昌入奏，请速添兵，偏又为程元振所阻，不得入见。渭北行营兵马使吕月将，部下有锐卒二千，出破吐蕃前锋，后因寡不敌众，战败被擒。吐蕃兵径渡便桥，入攻京师。代宗惊惶失措，挈领妃嫔数人，与雍王适出奔陕州。适为元帅，如何不去拒敌？百官遁匿，六军逃散。

　　子仪闻京城危急，忙自咸阳驰还。一入京城，既无主子，又无兵马，徒觉得气象流离，不堪入目。正在没法摆布，蓦见将军王献忠，带着骑士五百，拥了丰王珙等，珙系玄宗子，曾见前文。拟出开远门，往迎吐蕃。子仪叱问何往？献忠下马语子仪道："今主上东迁，社稷无主，公为元帅，何妨丧君立君，勉副民望。"子仪尚未及答，丰王珙已接口道："公奈何不言？"子仪道："怎有是理？"判官王延昌，正立在子仪左侧，便闪出道："上虽蒙尘，未有失德。王为藩翰，奈何出此狂悖语?"子仪又叱献忠道:"你敢迎降虏众么?快护送诸王至陕,免受重谴。"献忠颇畏惮子仪,不敢违慢,乃偕丰王珙等东行。若非郭令公,恐已遭毒手了。子仪因京内无备,也随出城外,另行募兵。吐蕃兵遂得入京。高晖首先驰入,与吐蕃大将马重英等,纵兵焚掠。长安中萧然一空,遂劫广武王承宏为帝,承宏系邠王守礼孙。及前翰林学士于可封为相,且遣人持舆入苗晋卿家,胁令为官。晋卿闭口不言,虏众倒也舍去。晋卿有此坚操,却也难得。子仪引三十骑,仍往咸阳,至御宿川,语王延昌道:"六军逃溃,多在商州,汝快往招抚。且发武关防兵,北出蓝田,驰向长安,吐蕃兵必遁归了。"延昌奉命入商州,传子仪令,招谕溃军。各军向服子仪,皆拱手听命,乃同延昌至咸阳。子仪泣谕将士,规复京城,大众皆感激涕零,愿遵约束。会凤翔节度使高升及元帅都虞侯臧希让,各率数百骑到来;武关防兵,亦到千名。统共约有四千人,军势稍振,乃往报行在。代宗恐吐蕃兵出潼关,召子仪至陕扈跸。子仪遣人奉表,略言:"臣不收京城,无以见陛下。若出兵蓝田,虏必不敢东向,请陛下勿忧!"代宗乃听令子仪便宜行事。

会郿坊节度判官段秀实,劝节度使白孝德发兵勤王,孝德即日大举,南趋京畿,与蒲、陕、商、华、合势,进击虏兵。子仪也遣左羽林大将军长孙全绪,率二百骑出蓝田,授以密计,并令第五琦摄京兆尹,与全绪同行;且调宝应军使张知节,率兵千人,作为后应。全绪至韩公堆,昼击鼓,夜燃火,作为疑兵。光禄卿殷仲卿,又募得兵士千人,来保蓝田,与全绪联络,选锐骑二百人,渡过浐水,游奕长安。吐蕃兵已经饱掠,正拟满载而归,突闻城中百姓,互相惊呼道:"郭令公从商州调集大军,来攻长安了。"既而吐蕃侦骑,亦陆续入城,报称韩公堆齐集官军,即日进薄城下。吐蕃统将马重英,不由的惶恐起来。是夜朱雀街中,复有鼓声骤起,接连是大众喧哗声,声浪模糊,约略是郭令公三字。郭令公就是郭子仪，前封代国公，后封汾阳王，因此人人叫他为郭令公，连外夷亦以令公相呼。有此令名，方能安内攘外。高晖闻郭令公到来，先已魂驰魄丧，赍夜东走。马重英亦站立不定，即于次日黎明，悉众北遁。其实郭子仪尚在咸阳，但由全绪遣将王甫，潜入城中，阴结少年数百人，乘夜鼓噪，吐蕃一二十万将士，竟被这郭令公三字，驱逐开去，好似一道退兵符。这都是子仪密授全绪的妙计。

全绪遂与第五琦入京，遣使向子仪报捷。子仪转奏行在，请代宗回銮。代宗正巡阅潼关，先由丰王珙等入谒，倒也不去责他，至退入幕中，珙语多不逊，为群臣奏闻，才命赐死。高晖到了潼关，为守将李日越所执，奏请正法。及子仪奏至，即命子仪为西京留守，第五琦为京兆尹，元载为元帅府行军司马。子仪即奉诏入京，令白孝德、高升等，分屯畿县，再表请代宗返驾。程元振素嫉子仪，尚劝代宗往都洛阳。看官试想！这次吐蕃入寇，代宗东走，统是程元振一人从中壅蔽，遂致酿成此祸。就是代宗奔陕后，屡发诏征诸道兵，各节度使都痛恨元振，无一应召，连李光弼也勒兵不赴。郭李优劣，至此分途。当时扈驾诸臣，尚莫敢弹劾，独太常博士柳伉上疏，略云：

> 犬戎犯关度陇，不血刃而入京师，剣宫阙，焚陵寝，武士无一力战者，此将帅叛陛下也。陛下疏元功，委近习，日引月长，以成人祸，群臣在庭，无一人犯颜回虑者，此公卿叛陛下也。陛下始出都，百姓阗然夺府库，相杀戮，此三辅叛陛下也。自十月朔召诸道兵，尽四十日无只轮入关，此四方叛陛下也。陛下必欲存宗庙，定社稷，独斩程元振首，驰告天下，悉出内使隶诸州，持神策兵付大臣，然后削尊号，下诏引咎，如此而兵不至，人不感，天下不服，臣愿阖门寸斩，以谢陛下。

　　这疏上去，代宗始为感动。但终因元振有保护功，止削夺官爵，放归回里。一面下诏回銮，自陕州启行。左丞颜真卿，请代宗先谒陵庙，然后还宫。元载不从，真卿厉声道："朝廷岂堪令相公再坏么？"载乃默然，惟由是衔恨真卿。为下文伏笔。郭子仪带领百官，至浐水东迎驾，伏地待罪。代宗面加慰劳道："用卿不早，致有此难。今日朕得重归，皆出卿力，功同再造，何罪可言？"子仪拜谢。代宗入城谒庙，方才回宫。越日封赏功臣，赐子仪铁券，图形凌烟阁，以下进秩升阶，不消细述。唯广武王承宏，逃匿草野，代宗特赦不诛，但放至华州。未几，承宏病死。也是失刑。代宗罢苗晋卿、裴遵庆相职，再任李岘为同平章事，进鱼朝恩为天下观军容宣慰处置使，使总禁兵，令骆奉仙为鄠县筑城使，即令统鄠县屯军。元振方黜，又重用鱼骆，代宗真愚不可及。

　　先是代宗在陕，颜真卿驰往扈驾，请召仆固怀恩勤王，代宗不许。至还京后，逾年正月，特命真卿宣慰朔方行营，谕怀恩入朝。恩是由元载所请。真卿入谏道："陛下在陕，臣若奉诏往抚，责以大义，彼或为徼功计，尚肯南来。今陛下还宫，彼已无功可图，岂还肯应诏么？陛下不若令郭子仪代怀恩，子仪曾为怀恩主将，且素得朔方士心，令他往代，可不战自服了。"代宗尚迟疑未决。会节度使李抱玉从弟抱真，曾为汾州别驾，独脱身归京师，报明怀恩已有反志，请速调子仪往镇朔方。代宗若果行此议，何致有朔方之乱。代宗方不遣真卿，只调遣子仪的诏敕，一时未下，且因立雍王适为皇太子，授册行礼，宫廷庆贺，也无暇顾及怀恩。蹉跎了好几日，接到河东节度辛云京急报，说是："怀恩已反，令子玚来寇太原，已由臣将他击退，现向榆次县去了，请即发兵征讨！"代宗览到此奏，即召谕子仪道："怀恩父子，负我实深，闻朔方将士思公，几如大旱望雨，公为朕往抚河东，汾上各军，当不致一体从逆呢。"遂面授子仪为关内河东副元帅，兼河中节度等使。

子仪拜命即行，甫至河中，闻仆固场为下所杀，怀恩北走灵州，河东已得解严了。看官道怀恩父子，为何一蹶至此？原来场素刚暴，自太原败后，转围榆次，又是旬日不下，他令裨将焦晖白玉，往发祁县兵。晖与玉调兵趋至，场责他迟慢，几欲加罪，两人虑有不测，即于夜间率众攻场，把场杀死。怀恩在汾州闻警，不免悲恸，忽由老母出帐，怒责怀恩道："我语汝勿反，国家待汝不薄，汝不听我言，遂有此变。我年已老，恐且因此受祸，问汝将如何处置？"怀恩无言可答，匆匆趋出。母提刀出逐道："我为国家杀此贼，取贼心以谢三军。"贼子却有贤母。怀恩急走得免。嗣闻麾下将士，因子仪出镇河中，都窃窃私语，谓无面目见汾阳王。自思众叛亲离，决难持久，乃竟将老母弃去，自率亲兵三百骑，渡河走灵州，杀死朔方军节度留后浑释之，据州自固。沁州戍将张维岳，闻怀恩北走，即驰驿至汾州，抚定怀恩余众，并杀焦晖、白玉，只说由自己诛场，赍首献郭子仪。子仪传首阙下，群臣入贺，惟代宗惨然道："朕信不及人，乃致功臣颠越，朕方自愧，何足称贺呢。"汝亦自知有失耶？随命辇送怀恩母至京，优给廪饩，阅月及殁，仍许礼葬。及子仪驰往汾州，怀恩遗众，争来迎谒，涕泣鼓舞，誓不再贰，河东乃安。

有诏进子仪为太尉，兼朔方节度使。子仪辞太尉不拜，且入朝谢恩。适泾原遣急足驰奏，怀恩诱回纥、吐蕃两夷，同来入寇，有众十万。代宗又惶急得很，还下诏慰谕怀恩，说他有功皇室，不必怀疑，但当诣阙自陈，仍应重任云云。这时候的仆固怀恩，已与朝廷势不两立，哪里还肯敛甲归朝？当下引虏南趋，得步进步，警报迭达都城。代宗乃召入子仪，咨询方略。子仪答道："怀恩有勇少恩，士心不附，麾下皆臣部曲，必不忍以锋刃相向，臣料他是无能为哩。"代宗乃命子仪出镇奉天。子仪令子殿中监郭晞与节度使白孝德防守邠州，自率军至奉天，按甲以待。虏锋将要近城，诸将俱踊跃请战。子仪摇首道："虏众远来，利在速战，我且坚壁待着，俟寇骑凭城，我自有计却虏，敢言战者斩。"乃命守兵掩旗息鼓，待令后动。

不到一日，怀恩已引吐蕃兵至城下，见城上并无守兵，不禁疑虑起来，踌躇多时，见天色将昏，乃退军五里下寨。是夕也未敢进攻。到了黎明，始鸣鼓进兵，遥听得一声号炮，响震川谷，连忙登高了望。那奉天城外的乾陵南面，已有许多官军，摆成一字阵式，非常严整，当中竖着一张帅旗，随风飘舞，旗上大书一个"郭"字。怀恩不觉惊愕道："郭令公已到此么？"虏众闻着郭令公大名，也都大骇，纷纷退走。怀恩独带着部众，转趋邠州，遥见城上插着大旗，又是一个"郭"字，怀恩又惊愕道："难道郭公又复来此，莫非能飞行不成？"言未已，城门忽启，有一大将持矛跃马，领军出来，大呼道："我奉郭大帅命令，只取反贼怀恩首级，余众无罪，不必交锋。"怀恩望将过去，乃是节度使白孝德，河阳余勇，尚属可贾。正欲上前接仗，偏部众已先退走，单剩一人一骑，如何对敌？又只好返辔驰去。白孝德驱兵追击，郭晞又出来接应，逼得怀恩抱头鼠窜，渡泾而逃。既逾泾水，部下已散亡大半，忍不住涕泣道："前都为我致死，今反为人向我致死，岂不可痛？"谁叫你不忠不孝。乃仍向灵州去讫。

吐蕃兵既陷凉州，南陷维、松、保三州，经剑南节度使严武拒击西山，复虏兵八万众，方才不敢窥边。郭子仪既计却大敌，也不穷追，即入朝复命。代宗慰劳再三，加封尚书令。子仪面辞道："从前太宗皇帝，尝为此官，所以后朝不复封拜；近惟皇太子为雍王时，平定关东，乃兼此职。臣何敢受此崇封，致渎国典？且用兵以来，诸多僭赏，冒进无耻，轻亵名器。今凶丑略平，正宜详核赏罚，作法审官，请自臣始。"让德可风。代宗乃收回成命，另加优赏。随命都统河南道节度行营，还镇河中。是年李光弼病殁徐州，年五十七，追赠太保，赐恤武穆。光弼本营州柳城人，父名楷洛，本契丹酋长，武后时叩关入朝，留官都中，受封蓟郡公，赐谥"忠烈"。光弼母有须数十，长五寸许，生子二人，即光弼、光进。光弼累握军符，战功卓著。安、史平定，进拜太尉兼侍中，知河南、淮南、东西、山南东、荆南五道节度行营事，驻节泗州。寻复讨平浙东贼袁晁，晋封临淮王，赐给铁券，图形凌烟阁。惟自程元振、鱼朝恩用事，妒功忌能，为诸镇所切齿。代宗奔陕，召光弼入援。光弼亦迁延不赴。及代宗还京，又命光弼为东都留守，光弼竟托词收赋，转往徐州。诸将田神功等，见光弼不受朝命，也不复禀畏，光弼愧恨成疾，郁郁而终。光弼母留居河中，曾封韩国太夫人，代宗令子仪辇送入京，殁葬长安南原。看官听说！郭、李本是齐名，因李晚节不终，遂致李不及郭，可见人生当慎终如始哩。<small>当头棒喝。</small>小子有诗叹道：

> 立功尚易立名难，千古功名有几完？
> 只为臣心输一着，汗青留玷任传看。

光弼殁后，用黄门侍郎王缙，继光弼后任。缙本代李岘为相，岘于是年罢相。至是改令出镇，才名远不及光弼了。欲知后事，且看下回。

　　外寇之来，必自内讧始。有程元振、鱼朝恩等之弄权，而后有仆固怀恩之乱，有仆固怀恩之谋反，而后有吐蕃、回纥之寇。木朽而虫乃生，墙坏而蠹始入，势有必至，无足怪也。当日者，幸郭令公尚在耳。假令无郭令公，则诸镇皆痛恨权阉，谁与复西京，定河东？试思李光弼为唐室名臣，尚且观望不前，遑论他人乎？故本回实传写郭子仪，而代宗之迭致祸乱，亦因此而揭櫫之。代宗之愚益甚，子仪之功益彰，纲目称子仪为千古传人，岂其然乎？

第六十回

入番营单骑盟虏　忤帝女绑子入朝

却说王缙出镇后，江淮一带，幸尚无事。怀恩亦蜷伏一隅，暂不出兵。代宗遂改广德三年为永泰元年，命仆射裴冕、郭英乂等，在集贤殿待制，居然欲效贞观遗制，有坐朝问道的意思。左拾遗独孤及上疏道：

> 陛下召冕等以备询问，此盛德也。然恐陛下虽容其直，而不录其言，有容下之名，而无听谏之实，则臣之所耻也。
>
> 今师兴不息十年矣。人之生产，空于杼轴。拥兵者得馆亘街陌，奴婢厌酒肉；而贫人羸饿就役，剥肤及髓。长安城中，白昼椎剽，吏不敢禁，民不敢诉，有司不敢以闻。茹毒饮痛，穷而无告，陛下不思所以救之，臣实惧焉。今天下惟朔方、陇西，有仆固、吐蕃之忧，邠、泾、凤翔之兵，足以当之矣。东南洎海，西尽巴蜀，无鼠窃之盗，而兵不为解，倾天下之货，竭天下之谷，以给无用之兵，臣实不知其何因。假令居安思危，自可扼要害之地，俾置屯御，悉休其余，以粮储扉屡之资，充疲人贡赋，岁可减国租之半。陛下岂可迟疑于改作，使率土之患，日甚一日乎？休兵息民，庶可保元气而维国脉，幸陛下采纳焉。此疏足杜军阀之弊，故录述之。

当时元载第五琦等，专尚掊克，凡苗一亩，税钱十五，不待秋收，即应征税，号为青苗钱。适畿内麦稔，十亩取一，谓即古时什一税法，亦请旨施行。其实都是额外加征，拨给军用。独刘晏筦榷度支盐铁，及疏河运漕，接济关中，还算是公私交利，上下咸安。所以独孤及请裁军减租，少苏民困。代宗优柔寡断，就使心下赞成，也是不能速行。更可笑的是迷信佛教，命百官至光顺门，迎浮屠像。像系中使扮演，仿佛似戏中神鬼，或面涂杂色，或脸戴假具，并用着音乐卤簿，作为护卫，后面有二宝舆，中置仁王经，是由大内颁出，移往资圣西明寺，令胡僧不空等，踞着高坐，讲经说法，百官朝服以听。

看官道是何因，说来是不值一辩。原来鱼朝恩、元载、王缙等，统是好佛；还有兵部侍郎杜鸿渐，新任同平章事，也以为佛法无边，虔心皈依，定能逢凶化吉，遇难成祥。于是寺中添设讲座，多至百余，当时称为百高座。代宗也尝入寺听经。仿佛梁武帝。正在讲得热闹，忽由奉天，同州、周至的守吏，各遣使呈入急报，内称怀恩复诱杂虏来寇，已将入境了。代宗此时，不似前次的慌忙，反慢腾腾的说道："怀恩当不致再反，或是边境谣传哩。"此番有佛法可恃，所以不慌不忙。道言未绝，又由河中遣到行军司马赵复，赍呈郭子仪奏章，略言："叛贼怀恩，嗾使回纥、吐蕃、吐谷浑、党项、奴剌吐谷浑别种。等虏，分道入寇。吐蕃自北道趋奉天，党项自东道趋同州，吐谷浑、奴剌，自西道趋枊屋。回纥为吐蕃后应，怀恩率朔方兵，又为杂虏后应，铁骑如飞，约有数十万众，不宜轻视，请速令凤翔、滑、濮、邠、宁、镇西、河南、淮西诸节度，各出兵扼守冲要，阻截寇锋。"代宗乃由寺还朝，颁敕各镇。敕使方发，幸接得一大喜报，谓怀恩途中遇疾，还至鸣沙，已经暴死。鱼朝恩、元载等，相率入贺，且言佛法有灵，殛死反贼，代宗亦很喜慰。偏只隔了一二日，风声又紧，怀恩部众，由叛将范志诚接领，仍进攻泾阳，吐蕃兵已薄奉天，乃始罢百高座讲经，召郭子仪屯泾阳，命将军白元光、浑日进屯奉天。一面调陈、郑、泽、潞节度使李抱玉，使镇凤翔；渭北节度使李光进，移守云阳；镇西节度使马璘河南节度使郝廷玉，并驻便桥；淮西节度使李忠臣，转扼东渭桥，同华节度使周智光屯同州；鄜坊节度使杜冕屯坊州；内侍骆奉仙、将军李日越，屯枞厔。布置已定，代宗亲将六军，驻扎苑中，下制亲征。恐是银样镴枪头，试看下文便知。鱼朝恩趁势搜括，大索士民私马，且令城中男子，各着皂衣，充作禁兵，城门塞二开一。阖京大骇，多半逾墙凿窦，逃匿郊外。

一日，百官入朝，立班已久，阁门好半日不开，蓦闻兽环激响，朝恩率禁军十余人，挺刃而出，顾语群臣道："吐蕃入犯郊畿，车驾欲幸河中。敢问诸公，以为何如？"公卿错愕，不知所对。有刘给事独出班抗声道："敕使欲造反么？今大军云集，不戮力御寇，乃欲胁天子蒙尘，弃宗庙社稷而去，非反而何？"也是朝阳鸣凤。朝恩被他一驳，也不觉靡然退去。代宗乃始视朝，与群臣商议军情，可巧奉天传入捷音，朔方兵马使浑瑊，入援奉天，袭击虏营，擒一虏将、斩首千余级。代宗大喜，立命中使奖谕，随即退朝。会大雨连旬，寇不能进，吐蕃将尚结悉赞摩、马重英等，大掠而去，庐舍田里，焚劫殆尽。代宗闻吐蕃退兵，益信是佛光普护，仍令寺僧讲经。哪知吐蕃兵退至邠州，遇着回纥兵到，又联军进围泾阳。郭子仪在泾阳城，命诸将严行守御，相持不战。二虏见城守谨严，退屯北原，越宿复至城下。

子仪令牙将李光瓒赴回纥营，责他弃盟背好，自失信用。今怀恩已遭天殛，郭公在此屯军，欲和请共击吐蕃，欲战可预约时日。回纥都督药葛罗惊问光瓒道："郭公在此，可得见么？恐怕是由汝绐我。"光瓒道："郭公遣我来营，怎得说是

不在？"药葛罗道："令公果在，请来面议！"光瓒乃还报子
仪。子仪道："寇众我寡，难以力胜，我朝待回纥不薄，不若
挺身往谕，免动兵戈。"言已欲行。诸将请选铁骑五百随行，
子仪道："五百骑怎敌十万众？非徒无益，反足为害呢。"说得
甚是。遂一跃上马，扬鞭出营。子仪第三子晞，正随父在军，
急叩马谏道："大人为国家元帅，奈何以身饵虏？"子仪道：
"今若与战，父子俱死，国家亦危，若往示至诚，幸得修和，
不但利国，并且利家。就使虏众不从，我为国殉难，也自问无
愧了。"说至此，即用鞭击手道："去！"满腔忠义，在此一字。
当下开门驰出，背后只随着数骑，将至回纥营前，令随骑先行
传呼道："郭令公来！"四字贤于十万师。回纥兵皆大惊。药葛
罗正执弓注矢，立马营前，子仪瞧着，竟免胄释甲，投枪而
进。药葛罗回顾部酋道："果是郭令公。"说着，即翻身下马，
掷去弓矢，敛手下拜。回纥将士，皆下马罗拜。子仪亦下马答
礼，且执药葛罗手，正言相责道："汝回纥为唐立功，唐朝报
汝，也是不薄，奈何自负前约，深入我地，弃前功，结后怨，
背恩德，助叛逆呢？况怀恩叛君弃母，宁知感汝？今且殂死，
我特前来劝勉。从我，汝即退兵；不从我，听汝杀死。我被汝
杀，我将士必向汝致死，恐汝等也未必生还哩。"药葛罗答
道："怀恩谓天可汗晏驾，令公亦捐馆，中国无主，我故前
来。今见令公，已知怀恩欺我，且怀恩已受天诛，我辈岂肯与
令公战么？"子仪因进说道："吐蕃无道，乘我国有乱，不顾
舅甥旧谊，入寇京畿，所掠财帛，不可胜载，马牛杂畜，弥漫
百里，这都是上天赐汝呢。今日全师修好，破故致富，为汝国
计，无逾此着了。"药葛罗喜道："我为怀恩所误，负公诚深，
今请为公力击吐蕃，自赎前愆。惟怀恩子系可敦兄弟，愿恕罪
勿诛！"子仪许诺。郭晞放心不下，引兵出观。回纥兵分着左
右两翼，稍稍前进。郭晞亦引兵向前，子仪挥晞使退，唯令麾

下取酒，酒已取至，与药葛罗宣誓。药葛罗请子仪宣言，子仪取酒酹地道："大唐天子万岁，回纥可汗亦万岁，两国将相亦万岁，如有负约，身殒阵前，家族灭绝。"誓毕，斟酒递与药葛罗。药葛罗亦接酒酹地道："如令公誓。"子仪再令部将，与回纥部酋相见。回纥将士大喜道："此次出军，曾有二巫预言，前行安稳，见一大人而还，今果然应验了。"子仪乃从容与别，率军还城。

药葛罗即遣部酋石野那等，入觐代宗，一面与奉天守将白元光，合击吐蕃。吐蕃已经夜遁，两军兼程追击，至灵台西原，遇吐蕃后哨兵，鼓噪杀人。吐蕃兵统已思归，还有甚么斗志？一时奔避不及，徒丧失了许多生命，抛弃了许多辎重。白元光将夺回财帛，给与回纥，拔还士女四千人，带还奉天。药葛罗亦收兵归国。吐谷浑、党项、奴剌等众，当然遁去。怀恩从子名臣，以灵州降。子仪因灵武初复，百姓凋敝，特保荐朔方军粮使路嗣恭，为朔方节度使留后。嗣恭奉诏莅任，披荆棘，立军府，威令大行。子仪还镇河中，自耕百亩，将校以是为差。嗣是野无旷土，军有余粮，正不啻一腹地长城了。唐得此人，正社稷之福。惟自虏兵退去，京师解严，朔方告平，君臣交庆。

鱼朝恩、元载，在内揽权，河北节度使，如李宝臣、田承嗣、薛嵩、李怀仙四人，在外擅命，大局尚岌岌可危。代宗尚自恃承平，安然无虑。甚至平卢兵马使李怀玉，逐节度使李希逸，有诏召希逸还京，即令怀玉为节度留后，赐名正己。又有汉州刺史崔旰，因剑南节度使严武病殁，请令大将工崇俊继任。代宗另简郭英义为西川节度使，竟被崔旰击逐，英义奔简州，竟为普州刺史韩澄所杀。代宗不加声讨，但令杜鸿渐为剑南、东西川副元帅。鸿渐至任，得旰重贿，反说旰可大任，竟请旨命旰为西川节度使，赐名为宁。鸿渐仍入朝辅政，毫无建树，不久即死。仆射裴冕继任，亦即病终。独元载入相有年，权势日盛，因恐被人讦发阴私，特请百官论事，先白宰相，然后奏闻。刑部尚书颜真卿，上疏驳斥，载说他诽谤朝廷，竟坐贬为峡州别驾。既而复任鱼朝恩判国子监事。朝恩居然入内讲经，上踞师座，手执《周易》一卷，择得鼎折足覆公餗两语，反复解释，讥笑时相。阉宦讲经，斯文扫地。是时王缙已入任黄门侍郎，同平章事，与元载相将入座。缙听讲后，面有怒容，载独怡然。朝恩出语人道："怒是常情，笑实不可测呢。"你既知元载难测，胡为后来仍堕彼计？

永泰二年十一月，代宗生日，诸道节度使上寿，献入金帛珍玩，值钱二十四万缗。中书舍人常衮上言："各节度敛财求媚，剥民逢君，应却还为是。"代宗不从。未几又改易年号，竟称永泰二年为大历元年。宫廷内外，方因改元庆贺，忽接到郭子仪奏牍，报称同华节度使周智光，擅杀无辜，目无君上，请遣将讨罪。代宗不敢准请，反令中使余元仙特敕拜智光为尚书左仆射。看官！你想应诛反赏，岂不是越弄越错么？智光自出驻同州，邀击党项、奴剌寇众，夺得驼马军械，约以万计，复逐北至鄜州。遥望寇已遁去，不便穷追，他竟往报私仇，驰入鄜城，杀死刺史张麟，并将鄜坊节度杜冕家口，一齐屠戮，焚民居三千间，方才还镇。又与陕州刺史皇甫温有隙。温遣监军张志斌，入朝奏事，道出同华，被智光邀留入馆，两语不合，即将志斌斩为肉泥，与众烹食。想是朱粲转世。子仪迭闻消息，乃据实奏闻。代宗遣使加封，明明是刑赏倒置。但代宗却也有些微意，以为封拜内官，当可使他入朝，削夺兵权。也是呆想。哪知智光接了诏敕，反踞坐嫚骂道："智光为国家建了大功，不得入相，只授仆射，且同华地狭，不足展足，最少须加我陕、虢、商、鄜、坊五州。我子元耀、元幹，能弯弓二百斤，称万人敌。今日欲挟天子，令诸侯，除智光外，尚有何人？天子若弃功录瑕，我智光也顾不得甚么了。"说毕，掀髯大笑。<u>与发狂无二。</u>元仙战栗不敢言。智光乃令左右取出百缣，赠与元仙，遣令归朝。元仙返报代宗，代宗乃于大历二年，密诏郭子仪讨周智光。子仪即遣部将浑瑊、李怀光等，出兵渭上，智光麾下，闻风惊怖。同州守将李汉惠，便举州来降。子仪奏报唐廷，代宗方才放胆，贬智光为澧州刺史。已而华州牙将姚怀、李延俊，刺杀智光及二子。枭首入献，乃悬示皇城南街，声明罪状。

子仪因同华已平，入朝报绩，适值子妇升平公主，与子仪子暧，互相反目，公主竟驾车入都，往诉父母。事为子仪所闻，遂将暧绑置囚车，随身带着，径诣阙下。原来暧为子仪第六子，曾任太常主簿，代宗因子仪功高，特把第四女嫁暧，女封升平公主，暧拜驸马都尉。唐制公主下嫁，当由舅姑拜主，主得拱手不答，升平公主嫁暧时，也照此例，暧已看不过去，只因旧例如此，不得不勉强忍耐。后来同居室中，公主未免挟贵自尊，暧忍无可忍，屡有违言，且叱公主道："汝倚乃父为天子么？我父不屑为天子，所以不为。"<u>快人快语，足为须眉生色。</u>说至此，竟欲上前掌颊，亏得侍婢从旁劝阻，那公主颊上，不过稍惹着一点拳风，<u>戏剧中有《打金枝》一出，即因此事演出。</u>但已梨涡变色，柳眼生波，趁着一腔怒气，遽尔入宫哭诉，述暧所言。代宗道："汝实有所未知，彼果欲为天子，天下岂还是汝家所有么？汝须敬事翁姑，礼让驸马，切勿再自骄贵，常启争端。"<u>嘱女数语，却还明白。</u>公主尚涕泣不休。代宗又拟出言劝导，适有殿中监入报道："汾阳王郭子仪，绑子入朝，求见陛下。"代宗乃出御内殿，召子仪父子入见。子仪叩头陈言道："老臣教子不严，所以特来请罪。"暧亦跪在一旁，代宗令左右扶起子仪，赐令旁坐，且笑语道："俗语有言，'不痴不聋，不作姑翁'，儿女子闺房琐语，何足计较呢？"子仪称谢。又请代宗从重惩暖，代宗亦令起身，入谒公主母崔贵妃，自与子仪谈了一番军政，俟子仪退后，乃回至崔贵妃宫中，劝慰一对小夫妻。崔妃已调停有绪，再经代宗劝解，暖与公主，不敢不依，乃遣令同归。子仪已在私第中待着，见暖回来，自正家法，令家仆杖暖数十。暖无法求免，只好自认晦气。但代宗为了此事，欲改定公主见舅姑礼，迁延了好几年。直至德宗嗣位，方将礼节改定。公主须拜见舅姑，舅姑坐受中堂，诸父兄妹立受东序，如家人礼，尊卑始有定限了。这且慢表。

再说郭子仪入朝后，仍然还镇，越二年复行入朝，鱼朝恩邀游章敬寺。这章敬寺本是庄舍，旧赐朝恩，朝恩改庄为寺，只说替帝母吴太后祷祝冥福，特别装修，穷极华丽，又因屋宇不足，请将曲江、华清两离宫，拨入寺中，一并改造。卫州进士高郢上书谏阻，谓不宜穷工糜费，避实就虚。代宗也为所动，即召元载等入问道："佛言报应，说果真么？"元载道："国家运祚灵长，全仗冥中福报。福报已定，虽有小灾，不足为害。试想安、史皆遭子祸，怀恩道死，回纥、吐蕃二寇，不战自退，这都非人力所能及，怎得谓无报应呢？"代宗乃不从郢奏，悉从朝恩所请。至寺已落成，代宗亲往拈香，度僧尼至千人，赐胡僧不空法号，叫作大辩正广智三藏和尚，给食公卿俸。不空谄附朝恩，有时得见代宗，常说朝恩是佛徒化身，朝恩因此益横，气陵卿相。元载本与朝恩连结，旋因朝恩好加嘲笑，渐渐生嫌。至朝恩招子仪入寺，载密使人告子仪道："朝恩将加害公身。"子仪不听，随骑请衷甲以从。子仪道："我为国家大臣，彼无天子命，怎敢害我？"遂屏去驺从，独率家僮一人前往。能单骑见回纥，遑论朝恩。朝恩见子仪不带随骑，未免惊问。子仪即自述所闻，且言知公诚意，特减从而来。朝恩抚膺流涕道："非公长者，能不生疑？"自是相与为欢，把从前嫉忌子仪的心思，都付诸汪洋大海了。舜之格象，亦本此道。元载因子仪不堕彼计，又想出一个方法，上言："吐蕃连年入寇，邠宁节度使马璘力不能拒，不如调子仪镇守邠州，徙璘为泾原节度使。"代宗即日批准，子仪拜命即行，毫无异言。小子有诗赞子仪道：

> 大唐又见费无极，盛德偏逢郭令公。
> 任尔刁奸施百计，含沙伎俩总徒工。

子仪往镇邠州，元载更谋去朝恩。欲知朝恩是否被除，且看下回再叙。

　　郭令公生平行事，忠恕二字，足以尽之。惟忠恕故，故单骑见虏，而虏不敢动，杯酒定约，从容还军，所谓蛮貊可行者，令公有焉。惟忠恕故，故奉诏讨周智光。军方启行，而叛众已倒戈相向，同华归诚，逆贼授首，所谓豚鱼可格者，令公有焉。惟忠恕故，故子暧与公主反目，囚子入朝。代宗不以为罪，反从而慰谕之，劝解之，所谓功高而主不疑者，令公有焉。惟忠恕故，故鱼朝恩不敢害公，元载不敢欺公。周旋宵小之间，安如磐石，所谓气充而邪不侵者，令公有焉。历书其事，以见令公之功德过人。浅见者第称令公为福盛，亦安知令公之福，固自有载与俱来耶？彼鱼朝恩、元载、周智光辈，固不值令公一盼云。

第六十一回

定秘谋元舅除凶　窃主柄强藩抗命

却说宦官鱼朝恩，专掌禁兵，势倾朝野，每有章奏，期在必允，朝廷政事，无不预议，偶有一事，不得与闻，即悻悻道："天下事可不由我主张么？"自大如此，都是代宗一人酿成。养子令徽，为内给使，官小年轻，止得衣绿，尝与同列忿争，归告朝恩。朝恩即带着令徽，入见代宗道："臣儿令徽，官职太卑，屡受人侮，幸乞陛下赐给紫衣！"代宗尚未及答，偏内监已捧着紫衣，站立一旁。朝恩不待上命，即随手取来，递与令徽，嘱他穿着，才行拜谢。看官试想！似这种自尊自大的行为，无论什么主子，也有些耐不下去。代宗却强颜作笑道："儿服紫衣，想可称心了。"朝恩父子，昂然退去。

自是代宗隐忌朝恩。元载窥知上意，乘间入奏，请除朝恩。代宗嘱令暗中设法，毋得泄机。除一阉宦，须嘱宰相暗地设谋，真是枉做皇帝。元载遂贿托卫士周皓及陕州节度使皇甫温，令图朝恩。这两人本是朝恩心腹，因见了黄白物，不由不贪利动心，遂与元载串同一气。载又徙温为凤翔节度使，温入朝陛见，载留他居京数日，悄悄的布定密谋，入白代宗。代宗称善，但嘱他小心行事，勿反惹祸。畏葸之至。载应诺而出。会值寒食节届，代宗在内殿置酒，宴集亲贵。朝恩亦得列坐，宴毕散席，朝恩亦谢恩欲出。忽元载领着周皓、皇甫温等，跟跄趋入，七手八脚，将朝恩一把抓住，捆缚起来。朝恩自呼何罪，当由代宗历数罪状，朝恩尚哗词答辩，毫不服罪。代宗谕令自尽，即由周皓等牵出朝恩，将他勒死。乃下敕罢朝恩观军容等使，出尸还家，诈说他受敕自缢，特赐钱六百万缗，作为葬费。神策军都虞侯刘希暹、都知兵马使王驾鹤，向系朝恩羽翼，至是俱加授御史中丞，俾安反侧。后来希暹有不逊语，反由驾鹤奏闻，勒令自尽。所有朝恩余党，从此不敢生心。

唯元载既诛朝恩，得宠益隆。载恃宠生骄，自矜有文武才，古今莫及，于是弄权舞智，纳贿贪赃。吏部侍郎杨绾，典选平允，性又介直，不肯附载；岭南节度使徐浩，搜刮南方珍宝，运送载家。载即擅徙绾为国子祭酒，召浩为吏部侍郎。代宗素器重李泌，特令中使敦请出山。泌应召至京，复赐金紫，命他入相。经泌一再固辞，乃在蓬莱殿侧，筑一书院，使泌居住，遇有军国重事，无不咨商。泌素无妻，且不食肉，代宗强令肉食，且为娶前朔方留后李昕甥女，赐第安福里，生子名繁。<u>长源亦堕尘劫耶？</u>偏元载阴怀妒忌，屡欲调泌出外，免受牵掣。适江西观察使魏少游，请简僚佐，载谓泌有吏才，请即简任。代宗亦知载有意调泌，特密语泌道："元载不肯容卿，朕今令卿往江西，暂时安处。俟朕除载后，当有信报卿，卿可束装来京。"泌唯唯受命。<u>何不仍归衡山，想是一入尘迷，便难洒脱。</u>乃出泌为江西判官，且遥饬少游好生看待，毋得简慢！

泌已南下，载益专横，同平章事王缙，朋比为奸，贪风大炽。载有丈人从宣州来，向载求官，载遣往河北，但给一书。丈人不悦，行至幽州，发书展视，并无一言，只署着元载两字。丈人进退两难，不得已试谒判官。哪知判官接阅载书，很是起敬，立白节度使延为上客，留宴数日，赠绢千匹。丈人已得了一注小财，乐得满载而归。这还因丈人不足任事，所以载如此处置，若稍有才能，一经载代为援引，无不立跻显宦。<u>王缙威势，亦几与相同。</u>载妻子及缙弟妹，皆倚势纳赂。载有主书卓英倩，性尤贪狡，得载欢心，所以干禄求荣的士子，往往买嘱英倩，求他引进。英倩竟得坐拥巨资，称富家翁。成都司录李少良，上书诋载，载即讽令台官奏劾少良，召入杖毙，连少良友人韦颂及殿中侍御史陆珽，一并坐罪处死。

代宗被他胁制，很是懊怅，乃独下手敕，召浙西观察使李栖筠入朝，命为御史大夫。栖筠刚正不阿，受职后，即纠弹吏部侍郎徐浩、薛邕及京兆尹杜济虚，欺君罔上，黩货卖官。代宗令礼部侍郎于劭复按，劭颇加袒护，复奏时多涉模糊，复经栖筠劾他同党，遂贬浩为明州别驾，邕为歙州刺史，济虚为杭州刺史，劭为桂州长史。这四人统是元载党羽，一旦黜退，不少瞻徇，明明是抑夺载权。载尚未知改悔，且深恨栖筠，常欲将他陷害。栖筠虽特邀主知，得肃风宪，但见代宗依违少断，元载凶狡多端，免不得忧愤交并，酿成重疾，居台未几，便即谢世。他原籍本是赵人，迁居汲郡。有王佐才，性喜奖善，又好闻过，历任东南守吏，政绩卓著。朝廷曾封为赞皇县子，所以身后多称为赞皇公。代宗屡欲召为宰辅，惮载辄止，至入任御史，不久即殁，代宗方加倚界，偏偏天不假年，因此天颜震悼，特追赠吏部尚书，予谥"文献"。子吉甫后相宪宗，下文自有表见。

单说代宗因栖筠去世，失一臂助，急切里无从除载，只好再行含忍。中经幽州不靖，魏博发难，汴宋军又复作乱。迭经弥缝挽救，稍稍就绪。因欲叙元载始末，故将各镇事，浑括数语，待后再详。不幸贵妃独孤氏，得病身亡。妃以色见幸，居常专夜，至此香销玉殒，教代宗如何不悲？当下在内殿殡灵，按时营奠，追封皇后，谥为"贞懿"。好容易过了一二年，方觉悲怀渐减，专心国事。元载、王缙，已骄横的了不得，代宗实忍耐不住，四顾左右，无可与谋，只有左金吾大将军吴凑，系代宗生母章敬皇后胞弟，谊关懿戚，尚可密谈。凑得操兵柄，力任除奸，乃与代宗谋定后行。大历十二年间三月，有人密告载、缙夜醮，谋为不轨，当由代宗御延英殿，命吴凑率领禁兵，收捕载、缙，囚系政事堂，且拘逮亲吏诸子下狱。随令吏部尚书刘晏、御史大夫李涵、散骑常侍萧昕、礼部侍郎常衮等，公同讯鞫，所有问案，多出禁中。载与缙无可抵赖，悉数供认。左卫将军知内侍省事董秀，得载平日厚赂，素作内援，到此才被发觉，即日杖毙，赐载自尽，令刑官监视。载顾语刑官，愿求速死。刑官冷笑道："相公入秉国钧，差不多要二十年，威福也算行尽了。今日天网恢恢，亲受报应，若少许受些污辱，亦属何妨。"读此令人一快。乃脱下秽袜，塞住载口，然后慢慢的将他搤死。载妻王氏，系前河西节度王忠嗣女，骄侈悍戾，子伯和、仲武、季能，无一贤能。伯和官参军，仲武官员外郎，季能官校书郎，怙势作恶，贪冒肆淫。都中辟南北二第，广罗妓妾，盛蓄倡优，声色玩好，无乎不备。及载既伏诛，妻子等一并正法，家产籍没，财帛万计。即如胡椒一物，且多至八百石，俱分赐中书门下台省各官。贪财何益。

王缙本应赐死，刘晏谓法有首从，宜别等差，乃止贬为括州刺史。吏部侍郎杨炎，谏议大夫韩洄、包佶，起居舍人韩会等，俱坐载党贬官。惟卓英倩等搒死杖下，英倩弟英璘，家居金州，横行乡里，闻乃兄受诛，纠众作乱。金州刺史孙道平，调兵征讨，一鼓擒灭。代宗余恨未平，复遣中使发元载祖坟，祖父以下，皆斫棺弃尸，毁家庙，焚木主，才算罢休。这也未免过甚。乃令国子监祭酒杨绾，及礼部侍郎常衮，同平章事。绾入相不过旬月，即染痼疾，上疏辞职。代宗不许，命就中书省疗治，召对时伤人扶持，所有时弊，概付厘剔，可惜享年不永，赍志以终。代宗很是痛悼，且语群臣道："天不欲朕致太平，乃速夺我杨绾么？"既知绾贤，何不早用。遂诏赠司徒，赙绢千匹，赐谥文简。绾华阴人，居家孝谨，立身廉俭。当敕令人相时，朝野称庆。御史中丞崔宽，方筑华堂大厦，遽令拆毁。京兆尹黎幹，裁减驺从。就是汾阳王郭子仪，在署宴客，亦减去声乐五分之四。外此靡然从风，不可胜纪。时人比诸汉朝杨震，及晋朝山涛、谢安，这真好算是救时良相了。善善从长。常衮虽与绾并相，才识远不及绾，代宗召还李泌，意欲令他辅政，偏为衮所龃龉，仍出泌为澧州刺史，唯与绾荐引颜真卿，仍复原官，还与众望相孚，这且慢表。

且说代宗季年，方镇浸盛，河北四镇，统系安、史旧将，据有遗众，逐渐鸱张。河北四镇，见五十八回。卢龙节度使李怀仙，性情暴戾，为幽州兵马使朱希彩所杀，自称留后。代宗专务羁縻，仍任希彩为节度使。希彩部下，又是不服，复将希彩杀死，改推经略副使朱泚为帅。代宗又把节度使的重任，授给朱泚。应上幽州不靖句。相卫节度使薛嵩病死，子名平，年甫十二，将士推他袭职。平让与叔莹，夜奉父丧奔归乡里，童子却是不凡。莹遂自称留后。代宗亦听他自为，且加任命。独魏博节度使田承嗣，跋扈得很，公然为安、史父子立祠，号为"四圣"，并上表求为宰相。代宗遣使慰谕，讽令毁祠，竟授他同平章事。既而复遣爱女永乐公主，下嫁承嗣子华。承嗣益加骄恣，密诱相卫兵马使裴志清，逐去留后薛莹，率众归承嗣。承嗣即引兵袭取相州。代宗下敕禁止，承嗣拒命不受，反进陷洺、卫二州。成德节度使李宝臣、平卢节度使李正己，素为承嗣所轻，遂各上表请讨承嗣。适卢龙节度使朱泚入朝，留弟滔镇守，请命为留后，即由滔助讨魏博。代宗一一准请，诏贬承嗣为永州刺史，命诸道兵四路进征，于是李宝臣、朱滔与河东节度使薛兼训攻承嗣北方，李正己与淮西节度使李忠臣攻承嗣南方。承嗣虽然强悍，究竟寡不敌众，部下各怀疑惧，渐生异心，裨将霍荣国与降将裴志清，先后叛去。从子田悦，出攻陈留，大败而还；骁将卢子期，出攻磁州，被李宝臣等擒送京师，枭首毙命。

承嗣惶急万状，乃想出一条反间计，差一辩士，赍了魏博的册籍，往说李正己道："承嗣年逾八十，死期将至，诸子不肖，侄悦亦是庸才，今日所有，无非为公代守，何足辱公师旅呢，敢乞明察。"正己闻言大喜，乃按兵不进。一个中计了。李宝臣擒得卢子期，献俘京师，代宗令中使马承倩，赍敕褒功。宝臣只遗承倩百缣，承倩掷出道中，诟詈而去。阉人可杀。宝臣未免惭忿，兵马使王武俊遂进言道："今公方立功，阉竖辈尚敢如此，他日寇平，召公入阙，恐为匹夫且不可得，不如释去承嗣，尚品使朝廷倚重，免为人奴。"宝臣听了，也引兵渐退。承嗣计上加计，特遣人至范阳境内，密埋一石，石文上镌有二语云："二帝同功势万全，将田为侣入幽燕。"石已埋好，又嘱术士往说宝臣，言范阳有天子气。范阳本宝臣乡里，骤闻此语，当然心喜，即引术士赴范阳，觇气所在。术士至宝臣里中，掘出瘗石，取示宝臣。宝臣见了石文，若难索解，可巧承嗣贻书，约与宝臣连和，共取范阳。宝臣以为适合符谶，复称如约，利令智昏。遂先率兵趋范阳。范阳系朱滔属境，滔因两路退兵，也还军瓦桥，不防宝臣掩杀过来，仓猝接仗，竟致败绩。微服走脱，忙令雄武军使刘坪，往守范阳。宝臣闻范阳有备，不敢径进，但促承嗣合兵往攻。承嗣却还书道："河内有警，不暇从公，石上谶文，实由我与公为戏，幸勿加责。"又是一个中计，复书更是厉害。看官试想！宝臣得了此书，能不惭恨交并么？当下令部将张孝忠为易州刺史，屯兵七千，防备承嗣，自己收兵还镇。承嗣却上表谢罪，自请入朝，李正己也为代请，代宗乐得从宽，颁诏特赦，准与家属入觐。

偏汴宋军都虞侯李灵曜，勾通承嗣，擅杀兵马使孟鉴。诏令灵曜为濮州刺史，灵曜不受，又由中使持敕宣慰，擢为汴宋留后。他才算对使拜命，但从此藐视朝廷，所有境内八州守吏，一律撤换，悉用私人。代宗至此，方命淮西节度使李忠臣、永平节度使李勉、河阳三城使马燧、淮南节度使陈少游、平卢节度使李正己，同讨灵曜。李忠臣、马燧，军至郑州，灵曜率兵掩至。李忠臣不及防备，麾下骇奔，忠臣亦走；马燧独力难支，也即退军。忠臣检点军士，十亡五六，便欲还镇。燧极力劝阻，决计再进。忠臣乃招还散卒，数日皆集，军容复振。陈少游前军亦到，彼此会合，与灵曜大战汴州。灵曜败入城中，登陴固守。忠臣等乃就势围住，田承嗣遣从子悦援汴，杀败永平、成德军，直薄汴州，就在城北立营。李忠臣夜遣裨将李重倩，带着锐骑数百，突入悦垒，纵横冲荡，斩敌数十人。悦猝不及防，正拟纠众兜围，不意鼓声大震，燧与忠臣，两路杀到，悦料不能敌，麾众急走。此时夜深月黑，马倦人疲，大众逃命不暇，害得自相践踏，枕籍道旁。再经河阳、淮西两军，一阵驱杀，十成中丧了七八成，剩得几个命不该死的士卒，随悦遁去。燧与忠臣再行围城，灵曜开门夜遁，汴州告平。永平将杜如江，追及韦城，擒住灵曜，献与李勉。勉即将灵曜械送京师，正法了事。惟承嗣并未入朝，且助灵曜，怙恶日甚，不容不讨。代宗又下敕调兵，那承嗣复表陈悔罪，这位柔弱无刚的代宗，竟遵着既往不咎的古训，一体赦免，且赐还承嗣官爵，令他不必入朝。看官！你想可叹不可叹呢？纵容如此，怎能致治。

李忠臣、李宝臣、李正己等，见承嗣悖逆不臣，尚且遇赦，何况为国立功，理应坐享富贵。凡从前李灵曜所辖属地，多由各镇分派，据为己有，李正己得地最多，占得曹、濮、徐、兖、郓五州，自己徙治郓城，留子纳守青州。代宗事事依从，即授纳为青州刺史。李宝臣就是张忠志，赐姓为李，见前文。至是仍请复姓为张，亦邀俞允。田承嗣反复无常，自两次赦罪，总算平静了两年，到代宗末年，即大历十四年。正月，老病侵寻，因致毙命。他有子十一人，皆不及悦，承嗣临危时，特令悦知军事，诸子为副。悦奏述详情，代宗即命悦为留后，且追赠承嗣为太保。教猱升木。李忠臣讨平灵曜，自恃功高，贪暴恣肆，更有一种极端的坏处，他见将士妻女，稍有姿色，必诱令入内，逼受淫污。妹夫张惠光由忠臣授为副使，更加暴横，惠光子亦得为裨贰，父子狼狈为奸，大失士心。忠臣族子李希烈，从战河北，所向有功，平时又略行小惠，笼络士卒，士卒遂相率悦服。牙将丁暠贾子华等，乘隙发难，杀死惠光父子，又欲并害忠臣。希烈本与同谋，因顾念族谊，乞全忠臣性命。忠臣得单骑走脱，奔入京都。暠与子华，遂拥戴希烈，上表请命。代宗尚宠遇忠臣，命他留京，授为检校司空，同平章事。一面任希烈为留后。

总计唐室藩镇，日盛一日，祸端统起自肃、代二宗。平卢节度使侯希逸，由军士拥立，肃宗未能讨伐，反从所请，作了第一次的规例。已见前回，此处更为提明，呼醒不少。代宗不知斡蛊，复将乃父做错的事情，奉为衣钵，所以错上加错，酿成大乱。就中惟泾原节度使马璘、凤翔秦、陇、泽、潞节度使李抱玉、滑亳节度使令狐彰，彰本史思明旧将，自拔归朝，得拜方镇。昭义节度使李承昭，治军有法，奉命惟谨，可惜先后病逝，徒贻令名。外此如久镇永平的李勉、继镇泾原的段秀实、留镇泽潞的李抱真抱玉弟。及后来调镇河东的马燧，耿耿孤忠，可任大事，下文当依次表明。最有才德的莫如郭子仪，但他已都统河南道节度行营，资望勋业，迥异寻常，恭顺却比人加倍，这乃唐朝第一名臣，原是绝无仅有呢。再括数语，涵盖一切。大历十四年五月，代宗不豫，诏令太子适监国，是夕代宗即崩，享年五十三岁。统计代宗在位十七年，改元三次。遗诏召郭子仪入京，摄行冢宰事。太子适即位太极殿，是为德宗。小子有诗咏代宗道：

　　国柄何堪屡下移，屏藩一溃失纲维。

　　从知王道无偏倚，敷政刚柔贵合宜。

欲知德宗初政，且看下回分解。

　　李辅国也，程元振也，鱼朝恩也，三人皆宫掖阉奴，恃宠横行，原为小人常态，不足深责。元载以言官入相，乃亦专权怙恶，任所欲为，书所谓位不期骄，禄不期侈者，于载见之矣。但观其受捕之时，不过费一元舅吴凑之力，而即帖然就戮，毫无变端，是载固无拳无勇之流，捽而去之，易如反手，代宗胡必迁延畏沮，历久始发乎？夫不能除一元载，更何论河北诸帅。田承嗣再叛再服，几视代宗如婴儿，而代宗卒纵容之。李宝臣李忠臣李正己等，因之跋扈，而藩镇之祸，坐是酿成，迭衰迭盛，以底于亡，可胜慨哉！本回但依次叙述，而代宗优柔不振之弊，已跃然纸上。

第六十二回

贬忠州刘晏冤死　守临洺张伾得援

却说德宗即位，黜陟一新。尊郭子仪为尚父，加职太尉，兼中书令；封朱泚为遂宁王，兼同平章事。两人位兼将相，实皆不预朝政。独常衮居政事堂，每遇奏请，往往代二人署名。中书舍人崔祐甫，与衮屡有争言。从前朱泚献猫鼠同乳，称为瑞征，衮即率百官入贺，祐甫独力驳道："物反常为妖，猫本捕鼠，与鼠同乳，确是反常，应目为妖，何得称贺？"衮引为惭愤，有排崔意。及德宗嗣统，会议丧服，祐甫谓宜遵遗诏，臣民三日释服。衮以为民可三日，群臣应服二十七日乃除。两下争论多时，衮遂奏祐甫率情变礼，请加贬斥，署名连及郭、朱二人。德宗乃黜祐甫为河南少尹。既而子仪与泚，表称祐甫无罪，德宗怪他自相矛盾，召问隐情。二人俱说前奏未曾列名，乃是常衮私署。德宗因疑衮为欺罔，贬为潮州刺史，便令祐甫代相，格外专任，真个是言听计从，视作良弼。且诏罢四方贡献；所有梨园旧徒，概隶入太常，不必另外供奉；天下毋得奏祥瑞；纵驯象；出宫女；民有冤滞，得挝登闻鼓，及诣请三司使复讯。中外大悦，喁喁望治。诏敕颁到淄青，军士都投戈顾语道："明天子出了，我辈尚敢自大么？"李正己兼辖淄、青，也不由不畏惧起来，愿献钱三十万缗。德宗因辞受两难，颇费踌躇，特与崔祐甫商议处置方法。祐甫请遣使宣慰淄、青将士，就把这三十万钱，作为赏赐。此计固佳，但中知者即能计

及，而德宗尚未能想到，其才可知。德宗满口称善，即令照行。果
然正己接诏，格外愧服。至德宗生日，四方贡献，一概却还。
正己复献缣三万匹，田悦也照正己办法，缣数从同。德宗归入
度支，充作租赋，凡度支出纳事宜，命吏部尚书刘晏兼辖，且
授晏为左仆射。

晏本与户部侍郎韩滉，分掌全国财赋，滉太苛刻，为时论
所不容，德宗乃徙滉为晋州刺史，专任晏司度支事。晏有材
力，多机智，变通有无，曲尽微妙。历任转运盐铁租庸等使，
上不妨国，下不病民，尝谓理财以养民为先，户口滋多，赋税
自广，所以诸道各置知院官，每历旬日，必令详报雨雪丰歉各
状，丰即贵籴，歉乃贱粜。或将贮谷易货，供给官用。如遇大
歉，不待州县申请，即奏请蠲租赈饥，由是户口蕃息，庚癸无
呼。又尝作常平盐法，撤除界限，裁省冗官，但就产盐区置官
收盐，令商购运，一税以外，不问所之。有几处地僻乏盐，由
官输运；有几时盐绝商贵，亦由官接济。官得余利，民不乏
盐。榷盐法莫善于此，后世奈何不行？最关紧要的是革去胥吏，专
用士人，他以为胥吏好利，士人好名，无论琐细事件，必委士
人办理，因此厘清宿弊，涓滴归公。近来士人，亦专营利，恐刘
晏良法，亦无如何。唐自安、史乱起，连岁用兵，饷糈浩繁，人
民耗敝，亏得朝廷用了刘晏，得以酌盈剂虚，不虑困乏。晏又
自奉节俭，室无媵婢。平居办事甚勤，遇有大小案牍，立即裁
决，绝不稽留，后世推为治事能臣，理财妙手。名不虚传。惟
任职既久，权倾宰相，要官华使，多出晏门，免不得媢怨交
乘，毁谤并至。

崔祐甫又荐引杨炎为相。炎与晏本不相能，元载伏诛，炎
尝坐贬，当时曾由晏定谳。见前回。及炎入任同平章事，挟嫌
怀恨，日思报复，他见晏以理财得宠，遂就财政上想出两大计
划，入试德宗。第一着是请将天下财帛，悉贮左藏，这事本是

唐朝旧例。肃宗初年，第五琦为度支使，因京师豪将，取求无度，琦不胜供应，乃奏请贮入内库，免得自己为难。天子何暇守财，当然委任内监；内监有几个清廉，当然做了蠹虫，乘机中饱。阉宦据为利薮，户部无从详查。炎仍请移出外库，扫清年来的积弊，不但中外视作嘉谟，就是德宗亦叹为至计。第二着是请创行两税法。唐初国赋，分租、庸、调三项，有田乃有租，有身乃有庸，有户乃有调。玄宗末年，版籍浸坏，诸多失实，炎请量出制入，酌定赋额。户无主客，以现居为簿，人无丁中，十六为中，二十一为丁。以贫富为差。行商税三十之一，居民照章纳税，两次分收，夏不得过六月，秋不得过十一月。所有租庸杂徭，悉数裁并，但就上年垦田成数，均亩收税，于是民皆土著，确实不虚。这便叫作两税法。两税之法，利弊参半，陆宣公尝痛论之，但后世尝奉为成制，无非以简易可行耳。德宗依次施行。第一法是叱嗟可办，就在大历十四年冬季移交；第二法须劳费手续，特在德宗纪元建中，郑重颁诏，且预戒官吏，不得逾额妄索，多取一钱，便是枉法。民间颇称便利，情愿遵行。

杨炎既得主心，遂复进一步用计，上言："尚书省为国政大本，任职宜专，不应兼及诸使。"于是把刘晏所兼各使职权，尽行撤销。炎以为步步得手，索性单刀直入，径攻刘晏。当德宗为太子时，代宗尝宠独孤妃。妃生子迥，曾封韩王，宦官刘清潭等，密请立妃为后，且屡言迥有异征，为摇动东宫计。事尚未成，独孤已逝，乃将此议搁置，但德宗已吃了一大虚惊。炎欲扳倒刘晏，竟入内殿密谒德宗，叩首流涕道："陛下赖宗社神灵，得免贼臣谗间，否则内侍早有奸谋，刘晏实为主使。今陛下已经正位，晏尚偻然立朝，臣不能不指出正凶，乞请严究。"德宗本已忘怀，突被杨炎提及，不觉忿气填胸，立欲逮晏下狱，还是崔祐甫从旁劝解，谓："事涉暧昧，不应轻信，且朝廷已经施救，更无追究既往。"朱泚等亦上表营解。德宗始终不怿，竟坐晏他罪，贬为忠州刺史。哪知杨炎尚未肯罢休，定欲置晏死地，特擢私党庾准为荆南节度使，嘱令除晏。准即奏晏怨望，并附晏与朱泚书，作为证据。炎又请德宗速正明刑，时首相崔祐甫已殁，营救无人。德宗竟不问虚实，密遣中使驰至忠州，将晏缢死，然后下诏赐令自尽，家属悉徙岭表，连坐至数十人，中外交口称冤。惟炎得心满意足，不留余恨了。

晏未死以前，尚有泾州别驾刘文喜，据州作乱，也是杨炎一人酿成。炎奉元载为祖师。载生前欲城原州，控御吐蕃，事不果行。炎拟行载遗策，先牒泾原节度使段秀实，筹备工作。秀实答炎书道："安边却敌，应从缓计，况农事方作，尤不可遽兴土功。"炎得书甚怒，召秀实为司农卿，遣河中尹李怀光，督造新城。怀光素来严刻，泾原军士，闻名生畏，各有异言。别驾刘文喜，趁势纠众，反抗朝廷，先上了一道表文，只说是请还原官，万一段难再来，应简朱泚为帅。至德宗用朱代李，文喜又不受诏，欲效河北诸镇故例，自为节度使。乃下诏令朱泚、李怀光，发兵讨文喜。文喜向吐蕃乞援，吐蕃不肯发兵。一城斗大，禁不起两军围攻，困守了好几旬，城中内乱。泾州副将刘海宾，杀毙文喜，献首乞降，泾原始平。但原州城终因此罢工。德宗既得文喜首，悬示京师，适李正己遣参佐入朝，由德宗令视逆首，有示戒意。参佐归白正己，正己很是不安。嗣闻刘晏被杀，乃上表问晏罪状，语带讥讪。德宗不报，独杨炎不免心虚，密遣私人分诣诸镇，自为辩白，只说杀晏由主上独裁，于己无与。此次恰弄巧成拙了。正己乃复上表，竟指斥德宗不明，有"诛晏太暴，不咨宰辅"二语。德宗览表起疑，也令中使往问正己。正己说是由炎传言。中使返报德宗，德宗因不悦炎，别选了一个著名奸臣，来与共相。这人为谁？

就是卢弈子卢杞，卢弈为安禄山所害，大节炳然。见前文。子杞貌丑，面色如蓝，居常恶衣菲食，似有乃祖卢怀慎遗风，其实是钓名沽誉，不近人情。起初以父荫得官，累任至虢州刺史，尝奏称州中有官豕三千，足为民患。德宗令转徙沙苑，杞复上言："沙苑地在同州，也是陛下子民，何分彼此，不如宰食为便。"德宗赞美道："杞守虢州，忧及他方，真宰相才哩。"已受欺了。遂以豕赐贫民，召杞为御史中丞。寻因与炎有嫌，竟擢为门下侍郎，同平章事。炎谓杞不学，羞与同列。你亦何尝有学？杞亦知上意嫉炎，乐得投阱下石，从此炎趋入危境，也要身命不保了。天道好还。

忽有一老妇自称太后，由中使迎入上阳宫，奉养起来。突接入伪太后事，笔法从盲左脱胎。老妇实高力士养女，并非真正帝母，她年轻时，曾入侍宫掖，与德宗生母沈氏，时常会面，年貌亦颇相似。沈氏时尝削脯哺帝，致伤左指，高女亦尝剖瓜伤指，因此两人形迹，几乎相同。沈氏陷没东都，久无下落。前文亦曾叙及。德宗即位，遥上尊号，奉册唏嘘。中书舍人高彦，谓帝母存亡未卜，今既册为太后，应再四处访求。德宗乃令胞弟睦王述代宗第三子。为奉迎使，工部尚书乔琳为副，诸沈四人为判官，分行天下，访求太后。高力士养女，正鳌居东京，能详述宫禁中事，时人疑即沈太后，报知朝使。朝使不能确认，特请派宦官宫女，同往验视。女官李真一，凤居宫中，尝随沈太后左右，至是奉派至东京，见了高女，酷肖太后，也不禁以假为真，当下逐节盘问，高女缕述无讹，惟诘她是否太后，她却言语支吾，未曾认实。宦官等贪功希宠，竟强迎至上阳宫，令她居住，一面报达德宗，竟欲指鹿为马。德宗即发宫女赍奉御物，入宫供奉。这时候的高氏女，也有些心动起来，竟俨以太后自认。张冠李戴，哄传都下，德宗大喜，百官联翩入贺。

　　独力士养子承悦，洞悉本原，恐将来一经察觉，祸及全家，乃入陈情实，请加覆核。德宗乃命力士养孙樊景超，再往验视。景超与高女相见，当然认识，便语高女道："太后岂可冒充？姑母乃胆敢出此，诚不可解，莫非自求速死，乃置身姐上么？"高女尚踟蹰不答。景超即大声道："有诏下来！高女伪充太后，令即解京问罪。"高女听到此语，方觉股栗，战声答道："我为人所强，原非出自本意。"*是何情事？乃可听人作主，女流无识，可叹可悯。*景超即日返京，据实陈明，并请处罪。德宗语左右道："朕宁受百欺，求得一真，倘因高氏女得罪，无人敢言，岂不是大违初意么？"乃只命将高女放还，不再究罪。既而太后终无音耗，乃追谥为"睿真皇后"，奉祎衣祔葬元陵。元陵是代宗坟茔，距代宗崩时，七月即葬，追赠太后高祖琳为司徒，曾祖士衡为太保，祖介福为太傅，父易直为太师，易直弟易良为司空，易直子震为太尉，特立五庙，虔奉祭祀。立长子诵为太子，册诵母王氏为淑妃。

　　德宗素不信阴阳鬼神，所以送死养生，多循礼法。独术士桑道茂，以占验得幸，待诏翰苑。德宗召入，与论将来祸福，道茂答道："此后三年，都中恐有大变，陛下难免虚惊。臣望奉天有天子气，请陛下亟饬夫役修缮，增高垣堞，以防不测。"德宗乃敕京兆尹严郢，发众数千，并神策兵千人，往筑奉天城。时方盛夏，骤兴大工，群臣都莫明其妙。神策都将李晟，系洮州名将，身长六尺，力敌万人，历从王忠嗣、李抱玉、马璘麾下，御夷有功，因召入主神策军，德宗初立，吐蕃南诏入寇剑南，适西川节度使崔宁入朝，留京未还，晟奉命出征，斩虏首万级，虏皆遁去，乃奏凯还朝。*晟为唐室功臣，故开手叙及，亦较从详重。*复命后，奉敕调军筑城，也暗暗惊异。巧值桑道茂入谒，因邀令坐谈，道茂叙及奉天筑城事，且言：

"祸变不远，为皇上计，不得不尔。"晟似信非信。道茂忽离座下跪，向晟再拜，晟慌忙答礼，扶他起来。道茂坚不肯起，泣诚晟道："公将来建功立业，贵盛无比，惟道茂微命，悬在公手，只得求公开恩，预示赦宥。"晟闻言大惊，还疑道茂有甚么异图，便答道："足下并无罪戾，就使有罪，晟亦何能援手？"道茂道："今日无罪，罪在他日。"说至此，即从怀中取出一纸，自署姓名，右文写着"为贼逼胁"四字，求晟加判。晟阅毕，茫无头绪，即笑问道："欲我如何判法？"道茂道："请公判入'赦罪免死'一语，便不啻再生父母了。"晟见道茂跪求，又向来未见逆迹，似不妨勉从所请，乃提笔照书，交还道茂。道茂又出缣丈许，愿易晟衣。晟越觉惊讶，诘问缘由。道茂道："公虽下判，但事无左证，仍涉空虚，敢请公许易一衣，并赐题襟上。书明'他日为信'四字，方可始终作证，勾免微命。"愈出愈奇。晟至此，更不禁踌躇起来。道茂又道："此事与公无损，于道茂却大有益处。道茂粗识未来，因敢乞请，愿公勿疑！"晟乃取衣题襟，给与道茂。道茂拜谢毕，方才起身，告别而去。事出《道茂本传》，确凿有据。看官欲知道茂所言，究竟有无实验？说来很是话长，须要从头至尾，一一叙明。

建中二年，成德节度使李宝臣病死。宝臣本已复姓为张，嗣惮德宗威名，又愿赐姓为李。有子惟岳，性暗质弱，宝臣为世袭计，恐群下不服惟岳，杀死骁将辛忠义等二十余人，后且求长生术，误饮毒液，即致病暗，三日遂死。孔目官胡震、家僮王他奴，劝惟岳匿丧，诈为宝臣表文，请令惟岳袭位，德宗不许。惟岳自称留后，为父发丧，又使将佐联名上奏，推戴自己，德宗又不许。魏博节度使田悦，与宝臣友善，悦得继袭，宝臣曾为申请，至是悦念前恩，也为惟岳代请袭爵，偏德宗仍然不许。悦遂邀同李正己，为惟岳援，共谋勒兵拒命。为了三不许，激出三镇叛乱来了。魏博节度副使田庭玠，与悦同宗，劝悦谨事朝廷，自保家族，悦不以为然。庭玠忧死。成德判官邵真，泣谏惟岳。请执魏、青二镇使人，解送京师，自请讨逆，且谓照此办法，朝廷庶嘉奖忠诚，必授旌节。惟岳颇为所动，令真草表，偏为胡震等所阻，事不果行。惟岳母舅谷从政，前为定州刺史，颇有胆识，因为宝臣所忌，杜门不出。及闻惟岳谋叛，独入劝惟岳，反覆指陈。怎奈惟岳已误信俭言，先入为主，任你如何开导，只是不信，且反加忌。从政知难挽回，怏怏还家，忽来了王他奴，监督起居，他不觉忧愤交迫，服毒自尽。临危时，语他奴道："我岂怕死。惜张氏从此族灭了。"于是惟岳敦促魏、青二镇，即日发兵。李正己出万人屯曹州，田悦令兵马使康愔率兵八千人围邢州，自率兵数万围临洺，又联结梁崇义，约为援应。崇义为山南东道节度留后，势力不及河北诸镇，平时奉事朝廷，礼数最恭。代宗晚年，已升任节度使。德宗复加授同平章事，赐他铁券，封荫妻孥。哪知崇义为友忘君，竟听信田悦，一同发难。该死得很。淮西军已改名淮宁，任李希烈为节度使，德宗闻崇义逆命，即命希烈就近进讨，别命永平节度使李勉，都统汴、宋、滑、亳、河阳各道行营，防御田悦、李正己等叛军。同平章事杨炎进谏道："希烈系忠臣族子，狠戾无亲，无功时尚倔强不法，倘得平崇义，将来如何控制呢？"德宗不听，且加封希烈为南平郡王，兼汉南、汉北兵马招讨使。希烈慷慨誓师，得众三万，用荆南牙将吴少诚为先锋，出发淮西，途次延宕不进。

德宗曾闻他踊跃出兵，乃至中途逗挠，似属前勇后怯，令人生疑。卢杞乘间进言道："希烈迁延不进，恐为杨炎一人所致，炎曾奏阻希烈，料必为希烈所闻。陛下何爱一炎，致隳大功，臣意不若暂罢炎相，俟乱平后，再任为相，亦属何妨。"

好言最易动听。德宗乃徙炎为左仆射，罢知政事。其实希烈停留，无非为天雨泥泞，不便进行，并非单为着杨炎一人呢。及天已开霁，希烈督军复进，德宗还以为幸用杞言，因得希烈效力，眼巴巴的望他成功。不意江、淮未报捷音，邢、洺连番告急。泽潞留后李抱真，也上书请速救邢、洺。德宗即授抱真为昭义节度使，令与河东节度使马燧，统兵往援。再遣神策都将李晟，率师出都，会同两镇兵马，共讨田悦。悦围攻临洺，累月未拔，城中粮食且尽，士卒多死。守将张伾，饰爱女出见将士，且令下拜，一面宣谕道："诸军战守甚苦，伾家无他物，请鬻此女，为将士一日费用。"说至此，语带呜咽。众且感且泣道："愿尽死力，不敢言赏。"伾乃令女入内，率军抵御，昼夜不懈，把一座粮竭兵虚的危城，兀自守住。可巧马燧、李抱真，合兵八万，东下壶关，击破田悦支军。悦遣将杨朝光率五千骑立栅邯郸，阻住马李两军，再令李惟岳出兵五千，帮助朝光。马燧率军攻栅，纵火延烧，栅用木穿成，遇火立燃。朝光扑救不及，还恶狠狠的与燧军搏战，结果是烟昏目暗，一个失手，好头颅被人斫去，麾下五千骑，非死即伤。李惟岳军，也多毙命，只剩得几个焦头烂额，逃了回去。燧乘胜至临洺，抱真继进，李晟亦到，三路大军，夹击田悦。悦悉众力战，奋斗至百余合，终被燧等杀得大败，狼狈奔回。邢州兵亦解围遁去。悦即遣使分讨救兵，适值李正己病死，子纳擅领军务，乃发淄青兵援悦。李惟岳亦发成德军为援。悦收合散卒得二万人，驻扎洹水。淄青兵在东，成德兵在西，首尾相应，气焰复振。燧等进屯邺郡，恐兵力不足，奏调河阳军自助。诏令新任河阳节度使李芃，率兵往会，与田悦等相持。胜负尚未判定，那李希烈已大破崇义，进拔襄阳了。

自希烈沿汉进行，调集各道兵马，到了蛮水，遇着崇义裨将翟晖、杜少诚，一战即胜。追至疏口，翟杜两将，计穷力蹙，解甲请降。希烈即令二将驰入襄阳，慰谕军民，自率大军随进。崇义尚欲闭城拒守，可奈军心已变，开门争出，不可禁止。眼见得希烈各军，纷纷入城，崇义无法可施，只得挈了妻孥，投井同尽。至希烈入城，捞出尸身，枭了首级，解送京师，希烈遂据住襄阳。德宗闻襄阳已平，加希烈同平章事，另遣河中尹李承为山南东道节度使。承单骑赴镇，希烈令居外馆，胁迫百端。承誓死不屈，希烈乃大掠而去。小子有诗叹道：

犬羊已蹶虎狼来，去祸翻教长祸胎。
为看前辕方覆辙，后车不戒令人哀。

希烈返镇，卢杞又要构害杨炎了。究竟杨炎性命如何，容至下回再表。

　　杨炎入相，请移财赋贮左藏，又创作两税法。两税之创，尚有遗议，而财赋悉归左藏出纳，实为当时除弊要策，无隙可訾。乃经著书人揭出炎意，谓炎陈此二议，即为害刘晏计，此固言人所未言，而直穷小人之隐者也。自玄宗以迄肃、代，若宇文融、王𨰚、韦坚、杨慎矜等，皆掊克臣，利国不足，病民有余，惟刘晏能变通有无，交利上下。炎挟私恨，乃欲掊而去之，去之不易，乃先议财政以动主心，继进谗言以快宿愤，贬晏死晏，计画甚巧，不图卢杞之复来其后也。杞乘梁崇义之叛，借刀杀炎，用计尤毒。德宗一再不悟，且宠任李希烈，以堕入杞之奸谋！曾亦思三镇叛乱，多自乃父宠纵而成，岂尚可举狠戾无亲之李希烈，而封王拜相耶？临洺之役，守将幸有张伾，战将幸有马燧诸人，而田悦始大败而去，不然，奉天之奔，宁待朱泚哉？

第六十三回

三镇连兵张家覆祀　四王僭号朱氏主盟

却说杨炎罢相，用右仆射侯希逸为司空，前永平军节度使张镒为中书侍郎，同平章事，希逸即死，亏得早死，否则亦朱泚流亚。镒性迂缓，徒知修饰边幅，无宰相才。卢杞独揽政权，决计诛炎，谓："炎所立家庙，地临曲江，开元时，萧嵩欲立私祠，玄宗不许，此地实有王气。炎有异志，因敢违背先训，取以立庙。"这数语陈将上去，顿令德宗怒不可遏，立黜炎为崖州司马，且遣中使押送，途中把炎缢死，并杀炎党河南尹赵惠伯。许刘晏归葬。报应何速？杞入相时，朝右称为得人，惟郭子仪窃叹道："此人得志，吾子孙恐无遗类了。"建中二年六月，子仪疾亟，廷臣多往探视，杞亦往问疾。子仪每见宾客，姬妾多不离侧，惟见杞至，悉令避去。有人问为何因？子仪道："杞貌陋心险，若为妇人所见，必致窃笑，杞或闻知，多留一恨，我正恐子孙被害，奈何反自寻隙呢？"德宗闻子仪病笃，遣从子舒王谟，传旨省问。子仪已不能兴，但在床上叩头谢恩，未几即薨，年八十五。德宗震悼辍朝，诏令群臣往吊，丧费皆由官支给，追赠太师，予谥'忠武'，配飨代宗庙廷。

子仪身为上将，屡拥强兵，程元振、鱼朝恩等，谗谤百端，诏书一纸往征，无不就道，所以谗谤不行。鱼朝恩尝阴劚子仪父墓，子仪入朝，中外虑有变故，代宗亦慰喭再三。子仪独涕泣道："臣统兵日久，兵士或侵及人墓，不无失察。今先冢被毁，恐是天谴，不得专咎他人呢。"由是群疑俱释，且深服子仪雅量。子仪尝使人至魏州，田承嗣向西下拜，并语去使道："我不向人屈膝，已好多年了，今当为汾阳王下拜。"及李灵曜据汴州，不问公私各物，一概截留，独子仪物不敢近，且遣兵护送出境。所以子仪一身，关系天下安危，约二十年。校中书令考二十四次，家人多至三千人，八子七婿，均为显官，诸孙数十，朝夕问安，子仪不能尽辨，但略略点颔罢了。相传子仪自华州原籍，从军塞外，因入京催趱军饷，返至银州，时正七夕，风砂徒暗，日暮无光，子仪不得前行，就道旁空屋中，席地留宿。正在蒙胧欲睡，忽见左右皆现赤光，惊起仰视，天空中有一云辂，冉冉而下，内坐美女，端庄华丽，迥与凡人不同。子仪即拜祝道："今天为七月七日，想是织女降临，愿赐长寿富贵。"女莞然道："大富贵亦寿考。"言讫，霞光复起，云辂徐升，女尚俯视子仪，笑容可掬，直至高低远隔，方才烟雾迷离，不可复见。果然后来俱验，一如女言。史官称他权倾天下，朝不加忌，功盖一世，主不加疑，侈穷人欲，议不加贬，真是福德兼全，哀荣终始呢。故部将佐多为名臣，子孙亦多半显扬，这更是郭氏特色，史所罕闻。_{旌扬盛德，正神兼收。}子仪从子郭昕，曾为安西四镇留后。自吐蕃陷入河陇，四镇隔绝不通，昕与北庭节度使曹令忠，屡遣使奉表朝廷，终不得达。伊州刺史袁光庭，且累被吐蕃围困，粮尽援穷，自焚死节。唐廷毫无所闻。至子仪殁后，仅隔一月，昕使从回纥绕道入朝，方得四镇二庭消息。德宗封昕为武威郡王，曹令忠为宁塞郡王，赐令忠国姓，改名元忠；追赠袁光庭为工部尚书。这且不必细表。

且说田悦、李纳、李惟岳，联兵拒命，与马燧等相持未下。李纳更遣将王温等，会同魏博兵众，共攻徐州。徐州刺史李洧，本是李纳从伯父，向与纳父子通同一气。彭城令白季庚，劝洧服从朝廷，乃举州归国，纳因此生嫌，出兵攻洧。洧遣牙将王智兴告急，智兴善走，五日入都。德宗令朔方大将唐朝臣与宣武节度使刘洽、神策兵马使曲环、滑州刺史李澄，共救徐州。唐朝臣奉诏即行，军装不及置办，所有旗服，统是敝恶。宣武军瞧着，不禁嘲笑道："乞子也能破贼么？"朝臣闻言，转谕将士道："我等出兵讨逆，宜恃智勇，不恃服饰，但能先破贼营，何愁资械不足？诸君努力向前，共博功名，休使汴宋人笑我哩。"原来汴宋自灵曜乱后，添置节度使，改称宣武，所以朝臣仍称他为汴宋军。朝臣既已下令，即麾众前驱，巧值纳将石隐金，率众万人，来援王温，至七里沟与朝臣相遇。朝臣用马军使杨朝晟计，遣朝晟带着骑兵，潜伏山曲，自率部兵倚山列阵，静待纳军。王温闻援兵到来，即与魏博将崇庆，率兵往会，为夹攻计。哪知到了山西，被朝晟驱兵杀出，冲作两橛。朝臣亦麾众驰突，杀得温等有退无进，有死无生。石隐金拟来援应，适宣武军乘势杀到，立将隐金击退。温与崇义，狼狈欲返，仓猝逾沟，又为朝臣等掩杀，溺毙过半。余众四散遁去，徐州解围。朔方军尽得敌械，旗服焕然一新，便语宣武军道："汝军功劳，能及得乞人否？"虽是快语，却亦未免自满。宣武军不胜惭赧，无词可答。刘洽亦颇愤激，径移师往攻濮州去了。

　　马燧等屯驻漳滨，河阳节度使李芃亦至。燧命诸军持十日粮，进屯仓口，与田悦夹水列营。抱真与芃问燧道："粮饷不多，遽行深入，究是何因？"燧答道："我无非为速战起见。试想魏博三镇，连兵不动，意欲坐老我师，可以不战屈人；我若分军击其左右，悦必往救，我反腹背受敌，战必不利。今特进军攻悦，捣他中坚，这就是攻其必救的兵法。悦若出战，保为诸公破敌哩。"乃命军士就水造桥，成了三座，每日分兵逾桥，前往挑战。悦只坚壁不出。燧令诸军夜半起食，潜出营门，循洹水上流，直趋魏州，只留百骑在营击鼓，且预戒道："贼若渡桥前来，汝等可暂时他避。俟贼已毕渡，追蹑我师，汝等速毁桥梁，切切勿误。"言已即去。待至天明，留骑怀藏火种，出营四匿。营中鼓角无声，寂无一人。果然田悦探得消息，亟率淄青、成德军四万余人，渡桥踹营。但见营门虚掩，料已他去，连忙督众前追，且乘风纵火，鼓噪而进。

燧已至十里所，令军士除去草莽，列阵待着，至悦兵追到，火熄气衰，燧令昭义河阳军为左翼，神策军为右翼，自率河东兵为中军，与悦众接仗。悦亦分军迎敌。战了数十合，神策、昭义、河阳军小却，独燧指挥河东军，冒死突入悦阵，十荡十决，无人敢当。李抱真、李芃等，见燧勇往直前，也下令还斗，拼命杀入。悦众抵挡不住，相率败走，奔至三桥，桥已毁去。那燧等又追杀过来，此时欲逃无路，只好扑通扑通的俱投水中。有一半不善泅水的，都由河伯收去。还有后队未及渡水，统被燧等杀尽。功归马燧，举一赅三。悦收败卒千余人，还走魏州，夜走南郭。守将李长春闭城不纳，拟俟官军追至，献城出降。偏偏待到天明，官军不至，乃开门迎悦。悦怒杀长春，集兵拒守，怎奈城中士卒，不满数千，阵亡将士诸家属，号哭盈街。悦不免惶惧，乘马佩刀，兀立府门，召军民泣谕道："悦自知不肖，蒙淄青、成德两父执保荐，嗣守伯父遗业。今两父执去世，有子不得承袭，悦怀父执旧恩，不自量力，抗拒朝命，以致丧败至此，悦再不死，何以谢我城中父老？不过悦有老母，不能自杀，愿诸君持我佩刀，断我首级，持降官军，免得与悦同死哩。"言毕，解刀掷地，自从马上投下。好一条苦肉计。将士争前扶掖，各愿与悦同死。悦乃与将士断发为誓，约为兄弟，与同休戚。一面悉发府库，乃征敛富家，得财百余万，犒赏士卒。并召贝州刺史邢曹俊，令整部伍，缮守备，镇定众心，士气复振。

时李纳为刘洽所逼，还守濮州，又向田悦处征兵。悦遣军使符璘，率三百骑送归淄青军。璘父令奇诫璘道："我已老了，历观安、史等相继叛乱，终归夷灭，田氏效尤，不久必亡。汝能去逆效顺，使汝父扬名后世，我死亦甘心哩。"遂与啮臂而别。璘出城，即与副使李瑶，奔降马燧。悦收灭璘家，令奇嫚骂而死。李瑶父再春，举博州降官军。悦从兄田昂，也举洺州降官军。马燧拟进攻魏州，向抱真营中求取攻具。抱真因前时临洺一役，所获军粮，多为燧有，心下本已不平，至此又欲取他军械，因即拒绝，且愿独当一面，与燧分军，迁延不进。燧与抱真各有所失。河阳等军，亦因此观望。至燧促与同行，到了魏州城下，悦已缮兵固守，不能遽拔了。

范阳节度使朱滔，奉德宗诏敕，出讨李惟岳。先遣判官蔡雄，往说易州刺史张孝忠，劝他举州归唐，共图惟岳。孝忠本由正己遣往，令防田氏。见六十一回。此次见田氏日危，乐得依了蔡雄，奉表唐廷。滔又代为保荐，得授检校工部尚书，兼成德节度使。孝忠遂娶滔女为子妇，深相结纳，连兵围束鹿。束鹿守将孟祐，急向惟岳处求救。惟岳令兵马使王武俊为先锋，自督军为后应，往救束鹿。武俊本为惟岳所嫌，因惜他才勇，不忍遽除，至此派为前驱，武俊暗自忖道："我若往破朱滔，惟岳军势大振，我归必被杀无疑，我何苦自寻死路呢？"及既至束鹿，与朱滔对垒，未战先退。惟岳后至接战，为朱滔、张孝忠所乘，杀毙将士甚多，没奈何毁营遁还。孟祐守不住束鹿，亦开门夜遁。滔等乘胜围深州，惟岳忧惧，判官邵真，又劝惟岳束身归朝，事为孟祐所闻，密报田悦。悦遣衙官扈岌，诘责惟岳，逼他杀死邵真，仍敦前好，否则从此绝交。惟岳素来悁怯，更由判官毕华等，从旁怂恿，力请斩真以谢魏博，乃即引真出来，对着扈岌，把真枭首，扈岌乃去。惟岳以武俊不肯效力，意欲并诛，会赵州守将康日知，又举城降唐，于是益疑武俊，武俊甚惧。

有为武俊入白惟岳道："先相公委武俊为腹心，诚因他勇冠三军，可济缓急。今危难交迫，尚加猜阻，将使何人却敌呢？"惟岳乃使步军卫常宁，与武俊同击赵州，又使武俊子士真，值宿府中，统兵自卫。既已纵虎出柙，还要引狼守门，怎得不死？武俊出至恒州，语常宁道："武俊今日，幸脱虎口，不复再返了。当北归张尚书。"指孝忠。常宁道："惟岳暗弱，将来总不免覆灭，今天子有诏，得惟岳首，即授旄节。公为众所服，若倒戈效顺，取逆首如反掌，何必先归张尚书呢？"武俊喜甚，即与常宁还袭惟岳。士真开门纳入，武俊即突入府门，府兵上前拦阻，被杀十余人，当由武俊宣言道："大夫叛逆，将士归顺，敢有异心，身诛族灭。"大众闻言，均不敢动。惟岳缩做一团，被武俊等牵出府厅，用帛勒毙，并收捕胡震、毕华、王他奴诸人，尽行斩首，然后将惟岳首级，传送京师。自李宝臣据成德军，凡二世，共十九年而亡。深州刺史杨荣国，定州刺史杨正义，陆续归降，河北略定，只有魏州未下。唐廷论功加赏，三分成德地，命张孝忠为易、定、沧州节度使，武俊为恒、冀都团练观察使，康日知为深、赵都团练观察使。尚有德、棣二州，划隶朱滔，令滔还镇。

滔求深州未得，因致失望，且仍在深州驻兵。武俊以手诛惟岳，功出张孝忠、康日知上，乃仅与日知同官，并失去赵、定二州，意亦不悦。田悦乘间诱朱滔，滔又乘间诱武俊，彼此定了密约，互相联络，反抗朝廷。前四镇未曾荡平，后三镇又复连结。李纳为刘洽所围，外城被破，惊慌的了不得，乃登城见洽，泣求自新。李勉亦遣人劝降，纳乃使判官房说，入朝请命。偏中使宋凤朝，谓纳势穷蹙，必不可舍。德宗竟为所惑，将说囚住，纳乃突围出走，奔归郓州，后与田悦相合。会唐廷遣中使北往，征发卢龙、恒冀、易定等军，往讨田悦。王武俊邀执中使，送往朱滔。滔即语众道："将士为国立功，我尝为奏请官阶，均不见报。今欲与诸君共趋魏州，击破马燧，可好么？"众皆不答。滔问至再三，大众却请暂保目前，不愿蹈安、史覆辙。滔默然罢议，一面加抚士卒，一面查出反对的将士，杀死了数十人。康日知侦知滔谋，密报马燧，燧转报德宗。德宗以魏州未下，王武俊又叛，势不能再讨朱滔，乃加滔检校司徒，进爵通义郡王，冀安反侧。总不脱乃父呆气。偏滔逆谋愈甚，竟进营赵州，威吓日知。武俊亦遣子士真，往攻赵州。涿州刺史刘怦，与滔为姑表亲，滔使知幽州留后。怦即遗书谏滔道："司徒能自矢忠顺，事无不济，若务大乐战，不计成败，安、史前车，可为殷鉴。"滔将来书撕碎，付诸不答，且使蔡雄往说张孝忠，愿与连盟。孝忠道："从前司徒发幽州时，曾劝孝忠归国尽忠，孝忠性直，已从司徒教诲，不敢再生贰心。司徒今为王武俊所惑，武俊与孝忠同出夷落，素知他反复无常，还请司徒详察，勿为所蒙。"雄尚再四进言，惹得孝忠怒起，欲将他执送京师，雄乃逃回。

　　滔决计叛命，即率步骑二万五千人，出发深州。甫至束鹿，士卒忽哗噪道："天子令司徒归幽州，奈何反南救田悦。"滔惧匿后帐。蔡雄与兵马使宗项出语士卒道："司徒血战取深州，无非欲多得丝纩，借宽汝曹租赋，不意国家无信，把深州给康日知，又闻朝廷有敕赐汝等每人绢十四，乃复为河东军夺去，所以司徒南行，为汝等索还赐物呢。"一派谎言。大众齐声道："果有此事，朝命不可不遵，不如奉诏归镇。"雄说不下去，只好佯允道："汝等既知奉诏，亦须各归部伍，从容归镇，尊司徒，便是尊朝廷呢。"众乃无语。

　　越宿，滔即引兵还深州，密访首谋，得二百余人，悉数处斩，余众股栗。乃复引兵南行，如此残暴，安望成功。进取宁晋，留待王武俊。武俊率步骑万五千名，陷入元氏，再行北趋，与滔相会，同援田悦。

悦闻援军将至，令康愔督兵出城，至御河旁，与马燧战了一仗，大败奔还。德宗授李怀光为朔方节度使，令率朔方军讨悦，兼拒朱滔。一面进燧同平章事，爵北平郡王，且大括长安富商，接济军费。判度支杜佑，横加敲迫，民不胜苦，甚至缢死。又遍查都民积粟，硬借四分之一，先后所得，才值二百万缗，都城嚣然，如被寇盗。越年改任赵赞判度支，复创行苛例两条，一是间架税，每屋两架为间，上屋税钱二千，中税千文，下税五百。一是除陌钱，公私给与及买卖产物，每缗须交官税五十钱。两法颁行，饬民不得逃税，如有隐匿等情，杖责以外，还要加罚。可怜百姓连声叫苦，九重无从得闻，但把那民膏民血，运至军前，期平叛逆。偏是逆焰日炽，诸军又不肯同心，你推我诿，历久无功。夹叙苛税，为下文京城失守写照。马燧、李抱真，构怨不休，朝廷遣中使和解，终不见效。王武俊逼赵州；抱真分麾下二千人，往戍邢州。燧闻信大怒道："叛贼未除，乃遽分兵自守，难道叫我独战么？"随即令军士整顿归装，意欲西还。忠智如燧，尚难免私忿。李晟得悉情形，忙向燧劝阻道："李尚书因邢、赵连壤，所以分兵往守。今公为此一事，即引兵自去，不但前功尽弃，转恐招受恶名。况公有志平贼，正应推诚相与，释小怨，急公仇，奈何作丈夫态，悻悻求逞呢？"燧被晟数语提醒，不觉起座道："公责我甚当，我愿自见李尚书，剖明心迹便了。"遂单骑出营，径诣李抱真营。抱真与燧，已多日不见，骤闻燧子身到来，也即开营出迎，彼此各自谢过，复归和好，乃同誓灭贼，尽欢而别。

适洺州刺史田昂入朝，燧奏以洺州隶抱真，李晟军先隶抱真。又请兼隶马燧，以示协和，有制一一准请。燧乃搜卒补乘，再攻魏州。会值朱滔、王武俊，合军救魏，列营惬山。李怀光军亦来援燧，燧盛军出迎。滔闻燧出军，还道是前往袭击，也出兵布阵。怀光有勇无谋，即欲掩杀过去，燧劝怀光且暂休息，俟衅乃动。怀光道："贼阵尚未列就，正好乘机杀去，此时不可失了。"遂麾兵杀入滔阵，杀死敌军千余人。滔军奔退。怀光部众争入滔营，搬取粮械，不防王武俊带着劲骑，横冲过来，把怀光军裂作数段，怀光不及收军，仓皇走还。滔又转身杀来，与王武俊并力合击，怀光大败。马燧部兵，被他牵动，禁遏不住，也只好还军保垒。

是夜燧与怀光，恐朱滔等复来劫营，恰也严加防备。到了夜半，忽有大水淹至，灌及全营，大众惊惶得很，东拦西阻，勉强支持到天明。曙光一启，出营四望，但见周围一带，已成泽国，营门内外，水深三尺许。燧至此也觉着急，暗思全营将士，带水拖泥，已是不便，更且粮道被阻，归路截断，将来都作了瓮中鱼鳖，如何不忧？当下救命要紧，只好卑词厚币，向滔乞情，乃遣一辩士赍投滔营。滔正决永济渠，淹入燧营，教他自毙，忽接到燧书，内称河北事托公处置，燧愿率兵还朝，幸开一面，后不相犯等语。滔阅毕，不禁掀髯狞笑道："马北平，才晓得老夫厉害么？"马使趁势贡谀，说得朱滔心悦诚服，立命将渠水放还，遣归来使。及使人回至燧营，营中已是干燥了。燧与诸军涉水西行，退保魏县。王武俊见滔道："公奈何纵虎出柙，堕人诡计？"滔不以为然。嗣经武俊讽劝兼至，乃与武俊进兵魏县，与马燧等隔水相持。滔复遣兵马使承庆等往救李纳，击却刘洽。洽亦退守濮阳，于是田悦倡议，愿奉朱滔为主。滔辞谢道："恇山一胜，全仗王大夫力，滔何敢独居尊位？"乃由幽州判官李子千、桓冀判官郑濡等，公同会议，仿春秋列国故例，仍奉唐朝正朔，惟各加王号。滔自称冀王，悦称魏王，武俊称赵王，且推李纳为齐王，列成四国。当下筑坛告天，歃血为盟。滔作盟主，对众称孤，悦、纳、武俊称寡人，妻曰妃，长子曰世子，各以所治州为府，自置官属。
唐廷又令淮宁节度使李希烈，兼平卢淄青节度使，专讨李纳。
河东节度使马燧，兼魏博、澶相节度使；朔方节度使李怀光，
加授同平章事，专拒田悦、朱滔等军；李晟已进授御史大夫，
兼神策行营招讨使。当惬山未战前，已自魏州北趋赵州，击走
王士真，与张孝忠合兵，北图范阳。更谋取涿莫二州，截断
幽、魏孔道，这也是釜底抽薪的计策。正是：

　　　　诸镇连兵方肆逆，良臣冒险每图功。

欲知各军能否平逆，且从下回再详。

　　卢杞相，子仪殁，内外乏人，而藩镇之祸乃烈。
幸尚有马燧、李晟诸将，战胜田悦，而王武俊乃出而
倒戈，杀李惟岳，传首京师，李纳乞降，田悦孤危，
河北只魏州未下，澄清之象，似可立致矣。乃王武
俊、朱滔，有平惟岳功，而处置失宜，致生怨望。李
纳遣使入朝，及从而拘禁之。代宗之误，误于姑息；
德宗之误，误于好猜。四国联盟，祸逾三镇，唐乱宁
有已时乎？观此回而知诸镇之迭乱，实由庙谟之失
算云。

第六十四回

叱逆使颜真卿抗节　击叛帅段秀实尽忠

却说李希烈籍隶辽西，性极凶狡，本来是没甚功业，自平梁崇义后，恃功益骄，德宗反说他忠勇可恃，封王拜相，兼数镇节度使，令讨李纳。希烈率部众徙镇许州，屯兵不进，反遣心腹李苴，阴约李纳，结为唇齿，共图汴州，佯向河南都统李勉处假道。勉知他不怀好意，阳具供帐，阴饬戒备。希烈探悉情形，竟不至汴。纳却屡遣游兵，渡汴往迎，且绝汴饷路。勉乃改治蔡渠，凿通运道，以便接济。希烈又密与朱滔等通问。滔等与官军相拒，累月未决，一切军需，全仗田悦筹给。悦不胜供应，支绌万分，闻希烈兵势甚盛，乃共谋乞援，愿尊希烈为帝。希烈遂自号建兴王，天下都元帅。五贼株连，凶焰益盛。希烈遂遣将李克诚，袭陷汝州，执住别驾李元平。元平眇小无须，素来大言不惭。中书侍郎关播，说他有将相才，荐任汝州别驾，兼知州事，哪知他被捕至许，见了希烈，吓得浑身乱抖，尿屎直流。希烈且笑且骂道：“盲宰相用你当我，何太看轻我哩？似你岂足污我刃，饶了你罢！”元平连忙叩谢，首如捣蒜。希烈拂袖返入，他才爬起，由军士替他解缚，退出帐外去了。可为惯说大话者作一榜样。

希烈再遣将董侍名等，四出抄掠，取尉氏，围郑州，东都大震。德宗召卢杞入商，杞答道：“四镇不臣，又加希烈，几乎讨不胜讨，不如令儒雅重臣，往宣上德，为陈顺逆祸福，或可不战而胜哩。"德宗问何人可遣，杞应声道："莫如颜真卿。"乃命真卿宣慰希烈。诏敕一下，举朝失色。原来卢杞入相，专好挤排，杨炎既被他贬死，继起为相的张镒，本来是没甚峭厉，偏杞又排他出外，令兼凤翔节度使。故相李揆，老成望重，又为杞所忌，遣使吐蕃，病死道中。颜真卿入掌刑部，刚正敢言，杞独奏改太子太师，且欲调任外职。真卿尝语杞道："先中丞传首至平原，指卢奕。真卿曾舌舐面血，今相公乃忍不相容么？"杞矍然起拜，心中却衔恨愈深。至是假公济私，令他出抚希烈。真卿拜命即行，驰至东都。留守郑叔则道："此去恐必不免，不如留待后命。"真卿慨然道："君命难违，怎得避死？"随即写了家书，寄与頵硕两儿，但嘱他上奉家庙，下抚诸孤，此外不及他语。书已寄出，即向许州进发。李勉闻真卿赴许，亟表言失一元老，为国家羞，请速追召还朝，一面使人邀留道中。偏真卿已经过去，不及追还，只好付诸一叹。

真卿既抵许州，才与希烈相见，忽有众少年持刀直入，环绕真卿左右，口中呶呶辱骂，手中以刀相示，几乎欲将真卿醢食了事。真卿毫不改容，顾语希烈道："若辈何为？"希烈乃麾众令退，且谢真卿道："儿辈无礼，请休介意！"真卿问明众少年，才知皆希烈养子，当下朗声宣敕。希烈听毕，便道："我岂欲反，只因朝廷不谅，奈何！"乃导真卿入客馆中，逼使代白己冤，真卿不从。希烈再遣李元平往劝，真卿呵叱道："汝受国家委任，不能致命，我恨无力戮汝，反敢来劝诱我么？"元平怀惭而退，返报希烈。希烈意欲遣归，元平却劝令拘留。越是小人，越会巴结。会朱滔、王武俊、田悦、李纳四人，复各遣使至许州，上表称臣，腼颜劝进。腼颜两字甚妙。希烈召真卿入示道："今四王遣使推戴，不约而同，太师看此情势，岂独我为朝廷所忌么？"真卿奋然道："这是四凶，怎得称作四王？相公不自保功业，为唐忠臣，乃反把乱臣贼子，引作同侣，难道是甘心同尽吗？"希烈不悦，令人扶出。越日与四使同宴，又召真卿入座。四使语真卿道："太师德望，中外同钦。今都统将称大号，太师适至，都统欲得宰相，舍太师尚有何人？这乃所谓天赐良相哩。"真卿怒目相视道："汝等亦知有颜杲卿么？杲卿就是我兄，曾骂贼死节。我年八十，但知守节死义，汝等休得胡言！"四使乃不敢复语，真卿乃起身还馆。希烈使甲士十人，环守真卿馆舍，且在庭中掘坎，扬言将坑死真卿。真卿怡然见希烈道："死生有定，亟以一剑授我，便好了公心事，何必多方恫吓，我若怕死，也不来了。"希烈乃婉词道歉。

　　既而左龙武大将军哥舒曜，奉命为东都汝州节度使，击破希烈前锋将陈利贞，进拔汝州，擒住守将周晃。湖南观察使曹王皋，系曹王明玄孙。调任江西节度使，击斩希烈将韩霜露，连下黄、蕲各州。希烈部下都虞侯周曾等，本由希烈差遣，往攻哥舒曜，他却通款李勉，还击希烈，拟奉颜真卿为节度使，不料为希烈所闻，潜令别将李克诚，率兵掩至。曾等却未预防，统被杀死，只同党韦清，奔投刘洽，幸得逃生。董待名等曾围郑州，闻各处失利，相率遁还。希烈气焰少衰，乃自许州归蔡州。颜真卿仍被拥去，置居龙兴寺，用兵守着。会荆南节度使张伯仪，与希烈兵交战安州，伯仪大败，连持节俱被夺去。希烈得节示真卿，真卿号恸投地，绝而复苏，自是不复与人言。希烈遣使上表，归咎周曾等人，表面上好似恭顺，暗中却通使朱滔，待他来援。滔正自顾归路，还救清苑，与李晟相持。晟适患病，不能督师，被滔乘隙袭击，败走易州。滔自瀛州休息数天，王武俊遣宋端见滔，促他速还魏桥，滔尚拟从缓，偏端出言不逊，顿时惹动滔怒，斥端使还，且语道："滔以救魏博故，叛君弃兄，几如脱屣，现遇热疾，暂未南来。二兄指王武俊。必欲相疑，听他自便。"端回报武俊，武俊因滔纵马燬，已是不平，至此越觉介意，勉强遣人报谢。不获于上，安能信友？李抱真驻营魏县，侦得消息，乃遣参谋贾林，诈降武俊。

林至武俊营，武俊问他来意，林正色答道："林奉诏来此，并非来降。"武俊不禁色动。林又接口道："天子闻大夫登坛时，自言忠而见疑，激成此举，诸将亦共表大夫忠诚。今天子密谕诸将，谓：'朕前事诚误，追悔无及，朋友失欢，尚可谢过，朕为四海主，岂君臣情谊，转不及朋友么？'林特来传命，请大夫自行裁夺。"令他自酌，不劝之劝，尤妙于劝。武俊徐答道："仆系胡人，入受旄节，尚知爱及百姓，岂天子反好杀人么？仆不惮归国，但已与诸镇结盟，不便食言。若天子下诏，赦诸镇罪，仆当首倡归化。诸镇再或不从，愿奉辞伐罪，上足报君，下可对友，不出五旬，河朔可大定了。"林乃道："公言甚善，林当返报李公，如言请旨。"武俊喜甚，厚礼送归。嗣因抱真尝通使武俊，阴相联结，魏博一路，兵祸少纾。惟李希烈复出寇襄城，哥舒曜入城拒守，竟为所围。河南都统李勉，遣宣武将唐汉臣赴援，德宗亦令神策将刘德信，募兵三千人往助，且命神策军使白志贞，添招兵士。志贞勒令节使子弟，自备资装从军，但给他五品官衔，于是怨言益盛，人心动摇。翰林学士陆贽，表字敬舆，系嘉兴人氏，夙擅才名，以进士中博学宏词科，历任外尉，及监察御史。德宗召居翰苑，屡问政事得失。贽因兵民两困，防生内变，特剀切上疏道：

> 臣闻王者蓄威以昭德，偏废则危；居重以驭轻，倒持则悖。王畿者，四方之本也。京邑者，王畿之本也。昔太宗列置府兵，八百余所，而关中五百，举天下不敌关中，则居重驭轻之意明矣。承平渐久，武备浸微，虽府卫具

存，而卒乘罕习。故禄山窃倒持之柄，乘外重之资，一举滔天，两京不守。尚赖西边有兵，诸厩备马，每州有粮，而肃宗乃得中兴。乾元以后，复有外虞，悉师东讨，边备既弛，禁旅亦空，吐蕃乘虚深入，先帝莫与为御，是又失驭轻之权也。既自陕还，惩艾前事，稍益禁卫，故关中有朔方、泾原、陇右之兵以捍西戎，河东有太原之兵以制北虏。今朔方、太原之众，远屯山东，神策六军，悉戍关外。将不能尽敌，则请济师，陛下为之辍边军，缺环卫，竭内厩之马、武库之兵，召将家子以益师，赋私蓄以增骑。又告乏财，则为算室庐，贷商人，设诸榷之科，日日以甚。倘有贼臣啗寇，黠虏觇边，伺隙乘虚，窃犯畿甸，未审陛下何以御之？往岁为天下所患，咸谓除之则可致昇平者，李正己、李宝臣、梁崇义、田悦是也。往岁为国家所信，咸谓任之则可除祸乱者，朱滔、李希烈是也。既而正己死，李纳继之，宝臣死，惟岳继之；崇义诛，希烈叛，惟岳戮，朱滔携。然则往岁之所患者，四去其三矣，而患竟不衰。往岁之所信者，今则自叛矣，而余又难保。是知立国之安危在势，任事之济否在人。势苟安，则异类皆同心也；势苟危，则舟中亦敌国也。陛下岂可不追鉴往事，维新令图，修偏废之柄以靖人，复倒持之权以固国。而乃孜孜汲汲，极思劳神，徇无已之求，望难必之效乎？陛下幸听臣言，凡所遣神策六军，如李晟等及节将子弟，悉令还朝。明敕泾、陇、邠、宁，但令严备封守，仍云更不征发，使知各保安居。再使李芃还军援洛，李怀光还军救襄城。希烈一走，梁、宋自安，余可不劳而定也。又下降德音，罢京城及畿县间架等杂税，与一切贷商征兵诸苛令，俾已输者弭怨，现处者获宁，则人心不摇，邦本自固，尚何叛乱之足虑乎？语关至计，务乞陛下酌量施行。

看官听着！德宗当日，若果信用赘言，何至京城失守，蒙尘西行？偏是德宗目为迂谈，一心想荡平叛逆，把魏县各军，未曾调回一个，反屡促李勉、刘德信等，急救襄城。勉闻希烈精兵，统在襄阳，料想许州空虚，特嘱刘德信、唐汉臣两将，移袭许州。这也是一条好计。两将奉令即行，哪知中使到来，责他违诏，立刻追还二将。二将狼狈走还，被希烈部将李克诚，追击过来，杀伤大半。汉臣奔大梁，德信奔汝州。希烈游兵，剽掠至伊关，李勉亟遣裨将李坚率四千人，助守东都，又被希烈将截住后路，东都亦震，襄城益危。德宗再命舒王谟见前为荆、襄等道行营都元帅，改名为谊，徙封普王，户部尚书萧复为元帅府长史，右庶子孔巢父为左司马，谏议大夫樊泽为右司马，调入泾原将士，令带同东行。

泾原节度使姚令言，率兵五千至京师，时当十月，途次冒雨前来，冻馁交迫。既至京师，满望得着厚赐，遗归家属，不意京兆尹王翃，奉敕犒师，但给他粝饭菜羹，此外并无赏物。大众不禁动愤，尽把菜饭拨掷地上，蹴作一团，且扬言道："我辈将冒死赴敌，乃一饭且不使饱，尚能以微命相搏么？今琼林大盈二库，金帛充溢，朝廷靳不一与，我辈何妨自取呢。"乃环甲张旗，直趋京城。令言正入朝辞行，蓦听得兵变消息，忙趋出城外，呼众与语道："诸军今日，东征立功，何患不富贵？乃无端生变，莫非要族灭不成？"军士不从，反将令言拥住，鼓噪至通化门。但见有中使奉诏出抚，每人给帛一匹，众益忿诟道："我等岂为此区区束帛么？"遂将中使射毙，一哄入城，百姓骇走，乱军大呼道："汝等勿恐，我辈前来抚汝，此后不夺汝商货僦质，也不税汝间架陌钱了。"苛敛病民，正使军士借口。德宗闻乱军入城，即令普王谊及翰林学士姜公辅，同往慰谕。偏乱军列阵丹凤门，持弓以待，无可理喻，没奈何返身入报。德宗又号召禁兵，令御乱军。不料白志贞所募禁旅，统是虚名列籍，兵饷悉入贪囊，到了危急待用，竟无一人前来。此时德宗张皇失措，急忙挈同王贵妃、韦淑妃，及太子、诸王、公主，自后苑北门出奔，连御玺都不及取，还是王贵妃忙中记着，取系衣中。宦官窦文场、霍仙鸣，率左右百人随行；普王谊为前驱；太子为后殿；司农卿郭曙、右龙武军使令狐建，在道接驾，各率部曲扈从，于是始得五六百人。姜公辅叩马进言道："朱泚尝为泾原军帅，因弟滔为逆，废处京师，心常怏怏。今乱兵入京，若奉他为主，势必难制，不如召使从行。"德宗不暇后顾，便摇首道："现在赶程要紧，已是无及了。"遂西向驰去。

是时乱军已斩关入内，登含元殿，大掠府库。居民亦乘势入宫，窃取库物，喧哗的了不得。姚令言以大众无主，乱不能止，特与乱军商议，拟推朱泚为主帅。泚讨平刘文喜后，曾留镇泾原，加官太尉。回应六十二回。及滔谋逆，蜡书贻泚，劝他同叛。使人为马燧所获，送至京师。德宗乃召泚入朝，出示滔书，泚惶恐请死。德宗以兄弟远隔，本非同谋，特温言慰勉，赐第留京。令言提议戴泚，大众乐从，乃至泚第迎泚。泚佯为谦让，经乱军一再往迎，乃乘夜半入阙，前呼后拥，列炬满街，既至含元殿，约束乱兵，自称权知六军。泚乘乱入阙，约束乱兵，不足言罪，误在后此称尊耳。次日徙居北华殿，出榜张示。略云：

> 泾原将士，远来赴难，不习朝章，驰入宫阙，以致惊动乘舆，西出巡幸。现由太尉权总六军，一应神策等军士及文武百官，凡有禄食者，悉诣行在，不能往者，即诣本司。若出三日检勘，彼此无名者杀无赦。为此榜示，俾众周知。

　　京城官吏，见此榜文，才知德宗已经西出，首相卢杞及新任同平章事关播，已在夜间逾中书省垣，微服出城。神策军使白志贞，京兆尹王翃，御史大夫于颀，中丞刘从一，户部侍郎赵赞，翰林学士陆贽、吴通微等，亦陆续西往，驰至咸阳，方与车驾相会。德宗忆及桑道茂言，决赴奉天。奉天守吏，闻车驾猝至，不知何因，意欲逃匿山谷。主簿苏弁道："天子西来，理应迎谒，奈何反逃避呢？"乃相偕迎车驾入城。京城百官，稍稍踵至，及左金吾大将军浑瑊到来，报称朱泚为乱兵拥立，后患方长，不可不备。德宗即授瑊为行在都虞侯，兼京畿渭北节度使，且征诸道兵入援。卢杞悻悻进言道："朱泚忠贞，群臣莫及，奈何说他从乱？臣请百口保他不反。"德宗也以为然，反日望朱泚迎舆，哪知泚已密谋僭逆，竟欲做起皇帝来了。

　　先是光禄卿源休，出使回纥，还朝不得重赏，颇怀怨望，见朱泚自总六军，遂入阙密谈，妄引符命，劝他称尊。泚喜出望外，立署京兆尹。检校司空李忠臣、太仆卿张光晟、工部侍郎蒋镇、员外郎彭偃、太常卿敬釭，皆为泚所诱，愿为泚用。泚又以段秀实久失兵柄，必肯相从，即令骑士往召。秀实闭门不纳，骑士逾垣入见，硬迫秀实同行。秀实乃与子弟诀别，往见朱泚。泚喜道："司农卿来，吾事成了。"秀实为司农卿，见六十二回。秀实因语泚道："将士东征，犒赐不丰，这是有司的过失，天子何从与闻？公以忠义闻天下，何勿开谕将士，晓示祸福，扫宫禁，迎乘舆，自尽臣职，申立大功呢。"泚默然不答。秀实乃阳与周旋，阴结将军刘海宾及泾原将吏何明礼、岐灵岳，谋诛朱泚。

　　适金吾将军吴溆奉德宗命，来京宣慰。泚佯为受命，留溆居客省中，一面遣泾原兵马使韩旻，率锐骑三千，往袭奉天，外面却托称迎銮。秀实侦悉狡谋，便语灵岳道："事已急了，只可以诈应诈。"召旻且还，乃嘱灵岳窃姚令言符，作为凭信。灵岳去了半日，空手驰回，报称符难窃取。秀实倒用司农卿印为记，写入数语，募急足持往追旻。旻得符即还。奉天不被袭破，亏得此计。秀实又语灵岳道："旻若回来，我等将无噍类了。我当直搏逆泚，不成即死，免累诸公。"灵岳道："公具大才，应策万全。现在事迫燃眉，且由灵岳暂当此任。他日能完全诛逆，灵岳虽死，也瞑目了。"忠烈不亚秀实。计议已定，俟旻兵一到，果然出泚意外，严诘追还原因。灵岳独挺身趋入，指泚与语道："天子蒙尘，须赶紧迎回，奈何反遣兵往袭？灵岳食君禄，急君难，怎忍袖手，所以着人追还。"泚听言未毕，已是怒不可遏，叱令左右，将灵岳拿下，枭首以徇。灵岳痛詈至死，毫不扳连别人。秀实又嘱刘海宾、何明礼，阴结部曲，为下手计，偏泚急欲称帝，召源休、李忠臣、姚令言等进议，连秀实亦同入商。源休执笏入殿，居然与臣子朝君一般，秀实瞧着，激起一腔忠愤，恨不得将这班贼臣，立时杀死。等到朱泚开口，说了数语，不由的奋身跃起，夺了休笏，向泚掷去，随即厉声道："狂贼！应磔万段，我岂从汝反么？"泚慌忙举臂捍笏，笏仅及额，流血污面，返身急走。秀实再趋前搏泚，被李忠臣等出来拦阻，且呼卫士动手，拿住秀实。秀实知事不成，便向着大众道："士可杀不可辱，我不从汝反，要杀便杀，岂容汝屈辱么？"说至此，大众争前乱斫，立把秀实砍倒。泚一手掩额，一手向众摇示道："这是义士，不可妄杀。"至大众停手，秀实早已毕命，一道忠魂，投入地府去了。小子有诗赞道：

拼生一击报君恩，死后千秋大节存。
试览《唐书》二百卷，段、颜同传表忠魂。

秀实既死，刘海宾服逭去。泚命以三品礼葬秀实，遣兵往捕海宾。究竟海宾曾否被捕，待至下回说明。

颜真卿奉敕宣慰，不受李希烈胁迫，且累叱四国使臣，直声义问，足传千古；至朱泚窃据京城，复有段秀实之密谋诛逆，奋身击笏，事虽不成，忠鲜与比。唐室不谓无人，误在德宗之信用奸佞，疏斥忠良耳。夫希烈之骄倨不臣，已非朝夕，岂口舌足以平戎？此时为德宗计，莫如从陆敬舆言，为急则治标之策，而乃听卢杞之奸言，陷老成于危地，真卿固不幸，而唐室亦岂有利乎？陆氏之计不行，复发泾原兵以救襄城，卒致援兵五千，呼噪京阙，令言非贼而成贼，朱泚不乱而致乱。奉天之袭，微段秀实之诈符召还，恐德宗之奔命，亦不及矣。秀实有志除奸，而力不从心，为国死义；德宗不德，徒令忠臣义士，刎颈捐躯。可胜叹乎！故本回可称为颜、段合传，其余皆主中宾也。

第六十五回

僭帝号大兴逆师 解贼围下诏罪己

却说刘海宾缒服出奔，行至百里以外，仍被追兵捕获，还京遇害，亦不扳引何明礼，及明礼从泚攻奉天，复谋杀泚，不克而死，当时号为四忠。德宗闻秀实死节，悔不重用，流涕不置，追赠太尉，予谥"忠烈"。及还銮后，遣使祭墓，亲为铭碑，且至姑臧原籍，旌闾褒忠，这且不必细表。且说德宗因朱泚逆命，恐奉天迫隘，不足固守，意欲转往凤翔。户部尚书萧复道："凤翔将卒，多系朱泚宿部，臣正忧张镒往镇，不能久驭，陛下岂可躬蹈不测么？"德宗道："朕已决往凤翔，且为卿暂留一日。"越宿正拟启行，忽有二将跟踉奔至，报称凤翔节度使张镒，为营将李楚琳所杀，楚琳自为节度使，且率众降朱泚了。德宗瞧着，乃是凤翔行军司马齐映、齐抗，乃复详问情形。二人答道："臣等早恐楚琳作乱，请调屯陇州，不料琳即作乱，擅杀统帅，臣等因走报陛下，自请处分。"德宗叹息道："果不出萧复所料。二卿何罪，且在此扈驾！"随即面授映为御史中丞，抗为侍御史。二人拜谢。

寻又接到长安急报，朱泚已僭称皇帝，杀死唐宗室多人，德宗又很是痛悼。原来泚既害死段、刘诸人，前后左右，统是一班蔑片朋友，日夕劝进。泚遂僭居宣政殿，自称大秦皇帝，改元应天，逼太常卿樊系撰册。册文既就，系仰药自尽。既已拼死，何必撰册。大理卿蒋沇，谋诣行在，出京才行数里，被泚饬人追转，硬授官职。沈绝食称病，潜窜得免。姚令言为侍中，李忠臣为司空，源休为中书侍郎，蒋镇为门下侍郎，并同平章事，蒋炼为御史中丞，敬钅工为御史大夫，彭偃为中书舍人，余如张光晟等，皆署节度使。立兄子遂为太子，弟滔为冀王太尉尚书令，号皇太弟。源休劝泚翦唐宗室，杀郡王、王子、王孙，共七十七人。更请将窜匿各朝士，一概捕戮。还是蒋镇从旁劝解，才得全活多人。泚且传檄奉天，招诱扈驾诸臣，并说当亲统大军，来收奉天，他日玉石俱焚，后悔无及云云。德宗甚是焦急，又闻襄城为李希烈所陷，哥舒曜退保东都，不如意事，杂沓而来。适右龙武将军李观，率卫兵千余人，驰抵行在，乃急令他募兵为备。数日得五千余人，布列通衢，旗鼓严整，人心少安。泾原兵马使冯河清、知泾州事姚况，闻德宗出驻奉天，大骂姚令言负国不忠，独召集将士，涕泣宣谕，誓保唐室，遂筹得甲兵器械百余车，运往奉天。奉天方苦无械，得此益觉气壮，大众磨拳擦掌，专待逆兵到来。

德宗进河清为泾原节度使，况为司马，又因右仆射崔宁趋至，格外欢慰，劳问有加。宁退语诸将道："主上英武，从善如流，可惜为卢杞所误，致有今日。"诸将或转告卢杞，杞即与王翃密谋，构陷崔宁。翃诈为宁遗泚书，入献德宗，德宗览毕，未免变色。卢杞在侧，趁势进谗道："臣本邀宁同来，宁至今才至，已有可疑，况又与泚通书，显见是与泚联谋，约为内应，愿陛下先事预防，勿堕狡谋。"德宗遂召宁入帐，托称传示密旨，却阴嘱二力士随后暗算，抱扼宁颈，把他扼死。宁为杞害，原是含冤，但后至奉天，与出言未慎，亦莫非致死之征。遂命邠宁留后韩游环、庆州刺史论惟明、监军翟文秀，率兵三千，往守便桥。行至中途，正值朱泚先锋姚令言，与副将张光晟，驱军杀来。游环语文秀道："彼众我寡，战必不利，不若返趋奉天，卫驾要紧。"文秀尚拟留军，游环不从，竟引兵还奉天。泚军随至，游环与浑瑊，督兵出战，禁不住逆兵锐气，纷纷退还。逆兵争门欲入，瑊亟令都虞侯高固，曳草车塞门，纵火御贼。火盛势烈，烟焰外扑，官军乘火杀出，统用长刀乱砍，杀贼多人，贼兵乃退。泚亲自驰至，列营城东，张火布满原野，击柝声驰百里。游环在城上遥望，但见贼众夜毁西明寺，很是忙碌。游环顾语左右道："贼兵黑夜毁寺，无非欲借着寺材，作为梯冲。须知寺材统是干柴，一或遇火，毫不中用，我军但多备火具，便足破他了。"次日，泚督众扑城，一攻一守，未曾交锋。又越日，泚督兵运到云梯等件，鼓众登城。城中早备火具，接连抛下，火猛梯焦，贼多坠死，泚只好收兵回营。嗣是日来攻城，经浑瑊、韩游环两将，多方捍御，或用强弩射贼，或出奇兵挠贼，贼兵屡却，但总是相持不下。

德宗募使四出，告急外军。魏县行营奉诏感动，李怀光首先踊跃，誓众勤王。马燧、李芃，引兵还镇，李抱真退屯临洺，仍防东路。还有李晟自定州接诏，即率四千骑西行。张孝忠倚晟为重，不欲晟往，晟语众道："天子播越，人臣当即日赴难，奈何作壁上观？"遂令子往质孝忠营，愿与孝忠结婚，并以良马为赠。孝忠乃拨精兵六百人，随晟同行。录晟言行，表明忠悃。两军行道需时，急切不能至奉天。泚得幽州散骑，及普润戍卒，合成数万人，攻城尤急。左龙武大将军吕希倩，开城搦战，中箭身亡。将军高重捷，与希倩友善，悲愤交迫，誓报友仇。翌日，带同健儿数十人，怒马出战，突入贼阵。贼将李日月，素称骁勇，挺枪出斗，与重捷大战数十合，不分胜负。浑瑊出兵接应，日月未免慌忙，手法一松，几被重捷刺落马下，亏得马性灵捷，跳出圈外，才得脱走。重捷不肯舍去，乘胜逐北，追至梁山，日月转身再战，又约一二十合，仍然拖枪败去。这才是诱敌了。重捷当先再进，不防山前伏着贼兵，用着铙钩铁索，将重捷马绊倒。重捷随仆地上，贼兵正上前擒拿，那重捷麾下十数人，冒死抢夺，好容易夺回重捷，已变做无头将军。日月尚转身驱杀，正值官军赶到，才得将抢尸各人，接应回去。德宗见重捷尸首，抚哭尽哀，结蒲为首，厚礼殓葬，追赠司空。日月持重捷首，献进朱泚，泚亦下泪，叹为忠臣，也束蒲为身，用棺埋讫。

重捷亲卒，禀命浑瑊，誓再与日月拼命。浑瑊用兵护着，授他密计，各上马出城，驰至日月营前，交口辱骂。日月持枪跃出，各健士略与交锋，四散遁还。日月赶了一程，正思停步，那健士又复凑合，仍然痛骂。待日月追来，又复走散，一追一逃，惹得日月怒起，卸了甲胄，拼命赶来。官军一齐突出，把日月围住，日月尚不惊忙，左挑右拨，无人敢近，怎奈箭如飞蝗，避不胜避，至贼军突围来救，日月已是中箭，呕血毕命。一报还一报。贼军舁尸出围，走报朱泚，泚令归葬长安。日月母竟不恸哭，且对尸骂道："奚奴，国家何事负汝？乃从逆贼造反，死已迟了。"原来日月本是奚人，所以母有此说。及泚败死，叛党尽诛，惟日月母免罪不坐，这也算是忠奸有报呢。奚人也有此贤母，莫谓夷族无义。

自日月战死，贼军夺气。泚遣苏玉至陇州，授陇右留后韦皋为中丞，令发兵相助。玉至汧阳，遇陇州戍将牛云光，率五百人来投朱泚。两下晤谈，云光谓皋不肯降，本拟设法诛皋，不幸谋泄，所以率众来奔。玉答语道："韦皋书生，不知兵事，君不如与我俱往陇州，皋若受命，不必说了。否则君麾兵诛皋，如取孤豚相似，怕他甚么？"云光欣然道："这也使得。"去寻死了。遂偕行至陇州。皋已闭城守备，由苏玉大呼开城，令接诏书。皋登城问明情由，先放苏玉进去，受了伪命，然后再登城语云光道："君去而复来，愿从新命否？"云光道："正为公有新命，所以复来，愿托腹心。"皋又道："彼此果是同心，请悉纳甲兵，使城中勿疑。"云光以皋为易与，随口允诺。皋即出城验收兵械，邀同入城。当下开庭设宴，请玉与云光入座。酒过数巡，突有壮士数十人，趋入庭中，将两人杀死一双。皋因筑坛誓众，愿讨凤翔伪节度使李楚琳，一面遣兄平弇诣奉天，奏报德宗。德宗改陇州为秦义军，擢皋为节度使。惟朱泚闻玉被杀，越加愤闷，复驱兵攻城，恨不得顷刻踏平。亏得浑瑊、韩游环昼夜血战，还算守住，只粮道早被截断，城中无粮可食，害得人人枵腹，就是供奉御食，亦只粝米二斛。德宗召谕公卿将吏道："朕实不德，应取败亡。卿等无罪，不若出降，自保身家。"群臣皆顿首流涕，愿尽死力。浑瑊因城中食尽，每伺贼军休息，乘夜缒人出城，采芜青根还城，聊充饥肠。且每日泣谕将士，晓以大义，众虽饥寒交迫，尚无变志。忽见贼军中拥出一座云梯，高广数丈，下架巨轮，上容壮士五百人，前来攻城。浑瑊急令军士暗凿地道，通出城外，储薪蓄火，专待云梯到来。

神武军使韩澄，视城东北隅最广，足容云梯，因亟饬部军搬运引火各物，如膏油、松脂、薪苇等，储积城上。泚盛兵攻南城，韩游环瞧着道："这是声东击西的诡计，快严备东北隅。"韩澄已在东北隅守着，再经游环分军相助，兵力已足，果然贼众运到云梯，向东北隅爬城。经官军燃着火具，一齐掷去，贼不敢近，才行退去。越日北风甚劲，云梯又至，用湿毡为顶，且悬水囊，上下俱载兵士，上面持械扑城，下面抱薪填堑，矢石火炬，俱不能伤。浑瑊等拼死抵敌，怎奈贼众亦拼死前来，矢石如雨，守卒多被死伤，瑊亦身中流矢，裹创力战，尚是禁遏不住。他见形势危急，忙返身往报德宗。德宗无法可施，只有呜咽流涕。侍从诸臣，也都没法，大家仰首问天，哀声祷祝。好似一班妇女，济甚么事。瑊亦不禁泣下，转思兵来将挡，除死战外无别法，遂请德宗速给告身，即任官凭证。再募死士。德宗就取出无名告身千余通，授瑊领受，且把案上的御笔，亦递给与珹，随口嘱道："由卿自去填发。倘告身不足，就将功绩写在身上，朕总依卿办理。"珹接笔后，又对着德宗道："万一围城被陷，臣总以死报陛下。陛下关系宗社，须速筹良策。"德宗听了，不觉起座，握住珹手，与他诀别。蓦闻外面一声异响，好似城墙坍陷一般，他急辞别德宗，飞马驰出，遥见城上已有贼兵，正与官军苦斗。外面烟焰冲天，并有一股臭气，扑鼻难闻，他亦不识何因，登陴一望，云梯已成灰烬，贼众统乌焦巴弓了。当下改愁为喜，督饬军士，立将登城的贼兵，尽行杀死。莫非皇天保佑？

看官道这云梯如何被焚？原来东北角上，本有地道凿通，云梯随处往来，未尝留意地道，突然间一轮偏陷，不能行动，火从地中冒出，凑巧遇着大风，梯不及移，人不及逃，顿时化为灰烬，贼众乃退。珹又返报德宗，请乘势出战。德宗饬太子督军，分兵三队，从三门出发，奋击过去。贼众不及防备，被官军驱击一阵，杀死数千人。余众入垒固守，官军乃鸣金还城。是夜泚复来攻城，德宗亲巡城上，鼓励士卒。贼众望见御盖，特用强弩射来，矢及御前，相去不过尺许，经卫士用枪拨落，才免龙体受伤。但德宗已吃一大惊，正欲下城退避，忽城下有人大叫道："我是朔方使人，快引我上城。"守卒忙掷绳下去，将来使引上。来使身中，已受了数十矢，血满衣襟，见了德宗，匆匆行礼，便解衣出表，取呈御览。德宗览毕，不禁大喜，忙令兵士将他舁住，绕城一周，说是朔方兵来援，大众欢声如雷。原来李怀光已至醴泉，遣兵马使张韶，用蜡丸藏表，先报行在。韶微服至城下，适值贼众攻城，随同逾堑，因得呼令缒上。朱泚闻怀光到来，亟分兵还截怀光，哪知去了两日，即有败报到来，接连是警信迭至。神策兵马使尚可孤，自襄阳入援，军至蓝田。镇国军副使骆元光，自潼关入援，军至华州。河东节度使北平郡王马燧，亦遣行军司马王权，及子汇率兵五千，自太原入援，军至中渭桥。四面勤王兵，陆续趋集，任你逆泚如何凶悍，也吓得魂胆飞扬，连夜收兵，遁回长安去了。一场空高兴。

奉天解围，从臣皆贺。卢杞、白忠贞、赵赞等，自命有扈驾功，扬扬得意，偏有谣言传到，李怀光带兵来谒，有入清君侧的意思。杞未免心虚，急进白德宗道："叛众还据长安，必无守志。李怀光千里来援，锐气正盛，何不令他亟攻长安，乘胜平贼呢？"你说朱泚不反，何故要怀光急攻。德宗又相信起来，遂遣中使赴怀光军，教他不必进见，速引军收复长安。怀光不觉懊怅道："我远来赴难，咫尺不得见天子，可见是贼臣卢杞等，从中排挤了。"乃遣还中使，引众趋咸阳。李晟亦至东渭桥，遣人奏闻。德宗也禁他入见，令与怀光同攻长安。怀光到了咸阳，顿兵不进，上表指斥卢杞、白志贞、赵赞三人。德宗尚宠眷杞等，不忍加斥。怀光一奏不已，至再至三，德宗仍然不从。是谓昏愚。会李晟奏称怀光逗留咸阳，以除奸为名，乞陛下速行裁夺等语。就是扈驾诸臣，亦归咎杞等，啧有烦言。乃贬杞为新州司马，白志贞为恩州司马，赵赞为播州司马，一面慰谕怀光。怀光复申斥宦官翟文秀，恃宠不法，应加诛戮。德宗不得已诛了文秀，因促怀光进兵，偏怀光另易一词，只说须伺衅后进，仍然坚壁不出。德宗也无可奈何。适河南都统李勉，报称汴、滑二州，为李希烈所陷，自请惩处。德宗叹道："朕尚失守宗庙，勉且自安，力图恢复便了。"遂遣使驰慰，待遇如初。转瞬间又是冬季，在奉天过了残年，德宗进陆贽为考功郎中。贽极陈时弊，差不多有数万言，且请德宗下诏罪己，德宗乃于建中五年元日，改称兴元元年，颁诏大赦道：

　　致理兴化，必在推诚，忘己济人，不吝改过。朕嗣服
丕构，君临万邦，失守宗祧，越在草莽。不念率德，诚莫

追于已往；永言思咎，期有复于将来。明征其义，以示天下。小子惧德不嗣，罔敢怠荒，然以长于深宫之中，昧于经国之务，积习易溺，居安思危，不知稼穑之艰难，不恤征戍之劳苦。泽靡下究，情未上通，事既壅隔，人怀疑阻。犹昧省己，遂用兴戎，征师四方，转饷千里。赋居籍马，远近骚然，行赍居送，众庶劳止。或一日屡交锋刃，或连年不解甲胄，祀奠乏主，室家靡依，死生流离，怨气凝结。力役不息，田莱多荒。暴令峻于诛求，疲甿古氓字空于杼轴。转死沟壑，离去乡闾，邑里邱墟，人烟断绝。天谴于上而朕不悟，人怨于下而朕不知，驯至乱阶，变兴都邑，万品失序，九庙震惊。上累祖宗，下负蒸庶，痛心靦貌，罪实在予。永言愧悼，若坠泉谷。自今中外所上书奏，不得更言神圣文武之号。李希烈、田悦、王武俊、李纳等，咸已勋旧，各守藩维，朕抚驭乖方，致其疑惧，皆由上失其道，而下罹其灾，朕实不君，人则何罪？宜并所管将吏等，一切待之如初。朱滔虽缘朱泚连坐，路远必不同谋，念其旧勋，务在弘贷，如能效顺，亦与维新。朱泚反易天常，盗窃名器，暴犯陵寝，所不忍言，获罪祖宗，朕不敢赦。其胁从将吏百姓等，在官军未到京城以前，去逆效顺，并散归本道本军者，并从赦例。诸军诸道，应赴奉天，及进收京城将士，并赐名奉天定难功臣。其所加垫陌钱税间架竹木茶漆榷铁之类，悉宜停罢，以示朕悔过自新，与民更始之意。

这道赦书，颁发出来，人心大悦。王武俊、田悦、李纳皆去王号，上表谢罪。唯李希烈自恃兵强，谋即称帝，遣人向颜真卿问仪。真卿道："老夫尝为礼官，只有诸侯朝天子礼，尚是记着，此外非所敢闻呢。"希烈竟称大楚皇帝，改元武成，建置百官，用私党郑贲、孙广、李缓等为相，以汴州为大梁府，分境内为四节度。希烈遣部将辛景臻语真卿道："不能屈节，何不自焚？"遂在庭中积薪灌油，作威吓状。真卿即令纵火，奋身欲入。景臻慌忙阻住，返报希烈。希烈惊叹不置。一面遣将杨峰，赍着伪敕，往谕淮南节度使陈少游及寿州刺史张建封。少游已通好希烈，当然受命，独建封拘住杨峰，腰斩以徇，且奏称少游附贼状。德宗授建封为瀛、寿、庐三州都团练使。希烈欲取寿州，为建封所扼，兵不得过。再南寇蕲、黄及鄂州，为曹王皋及鄂州刺史李兼所败。希烈乃不敢进窥江淮。德宗贬卢杞，罢关播，令姜公辅、萧复同平章事。萧复请德宗屏逐奸邪，抑制阉寺，说得非常悚切。德宗反疑他陵侮，出复为江淮等道宣慰安抚使。究竟不明。又因田悦、王武俊、李纳三人，曾上表谢罪，尽复官爵。更遣秘书监崔汉衡，往吐蕃征兵。吐蕃大相尚结赞，愿遣大将论莽罗，率兵二万入助，但说要主兵大臣署敕，方可前进。汉衡问须何人署名，尚结赞指名李怀光。于是汉衡归报，德宗乃命陆贽往谕怀光，命他署敕。怀光已蓄异图，不肯遵署，且说出三大害来。正是：

　　陈害无非生异议，设词顿已改初心。

究竟怀光所说三害，是何理由，容至下回详叙。

　　朱泚之叛，谁使之乎？莫不曰德宗使之。朱滔逆命，泚入朝待罪，不亟远斥，一误也。车驾出奔，姜公辅叩马进谏，德宗不召令同行，二误也。泚既自总六军，尚信卢杞奸言，日望迎舆，不亟戒备，三误也。有此三误，至于叛兵犯顺，围攻行在。倘非浑瑊等之血战，及李怀光等之赴援，奉天尚能苦守乎？怀光至而沘围乃解。正应令之入朝，面加慰劳，厚恩以抚之，推诚以与之，则怀光初无叛谋，何至激成变乱？而乃复信谗言，致生怨望，是朱沘之乱尚不足，且欲进李怀光以益之，何愚暗至此乎？罪己一诏，史称为人心大悦，是盖由唐初遗泽，尚在人心，加以乱极思治，感动较速耳。岂真区区文诰，即能使遐迩悦服乎哉？阅者悉心浏览，自知当日之趋势矣。

第六十六回

趋大梁德宗奔命　战贝州朱滔败还

却说李怀光见了陆贽，力陈三害，第一害是得克京城，吐蕃纵兵大掠；第二害是吐蕃建功，必求厚赏，京城已遭寇掠，国库如洗，何从筹给；第三害是吐蕃兵至，必先观望，我军胜，彼来分功，我军败，彼且生变，戎狄多诈，不宜轻信。这三大害处，好似语语有理，转令陆贽无从指驳，贽只好说是奉命来前，如不署敕，未便复命。怀光却瞋目道："何不教卢杞等署名，却来迫我；就是汝等日侍君侧，不能除一内奸，有什么用处？"贽扢了一鼻子灰，没奈何告别回来。怀光竟阴与朱泚通谋，阳请与李晟合军。晟恐为所并，情愿独当一面，有诏允晟所请，晟乃自咸阳还军东渭桥。惟鄜坊节度使李建徽、神策行营节度使杨惠元，尚与怀光联营。陆贽自咸阳还奏道："李晟幸已分军，李、杨两使，与怀光联合，必不两全，应托言李晟兵少，恐被逆泚邀击，须由两使策应，既免怀光生疑，且使两军免祸，解斗息争，无逾此策了。"德宗徐徐道："卿所料甚是。但李晟移军，怀光已不免怅望，若更使建徽、惠光东行，恐怀光因此生辞，转难调息，且再缓数日，乃行卿计。"你欲从缓，而人家不肯延捱，奈何？适李晟又上密奏，谓："怀光逆迹已露，须急务严防，分戍蜀、汉，毋令遏壅。"德宗意尚未决，拟亲总禁兵，东趋咸阳，促怀光等进讨朱泚。有人探闻消息，往报怀光道："这便是汉高游云梦的遗策呢。"

怀光大惧，反谋益甚，表文越加跋扈。德宗还疑是谗人离间，因有此变，乃诏加怀光太尉，颁赐铁券。怀光对着中使，把券掷地道："怀光不反，今赐铁券，是促我反了。"中使惊惧奔还。朔方左兵马使张名振，当军门大呼道："太尉视贼不击，待天使不敬，果欲反么？"怀光召语道："我并不欲反，不过因贼势方强，蓄锐待时，尔何故遽出讹言？且天子所居，必有城隍，须赶紧筑城，方可迎驾。"随即命名振出令军士，即日筑城。城已竣工，怀光却移军居住。名振入问道："太尉说是不反，为何移军到此？今不攻长安，杀朱泚，建立大功，乃徙据此城，究是何意？"怀光无词可答，反觉老羞成怒，但说他是病狂，叱令左右，把名振牵出拉死。

右兵马使石演芬，本西域胡人，怀光爱他智勇，养为己子，他却把怀光密谋，使门客郜成义潜告行在。怀光有子名璀，曾由怀光遣令扈跸，德宗授璀为监察御史。成义到了奉天，与璀相会，说明底细，璀作书贻父，劝父勿为逆谋，但不合将演芬情事，也叙述在内。怀光得书，立召演芬呵责道："我以尔为子，尔奈何欲破我家？"演芬道："天子以太尉为股肱，太尉以演芬为心腹，太尉既负天子，演芬怎能不负太尉？且演芬胡人，性本简直，既食天子俸禄，应为天子效忠。若今日事君，明日事贼，演芬宁死，不愿受此恶名。"好演芬。怀光大怒，命左右脔食演芬。左右目为义士，不忍下手，演芬引颈就刃，方用刀断喉，叹息而去。璀闻演芬被杀，懊悔不迭，乃进白德宗道："臣父必负陛下，愿早为防备。臣闻君父一体，恩义相同，惟臣父今日负陛下，陛下未能诛臣父，臣故不忍不言。"德宗瞿然道："卿系大臣爱子，何弗为朕委曲弥缝？"璀答道："臣父非不爱臣，臣亦非不爱父，但臣已力竭，无术挽回，只好为君舍父。"德宗道："卿父负罪，卿将何法自免？"璀又答道："臣父若败，臣当与父俱死，此外尚有何策？假使臣卖父求生，陛下亦何所用处？"瑝既舍生取义，何不尸谏乃父，必待与父同尽耶？言已泣下。德宗亦洒泪抚慰，待瑝趋出，乃申严门禁，暗嘱从臣整装待着，拟转往梁州。

　　忽由咸阳传到急报，杨惠元被怀光杀死，李建徽走脱，怀光已拥兵谋变了。正如赞言。未几，又由韩游环入见，呈上怀光密书，系约游环同反。德宗道："似卿忠义，岂为怀光所诱？但欲除怀光，应用何策？"游环道："怀光总诸道兵，因敢恃众作乱。今邠宁有张昕，灵武有宁景璇，河中有吕鸣岳，振武有杜从政，潼关有唐朝臣，渭北有窦觎，皆受陛下诏命，分地居守，陛下若举众相授，各受本府指麾，一面削怀光兵权，但给高爵，那时怀光势孤，自不足虑了。"德宗又道："怀光既罢兵权，将来委何人往讨朱泚。"此语又是近呆。游环道："重赏之下，必有勇夫，邠府兵以万计，若使臣为将，便足诛泚，况诸道将士，必有仗义来前，逆泚何足惧呢？"德宗虽然点首，心下尚是狐疑。游环乃退。到了傍晚，浑瑊趋入报道："怀光遣赵昇鸾到此，嘱为内应。昇鸾前来自首，恐怀光即将进攻，此处已经被寇，不堪再受蹂躏，陛下既决幸梁州，不如即日启行。"德宗被他一说，又不觉慌忙起来，便命瑊速出部署。瑊出整队伍，尚未毕事，德宗已挈着妃嫔，径出城西，留刺史戴休颜居守。朝臣将士，狼狈扈从，浑瑊率兵断后，向梁州进发。

　　到了骆谷，忽闻怀光遣将追来，大众惊惶得很。浑瑊亟列阵待战，俟车驾及扈从诸臣，统已逾谷，未见追兵到来，方放胆前进。原来怀光闻德宗奔梁，曾遣骁将孟保惠、静寿、孙福达等，邀劫车驾。行至枳屋，遇着诸军粮料使张增，便问天子何在？增还诘道："汝等是来护驾么？"三将不觉愧悟道："彼使我为逆，我以追不及还报，不过被黜罢了。但军士未曾得食，奈何？"增佯向东指道："去此数里有佛祠，我储有粮饷，由汝等往取罢！"三将皆喜，引兵自去。及到了佛寺，并无粮储，方知受绐，就从民间剽掠一番，才行返报。怀光怒他无功，一并罢黜，拟督众自追德宗，惟恐李晟袭击后路，意欲先发制人，遂下令军中，命袭李晟。大众面面相觑，不发一言。怀光再三晓谕，众仍不应，且窃窃私语道："若击朱泚，惟力是视，今乃教我造反，我等虽死不从。"人孰无良，于此可见。怀光闻知，不免加忧，因向僚佐王景略问计。景略答道："为公计，莫如取长安，诛朱泚，散军还诸道，单骑诣行在，庶臣节未亏，功名还可长保哩。"怀光倒也心动，景略复顿首恳请，甚至流涕。偏是都虞侯阎晏等，入劝怀光，谓宜东保河中，徐图去就。怀光乃语景略道："我本欲依汝计议，怎奈军心不从。汝宜速去，毋自罹害！"景略知不可谏，便趋出军门，回顾军士道："不意此军竟陷入非义。"说至此，泪随声下，恸哭移时，方驰归良乡原籍去了。

怀光遂召众与语道："今与尔等相约，且至邠州迎接家属，共往河中。俟春装既办，再攻长安，也不为迟。况东方诸县，多半殷实，我不禁尔掳掠，尔等可愿否？"大众乃齐声应诺。见利忘义，可为一叹。因遣使往邠州，令留后张昕，悉发所留兵万余人，及行营将士家属，共至泾阳。怀光本兼镇邠宁，张昕实仗他提拔，至是奉命维谨，饬军士摒挡行李，指日起行。凑巧韩游环自奉天驰还，来防邠州，麾下尚有八百人，遂入语张昕道："李太尉甘弃前功，自蹈祸机，公今可自取富贵，如不与逆贼同污，我有旧部八百骑，愿为公前驱。"昕不待说毕，便接入道："昕本微贱，赖太尉提拔至此，不忍相负。况太尉曾有檄文，署公为本州刺史，公亦朔方旧将，何至遽负太尉哩。"游环暗忖道："我来劝他，他反欲诱我，徒争无益，不如用计除他罢！"遂辞别回寓，托病不出，暗中却与诸将高固、杨怀宾等相结，拟举兵杀昕。昕亦谋杀游环。两造尚未动手，适崔汉衡率吐蕃兵至，驻扎城南。游环潜告汉衡，请率吐蕃兵逼近邠城，昕惧不敢动，游环即与高固等，突入军府，将昕杀毙，即遣杨怀宾表奏行在，一面迎汉衡入城。汉衡伪传诏旨，命游环知军府事，军中大悦。怀光子玫在邠，由游环遣去。或问他何不杀玫？游环道："杀玫必致怒敌，不如令他往报，俾泾军知家属无恙，自分德怨为是。"果然玫至泾阳，怀光恐军心变动，拟走蒲州，且贻书朱泚，商决进止。

泚正征吏募兵，自增声焰。太子少师乔琳，本随德宗西行，他却托词老病，潜应泚召，受伪命为吏部尚书，且引入失职诸吏，分掌伪职。泚改国号汉，骄态复萌，既得怀光来书，遂召他进京辅政，公然自称为朕，称怀光为卿，摆出那皇帝的架子来了。怀光接到复文，且惭且愤，掷弃地上。原来朱泚初结怀光，愿以兄事，约分帝关中，永为邻国，不意此次忽然变卦，哪得不令他气沮？于是毁营复走，大掠泾阳等十二县，人民四散，鸡犬一空。河中守将吕鸣岳，因兵少难支，不得已迎纳怀光。怀光复分攻同、坊各州。坊州已为所据，由渭北守将窦觎夺还。同州刺史李纾，奔诣行在。幕僚裴向，权摄州事，亲诣敌将赵贵先营，晓示大义。贵先感悟，反与裴向入城协守，同州亦得保全。德宗乃授李晟为河中节度使，兼京畿、渭北、鄜、坊、商、华兵马副元帅，浑瑊为朔方节度使，兼朔方、邠宁、振武、永平、奉天行营兵马副元帅，俱命同平章事，规复长安。又授韩游环为邠宁节度使，令屯邠州，戴休颜为行营节度使，令屯奉天，骆元光屯昭应，尚可孤出蓝田，各归两帅节制，便宜调遣。李晟涕泣受命，号召将士，指日进行。左右或言："晟家百口，及神策军家属，俱在长安，一或进攻，恐遭毒手。"晟太息道："天子何在，敢顾及家室么？"会泚使晟吏王无忌婿，趋谒军门，报称晟家无恙。晟怒叱道："尔为贼作间，罪当死。"遂喝令左右，推出斩首。军士未授春衣，盛夏尚着裘褐，经晟日夕鼓励，终无叛志。逻骑捕得长安谍使，晟命释缚与食，好言慰问，知系姚令言差来，即纵令回去，且嘱道："为我谢令言等，善为贼守，毋再事贼不忠。"冷隽有味。乃率众径叩都门，贼闭门不出。晟仍还东渭桥，筹备攻具，再行大举。

浑瑊率诸军出斜谷，进至邠州。崔汉衡率吐蕃兵往会；韩游环亦遣部将曹子达等，与瑊合师。凤翔伪节度使李楚琳，见官军势盛，也入贡梁州，并拨兵助瑊。瑊进拔武功，朱泚遣将韩旻等往攻，不值一扫，孑身遁还。瑊遂引兵屯奉天，与李晟东西相应，共逼长安。长安城内，日必数惊，不由朱泚不惧，遂募能言善辩的使人，赍着金帛，往略各军。泾原节度使冯河清，屡杀泚使，偏偏牙将田希鉴，被泚买通，刺杀河清，愿为泚属。泚即命为节度使，并令他转略吐蕃。吐蕃得了厚贿，也收兵回国。黄白物究属有灵。泚又召弟滔趋洛阳。滔遣使至回纥乞师，回纥许发骑兵三千人，入塞助滔。看官阅过前文，应知回纥与郭子仪联盟，已经两国结好，为何此时转助朱滔呢？原来德宗初年，回纥可汗移地健，唐曾封为英义建功可汗。为从兄顿莫贺所弑，自立为合骨咄禄毗伽可汗，遣使朝唐。德宗曾册顿莫贺为武义成功可汗。可汗有女嫁奚王，奚王被乱众刺死，女得脱归。道出平卢，滔盛设供帐，锦绣夹道，待回纥女到来，殷勤款待，且微露求婚意。女见他礼意周到，状貌伟岸，遂愿委身相事，随滔入府，成为夫妇。嗣是滔通使回纥，修子婚礼。回纥甚喜，报以名马重宝。及滔欲入洛，因向回纥乞师，翁婿相关，求无不应。滔又遣约同田悦，共取河洛。悦方与王武俊等，上表谢罪，仍受唐封，当然不肯从行。滔遂与回纥兵攻掠悦境，夺去馆陶、平恩诸县，置束而去。

悦闭城自守，不敢出兵。会德宗遣孔巢父为魏博宣慰使。巢父至魏州，为众申陈利害，悦及将士皆喜。田承嗣子绪，任魏博兵马使，素性凶险，尝遭杖责，免不得与悦有嫌。悦宴巢父，夜醉归寝，绪与左右密穿后垣，入室杀悦，并悦母妻等十余人，当下假传悦命，召行军司马扈蕚、判官许士则、都虞侯蒋济议事。济与士则，不知有变，闻召即入，统被砍死。绪率左右出门，遇悦亲将刘忠信，领众巡逻，绪即大呼道："刘忠信与扈蕚谋反，刺杀主帅！"众不禁大哗，忠信方欲自辩，已是饮刀而毙。扈蕚闻乱，方招谕将士，共谋杀绪。绪登城呼众道："绪系先相公子，诸君受先相公恩。若能立绪，赏二千缗，大将减半，士卒百缗，限五日取办。"将士贪利徼功，竟杀了扈蕚，统愿归绪。军府已定，乃至客馆语孔巢父。巢父不假细问，便命绪权知军事，自还梁州。直至过了数日，魏博将士，方知绪实杀兄，但木已成舟，也只好将错便错，领取赏银，暂顾目前富贵罢了。误人毕竟是金钱。

滔闻悦死，喜为天假，自率兵攻贝州，遣部将马寔等攻魏州，一面使人诱绪，许为本道节度使。绪正踌躇莫决，适李抱真、王武俊等，也遣使白绪，愿如前约，有急相援。绪乃上表行在，守城待命。至德宗授绪为魏博节度使，绪遂壹意拒滔，并向李抱真、王武俊处乞援。抱真因再遣贾林，往说武俊道："朱滔志吞贝、魏，倘不往救，魏博必为滔有了。魏博一下，张孝忠必转为滔属，滔率三道兵进临常山，益以回纥兵士，明公尚能保全宗族么？不若乘魏博未下，与昭义军连合往援，戮力破滔。滔既破亡，朱泚势孤，必为王师所灭。銮舆反正，天下太平，首功当专归明公了。"贾林两次说下武俊，功名不亚鲁仲连。武俊甚喜，即使贾林返报抱真，约会南宫。抱真得报，即自临洺往会武俊，武俊已至南宫东南，与抱真相距十里。两军尚有疑意，抱真欲径诣破俊营，宾佐相率劝阻，抱真不从，且嘱行军司马卢俊卿道："今日一行，关系天下安危。若不得还，领军事以听朝命，惟汝是望，励将士以雪仇耻，亦惟汝是望。"俊卿奋然允诺。抱真遂率数骑径行，至武俊营，武俊盛军出迎。抱真下马，握武俊手，慨然与语道："朱泚、李希烈，僭窃帝号，滔又进攻贝、魏，反抗朝廷，足下明达，难道舍九叶天子，不愿臣事，反向叛徒屈膝么？况国家祸难，天子播越，公食唐禄，宁忍安心？"说至此，泪下交颐。武俊亦不禁感泣，左右相率泪下，莫能仰视。武俊邀抱真入帐，开筵相待，抱真即与武俊约为兄弟，誓同灭贼。武俊称抱真为十兄，且泫然道："十兄名高四海，前蒙开谕，令武俊弃逆效顺，得免死罪，已是感激万分。今又不嫌武俊为胡人，辱为兄弟，武俊将何以为报呢？惟十兄为国效忠，武俊愿执戈前驱，力破逆贼，报国家便是报十兄了。"抱真见武俊意诚，很是欣慰，畅饮了数巨觥，饶有醉意，便入武俊帐后，酣寝多时。并非真醉。武俊越加感激，至抱真醒悟，出来相见，款待益恭，且指心对天道："此身已许十兄死了。"不枉十兄一行。抱真告别回营，两下里拔营同进，共救贝州。

朱滔闻两军将至，急令马寔解魏州围，合兵抵敌。寔兼程至贝州，人马劳顿，请休息三日，然后出战。滔迟疑未决。会回纥部酋达干，引兵到来，入帐与滔语道："回纥与邻国战，尝用五百骑破敌数千骑，与风扫落叶相似，今受大王金帛牛酒，前后无算，愿为大王立效。明日请大王立马高邱，看回纥兵剿灭敌骑，务使他匹马不返哩。"番酋亦喜说大话耶？滔部下有常侍杨布及将军蔡雄亦在旁进言道："大王武略盖世，亲率燕、蓟全军，锐然南向，势将扫河洛，入关中。今见小敌，尚不急击，如何能定霸中原？况内外合力，将士同心，难道尚不能破敌么？"又是两个性急鬼。滔被他激动，决计出战。翌日晨刻，鼓角一鸣，全军齐出。回纥骤马先进，直扑武俊、抱真军营。武俊抱真，已列阵待着，武俊军在前，抱真军在后。回纥部酋达干，毫不在意，驱着番兵，杀入武俊阵内。武俊并不拦阻，反麾兵分趋两旁，让他过来。回纥兵喜跃而前，穿过武俊垒中，迫抱真军。抱真却坚壁不动，回纥兵正拟冲突，不防武俊军又复趋合，左右夹击，杀死回纥兵无算。回纥酋达干，料不可支，只好勒兵退还。武俊把他驱出阵外，停马不追。回纥兵放心回去，趋过桑林，猛听得鼓声一响，又是一彪军杀出，将回纥兵冲作两截。看官道这支伏兵，从何而来？原来是王武俊预先布置，遣兵马使赵琳，率五百骑伏着。此次乘势横击，掩他不备，好杀得一个爽快。回纥兵马大乱，滔正率军趋救，那武俊、抱真两军，却相继杀来，势如泰山压卵，所当辄碎。更被那回纥乱兵，没命窜入，遂致队伍错乱，自相践踏，慌忙收军还营。奈一时无从部勒，一半战死，一半逃散，只剩了数千人，入营坚守。会日暮天昏，阴雾四塞，武俊抱真不便再战，就在滔营附近，择地下寨。守至夜半，忽见滔营中火光熊熊，照彻远近，料知他是毁营遁去了。小子有诗咏道：

> 两将连镳逐寇氛，十兄义略冠三军。
> 贝州一战枭雄遁，好挈河山报大君。

滔既北遁，两军曾否追击，且看下文便知。

　　李怀光未战即奔，朱滔一战即败，此皆唐室中叶，人心未去，故怀光与滔，终不能大逞所欲耳。怀光欲反，赞助乏人，石演芬，怀光之养子也，璀且为怀光之亲子，骨肉尚不相从，遑论将士？河中之奔，已知其无能为矣。滔为四国盟主，又有兄泚，僭号长安，势力较怀光为盛，然田悦、李纳、王武俊归国，而外援失，李晟、浑瑊进讨朱泚，而内援又失。贝州一役，虽由李抱真之善结武俊，得以破滔，然非由滔之势已孤危，武俊岂敢反颜相向乎？故德宗之不亡，赖有人心，而诸将之功次之，于德宗实无与焉。

第六十七回

朱泚败死彭原城　李晟诱诛田希鉴

却说王武俊、李抱真两军，闻朱泚遁还，本拟出兵追击，因为夜雾四翳，恐穷追有失，乃按兵不进，但把朱滔所弃的粮械，收取无遗，即行返镇。滔懊怅异常，归咎杨布、蔡雄，斩首泄忿，连夜驰回幽州。又恐范阳留守刘怦，因败图己，未免徬徨，幸刘怦搜兵缮铠，出城二十里迎谒，才敢返入范阳。两下会叙，悲喜交集，还想整顿兵马，出报前耻，谁料乃兄朱泚，亦被李晟逐出长安，败遁泾州去了。李晟与浑瑊，东西并进，瑊檄韩游环戴休颜等，西攻咸阳，晟檄骆元光、尚可孤等，东略长安，分道进军，各专责成。于是晟召集诸将，商议进取方法。诸将请先取外城，占据坊市，然后北攻宫阙。晟独定计道：“坊市狭隘，贼若伏兵格斗，不特扰害居民，亦与我军有碍。不若自苑北进兵，直捣中坚，腹心一溃，贼必奔亡，那时宫阙不残，坊市无扰，才不失为上计。”诸将齐声称善。

晟遂引兵至光泰门外，督众筑垒，垒尚未就，突见贼将张庭芝李希倩等率众前来。晟顾诸将道：“我只恐贼潜匿不出，坐老我师，今乃自来送死，这真是天赞我了。”数语是安定众心，并非真欲速战。遂命兵马使吴诜等，纵马奋击。两下鏖斗，统拼个你死我活，不肯少让。晟自率锐骑前往，立将贼骑冲散，追入光泰门。贼众也来策应，再战又却，统向白华门退入，闭关拒守。晟因天色已晚，不便再攻，乃敛军还营。翌日，又下令出兵，诸将请待西师到来，方可夹攻。晟正色道："贼已战败，不乘机扑灭，还欲守待西军，令他缮备，岂非一大失策么？"遂复麾兵至光泰门。贼众又来出战，仍然败退。是夕尚可孤、骆元光依次驰至，晟令休息一宵。到了天明，晟升帐调军，遍嘱诸将道："今日定当破贼，不得却顾，违令立斩。"诸将齐称得令。乃命牙前将李演及牙前兵马使王佖，带着骑兵，牙前将史万顷带着步兵，并作为冲锋队；自督大军齐进，杀入光泰门，直抵苑北神鹿村，扑毁苑墙二百余步。贼竖起木栅，堵塞缺口，且自栅中刺射官军，前队多被死伤，稍稍退步，晟一声呵叱，万众复振。史万顷左手持盾，右手执刀，劈断木栅数排，步兵继进，冒死攻栅，好容易把栅拔去。王佖、李演，引骑兵随入，纵横驰骤，所向无前。贼将段诚谏，尚欲拦截官军，被王佖等斫伤右臂，倒地成擒。诸军分道并入，姚令言、张庭芝、李希倩等，尚拼命力斗，晟命决胜军唐良臣等，步骑四麾，且战且进，冲荡至好几十合，贼不能支，方才大溃。官军突入白华门，如潮涌入，晟亦趋进。忽有贼众数千骑，在门右伏着，出击官军背后。晟率百余骑还御，令左右大呼道："相公来！"三字甫经出口，贼众都已惊散。声威夺人，不必力战。泚闻全城被破，吓得魂不附体，张光晟劝泚出走，乃与姚令言等，率残众西走，尚近万人。光晟送泚出城，还降晟军。

晟令兵马使田子奇，用骑兵追泚，再督兵搜捕余孽，擒住李希倩、敬釭、彭偃等数十人。遂至含元殿前，号令诸军道："晟赖将士功力，得清宫禁。顾念长安士庶，久陷贼庭，若再去骚扰，甚非吊民伐罪的本意。晟与公等室家，相见非晚，五日内不得通家信，违令有刑！"遂出示严申军律，慰谕民居。别将高明曜私取贼妓一人，尚可孤偏将司马伷，私取贼马一匹，俱由晟察觉，斩首示众，全军股栗，秋毫无犯。不愧义师。

乃使京西兵马使孟涉屯白华门，尚可孤屯望仙门，骆元光屯章敬寺，再派牙前兵三千人，屯安国寺，分镇京城。当下将逆徒李希倩等，共缚旗下，批验正法。忽有一刑犯呈入衣衫及判文一纸，由晟仔细检视，不禁惊异。原来是当年给与桑道茂的判词，及与他掉换的衣衫，题痕宛在，字迹不磨。直接六十二回，至此才作一结束。因即召刑犯进来，当面审视，果是桑术士，便问道："你既知未来的事情，为何同流合污？"道茂道："命数注定，自知难逃，所以前恳相公，预求赦宥。"晟半晌才道："晟为国除逆，不便顾私，但念汝虽列伪官，终究是为贼胁从，情有可原，待奏闻皇上，请旨发落便了。"乃将道茂暂系狱中，余犯悉数正法。遂使掌书记于公异，撰一露布，飞报行在，并附入表忠诛逆及胁从减罪的详文，呈上御览。德宗见露布中，有云："臣已肃清宫禁，祗谒陵园，钟虡不移，庙貌如故。"不由的潸然下泪道："天生李晟，实为社稷，并非为朕呢。"似你这般昏昧，原不该有此忠臣。及览至详表，如表忠请旌一条，第一人乃是吴溆，说是被贼羁留，不屈遇害。德宗且泣且语道："金吾将军吴溆，系章敬皇后兄弟，与吴凑同为懿亲，有功王室。朕在奉天时，拟宣慰朱泚，左右无人敢往，溆独犯难请行，不料竟为所害，痛悼何如？"回应六十四回及六十一回。再看下去，第二人乃是刘乃。乃曾为给事中，权知兵部侍郎。京城失守，乃不及随行，泚屡加胁诱，他却佯作喑疾，始终不答一词。及闻德宗转奔梁州，搏膺呼天，绝食而死。叙吴溆事，从德宗口中演述，叙刘乃事，由作者说明，此系笔法变换处。晟表中载明原委，德宗复为洒泪。此外便如沇等人，或已死，或尚存，当由德宗按官褒录。追赠溆为太子太保，赐谥为"忠"，乃为礼部尚书，赐谥为"贞"。此外各有封恤，不必细表。至如诛逆各条，悉如晟拟，所有胁从诸人，多半赦免。桑道茂亦得免罪。

长安捷报，已经察办，咸阳捷报，也即到来。浑瑊与戴休颜、韩游环等，已克复咸阳，由浑瑊一一奏明，免不得叙功论赏，非常忙碌。隔了几日，又接到两处好音：一道是田希鉴所奏，谓已诛死朱泚；一道是李楚琳所奏，谓已诛泚党源休、李子平。德宗更加喜慰。原来朱泚自长安败走，奔往泾州，沿途部众尽散，只剩得骑士数百人。既至泾州城下，城门尽闭，泚令骑士大呼开门，但见一将登城与语道："我已为唐天子守城，不愿再见伪皇帝。"泚仰首一望，乃是节度使田希鉴，便与语道："我曾授汝旌节，奈何临危相负？"你欲责人，何不先自责己？希鉴道："汝何故负唐天子？"还语得妙。泚闻言怒甚，便命骑士纵火焚门。希鉴取节投下火中，且道："还汝节！汝再不退，休怪无情。"泚众皆哭。希鉴又语泚众道："汝等多系泾原故卒，为何跟着姚令言，自寻死路？现唐天子不追既往，悉予自新，汝等能去逆效顺，便可起死回生了。"泾卒应声愿降。姚令言尚在泚侧，忙上前喝阻，被泾卒拔刀乱砍，立即倒毙。泚恐被累及，亟与范阳亲卒，及宗族宾客，北向驰去。泾卒遂留降希鉴，任泚自往。泚走至驿马关，为宁州刺史夏侯英所拒，不得前进，转趋彭原，随身不过数十人。泚将梁庭芬，起了歹心，与韩旻密谋诛泚。庭芬在泚背后，暗发一箭，正中泚项，泚坠落马下，滚入坑中。旻上前斩泚，枭取首级，偕庭芬同诣泾州，投降希鉴。源休、李子平，转奔凤翔，为李楚琳所杀，先后奏报德宗，且一并传首梁州。

德宗乃命楚琳为凤翔节度使，希鉴为泾原节度使，把他前通朱泚的罪状，概置不问。楚琳希鉴，反复无常，实不应赏他旌节。进封李晟为司徒中书令，浑瑊为侍中，骆元光、尚可孤韩游环戴休颜等，各迁官有差。一面下诏回銮，改梁州为兴元府，即自梁州启行。到了凤翔，巧值泚党李忠臣捕获，献至御前，立命斩首。李晟复捕获乔琳、蒋镇、张光晟诸人，并奏称光晟虽为贼臣，但灭贼时亦颇有力，应贷他一死。德宗不许，令将三人一律正法。乃再从凤翔动身，直抵长安。浑瑊、韩游环、戴休颜，自咸阳迎谒，扈从至京。李晟、骆元光、尚可孤出京十里，恭迓御驾，步骑十余万，旌旗数十里。晟先贺平贼，继谢收复过迟，匍伏请罪。德宗停銮慰抚，为之掩涕，即命左右扶晟上马，入城还宫。每隔日宴飨功臣，李晟居首，浑瑊居次，将相等又递次列座，仍然是壶中日月，袖里乾坤。语中有刺。

　　唯当时尚有两大叛臣，一个就是李怀光，一个乃是李希烈。希烈既入据汴州，僭称帝号，遂分兵略陈州境，抄掠项城县。县令李侃，不知所为，拟弃城逃生。侃妻杨氏道："寇至当守，不能守当死，奈何逃去？"斩钉截铁之言，不意出自巾帼。侃皱眉道："兵少财乏，如何可守？"杨氏道："此城如不能守，地为贼有，仓廪为贼粮，府库为贼利，百姓为贼民，国家尚得携去么？今发财粟募死士，共守此城，或当有济。"乃召吏民入庭中，由杨氏出庭与语道："县令为一邑主，应保汝吏民，但岁满即迁，与汝等不同。汝等生长此土，田庐在是，坟墓在是，当共同死守，岂忍失身事贼么？"大众凄声许诺。杨氏复下令道："取瓦石击贼，赏千钱！持刀矢杀贼，赏万钱！"众皆踊跃。遂由侃率众登城，杨氏亲为炊爨，遍饷吏民。俄有一贼将鼓噪而至，杨氏即登陴语贼道："项城父老，共知大义，誓守此城，汝等得此城，不足示威，不如他去，免得多费心力。"贼众见是妇人，又听她言语近迂，忍不住大笑起来，待杨氏下城，便即攻扑。侃率众抵御，仓猝间中一流矢，忍痛不住，返身下城，正与杨氏相遇。杨氏道："君奈何下城？试想吏民无主，何人耐守？就使战死城上，也得千古留名，比死在床中，荣耀得多了。"勉夫取义，乃有此语，并非祈夫速死。侃乃裹创登陴，麾众竞射。贼将架上云梯，首先跃上，突被守卒射中面颊，坠死城下，贼众夺气，相率散去，项城得全。刺史列功上闻，诏迁侃为太平令。史称唐武后时，契丹寇平州，刺史邹保英妻高氏，率家僮女丁守城；默啜攻飞狐，县令古玄应妻高氏，亦助夫守城，均得却敌。及史思明叛乱，卫州女子侯氏、滑州女子唐氏、青州女子王氏歃血立盟，共赴行营讨贼，数妇女皆得受封，但慷慨知义，尚不及杨烈妇，独封赏只及乃夫，不及杨氏，这还是朝廷失赏哩。事见《唐书·杨烈妇传》，本编不肯从略，实为女史扬芬。

　　希烈因项城小邑，无暇顾及，别遣将翟崇晖围攻陈州，但也相持不下。嗣闻李希倩伏法，怒不可遏。看官道是何因？希倩是希烈亲弟，他为此动怒，遂遣使至蔡州，令杀颜真卿以泄忿。真卿见了使人，问为何事？使人道：“有敕赐死。”真卿道：“老臣无状，罪固当死，但不知贵使何日发长安？”使人道：“我从大梁至此。”真卿接口道：“照你说来，乃是贼使，怎得称为敕使呢？”使人遂将他缢死，年七十六。曹王皋驻守江淮，正遣将拔安州，擒斩希烈甥刘戒虚，且进军厉乡，击走希烈将康叔夜，及闻真卿死难，不禁大恸，全军皆泣，乃表陈真卿大节，请速旌扬。德宗因追赠真卿为司徒，加谥“文忠”。希烈自督兵攻宁陵，为刘洽将高彦昭所破，遁还汴梁，但日望崇晖攻下陈州，因遣人督促，且派兵帮助崇晖。刘洽遣都虞侯刘昌，与陇右节度使曲环等，率兵三万，往救陈州。曲环用埋伏计，与刘昌夹击崇晖，斩首至三万五千级，连崇晖都擒了回来，于是兵威大振，远近惊心。伪节度使李澄，焚去希烈所授旌节，举郑、滑二州归唐，会同刘洽各军，进攻汴州。希烈恐不能守，留大将田怀珍居守，自奔蔡州。田怀珍开门迎纳官军，汴州平复。诏授李澄为汴滑节度使，召河南都统李勉入朝。李勉至长安，素服待罪。时李泌复应召入都，受职左散骑常侍，日直西省，专备咨询。德宗因李勉失守大梁，拟加贬黜，泌独进言道："李勉公忠雅正，不过未娴战略。试看大梁不守，将士愿弃妻孥，从勉至睢阳，约有二万余人，可见他平时抚驭，尚得众心。且刘洽实出勉麾下，今洽克复大梁，亦足为勉补过，还乞陛下鉴原！"德宗乃只罢勉都统，仍令同平章事。

　　浙江东西节度使韩滉，效顺唐廷，贡献不绝，或谮他聚兵修城，阴蓄异志，德宗又未免起疑，密问李泌。泌愿百口保滉，且言滉性忠直，不附权贵，因致毁谤交加，幸乞详察！德宗尚未肯信，经泌再三剖解，力祛主惑，最后复献议道："滉子韩皋，现为考功员外郎，今因乃父被谤，几至不敢归省。现在关中饥荒，斗米千钱，唯江东尚称丰稔，若陛下遣皋归省，令滉速运粮储，接济关中，这是朝廷大计，幸陛下俯听臣言，决不误事！"德宗乃赐皋绯衣，遣皋南归，且谕皋道："卿父近遭疑谤，朕皆不信。惟关中乏粮，须由卿父赶紧筹给，幸勿延误。"皋欢跃而去，及与父相见，备述上语，滉感激涕零，即日发米百万斛，运送关中。皋但留五日，亦即遣他还朝。陈少游闻滉发粮，也贡米二十万斛，偏刘洽攻克汴州，得李希烈起居注云："某月某日，陈少游上表归顺。"这事一传十，十传百，少游也有所闻，免不得羞惭无地，郁郁病死。犹有耻心，还算天良未曾丧尽。德宗尚追赠太尉，赙赠如仪。于韩滉则疑之，于少游则赠之，主德可知。淮南大将王韶，欲自为留后，滉遣使与语道："汝敢为乱，我即日全师渡江，来诛汝了。"韶惧不敢动。德宗闻知，喜语李泌道："滉不但镇定江东，且并能镇定淮南，真不愧为大臣。但非如卿知人，朕几误疑及滉了。"至此才晓得么？又加滉同平章事，兼江淮转运使。滉运江淮粟帛，西入关中，几无虚月，朝廷始安。越年，复改易年号，称为贞元元年，颁诏大赦。

　　新州司马卢杞，遇赦得还，转任吉州长史，欣然告人道：

"我必再得重用。"果然历时无几，德宗令给事中袁高草制，拟任杞为饶州刺史。高不肯下笔，奏称："杞反复无常，卒致乘舆播迁，海内疮痍，奈何复用?"德宗不从，顾令别官草制，补阙陈京、赵需、裴佶、宇文炫、卢景亮等，联名上疏，极言杞罪。袁尚又申词劾奏，德宗乃语李勉道："廷臣多不直卢杞，朕意拟授他小州，何如?"勉答道："陛下君临四海，如欲用杞，就使畀他大州，亦无不可。只惜天下失望，终累圣明呢。"乃只授杞为澧州别驾。杞病死澧州，李泌入见德宗道："外人或议陛下为桓灵，今观陛下贬死卢杞，恐尧舜亦有所未及呢。"德宗甚喜，继又皱着眉头道："河中未靖，朕遣孔巢父宣慰，反被李怀光杀死，这却是一件大患哩。"泌答道："当今可患的事件，不止一端。若怀光擅据河中，虐杀使臣，为天下所共弃，将来必被大军枭灭，臣窃谓不足忧呢。"德宗复道："吐蕃助讨朱泚，朕曾许畀安西、北庭等地，今吐蕃求如前约，朕不便食言，看来只好割畀了。"泌谏阻道："安西北庭，民性骁悍，足以控制西域，捍卫边疆，奈何拱手让人? 况吐蕃曾受逆赂，勒兵观望，大掠而去，何足言功，陛下决不宜割地。"孔巢父被杀，及吐蕃求地，俱借德宗口中叙过，以省笔墨。德宗乃拒绝番使，遣李晟为凤翔、陇右节度使，进爵西平王，令屯田储粟，控制吐蕃。再命浑瑊、骆元光等，往讨怀光。

晟奉命将行，适李楚琳入朝，即请与同往凤翔，乘便处死，为叛逆戒。德宗以京都新复，反侧宜安，不肯遽许，但留楚琳在京，任为金吾大将军。晟虽未便违敕，心下总不以为然。及驰至凤翔，查出谋杀张镒的将士，共十余人，首恶叫作王斌，剖心祭镒，余俱斩首，众皆股栗。会吐蕃借索地为名，入寇泾州。节度使田希鉴，贻书李晟，乞请济师。晟语亲将史万岁道："李楚琳幸得逃生，田希鉴尚在泾原，我决不使漏网

了。"遂命万岁率精兵三千，作为先行，自率五千骑继进。虏
兵素惮晟威名，闻他到来，陆续退去。及晟至泾州，已是烽烟
静息，塞漠安恬。希鉴出城迎谒，晟与他寒暄数语，并辔入
城，下马登堂，开樽话旧，两下里很是投机，并不露一些形
迹。希鉴妻李氏，与晟虽是疏族，究系同宗，当由希鉴令她出
见，排叙辈分，应呼晟为叔父，晟亦视若侄女，改称希鉴为田
郎。嗣是朝夕过从，屡与欢宴。盘桓了好几日，晟拟还师，因
语希鉴道："我留此已久，日承款待，未免疚心，今欲归镇，
亦应具一杯酒，聊报田郎。且诸将多系故人，俱请邀至敝营，
举觞话别。"希鉴唯唯从命。晟营本在城外，返营后暗嘱史万
岁，专待明日行事。翌日巳牌，营中已整备酒席，候希鉴等到
来，希鉴与诸将鼓兴出城，趋入晟营。晟迎他入座，且语泾原
诸将道："诸君到此，请自通姓名爵里，以便序座。"诸将一
一报明，依晟派定座席，鞠躬坐下。忽有一将报毕，晟忽勃然
道："汝实有罪，不应列座。"遂呼史万岁入帐，指麾军士，
将他推出斩首。军士持首还报，希鉴不觉心惊，勉强坐在晟
侧。晟笑语希鉴道："田郎！汝亦不得无罪。"希鉴正思答辩，
已被史万岁上前拖出，令军士缚住希鉴。晟复正色道："天子
蒙尘，汝乃擅杀节度使，受贼伪命，今日尚有面目来见我
么？"说得希鉴魂飞天外，不能对答一词。小子有诗咏道：

> 叛臣竟复握兵符，不死何由伏贼辜。
> 杯酒邀来伸国法，泾原才识有天诛。

未知希鉴性命如何，且至下回说明。

朱泚攻奉天累月，卒不能下。及退还长安，得李
怀光之相与连结，复不能分兵四出，略夺唐土。李晟

一举，长安即破，辗转奔至彭原，仍为部将所杀。泚之无能，可以想见。然亦由去顺效逆，自速其祸，人心去而身首即随之耳。李希烈、李怀光等，逆同朱泚。若乘收复京城以后，即命李晟、浑瑊等，分军进讨，当可立平，乃回都盛宴，苟且偷安，犹且遣使宣慰，令陷死地。颜真卿效节于前，孔巢父遇害于后。人谓德宗好猜，德宗岂徒蹈好猜之失者？盖亦犹是祖若考之庸柔，而未克自振也。李楚琳、田希鉴等，反复无常，可讨不讨，李晟欲诛楚琳，复不见许，惟希鉴为晟所诛，聊快人意。有靖国之忠臣，无靖国之英主，惜哉！

第六十八回

窦桂娘密谋除逆　尚结赞狡计劫盟

却说田希鉴既被拿住，无可辩罪，即由史万岁牵入帐后，将他勒死。诸将相顾失色，还有何心饮酒。李晟顾语诸将道："我奉天子命，来此诛逆，诸君无罪，何妨痛饮数杯。"诸将按定了神，勉尽两三觥，便即起座告别。晟即同入城，揭示希鉴罪状，并言除希鉴外，不复过问，将士帖然。乃令右龙武将军李观，代为节度，使嘱希鉴妻李氏扶榇回籍，然后从容还镇，表达朝廷。<small>未免难为侄女。</small>

会闻浑瑊等进讨怀光，屡战不利，朝臣议赦怀光罪，遣宦官尹元贞谕慰河中。惹得李晟忠愤填膺，力劾元贞，请即治罪，并自愿率兵讨怀光。德宗因吐蕃屡扰，不便易帅，乃别命马燧为河东行营副元帅，援应浑瑊。燧以晋、慈、隰三州，为河中咽喉，即遣辩士说他反正。于是晋州守将要廷珍、慈州守将郑抗、隰州守将毛朝旸，皆举地归降。有旨令燧兼镇三州。燧曾举荐康日知为晋慈隰节度使，因地失无着，未曾莅任，至是仍让与日知。德宗乃令日知镇守。燧乃拔绛州入宝鼎，与怀光部将徐伯文相值，掩杀一场，射死伯文，斩首万余级，复分兵会合浑瑊，且逼长春宫，连败逆众，进围宫城。怀光诸将，相继出降。吕鸣岳也通款马燧，密约内应，不料为怀光所闻，杀死鸣岳。燧乃与诸将谋道："长春宫不下，怀光必不可获。但长春宫守备甚严，亦非旦夕可拔，我当亲自往谕，令他来降便了。"遂径造城下，呼守将答话。

守将乃是徐庭光，曾与燧相识，登城见燧，便率将士罗拜城上。燧料他意屈，便仰语道："我自朝廷来此，可西向受命。"庭光等复向西下拜。燧复宣谕道："公等皆朔方将士，自禄山以来，为国立功，已四十余年，何忍为灭族计，若肯从我言，非止免祸，富贵也可立致呢。"庭光尚未及答，燧又道："尔等以我为谎语么？尔若不信我言，何妨射我！"遂披襟袒胸，待他射来。*与李抱真释憾，也用此计。*庭光感泣，守卒无不流涕。燧复语道："怀光负国，于尔等无与，尔等但坚守勿出便了。"庭光等应声许诺，燧乃回营。次日与浑瑊韩游环进捣河中，留骆元光屯兵城下。行至焦篱堡，守将尉珪，即率七百人迎降，余成望风遁去。燧正欲渡河，忽得元光急报，说是："徐庭光尚然不服，屡加诟詈。"燧乃再返长春宫，问明原委，系庭光只服马燧，不服骆元光，因复带着数骑，呼庭光开城。庭光开门迎入，由燧慰抚大众，众皆欢呼道："我辈复为王人了。"燧即表荐庭光，有诏令试殿中监，兼御史大夫。浑瑊顾语僚佐道："我始谓马公用兵，与我相等，今乃知胜我多了。"*浑瑊却也虚心。*燧既降服庭光，遂率全军济河。怀光闻官军大集，举烽召兵，无人肯至，就是部下将士，也自相惊扰。忽喧声道："西城擐甲了。"又忽哗噪道："东城捉队了。"又过了半刻，将士都改易章饰，自署太平字样。怀光不知所措，遂自经死。朔方将牛石俊，断怀光首级出降。燧麾众入城，捕杀怀光亲将阎晏等七人，余俱不问。独骆元光为庭光所辱，怀怒未释，竟把他一刀杀死，乃入城见燧，顿首请罪。燧大怒道："庭光已降，汝敢擅杀，还要用什么统帅？"说至此，即顾视左右，欲将他推出斩首。韩游环忙趋入道："元光杀一降将，欲将他处死，公杀一节度使，难道天子不要发怒吗？"燧乃叱退元光，不复加罪。河中兵尚有万六千人，尽归浑瑊统辖，即令浑瑊镇守河中，自是朔方军分守邠、蒲，不再北返了。

先是怀光子璀，曾云随父俱尽。德宗很是怜惜，不欲令死，应六十六回。且命他再赴河中，劝父归顺。璀往劝不从，未便复命。适陕、虢兵马使达奚抱晖，鸩杀节度使张劝，自掌军务，邀求旄节。德宗召泌入商，泌自请赴陕，相机办理，乃授泌为都防御水陆运使，经理陕事。泌辞行时，德宗与语道："卿至陕州，试为朕招谕李璀，毋使彼死。"泌答道："璀若果贤，必与父俱死，假使畏死偷生，也不足责了。"及泌既至陕，河中平复。怀光已经缢死，璀亦手刃二弟，自刎身亡。事为德宗所闻，很加悲悯，且念怀光旧功，不应无后，特查得怀光外孙燕氏，赐姓为李，名曰承绪，令为左卫率府胄曹参军，继怀光后。并归怀光身首，命怀光妻王氏收葬，赐钱百万，置田墓侧，用备祭享。加马燧兼侍中，浑瑊检校司空，余将卒各有赏赉。就是进讨淮西的将士，亦调还本镇，各守圻疆，算做与民休息，不再用兵的意思。

是时李泌已邀同马燧，偕赴陕州。陕军不待抱晖命令，出城远迎，抱晖料不能抗，亦只好出来迎谒。泌偕燧入城，毫不问罪，但索簿书，治粮储。有人谒泌告密，泌皆不见，军中镇静如常，乃召抱晖与语道："汝擅杀朝使，罪应加诛，惟今天子以德怀人，泌亦不愿执法相绳。汝且赍着币帛，虔祭前使，此后慎无入关，自择安处，潜来接取家属，我总可保汝无虞了。"抱晖不禁涕泣，唯唯而去，陕州遂定。泌复凿山开渠，自集津至三门，辟一运道，以便转漕，数月告成。会关中仓禀告竭，禁军脱巾索饷，喧扰不休，亏得韩滉运米三万斛，解至陕州，由泌令从新运道转给关中。德宗大喜，语太子诵道："我父子得生了。"随即遣中使遍给神策六军，军士皆呼万岁。若非信任韩滉，乌能得此。时关中连岁旱荒，兵民多有菜色，及粮既运至，麦又继熟，市中始见有醉人，相率称瑞，这也可谓剥极才复呢。

朱滔闻河、陕皆平，非常恐惧，上表待罪，嗣即忧死。将士奉刘怦知军事，怦奏达朝廷，词极恭逊，乃命怦为幽州节度使。已而怦又病逝，诏令怦子济知节度事，且调曹王皋为荆南节度使，韦皋为西川节席使，曲环为陈、许节度使，招抚流亡，安辑四境。

惟李希烈尚负固称雄，倔强不服。贞元二年正月，遣将杜文朝寇襄州，为山南东道节度使樊泽所擒，三月复发兵袭郑州，复为义成节度使李澄所破。希烈兵势日衰，到此也积忧成疾，奄卧床中。他有一个宠妾，本姓窦氏，小字桂娘，系汴州户曹参军窦良女儿，貌美能文。希烈入汴，闻桂娘艳名，即遣将士至良家，强劫桂娘以去。桂娘语乃父道："阿父无戚，儿此去必能灭贼，使大人得邀富贵。"也是一个奇女子。及见了希烈，却也并不峻拒，竟任希烈搂入帏中，曲尽所欢。希烈日夕相依，爱逾珍宝，即册桂娘为伪妃。桂娘以色相媚，以才相炫，复以小忠小信，笼络希烈，因此希烈有事，无论大小机密，均为桂娘所知。及希烈奔归蔡州，桂娘语希烈道："妾观诸将中非无忠勇，但皆不及陈光奇。闻光奇妻窦氏，甚得光奇欢心，若妾与联络，将来缓急有恃，可保万全。"希烈称善，遂令桂娘结纳窦氏，互相往来。桂娘小窦氏数岁，因呼窦氏为姊，日久情昵，肺腑毕宣。桂娘因乘间语窦氏道："蔡州一隅，怎敌全国？迟晚总不免败亡，姊应早自为计，毋致绝种。"窦氏颇以为然，转告光奇。光奇乃谋诛希烈，常欲伺隙下手。凑巧希烈有疾，遂密嘱医士陈山甫，投毒入药。希烈服药下去，毒性发作，顷刻暴亡。十载枭雄，一女子即足了之。

希烈子秘不发丧，欲尽诛故将，代以新弁。计尚未决，适有人献入含桃，桂娘复进白道："请先遗光奇妻，且足免人疑虑。"希烈子依她所嘱,即由桂娘遣一女使,赍赠窦氏。窦氏见含桃内,有一格形色相似,却是一颗蜡丸,外涂朱色,心知有异。俟遣还女使后,与光奇剖丸验视,中藏一纸,有细小蝇楷云:"前日已死,殡在后堂,欲诛大臣,请自为计。"光奇即转告僚将薛育,薛育道:"怪不得希烈牙前,乐曲杂发,昼夜不绝。试想希烈病剧,哪有这般闲暇? 这明是有谋未定,佯作此状,倘不先发难,必遭毒手了。"光奇即与育各率部兵,闯入牙门,请见希烈。希烈子仓皇出拜道:"愿去帝号,一如李纳故事。"光奇厉声道: "尔父悖逆,天子有命,令我诛贼。"遂将希烈子杀死,并及希烈妻,且枭希烈尸首,共得头颅七颗,献入都中,只留桂娘不杀。德宗以光奇诛逆有功,即命为淮西节度使。偏希烈旧将吴少诚,佯与光奇同意,暗中却欲为希烈报仇,不到两月,竟纠众杀死光奇,连两个窦家少妇,一股脑儿迫入冥途。桂娘已诛希烈,宿愿已偿,可以远去,乃留死蔡州,未免智而不智。德宗又授少诚为留后,这真是导人椎刃,贻祸无穷了。伏笔不尽,直注到宪宗时淮蔡之役。

义成节度使李澄病死,子克宁也秘不发丧,墨衰视事,增兵守城。宣武节度使刘玄佐,就是刘洽改名,他却出师境上,使人告谕克宁道:"汝敢不待朝命,擅做节度,我当即日进讨了。"克宁乃不敢袭位,静待诏敕。德宗命工部尚书贾耽,继任义成节度使,出镇郑、滑。郑、滑自李澄反正后,改称义成军,耽既到任,克宁乃去。玄佐归镇,适韩滉过境,约为兄弟,联袂入朝,曲环亦凑便同行。及至都中,正值西寇告警,李晟受谤,朝右讹言四起,又似有变乱情形。看官道为何因?原来吐蕃因索地不与,屡次寇边,德宗令浑瑊、骆元光移屯咸阳,接应李晟。晟遣部将王佖,率骁勇三千人,往伏汧城,授以密计道:"虏过城下,勿遽出击。俟见有五方旗、虎豹衣,必是虏兵中坚。若突起掩杀,必获大胜。"佖领计而去。果然吐蕃统帅尚结赞，盛气前来，麾下亲兵旗饰，一如晟言。佖杀将出去，尚结赞惊走，猝死千余人，退屯数十里。尚结赞语部将道："唐朝良将，只李晟、马燧、浑瑊三人，我当用计除他，方可得志。"乃转入凤翔境，禁止掳掠。至直凤翔城下，大呼道："李令公召我来，何不出来犒师？"这明是反间计，若非张延赏在内，也是容易瞧破。守将当然不答，他却经宿退去。晟复遣蕃落使野诗良辅，与王佖合兵追击，又破吐蕃部众，攻入摧沙堡，毁去吐蕃蓄积，然后班师。邠宁节度使韩游瑰，又邀击虏兵，夺还所掠货物。

尚结赞西窜归国，嗣乘天气严寒，复入陷盐、夏、银、麟四州，尚说是李晟召他进来。晟有两婿：一为工部侍郎张彧，一为幕僚崔枢。彧自恃通显，看枢不在眼中，偏晟却格外优待，彧未免介意。给事中郑云逵，尝为晟行军司马，被晟诃责，亦挟有夙嫌。最与晟有宿怨的，乃是左仆射张延赏。延赏系故相嘉贞子，曾因父荫任参军，累官至西川节度使。德宗初年，吐蕃寇剑南，晟率神策军往征，击退虏兵，班师还朝。见六十二回。延赏正往镇西川，见晟挈一蜀妓随行，竟嘱吏夺还，李晟亦曾渔色耶？晟因是挟恨。至德宗出奔奉天，延赏贡献不绝，转趋梁州，仍然如故，乃召延赏为中书侍郎，同平章事。晟未免不平，竟奏劾延赏，说他不足为相。德宗不得已，罢为尚书左仆射。延赏才度原不足为相，但晟以私意奏劾，究属非是。延赏怀怨益深，偶闻吐蕃闲言，乐得投井下石，诬毁李晟。再经张彧、郑云逵等，作为证据，说得这位李西平王，差不多与李希烈、李怀光相似，德宗也自然动起疑来。晟得知消息，昼夜悲愤，哭得双目尽肿，乃悉遣子弟入都，表请为僧。有诏不许，复称疾入朝，面请辞职，又不见允。韩滉素与晟善，趁着入朝时候，探知启衅情由，遂面白德宗，愿为调人。德宗亦颇乐允。滉乃与刘玄佐左右劝解，令晟与延赏聚饮释嫌，约为弟昆。晟因复荐延赏为相，前劾后荐，俱可不必。德宗仍拜延赏同平章事，且令两人同宴禁中，各赐彩锦一端，以示和解。晟有少子未娶，愿与延赏女为婚，延赏竟严词谢绝。晟懊怅道："武人性直，既已杯酒释怨，即不复介怀；哪知文士难犯，外虽和解，内仍蓄憾，可不惧么？"

浼陛辞还镇，临行时荐兵部侍郎柳浑入相，德宗即令浑同平章事。浑秉性刚正，夙负重名，时论称为得人，惟与延赏未合。及浼既还镇，未几谢世，德宗欲起用白志贞为浙西观察使，浑谓："志贞憸人，不可复用。"偏延赏逢迎上意，竟怂恿德宗，授志贞官。又密奏李晟权重，不应再令典兵，乃留晟在京，册拜太尉，兼中书令。延赏荐郑云逵出镇凤翔，还是德宗记晟前功，令他择贤自代。晟举都虞侯邢君牙，因授君牙为凤翔尹，别命陈许兵马使韩全义，率步骑万二千人，会邠宁军趋盐州。又命马燧领河东军击吐蕃，收降河曲六胡州。

吐蕃大相尚结赞，退屯鸣沙，闻马燧、浑瑊等，大举出击，未免惊惶，更因云南王异牟，即阁罗凤孙。为西川节度使韦皋招抚，自己失一臂助，乃遣使至唐廷乞和。德宗尚未允许，尚结赞又卑辞厚礼，通好马燧。燧乃留屯石州，上表陈请。李晟入谏道："戎狄无信，不宜许和。"张延赏独与晟反对，主张和议。德宗遂遣左庶子崔浣，出使吐蕃。浣与尚结赞相见，责他败盟。尚结赞道："我国助讨朱泚，未得厚赏，所以东来质问，乃诸州不肯相容，以致用兵。今公前来修好，实所深愿。但浑侍中忠信过人，名闻远近，应请他前来主盟，互昭信实。"浣返报德宗，德宗召浑瑊入朝，命为会盟正使，兵部尚书崔汉衡为副使，都监郑叔矩为判官。两下共议会盟地点，约在平凉。瑊出发长安，李晟语瑊道："此行甚险，一切戒备，不可不严。"张延赏得闻晟言，即入白德宗道："晟不欲两国联盟，故戒瑊严备。须知我疑人，人亦疑我，盟何由成？"德宗因复召瑊入内，嘱他推诚待虏，勿自猜贰，致阻虏情。瑊遵嘱而去。

既而遣使入报，谓已订定盟期，决于五月辛未日。延赏召集百官，执瑊表示众道："李太尉谓吐蕃难信，必不易和。今浑侍中有表到来，说是盟期已定，谅浑侍中总不欺上呢。"说罢，甚有得色。休欢喜！晟亦在侧，忍不住泪下道："臣生长西陲，备悉虏情，虽已会盟有日，怎保他不临时变卦？窃恐朝廷不戒，终不免为大戎所侮呢。"德宗始命骆元光屯潘原，韩游瑰屯洛口，遥作瑊援。元光亟往见瑊道："潘原距盟地约七十里，公若有急，元光何从得闻，请与公同行为妥。"瑊答道："皇上嘱我推诚，若用兵自卫，便是违诏了。"元光道："事贵预备，一或遇险，后悔无及。他日论罪，宁坐元光。"遂派千骑至瑊营西面，暗地埋伏，又约韩游瑰派兵五百骑，相连伏着，且嘱语道："倘或生变，汝等西趋柏泉，作为疑兵，可分虏势。"韩军依计而行。瑊之不死，幸有此耳。

尚结赞使人至瑊营，约各遣甲士三千人，列坛东西，四百人穿着常服，得随至坛下，瑊一一许诺。辛未日辰刻，尚结赞又请各遣游骑数十名，互相觇察，瑊复应允。瑊为名将，奈何全不知防？哪知吐蕃在大营左右，伏兵至数万人。唐游骑往觇虏营，悉数被掳，一个儿没有放还。虏骑却梭织唐营，往来无禁。瑊与崔、宋两人，全不知黠虏诡计，反从容趋至盟坛，入幕易服，准备行礼。蓦听得一声鼓响，万马声嘶，仿佛似广陵怒潮，震动幕外。宋奉朝方欲出视，不防虏骑突入，先把他拿来开刀。崔汉衡慌忙失措，急欲觅路逃生，已被虏众追上，把他揪倒，似缚猪般的捆了出去。独浑瑊从幕后逸出，幸得一马，即纵身跃上，扯住马鬣，向前飞驰。背后虏众追赶，箭镞从背上擦过，亏得身伏马上，才免受伤，及奔近营前，望将过去，已剩得一座空营，那追骑尚紧紧不舍，不由的着急道：

"天亡我了！"道言未绝，营西有一大将呼道："侍中快来！我等在此。"瑊侧身西顾，见有一簇官军，整队列着，才觉得绝处逢生。小子有诗咏浑瑊道：

> 百密如何致一疏，虎臣竟被困群狙。
> 若非良将先筹备，受击宁徒丧副车。

欲知何人来救浑瑊，待至下回再表。

　　前半回连叙数事，而标目独及窦桂娘，为巾帼中标一异采，不得不略彼言此，补前史之所未详。盖桂娘以一女子身，为李希烈所劫，大加宠信。女子最易移情，畴肯始终如一，勉践前言？柔忍如桂娘，殆亦不可多得之女子，宜乎杜牧之为彼立传也。况怀光困死，而希烈独存，若无桂娘，几似乱臣贼子，可以安享天年，无逆报矣。然则桂娘之密谋诛逆，乌得不大书特书耶？若夫李晟、浑瑊、马燧，为唐德宗时三大名将，晟知吐蕃之难信，不宜与和，而瑊与燧皆未曾料及，是晟之智烛几先，固非二人所可逮者。但以一蜀妓故，怨及延赏，互相报复，误国政，堕虏计，晟亦安得为无咎乎？夫以忠智如李晟，尚为色所误，况如李希烈之骄侈灭义，其能不为桂娘所制哉？

第六十九回

格君心储君免祸　释主怨公主和番

却说浑瑊奔回故营，营中将士，已皆遁去，幸营西尚列有严阵，迎接浑瑊，统将非别，就是骆元光。元光迎瑊入营，即令军士持械待虏，且促邠宁向西进行。俟虏骑追至，骤见官军阵势严肃，已是惊心，更瞧着西边一带，有官军驰去，恐他绕出背后，阻截归路，乃即收军却还。瑊与元光招集散卒，检点伤亡，已不下二千余人，只好付诸一叹，怏怏而还。还是天幸。是日德宗视朝，语宰辅道："今日和戎息兵，好算国家幸福。"柳浑接口道："戎狄豺狼，恐非盟誓可结，今日事实足深忧。"李晟亦插入道："诚如浑言。"德宗变色道："柳浑书生，不知边计，大臣亦作此言么？"晟与浑皆顿首谢罪，德宗拂袖退朝。到了傍晚，由韩游环急奏，报称狡虏劫盟，入寇近镇。德宗大惊，即召浑等入议道："卿本书生，乃能料敌如此，朕适才失言了。但虏入近镇，都城可虞，究应如何处置？"浑尚未答。李晟趋进道："臣愿出屯奉天，防御虏兵。"德宗沈吟未决。仍然不忘延赏语。适浑瑊奏报亦至，备详一切，因命瑊屯兵奉天，留晟不遣。

看官听着！那尚结赞的狡计，第一着是离间李晟，已经逞志，第二着是佯和马燧，谋执浑瑊，欲将两人一并致罪，因纵兵直犯长安。这策但行了一半，未得成功，尚结赞还是失望，退至故原州，查得擒住将校，最大的是崔汉衡，次为马燧侄弇，及中使俱文珍。他又想了一策，释三人缚，引他入座道："我欲执浑侍中，不意误致公等，未免抱歉。"又指马弇道："君是马侍中侄儿，前日马侍中至石州，若渡河掩击，我军必覆，幸蒙侍中许和，因得全师而返，侍中为我造福，我怎得拘他子侄？今特遣君归国，请烦转谢侍中。"说罢，便纵马弇俱文珍东还，仍将崔汉衡等拘留。

弇还见燧，述及尚结赞语，燧尚不知是计。及文珍入语德宗，德宗竟信为真言，撤燧副元帅节度使职权，只命为司徒兼侍中。张延赏恰也惭惧，尝托病不朝。德宗乃召李泌同平章事。泌入都受职，与李晟马燧等，一同进见。德宗语泌道："朕今与卿约，卿慎勿报仇。如他人有德及卿，朕当为卿代报。"泌答道："臣素奉道教，不愿与人为仇，从前李辅国元载，均欲害臣，今已皆死去了。就是臣的故友，或早显达，或已沦亡，臣亦无德可报，惟臣今日亦愿与陛下立约，未知陛下肯否俯从？"乘便还他一语，长源毕竟慧人。德宗道："有何不可？"泌即道："愿陛下勿害功臣！即如李晟马燧，功高遭忌，若陛下过信谗言，一或加害，恐藩臣卫士，无不愤惋，变乱即从此再生了。陛下诚坦然相待，合保无虞。有事使专征伐，无事入朝奉请，岂不是君臣至乐么？二臣亦不可自恃有功，恪尽臣道，天下可长保太平，臣等均得受庇呢。"德宗道："朕始听卿言，自觉惊疑，及闻卿剖决，实是社稷至计。朕谨当书绅，与二大臣共保安全。"晟与燧俱伏地泣谢。德宗又语泌道："从今日始，军旅储粮事，一概委卿，吏礼委张延赏，刑法委柳浑。"泌答道："陛下录臣菲才，使待罪宰相，宰相职兼内外，天下事咸共平章，若各有所主，便成为有司，不得称为宰相了。"语语中肯。德宗笑道："朕知误了，卿言原不错呢。"嗣是待泌益厚，加封邺侯。泌又请复吏职，汰冗官，停番使廪给，分隶禁军，调边境戍卒，屯田京师，与番贾互市，鬻缯易牛，募边人输粟，救荒济乏，经德宗一一施行，俱足挽救时弊。

德宗喜文雅，恨质直，泌语多文采，尤得主心。惟柳浑素性朴直，常发俚言，为德宗所不悦，且与张延赏屡有龃龉。延赏尝使人通意道："公能寡言，相位可久保了。"浑正色道："为我致谢张公，浑头可断，舌不可禁呢。"确是个硬头子。已而浑竟罢为左散骑常侍，相传为延赏排挤，乃致免相。延赏又与禁卫将军李叔明有隙，且欲设法构害，并连及东宫。叔明本鲜于仲通弟，赐姓为李，有子名昇，与郭子仪子曙，令狐彰子建，同为卫士。德宗西奔时，三人皆扈驾有功，及还銮后，俱得任禁卫将军，甚邀上宠。昇尝出入郜国长公主第，致有蜚言。公主系肃宗幼女，凤具姿首，初嫁裴徽，继适萧升，升殁役，又与彭州司马李万通奸，还有蜀州别驾萧鼎，澧阳令韦恽，亦尝私相往来。李昇不知自检，也去问津，半老徐娘，素饶风韵，恰也无所不容。可谓多多益善。公主女为太子妃，延赏欲构成大狱，先将李昇等私侍公主，入白德宗。德宗命李泌探察虚实，泌徐答道："臣想此事关系，必有人摇动东宫，来诉陛下，别人无此能力，大约惟张延赏一人。"德宗道："卿从何处料得？"泌又道："延赏与昇父有嫌，昇现承恩眷，一时无从中伤，郜国长公主，系太子妃生母，从此入手，就可兴一巨案了。"不愧智囊！德宗不禁点首道："卿料事甚明，一说便着。"泌复道："昇入居宿卫，既已被嫌，应该罢斥，免得延赏再来生波。"德宗依言罢昇，且渐疏延赏。延赏弄巧反拙，郁郁而死。昇西延赏去世，少了一个冤家对头，乐得与长公主朝夕言欢，亲近芗泽。德宗本欲罢昇示戒，不意脱离禁掖，反做了无拘无束的淫夫，镇日里在长公主第中。或告长公主淫乱如故，且敢为厌祷事，德宗大怒，把长公主幽锢禁中，流昇岭表，杖毙李万，谪戍萧鼎韦恽，并召入太子训责一番。

太子恐惧，情愿与妃萧氏离婚。

德宗怒尚未息，即召李泌入商，且语道："舒王近已成立，孝友温仁，足主大器。"泌答道："陛下已经立储，今反欲废子立侄，臣实不解。"德宗道："舒王幼时，朕已取为己子，有何分别？"泌又道："侄终不可为子，陛下原有嫡嗣，反致生疑，难道侄必可信么？且舒王今日尽孝，倘闻有易储情事，恐转未必能孝了。"德宗勃然道："卿强违朕意，难道不顾家族么？"迤迤拒人。泌毫不惊惧，反逼进一层道："臣惟欲顾全家族，所以今日尽言，若畏惮天威，曲意阿顺，恐太子废黜，他日陛下生悔，必怨臣道：'我任泌为相，不谏我过，害我嫡子，我亦杀泌泄恨。'臣惟一子，既遭冤死，即致绝嗣，虽有侄辈，恐臣不便血食了。"说至此，呜咽流涕。悱恻语不可多得。德宗不禁动容。泌又道："从古到今，父子相疑，多生惨祸，远事不必论，建宁事非尚在目前么？"德宗道："建宁叔实冤死，所以皇考祚，曾追谥为承天皇帝，至今回忆，我祖考肃宗皇帝，也太觉性急了。"建宁王倓事，见前文，惟代宗追谥建宁，借此补明。泌答道："臣曾为此事，所以辞归，誓不近天子左右，不幸今日待罪宰相，又睹此事。且当时代宗皇帝，尝怀畏惧，臣向肃宗辞行时，因诵章怀太子贤《黄台瓜辞》，肃宗亦悔悟泣下，还愿陛下不蹈前愆！"德宗又道："贞观开元，俱易太子，何故不生危乱？"泌答辩道："承乾谋反，事被察觉，由亲舅长孙无忌，及大臣数十人，讯问确实，因命废斥，但言官尚入奏太宗，请太宗不失为慈父，承乾得终享天年。太宗依议，并废魏王泰。今太子无过可指，怎得以承乾为比？况陛下既知建宁蒙冤，肃宗性急，更宜详细审慎，力戒前失。万一太子有过，犹愿陛下依贞观故事，并废舒王，另立皇孙，庶百代以后，仍然是陛下子孙。至若武惠妃潛死太子瑛兄弟，海内冤愤，可为痛戒，何足效尤？愿陛下勿信谗言！即有手书如晋愍怀，衷甲如太子瑛，尚当辩明真伪，难道妻母不法，女夫也宜坐罪么？臣敢以百口保太子。设使臣如杨素许敬宗李林甫辈，得承此旨，早已私结舒王，密谋佐命了。"详哉言之！德宗道："这乃是朕家事，于卿何与，必欲如此力争？"又是呆话。泌答道："天子以四海为家，臣今得任宰相，四海以内，一物失所，臣当负责。况坐视太子冤枉，不为力解，臣罪且愈大了。"德宗道："容朕细思，明日再议！"泌又叩首泣谏道："陛下果信臣言，父子必慈孝如初，但陛下还宫，当默自审思，勿露微意，倘与左右言及，恐有金壬宵小，乘隙生风，竟为舒王效力，太子从此危了。"这一着更是要紧。德宗点首道："具晓卿意。"泌乃退归。

太子密遣人谢泌道："若必不可救，当先自仰药。"泌语来使道："为我好语太子，必无此虑。但愿太子起敬起孝，勿存形迹，若泌身不存，此事或未可知呢。"勉太子以孝，尤是正理。来使自去。隔了一日，德宗御延英殿，独召泌入见，流涕与语道："非卿切谏，朕今日就要自悔了。太子仁孝，实无他过，从今以后，所有军国重务，及朕家事，均当与卿熟商了。"泌乃拜贺，且辞职道："臣报国已毕，惊悸余魂，不可复用，乞赐骸骨归里。"德宗极力慰谕，不准辞官。会吐蕃相尚结赞，遣使送还崔汉衡，及同时被虏的孟日华刘延邕诸人，到了泾原，与节度使李观相见，再请求和。李观恐有诈谋，受汉衡等，拒绝和议。尚结赞因再集羌浑部落，大举入寇，进趋陇州及汧阳间，连营数十里，关中震动，连京城都受影响。所有西陲屯将，多闭壁自守，不敢出战。陇右民居，尽被掳掠，丁壮妇女，悉作俘囚。见有老弱，辄断手凿目，抛弃道旁。邠宁节度使韩游环，及陇州刺史韩清沔，神策副将苏太平等，先后遣发奇兵，击败虏众，尚结赞乃大掠而去。李泌欲结回纥大食云南天竺，共图吐蕃，因恐德宗记念陕州故事，怀恨回纥，故未敢遽请。陕州故事，见五十八回。会回纥合骨咄禄可汗，见六十六回。遣使贡献方物，并乞和亲。德宗不许，且召泌与商道："和亲事待诸子孙，朕若在位，不愿与回纥结婚。"泌即进言道："陛下不愿和亲，莫非为陕州遗憾么？"德宗道："诚如卿言。朕因天下多难，未能雪耻，怎得议和？"泌又道："辱韦少华等，乃牟羽可汗，后复入寇，为今可汗所杀，今可汗实有功陛下，奈何怨他呢？"德宗摇首不答。泌乃趋退。会边将报称乏马，德宗又与泌商议，泌答道："臣有愚策，可使马贱十倍。"德宗喜道："卿有此妙策，何勿亟言？"泌又道："请陛下屈己从人，为社稷计，臣方敢言。"德宗道："果有良策，朕亦不惜屈己，卿且说来！"泌即答道："愿陛下北和回纥，南通云南，西结大食天竺，不但马可易致，就是吐蕃亦为我所困了。"德宗道："除回纥外，可依卿计。"泌答道："臣知陛下怀恨回纥，所以未敢早言，但为今日计，回纥最大，应先与连和，三国却尚可从缓呢。"德宗道："照卿说来，应先和回纥，但朕与回纥连和，便是负少华诸人了。"泌又道："臣谓陛下不负少华，少华实负陛下。"德宗惊问何故？泌答道："从前回纥叶护，率兵助国，臣正为行军司马，受命邀宴，未尝轻入彼营，及大军将发，先帝始与相见，这正为戎狄豺狼，不得不预防一着呢。陛下持节赴陕，春秋未壮，乃渡河轻入番营，身蹈不测，岂非危甚？少华等若不负陛下，应当与回纥可汗，先定会见礼仪，然后相见，奈何贸然轻赴？陛下试想当日危险情形，是少华负陛下，还是陛下负少华呢？且从前叶护入京，助讨逆贼，意欲纵兵大掠，先帝曾亲拜叶护马前，保全京城，当时道旁列观，约十万余人，统称广平王真华夷主。应五十四回。先帝枉尺直寻，且使中外称许，况牟羽身为可汗，举国来援，陛下未曾下拜，实足伸威，倘使牟羽留住陛下，不必论意外事，就使与陛下欢饮十日，天下已共为寒心。

幸而天助威神，豺狼驯服，仍送陛下回营，陛下尚只感少华，怨牟羽，臣窃以为未可呢。"这是达权之论。

德宗听着，旁顾左右，见李晟马燧，亦适在侧，便与语道："朕素怨回纥，今闻泌言，亦自觉少理，卿等以为何如？"晟与燧同声道："泌言甚是，请陛下采纳！"泌又接说道："臣以为回纥不足怨，向来宰相处事未善，才觉可怨哩。回纥再复京城，今可汗又杀牟羽，尚有何罪？吐蕃陷我河陇数千里，又入京城，使先帝蒙尘陕州，这是百代必报的仇耻，陛下奈何当怨不怨，不当怨反怨哩？"德宗又道："朕与回纥久已结怨，今往与修和，恐反为夷狄所笑，或且拒我，这却如何处置？"泌答道："臣愿作书相遣，约用开元故事，如突厥可汗奉表称臣，来使不得过二百人，市马不得过千匹，不得携中国人，及商胡出塞，这五事若皆如约，请陛下即许和亲，他日威震北荒，旁慑吐蕃，必能如陛下所愿了。"德宗称善，乃由泌遗书回纥。回纥即遣使上表，一一如命。德宗大喜，乃命将第八女咸安公主，遣嫁回纥可汗，先遣中使赍着公主画图，往至回纥，回纥可汗遣使报谢，约定次年礼迎。

德宗复召入李泌，问及招致云南大食天竺的计策。泌答道："回纥称臣，吐蕃已不敢入犯了。云南苦吐蕃赋役，前已经韦皋招抚，有意内附。大食在西域为最强，与天竺皆久慕中国，且代与吐蕃为仇，若遣使往抚，当无不输诚听命。"德宗乃分选使臣，前往三国，及得还报，果皆如泌所料，各无异言。

会有妖僧李软奴，私结殿前射生韩钦绪等，潜谋作乱，事发被捕，德宗命内侍省鞫治，李晟闻知此事，大惊倒地，好容易扒将起来，尚流涕不绝道："此次恐要族灭了。"亟命家人往邀李泌。及泌至晟第，晟无暇寒暄，即仓皇与语道："晟新罹谤毁，中外有家人千余，此次妖僧谋逆，倘有家人误入党中，必致全家受累，奈何奈何？”泌劝慰道：“不妨！不妨！有泌在朝，断不使公受祸哩。”晟慌忙拜谢。泌即归第，密上一疏，略言：“大狱一起，牵引必多，国家甫值承平，不应辗转扳引，致失人情，请将李软奴一案，出付台官鞫治。”德宗当然俯允，即命把全案移交台省，至审讯结果，但罪及李软奴韩钦绪两人。钦绪系韩游环子，逃至邠州，由游环械送京师，与软奴一并腰斩。游环且入朝待罪，德宗仍令还镇，一场巨案，止死二人，朝臣无一连及，这都是李邠侯暗中挽回，所以迅速了案，争颂清阴。<small>不略此事，无难记邠侯功德。</small>

吐蕃闻唐和回纥，却也知惧，敛兵不进。诏令浑瑊回屯河中，赐骆元光姓名为李元谅，回屯华州。兵马使刘昌，分众五千归汴州，此外防秋兵都退守凤翔京兆间。未几为贞元四年，泾原节度使李观入朝，留官京师，任少府监检校工部尚书。李观病逝，改授刘昌为泾原节度使，李元谅为陇右节度使，两将皆督兵屯田，军食渐足，泾陇少安。到了秋季，韩游环因疾卸职，德宗令张献甫往代，献甫尚未莅任，戍卒裴满等作乱，奏请改任前都虞侯范希朝。希朝素得众心，因为游环所忌，奔至凤翔。德宗召领神策军，至此得裴满等奏请，颇欲改授希朝。希朝面辞道：“臣避游环而来，今往代任，转似臣与逆卒通谋，臣怎敢受职？”<small>希朝颇知大义。</small>德宗乃授希朝为宁州刺史，令副献甫。及两人到任，戍卒裴满等，已为都虞侯杨朝晟，勒兵诛死，余众大定，不必细表。

且说回纥可汗，因婚期已届，遣妹骨咄禄毗伽公主，及大臣妻五十人，并兵众千人来迎公主。德宗御延喜门，接见番使。番使奉上表章，内云：“昔为兄弟，今为子婿，陛下若患西戎，子愿以兵除患，且请改号回鹘，取捷鸷如鹘的意义。”德宗许诺。嗣欲飨骨咄禄公主，召李泌入问礼仪。泌奏道：“从前敦煌王承寀，尝妻回纥女，<small>见前文。</small>嗣至彭原谒见肃宗，肃宗与敦煌王，系从祖兄弟，乃呼回纥公主为妇，不称为嫂。公主亦拜谒庭下，彼时国势艰难，借彼为助，尚不失君臣大节，况今日呢。"于是引骨咄禄公主入银台门，由长公主三人延入，谒见德宗，下拜如仪，转入宴所，乃由贤妃降阶相迎。俟骨咄禄公主先拜，然后贤妃答礼。妃与公主邀坐席间，遇帝赐必降拜，非帝赐亦避席才拜，俱由译史传导，免至失礼。盛宴两次，方命设咸安公主官属，制视王府。授嗣滕王湛然为昏礼正使，右仆射关播护送，偕骨咄禄公主等，一同西行。且命湛然赍给册书，封合骨咄禄为长寿天亲可汗，咸安公主为长寿孝顺可敦。公主到了回鹘，合骨咄禄可汗，盛礼恭迎，老夫得了少妻，番酋幸谐帝女，格外欢昵，自不必言。湛然等礼毕东归，俱得厚赆。可惜长寿不长，老夫竟老，不到一年，天亲可汗，竟至病逝，子多逻斯袭位。讣闻朝廷，德宗又命鸿胪卿郭锋，持节册封多逻斯为忠贞可汗，且谕慰咸安公主。那知胡俗通例，得妻庶母，公主方值盛年，多逻斯亦当壮岁，两人从宜从俗，居然你贪我爱，变做了一对好夫妻了。可为咸安公主贺喜。小子有诗叹道：

胡族原来是聚麀，胡为帝女屡相攸？
和亲自古称非策，只为华夷俗不侔。

回鹘既已和亲，李泌自陈衰老，上表辞官。究竟德宗是否允准，容至下回续叙。

本回全为李泌演述，泌历事三朝，功业卓著，而其最足多者，莫如调护骨肉，善格君心。自玄武门喋血以来，贻谋未善，故太宗高宗玄宗三朝，无不易储，睿宗时幸有宋王之克让，肃宗时且有建宁之蒙

冤，代宗为张良娣所忌，幸李泌咏《黄台瓜辞》，隐
回上意，顺宗为郜国长公主所累，又幸得泌之一再力
谏，始得保全，泌可谓清源正本，不愧为社稷臣矣。
惟与回纥和亲一事，虽若为当时至计，然可与言和，
不必定婚帝女，咸安遣嫁，历配四汗，隋有义成，唐
有咸安，非皆足为中国羞乎？著书人隐示抑扬，而褒
贬之义，自可于言外得之。

第七十回

陆敬舆斥奸忤旨　韩全义掩败为功

却说李泌自陈衰老，上表辞职，德宗不肯照准，泌又入朝面请，乞更除授一相。德宗道："朕亦知卿劳苦，但恨未得贤能，为卿代劳。"泌即说道："天下不患无才，但教陛下留意牧卜，自庆得人。"德宗道："卢杞忠清强介，人多说他奸邪，朕至今尚未觉悟，究竟奸在何处，邪在何处？"便是真愚。泌答道："如使陛下知杞奸邪，杞便不成为奸邪了。陛下如能早时觉悟，何至有建中的祸乱呢？杞因私隙杀杨炎，遣李揆害颜真卿，激叛李怀光，幸亏陛下后来窜逐，得慰人心，天亦悔祸，否则祸乱且迭出不穷了。"德宗道："建中祸乱，非尽关人事，卿亦闻桑道茂语否？"泌复道："陛下以为是命数注定么？须知命数二字，只可常人说得，君相却不便挂口，因为君相有造命的职务，与常人不同，若君相言命，是礼乐政刑，统可不用了。古来暴君莫如桀纣，桀尝谓我生不有命在天，武王数纣罪恶，亦云谓己有天命，人君以命自解，恐便同桀纣了。"德宗点首，嗣复说道："卢杞佐治不足，小心有余，他相朕数年，每遇朕言，无不恭顺。"原来为此，所以时常系念。泌答道："言莫予违，孔子所谓一言丧邦，据此一端，便可见卢杞的奸邪了。"德宗道："卿原与杞不同，朕言合理，卿尝有喜色，朕言不合理，卿尝有忧色，虽有时卿言逆耳，却也气色和顺，并没有傲慢态度，能使朕为卿所化，自然屈服，不能不从，朕所以深喜得卿哩。"泌乃荐户部侍郎窦参，说他材具通敏，可兼度支盐铁使；尚书左丞董晋，人品方正，可处门下侍郎。德宗虽然面允，意中却不以为然。既而命泌兼集贤殿崇文馆大学士，纂修国史。泌辞去大字，但以学士知院事。是年八月，月蚀东壁，泌自叹道："东壁图书府，今遭月蚀，大臣中未免当灾，我位居宰相，兼学士衔，恐此灾即加在我身上。从前燕国公张说，亦因此逝世，我位置与他相等，应亦难免此祸了。"果然隔了一年，一病不起，竟尔告终。

泌有智略，七岁时即受知玄宗，当召见时，玄宗正与张说观弈，因使说面试泌才，说令赋方圆动静。泌即问及要旨，说随口道："方若棋局，圆若棋子，动若棋生，静若棋死。"泌亦信口答道："方若行义，圆若用智，动若骋材，静若得意。"说也叹服，贺得奇童。张九龄与结为小友，后来历事三朝，数立奇功，惟好谈神仙，颇尚诡诞，未免为世所讥，但也好算是一位贤相了。持论平允。泌卒年六十八，得赠太子太傅，未得美谥，德宗亦不免少恩。遗疏仍荐窦参董晋二人可用，德宗乃用二人同平章事，并命参兼度支盐铁等使。参为人峭刻，少学术，多权数，每值入朝，诸相皆出，参独居后，但说是详核度支，暗中却曲事逢迎，希邀主宠。又往往援引亲党，分置要地，使为耳目。董晋只备员充位，随声附和，不过硁硁自守，慎重自持，比那窦参的营私挟诈，自然较胜一筹，但总不得为宰相器，未识这位足智多谋的李邺侯，何故荐此二人？这也是令人难解呢。当时朝臣中莫如陆贽，泌独不为荐引，大约是聪明一世，懵懂一时。

是时前邠宁节度使韩游环，与横海节度使程日华，义武节度使张孝忠，宣武节度使刘玄佐，平卢节度使李纳，先后病殁。邠宁早由张献甫接任，余镇均由子承袭。日华子名怀直，孝忠子名升云，玄佐子名士宁，纳子名师古，皆由军士推戴，奏请留后。德宗也得过且过，无不准行；就是回鹘忠贞可汗，为弟与少可敦鸩死，<small>回鹘国俗，可汗妃妾，号为少可敦。</small>国人攻杀乃弟，拥立忠贞子阿啜为可汗，遣将军梅录告丧，听候朝命，德宗也未尝详问，即遣鸿胪少卿庾铤，往册阿啜为奉诚可汗。最可怪的是咸安公主，既配忠贞，复配奉诚，祖父孙同享禁脔，德宗亦听她所为，但视为胡俗常例，不足深怪。及吐蕃转寇北庭，回鹘大相颉干迦斯，为唐往援，与战不利，率兵奔还，北庭陷没，安西遂绝音问，不知存亡。惟西州尚为唐守，德宗也无暇顾及，置诸度外罢了。<small>慷慨得很。</small>

　　光阴似箭，寒暑迭更，已是贞元七年，窦参为相，约已三载，权势日盛，翰林学士陆贽，屡有弹劾，参视若眼中钉，只因贽尚见宠，急切不能捽去，乃奏调为兵部侍郎，解去内职，省得他多来絮聒。德宗尚未察阴谋，会参奏称福建观察使吴凑，病风不能治事，应即另选，当由德宗召凑入京，见他体健神清，并没甚么疾病，才知参是挟嫌诬奏，有意排挤，随即任凑为陕虢观察使，把原任官李翼解职。翼是参党，一经掉换，中外称快。参仍怙恶不改，引族子申为给事中，招权受赂，绰号喜鹊。德宗颇有所闻，乃召参入诫道："卿族子申，所为不法，将来难免累卿，不如黜之为是。"参恳请道："臣子族无多，申虽疏属，尚无他恶，乞陛下鉴原！"德宗道："朕非不欲为卿保全，奈人言藉藉，不可不防。"参仍然固请，德宗方才罢议。参又恐陆贽进用，阴与谏议大夫吴通元兄弟，造作谤书，构得贽罪。偏被德宗察觉，赐通元死，逐申为道州司马，参亦坐贬为郴州别驾，乃进贽为中书侍郎，与尚书左丞赵憬，同平章事。所有管理度支等事，委户部尚书班宏代理，宏未几亦殁。贽请召用湖南观察使李巽，入判度支。德宗已经允许，忽又变卦，拟用司农少卿裴延龄。贽上言道："度支司须准平万货，吝即生患，宽又容奸，延龄诞妄小人，倘或误用，适伤圣鉴。"德宗不从，竟任延龄为户部侍郎，判度支事。又是一个奸臣进来了。

　　至贞元九年，湖南观察使李巽，奏称宣武留后刘士宁，私遗参绢五千匹，德宗大怒，即欲诛参。赞入谏道："刘晏冤死，罪不明白，至使叛臣借口有词。参性贪纵，天下共知，但必说他私交藩镇，潜蓄异图，未免太甚。若骤加重辟，转骇人情。"以直报怨，不愧君子。乃再贬参为骧州司马，没入家赀。内侍尚毁参不已，竟赐参自尽，杖杀窦申，诸窦一并谪戍。董晋因与参同事有年，见参得罪，亦自觉不安，乃请免职。有诏罢晋为礼部尚书，召义成节度使贾耽，为尚书右仆射，与尚书右丞卢迈，同平章事。德宗恐相权过重，仍蹈前辙，乃命四人辅政，分权任事。哪知权任不专，遇事推诿，每值有司关白，辄面面相觑，不肯署判。陆贽乃奏请依至德故事，至德系肃宗年号，见前文。宰相更迭秉笔，旬日一易，德宗准如所请。寻复逐日一易，虽案牍不至沈滞，终未免互相顾忌，无所责成。贽先后奏陈治道，不下数十万言，至论边防六失，尤中时弊。大略谓："措置乖方，课责亏度，兵众致财匮，将多致力分，怨起自不均，机失于遥制，须酌量裁并，慎简统帅，督垦闲田，自筹兵食"等语。德宗尝优诏褒答，终究不能施行。

　　会回鹘击破吐蕃于灵州，遣使献俘，云南王异牟，袭击吐蕃，取十六城，擒名王五人，亦遣使献捷，且献地图方物，及吐蕃所给金印，请复号南诏。德宗遣郎中袁滋等，往册异牟为南诏王，赐银窠金印。异牟至大和城受册，很是恭顺，优待唐使。滋等尽欢而还，详报德宗。德宗欣慰得很，遂拟大修神龙寺，报答神麻。户部侍郎裴延龄，奏称："同州谷中，有大木数十株，高约八十丈，可供寺材。"德宗惊喜道："开元天宝年间，在近畿搜求美材，百不得一，今怎得有此嘉木？"延龄即献谀道："天生珍材，必待圣君乃出，开元天宝，何从得此。"德宗甚喜。对于孙诋毁祖宗，德宗尚视为可喜，非愚而何？嗣又由延龄上疏，谓："在粪土中得银十三两，缎匹杂货，百万有余，这皆是左藏羡余，应移入杂库，供别敕支用。"太府少卿韦少华，与死陕州之韦少华姓名相同，别是一人。劾论："延龄欺君罔上，请令三司查核左藏，何来此粪土中物，无非延龄移正为羡，恣为诡谲等情。"德宗既不罪延龄，亦不罪少华。延龄所奏，不能欺三尺童子，德宗昏耄已甚，所以麻木不仁。盐铁转运使张滂，司农卿李铦，京兆尹李充，俱因职任相关，常斥延龄谬妄。陆贽更志切除奸，极陈延龄罪恶，略云：

延龄以聚敛为长策，以诡妄为嘉谋，以掊克敛怨为匪躬，以靖谮服谗为尽节，可谓尧代之共工，鲁邦之少卯，迹其奸蠹，日长月滋，移东就西，便为课绩，取此适彼，遂号羡余。昔赵高指鹿为马，臣谓鹿之与马，物类犹同，岂若延龄掩有为无，指无为有？臣以卑鄙，任当台衡，情激于衷，欲罢难默，务乞陛下明目达聪，亟除奸慝，毋受欺蒙，则不胜幸甚！

这疏上后，德宗非但不罪延龄，反待延龄加厚。贽复约宰相赵憬，面奏延龄奸邪，德宗恨贽多言，面有怒色。憬却一语不发，退朝后反密告延龄，延龄恨贽益深。或谓贽嫉恶太严，恐遭谗害，贽慨然道："我上不负天子，下不负所学，此外非所敢计了。"果然不到数日，有敕颁下，罢贽为太子宾客。越年为贞元十一年，初夏天旱，延龄诬贽怨望，并李充张滂李铦，乘旱造谣，摇动众心。德宗竟贬贽为忠州别驾，充为涪州长史，滂为汀州长史，铦为邵州长史。

先是定州人阳城，隐居中条山，以学行著名，李泌荐为谏议大夫，城拜官不辞，未至京师，都人已想望丰采，料他必尽言敢死。及城入哀后，独与二弟及客，日夜痛饮，并无谏章。河南人进士韩愈，作《争臣论》讥城，他人亦啧有烦言，城仍不介意，但以杯中物消遣，恍若无闻。至贽等坐贬，主怒未解，中外惴恐，莫敢营救，城独奋然道："不可令天子信用奸臣，杀无罪人。"乃公也酒醒了。遂与拾遗王仲舒，补阙熊执易崔镐等，伏阙上书，极陈延龄奸佞，贽等无罪。德宗大怒，欲罪城等，幸太子在旁劝解，乃命宰相出谕，令他退去。金吾将军张万福，大声称贺道："朝廷有直臣，天下从此太平了。"因遍拜城等，已而连呼太平万岁，太平万岁！万福武人，年八十余，自万福称贺后，城乃得重名。会闻德宗欲进相延龄，城泣语廷臣道："果欲用延龄为相，当取白麻撕坏，免他误国。"白麻系宣诏用纸。随即续草奏稿，尽列延龄罪状，使李泌子繁缮写。繁本不端品，城因他是故人子，嘱令缮正，哪知他竟私告延龄。延龄亟入见德宗，一一自解。及城疏呈入，德宗遂视为诬妄，搁置不理，虎父生犬子，可为邺侯一叹。且改城为国子司业，进延龄为户部尚书。延龄年已衰老，尚自恨不得相位，居常牢骚郁愤，嫚骂近臣，至遇疾卧第，擅载度支官物至家，人无敢言。越岁竟死，年六十九，中外相贺。惟德宗悼惜不置，追赠太子太傅。延龄尝荐谏议大夫崔损，才可大用，适赵憬病殁，卢迈老疾，中书省虚位十日，德宗即令损同平章事。损委鄙无能，入相后毫无建白，母殡不葬，女兄为尼，殁不临丧。德宗恰喜他唯唯诺诺，倚任了好几年。

是时太尉中书令西平王李晟，司徒侍中北平王马燧，相继去世，晟谥忠武，燧谥庄武。昭义节度使李抱真，也已病终，都虞侯王延贵，奉诏继任，赐名虔休。魏博节度使田绪，曾在贞元元年，尚德宗妹嘉诚公主，代宗第十女。有庶子三人，幼名季安，公主抚为己子。绪于贞元十二年殁世，左右推季安为留后，德宗即命为节度使。为后文魏博归朝张本。由南东道节度使曹王皋，亦已病逝，赐谥为成，接任为陕虢观察使于頔，各镇粗报平安。惟宣武军迭经变乱，宣武节度使刘士宁，淫乱残忍，为兵马使李万荣所逐，奔归京师。万荣得受制为留后，用子迺为兵马使，牙将刘沐为行军司马。不到一年，宣武军又复作乱，都虞侯邓惟恭，因万荣寝疾，执迺送京师，并杀万荣亲将数人。这次还算德宗有些主意，特授董晋为宣武节度使，令即赴镇。又恐晋太宽柔，未能镇定，更命汝州刺史陆长源为行军司马，随晋东行。既用董晋，不必用陆长源，仍是种一祸苗。晋兼程至宣武军，万荣已经病死，惟恭代领军事，仓猝不及抗命，只好出迎朝使。晋不用兵卫，接见惟恭，辞气甚和，且仍委以军政，暗中却加意防备。等到惟恭谋乱，已是布置绵密，先将乱党捕诛，然后把惟恭拿住，械送京师。陆长源性刚且刻，最喜更张旧事，经晋从容裁抑，军中乃安。不意董先生却有此经济。后来过了两年，晋病殁任所。长源知留后，扬言道："将士弛慢已久，我当振饬法纪，方可扫清宿弊。"军士听了此言，不禁恟惧，或劝长源散财劳军，长源道："我岂效河北贼，用钱买将士心么？"未几变起，长源被杀。监军俱文珍，急召宋州刺史刘逸准靖难，逸准曾为宣武将，颇得众心，闻文珍召，引兵入汴州，抚定大众，请命朝廷。诏授逸准为节度使，赐名全谅，不到数旬，全谅复殁，军中推玄佐甥韩弘为留后。韩弘曾为兵马使，至是因宣武军屡次作乱，特查出乱首，及党与三百人，历数罪状，斩首以徇。一面恭请朝命，受敕为节度使，乃整肃号令，抚循军士，汴中才无后忧。

偏淮西节度使吴少诚，密谋抗命，遣人阴约韩弘，为弘所杀。少诚知逆谋已泄，索性举兵发难，掠寿州，袭唐州，杀死镇遏使谢详张嘉瑜。会陈许节度使曲环身故，陈州刺史上官涚，继为留后，少诚乘隙进击，涚遣将往阻，不幸败殁，反致寇逼城下。涚方接奉朝旨，进任节度使，蓦闻寇至近郊，不禁仓皇欲走。营田副使刘昌裔入阻道："朝廷方授公节钺，奈何弃此他去？况城中不乏将士，固守有余，昌裔不才，愿为城守。"说乃委以军事，集众登陴。兵马使安国宁，谋为内应，被昌裔察出，诱入诛死，然后誓众拒敌。少诚围攻累日，昌裔伺他懈怠，凿城出击，大破敌兵。又经刘弘发兵三千，来援许州，少诚遁去，许城得全。

德宗闻少诚叛乱，褫夺官爵，令诸道会师进讨，于是山南东道节度使于頔，安黄节度使伊慎，知寿州事王宗，与上官说韩弘联兵，进讨淮西。起初颇称得利，于頔前驱进行，迭拔吴房朗山，嗣因军无统帅，号令不一，各军至小溵水，自相惊骇，纷纷溃散，委弃器械资粮，均为少诚所有，少诚气势益强。西川节度使韦皋，闻诸军失利，表请授浑瑊贾耽为元帅，统辖诸军，若不愿烦劳元老，臣愿选精锐万人，下巴峡，出荆楚，剪除凶逆，否则谕少诚悔罪，加恩赦宥，罢免两河诸军，休息兵民，尚不失为次策。如少诚罪恶贯盈，为麾下所杀，仍举爵位授他麾下，是去一少诚，复生一少诚，祸且无穷云云。末数语，最中时弊。德宗接奏，方在踌躇，忽报中书令咸宁王浑瑊，因病致亡，不由的嗟叹道："国家又失一大将了。"遂予谥忠武，另拟择将讨吴少诚，时宦官窦文场霍仙鸣，正得上宠，进任护军中尉，势倾朝野，内外官吏，多出门下。夏绥节度使韩全义，尤为文场厚爱，特地荐引，令为蔡州招讨使，统率十七道兵马，出征少诚。全义素无勇略，惟贿托权阉，得邀超擢。既为大帅，即用阉寺数十人，充作监军。每议军事，阉寺高坐帐中，争论哗然，无一成议。并且天时溽暑，士卒病殁，全义亦不加抚慰，以致人人离心。行至溵南，淮西将吴秀吴少阳等，驱军前来，两下未及交锋，诸道军已经溃退。吴秀等乘势掩杀，全义连忙回走，返保五楼。嗣是三战三北，逐节退还，直至陈州各道兵多半还镇，惟陈许将孟元阳，神策将苏光荣，尚留军澉水，并力杀退追兵。少诚乃引军还蔡州，全义尚归罪昭义将夏侯仲宣，义成将时昂，河阳将权文变，河中将郭湘等，诱至帐中，设伏捕戮，夸示权威，军心愈觉不服。幸少诚未悉详情，遣使赍献书币，求监军代为昭雪。监军乐得代奏，有诏赦少诚罪，仍复官爵，召全义班师。全义至长安，文场力为袒护，掩饰败迹。德宗仍然厚待全义。全义托言足疾，但遣司马崔放入对，放为全义引咎，自谢无功。德宗道："全义为招讨使，能招徕少诚，也是功劳，何必定要杀人呢？"全义乃谢归夏州。小子有诗叹道：

> 元戎失律咎难辞，谁料庸君反受欺？
> 功罪不明纲纪斁，晚唐刑赏早违宜。

吴少诚外，还有余镇节度使，互有更替，容至下回再表。

古来计臣，多工心术，裴延龄虚妄无能，尚不足与计臣同列，德宗独深信之，意者其殆由天性好猜，隐相契合欤？不然，得韦少华之讦发，与陆贽等之极陈，宁有不为之感悟耶？阳城之名，实延龄玉成之，延龄死而中外相贺，德宗独追惜不置，好人所恶，恶人所好，其不亡也亦幸矣。夫不能斥裴延龄，无怪其用韩全义，澉南之败，全义实尸其咎，乃复任阉竖播弄，掩败为功，德宗之德，固若是耶？读此回不禁为之三叹焉。

第七十一回

王叔文得君怙宠　韦执谊坐党贬官

却说成德节度使王武俊，于贞元十七年殁世，子士真受命为留后，此外如滑亳许节度使，即义成节度使。迭经李复姚南仲卢群李元素等，先后交替，幸无变故。徐泗濠节度使张建封病卒，军士推建封子愔为留后，德宗命淮南节度使杜佑兼任，偏经军士抗拒，只好收回成命，令愔为节度使，改名武宁军。大权已经旁落，改名何益？朔方节度使杨朝晟殁后，由兵马使高固接任，军心尚安。昭义节度使，改用卢从史，也是由军士拥立。总之德宗时代，藩镇坐大，已成了上陵下替的局面。德宗又专务姑息，过一日，算一日，但教目前无恙，便自以为天下太平。如见肺肝。就是朝中宰辅，亦多用那庸庸碌碌的人物，崔损为裴延龄所荐，入相九年，无一嘉谟，反始终倚畀，直至一病不起，方进太常卿高郢为中书侍郎，吏部侍郎郑珣瑜为门下侍郎，同平章事，其实这两人也没甚用处。还有辅政多年的贾耽，见前回。出将入相，颇负重望，但也遇事模棱，苟全禄位。宰相如此，他官可知。太学生薛约，上书言事，坐徙连州。国子司业阳城，与约有师生谊，出送郊外，被德宗闻知，说他党庇罪人，亦贬为道州刺史，且饬观察使随时考课。城自署道："抚字心劳，催科政拙。"考下，观察使遣判官督收赋税，城自系狱中，判官惊退。又遣他判官往验，他判官载妻孥同行，中道逸去，城名益盛。独朝廷视为废吏，置诸不问。京

· 677 ·

兆尹李实，为政暴戾，遇旱不准免租，监察御史韩愈，请收征从缓，被黜为山阳令，朝政昏愦，已可见一斑了。

太子诵操心虑患，颇称练达，平居有侍臣二人，最为莫逆，一个是杭州人王伾，一个是山阴人王叔文，俱官翰林待诏，出入东宫。叔文诡谲多谋，自言读书明理，能通治道，太子尝与诸侍读座谈，论及宫市中事，大众刺刺不休，独叔文在侧，不发一词。及侍臣齐退，太子乃留住叔文，问他何故无言？叔文道："殿下身为太子，但当视膳问安，不宜谈及外事。且皇上享国日久，如疑殿下收揽人心，试问将何以自解？"太子不禁感泣道："非先生言，寡人实尚未晓，今始得受教了。"遂大加爱幸，与王伾相依附。伾善书，叔文善棋，两人娱侍太子，日夕不离，免不得有所陈议。或说是某可为相，或说是某可为将。既言太子不宜论外事，奈何复引荐将相。看官听说！他所谈述的将相才，并不是因公论公，其实统是他的死友，无非望太子登台，牵连同进，结成一气，可以长久不败呢。当时翰林学士韦执谊，左司郎中陆淳，左拾遗吕温，进士及第李景俭，侍御史陈谏，监察御史柳宗元刘禹锡程异，司封郎中韩晔，户部郎中韩泰，翰林学士凌准等，皆与叔文王伾，结为死友，尝同游处，踪迹诡秘，莫能推测。左补阙张正一上书言事，得蒙召见，叔文恐他上达阴谋，即嗾韦执谊参劾正一，说他与吏部侍郎王仲舒，主客员外郎刘伯刍等，私结朋党，游寓无度，以致正一坐贬，仲舒伯刍，亦皆远谪，于是朝右侧目。就是各道藩臣，亦或阴进资币，与为交通。不料太子忽染风疾，甚至瘖不能言，贞元二十一年元日，德宗御殿受朝，王公大臣等，循例入贺，独太子不能进谒。德宗悲感交乘，且叹且泣，退朝后便即不豫，日甚一日。过了二十多天，并没有视朝消息，太子也未闻病愈，中外不通，宫廷疑惧。

一夕，由内廷宣召，传入翰林学士郑絪卫次公，令草遗

诏。两学士才知德宗弥留，握笔匆匆，立即定稿。忽有一内侍
出语道："禁中方议及嗣君，尚未定夺。"次公即接口道："太
子虽然有疾，地居冢嫡，中外属心，必不得已，也应立广陵
王，见后。否则必致大乱。敢问何人能担当此责？"赖有此人。
郑絪亦应声道："此言甚是。"内侍方才入报。宦官李忠言等，
料难违众，方传言德宗驾崩，立太子诵为嗣皇帝。郑絪卫次
公，缮就制书，即刻颁发。太子知人心忧疑，力疾出九仙门，
召见诸军使，京师粗安，次日即位太极殿。卫士尚有疑议，及
入谒，引颈相望道："果真太子呢。"大众喜甚，反至泣下。
即位礼成，九重有主，是谓顺宗，尊谥德宗为神武皇帝。德宗
在位二十六年，享寿六十四岁，改元三次。后来奉葬崇陵，以
德宗后王氏祔葬。后本顺宗生母，德宗贞元三年，由淑妃进册
为后，素来多疾，册礼方讫，即报崩逝。德宗不再册后，只有
贤妃韦氏，总摄六宫，性敏行淑，言动有法，为德宗所爱重，
至是自请出奉园陵。及德宗既葬，遂在崇陵旁居住，守制终
身，这才是不愧贤妃了。历叙德宗后妃，补前文所未及，至称颂韦
贤妃处，尤关名节。

　　顺宗失音未瘥，不能躬亲庶务，每当百官奏事，辄在内殿
施帷，由帷中裁决可否，令内侍传宣出来。百官在帷外窥视，
常隐隐见顺宗左右，陪着两人，一是顺宗亲信的宦官，就是李
忠言，一是顺宗宠爱的妃子，就是牛昭容。外面翰林院中，职
掌草诏，主裁是王叔文。出纳帝命，便是王伾。叔文有所奏
白，往往令伾入告忠言，忠言转告牛昭容，昭容代达顺宗，往
往言听计从，无不照行，因此翰苑大权，几高出中书门下二
省。叔文复荐引韦执谊为相，得邀允准，遂进执谊为尚书左
丞，同平章事；伾与叔文，同进为翰林学士。韩泰柳宗元刘禹
锡等，竞相标榜，不曰伊周复出，即曰管葛重生，所有进退百
官，悉凭党人评隲，可即进，不可即退。又恐众心不服，也提

出几种合法的条件，请旨施行，一是命杜佑摄行冢宰，兼掌度支等使；一是罢进奉宫市五坊小儿；一是追召陆贽阳城；一是贬京兆尹李实为通州长史，数道诏命，蝉联而下，大众争颂新主圣明。惟陆贽阳城，未及接诏，已皆病殁贬所，有诏赠贽为兵部尚书，追谥曰宣，城为左散骑常侍，各令地方有司，派吏护丧归葬，中外俱惋惜不置。惟王叔文党与，共庆弹冠，或为御史，或为中丞。侍御史窦群，素来刚直，独语叔文道："天下事未可逆料，公亦宜稍自引嫌。"叔文惊问何故？群答道："李实尝怙恩挟贵，睥睨一世，当时公逡巡路旁，尚只江南一吏，今李实遭贬，公为后起，怎保路旁无与公相等呢？"恰是忠告。叔文全然不睬。群即退草弹文，劾奏刘禹锡等挟邪乱政，不宜在朝。不明斥叔文，想是尚留情谊。次日呈将进去，禹锡等当然得知，忙与叔文商议，设法逐群。叔文转告韦执谊，执谊道："群以直声闻天下，倘骤加斥逐，我辈必负恶名，还请暂时容忍，待后再议！"叔文面有愠色。执谊终执前说，不欲罢群，群因仍在位。御史中丞武元衡，兼山陵仪仗使，禹锡向元衡前，求为判官，元衡不许。叔文以元衡职操风宪，密遣人诱啖权利，讽使附己，元衡又不从。由是互进谗言，左迁元衡为左庶子。一班干禄市宠诸徒，见他大权见握，不得不昏暮乞怜。叔文与伾，及党人数十家，都是门庭似市，日夜不绝，且往往不得遽见，多就邻近寓宿，凡饼肆酒垆中，尽寄宦迹，每夕须出旅资千钱，方准容膝。那热心做官的人，还管甚么小费，就使要许多贿赂，也不惜东掇西凑，供奉党人。王伾最号贪婪，按官取贿，毫无忌惮，所得金帛，用一大柜收藏，伾夫妇共卧柜上，以防盗窃，好算是爱财如命了。何不喝荠荠汤？

顺宗久疾不愈，大臣等罕见颜色，拟请立储备变。独伾与叔文等，欲专大权，多方阻挠。宦官俱文珍刘光锜薛盈珍等，阴忌党人，密启顺宗，速建太子。顺宗召入翰林学士郑絪等，商议立储事宜，绅并不多言，但书"立嫡以长"四字，进呈御览。顺宗点首示意。绅遂承制草诏，立广陵王淳为太子，改名为纯。原来顺宗有二十七子，长子纯，系王良娣所出，年已二十有八，夙号英明，德宗时已受封为广陵郡王，至是立为太子，全由郑绅一人主持，就中惟俱文珍等几个近侍，算是预闻，此外没人参议，连牛昭容都不得知晓。一经诏下，内外惊为特举，相率称贺。付畀得人，不可谓顺宗非贤，但枢议出自阉宦，终贻后患。惟叔文面带愁容，独吟杜甫题诸葛祠诗道："出师未捷身先死，长使英雄泪满襟。"二语吟毕，旁人多半窃笑，他益加疑惧，日召党人谋议，且常至中书省，与韦执谊密谈。

一日已值午牌，独乘车往见执谊，门吏出阻道："相公方食，不便见客。"叔文怒叱道："你敢不容我进去么？"门吏婉言道："这是向来旧例。"叔文不待说毕，便厉声道："有什么例不例？"门吏乃入白执谊，执谊只好出迎，与叔文同往阁中。杜佑高郢郑珣瑜三人，本与执谊会食，见执谊入内，彼此停箸以待，良久方有人出报道："韦相公已与王学士同食阁中，诸相公不必再待了。"佑与郢方敢续食。珣瑜草草食罢，退语左右道："我岂可复居此位，长做一伴食中书么？"遂跨马径归，称疾不出。还有资格最老的贾耽，已有好多时不到省中，一再上表辞职，乞许骸骨归里，惟未见诏书下来。执谊妻父杜黄裳，曾任侍御史，为裴延龄所忌，留滞台阁，十年不迁。及执谊入相，始迁太常卿，因劝执谊率领群臣，请太子监国。执谊惊讶道："丈人甫得一官，奈何即开口议禁中事？"黄裳勃然道："我受恩三朝，怎得因一官相属，遂卖却本来面目？"说罢，拂衣趋出。执谊因受叔文嘱托，特荐陆质为侍读使，潜伺太子意，并得乘间进言。陆质即陆淳，因避太子原名，改名为质。质入讲经义，免不得兼及外事，太子变色道："皇上令先生来此，无非为寡人讲经，奈何旁及他务？寡人实不愿与闻!"质碰了一个钉子,赧颜而退。

叔文又虑宦官作梗,复引右金吾大将军范希朝,为神策京西行营节度使,即用韩泰为行军司马。泰有筹画,为叔文等所倚重。叔文推荐希朝,明明是借他出面,暗中实恃泰为主,令泰号召西北诸军,与为联络,抑制宦官。宦官俱文珍等,窥透机谋,亟遣人密告诸镇,慎勿以兵属人。及希朝与泰,到了奉天,檄令诸镇将入会,诸镇将托词迁延,始终不至,任你韩泰足智多谋,至此也束手无策,只好怏怏回都。叔文得泰还报,正在懊怅,不意制书又下,调他为户部侍郎,仍充度支盐铁转运等副使,这一惊非同小可,便语诸学士道:"我逐日来翰院中,商量公事,今把我院职撤销,将来如何到此呢?"说至此,几乎泣下。王伾代为疏请,乃许三五日一入翰院,叔文方解去一半愁肠。

宣化巡官羊士谔,因事入京,公言叔文罪恶。叔文大怒,即商诸韦执谊,欲请旨处斩。执谊不答。叔文道:"就使免斩,亦当杖死。"执谊仍然摇首。叔文悻悻出去,执谊乃贬士谔为宁化尉。适剑南度支副使刘辟入京,求领剑南三川,且假韦皋名目,语叔文道:"太尉使辟,向公道达诚意,若与辟三川,当效死相助,否则亦当怨公。"叔文怒道:"节使岂可自请?韦太尉也太觉糊涂了。"遂将辟拒退。又与执谊面议,欲斩刘辟,韦执谊仍然不允。^{辟实可杀。}叔文忍无可忍,当面诟责,备极揶揄,执谊无词可对,及叔文已归,乃使人谢叔文道:"非敢负约,实欲曲成兄事,不得不然。"叔文总说他忘恩负义,与为仇隙。未几叔文母病,将要谢世,叔文却盛设酒馔,邀请诸学士,及宦官李忠言俱文珍刘光锜等,一同入座。酒行数巡,叔文语众道:"叔文母病,因身任国事,不得亲侍医药,未免子道有亏,今拟乞假归侍。自念在朝数年,任劳任怨,无非为报国计,不避危疑,一旦归去,谤必随至,在座诸公，若肯谅我愚诚，代为洗刷，叔文即不胜衔感了。"如此胆怯，何必植党营私。满座俱未及答，独俱文珍冷笑道："礼义不愆，何恤人言？王公亦未免多心呢。"大众应声附和，说得叔文无可措辞，可见宦官势盛。但斟酒相劝，各尽数杯而散。

越日，叔文母殁，丁忧去位。韦执谊本迫持公议，与叔文常有异同，至此更乏人牵掣，乐得任所欲为，就使叔文密函相托，他亦置诸不理，叔文因此益愤，日谋起复，拟得任原官后，先杀执谊，然后将反对诸人，一律除尽。王伾代为帮忙，常至各宦官处疏通，且与杜佑商议，请起叔文为相，兼总北军，偏偏没人答应，再请起叔文为威远军使，也是不得奥援。他只得自己出名，接连上了三疏，说得叔文如何通文，如何达武，满纸中天花乱坠，始终不见纶音。伾知不能济事，在翰院中卧至夜半，忽失声自叫道："王伾中风了！"遂乘车竟归，不敢再出。

西川节度使韦皋，上表请太子监国，略言："陛下哀毁成疾，请权令太子亲监庶政，俟皇躬痊愈，太子可复归东宫。"又上太子笺云："圣上谅阴不言，委政臣下，王叔文王伾李忠言等，谬当重任，树党乱纪，恐误国家，愿殿下即日奏闻，斥逐群小，令政出人主，治安天下"等语。荆南节度使裴均，河东节度使严绶，笺表继至，语与皋同。再经俱文珍等，从中怂恿，不由顺宗不从，遂许令太子监国，即日颁敕。太子纯既揽重权，遂命太常卿杜黄裳为门下侍郎，左金吾大将军袁滋为中书侍郎，并同平章事，罢郑珣瑜为吏部尚书，高郢为刑部尚书。太子出莅东朝堂，引见百官，百官入朝拜贺，太子逡巡避席，掩袖拭泪。大众知太子忧父，交相称颂。过了半月，由顺宗禅位太子，自称太上皇，制敕称诰，改元永贞，循例大赦。越五日，太子纯即位太极殿，是为宪宗，奉太上皇居兴庆宫，尊生母王氏为太上皇后，贬王伾为开州司马，王叔文为渝州司户。升平公主即郭暧妻。入贺，并献入女伎数人，宪宗道："太上皇尚不受献，朕何敢违例？"遂将女伎却还。荆南表献毛龟，宪宗又下诏道："朕所宝惟贤，嘉禾神芝，统是虚美，不足为宝。所以春秋不书祥瑞，从今日始，勿再以瑞兆上闻，所有珍禽奇兽，亦毋得进献！"于是天下向治，共仰清明。

剑南西川节度使韦皋，镇蜀已二十一年，服南诏，摧吐蕃，威德及民，功勋无比，累加官阶，至检校太尉，爵南康郡王。宪宗即位，因他表请监国，有定策功，当然再沛恩纶，厚加宠遇，不意恩诏尚未到蜀，太尉率尔归天，生荣死哀，全蜀悲悼，到处绘像立祠，享祭不绝。皋本是京兆人氏，气宇轩昂，性度豁达，张延赏为女择婚，苦无当意，延赏妻苗氏，系故相苗晋卿女，夙善风鉴，既见韦皋，即语延赏道："此人后必大贵，可选作东床。"延赏尚未允许，经苗氏再三怂恿，乃赘皋为婿。皋时尚微贱，随延赏出镇剑南，倜傥不羁，傲睨一切。延赏渐加白眼，连婢仆也瞧他不起，他也不以为意，唯苗氏待遇如常。张女泣语皋道："韦郎！韦郎！七尺好男儿，学兼文武，乃常沈滞儿家，贻人笑骂么？"劝夫上达，却也是个奇女。皋投袂而起，即向延赏处辞行。张女摒挡妆奁，尽作赆仪。延赏喜皋他往，亦赠以七驮物。皋出门东去，每过一驿，即遣还一驮，行经七驿，七驮物悉数璧还，惟挈妻所赠，及布囊书策，径至京师，投入帅府幕中；辗转推荐，得擢监察御史，出知陇州行营留事。德宗奔奉天，皋斩牛云光，诛朱泚使，遣使上闻，因超迁奉义节度，镇守西陲。见六十五回。贞元初年，加任金吾大将军，持节西行，往代张延赏职。他却改易姓名，以韦作韩，以皋作翱，疾驰至天回驿，去西川城仅三十里。延赏闻韩翱到来，正因他素不相识，未免滋疑，忽有属吏入报道："今日来代相公，系是韦皋将军，并不是韩翱呢。"苗夫人在旁道："若是韦皋，必系韦郎。"延赏笑道："天下岂

没有同姓同名的官吏？似韦生不通音问，已越数年，我料他早
填沟壑，怎得来代我位呢？可笑你妇人家，太没见识，致误女
儿。"苗夫人道："韦郎前虽贫贱，妾观他气凌霄汉，每与相
公接谈，从未尝一言献媚，因致见尤，今日立功任重，舍彼为
谁？相公莫笑妾无目哩。"延赏仍然不信，到了次日，新使入
府，果然是张门快婿韦皋，延赏无颜出迎，但自叹道："我不
识人。"遂从西门窃出，扬长自去。皋入谒外姑苗夫人，下拜
甚恭，与张女相见，欢然道故，自不消说。惟见了张家婢仆，
免不得惹起前嫌，立即提出数人，痛加杖责，有一两个暴死杖
下，竟将遗尸投弃蜀江。小人何足深责，皋后来亦致暴死，恐是冤
魂为厉。乃大开盛宴，替苗夫人饯行，随派兵吏护送出境。自
是抚御将士，整饬边防，迭破吐蕃骁帅，威震西南；南诏称
臣，群蛮内附。年六十一暴卒，由宪宗追赠太师，予谥忠武。
　　支度副使刘辟，竟自称西川剑南留后，表求旌节。宪宗派
袁滋为安抚大使，考察全蜀情形，另任尚书左丞郑余庆同平章
事。既而贾耽复殁，再进中书舍人郑絪同平章事。一面追究王
叔文余党，连贬韩泰韩晔柳宗元刘禹锡等为远州刺史，嗣又因
议罚太轻，再贬韩泰为虔州司马，韩晔为饶州司马，柳宗元为
永州司马，刘禹锡为朗州司马，陈谏为台州司马，凌准为连州
司马，程异为郴州司马。惟陆质已死，李景俭适居母丧，得免
严谴。着末一诏，乃是将同平章事韦执谊，迭降了好几级，黜
为崖州司马；越年且赐王叔文自尽。王伾韦执谊凌准，相继忧
死。小子有诗叹道：

> 漫夸管葛与伊周，朝值槐堂暮远流。
> 试看八人同坐贬，才知富贵等云浮。

　　叔文余党，贬黜无遗，天时已值残冬，朝廷又要改元了。

欲知宪宗元年时事，容待下回表明。

王叔文非真无赖子，观其引进诸人，多一时知名士，虽非将相才，要皆文学选也。王伾与叔文比肩，较为贪鄙，招权纳贿，容或有之，乱政误国，尚未敢为，观其贬李实，召陆贽阳城，罢进奉宫市五坊小儿，举前朝之弊政，次第廓清，是亦足慰人望，即欲夺宦宫之柄，委诸大臣，亦未始非当时要着，阉寺祸唐，已成积习，果能一举扫除，宁非大幸？误在材力未足，夸诞有余，宦官早已预防，彼尚自鸣得意，及叔文请宴自陈，王伾卧床长叹，徒令若辈增笑，不待宪宗即位，已早知其无能为矣。韦执谊始附叔文，终摈叔文，卒之同归于尽。八司马相继贬窜，数腐竖益长权威，加以韦皋裴均严绶等，上表请诛伾文，复开外重内轻之祸，自是宦官方镇，迭争权力，相合相离，以迄于亡，可胜慨哉！故史称顺宪二宗，俱英明主，读此回而未敢尽信云。

第七十二回

擒刘辟戡定西川　执李锜荡平镇海

　　却说顺宗改元永贞，因关系一代正朔，所以就贞元二十一年间，即已改行。至宪宗禅位，应复改元，当下将永贞二年，改为元和元年。正月朔日，宪宗带领百官，至兴庆宫朝贺顺宗，奉上尊号，称为应乾圣寿太上皇，礼毕还朝，方受群臣庆贺。过了数日，太上皇病体增剧，医药罔效，竟尔升遐，享年四十六岁，在位仅阅半年，总算作为一年。宪宗侍疾治丧，连日无暇，偏刘辟不肯用命，居然造起反来。辟欲继韦皋后任，因宪宗不许，特阻兵自守。宪宗已遣袁滋为安抚使，寻又命充西川节度使，征辟为给事中。辟仍不肯奉诏，滋畏辟不进，为宪宗所闻，贬滋为吉州刺史，本拟发兵讨辟，但念履位方新，力未能讨，只好再事羁縻，授辟为西川节度副使，知节度事。右谏议大夫韦丹上疏，谓："释辟不诛，外此无不效尤，恐将来朝廷命令，不能出两京以外。"宪宗颇以为然，因命丹为东川节度使，防制西川。哪知辟气焰益骄，又表请兼领三川。宪宗不允，辟竟发兵攻梓州。推官林蕴极力谏阻，惹动辟怒，将蕴械系起来，且屡嘱军士持刀威吓，刃拟蕴颈，已非一次。蕴怒叱道："竖子！要斩便斩，我颈岂汝砺石么？"辟不禁旁顾道："此人真忠烈士，饶他去罢！"公道自在人心，即叛贼犹知忠义。乃黜为唐昌尉，复益兵东向，将梓州围住。

　　东川节度使韦丹，尚未到任，前节度使李康，督众拒守，一面飞章告急。宪宗召集群臣，会议讨逆事宜，大众谓蜀地险固，不易进兵。独杜黄裳奋然道："辟一狂妄书生，得良将往取，譬如拾芥，有甚么难事？"原来辟曾举进士，参入戎幕，累经韦皋信任，厚自储藏，因潜谋不轨，致遭此变。韦皋亦大不识人。黄裳知辟无能，决计主讨，特荐神策军使高崇文，勇略可用，并请宪宗勿置监军，以专责成。翰林学士李吉甫，亦劝宪宗从黄裳言，宪宗乃命高崇文，率步骑五千，作为前军，神策行营兵马使李元奕，率步骑二千，作为次军，并会同山南西道节度使严砺，同讨刘辟。当时宿将尚多，各自命为征蜀统帅。哪知诏命一下，偏用了一个高崇文，顿令他惊异不置。崇文方屯长武城，练兵五千，常如寇至，一经受诏，即日启行，器械糗粮，均无所阙，在途严申军律，秋毫无犯。有一兵士就食逆旅，折人已箸，被崇文察觉，立斩以徇。将吏相率股栗，奉命惟谨。崇文出斜谷，李元奕出骆谷，同趋梓州，途次接得警报，梓州已经失守，李康被擒，崇文引兵亟进，从阆中入剑门，正值辟将邢泚，乘胜前来，崇文也不与答话，立即擂鼓，驱军猛击。邢泚慌忙对仗，战不数合，已杀得旗靡辙乱，无力抵敌，没奈何返奔梓州。崇文追至城下，悬赏攻城，自己亲冒矢石，限期登陴。泚已经过第一次厉害，自知非崇文敌手，不如趁早逃生，遂引众夜出后门，一溜烟的去了。崇文入屯梓州，休息一日，拟再行进兵，可巧辟送归李康，为辟代求昭雪。崇文叱道："汝败军失守，已负死罪，尚敢替逆贼求免么？"康尚欲乞情，怎奈崇文铁面无私，立命左右推出，把康斩首。嗣接严砺军报，也已攻克剑州，斩贼吏文德昭，当下覆告严砺，联名奏捷，宪宗得报甚喜。又接韦丹自汉中递奏，请命崇文知蜀中事，乃即以崇文为东川节度副使。

不意西川尚未告靖，夏绥又复称戈，几乎有铜山西崩，洛钟东应的状态。亏得河东节度使严绶，表请讨贼，不待朝廷发兵，已遣牙将阿跌光进，阿跌系复姓。及弟光颜，率兵戡乱。两将勇冠河东，联镳并进，足令逆军丧胆。夏州兵马使张承金，斩了首逆，传首京师，夏绥复安。究竟首逆为谁？原来是韩全义甥杨惠琳。倒戟而出，笔墨一新。全义自溵水败还，不朝而去，见七十回。宪宗时在藩邸，即斥他不尽臣节，至宪宗嗣位，全义颇自戒惧，拜表入朝。杜黄裳勒令致仕，全义只好归休，独全义甥杨惠琳，乘全义入朝，权知留后。宪宗简将军李演为夏绥节度使，反为惠琳所拒，因此严绥遣将往讨，不匝月而乱平。高崇文闻光颜名，调令至蜀，自督兵攻鹿头关，关距成都百五十里，倚山带川，非常雄险。辟连筑八栅，分兵屯守，严拒官军，辟将仇良辅，与辟子方叔，婿苏强，统领屯兵，出战崇文，大败而还。崇文督兵攻栅，也不能下，复因天雨连绵，未便猛扑，他却想了一计，令骁将高霞寓，专攻关左的万胜堆。堆在鹿头山上，高出关城数仞，原有贼将驻守，霞寓招募死士，扳缘而上，任他矢石如雨，只管冒死上去，前队仆，后队继，且纵火焚栅，烟焰薰天，贼众无处逃遁，不是焚死，就是杀死。既夺得万胜堆，俯瞰鹿头关，一一可数，了如指掌。屯兵先后出战，官军无不预晓，八战八捷，贼心始摇。崇文复分兵破贼于德阳，又败贼于汉州，严砺亦遣将严泰，进拔绵州石牌谷，会河东将阿跌光颜，与崇文约期会师，途中为天雨所阻，迟了一日。光颜闻崇文军律，很是严厉，自恐误期得罪，乃深入鹿头关西面，断贼粮道，贼众大惧。鹿头守将仇良辅，与绵江栅将李文悦，依次请降。崇文遂收鹿头关，擒住辟子与婿，长驱指成都，所向崩溃，军不留行。辟恃鹿头关为屏蔽，蓦闻关城失守，吓得魂不附身，即与亲将卢文若，率数十骑西走，拟奔吐蕃。崇文令高霞寓领兵追捕，到了羊灌田，见前面踯躅西行，正是刘辟文若等人，便鼓噪直进。辟仓猝投江，尚未得死，霞寓偏将郦定进，亟下马泅水，把辟擒住。文若先杀妻子，自系石縋入江心，徒落得葬身鱼腹，尸骨无存，霞寓囚辟还报，崇文即槛辟送京师，自入成都安民，市肆不扰，鸡犬无惊，所有投降诸将，一律优待。惟辟将邢泚，馆驿巡官沈衍，已降复贰，乃饬令枭首。军府事无巨细，命一遵韦南康故事，韦南康即韦皋。从容指挥，全境皆平。

辟有二妾，皆具国色，监军请献入朝廷，崇文道："天子命我讨平凶竖，安抚百姓，并未嘱我采访妇女，我怎得献女求媚呢？"遂查得军中鳏夫，给为配偶。不知哪两个鳏夫，得消受此艳福。知邛州崔从，曾贻书谏辟，辟发兵往攻，从婴城固守，卒全邛州。崇文上表推荐，并及唐昌尉林蕴，还有韦皋旧吏，房式韦乾度独孤密符载郗士美段文昌等，陷入城中，俱素服麻屦，衔土请罪，经崇文一律释免，优礼相待，且具录入荐书，惟语段文昌道："君他日必为将相，未敢奉荐。"乃特具厚赆，遣送京师。刘辟被俘至都，尚冀不死，途次饮食如常。及既近都门，神策兵出系辟首，牵曳而入。辟始惊惧道："奈何至此？"呆鸟。宪宗御兴安楼受俘，诘问反状。辟答辩道："臣不敢反，五院子弟作乱，不能制服，因此被逼为非。"宪宗又诘他："遣使赐诏，如何不受？"辟不能答。乃献诸庙社，徇诸市曹，诛死城西南独柳树下，子婿等一并伏诛。卢文若族党，亦皆夷灭。韦皋子行式，尝娶文若女弟，按例当没入掖庭，宪宗以皋有大功，悉命赦宥，随即叙功论赏，宰相以下入贺。宪宗瞧着黄裳道："这统是卿的功劳呢。"遂进高崇文为西川节度使，严砺为东川节度使，另授将作监柳晟，为山南西道节度使。晟至汉中，适府兵平蜀还镇，有诏仍遣戍梓州，军士怨怒，共谋作乱。晟疾驱入城，好言抚慰，并问道："汝辈为何事得功？"军士答道："为诛反贼刘辟，因得成功。"晟接入道："辟不受诏命，因致汝辈立功，岂可复令他人诛汝，转为彼功呢？"众皆拜谢，愿奉诏共诣戍所，军府遂定。

杜佑以年老乞休，先举李巽为度支盐铁转运等使，自解兼任各职，然后表辞相位。宪宗因佑年高望重，拜为司徒，封岐国公，令他每月一再入朝，三五日入中书省，商议大政。佑不得已应命，后来复上表固辞，乃准令致仕，仍饬入朝朔望，累遣中人顾问，锡予甚隆。佑京兆人，生平好学，虽贵犹读书不辍，尝搜补刘秩秩政典，参益新礼，成二百篇，号为通典，奏行于世。为人平易逊顺，与物无忤，人皆乐与亲近，故得以功名终身。至元和七年乃殁，年七十八，追赠太傅，予谥安简。佑虽无甚功绩，然学术甚优，故详叙始末。杜黄裳与佑同里，具有经济大略，平蜀定夏，实出彼力，但不修小节，未能久安相位。元和二年，即出为河中节度使，封邠国公，越年病殁任所，年七十岁，追赠司徒，谥曰宣献。

宪宗特擢武元衡为门下侍郎，李吉甫为中书侍郎，同平章事。吉甫即赞皇公李栖筠子，曾为太常博士，故相陆贽，疑他有党，出为明州长史，及贽贬忠州，裴延龄与贽有嫌，独起吉甫为忠州刺史，令得报复。吉甫却与贽结欢，毫不提及前事，人已服他雅量，特揭此事，以讽世人。及宪宗召为翰林学士，参议平蜀，因得邀结主知，升任宰辅。

先是浙西观察使李锜，厚赂权幸，得领盐铁转运等使，吉甫尝入谏道："韦皋蓄财甚多，刘辟因是构乱，李锜已有叛萌，若再得征榷盐铁，凭倚长江，岂不是促令速反么？"宪宗乃调锜为镇海节度使，撤去盐铁转运等差委，令归李巽统辖。锜虽失利权，尚得节钺，所以逆谋未发。嗣因夏蜀迭平，藩镇多畏威入朝，李锜亦内不自安，表请入觐。宪宗授锜左仆射，即遣使至京口慰抚，讯问行期。锜佯署判官王澹为留后，表示行状，但只是逐日延捱，今日不行，明日又不行，拖延了好几日，仍然不行。澹与敕使再三催促，他反动起怒来，托词有疾，请至岁暮入朝。相臣武元衡入白宪宗道："锜求朝得朝，求止得止，可否在锜，如何号令四海？"宪宗乃征锜入朝。锜无词可说，即欲兴兵造反，且因王澹通同敕使，制置军务，心下很是不平，乃遣心腹将五人，分镇部属五州。苏州属姚志安，常州属李深，湖州属赵惟忠，杭州属邱自昌，睦州属高肃，伺察刺史动静，作为预备，一面选练兵士；募集丁壮，有力善射的士卒，叫作挽强，胡奚杂类，叫作蕃落，给赐十倍他卒，留充帐下亲兵。

会岁晚天寒，例须给发衣服，锜与亲兵定就密计，高坐帐中，森列甲仗。王澹与敕使入谒，锜尚作欢语状，及澹等出帐，忽有军士数百名，露刃大哗道："王澹何人，擅主军务？"澹尚未及答，已由军士砍翻，脔割而食。牙将赵琦，未与密谋，尚冒冒失失的出去谕止，又被军士脔食，且用刀拟敕使颈，谩骂不休。锜佯作惊惶，自出救解，乃将敕使囚系室中，于是令李钧主挽强兵，薛颉主蕃落兵，再派公孙珤韩运等，分统各军，出戍险要，并密饬五州镇将，各杀刺史，反抗朝廷，表面上还想掩饰，奏称兵变启衅，致杀留后大将。一味欺饰，难道常瞒得过去？哪知常州刺史颜防，早瞧破机关，用门下客李云计，矫制称招讨副使，诱斩李深，且传檄苏杭湖睦，请同进讨。湖州刺史辛秘，也潜募民兵数百人，夜袭赵惟忠营，将惟忠拖出杀死，严守州境。惟苏州刺史李素，为姚志安所执，械送李锜，锜把素悬系船舷，示众声威。当下派兵马使张子良李奉仙田少卿等，率精兵三千，往袭宣州。

是时诏命已下，因李锜为宗室子孙，削去属籍及官爵，遣淮南节度使王锷为招讨处置使，统率诸道行营兵马，征调宣武义宁武昌淮南宣歙及浙东西各军，由宣杭信三州进讨。宣州向称富饶，锜欲先行占据，因特遣张子良等袭击。偏子良等知锜必败，潜与牙将裴行立商议，谋执锜送京师。行立本系锜甥，锜有谋划，无不预闻，此次见官军四逼，也欲为免祸计，乃与子良等订定密约，里应外合，讨逆图功。子良等领兵出发，才至数十里外，即召士卒宣谕道："仆射造反，官军四集，常湖二镇将，已悬首通衢，大势日蹙，必至败亡，今乃使我辈远取宣城，我辈何为随他族灭？计不如去逆效顺，还可转祸为福，汝等以为何如？"大众应声道："愿听将令。"子良便命大众乘夜趋还，潜至城下。裴行立已在城上探望，见子良等领兵回来，即举火为应，内外合噪，响震全城。行立且引兵攻牙门，锜从睡梦中惊醒，骇问左右。左右据实通报，锜复问道："城外兵马，是何人统带？左右答是张中丞。锜又问门外兵马，是何人主使？左右答是裴侍御。锜惊堕床下，并抚膺大恸道："行立尚且叛我，我还有何望呢？"汝要叛君，何怪甥儿叛汝！遂跣足而起，走匿楼下。亲将李钧，引挽强兵三百名，趋出庭院，与行立格斗。行立伏兵邀击，俟李钧出来，四面兜截，把钧手下三百人，冲得七零八落。钧不及遮拦，被行立一槊刺倒，枭了首级，传示城下。锜举家皆哭。子良晓谕城中，说明顺逆祸福，且呼锜束身归朝。兵士遂趋入执锜，用幕裹住，缒出城外，系送京都。

神策兵自长乐驿接着，押送至阙，宪宗仍御兴安门问罪。锜答道："臣初无反意，张子良等教臣为此。"至此还想诬赖，可恨可笑！宪宗道："汝为元帅，子良等谋反，何不将他斩首，然后入朝？"锜理屈词穷，遂并锜子师回，腰斩伏罪。群臣联翩入贺，宪宗愀然道："朕实不德，以致海内多事，叛乱迭起，自问不免怀惭，何足言贺？"数语颇得大体。宰相武元衡等，议诛锜大功以上亲族，兵部郎中蒋乂道："锜大功以上宗亲，均系淮安靖王后裔，淮安靖王名神通，见前文。锜系神通六世孙。淮安王曾有佐命功，陪陵享庙，怎得因末孙为恶，累及同宗？"宰相等又欲诛锜兄弟。义又道："锜兄弟皆故都统国贞子，国贞殉难绛州，忠烈卓著，亦不应令他绝祀。"事见前肃宗时代。乃一律贷死，但将锜从弟宋州刺史李铦等，贬谪有差。有司籍锜家产，输送京师。翰林学士裴泊李绛，上言："李锜僭侈，剥削六州人民，敛财致富，陛下痛民无告，所以兴师问罪，申明国法，今乃辇取金帛，输入京中，恐远近失望，转滋疑议，臣请将逆人资财，分赐浙西百姓，俾代今年租赋，庶几圣德及人，万民悦服。"云云。宪宗览疏嘉叹，依言施行。擢张子良为左金吾将军，封南阳郡王，赐名奉国，田少卿为左羽林将军，封代国公，李奉仙为右羽林将军，封邠国公，裴行立为泌州刺史，追赠王澹给事中，赵锜和州刺史，李素从贼中救出，仍还原官。镇海军帖然就范，无庸琐叙。

惟高崇文镇蜀期年，屡次上表，谓："西川为宰相回翔地，臣未敢自安，且川中安逸，无所陈力，情愿移戍边陲，报恩效死"等语。宪宗乃出武元衡为西川节度使，调崇文为邠宁节度使。崇文寻卒，予谥威武。宪宗有意求才，策试制举，得元稹独孤郁白居易萧俛沈传师等人，各授拾遗校书郎等职。居易字乐天，尤有才名，尝作乐府百余篇，规讽时事，流传禁中，宪宗特擢为翰林学士。寻又策试贤良方正，直言极谏举人，牛僧孺皇甫湜李宗闵等，直陈时政得失，毫不避讳。考官杨于陵韦贯之署为上第，独李吉甫恨他切直，泣诉宪宗，并言："湜为翰林学士王涯甥，涯与学士裴垍，覆阅策文，不自引嫌，实属有心舞弊"云云。宪宗不得已罢垍，贬涯为虢州司马，于陵为岭南节度使，贯之为巴州刺史。既而吉甫遇疾，留医士夜宿诊治，御史中丞窦群，劾吉甫交通术士，宪宗查讯不确，贬窦群官。吉甫亦上书求免，乃出吉甫为淮南节度使，再起裴垍同平章事。垍绛州人，器局严峻，人不敢以私相干。尝有故人自远方来，与垍相见，垍款待甚优，及故人求为京兆判官，垍恰正色道："公才不称此官，垍何敢因私害公，他日有盲相当道，若肯怜公，公或可得此任。今垍在相位，愿公勿言！"故人才赧然别去。人人如垍，何至情弊百出。嗣是内外僚吏，益自戒慎。宪宗尝问垍治要，垍举大学先正其心一语，引为箴规。凡谏官敢言阙政，尤为垍所称赏。给事中李藩，抗正不阿，垍入白宪宗，谓藩有宰相器。宪宗正因郑绸太尚循默，有易相意，郑绸前颇敢言，岂阅官已久，亦学作琉璃蛋耶？既闻垍言，因即罢绸相藩。元和四年春季大旱，李绛白居易上陈数事，第一条是减轻租税，第二条是简放宫人，第三条禁诸道横敛，免他进奉，第四条是饬南方各道，不得掠卖良人，充作奴婢。垍与藩极力赞成。宪宗乃一一准行。制敕甫下，即日大雨。会因成德节度使王士贞病死，子承宗自为留后，承宗叔父士则，与幕客李栖楚，恐延祸及己，均归京师。宪宗令士则为神策大将军，另拟简人往代，若承宗抗命，当兴师往讨，好把河北诸镇世袭的积弊，乘此廓清。偏同平章事裴垍，及翰林学士李绛，先后奏阻。右军中尉吐突承璀，独自请将兵往讨承宗，两下里各执一说，免不得龃龉起来。正是：

老成持重谋休战，腐竖怀私欲弄兵。

究竟如何处置承宗，且看下回续叙。

　　肃代以后，节度使由军士擅立，已成积弊，至刘辟李锜，自恃多财，相继生变，微杜黄裳之定策于先，武元衡之赞谋于后，则狂妄书生，尚思构逆，贪婪计吏，且得称戈，彼拥强兵，娴武略者，几何而不欲坐明堂，朝诸侯乎？高崇文一出而刘辟丧胆，虽有鹿头之险，不能阻堂堂正正之师，弃城投水，卒就擒诛。取巂书生如拾芥，黄裳之言验矣。李锜无能，视辟尤甚，张子良等倒戈相向，如缚犬豕，此而欲盗弄潢池，何其不知自量欤？杨惠琳一起即灭，更不足道，本回依次叙述，有详有略，笔下固自斟酌也。

第七十三回

讨成德中使无功　策魏博名相定议

　　却说王承宗自为留后，无非是积习相沿，看人榜样。最近的就是平卢节度使李师道，师道即李纳庶子，李纳死，长子师古袭职，师古死，判官高沐等，奉师古异母弟师道为节度副使，杜黄裳时尚为相，请设官分治，免致后虑。宪宗因夏蜀迭乱，不宜再激他变，乃命师道为节度使。至是承宗擅立，宪宗反欲进讨，裴垍乃面奏道："师道父李纳，跋扈不恭，承宗祖王武俊，有功国家，陛下前许师道，今夺承宗，教他如何心服？不如待衅而动为是。"宪宗又转问李绛，绛答道："河北不遵声教，莫不愤叹，但欲今日削平，恐尚未能。成德军自武俊以来，父子相承，已四十余年，今承宗又总军务，军士看成习惯，不以为非，今若遣人往代，恐彼未必奉诏。况范阳魏博易定淄青，人地相传，与成德同例，成德摇动，诸镇寒心，势必结连拒命，朝廷不能坐视，须遣将调兵，四面攻讨，彼将吏各给官爵，士卒各给衣粮，按兵玩敌，坐观胜负，国家转因此劳敝了。且关中旱荒未靖，江淮又报大水，公私交困，兵事不应轻试，且待他日。"按情度势，言之甚明，并非姑息之谈。宪宗颇也心许。偏左军中尉吐突承璀，由宦官入为黄门，尝侍宪宗潜邸，以机警得幸，至此欲阴夺相权，力请统兵往讨，宪宗又未免狐疑。还有昭义军节度使卢从史，因父丧守制军中，未曾起复，他却附会承璀，愿率本军讨承宗。有诏起复从史为金吾大将军，统兵如故。承宗闻朝廷有意加讨，恰也惊惧，因累表自诉，格外恭顺。宪宗乃遣京兆尹裴武，诣真定宣慰。承宗下拜庭前，跪接诏命，起语裴武道："承宗何敢擅为留后？只因三军见迫，不暇恭俟朝命，今愿献德棣二州，聊表微诚。"说罢，即盛宴裴武，挽他善达宪宗。裴武一力担承，欢宴数日，才辞归覆命。宪宗乃命承宗为成德节度使，兼恒冀深赵州观察使，即授德州刺史薛昌朝为保信军节度使，兼德棣二州观察使。

昌朝为故节度使薛嵩子，又系王氏门婿，与承宗亲戚相关，所以特加任命。哪知魏博节度使田季安，独遣人语承宗道："昌朝阴结朝廷，故得骤受节钺，足下奈何不察！"承宗被他一激，立遣数百骑驰入德州，把昌朝拘至真定，因系狱中。反复若此，却也应讨。宪宗以裴武欺罔，欲加严谴，亏得李绛替他救解，方得免罪。乃再遣中使往谕承宗，令释昌朝还镇。承宗不肯受命，于是宪宗削夺承宗官爵，命吐突承璀为神策河中东道行营兵马使，兼诸军招讨处置等使，北伐承宗。翰林学士白居易上疏极谏，略云：

> 国家征伐，当责成将帅，近岁始以中使为监军，自古及今，未有征天下之兵，专令中使统领者也。今神策军既不置行营节度使，则承璀乃制将也，又充诸道招讨处置使，则承璀为都统也。臣恐四方闻之，必轻朝廷，四夷闻之，必笑中国，陛下忍今后代相传，谓以中官为制将都统，自陛下始乎？臣恐刘济、即卢龙节度使。张茂昭、张孝忠子，任易定节度使，亦称义武军节度使。范希朝、时调任河东节度使。卢从史等，以及诸道将校，皆耻受承璀指挥。心既不齐，功何由立？此是资承宗之计，而挫诸将之势也。陛下念承璀勤劳，贵之可也；怜其忠诚，富之可也。至于

军国权柄，动关理乱，朝廷制度，出自祖宗，陛下宁忍徇下之情，而自隳法制，从人之欲，而自损圣明，何不审慎于一时之间，而取笑于万代之后乎？臣愿陛下另简良将，毋任近臣，申国威，肃军纪，则立法无阙，而成效可期矣。

疏入不省。度支使李元素，盐铁使李锜，京兆尹许孟容，御史中丞李夷简，谏议大夫孟简，给事中吕元膺孟质，右补阙独孤郁等，更伏阙奏对，大旨如居易言。宪宗不得已改承璀为宣慰使，削去诸道兵马使职权，仍令会同诸镇，即日进讨。

承璀才出都门，田季安先已闻知，便聚众计议道："王师不越大河，已是二十五年，今一旦越魏伐赵，赵若受擒，魏亦被虏，如何是好？"有一将超伍出言道："愿假骑兵五千，为公除忧？"季安大呼道："壮哉勇士！愿如所言。"忽旁座又闪出一人道："不可不可。"季安正欲叱责，因见他是幽州来使谭忠，只好暂时耐气，问明情由。谭忠说道："王师伐赵，公出兵相阻，是先为赵受祸，恐赵未被兵，魏已糜烂了。忠有一计，令彼为鹬蚌，公为渔人。"季安问是何计？忠抵掌道："往年王师讨平蜀吴，算不一失，是皆相臣谋画，与天子无关。今天子专任中使，不用老臣宿将，是明明欲夸服臣下，自显威武，倘一入魏境，即遭挫衄，且必任智士，画长策，仗猛将，练精兵，毕力再举，与魏从事，公不是为赵受祸么？为今日计，王师入境，公且厚给犒赏，整顿甲兵，阳称伐赵，一面阴遗赵书，但说伐赵是卖友，不伐赵是叛君，两名都不愿受，执事若能贻魏一城，俾魏有词奏捷，不必再入赵境，庶西得对君，北得对友，如此说法，赵若果不拒我，是魏得两利，并可借此图霸了。"仿佛战国策士。季安不禁大喜道："好计好计！先生此来，实是天助魏博哩。"遂一面欢迎承璀，一面致书承宗。承宗覆书照允，竟将当阳县赠魏。谭忠以魏策已成，乃辞行还镇，季安厚赠而别。

及忠还幽州，正值刘济会议军情，济宣言道："天子命我伐赵，赵亦必防我往伐，究竟伐赵好呢，不伐赵好呢？"忠入内应声道："天子未必使公伐赵，赵亦未必防公往伐，忠谓公可缓日出师。"济怒道："我岂可与承宗同反么？"遂不待忠再说，便将忠下狱系住。已而使人探视赵境，果不增防，唐廷有诏旨到来，亦止令济护北边，毋庸伐赵。济不觉惊讶，遂释忠出狱，问他何故先知？忠答道："卢从史外虽亲我，内实联赵，他必为赵画策，故意弛防，一示赵不欲抗我，二使我获疑天子，暗中必遣告朝廷，只说是燕赵相联，忠所以知赵不备燕，天子亦不愿燕伐赵呢。"料事如神。济复问道："前事被君料着，我究应若何处置？"忠又道："天子伐赵，君据全燕地，拥兵坐粮，若一人未渡易水，适堕从史诡计，公怀忠受谤，天子以为不忠，赵人又不见德，徒落得恶声嘈杂，请公自思便了。"遣将不如激将，忠两次进言，统用此术。济奋袂起座道："我知道了！"遂下令军中道："五日毕出，落后者斩！"乃自统兵七万，出攻赵境，连拔饶阳束鹿。

各道兵会集定州，承璀亦至行营，军无统帅，号令不专，只有张茂昭一军，还算纪律严明。卢从史虽派兵与会，暗地里恰与承宗通谋，因此人各一心，威令不振。左神策大将军郦定进，颇称骁勇，率部兵轻进，被承宗伏兵截击，竟致败死，全军夺气，大家观望不前。会淮西节度使吴少诚，宠任大将吴少阳，呼为从弟，出入如至亲。少诚有疾，少阳杀死少诚子元庆，竟将少诚软禁起来。少诚忧病交迫，遂致死去，少阳自为留后。宪宗方用兵河北，不能顾及淮西，没奈何加以任命，且待河北平定，再作计较。怎奈河北败多胜少，日久无功。白居易又复疏请罢兵，谏陈利害，宪宗仍然不许。适卢从史遣牙将王翃元入都奏事，宰相裴垍与言君臣大义，激动翃元。翃元遂将从史阴谋，一一告知，并言有计可取，当为国除患。垍乃嘱使还镇，联络将士，俟谋定后，再来京师。翃元往而复返，报称兵马使乌重胤等，均愿归诚，但教王师一到，即可下手。裴垍乃入白宪宗道："从史必将为乱，今闻他与承璀对营，视承璀似婴儿，毫不设备，幸有乌重胤王翃元等，愿归朝廷，失今不取，后虽兴师动众，恐非岁月可平呢。"恰是机会。宪宗熟思良久，方才允行，亟遣使密告承璀。承璀与行营兵马使李听定议，先日邀从史过宴，盛陈珍玩，问他所欲，立即移赠。从史大喜，常相往来。一日，复由承璀邀与同博，俟从史入帐，掷局为号，有数十壮士突出，把从史擒住，牵至帐后，打入囚车，飞送京师。从史营中，士卒争出，欲与承璀拼命。乌重胤挡住军门，拔刀指叱道："天子有诏，命承璀执送从史，我已早闻密旨，从命有赏，不从命有诛。"士卒方敛兵归伍，不敢逆命。及从史解到京师，入谒宪宗，惶恐谢罪，宪宗从轻发落，贬为欢州司马，且因重胤有功，拟即令为昭义节度使。承璀亦驰奏入都，谓已牒知重胤，使权充留后。独翰林学士李绛抗疏道：

　　昭义五州，据山东要害，向为从史所据，使朝廷旰食，今幸而得之，承璀复以与重胤，臣闻之实为惊心。昨国家诱执从史，虽为长策，已失大体，今承璀又擅移文牒令为留后，并敢代求旌节，无君之心，孰甚于此？陛下昨日得昭义，人神同庆，威令再立，今日忽以授本军牙将，物情顿沮，纲纪大紊。校计利害，更不若从史为之。何则？从史虽蓄奸谋，已是朝廷牧伯，重胤出于列校，以承璀一牒代之，窃恐河南北诸侯闻之，无不愤怒，耻与为伍。且谓承璀诱重胤，使逐从史而代其位，彼人人麾下，各有将校，能毋自危乎？倘刘济张茂昭田季安韩弘李师道等，继有章表，陈其情状，并指承璀专命之罪，不知陛下何以处之？若皆不服，则众怨益甚，若为之改除，则朝廷之威重去矣。臣意谓重胤有功，可移镇河阳，即令河阳节度使孟元阳，调镇昭义，如此则任人之权，仍在朝廷，重胤得镇河阳，已为望外之福，岂敢更为抗拒？况重胤所以能执从史，本以伏顺成功，一旦自逆诏命，安知同列不袭其迹而动乎？重胤军中，等夷甚多，必不愿重胤独为主帅，移之他镇，乃惬众心，何忧其致乱乎？幸陛下采择焉！

宪宗览奏，不觉称善，乃调孟元阳为昭义节度使，乌重胤为河阳节度使。惟王承宗失一臂助，不免焦急，更因范希朝张茂昭两军，进逼木刀沟，累战失利，不得不上表谢罪，把从前过失，都推到卢从史身上。但说是误信间言，今始觉悟，乞许自新等语。李师道又代为申请，宪宗亦因师久无功，决计罢兵，仍令承宗为成德节度使，给还德棣二州，令诸道兵各归原镇，分赐布帛二十八万匹，加刘济为中书令。济有数子，长子绲为副大使，次子总为瀛州刺史，济出军瀛州，适患重疾，不能遽归，总与判官张玘等，密谋弑父，伪使人从京师来，入白济道："朝廷责相公逗留无功，已除副大使为节度使了。"济已有怒意。次日，又使人报济道："使节已至太原了。"旋又使人走呼道："副大使已过代了。"全军皆惊，即欲溃归。济愤不可遏，竟杀主兵大将数十人，且召绲诣行营，令玘兄皋代领军事。济自朝至日昃，未得饮食，乃召总使吏唐弘实入室，向索酏浆。弘实阴受总嘱，置毒浆中，济一饮而尽，毒发暴死。及绲至涿州，总矫传济命，逼绲自尽。可怜刘济父子，统死得不明不白，那弑父杀兄的刘总，为父发丧，但说是有病身亡，表奏朝廷。宪宗不知是诈，即命他承袭父职，寻且加封楚国公。*弑父杀兄之逆贼，反得加官封爵，朝廷岂尚有纪纲耶？*

吐突承璀自行营还朝，有旨仍令为左卫上将军，充左军中尉。裴垍入谏道：“承璀首倡用兵，疲敝天下，卒无成功，陛下即顾念旧恩，不加显戮，怎得全不贬黜以谢天下？”给事中段平仲吕元膺，且请诛承璀。李绛亦奏言：“不责承璀，他日将帅失律，如何处置？”宪宗撤去承璀中尉，令充军器使，中外始相率称贺。张茂昭奉诏班师，得加官检校太尉，兼太子太傅。茂昭愿举族还朝，乞另简后任，表至数上，乃诏从所请，令左庶子任迪简为行军司马，乘驿往代。茂昭悉举簿书管钥，授与迪简，立挈妻子就道，且嘱语道：“人人贪恋旌节，试看节使子孙，有几家能保全过去？我使汝等还朝，正不欲子孙习染污俗，同归沦亡。汝等毋谓我迂拘呢。”*见机而作，不俟终日者，君子之谓乎？*都虞侯杨伯玉张佐元，相继作乱，为将士所诛，共奉迪简主持军务。迪简与士卒同尝甘苦，军心感附，易定皆安。宪宗命颁绫绢十万匹，犒赐二州将士，即授迪简为节度使。至茂昭入觐，面加慰谕，晋拜中书令，复授河中节度使。茂昭奉命往镇，越年首上生疽，竟至暴殁，年止五十，册赠太师，谥曰献武。*茂昭公忠卓著，乃享年不永，反致病疽暴亡，天道岂真无知么？*茂昭弟茂宗，曾尚德宗女义章公主，茂宗出任兖海节度使，官至左龙武统军，茂和亦仕至诸卫将军，茂昭子克勤，后亦官左武卫大将军，子弟世贻令名，如茂昭言。

河东节度使范希朝，出屯河北。宪宗命王锷为河东节度使，锷有吏才，颇善完聚，进奉甚优，且尝纳赂中官，求加相衔，中人竞为揄扬，宪宗亦颇心动，密诏中书门下道：“锷可兼宰相。”同平章事李藩，遽取笔濡墨，抹去宰相二字，再从左方写着不可二字，呈还宪宗。时太常卿权德舆，正入任同平章事，见藩所为，不禁失色道：“诏书如不可行，亦当另疏谏阻，奈何用笔涂诏呢？"藩从容道："势已迫了，一出今日，便不可止，我不能不破例上陈。"德舆因亦入奏道："向来方镇得兼相职，必有大忠大功，否则为羁縻计，不得已权给兼衔。今锷无忠勋，朝廷又非不得已，何为遽假此名？"宪宗乃止。裴垍适患风痹，乞假养疴，三月不愈，乃罢为兵部尚书，再召李吉甫为相。吉甫自淮南入都，常欲修怨，因裴垍与史官蒋武等，上德宗实录，遂上言垍已引疾，不宜冒奏，乃徙垍为太子宾客，罢蒋武等史官。垍竟病殁，不得追赠。给事中刘伯刍，表称垍忠，始追封太子太保。李藩由垍引进，吉甫既已倾垍，复欲去藩，密白宪宗道："臣还都时，道逢中使，持印节与吴少阳，臣窃为陛下深恨哩。"宪宗不觉变色，退朝自忖：少阳前为留后，今加任节度使，藩曾赞议，彼不容王锷，独请任少阳，恐未免有私弊等情，遂竟下手诏，罢藩为太子詹事。<small>吉甫可谓善谮。</small>

李绛尝面奏吐突承璀专横，语极恳切，宪宗尚未肯信，已而弓箭库使刘希光，受羽林大将军孙璹钱二万缗，为求方镇，事觉赐死。承璀亦与有干连，出为淮南监军。<small>承璀坐贪赇重案，仅出为监军，宪宗之宠幸寺宦，于此可见。</small>因进李绛同平章事。京兆尹元义方，为承璀心腹，李吉甫欲自托承璀，因擢为京兆尹。<small>吉甫初次入相，德望已损，及再相时，更倒行逆施，令人不解。</small>绛入相，奏请外谪义方，宪宗但调义方为鄜坊观察使，吉甫已是不悦。绛又素与吉甫争论殿前，益为吉甫所忌。幸宪宗尚有微明，尝语左右道："吉甫专为谀悦，不及李绛忠直，如绛才算真宰相呢。"<small>既已辨明直枉，何不罢去吉甫？</small>吉甫乃稍稍敛束。

会魏博事起，吉甫与绛，又有一番争议，吉甫主讨，绛独奏阻，究竟孰是孰非，待小子叙述出来，魏博节度使田季安，袭父遗职，差不多将二十年。他尝娶洺州刺史元谊女，生子怀谏，为节度副使，用族人田兴为兵马使。兴父庭玠，当田悦抗命时，曾为节度副使，劝悦谨守臣节，悦不肯从，庭玠忧死。
事见前文。兴幼通兵法，凤娴骑射，承嗣尝目为奇童，语庭玠
道："他日必兴吾宗。"因名为兴。及为兵马使，操行循谨，
与人无争。季安淫虐好杀，兴屡次进规，季安非但不从，反疑
他笼络众心，出为临清镇守，意欲伺罪加戮。兴佯为风痹，灼
艾满身，卧家不出，才得免祸。未几，季安病死，怀谏年只十
一，母元氏，以兴得众心，召还旧职。唐廷闻季安已殁，欲乘
势收取魏博，特遣左龙武大将军薛平，为郑滑节度使，伺察动
静。李吉甫请即兴兵往讨，李绛独谓魏博不必用兵，自能归顺
朝廷。两下里争执多时，尚未决议。过了数日，吉甫又极言用
兵利便，且谓刍粮金帛，均已有备，宪宗乃复问绛。绛答道：
"兵不可轻动，他事不必论，即如上年北讨承宗，四面发兵，
近二十万，又发左右神策军，自京师出发，天下骚动，费用约
七百余万缗，迄无成功，徒为人笑。今疮痍未复，人皆惮战，
田怀谏一乳臭小儿，何能统军？将来必有别将崛起，代为主
帅，那时妥为处置，自可不战屈人。今即欲以诏敕驱迫，恐非
徒无功，反生他变，愿陛下勿疑。"宪宗至此方悟，便奋身抚
案道："朕决计不用兵了。"绛又道："陛下虽有是言，恐退朝
后，尚未免有淆乱圣听，幸陛下勿再为所惑！"宪宗正色道：
"朕志已决，谁敢惑朕？"绛乃拜贺道："这乃是社稷幸福呢。"
于是按兵不发，专候魏博消息。过了月余，即得魏博监军奏
报，魏博军士，推田兴为留后，把怀谏徙出牙门，兴坐待诏
命，听候处置，果然不出李绛所料。小子有诗赞绛道：

> 谈兵容易用兵难，功效虚悬兵力单。
> 幸有宰臣能料事，顿教内外尽熙安。

宪宗接了此奏，又召宰相等入商，欲知后来如何解决，俟

至下回表明。

　　宪宗之待藩镇，忽宽忽严，忽抚忽讨，毫无定见，殊为可笑。李师道之自为留后，与王承宗相等，绳以祖父功罪，则师道可以先讨，而承宗次之，乃师道加封，承宗受讨，已非情理之正，又任中官为统帅，徒劳动数十万众，无功而还，威令果安在乎？卢从史之执，功出裴垍，与承璀无与，且诱而执之，亦失大体。李绛之论，实为明允，何宪宗之漠不加察，始终为阉人所荧惑也？吴少阳逼死主帅，擅杀元庆，其罪已甚，刘总弑父杀兄，其罪尤大，不声罪而致讨，反概加任命，且进总公爵，非特劝人不臣，抑且教人不孝不友，而于魏博田氏，独欲从李吉甫言，兴师致讨，匪李绛之一再辩白，几何而不蹈承璀之覆辙也。文中陆续叙述，而宪宗之喜怒无常，显然若揭，褒贬不在多言，善读者自能体会得之。

第七十四回

贤公主出闺循妇道　良宰辅免祸见阴功

却说宪宗得魏博消息，即召李吉甫李绛等，入商大计，且顾李绛道："卿料魏博事，若合符契，可谓先见，但此事将如何办法？"说至此，便将原奏递示二李。二李瞧罢，才悉魏博详情。原来田怀谏幼弱，军政皆委家僮蒋士则主持。士则不问贤否，但凭私爱私憎，调易诸将，众皆愤怒，朝命又久未颁到，愈觉人心不安。田兴凌晨入府，将士数千人，环拜兴前，请为留后。兴惊惶仆地，徐起语众道："汝等能勿犯副大使，谨守朝廷法令，申版籍，清官吏，然后可暂任军务。"大众唯唯听命。兴乃率军士驰入牙门，诛蒋士则等十余人，迁怀谏母子，出外安居，即托监军表闻，静候朝命。吉甫请遣中使宣慰，再行观变。绛力言不可，且白宪宗道："田兴奉土地，辑兵众，坐待诏命，不乘此时推心招抚，结以大恩，必待魏博将士，表请节钺，然后给与，是恩出自下，非出自上，将士为重，朝廷为轻，恐他未必诚心感戴呢。"宪宗意尚未决，转问枢密使梁守谦。守谦本吉甫旧交，当然如吉甫言。且谓中使宣劳，乃是故例，今不能无故翻新。宪宗遂遣中使张忠顺，为魏博宣慰使。忠顺已行，绛复入谏宪宗道："朝廷恩威得失，在此一举，奈何自失机会？臣计忠顺行期，今日才得过陕，乞明旦即除白麻，除兴为节度使，尚或可及哩。"宪宗且欲命为留后，绛复道："兴恭顺如此，非恩出不次，无以示感，愿陛下勿再迟疑!"宪宗乃复遣使持节,授兴为魏博节度使。忠顺未还,制命已至魏州,兴感激涕零,士众无不鼓舞。至中使还报情状,绛又上言:"魏博五十余年,不沾皇化,一旦举六州版籍,守听朝命,不有重赏,如何能慰服人心,使邻镇劝慕?请发内帑钱百五十万缗,赐给魏博将士。"宪宗亦将从绛,偏中官以为赏给过多,后难为继,于是宪宗复欲酌减。绛因申谏道:"田兴不贪地利,不顾邻患,即毅然归命圣朝,陛下奈何爱小费,失大计,俾彼觖望?试想钱财用尽,他日再来,机会一失,不能复追。设如国家发十五万众,往取六州,逾年始克,宁止费百五十万缗?"宪宗点首道:"卿言甚是。朕平时恶衣菲食,蓄聚货财,正为平定四方起见,否则徒贮库中,亦有何用?"既知此道,何尚为宦官所蔽?乃遣司封郎中知制诰裴度,持钱百五十万缗,宣慰魏博,颁赏军士,六州百姓,免赋一年。军士受赐,欢声如雷。适有成德兖郓各使,均在魏州,见将士均得厚赏,也相顾惊叹道:"倔强无益,究不如恭顺为宜哩。"裴度为兴陈君臣大义,兴久听不倦,并请度遍行所部,宣布朝命。又奏所部缺官九十员,请有司简任;奉法令,输赋税,旧有正寝,僭侈无度,避不敢居,另就采访使厅署治事。河北各镇,屡遣游客多方间说,兴终不为动。李师道传语宣武节度韩弘道:"我世与田氏约,互相保援,今兴非田氏本支,又首变两河旧约,想亦公所恶闻,我当与成德合军往攻,公肯出援一臂否?"弘复答道:"我不知利害,但知奉诏行事,若汝军朝出渡河,我当暮取曹州。"师道乃不敢动,魏博大定。田兴既葬田季安,送怀谏至京师,宪宗命怀谏为右监门卫将军,进兴检校工部尚书,兼魏博节度使,赐名弘正。

转瞬间已是元和八年,宪宗以权德舆简默不言,有亏相职,出德舆为东都留守,召西川节度使武元衡还朝,入知政事。既而李绛因疾辞相,罢为礼部尚书,别用河中节度使张弘

靖同平章事。弘靖系故相张延赏子，少有令名，至是入相。张
氏自嘉贞延赏弘靖，三世秉政，当时称他里第，为三相张家。
但自李绛罢职，此后无论何人，都不及李绛忠直。独叹宪宗既
已知绛，乃仍令罢相，不能久用，且相绛时曾出吐突承璀，绛
罢相，即召承璀为神策中尉，这可见宪宗任相，反不如待遇宦
官，较为信用，怪不得阉人横肆，好好一代大皇帝，后来反死
在阉寺手中呢！直注下文。

　　翰林学士独孤郁，为权德舆女婿，貌秀才长，宪宗长叹
道：“德舆选婿得人，难道朕反不及么？”原来宪宗颇多子女，
长子名宁，为纪美人所出，曾封邓王，元和四年，由李绛奏请
立储，因立宁为皇太子，越二年病殁，继立三子遂王恒为太
子。恒母为郭贵妃，贵妃是郭子仪孙女，父暧尚升平公主，有
女慧美，因纳入宪宗潜邸。宪宗嗣位，册为贵妃，群臣请立为
后，并不见报。当时后宫多宠，美不胜收。宪宗恐妃得尊位，
致受钳掣，所以终不立后。后主阴教，如何不立？这也是一大误。
借选婿事，补叙帝眷，是行文连缀法。郭贵妃颇循礼法，也未尝觊
觎中宫，他既生太子恒，后生岐阳公主，公主秉性贤淑，女道
淑娴，母女皆贤，不愧郭氏家风。宪宗乃历命宰相，拣择公卿子
弟，视有才貌清秀，即选为快婿。诸家多不合式，或得了一二
人，恰恐帝女非耦，不愿尚主，但托疾告辞，惟太子司议郎杜
悰应选。悰祖杜佑，以门荫得官，宪宗召见麟德殿，视悰彬彬
有文，遂许尚岐阳公主，择吉成婚。届期这一日，宪宗亲御正
殿，遣主下嫁，由西朝堂出发，再由宪宗御延喜门，顾送主
舆，大赐宾从金钱，开第昌化里，疏凿龙首池为沼，且命辟公
主外祖家，就尚父大通里亭，作为别馆。杜氏向系贵阀，复遇
尚主隆仪，当然竭力张皇，备极丰腴。独公主不挟尊贵，一入
杜门，毫无骄倨状态，孝事舅姑，敬事尊长，杜家老少长幼，
不下数百人，公主俱以礼相待，肃雍和顺。人无闲言，成婚才

数日，即语悰道："主上所赐奴婢，恐未肯从命，倘有偃蹇，转难驾驭，不如奏请纳还，另市寒贱，入供驱使，较为易制。"悰依计而行。自是闺门静寂，喧噪无闻。悰升任殿中少监驸马都尉，旋出为澧州刺史，公主随悰莅任，仆从止十余人，奴婢悉令乘驴，不准肉食。州县所具供张，悉拒不受。悰亦廉洁自持，未敢骄侈。既而悰母寝疾，公主日夕侍奉，夜不解衣，所有药糜，非亲尝不进。及遇舅姑丧，哭泣尽哀。总计在杜家二十余年，无一事不循法度，无一人不乐称扬，唐朝宫壶，生此贤女，真足令彤史生光，得未曾有呢。<small>大书特书，垂作女箴。</small>这且按下慢表。

且说淮西节度使吴少阳，驻节蔡州，尝阴聚亡命，牧养马骡，又随时抄掠寿州茶山，劫夺商旅，以济军需。子名元济，摄蔡州刺史，元和九年，少阳病死，元济秘不发丧，自领军务。少诚有婿董重质，勇悍知兵，为元济所倚重，重质代为筹画，劝元济乘间兴兵，联李师道，逐严绶，规取中原。元济尚费踌躇，独判官苏兆杨元卿，大将侯惟清，素主效顺。元济杀兆，囚惟清，幸元卿先时入都，奏事未归，才得免祸。至是闻元济抗命，遂将淮西虚实，及平蔡计策，详告宰相李吉甫。吉甫乃奏调河阳节度使乌重胤，徙治汝州，兼充怀汝节度使，阴防元济。宁州刺史曹华，为重胤副，且入白宪宗道："淮西跋扈多年，久失臣节，国家常屯数十万大兵，控御淮西，劳费已不可胜计，今日有机可图，正应声罪致讨，一举荡平，过此恐无好机会呢。"<small>创议平蔡，实由吉甫，故笔下不没其功。</small>同平章事张弘靖，谓不如遣使吊赠，乘便伺察，果有逆迹，然后加兵。宪宗因遣工部员外郎李君何吊祭，赠少阳为右仆射，元济不迎敕使，反驱兵四出，屠舞阳，焚叶县，掠鲁山襄城，关东震骇。君何不得入蔡州，驰还京师。李吉甫正详绘淮西地图，预备进讨，适遇疾暴卒，未及献图。宪宗敕吉甫子呈览，追赠吉甫为司空，赐谥忠懿，进授韦贯之同平章事。贯之自巴州召还，应七十二回。入为中书舍人，迁授礼部侍郎，取士务先实行，不尚浮华，寻进尚书右丞，至此复得入相，亦请讨伐淮西，乃任李光颜为忠武军节度使，严绶兼申光蔡等州招抚使，会集诸道兵马，讨吴元济。

魏博节度使田弘正，遣子布率兵三千，隶严绶军，宣武节度使韩弘，亦遣子率兵三万，隶李光颜军。严绶进至蔡州西鄙，稍得胜仗，夜不设备，为淮西兵所袭，溃败磁邱，退还五十余里，保守唐州。寿州刺史令狐通，方受任防御使，出与淮西兵接仗，亦被杀败，还保州城。境上诸栅，一概失陷。有诏贬通为昭州司户，令左金吾大将军李文通代任，并饬鄂岳观察使柳公绰，发兵五千，授安州刺史李听，使讨元济。公绰奋然道："朝廷以我为白面书生，不知军旅么？"遂自请督兵效力，复旨准行。公绰驰至安州，署李听为都知兵马使，选卒六千，归听节制，且嘱部校道："行营事尽属都将，尔等休得违令！"听感恩畏威，如出麾下。公绰号令严肃，威爱兼施，所乘马忽踶杀圉人，他竟杀马以祭，不少宽假。因此人人自奋，每战皆捷。李光颜即阿跌光颜，见七十二回。因积功赐姓，得授节钺，部下将士，无不精炼，到了临颍，一鼓即克，再战南颍，又败蔡军。元济颇惮光颜，因遣使向恒郓告急。恒州为王承宗所驻，郓州乃李师道所居，两人见了蔡使，愿为营救，各上表请赦元济。宪宗不从，且促诸道兵会攻蔡州。师道发兵二千人，往屯寿春，阳言协助官军，暗实援应元济，且收养刺客奸人，商就狡计，遣攻河阴转运院，毁去钱帛三十余万，谷二万余斛。河阴为接济官军要区，骤遭此劫，遂致人情惶惶，不胜恟惧。当下在廷诸臣，多请罢兵。宪宗不从，但遣御史中丞裴度，宣慰淮西行营，并察用兵形势。度往返甚速，极言淮西可取，且陈李光颜有勇知义，为诸将冠，必能立功。果然不到数日，光颜捷书到来，大破蔡军。原来光颜进军溵水，列营时曲，淮西兵凌晨压阵，光颜毁栅突出，自率数骑冲入敌中，往来数次，身上集矢如蝟，有子揽辔劝阻，被光颜举刃叱去。部将见主帅效死，自然争奋，杀死叛众数千人，余皆遁去。光颜乃派使报捷，宪宗览表，称度知人，遂大有用度意。

度字中立，籍隶闻喜，形体眇小，不入贵格，少年时每屈名场。洛中相士，说他形神独异，恐致饿死，度亦坦然不校。一日，出游香山寺，见一素衣妇人，拜佛甚虔，匆匆出去，遗落包裹一件。度初时不甚留意，及拾得包裹，知为妇人遗失，自料追付不及，乃留待来取，日暮不至，方才携归。翌晨复往寺守候，寺门甫辟，即有妇人踉跄奔来，且寻且泣。度问为何事？妇人道："老父无罪被系，昨向贵人处假得玉带二条，犀带一条，值千余缗，往赂要津，替父求免，不幸到此祷佛，竟致遗忘，可怜我父亲从此难免了。"此妇人太不小心，但非入寺祷佛，当不至遗失，可见迷信神佛，多损少益。说至此，泪下如雨，痛不欲生。度出包裹启视，果如妇言，乃悉数缴还。妇人拜谢，愿留一赠度，度笑道："我若贪此，何容今日再来守候呢？"妇人再拜而去。后来相士复见度面，大惊道："君必有阴德及人，所以神色迥殊，前程万里，不可限量了。"度因将前事略告，相士叹道："修心可以补相，此语果不诬呢。"度即于是年登进士，累官显要。百忙中叙入此事，劝醒世人不少。及淮蔡事起，遂邀大用。

同平章事武元衡，由宪宗嘱使专握兵权，师道门客定计道："天子锐意讨蔡，想是元衡一力赞成，若刺死元衡，他相不敢主张，必争劝天子罢兵，是即救蔡的良策呢。"师道因给发厚资，遣令入都。适平卢牙将尹少卿，奉王承宗密命，为元济游说都中，入见武元衡，辞多不逊，被元衡叱出，返报承宗。承宗又上书诋元衡，朝廷不答。会当盛暑，元衡格外早朝，出所居靖安坊东门，天色未明，不能远视，忽有一箭射来，正中元衡颊上，元衡忍不住痛，正在惊呼，突遇数盗扑至，击灭火炬，持刀乱砍，仆从奔散，元衡无处躲避，竟被杀死，取一颅骨而去。裴度家住通化坊，亦于是时入朝，被贼击伤头颅，坠入沟中。侍从王义，抱贼大呼，贼刃断义臂，尚欲上前杀度，忽度首上现出金光，似有金甲神护着，方才惊遁。度虽受伤，幸帽中裹毡，不致损脑，得免大害。非有阴佑，恐亦难免。

京城大骇，宪宗命金吾将军及京兆尹以下，严索凶犯，一面诏宰相出入，各加卫士，张弦露刃，作为护从，所过坊门，呵索甚严。朝士未经天晓，不敢出门。那金吾署中及府县各处，都经刺客遗纸，内书二语，有"毋急捕我，我先杀汝"二语，所以有司不敢急捕。兵部侍郎许孟客，面奏宪宗道："从古以来，未有宰相横尸道旁，尚不能获一盗，这是朝廷大辱，应该若何加严？"宪宗点首。孟客复诣中书省，请亟进裴中丞为相，大索贼党，乃诏内外搜捕，悬赏获盗，如有庇匿，罪至族诛。有司不敢玩旨，随处搜索。查有复壁重垣，无不入寻，就使阀阅名家，亦不得免。神策将军王士则等，捕得恒州张晏等数人，由京兆尹裴武，监察御史陈中师，严刑鞫问，未得正凶。诏令出王承宗前后三表，颁示百寮，证明张晏等入京，定由承宗主使，于是裴陈二人，阴承意旨，奏称："张晏等已经具服，应按律伏诛。"张弘靖疑非真犯，劝宪宗慎刑，宪宗不以为然，批令置诸重辟，一时李代桃僵，竟将晏等十数人，一并杀死，不留一个，那刺客实已遁去。应为张晏等呼冤。

裴度病创，卧养兼旬，宪宗命卫兵值宿裴第，且屡遣中使讯问安否。或请罢度官以安恒郓，宪宗怒道："若罢度官，正中奸计，朝廷还有什么纲纪？我用度一人，足破二贼。"遂授度同平章事。度力疾入朝，面奏宪宗道："淮西如腹心大病，不得不除。况朝廷已经命讨，怎得中止？两河诸镇，视淮西为从违，一或因循，各镇均要离心了。"宪宗道："诚如卿言，此后军事，委卿调度，朕誓平此贼，方准班师。"度奉命而出，即传旨促诸道进兵。李师道闻元衡虽死，命讨愈急，乃变计进袭东都。他尝在东都置留后院，兵役往来不绝，吏不敢诘，及淮西兵犯东畿，防兵悉屯伊阙，守御益疏。师道潜遣贼众数百，混入东都院中，为焚掠计。留守吕元膺，尚未察悉，幸有一小卒驰入告变，元膺亟追还伊阙屯兵，围攻留后院，贼众突出，向长夏门遁去。东都人士，相率惶骇，经元膺坐镇皇城门，从容指使，不露声色，民赖以安。都城西南，统是高山深林，民不耕种，专以射猎为业，彼此团聚，叫作山棚。元膺特出赏格，购令捕贼，山棚民鬻鹿遇盗，致为所夺，乃急召侪类，并引官军共同追捕，获住数人。盗魁是一个老僧，尝住持中狱寺，名叫圆净，年已八十有余，从前本是史思明部将，史氏败灭，亡命为僧，至是复为师道罗致，阳治佛光寺，结党定谋，拟入城为乱，此次由兵民围捕，刺击多时，方得擒获，尚恐他中途脱走，用锤击胫，竟不能折。圆净睁目叱道："汝等鼠子，欲断人胫，尚且不能，还敢自称健儿么？"汝虽是健，难逃一死，亦岂遂足称健儿？乃置胫石上，教使击断。至由元膺审验，立命处斩，圆净却自叹道："误我大事，不能使洛城流血，真是可惜。"百姓与汝何仇？元膺复穷治盗党，共得数千人，连自己部下防御二将，及驿卒八人，亦已受师道伪职，阴作耳目，迭经捕讯，才知刺死武元衡，实师道门下的暗杀党，并不是承宗所为，乃把二部将槛送京师，且拜表请讨师道，外此俱就地正法，无一漏网，东都才得平安。小子有诗叹道：

> 罪人已得伏奸谋，才悉当时误录囚。
> 看到郓州函首日，误人自误向谁尤。

欲知宪宗曾否东征，且至下回叙明。

　　本回叙魏博淮西事一顺一逆，前后相对，就中插入岐阳下嫁，及裴度还物二条，本是随笔带叙，无关大体，而标目偏以此命题，似觉略大计小，不知个人私德，实为公德之造端，唐室之公主多矣，问如岐阳之循妇道者有几人乎？唐朝之宰辅亦多矣，问如裴度之著阴功者有几人乎？是书为通俗教育起见，故于史事之足以讽世者，特别表明，垂为榜样，即以本回之大端论之，魏博事是承上回，淮西事是启下回，本为过脉文字，不必定成片段，非真略大计小也。

第七十五回

却美妓渡水薄郾城　用降将冒雪擒元济

却说吕元膺表请东征，宪宗亦欲加讨，但当时已将元衡被
刺，列入王承宗罪案中，严诏谴责，拒绝恒州朝贡，此次既不
便改词，且因讨元济，绝承宗，南北并营，不暇东顾，乃将师
道事暂行搁置。裴度以淮西各军，日久无功，屡上书归咎严
绶，乃特命宣武节度使韩弘，为淮西诸军都统，兼同平章事职
衔，俾专责成。不料弘竟变易初志，亦欲倚贼自重，不愿淮西
速平。李光颜勇冠一时，威震淮蔡，弘欲结他欢心，特向大梁
城中，觅一美妓，遣使赠送，使人先致书光颜。光颜开筵宴
使，并大犒将士，置酒高会，正欢饮间，那美妓已轻移莲步，
姗姗而来，先至光颜前屈膝叩见，再向各座中道了万福，阖座
都刮目相看，恍疑是西施复出，洛女重生，而且珠围翠绕，玉
质金相，除美人价值不计外，就是满身妆饰，也值数百万缗。
来使复令她歌舞，继进丝竹管弦，无一不中腔合拍，应节入
神，座中多目眩神迷，啧啧称羡。光颜独顾语来使道："相公
悯光颜羁旅，赐以美妓，感德诚深。但战士数万，俱弃家远
来，冒犯白刃，光颜忝为统将，宁忍自娱声色么？"说至此，
涕泪满颐，四座不禁骇服，也忍不住流下泪来。推诚动人，竟忘
色相。光颜即命左右取出金帛，厚赠来使，且命将美妓带还，
俟来使谢别，复申嘱道："为光颜致谢相公，光颜以身许国，
誓不与逆贼同戴日月，虽死无贰心了。"好德胜于好色，不意于

光颜得之。韩弘接使人还报，也颇起敬，表请增兵益械，合攻淮西。

　　宪宗再命户部侍郎李逊为襄复郢均房节度使，右羽林大将军高霞寓为随邓节度使。霞寓专任攻讨，逊专任饷输。会田弘正为王承宗所攻，屡战不胜，累表请讨承宗。宪宗乃命出军贝州，兼发振武义武各军，会同助击。承宗尚纵兵四掠，幽沧定三镇，均为所苦，亦各请出征，宪宗拟从所请。张弘靖谓："两役并兴，恐国力不支，请先平淮西，后征恒冀。"宪宗不从。弘靖乃自请免相，出为河东节度使。越年正月，幽州节度使刘总，奏称攻克武彊，俘斩成德兵数千。宪宗遂削承宗官爵，命河东幽州义武横海魏博昭义六道进讨。韦贯之进谏道："陛下不闻建中遗事么？初不过讨魏及齐，乃蔡燕赵发兵抗命，卒致朱泚内乱，糜烂都城，前鉴不远，愿陛下勿求速效，毋事兼营。"宪宗仍然不省，但促六道进兵。昭义节度使郗士美，义武节度使浑镐，横海节度使程执恭，与田弘正刘总等，陆续出师，虽屡次告捷，总未免夸张声势，所报多虚。还有淮西各军，也是遇胜张皇，遇败掩饰，迁延到了六月，高霞寓到了铁城，为淮西兵所乘，全军尽覆，仅以身免，一时无从掩盖，只好据实奏闻，但仍推在李逊身上，说他应接不至，因致大溃。宪宗贬霞寓为归州刺史，逊亦坐谪，另调荆南节度使袁滋，为申光蔡唐随邓观察使，驻节唐州。滋抵镇后，比高霞寓还要懦弱，反将斥候撤去，禁兵入淮西境。元济分众围新兴栅，滋卑辞厚币，求他缓攻，元济因不以为意。惟李光颜与乌重胤，屡败淮西兵士，力拔溵水西南的陵云栅。这栅据陈蔡要道，元济恃为险阻，屯置重兵，此次被光颜重胤，两次夹攻，好容易占据了来，淮西兵大为夺气，李师道也闻风丧胆，表请输款。宪宗因力未能讨，暂事笼络，特加师道检校司空。师道阳为拜命，其实仍通好淮西，作壁上观。上下都是姑息，师道亦非真枭雄。

时诸军进讨淮西，数近九万，只柳公绰入为京兆尹，他将俱在军前，旷日持久，未见成功，乃再命中使梁守谦监军，授给空名告身五百通，并金帛数万，劝励将士。始终不离中官。更置淮颍水运使，饷馈各军，贬袁滋为抚州刺史，改任太子詹事李愬，为左散骑常侍，出任唐随邓节度使。愬系西平王李晟子，即安州刺史李愿兄，表字元直，少有孝行，晟殁时，庐墓终丧，服阕入官，历任晋坊二州刺史，治绩课最，加官金紫光禄大夫，进任太子詹事。淮西事未有起色，愬疏请自效，宪宗尚未识愬才，不敢轻用。会韦贯之请罢北讨，隐忤上旨，致左迁吏部侍郎。知贡举李逢吉，晋授同平章事。逢吉知愬具将略，特为保荐，乃授他旌节，出讨淮西。愬至唐州，闻士卒惮战，因下令军中道："天子知愬柔弱，故使愬拊循尔曹，若战胜攻取，非愬所能，但教尔曹静守疆场，愬也便足报命了。"将士等以为真言，安心听令。愬巡阅士卒，厚加抚恤，不尚严威。或以军政未肃为戒，愬微笑道："袁尚书专以恩惠怀贼，贼不复注意，今闻我来代任，必然戒备，我守袁公故辙，令他仍不加防，然后可出奇制胜了。"元济果轻视李愬，依然弛防。愬却推诚待士，日勤搜练，并暗察淮西地势，尽知虚实。贼或来降，问有父母妻孥，辄给与粟帛，遣使还省，面加慰谕道："汝亦皇帝子民，毋弃亲戚！"降众闻言，亦皆感泣。

居镇半年，知士卒可用，遂于元和十二年仲春，谋袭蔡州，表请益兵。诏益河中鄜坊兵二千骑，乃缮铠厉兵，出攻淮西，步步进逼。贼将丁士良前来侦探，被愬将马少良，设伏擒住，押至军门。营将都大喜道："士良系元济骁将，屡扰我境，今为我擒，好剖心泄忿了。请节帅俯顺众心。"愬点首许诺。及见了士良，诘责数语。士良毫无惧色，愬不禁叹道："好一个大丈夫，可惜汝不明顺逆，死且污名，汝若肯诚心归降，为国立功，不但可盖前愆，并足流芳千古。"士良乃跪伏请降，自言"贞元中为安州属将，被吴氏擒去，释置不杀，反得重用，因为吴氏父子效力。今复受擒，又沐重生，愿尽死报德。"愬即命释缚，给他衣服器械，署为帐下亲将。自古名将克敌，必先使敌为我用，然后可以制胜，愬素得家传，故独能用敌。愬欲进攻文城栅，士良入帐献计道："文城栅为贼左臂，贼将吴秀琳拥兵三千，据栅自固，秀琳才具寻常，全仗陈光洽为谋主，光洽轻佻好战，士良当为公先擒此贼。秀琳失助，不降何待？"愬闻言大喜，便拨锐骑千人，令士良率领，往攻文城栅，自己静坐以待。不到半日，士良果将光洽擒归，献诸帐下。愬亦不加诛，劝光洽降。光洽愿致书秀琳，邀令投诚。秀琳复报如约，愬即遣唐州刺史李进诚，率甲士八千，至文城栅下，径召秀琳。不意守兵迭发矢石，把官军前队，伤毙了好几十名。进诚忙即退回，报称秀琳诈降。愬怡然道："彼待我招抚，我至自降。"遂盛气前行。将到栅前，秀琳果率众出迎，匍伏马下。愬下马扶起秀琳，好言抚慰，即由秀琳导愬入城。愬检阅守兵，三千兵不少一个，仍令留守文城，但将兵士妻女，迁居唐州，嗣见秀琳副将李宪，具有材勇，独赐名忠义，令隶麾下。于是士气复振，各有斗志。变弱为强，确是名将作用。

　　会各道官军，陆续渡过溵水，进逼郾城。李光颜率部军先进，遇贼将张伯良，驱杀过去。伯良不能抵敌，大败而逃。郾城令董昌龄，系蔡州人，由元济令守郾城。留他母杨氏为质，杨氏曾嘱昌龄道："从逆得生，不如从顺致死，汝肯去逆效顺，我亦虽死无恨，否则生何足恋呢？"不愧贤母。昌龄受教而出。至光颜围攻郾城，李愬又进捣青陵，截断郾城后路。守将邓怀金谋诸昌龄，昌龄劝他归国，怀金乃通使光颜道："城中将士，俱已愿降，但父母妻子，统在蔡州，计惟请公攻城，由城中举烽求救，蔡兵来援，由公兜头痛击，俾他败去，然后举城归降，庶父母妻子，或可保全了。"光颜允诺。待蔡兵到来，早已布置妥当，杀得蔡兵纷纷败北。昌龄怀金乃出降光颜，光颜仍命昌龄为郾城令，昌龄母幸得不死，后来受封北平郡太君。有善心者有善报。

李愬亦得拔青陵城，又分派部将破西平，袭朗山，据青喜城，乃谋取蔡州。吴秀琳语愬道："公欲取蔡，非得李祐不可。"愬答道："李祐守兴桥栅，我亦闻他骁悍，当设计擒他便了。"忽有侦骑入报，贼兵至张柴村割麦。愬问贼首为谁？侦骑说是李祐。愬大喜道："我正要擒他，他却自来上钩么？"遂召厢虞侯史用诚入帐，嘱他如此如此。用诚依计出发，先就村旁丛林中，伏骑兵三百，乃摇旗入村，径击贼众。贼众已将麦割完，正要捆载而归，突见官军到来，即由李祐当先跃出，持刀相迎。用诚略与交锋，佯作力怯，曳兵而走。祐拨马追来，渐渐的到了林间，见前面林荫蓊蔚，也疑有伏，竟停住不追。恰也乖了。用诚恐他瞧破兵谋，却故意的回马叫道："李祐狡贼！我有精兵数千，伏住林中，汝敢来么？"激之使来，用计尤妙。祐素轻官军，又被他一激，索性策马复追，才入林中，已被绊马索绊倒。部众急来相救，已是不及，早由官军捆缚了去。用诚回杀一阵，贼众四逸，因将祐执送军营，推前。愬佯叱用诚道："我教汝往请李将军，如何把他拘来？快替他解缚罢！"全是智谋。用诚不好违慢，将祐松去了绑，便延祐上座，待以客礼。祐感愬厚意，也竭诚愿效。愬遂用为谋士，与李忠义同作幕宾，时常召入密商，甚至夜半方休。他人不得预闻，往往恐祐为变，屡次谏愬。愬待祐益厚，将士越加疑忌，毁谤甚多，甚至别军亦移牒至愬，谓不应用祐。愬恐谤语上闻，反受朝廷诘责，因握祐手泣语道："天岂不欲平淮蔡么？何为我二人相知甚深，独不能掩众口呢？"乃与祐附耳数语，然后出语大众道："汝等既以祐为疑，请令归死朝廷。"因出祐械送京师，先遣使密奏，谓杀祐不能成功。宪宗时方向愬，释令归还。愬遂置祐为散兵马使，令佩刀巡警，出入帐中。有时留祐同宿，密语不寐，帐外有人窃听，但闻祐感泣声。诸将渐释嫌疑，乃遵令如初。

愬派将再攻朗山，淮西兵数万来援，击退官军。败将奔回请罪，愬独欣然道："我亦知朗山难下哩。胜负兵家常事，何足介意？"语语有意。大众闻败，统觉怅恨，偏见愬谈笑自若，又不知他有什么高见。他惟募敢死士三千人，亲自教练，号为突将，一时娴习未熟，更因天雨连绵，到处积水，暂且按兵不动。吴元济闻兵势日蹙，未免焦灼，乃上表谢罪，情愿束身归朝。宪宗命中使赐诏，待他不死。元济便欲入觐，怎奈左右相率劝阻，大将董重质愿出守洄曲，力任捍护，决保无虞。元济乃悉发亲兵，及守城锐卒，尽归重质带去。重质夙负勇名，官军颇带三分畏怯，相戒不敢近前。

总计自元和九年冬季，饬诸道兵进讨淮西，到了十二年秋月，尚无成效，馈运疲敝，兵民困苦。宪宗宵旰焦劳，亦颇厌兵，乃召问宰辅诸臣。李逢吉等俱言师老力竭，不如罢兵为是。独裴度不发一言，宪宗因向度问计。度答道："臣知进不知退，若虑诸军无功，臣愿自往督战。"成算在胸。宪宗道："卿肯为朕一行，足见忠忱，但淮西究能平定否？"度又道："臣近观元济表文，势实穷蹙，只因军心不一，未肯并力进攻，所以至今乏效。若臣自诣行营，诸将恐臣分功，必争往破贼了。"宪宗大悦，遂命度以平章事兼节度使，仍充淮西宣慰处置招讨使。度因韩弘已为都统，不愿更为招讨，面辞招讨二字，奏调刑部侍郎马总为宣慰副使，韩愈为行军司马，指日启程。临行时，陛见宪宗，慨然道："臣若灭贼，庶朝天有期，否则归阙无日，臣誓不与此贼俱生。"宪宗不禁流涕，亲御通化门送行。度既出发，进授户部侍郎崔群同平章事，出李逢吉为东川节度使，专意用度，督促进兵。

度至郾城，适李愬进攻吴房，斩淮西骁将孙献忠，是日据阴阳家言，乃是往亡日，诸将劝愬勿出。愬笑道："正因今日为往亡日，彼不备我，我乃往击，彼亡我不亡，何必多虑？"遂乘锐攻克吴房外城，即日收军折回。孙献忠率骁将五百，奋勇追来，当由愬返旆力战，枭献忠首，仍徐徐还营。诸将请乘胜取城，愬却以为城未可取，不从众言。又伏一层疑团。到了冬季，愬决计袭蔡，遣书记郑澥至郾城，密白裴度。度语澥道："兵非出奇不胜，常侍良谋，度很赞成，请常侍便宜行事！"澥辞归报愬，愬与李祐李忠义二人，又密商了好几次。一日，天气甚寒，阴霾四合，愬独升帐调兵，命李祐李忠义率突骑三千为前驱，自与监军率三千人为中军，李进诚即唐州刺史。率三千人断后，留都虞侯史旻等守文城，既出城门，乃下令东向，疾行约六十里，至张柴村。村中有淮西兵居守，统因天寒入帐，毫不备防，被突骑杀将进去，好似切瓜削菜一般。有几个逃出帐外，外面又似天罗地网，围得水泄不通，没奈何只好自尽。连守住烽堠的贼吏，也杀得干干净净，一个不留。

愬据住村栅，命士卒少休，食干粮，整辔鞍，留五百人屯守，截住朗山来兵，复派兵堵塞洄曲，及诸道桥梁。布置已毕，时已天晚，风声猎猎，雪片飘飘，四面都是寒气笼住，大众瑟缩得很，偏帐内传出号令，乘夜进兵，诸将入请所向。愬正色道："入蔡州去擒吴元济。"大众面面相觑，但又不敢违令，只好硬着头皮，持械起行。监军泣下道："果堕李祐奸计，奈何奈何？"愬又传令衔枚疾走，不得声张，可怜各军冒寒前进，两旁被雪所蒙，融成一片白光，途次不辨高低，就是手中火炬，也为冷风所吹，十有九灭。军中旗帜，亦多吹裂，人马偶然失足，便致僵仆。夜半风雪愈大，吃了无数苦楚，才走得六七十里，远远的望见岩城。愬又下令道："蔡州城就在

前面，须格外寂静，喧噪者斩！"军士相率箝口，只满肚中怀
着怨苦。又行里许，见有一个方池，中伏鹅鸭。愬远远望见，
恰令军士用槊搅击，那鹅鹅喋喋的声音，顿时纷起，大众又不
免惊惶。处处为下文返照。城内守卒，统畏寒睡着，拥絮熟寐，
就是有几个更夫，微闻声浪，也以为鹅鸭苦冷，因此喧扰，哪
个愿巡城了望，到了四鼓，愬军尽集城下，李祐李忠义，令突
骑凿墙为坎，逐节攀援，猱升而上，直达城楼。守兵兀自睡
着，被官军一一杀死，但把更夫留着，仍命照旧击柝，遂下城
开门，招纳众军。到了内城，也是这般做法，两城俱拔。

　　愬入居元济外宅，元济尚高卧未起。美哉睡乎！有人入告
元济道："官军到了。"元济蒙眬开眼，不禁大笑道："何事慌
张，大约是俘囚为盗啰，天明当尽杀了罢。"不到一刻，又有
人入报道："官军已入内城了。"元济披衣方起，呵叱道："城
外不到官兵，已三十多年，哪能无端飞至？想是洄曲子弟，向
我求寒衣呢。"仿佛做梦。乃徐徐出室，但听外面传官军口号，
一呼百应，接续不休，方惊问左右，探知是李常侍号令，始大
骇道："何等常侍，能神速至此？"乃率左右登牙城拒战。时
已天晓，俯视城下，已由官军围住，忍不住觳觫起来，惟尚望
董重质来援，勉力拒守。愬督攻半日，城上矢石如雨，急切不
能得手，因按兵罢攻，召语众将道："董重质家属何在？快去
查明，好好抚慰。"将士领命而去，一查便获，且将重质子传
道，带了前来。传道入见，向愬下拜，愬面谕道："汝父也是
好汉，汝去传报，教他不得再误，速即投诚，我决不亏待，否
则幸勿后悔。"语至此，即给与手书，令往谕重质。传道去不
多时，即与重质同至，入帐乞降。愬欢颜相待，遂令重质招降
元济。元济见重质已降，半晌说不出话，只有泪下似丝，惟尚
不肯遽降。愬因令李进诚等再攻牙城，接连射箭，矢集城垣，
几似猬毛。复纵火焚南门，百姓争负薪刍，帮助官军，霎时间

火势炎炎，南门已经焦灼，任你吴元济猖狂跋扈，到此也智术两穷，不得不束手成擒了。小子有诗赞李愬道：

> 兵法留言攻不备，将臣制胜在多谋。
> 试看雪夜行军日，大好岩城一旦休。

毕竟元济如何被擒，容至下回说明。

是回以李愬为主，李光颜为辅。光颜却还美妓，为将帅中所仅见，观其对韩弘使语，寥寥数言，能令四座感泣。人孰无情，有良将以激厉之，自能收有勇知方之效，见色不动，见利不趋，此其所以可用也。郾城一役，董昌龄举城请降，虽平时得诸母教，然亦安知非闻风畏慕，始稽首投诚乎？若李愬之忠勇，不亚光颜，而智术尤过之。当其笼络降将，驾驭将士，处处不脱智谋，至雪夜往取蔡州，尤能为人所不能为。出奇方能制胜，但非平日拊循有道，纪律素严，则当风雪交下，宵深奇冷之时，孰肯冒死急进？恐文城未出，乱几已先发矣。智者沈机观变，养之有素，故能好谋而成，非侈谈谋略者，所可同日语也。

第七十六回

谏佛骨韩愈遭贬　缚逆首刘悟倒戈

却说吴元济见南门被毁，吓得心胆俱裂，慌忙跪在城上，向官军叩头请罪。威风扫尽。李进诚令军士布梯，呼他下来。元济不得已下城，由进诚押见李愬。愬将元济羁入囚车，槛送京师，一面遣使驰告裴度。愬率军入城，守兵俱伏地迎降，不戮一人，就是元济所置官吏，及帐下厨厩厮役，概令仍旧，使他不疑；乃屯兵鞠场，静待裴度。是日申光二州，及诸镇兵二万余人，一律请降。李光颜亦驰入洄曲，所有董重质遗下部众，均归光颜接收。裴度接愬捷报，先遣副使马总，驰入蔡州，然后建旄杖节，趋至城下。李愬具橐鞬出迎，拜谒道旁。度揽辔欲避，愬急说道：“蔡人顽悖，不识尊卑上下，已有好几十年，愿公本身作则，使知朝廷尊严，不敢玩视。”度乃直受不辞。愬引度入城，交卸蔡事，仍还至文城驻守。诸将始向愬请教道：“公前败朗山，并未加忧，战胜吴房，仍令退兵。遇大风雪，偏欲进行，孤军深入，毫不畏惧，后来终得成功；事后追思，还是莫明其妙，敢请指教！”愬微笑道：“朗山失利，贼恃胜而骄，不甚加防了。吴房本容易攻取，但我取吴房，贼众必奔往蔡州，并力固守，如何可下？风雪阴霾，贼必不备，孤军深入，人皆死战，我岂欲诸军毕命？但视远不能顾近，虑大不能计细，所以终得成功。若小胜即喜，小败即忧，自己且不能镇定，还想甚么功劳呢？”前回逐层疑团，至此始一一揭出。诸将乃相率敬服。愬自奉甚俭，待士独丰，知贤不疑，见可即进，卒能荡平淮蔡，称为功首。裴度在蔡州城，亦推诚待下，且用蔡卒为亲兵。或劝度不应轻信，度輶然道："元恶既擒，胁从罔治。蔡人莫非王臣，疑他甚么？"蔡人听了，感泣交并。先是吴氏父子，苛禁甚严，蔡人不准偶语，夜间又不准燃烛，遇有酒食馈遗，以军法论。度一并除去，唯盗贼斗死抵法，蔡人始知有生人乐趣。

元济由官军押解京师，宪宗御兴安门受俘，命将元济献诸庙社，枭首市曹，妻沈氏没入掖庭，二弟三男，流戍江陵，寻皆骈诛。又封尚方剑二口，赐给监军梁守谦，令悉诛贼将。度最恨中官，从前诸镇兵由中官统辖，牵制甚多，经度上表奏罢，使诸将专制号令，因得平贼。至是守谦复奉诏到蔡，拟依旨骈戮贼将。度坚持不可，但诛元济亲将刘协庶赵晔王仁清等十余人，余悉上书申解，多庆更生。乃奏留副使马总为留后，自己启节还朝。宪宗进度为金紫光禄大夫，赐爵晋国公，复知政事。李愬为山南东道节度使，赐爵凉国公，加韩弘兼侍中，李光颜乌重胤等，悉行还镇，赏赉有差。李祐以功授神武将军，惟董重质虽已归降，宪宗因他为元济谋主，决欲加诛。李愬已许重质不死，竭力疏救，乃贬为春州司户，即命韩愈撰《淮西碑》文，表扬战功。宪宗已有侈心。愈承制撰辞略云：

　　唐承天命，遂臣万方，孰居近土？袭盗以狂。往在玄宗，崇极而圮，河北悍骄，河南附起，四圣不宥，屡兴师征。有不能克，益戍以兵。夫耕不食，妇织不裳，输之以车，为卒赐粮，外多失朝，旷不岳狩，百隶怠官，事亡其旧。帝时继位，顾瞻咨嗟，惟汝文武，孰恤予家？既斩吴蜀，旋取山东。魏将首义，六州降从。淮蔡不顺，自以为强，提兵叫欢，欲事故常。始命讨之，遂连奸邻。阴遣刺

刺客，来贼相臣，方战未利，内惊京师。群公上言，莫若
惠来，帝为不闻，与神为谋，及相同德，以讫天诛。及敕
颜李光颜。胤，乌重胤。愬李愬。武韩弘子公武。古李道古，
即曹王皋子，时代柳公绰为鄂岳观察使。通，寿州刺史李文通。
咸统于弘，韩弘。各奏汝功。三方分攻，五万其师。大兵
北乘，厥数倍之。尝兵时曲，军士蠢蠢。既翦凌云，蔡卒
大窘。胜之邵陵，郾城来降。自夏及秋，复屯相望。兵顿
不利，告功不时。帝哀征夫，命相往厘。士饱而歌，马腾
于槽。试之新城，贼遇败逃。尽抽其有，聚以防我。西师
跃入，道无留者。颌颌蔡城，其疆千里，既入而有，莫不
顺俟。帝有恩言，相度来宣。诛止其魁，释其下人。蔡之
卒夫，投甲呼舞，蔡之妇女，迎门笑语。蔡人告饥，船粟
往哺，蔡人告寒，赐以缯布。始时蔡人，禁不往来，今相
从戏，里门夜开。始时蔡人，进战退戮，今眠而起，左飡
右粥，为之择人。以收余疢，选吏赐牛，教而不税。蔡人
有言，始迷不知，今乃大觉，羞前之为。蔡人有言，天子
明圣，不顺族诛，顺保性命。汝不吾信，视此蔡方。孰为
不顺？往斧其吭。凡叛有数，声势相倚，吾强不支，汝弱
奚恃？其告而长，而父而兄，奔走偕来，同我太平！淮蔡
为乱，天子伐之，既伐而饥，天子活之。始议伐蔡，卿士
莫随，既伐四年，小大并疑。不赦不疑，由天子明，凡此
蔡功，惟断乃成。四语扼要。既定淮蔡，四夷毕来，遂开
明堂，坐以治之。原文有一序，因限于篇幅，故从略。

　　碑文大意，是归功君相，少述将功。李愬以功居第一，未
免不惬。愬妻系唐安公主女，唐安公主系德宗长女。出入禁中，
为诉愈文不实。宪宗将愈文磨去，更命段文昌另撰。文昌已入
都为翰林学士，隐承上意，归美李愬，愬乃无言。有功不伐，

原是难能。当裴度在淮西时，布衣柏耆，入谒韩愈，谓："元济就擒，王承宗定然胆落，愿得丞相书，劝令悔过投诚。"愈转达裴度，度作书给耆，遣谕承宗。承宗颇有惧意，乃向田弘正乞怜，请送二子入质，及献德棣二州。弘正代为奏请，宪宗尚未肯许，继思六道兵马，往讨成德，迄无功效；更因义武节度使浑镐，吃一败仗，丧失无算。昭义横海两军，亦多退归，刘总又屯兵不进，应前回。眼见得不易讨平，乃从弘正言，赦承宗罪。承宗送子知感知信，及德棣二州图印至京师，于是复承宗官爵，仍令镇成德军。

李师道闻淮西告平，也觉惊心。判官李公度，牙将李英昙等，劝师道遣子入侍，献沂密海三州以自赎。师道勉强允诺，依言上表。宪宗因遣左散骑常侍李逊，至郓州宣慰，不意师道竟盛兵相见，语多倨傲。逊正辞驳诘，愿得要言奏天子。师道含糊相答，口中虽说是遵约，实不过敷衍目前，并无诚意。逊返奏宪宗，宪宗调李光颜为义成节度使，会同武宁节度使李愿，宣武节度使韩弘，魏博节度使田弘正，横海节度使程权，同讨师道。程权即程执恭，赐名为权，权不欲再膺节钺，表请举族入朝。宪宗乃命华州刺史郑权代任。程权卸职入都，诏授检校司空，嗣复出为邠宁节度使，卒得考终。宪宗自淮西平后，侈心渐起，修麟德殿，浚龙首池，筑承晖殿，大兴土木。判度支皇甫镈，盐铁使程异，迎合上意，屡进羡余。宪宗很是宠幸，竟令两人同平章事，诏敕传宣，中外骇愕。裴度崔群，连疏进谏，终不见从。皇甫镈用李道古言，荐入方士柳泌，浮屠大通，谓能合长生药。宪宗召泌入见，泌奏称天台山多灵草，可以采服延年。宪宗即命泌权知台州刺史。言官纷纷进谏，略言："历代君主，或喜用方士，从未有使他临民。"宪宗不悦，且面谕谏臣道："只烦一州民力，能令人主致长生，臣子亦何爱呢？"群臣知无可挽回，乐得闭口不宣，虚縻禄位。至元和十四年正月，凤翔法门寺塔，谣传有佛指骨留存，宪宗遣僧徒往迎佛骨，奉入禁中，供养三日，乃送入佛寺。王公大臣，瞻仰布施，惟恐不及。韩愈已迁任刑部侍郎，独慨切上谏道：

　　佛者夷狄之一法耳，自后汉时始入中国，上古未尝有也。昔黄帝在位百年，年百一十岁，少暤在位八十年，年百岁，颛顼在位七十九年，年九十岁，帝喾在位七十年，年百五岁，尧在位九十八年，年百一十八岁，帝舜及禹，年皆百岁，其后汤亦年百岁，汤孙太戊在位七十五年，武丁在位五十年，史不言其寿，推其年数，当不减百岁。周文王年九十七，武王年九十三，穆王在位百年，当其时佛法未至中国，非因事佛使然也。汉明帝时，始有佛法，明帝在位才十八年，其后乱亡相继，运祚不长。宋齐梁陈元魏以下，事佛渐谨，年代尤促。唯梁武帝在位四十八年，前后三舍身施佛，宗庙祭不用牲牢，尽日一食，止于菜果，后为侯景所逼，饿死台城，国亦浸灭。事佛求福，乃更得祸，由此观之，佛不足信，亦可知矣。高祖始受隋禅，则议除之，当时群臣识见不远，不能深究先王之道，古今之宜，推阐圣明，以救斯弊，其事遂止，臣常恨焉。

　　今陛下令群僧迎佛骨于凤翔，御楼以观，舁入大内，又令诸寺递加供养，臣虽至愚，必知陛下不惑于佛，作此崇奉以祈福祥也。但以丰年之乐，徇人之心，为京都士庶设诡异之观，戏玩之具耳，安有圣明如陛下，而肯信此等事哉？然百姓愚冥，易惑难晓，苟见陛下如此，将谓真心信佛，皆云天子大圣，犹一心信向，百姓微贱，岂宜更惜身命？遂至灼顶燔指，十百为群，解衣散钱，自朝至暮，转相仿效,唯恐后时,老幼奔波,弃其生业,若不即加禁遏,更历诸寺,必有断臂脔身,以为供养者。伤风败俗,传笑四方,非细事也。佛本夷狄,与中国言语不通,衣服殊制,口不道先王之法言,身不服先王之法服,不知君臣之义,父子之情,假使其身尚在,来朝京师,陛下容而接之,不过宣政一见,礼宾一设,赐衣一袭,卫而出之于境,不令惑众也。况其身死已久,枯朽之骨,岂宜以入宫禁?乞付有司,投诸水火,断天下之疑,绝前代之惑,使天下之人,知大圣人之所作为,固出于寻常万万也。佛如有灵,能作祸祟,凡有殃咎,悉加臣身,上天鉴临,臣不怨悔。

宪宗览到此奏,不禁大怒,持示宰相,欲加愈死罪。裴度崔群并上言道:“愈语虽近狂,心实忠恳,宜宽容以开言路。”宪宗道:“愈言我奉佛太过,尚或可容,至谓东汉以后诸天子,年皆夭促,这岂非妄加谤刺么?愈为人臣,如此狂妄,罪实难恕。”群与度又再三乞免,乃贬愈为潮州刺史。愈至潮州,问民疾苦,皆言恶溪有鳄鱼,屡食畜产,大为民害。愈即往巡视,且命属吏秦济,用一羊一豚,投入溪水,自撰祭文数百言,向溪宣读,备极感慨,限期督徙。果然夜间疾风震电,起自溪中,溪水逐渐干涸,鳄竟西徙,潮州遂无鳄鱼患。信及豚鱼,奈不能感格君心,殊为可叹。愈又上表吁诚,宪宗颇自感悔,意欲召还。皇甫镈素忌愈直,奏言愈终疏狂,只可酌量内移,因命愈改刺袁州。袁人多质押男女,过期不赎,便没为奴仆,愈令计佣赎身,得归还七百余人,且与立禁约,此后不准鬻良为贱。袁人歌颂不衰,不没政绩。后文再表。

且说李师道本欲归命,遣子入质,因为妻魏氏所阻,遂有悔意。魏氏更连接婢妾蒲氏袁氏,家奴胡惟堪杨自温,及孔目官王再升，进语师道，略谓："先司徒抚有十二州，如何无端割献？现计境内兵士，约数十万，不献三州，不过以兵相加，若力战不胜，献地未迟。"力战不胜，恐要汝等首级，岂献地所能免么？师道遂决计抗命。至朝旨已调兵进讨，他尚推在军士身上。谓众情不愿纳质割地，臣亦不便专主等语。宪宗越觉气忿，下诏宣布师道罪状。又以李愿多病，郑权新任，未便战阵，特调李愬为武宁节度使。愿系愬兄，召入为刑部尚书，再徙乌重胤为横海节度使，令郑权移镇邠宁。愬既代兄任，与魏博节度使田弘正，进逼平卢，累战皆捷，获得平卢兵马使李澄等四十七人，悉送入都。宪宗概令免诛，各发遣行营，效力赎罪。且遥命行营诸将道："所遣诸徒，如家有父母，意欲归省，仅可给赀遣回，朕惟诛师道，余皆不问。"此诏一下，平卢士卒，相继来降。

师道素信判官李文会及孔目官林英，所有旧吏高沐郭旷李存等，俱为文会等所谮，沐被杀，旷存被囚。又有幕僚贾直言，冒刃谏师道二次，舆榇谏师道一次，并绘槛车囚系妻孥图上献，也被师道囚住，连前时劝他归命的李公度，并羁入狱中。牙将李英昙，且遭勒毙。及官军四临平卢，兵势日蹙，将士哗然。师道不得已释放囚犯，令还幕府，出李文会摄登州刺史。但势已无及，屡战屡败。李愬进拔金乡，韩弘进克考城，楚州刺史李听，又由淮南节度使李夷简差遣，趋海州，下沭阳朐山，进戍东海；田弘正进战东阿阳谷，连破戍卒；李光颜攻濮阳，进收斗门杜庄二屯，仿佛四面楚歌，同时趋集，吓得师道脚忙手乱，忧悸成疾。至李愬破鱼台，入丞县，郓州益危。师道募民夫修治城堑，整缮守备，男子不足，役及妇人，郓城恟恟，怨言蜂起。都知兵马使刘悟，曾由师道遣守阳谷，拒田弘正。悟务为宽惠，颇得上心，军中号为刘父，但与魏博军接仗，往往败绩。有人入白师道，谓："悟不修军法，专收众心，后必为患，亟应除去。"师道乃潜遣二使，赍帖授行营副使张暹，令乘便杀悟。暹与悟善，怀帖相示，悟即使人潜执二使，立刻杀死。悟召诸将与语道："悟与公等不顾死亡，出抗官军，自思原不负司空，今司空过信谗言，来取悟首，悟死，诸公恐亦不免了。今官军奉天子命，只诛司空一人，我辈何为随他族灭？不若卷旆束甲，同还郓城，奉行朝命，铲除逆首，非但可免危亡，富贵且可立致呢。"兵马副使赵垂棘，当先立着，半晌才答道："事果济否？"悟应声叱道："汝与司空合谋为逆么？"便即拔出佩刀，将赵剁毙，且复宣言道："今当赴郓，违令立斩！"将士尚未敢遽应，又被悟杀死三十余人。余众股栗，乃皆战声道："惟都头命！"军中称都将为都头。悟又下令道："入郓城后，每人赏钱百缗，惟不得擅取军帑，逆党与仇家，任令掠取。"军皆允诺，遂令士卒饱食执兵，夜半即行。人衔枚，马缚口，悄悄的进薄郓城。及至城下，天尚未明，先遣十人叩门，但说刘都头接奉密帖，连夜驰归，门吏尚未知有变，开城出见，请俟入报师道，然后迎入。十人拔刀相向，门吏窜去。悟引军趋至，直入外城，内城守卒，亦开门纳悟，只有牙城还是键闭，不肯遽启。悟督军纵火，劈开城门，牙兵不满五百，起初尚发矢相拒，嗣见悟军如潮涌至，料知不支，俱执弓投地，一哄而散。悟勒兵升厅，使捕索师道，师道方才起床，惊悉巨变，忙入白师古妻裴氏道："嫂！……刘悟已反，奈何奈何？"何不求教床头人，乃与嫂言何益？裴氏是个女流，有甚么方法，但以泪珠儿相报。师道越加惶急，即退出嫂室，闻外面已汹汹搜捕，急觅得二子弘方，走匿厕所。不意厕旁有隙，竟被悟兵瞧着，大踏步走了进来，七手八脚，把师道父子抓去，牵至厅前。悟不欲见师道，但使人传语道："悟奉密诏，送司空归阙，但司空尚有何颜，往见天子？"师道尚流涕乞怜。弘方二子，却慨然道："事已至此，速死为幸。"虽是与父同尽，却还有些气节。当下由悟传令，推出师道父子，至牙门外隙地，一并斩首。悟再命两都虞侯巡行城市，禁止掳掠，自卯至午，全城安定。又经悟大集兵民，亲自慰谕，但将逆党二十余人，按罪伏诛，余皆令照旧办事。文武将吏，且惧且喜，联翩入贺。悟见李公度贾直言两人，下座与语，握手唏嘘，遂引入幕府，令为参佐。一面函师道父子三首，遣使送魏博军田弘正营，一面搜得师道妻魏氏，及奴妾蒲氏袁氏等，一一审讯。魏氏本有三分姿色，更兼伶牙俐齿，宛转动人，就是蒲袁二氏，也是郓城尤物，已经牵到案前，匍伏乞哀，个个是颦眉泪眼，楚楚可怜，那倒戈逞志的刘悟，本也是个屠狗英雄，偏遇了这几个长舌妇人，不由的易威为爱，化刚成柔。小子有诗叹道：

> 到底蛾眉善蛊人，未经洞口已迷津。
> 任他铁石心肠似，不及红颜一笑颦。

欲知刘悟如何处置，且至下回分解。

韩退之一生学术，以《谏佛骨》一疏，为最著名之条件，其次莫如《淮西碑》文。《淮西碑》归美君相，并非虚谀，乃以妇人一诉，遂令刬灭，宪宗已不能无失，佛骨何物？不必论其真伪，试问其有何用处，乃欲虔诚奉迎乎？疏中结末一段，最为削切，而宪宗不悟，反欲置诸死地，是何蒙昧，一至于此？其能平淮西，下淄青，实属一时之幸事，宪宗固非真中兴主也。吴元济本非枭雄，李师道尤为懦怯，良言不用，反受教于妻妾臧获，谋及妇人，宜其死也，何足怪乎？刘悟一入而全州瓦解，父子授首，左右之芒刃，严于朝廷之斧钺，徒致身亡家没，贻秽千秋。师道之愚，固较元济为尤甚欤？然宪宗亦志满意骄，因是速死矣。

第七十七回

平叛逆因骄致祸　好盘游拒谏饰非

却说刘悟见魏氏等楚楚可怜，不忍加诛，仍令返入内室，复遣妻李氏入慰。原来悟是前平卢节度使刘正臣孙，正臣为国殉难，叔父全谅，节度宣武，置悟为牙将，悟得罪他去，辗转奔徙，仍入平卢。李师古见悟状貌，尝语左右道："此人必贵，但恐败坏吾家。"既有此识，何故重用？乃令统领后军，并妻以从妹，欲令他诚心归附，谁知他倒戈入郓，果如师古所料。悟遣妻抚慰魏氏，姑嫂间自然欢洽。至夜间悟入休息，魏氏复来道谢，悟很是怜爱，竟与魏氏小宴叙情，还有蒲袁二氏，一同旁侍。蒲氏向称蒲大姊，袁氏向号袁七娘，两人本为李家婢，师道见姿色可人，遂与有私，列为小星，至是入侍刘悟，做了魏氏的红娘，从旁兜揽，竟劝魏氏伴悟同榻。魏氏也没有甚么廉耻，乐得撑篙近舵，与悟成了好事。蒲大姊袁七娘，也沾染余润，挨次轮流，女三成粲，悟乐可知。不怕李氏吃醋么？且因朝廷初下诏令，曾有赏格，谓能杀师道，率众来降，即畀师道官爵，悟以为坐得十二州，遂补署文武将佐，更易州县长吏，且面语僚属道："军府政事，一切仍旧，我但与诸君抱子弄孙，尚复何忧？"想是得了三美，遂思多育子孙。

过了三日，魏博行营，遣使修好，悟接待来使，开庭设宴，席间命壮士手搏，娱骋心目。悟本多力，也摇肩攘臂，离座助势，且顾语来使，自夸勇武。来使面谀数语，引得悟心花

怒开，连尽数大觥。宴毕，来使辞行，乃厚赆遣归。看官道魏
博使人，果当真修好么？他是受了田弘正密命，来觇刘悟举
动。弘正自得师道父子首级，即露布告捷，因恐师道首级非
真，特召夏侯澄辨认。澄系师道麾下，受擒后归弘正差遣，至
是见师道首，长号晕绝，良久方苏，复抱首舐面，恸哭不置。
弘正也为改容，目为义士。但已见得逆首非虚，立遣人传送京
师。宪宗大喜，命户部侍郎杨于陵为淄青宣抚使，分十二州为
三道，郓曹濮为一道，淄青齐登莱为一道，兖海沂密为一道。
自李正己据有淄青，历李纳及师古师道，凡四世，共计五十四
年，名为唐属，实是独霸一方，自除官吏，不供贡赋。即如淮
西成德各军，亦皆与平卢相似，经宪宗依次略定，河南北三十
余州，乃尽遵唐廷约束，不再跋扈了。这是宪宗得人之效。

　　宪宗惩前毖后，欲徙刘悟至他镇，因恐悟不受代，复须用
兵，乃密诏田弘正侦察。弘正遂阳称修好，阴使窥伺。及得使
人还报，不禁冷笑道："匹夫小勇，有何能为？若闻改徙，必
行无疑。"一语道破。当即密报宪宗。宪宗遂徙悟为义成节度
使，且令弘正带兵入郓，迫令交代。刘悟正耽情酒色，乐以忘
忧，忽接到移镇诏敕，顿吃了一大惊，又闻田弘正引兵到来，
更急得形神沮丧，手脚慌忙，夜间草草整装，也不及与魏氏等
欢叙，俟到天明，已有人入报道："魏博军无数到来，距此只
数里了。"悟仓皇出迎，李公度贾直言郭旷李存等随着，离城
二里，即与田弘正遇着，客亭相见，寒暄数语，弘正便欲入
城。悟尚拟同入，想总为了三姐。弘正道："天子命不可违。郓
城事由弘正料理，倘如公以下，尚有眷属等人，未曾挈领，自
当护送前来，请勿多虑！"悟懊怅自去。惟郭旷李存谋除李文
会，先已遣使至登州，诈传悟命，召他入郓，途次将他刺死，
及携首回来，旷存等已随往滑州，无从复命，只好报知田弘
正。弘正以文会助逆，理当处死，不必再议。此外悉除苛禁，

听民安居，所有赴滑诸将吏家属，统遣吏护送入境。惟师道家属，照例应当连坐，特表请诏敕施行。旋得诏旨下来，师道妻魏氏以下，应没入掖庭，师古子明安，令为郎州司户参军，明安母裴氏，得随子赴任，其余宗属，流徙远方。看官道宪宗此诏，何故重罪轻罚？这也是刘悟有情魏氏，特地上表陈请，诈称魏氏是魏征后裔，应该援议贤议功两例，免她死罪。明安母子，与师道本不同谋，理难连坐等语，_{悟为明安母子营救，当是受教妻室。}所以宪宗从轻处置。弘正依诏办理，复查得师道簿书，有赏王士元等十六人，系为刺杀武元衡案件，遂按名索捕，尽行搜获，解送京师，讯实正法。其实王士元等，尚非真正凶手，他是冒功受赏，被捕后亦知难免，索性供认了案。京兆尹崔元略，颇探知隐情，宪宗以为罪恶从同，也无暇辨正了。

　　田弘正得加授检校司徒，兼同平章事，仍令还镇；调义成节度使薛平，为平卢节度使，兼淄青齐登莱等州观察使；任淄青行营供军使王遂，为沂海兖密等州观察使；徙淮西留后马总，为郓曹濮等州节度使，分镇而治，总道是力弱易制，永远相安，哪知王遂残酷不仁，激成怨讟，不到半年，便被役卒王弁等拘住，责他盛暑兴工，用刑刻暴等罪，乱刀砍死，弁自称留后。嗣经棣州刺史曹华，受命赴沂，拘送王弁，腰斩东市，余党尽歼。华继任沂海兖密观察使，祸乱才算敉平。宰相裴度，曾为宪宗讨平元济，至师道授首，亦由度在朝密议，始得成功。度又极言中官专恣，祸甚藩镇，并与皇甫镈程异不协。镈异遂潜引中人，百端构度，度竟被出为河东节度使，不过同平章事职衔，尚未撤销。既而程异病死，镈荐河阳节度使令狐楚入相，楚与镈为同年进士，所以引入。河东节度使张弘靖，卸职还朝，适宣武节度使韩弘入朝，请留京师，乃命弘靖往代，进韩弘为司徒，兼中书令。魏博节度使田弘正，也入都朝觐，情愿留京，三表不许，命他兼职侍中，优诏遣归。弘正虽奉命还镇，但兄弟子侄，多留官京中，宪宗皆擢居显列，朱紫满朝，人以为荣。

惟宪宗以两河平定，群藩帖服，愈觉得太平无忌，功德巍巍。皇甫镈等献媚贡谀，奉宪宗尊号，称为元和圣文神武法天应道皇帝，一班度支盐铁等使，随时进奉，多多益善。从前藩镇未平时，进奉的名目，叫作助军，及藩镇已平，易助军为助赏，至进上尊号，又改称为贺礼，就是左右军中尉，亦各献钱万缗。无非导君以侈。看官试想！天下有几个毁家纾难的大忠臣，所有进奉诸官吏，哪个不是刻剥百姓，吸了民间的膏血，移作媚上的资本？库部员外郎李渤，出使陈许，还言："渭南诸县，民多流亡，弊由计臣聚敛，剥下媚上，以致如此。"皇甫镈等恨他多言，伺隙图渤。渤却见机谢病，辞职告归，他本号为少室山人，前因朝廷迭召，无奈就征，此次见忌当道，他当然不应恋栈，一官敝屣，还我本来，才不愧为高士呢。阐表清操。

台州刺史柳泌，奉旨莅任，日驱吏民采药，岁余不得一仙草，自恐得罪，逃匿山中。浙东观察使捕泌送京，皇甫镈李道古等，代为庇护，泌竟免罪，反得待诏翰林。又令他合药进供，宪宗取服以后，日加燥渴。起居舍人裴璘上言："药止疗疾，不应常服。况金石酷热有毒，益以火气，更非脏腑所能胜受。古语有云：'君饮药，臣先尝。'请令泌先饵一年，试验利害，然后再服不迟。"宪宗不但不从，反贬璘为江陵令。

同平章事崔群，为皇甫镈所排挤，出为湖南观察使。知制诰武儒衡，系故相元衡从弟，抗直敢言，又为令狐楚所嫉忌，特想出一法，荐用狄兼谟为左拾遗。兼谟为狄仁杰族曾孙，尝登进士第，辟襄阳府使，刚正有祖风，举为言官，本是材足称职，但观令狐楚荐牍，内言："天后窃位，诸武专横，赖狄仁杰保佑中宗，克复明辟，兼谟为功臣后裔，更且才行优长，亟宜录用"云云。看他文字，似与武儒衡没甚关系，其实指斥武氏，便是影射儒衡。儒衡知他言外有意，忙泣诉宪宗道："臣祖平一，当天后朝，遁迹嵩山，并未在位……"宪宗不待说完，便点首道："朕知道了。"武平一不见前文，便是高隐之故。儒衡乃退。未几，迁中书舍人，左军中尉。

吐突承璀自淮南还都后，仍然得宠，辗转援引，党类甚繁。后来党派分裂，内侍王守澄陈弘志等，与承璀势力相当，互为倾轧，萧墙里面，早已隐伏戈矛。宪宗误服金石，致多暴躁，左右宦官，往往获罪致死，因此人人自危，时虞不测。承璀尝与宪宗次子澧王恽友善，从前太子宁病殁时，劝宪宗立恽为储，宪宗因恽母微贱，特立遂王恒为太子，至是宪宗有疾，承璀复谋立恽，太子恒得知消息，密遣人问诸司农卿郭钊，钊系太子母舅，嘱使传语道："殿下但应孝谨，静俟天命，幸勿他谋。"郭氏子弟，始终尽礼。太子才耐心静待。到了元和十五年元日，宪宗因寝疾罢朝，群臣惶恐，会义成节度使刘悟来朝，赐对麟德殿，及悟趋出，语群臣道："主体平安，保毋他虑。"群臣听了悟言，总道是易危为安，放心归第，不料过了一宵，宫中竟传出骇闻，说是圣驾宾天，宰相以下，仓猝入临，趋至中和殿，就是御寝所在，但见殿门外面，已由中尉梁守谦，带兵环卫，里面寝室，为王守澄陈弘志及诸宦官马进潭刘承韦元素等把守，不准群臣趋进龙床。陈弘志且扬言道："皇上误服金丹，毒发暴崩，真是出人意料，幸留有遗诏，命太子嗣位，授司空兼中书令韩弘，摄行冢宰，太子现在寝室，应即日正位，然后治丧便了。"别人不言，独让陈弘志出头，明明是贼胆心虚，自欲洗清逆案。皇甫镈令狐楚等，本来是没甚气节，且见寝殿内外，已被一班阉竖，占了先着，盘踞牢固，料知不便抗争，只好唯唯从命。陈弘志手段甚辣，密遣心腹伺诸道旁，俟吐突承璀及澧王恽奔丧，竟出其不意，将他杀死，外人亦不知为谁氏所遣，宫廷中且未悉两人死耗，专办太子即位礼仪，及料理丧具等事。太子恒即位太极殿东序，是谓穆宗，赐左右神策军钱，每人五十缗。

皇甫镈已毕朝贺，退回私第，翌晨复拟入朝，忽由中使颁到诏敕，数责罪状，谪窜崖州，令为司户参军。镈不觉泪下，待中使出去，与家人叙别，免不得相对悽惶，继且自叹道："王守澄陈弘志等谋逆，我身为宰相，不能讨叛，罪固当死，若说我荐引方士，药死皇上，这却未免冤枉哩。"自知颇明，然已迟了。乃出都南行，后来竟死崖州，中外称贺。左金吾将军李道古，亦坐贬循州司马，杖死方士柳泌，及浮屠大通。中尉梁守谦以下，都进官有差。弑君逆党，反得蒙赏，唐事可知。进任御史中丞萧俛，及翰林学士段文昌同平章事，尊生母郭贵妃为皇太后，追赠太后父暖为太尉，母为齐国大长公主，兄钊晋授刑部尚书，鏦为金吾大将军。太后移居兴庆宫，朔望三朝，穆宗每率百官诣宫门上寿，或岁时庆问燕飨，后宫戚里，暨内外命妇，联袂入宫，车骑杂沓，环珮锵锵，豪华炬赫，备极一时。选应七十四回。

穆宗务为奢侈，尤好嬉游，即位未几，御丹凤门，宣诏大赦，召入教坊倡优，令演杂戏，纵观恣乐。越数日，又至左神策军，观角觝戏，即手搏戏。监察御史杨虞卿等，上疏谏阻，穆宗阳为优答，仍然未改。柳公绰弟公权，书法遒劲，得邀主赏，召入为翰林侍书学士。穆宗尝问道："卿书何这般佳妙？"公权答道："用笔在心，心正笔自正。"穆宗亦悚然动容，知他借笔作谏；但江山可改，本性难移，更兼左右宵小，逢君为恶，日加恣意，单靠着两三直臣，几句正话，哪能挽回主听，骤改前非？一薛居州其如宋王何？江陵士曹元积，具有文才，善作歌曲，尝与监军崔潭峻交游。潭峻录积旧作，归白宫中，宫人多喜歌诵，宛转悠扬，曲尽妙趣。穆宗问为何人所制？当由潭峻报明姓氏，并盛称积才可用，遂召他入都，命为知制诰。中书舍人武儒衡，瞧他不起，会当溽暑，与同僚食瓜阁下，积亦在座，儒衡见瓜上有蝇，用扇挥去，且语道："适从何来？遽集于此。"同僚大半失色，儒衡意气自如，积怀惭而退。积字微之，宪宗时曾为左拾遗，奏议颇多，寻为监察御史，辄出外按狱。少年喜事，日遭诟病，遂被当道参劾，贬为江陵士曹参军。武儒衡因他交通中官，复得干进，所以格外奚落。若论他文才诗思，与白居易实相伯仲，所传歌词，天下称颂，时号为《元和体》，往往播诸乐府，宫中呼为元才子。不过出处未慎，身名两败，可见才德两字，是缺一不可呢。为有才者作一棒喝。

　　是年六月，葬宪宗于景陵。宪宗在位十四年，享年四十二岁，史称宪宗志平僭叛，所向有功，好算一中兴主，可惜晚节不终，致为宦官王守澄陈弘志等所弑，这正是一代公评。惟穆宗既葬宪宗，益事游畋，趁着秋凉天气，带了后宫佳丽，游鱼藻宫，浚池竞渡，赐与无节。且欲开重阳大宴，拾遗李珏，与同僚上疏道："元朔未改，山陵尚新，虽陛下俯从人欲，以月易年，究竟三年心丧，礼不可紊，合宴内廷，究应从缓为宜。"穆宗不听。到了九月九日，宴集百官，格外丰腆，足足畅饮了一天，既而群臣入阁，谏议大夫郑覃崔郾等五人进言，略谓："陛下宴乐过多，游幸无度，日夕与近习倡优，互相狎昵，究非正理。就是一切赏赐，亦当从节。金帛皆百姓膏血，非有功不可与，虽然内藏有余，总望陛下爱惜，留备急需！"穆宗自践位后，久不闻阁中论事，此次忽闻阁议，便问宰相道："此辈何人？"宰相等答是谏官。穆宗乃令宰相传语道："当如卿言。"宰相传谕毕，相率称贺。哪知穆宗口是心非，不过表面敷衍，何曾肯实心改过？尝语给事中丁公著道："闻外间人多宴乐，想是民和年丰，所以得此佳象，良慰朕怀。"公著道："这非佳事，恐渐劳圣虑。"穆宗惊问何因？公著道："自天宝以来，公卿大夫，竞为游宴，沈酣昼夜，猱杂子女，照此过去，百职皆废，陛下能无忧劳么？愿少加禁止，庶足为朝廷致福。"穆宗似信非信，迁延了事。

未几，已是仲冬，又拟出幸华清宫。此时韩弘已罢，令狐楚亦因掊克免相，累贬至衡州刺史，另用御史中丞崔植同平章事。植与萧段文昌，率两省供奉官，诣延英门，三上表切谏，且言御驾出巡，臣等应设扈从，乞赐面对。穆宗并不御殿，也无复音。谏官等又俯伏门下，自午至暮，仍然没有音响，不得已陆续散归，约俟翌晨再谏。不料次日进谒，探得宫中消息，车驾已从复道出城，往华清宫，只公主驸马及中尉神策六军使，率禁兵千余人，扈从而去，群臣统皆叹息。好容易待到日暮，方闻车驾已经还宫，大众才安心退回。小子有诗叹道：

> 为臣不易为君难，勤政从虞国未安。
> 宁有庙堂新嗣统，遨游终日乐盘桓？

内政丛脞，外事亦不免相因，欲悉详情，请看下回续叙。

古人有言："外宁必有内忧。"夫外既宁矣；内忧胡自而至？盖自来好大喜功之主，当其从事外攘，非不刚且果也，一经得志，骄侈必萌，背臣媚子，毕集宫廷，近则不逊，远之则怨，未有不酿成祸乱者。如宪宗之信方士，任宦官，好进奉，都自削平外患而来，卒之身陷大祸，死于非命，史官犹第书暴崩，不明言遭弑，本编依史演述，虽未直书弑逆，而首恶有归，情事已跃然纸上，岂必待显揭乎哉？况穆宗为宦官所立，已为晚唐开一大弊，即位后又不讨贼，专事嬉游，甚且举乱臣贼子而封赏之，然则弑父与君穆宗应为首逆，许世子不尝药，《春秋》犹书弑君，况如穆宗之狃睚乱贼乎？故王守澄陈弘志之弑君，可书而不书，穆宗之无父无君，虽不书与直书等，皮里阳秋，明眼人自能瞧破，此即所谓微而显也。

第七十八回

河朔再乱节使遭戕　深州撤围侍郎申命

却说成德节度使王承宗，自遣质献地后，还算安分守己，至元和十五年十月病殁。子知感知信，尚留质京师，秘不发丧。军中推立承宗弟承元，承元年方二十，语军士道："诸公未忘先德，不因承元年少，欲令暂摄军务；承元愿尽节天子，勉成忠烈王遗志，诸公肯相从否？"忠烈王即王武俊。大众许诺。承元乃视事旁厅，不称留后，密表请朝廷除帅。朝廷始知承宗已殁，特调魏博节度使田弘正，为成德节度使，徙承元为义成节度使，且遣谏议大夫郑覃宣慰成德军，赍钱百万缗，分赏将士。将士闻承元移镇义成，但涕泣挽留。承元亦涕泣与语道："诸公厚爱，不欲承元他去，盛情可感，但使承元违诏，适增承元罪戾。从前李师道未败时，朝廷尝下诏赦罪，召他入朝，师道欲行，诸将攀辕固留，后来杀死师道，就是这等将士，愿诸公勿使承元为师道，便是承元的幸事了。"言毕，且遍拜将士，将士统已无言，独大将李寂等十余人，尚然强谏，不肯令往。承元忍不住变色道："承元不敢违诏，你却敢抗命么？"呼左右缚住李寂等，推出斩首。有胆有识，不意于少年得之。军心乃定，承元遂移赴滑州去了。成德自李宝臣始，至王承元终，共易二姓，传五世，凡五十九年。

越年改元长庆，卢龙节度使刘总，奏请弃官为僧，乞另简大员继任。看官阅过上文，应知刘总弑父杀兄，窃据节钺，为

何此次不愿做官，反愿为僧呢？原来总虽得位，心中未免危
惧，当夜深人静时，屡见父兄在旁，怒目相视，他不得已延僧
忏醮，朝诵经，夕礼佛，几乎无日空闲，偏是佛法无灵，冤魂
屡扰，甚至青天白日，也觉父兄随着，因此越加惊惶。天下事
最怕心虚，心越虚，胆越小，自悔前事做错，将来难免受祸，
不如趁早出山，省得吃苦。又见河南北皆已归他，遂决计弃官
为僧，奏分所属为三道，幽涿营为一道，平蓟妫檀为一道，请
除张弘靖薛平为节度使；瀛莫为一道，请除卢士玫为观察使。
并又择麾下宿将，如朱克融即朱滔孙。等送京师，乞量才内用，
为燕人劝。并献征马万五千匹，然后削发待命。好几日不见诏
下，他将印节交代留后张玘，静悄悄的遁去。倒也清脱。

　　穆宗接刘总表文，尚不在意，专务酣宴冶游。过了数日，
方令宰臣等会议，时萧俛段文昌相继罢职，改用户部侍郎杜元
颖同平章事。元颖为杜如晦五世孙，与崔植先后入相，植尚有
操守，未达世务，元颖实庸碌无能，较植尤为暗昧。两人拟定
办法，乃是许总为僧，惟分道一说，不尽相从，但调河东节度
使张弘靖继任，就原镇内止割瀛莫二州，归卢士玫管领。士玫
曾权知京兆尹，为总妻族亲戚，总特别举荐，却有些假公济私
的意思。两相不便却情，曲从所请，所有兵马使朱克融等，留
京待选。穆宗当然准奏，只待遇刘总，恰有两条敕旨，一是准
他为僧，赐给僧服，一是晋任侍中，移镇天平军。即前回郓曹
濮三州，赐号天平军。两事令他自择，即遣中使赍诏赴镇。哪知
到了幽州，刘总早已他去，当由留后张玘，四处找寻，及寻至
定州境内，才见刘总遗骸，暴露山下。岂真放下屠刀，立地成佛
耶？乃购棺具殓，通报刘氏子弟，扶榇归里。刘氏建节幽州，
自怦至总凡三世，共三十六年。

　　先是河北诸帅，皆亲冒寒暑，与士卒同甘苦，及张弘靖移
镇，雍容骄贵，深居简出，政事多委诸幕僚，所用判官韦雍

等，又皆年少浮躁，专尚豪纵，出入传呼甚盛，或朝出夜归，烛炬满街，燕人惊为罕见。朝廷赏给卢龙军百万缗，由弘靖截留二十万，充军府杂用。韦雍等复克扣军士衣粮，且屡诉军士道："今天下太平，汝等能挽两石弓，不若识一丁字。"军中闻诉，各有怨言。祸在此矣。会朱克融等被当道勒还，仍令归本镇驱使。克融求官不遂，恰耗了许多旅资，及回见弘靖，弘靖亦没甚礼貌，不过淡漠相遭。克融积忿不平，暗生异志，可巧韦雍出游，遇小校纵辔前来，冲撞马头，雍命导役把小校曳下，即欲在街中杖责，小校不服。雍将小校带回，入白弘靖，弘靖命拘系定罪。是夕即生变乱，士卒呼噪入府，扭住弘靖，劫掠货财妇女，杀死幕僚韦雍张宗元崔仲卿郑埙，及都虞侯刘操、押牙张抱元。惟判官张彻，素性长厚，大众不忍加刃，与他商议后事。彻骂道："汝等如何造反？将来恐要族灭哩。"道言未绝，已被士卒杀毙。士卒拥弘靖至蓟门馆，将他囚禁，另议推立留后，商量一夜，未曾就绪。次日众有悔心，统至蓟门馆谢罪，请改心服事弘靖。待至半日，未见弘靖回答。真是饭桶。大众乃相语道："相公不发一言，是不肯赦宥我等，我等不应待死，只好另立镇帅罢。"遂往迎旧将朱洄为留后。洄即克融父，时方因废疾卧家，自辞老病，愿举子自代。亦欲效晋祁奚么？众乃奉朱克融为留后。穆宗闻变，贬弘靖为吉州刺史，调昭义节度使刘悟为卢龙节度使。悟不愿移节，表称克融方强，不如且授节钺，待作后图，乃仍令悟镇昭义军，另议对付克融，不欲遽授旌节。

偏偏一波未平，一波又起，成德兵马使王庭凑，竟勾结牙兵，戕杀节度使田弘正，自称留后，累得唐廷应接不暇，愈觉惊惶。原来田弘正徙镇成德，自思前时与镇军交战，积有宿嫌，恐军士尚思报复，特带魏博兵二千人，留作自卫，且表请度支使另给粮赐。户部侍郎判度支崔俊，刚褊无远虑，不肯照给，弘正四上表不报，没奈何遣魏博兵归镇。果然不到半年，都知兵马使王庭凑，纠众作乱，攻入府署，杀死弘正，并家属二百余人。所有弘正僚属，亦多遭害。庭凑竟自称留后。是时李愬正调镇魏博，闻弘正遇害，特素服令将士道："魏人所以得通圣化，至今富乐安宁，究系何人所赐？"大众齐声道："幸有田公弘正。"愬又道："诸君既受田公厚惠，今田公为成德军所害，将若何报怨？"众又道："愿从公令。"愬又搜阅兵马，自请往讨成德，一面出宝剑玉带，遣使持赠深州刺史牛元翼，且传语道："昔我先人用此剑立功，我又奉此剑平蔡州，今特赠公，请努力剪除庭凑。"元翼本成德良将，深州属成德管辖，至是感愬知遇，即捧剑执带，晓示军中，且令魏使返报李愬，誓尽死力。愬遂表荐元翼忠诚可用，有诏授元翼为深冀节度使。元翼受命，作书谢愬，并约愬为援，即日发兵。愬整军将发，忽尔染疾，卧不能起，乃亟诸简贤代任。廷议以魏人素服弘正，拟起复弘正子布，继任魏博，当无后虑。穆宗准议，拜布检校工部尚书，兼魏博节度使，召愬归东都养疴。布曾任河阳节度使，转徙泾原，因弘正遇害，丁忧解职，至是奉诏起复，固辞不获，始涕泣受命，且与妻子及宾客诀别道："我此行恐不能生还了。"隐伏死谶。遂屏去旌节，襆被即行。距魏州三十里，披发徒跣，号哭而入。李愬见布已莅镇，即日交卸，还至东都，不久即殁。年四十九，朝廷追赠太尉，予谥曰武。愬当服官之年，即行病逝，殊足深惜；否则将才如愬，必能平定成德，何至河朔再失耶？

布虽受任，身居垩室，月俸千缗，一无所取，且卖去旧产，得钱十余万缗，尽给将士，誓众复仇。那时朱克融却日益猖獗，诱降莫州都虞侯张良佐，逐去刺史吴晖，再煽动瀛州军士，执住观察使卢士玫，送至幽州，囚住客馆。一面又与王庭凑联络，合攻深州。诏令殿中侍御史温造为起居舍人，充镇州即恒州，属成德军。四面诸军宣慰使，遍历泽潞河东魏博横海深冀易定等道，预戒军期。各道多观望不前，再调裴度为镇州四面行营都招讨使。度受命即发，偏翰林学士元稹，与知枢密魏弘简，潜相勾结，求为宰相，恐度为先达重望，一或有功，必当大用，有碍自己进取，因此从中阻挠，凡遇度所陈军事，多不使行。元才子之丧名败节，莫此为甚。度乃上疏极谏，略云：

> 陛下欲扫荡幽镇，先宜肃清朝廷，河朔逆贼，只乱山东，禁闱奸臣，必乱天下。是则河朔患小，禁闱患大。小者臣与诸将必能剪灭，大者非陛下觉悟制断，无自驱除。臣自兵兴以来，所陈章疏，事皆切要，所奉诏书，多有参差，蒙陛下委付之意不轻，遭奸臣抑损之事不少。臣素与佞幸，无甚仇隙，不过恐臣或有成功，曲加阻抑，进退皆受羁牵，意见悉遭蔽塞，但欲令臣失所，使臣无成，则天下理乱，山东胜负，悉不顾矣。为臣事君，一至于此。若朝中奸臣尽去，则河朔逆贼，不讨自平，若朝中奸臣尚存，则逆贼虽平无益。陛下倘未信臣言，乞出臣表，使百官集议，彼不受责，臣当伏辜。臣不胜翘首待命之至！

疏入不省。接连又是两疏，明斥魏弘简元稹，乃罢弘简为弓箭库使，稹为工部侍郎，暗中仍宠遇如故。横海节度使乌重胤，率全军往救深州，独当幽镇东南诸军，倚以为重。重胤老成持重，见贼势方盛，未易剿除，因深沟高垒，按兵观衅。左领军大将军杜叔良，以善事权幸得宠，中官遂交口称扬，谓重胤逗留误事，不若令叔良往代。穆宗信为真言，遂徙重胤为山南西道节度使，令叔良代统横海军，兼深州行营节度使。叔良驰至深州，与成德军接仗，屡战屡败，至博野一战，丧亡七千余人。叔良狼狈奔还，连旌节都至失去。穆宗始知误用，另调

凤翔节度使李光颜为忠武军节度使，德宗时称陈许为忠武军。兼
深州行营节度使，代杜叔良。已是迟了。自宪宗征讨四方，国
用已空，穆宗即位，侈奢无度，府藏尤匮。更兼幽镇用兵，日
需军饷，左支右绌，拮据异常，宰臣为节费起见，特上呈奏
议，大略谓："庭凑杀弘正，克融囚弘靖，罪有轻重，不应同
讨，请赦克融罪，专讨庭凑。"无非姑息。穆宗乃命克融为平卢
节度使，克融虽得旌节，仍然遣兵四出，陷弓高，围下博。

前翰林学士白居易，素有直声，屡遭时忌，累贬至江州司
马，唐时有浔阳曲，便为此时所作。寻迁忠州刺史，长庆初复入
任中书舍人，目击时艰，忍无可忍，乃复上书言事道：

　　自幽镇逆命，朝廷讨诸道兵计十七八万，四面攻围，
已逾半年。王师无功，贼势犹盛。弓高既陷，粮道不通，
下博深州，饥穷日蹙。盖由节将太众，其心不齐，朝廷赏
罚，又复误用，未立功者或已拜官，已败衄者不闻得罪，
既无惩劝，以至迁延，若不改张，必无所望。请令李光颜
将诸道劲兵，约三四万人，从东速进。开弓高粮路，令下
博诸军解深州重围，与元翼合势，令裴度将太原全军，兼
招讨旧职，四面压境，观衅而动，若乘虚得便，即令同力
剪除，若战胜贼穷，亦许受降纳款，如此则夹攻以分其
势，招谕以动其心，必未及诛夷，自生变故，仍诏光颜选
留诸道精兵，余悉遣归本道，自守土疆。盖兵多而不精，
岂惟虚费资粮？兼恐挠败军陈故也。诸道监军，请皆停
罢，众齐令一，必有成功。又朝廷本用田布令报父仇，令
领全师出界，供给度支，数月以来，都不进讨，非田布固
欲如此，实由魏博一军，累经优赏，兵骄将富，莫肯为
用。况其军一月之费，约需钱二十八万缗，若更迁延，将
何供给？此尤宜早令退军者也。若两道止共留兵六万，所

费无多，既易支持，自然丰足。否则兵数不抽，军费不减，食既不足，众何以安？不安之中，何事不有？况有司迫于供军，百端搜括，不许则用度交缺，尽许则人心无餍，自古安危，皆系于此，伏乞圣虑察而念之！

穆宗得奏，毫不在意。崔植杜元颖，也逐日延宕，未尝过问，还有西川节度使王播，以赂结宦官进幸，入为盐铁使，寻且为相，专事逢迎，不谈政治。至长庆二年，魏博又复作乱，遂致河朔三镇，相继沦胥。魏博节度使田布，素与牙将史宪诚相善，及出师复仇，命为先锋兵马使，军中精锐，悉归调度。宪诚前驱出发，布为继进，出至南宫，适值大雪缤纷，军不得进，度支馈运，又复不至。布令发六州租赋，供给军糈，将士不悦，入白布道："我军出境，向例由朝廷供给，今尚书刮六州膏血以奉军，虽尚书瘠己肥国，六州人民，究系何罪？"布默然不答。将士退出，转语宪诚。宪诚已蓄异图，非但不加劝慰，并且从旁煽动，于是军心益离。会有诏分魏博军与李光颜，使救深州，布军遂溃，多归宪诚。布独与中军八千人归魏，复召诸将会议，再行出兵。诸将益哗噪道："尚书能行河朔旧事，_{指田承嗣。}愿与共死生，若使复战，恐无能为力了。"布再欲与语，诸将尽拂袖而出。布不禁泪下道："功不成了。"便自作遗表，具陈情状。略谓："臣观众意，终负国恩。臣既无功，敢忘即死，伏愿陛下速救光颜元翼，勿使义士忠臣，尽为河朔屠害，臣虽死亦瞑目了。"表既写就，号哭下拜，当将表文授与幕僚李石，乃入启父灵，抽刀自言道："上以谢君父，下以示三军。"言毕，刺心自尽，年止三十八岁。_{徒死无补，亦愚忠愚孝之流。}宪诚闻布已死，即宣告大众，仍遵河北故事。众皆欢跃，愿拥宪诚为留后，乃将布死状奏闻，但说布愤功难成，因致短见，且叙及众情归向，愿拥宪诚等事。唐廷亦不遑细察，但赠布右仆射，予谥曰孝，竟授宪诚节度使。

宪诚阳奉朝廷，阴实与幽镇连结，于是王庭凑气焰尤盛。幽镇军围攻深州，官军三面往援，均因衣粮缺乏，冻馁兴嗟，还有何心恋战？就是庸中佼佼的李光颜，亦只能闭壁自守。招讨使裴度，贻书幽镇，以大义相责，朱克融撤围退去，王庭凑虽引兵少退，尚有余兵留着。度拟专讨庭凑，怎奈朝内有一个元才子，是裴晋公的对头，始终忌他成功，屡劝穆宗赦庭凑罪，罢兵息民，穆宗竟命度入朝，加拜司空，令为东都留守。一面授克融庭凑检校工部尚书，各兼节度使。克融释出张弘靖卢士玫，上表称谢。庭凑虽然受命，镇军尚留深州城下。诏令兵部侍郎韩愈，宣慰庭凑，盈廷大臣，均为愈危，诏中亦有"可行则行，可止则止"二语。愈喟然道："君止仁，臣死义，怎得不往？"韩公大名，在此数语。遂持敕启行，直抵镇州。庭凑令军士拔刀张弓，迎愈入馆。愈见甲仗罗列，毫无惧容。庭凑乃语愈道："频年不解兵事，实皆军士所为，庭凑本心，不愿出此。"愈厉声道："天子以尚书有将帅才，故特赐节钺，难道尚书不能与健儿语么？"庭凑语塞。甲士却向前道："先太师指王武俊。为国击走朱滔，血衣犹在，我军何负朝廷，乃视同盗贼呢？"愈答语道："汝等尚能记先太师，甚善甚善。试想从前叛逆，自禄山思明，以及元济师道，所遗子孙，今尚有在朝为官么？田令公以魏博归朝廷，子孙孩提，日为美官，王承元以此军归朝廷，弱冠为节度使，刘悟李祐，今皆为节度使，汝等曾亦闻知否？"气盛言宜，胜读昌黎文集。大众皆不能对。庭凑恐众心摇动，麾众令出，徐语愈道："侍郎来此，欲使庭凑何为？"愈说道："神策六军诸将，如牛元翼才具，却也不少，但朝廷顾全大体，不忍弃置，敢问尚书既受朝命，如何围攻不退？"庭凑道：'我便当放他出去了。"随即设宴待愈，厚礼遣归，深州围解。牛元翼率十骑出城，奔往襄阳，家属尚陷没城中。为下文伏线。深州守将臧平等，举众出降。庭凑责他坚守不下，杀平等百八十余人，自是成德军六州，恒定易赵深冀。卢龙军九州，幽蓟营平涿莫檀妫瀛。魏博军六州，贝博魏相卫洛。皆跋扈不臣，不奉朝命，河朔复非唐有了。后人推原祸始，无非因君相昏庸，坐致此失。小子有诗叹道：

> 强藩方幸免喧呶，谁料前功一旦抛。
> 主既淫荒臣亦昧，野心狼子复咆哮。

　　三镇已失，昭义军又复不靖，欲知如何启衅，且待下回说明。

　　王承元徙镇而成德安，刘总弃官而卢龙安，合以魏博田弘正，谨守朝旨，河朔之乱，庶乎息矣，唐廷乃激之使变，果胡为耶？田弘正与成德有隙，不应轻徙，张弘靖有文无武，更不应轻调，一变骤起，一变复乘，至起复田布，再令遘祸，既害其父，又害其子，弘正与布，虽未尝无失，要之皆唐廷处置失宜之弊也。当时相臣如裴度，将臣如李光颜，皆一时名流，乃为奸臣腐竖所牵制，不能成功，集天下之兵，不能讨平二贼，反以节钺委之，乱臣贼子，岂尚知有天子耶？韩愈宣慰庭凑，理直词壮，稍折贼焰，然仅救一牛元翼，不得大伸国权，愈固忠矣，其如国威之已替何也。唐至此盖已陵夷衰微矣。

第七十九回

裂制书郭太后叱奸　信卜士张工头构乱

　　却说昭义节度使刘悟，因不肯移节，仍守原镇。监军刘承偕，在宫时得宠太后，视为养子，既为昭义监军，恃恩傲物，尝在大众前窘辱刘悟，且阴与磁州刺史张汶，谋缚悟送阙下。悟窥破阴谋，讽军士杀汶，并执住承偕，举刀拟颈。幕僚贾直言责悟道："公欲为李司空么？安知军中无人如公。"名足副实。悟乃不杀承偕，拘系以闻。时裴度正奉诏入朝，穆宗问处置昭义，应如何办法？度顿首道："臣现充外藩，不敢与闻内政。"穆宗道："卿职兼内外，何妨直陈所见。"度答道："臣素知承偕怙宠，悟不能堪，尝贻书诉臣，谓曾托中人赵弘亮，奏闻陛下，陛下可亦闻知否？"穆宗道："朕未及闻知，但承偕为恶，悟何不早日奏闻？"度又道："臣入觐天颜，相距咫尺，有所陈请，陛下尚未肯俯从，况千里单言，能遽邀圣听么？"穆宗道："前事且不必再提，但论今处置方法。"度答道："必欲使帅臣归心，为陛下效力，应该敕使至昭义军，把承偕枭示。"度素嫉监军故有此请。穆宗道："朕亦何爱承偕，但太后曾视如养子，当更思及次。"度请投诸荒裔，穆宗许可，乃诏流承偕至远州。悟遂释出承偕，上表谢恩。

　　既而武宁副使王智兴，复逐去节度使崔群，朝廷以力未能讨，即命智兴继任节度使。当时崔植、杜元颖，又陆续免相。元稹得入任同平章事，劝穆宗远调裴度，令他出镇淮南，制敕一下，言路大哗，交章请留度辅政。穆宗乃留度为相，命王播代镇淮南，兼盐铁转运使。度与积同居相位，当然似冰炭难容。积屡欲害度，但苦无隙，宦寺多与度未协，特讽穆宗召用李逢吉。逢吉曾为东宫侍读，出任山南东道节度使，阴谲多谋，密结近倖，至是荐入为兵部尚书，明明是挤排裴度。哪知逢吉心肠尤狠，甫经受职，便欲将裴度、元积，一并挥去，自己好夺取钧席。凑巧有一个善讲谣言的李赏，为逢吉所赏识，即令他至左神策军营，讦告元积阴谋，说他与裴度有嫌，密结私党于方，募客刺度。神策中尉入奏穆宗，穆宗即命尚书左仆射韩皋，给事中郑覃，与逢吉会同鞫讯，并无实证，当即复奏上去，大约是："查无实据，事出有因。裴、元二相，同职不同心，所以群疑纷起，有此谣言，请求圣明察夺。"看官试想！这数句奏语，真是妙不可阶，既好把二相同时坐免，复好把李赏轻轻脱罪，一举三得，若非李尚书足智多谋，怎能有此巧计？冷隽有味。果然穆宗览奏，堕入彀中，罢度为尚书右仆射，出积为同州刺史。有几个謇謇谔谔的言官，未免代抱不平，上疏言："裴度无罪，不宜免相，积蓄邪谋，虽未成事，不为无因，应从重谴罚。"穆宗不得已，再贬积为长春宫使，惟不复相度，竟令李逢吉同平章事。相位到手，究竟长厚者吃亏，刁狡者生色。但读李逢吉死后无子，冥冥中卒有报应，诈谋亦何益乎？

　　时李愿出任宣武节度使，宠任妻弟窦瑗，骄贪不法，贻怨军中。牙将李臣则作乱，杀瑗逐愿，推押牙李齐为留后。监军据实奏闻，有诏令宰相及三省官会议，或谓当如河北故事，授齐节钺。逢吉力驳道："河北事出自无奈，今若并汴州弃置。恐江淮以南，均非国家有了。"此语确是。适宋亳颍州，亦各奏请命帅，逢吉入白穆宗，请征齐入朝，令韩弘弟韩充出镇宣武。穆宗从逢吉言，遣使召齐，齐不受命，诏令忠武节度使李光颜，充海节度使曹华，出兵讨齐，屡败齐军。韩充入汴境，又败齐兵于郭桥。齐尝与兵马使李质友善，质屡次劝谏，齐不肯从。会齐因郁愤，疽发卧家，质乘间突入，斩齐示众，众皆骇服，遂出城迎充。充既视事，人心粗定，乃密籍军中党恶千余人，尽行逐出，且下令道："敢少留境内者斩！"于是军政大治。李质得加授金吾大将军。

穆宗因南北粗平，内外无事，奉郭太后游幸华清宫，自率神策军围猎骊山，车马仪仗，夹道如林。及返入宫中，屡与内侍击球，忽有一人坠马，马奔御前，险些儿撞倒穆宗，幸经左右揽住马辔，用力扯转，穆宗方得免伤，但已惊成风疾，两足抽搐，不能履地，好几日不见临朝。李逢吉等屡乞入见，终不见答。裴度三上疏请立太子，且屡入内殿求见，穆宗不得已御紫宸殿，度请速下诏立储，副天下望。逢吉亦请立景王湛为太子。原来穆宗在位二年，尚未立后，有子五人，长名湛，封景王，系后宫王氏所出，逢吉所请，却是立嫡以长的正理。穆宗意尚未决，复经中书门下两省，及翰林学士等，接连陈请，乃立景王湛为太子，册湛母王氏为妃，既而疾瘳。

越年仲春，进户部侍郎牛僧孺同平章事。御史中丞李德裕，即故相李吉甫子，声望本高出僧孺，不意僧孺为相，自己反被黜为浙西观察使，料知李逢吉私祖僧孺，特为僧孺报复私仇，将己排出，牛僧孺等对策不讳，为李吉甫所恨，事见七十二回。因此怏怏失望。牛李党隙，实始于此。逢吉又密结中官王守澄，倾轧裴度，出为山南西道节度使，削去同平章事职衔。韩愈转任吏部侍郎，复徙为京兆尹，六军不敢犯法，尝私相语道："是人欲烧佛骨，怎得冒犯呢？"偏逢吉亦忌他刚直，又想出一箭双雕的法儿，既倾韩愈，复陷御史中丞李绅。绅尝排沮王守澄，守澄托逢吉图绅，逢吉遂声东击西，就韩愈身上设法。故例京兆新除，必诣台参，逢吉请加愈兼御史大夫，可免行台参故例。穆宗准奏，绅不知逢吉诈谋，竟与愈相争，往来辞气，各执一是。逢吉即奏二人不协，徙愈为兵部侍郎，绅为江西观察使。及二人入谢，穆宗令各自叙明，方知为逢吉所播弄，乃仍令愈为吏部侍郎，绅为户部侍郎，再拟易人为相。不意三年将满，病根复发，过了残腊，竟尔卧床不起，连元旦都不能受贺。看官听着！穆宗甫及壮年，如何一再抱病？他是效尤乃父，专饵金石，以致燥烈不解，灼损真阴。处士张皋，尝上谏穆宗，毋循宪宗覆辙，穆宗亦颇称善，奈始终饵药，不肯少辍，得毋为壮阳计乎？真阴日涸，元气益枵，遂成了一个不起的症候。当下命太子湛监国，湛时年止十六，内侍请郭太后临朝，太后怒叱道："尔等欲我效武氏么？武氏称制，几倾社稷，我家世代忠贞，岂屑与武氏比例？就使太子年少，亦可选贤相为辅，尔等勿预朝政，国家自致太平。试想从古到今，女子为天下主，果能治国安邦么？"说至此，即将内侍所上制书，随手撕裂，掷置败字簏中。足为汾阳增色。太后兄郭钊正任太常卿，闻宫中有临朝密议，即向太后上笺道："母后临朝，系历代弊政，若太后果循众请，臣愿先率诸子纳还官爵，辞归田里。"太后泣道："祖考遗德，钟毓吾兄，我虽女流，亦岂肯自背祖训？"乃手书复钊，决不预闻外事。是夕，穆宗崩逝，年三十岁，在位只四年。太子湛即位太极殿东序，是谓敬宗。令李逢吉摄冢宰事，尊郭太后为太皇太后，母妃王氏为皇太后，次弟涵仍江王，三弟凑仍漳王，四弟溶仍安王，幼弟瀍仍颍王，涵母萧氏以下，皆尊为妃。为后回文武二宗伏笔。还有尚宫宋若昭，素有才望，为穆宗所敬爱，宫中呼为先生，相率师事。

　　若昭贝州人，父廷芬，以文学著名，子多愚蠢，不可教训，女有五人，长名若莘，次即若昭，又次为若伦、若宪、若苟、若莘、若昭，才艺尤优，性皆高洁，屏除铅华炫饰，且不愿适人，欲以学问名家。若莘尝著《女论语》十篇，以汉朝韦宣文君代孔子，曹大家等代颜冉，推明妇道，羽翼壸教。若昭又为传申释，阐发余义。贞元中，昭义节度使李抱真，表扬五女才能，德宗悉召入禁中，面试文章，并问经史大义，应对如流，无不称旨。德宗很为褒美，均留侍宫中，号为女学士，凡秘禁图籍，统命若莘总领。宪宗时宠遇如旧。元和末年，若莘病逝，赠河内郡君。穆宗即位，拜若昭为尚宫，嗣若莘职。及敬宗改元，若昭亦殁，赠梁国夫人，若伦、若荀，亦皆早世，若宪代若昭主宫中秘书，文宗时被诬赐死，后文再表。叙宋若昭事，不没贤女。

　　且说敬宗嗣位，童心未化，才阅数日，即率领内侍，往中和殿击球。越日，又至飞龙院蹴鞠。又越日，召集乐工，令在鞠场奏乐。嗣是习以为常，比乃父更进一层，无怪后来不得其死。赏赐宦官乐人，不可胜计，往往今日赐绿，明日赐绯，昼与内侍戏游，夜与后宫宴狎。第一个专宠的嫔嫱，乃是右威卫将军郭义的女儿，敬宗为太子时，以姿容选入东宫，及将即位，得生一男，取名为普，敬宗越加宠幸。此外复选了好几个美人，充作媵侍。春宵苦短，日高未兴，百官每日入朝，辄在紫宸门外，鹄立待着，少约一二时，多约三四时，年老龙钟的官吏，足力不胜，几至僵踣。一日，视朝愈晚，群臣望眼将穿，均至金吾仗待罪。好容易才见敬宗升殿，方联翩入朝，朝毕欲退，左拾遗刘栖楚进谏道：“陛下春秋方盛，今当嗣位，应该宵旰求治，为何嗜寝恋色，日宴方起？梓宫在殡，鼓吹日喧，令闻未彰，恶声已布，臣恐如此过去，福祚未必灵长，愿碎首玉阶，聊报陛下知遇。”说至此，用额叩地，见血未已。敬宗闻言，顾视李逢吉，意欲令他谕止。逢吉乃宣言道：“刘栖楚不必叩头，静俟进止！”栖楚乃捧首而起，复论及宦官情事，才说数语，敬宗双手乱挥，令他出去。确是狂童情状。栖楚道：“不用臣言，愿继以死。”栖楚何人，亦欲效朱云折槛么？牛僧孺恐敬宗动怒，亦代为宣言道："所奏已知，可至门外静俟。"
栖楚乃出，待罪金吾仗。逢吉、僧孺俱称栖楚忠直，敬宗乃命
中使宣谕令归，自己退朝入内，仍旧寻欢纵乐去了。翌日下
诏，擢栖楚为起居舍人，栖楚辞疾不拜。看官阅到此文，总道
刘栖楚直声义胆，冠绝一时，哪知他是李逢吉心腹，有恃无
恐。特借此讪上沽直，立言可采，居心殆不可问呢。揭破隐情。

逢吉内结中官，外联党与，当时有八关十六子的传闻，八
关是张又新、李续、张权舆、李虞、李仲言、姜洽、程昔范
等，连刘栖楚在内，共计八人。又有八人从旁附会，所以叫作
八关十六子。中外有所陈请，必先贿通关子，后达逢吉，然后
可得如愿，逢吉素恨李绅，密嘱李虞、李仲言，伺求绅短。虞
系逢吉族子，仲言乃逢吉侄儿，两人寻不出李绅短处，乘着敬
宗即位，便与逢吉密商，贿托权阉王守澄，令他入白敬宗，诬
称："李绅等欲立深王悰，即穆宗弟。亏得逢吉力为挽回，陛下
始得践阼。"敬宗虽然童昏，听到此言，恰也未曾深信。逢吉
又自进谗言，请即黜李绅，乃贬绅为端州司马。张又新为补阙
官，讨好逢吉，复上言："贬绅太轻，非正法不足伏罪。"敬
宗几为所惑，幸翰林侍读学士韦处厚，极力营救，为绅辨诬，
方得少沃君心。奸党心尚未餍，日上谤书，敬宗查阅遗牍，得
裴度、杜元颖等，请立自己为储贰一疏，李绅名亦列在内，于
是绅冤得白，把所有诬绅奏章，一并毁去，仍如迁擢，后文再
见。何不加罪诬告？乃仅以一毁了事，敬宗终属不明。

韩愈亦为逢吉所忌，他到敬宗嗣统，已经抱病，数月而
殁，还算死得其时，蒙赠礼部尚书，赐谥曰文。愈字退之，南
阳昌黎人氏，父仲卿曾为武昌令，政绩卓著，仕至秘书郎。愈
三岁丧父，随兄会贬官岭表，会病殁贬所，赖嫂郑氏鞠养成
人，童年颖悟，能日记数千百言，及长，尽通六经百家学，下
笔有奇气，以进士知名。既登显要，所得俸给，尝赡恤亲朋。

居嫂郑氏丧，服期报德；立朝抗直有声，及门弟子甚众，如李翱、皇甫湜、贾岛、刘乂等，皆以诗文见称。愈尝言历代文章，自汉司马相如太史公迁刘向杨雄后，久失真传，因特为探本钩元，吐弃一切，卓然自成一家言。同时与愈齐名，莫若柳宗元。宗元坐王叔文党，被贬永州，寻迁柳州刺史，终死任所。生平流离抑郁，多借文词抒写，顿挫沈雄，人不易及，世号柳柳州。韩愈尝谓柳子厚文，子厚即宗元字。雄深雅健似司马子长，所以也加器重。柳子厚墓志铭，实出韩愈手笔，韩柳文名，几不相让。惜柳党叔文，贻讥身后，不及韩愈闻望，后世且封愈为昌黎伯。韩文公扬名后世，故特为详叙，且随笔补述柳宗元事，回应七十一回，一褒一惜，寓有深情。这且休表。

　　单说敬宗游戏无恒，少理朝事，内由王守澄梁守谦等揽权，外由李逢吉牛僧孺专政，堂廉暌隔，上下不通，遂致变起萧墙，出人意料。这肇祸的魁首，说将起来，尤属可笑，一个是卖卜术士苏玄明，一个是染坊工人张韶，两个不伦不类的人物，也想做起皇帝来了。确是奇怪。玄明与韶，素相往来，韶问终身祸福，玄明替他占课，掷过金钱，沉吟半晌，忽离座揖韶道："可喜可贺，日内得升坐御殿，南面称孤，我恰亦得伴食，这真是意外洪福呢。"韶不禁大噱道："你是卜人，我是染工，如何走得入朝门，坐得上龙廷，真正梦话，可发一笑！"玄明反正色道："我的卜课，很是灵验，你不闻姜子牙钓鱼，汉沛公斩蛇，后来拜相称帝，名闻古今，难道我等定不及古人么？"援引古人，宛肖术士口吻。韶尚大笑不止。玄明又道："目下正是发迹的日子，你想皇帝昼夜游猎，时常不在宫中，不乘此图谋大事，尚待何时？"韶被他激说，却也有些心热起来，便道："宫禁森严，岂凭空可得飞入？"玄明道："我自有妙计，包管你得升御座，你若不信，也随你罢了，只错过这等好机缘，实是可惜。"韶问有甚么妙计，玄明即与他附耳数语，顿令一个染坊工匠，眉飞色舞，喜极欲狂，便语玄明道："我做皇帝你拜相，一刻也是好的。"癞虾蟆想吃天鹅肉。于是两人联作一气，密结染工无赖百余人，匿入柴草车内，混进银台门。韶与玄明充做车夫，门役见车载过重，前来盘诘，被韶抽刀杀死，遂令徒党下车，彼此易服，持刀大呼，直趋殿廷。敬宗方在清思殿击球，诸宦官同侍上侧，突闻殿外有喧噪声，急出外探望，正值乱党持刀奔来，慌忙返殿闭门，走白敬宗。敬宗也觉着急，仓猝欲逃，便语内侍道："快……快往右神策军营！"内侍道："右军距此太远，不若亟幸左军，较为近便。"敬宗本宠任右神策中尉梁守谦，所以欲奔右军，至闻内侍奏请，不得已向左角门逃出，径诣左军。左神策中尉马存亮，猝闻敬宗到来，急出迎驾，捧足涕泣，自负敬宗入营，立遣大将康艺全，带领骑卒，入宫讨贼。敬宗语存亮道："两宫隔绝，未知安否，如何是好？"存亮复令兵马使尚国忠，率五百骑往迎太皇、太后，及太后同入营中，再令尚国忠往助艺全。时张韶等已斩关直入，升清思殿，径登御榻，与苏玄明同食道："果如汝言。汝的卜课，真正灵验，我已做过皇帝，汝亦做过宰相，我等好同出去了。"还算知足，但既容你入，恐不容你出去。玄明惊道："事止此么，奈何出去？"韶起座道："这宝位岂可长据，倘禁兵到来，如何对敌？"言未已，康艺全已领军杀入，韶与玄明等忙出来抵挡，夺路奔逃。哪经得禁军甚多，杀透一层，又是一层，手下百余人，已倒毙了一大半。更兼尚国忠前来拦阻，眼见得有死无生，乱刀齐下，韶与玄明，同时就戮。尚有几个余党，逃匿苑中，搜查了一昼夜，悉数擒斩，宫禁乃定。是夕，宫门皆闭，敬宗留宿左军，中外不知所在，人情惶骇。翌日，敬宗还宫，宰相李逢吉等入贺，尚不过数十人，当下查问守门宦官，纵盗进来，共得三十五人，法当处死。敬宗只令杖责，仍供旧职，且厚赏两军立功将士。小子有诗叹道：

> 里闱犹应管镝严，况居帝后隔堂廉。
> 如何纵贼斩关入，尚事姑容未尽歼。

敬宗惊魂已定，仍然游宴，当由内外直臣，一再讽谏，欲知如何说法，且待下回再叙。

穆敬二朝，藩镇之乱未消，朋党之祸又起。内外交讧，唐室益危。加以穆宗荒耽，敬宗尤甚，万几丛脞，唐之不亡亦仅矣。郭太后怒叱中宫，不愿预政，惩武韦之覆辙，守祖考之遗规，为唐室宫闱中呈一异彩，未始非挽回国脉之一端。惜乎敬宗童昏，游畋无度，宰相李逢吉，复树党擅权，不知匡正，以百余人之无赖工匠，乃能斩关升殿，如入无人之境，朝廷岂尚有君相耶？若张韶、苏玄明之愚妄，何足道焉？

第八十回

蛊敬宗逆阉肆逆　屈刘蕡名士埋名

却说翰林学士韦处厚，素抱公忠，见敬宗仍不知戒，乃入朝面奏道："先帝耽恋酒色，致疾损寿，臣当时未曾死谏，只因陛下年已十五，主器有归，今皇上才及周年，臣怎敢怕死不谏呢？"敬宗颇加奖许，赐他锦彩百匹，银器四具。未几，送穆宗归葬光陵。是时吏部侍郎李程，户部侍郎窦易直，均入为同平章事。两人任职月余，适成德节度使王庭凑，因牛元翼病死襄阳，竟将他留寓深州的家族，尽行屠戮。敬宗闻耗，自叹任相非才，使凶贼纵暴至此。韦处厚乃力荐裴度，说他勋高中夏，声播外夷，不应处诸闲地。李程亦劝敬宗礼待裴度，敬宗乃加度同平章事，仍未召还。既而中官李文德，潜谋作乱，事泄伏诛，敬宗尚宠信宦寺，不以为意。一再示儆，仍然不悟，怎得令终？

越年，改元宝历，敬宗亲祀南郊，还御丹凤楼，大赦天下。唐制，遇着赦令，必由卫尉建置金鸡，使囚犯立金鸡下，然后击鼓宣诏，释放诸囚。是日正在击鼓，忽有中官数十人，执梃而出，乱捶一囚，竟将囚犯殴伤，僵毙数刻，方得复苏。看官道囚犯为谁？原来是鄠令崔发。先是发为邑令，闻五坊人殴辱百姓，命役捕入曳入庭中，细诘姓氏，乃是中使，发已知惹祸，慰遣使去。次日即由台官接奉御敕，收发下狱，一系数旬，得逢恩赦。发亦随各犯立金鸡下，仰望鸿恩，哪知中人正恐他赦宥，所以出来乱殴，御驾当前，胆敢出此，若使敬宗稍有刚德，应该立惩中人，偏敬宗倒行逆施，只赦各犯，不赦崔发，仍令还系狱中。呆极昏极。谏议大夫张仲方等，上书规谏，均不见从。李逢吉从容入白道："崔发敢曳中使，诚大不敬，但发母年垂八十，自发下狱，积忧成疾，陛下方以孝治天下，还望格外矜全？"敬宗乃憬然道："谏官但言发冤，未尝说他不敬，亦不叙及老母，果如卿言，朕奈何不赦哩？"即命中使释发送归，并慰劳发母。母对中使，杖发四十，中使欢颜辞去。究竟崔发有罪，还是中官有罪，请看官自行辨明。牛僧孺看不过去，又畏罪不敢进言，但累表求出，乃升鄂岳为武昌军，出僧孺为节度使。

浙西观察使李德裕，闻敬宗昵比群小，屡不视朝，特献丹扆六箴，一曰宵衣，二曰正服，三曰罢献，四曰纳诲，五曰辨邪，六曰防微，语皆切直可诵。敬宗虽优诏相待，终不能用，荒淫如故。到了五月五日，往鱼藻宫观竞渡船，因嫌龙舟太少，特命盐铁转运使王播，督造龙舟二十艘，预估价值，约需半年转运费。张仲方等力谏，乃始减半。裴度出任山南西道节度使，已阅二年，言官屡称度忠，敬宗亦尝遣使慰问。度因敬宗失政，自求入觐，拟面伸忠悃。李逢吉百计阻挠，私党张权舆特造伪谣云："绯衣小儿坦其腹，天上有口被驱逐。"绯衣寓裴字，坦腹寓度字，天上有口寓吴字，指吴元济被擒事。又因都城西南，横亘六冈，堪舆家谓应乾象六数，度宅正居第五冈，权舆遂借此诬度，说他名应图谶，宅占冈原，无故求朝，隐情可见。十六字很是厉害。敬宗似信非信，又经韦处厚从旁力辩，奸计卒不得行。

会昭义节度使刘悟病终，子从谏匿丧不发，捏造刘悟遗表，求知留后。司马贾直言诃责道："尔父提十二州地，归献朝廷，功劳不小，只因张汶煽祸，自谓不洁淋头，竟至羞死，尔孺子何敢如此？况父死不哭，如何为人？"从谏方才丧发，惟遗表已经入都。宰相李程等，均说是不应轻许，独李逢吉与王守澄，谓不如径从所请，竟令从谏为留后，寻且命为节度使。程与逢吉，因是不协。程族人水部郎中仍叔，与袁王绅顺宗子。长史武昭往来，尝同小饮，当酒酣耳热时，昭语带牢骚，仍叔应声道："我族中相公，也欲畀君显阶，奈为李逢吉所持，不能如愿。"昭不禁攘臂道："我前随裴相公麾下，往讨淮西，裴相遣我谕示吴元济，元济用兵胁我，我誓死不挠，及还营后，复随大军平贼，裴相因我有功，累表举荐，始终不得大用，想都是这班狐群狗党，从中阻挠，似我尚不足惜，试想忠勋如裴相公，尚被他排挤出去，国家有此奸蠹，怎得治安？我当为国家扑杀此贼！"借昭口中，自述履历。言毕，愤愤欲出。仍叔恐他闯祸，连忙挽住，偏禁不住武昭勇力，脱手便去。昭行至途中，遇着金吾兵曹茅汇，复与谈及逢吉事，汇听他语不加检，料知酒醉，急忙挽至别室，婉言劝解。昭亦酒意渐醒，辞归寓中。不意侦密多人，属垣有耳，那昭汇叙谈的一席话儿，已有人通报张权舆，权舆即转告逢吉，逢吉笑道："两大鱼当入我网中了。"故态复萌。遂嘱人告发，捕昭汇入狱。李仲言且传语告汇道："汝但说李程主使武昭，便可无罪，否则且死。"汇慨然道："诬人求免，汇不敢为。"及对簿时，汇竟将仲言嘱语，和盘说出，于是仲言亦难免罪，狱成定谳。昭杖死，汇流崖州，仍叔流道州，仲言亦流至象州。诬人自坐，何苦乃尔？李逢吉一番巧计，此次却全成画饼。裴度李程，丝毫无损。

适前尚书李绛，奉召为左仆射，绛素有直声，眼见得是不肯缄默，逢吉又多了一个对头，一时没法摆布，只好虚与周旋。时当仲冬，敬宗欲幸骊山，至温泉洗澡，李绛即率同张仲方等，伏阙谏阻，不见俞允。张权舆为左拾遗，也想借端买直，至紫宸殿下，叩首上陈道："昔周幽王幸骊山，为犬戎所杀，秦始皇幸骊山，即至亡国，玄宗作宫骊山，安禄山作乱，先帝亦尝幸骊山，享年不长，陛下不应再蹈覆辙。"敬宗道："骊山有这般凶险么？朕越要一往，试看有应验否？"翌日，即启跸至骊山，就浴温汤，日暮乃返，顾语左右道："若辈叩头进言，有何应验？可见是不足信哩。"骊山亦未必凶，但好事游幸，不亡亦危，后来敬宗遇弒，实是狎游之咎。李绛闻言叹息，又遇着足疾，遂自请免职。敬宗令为太子少师，出守东都。李逢吉稍稍放怀，偏偏李绛方去，裴度又来，正是防不胜防，暗暗叫苦。

　　度入朝时，已是残冬。越年仲春，复有诏进度为司空，兼同平章事，急得逢吉心慌意乱，连日与八关十六子，构造蜚言，诬蔑裴老。怎奈上意倾向裴公，反将逢吉渐渐疏淡，逢吉智尽能竭，徒唤奈何。也有此日。一日，度在中书省饮酒，左右忽报称失印，满座失色，度宴饮自若，少顷，复有人入报，印已觅着了，度亦不应。或问度何若是从容？度答道："此必由吏人窃去，偶印书券，若急欲搜查，彼且投诸水火，灭迹图免，不若从容镇定，自然复还故处。"确是相度，但亦安知非由奸党播弄。时人俱服他识量。会敬宗欲幸东都，谏牍日有数起，并不见报。度入奏道："国家本设两都，预备巡幸，但自国家多难，东都宫廨，半多荒圮，陛下果欲行幸，应命有司徐加修葺，然后可往。"敬宗道："百官多说不当往，如卿所言，不往亦可。"乃暂罢东幸，只遣使按修宫阙。卢龙节度使朱克融，执住赐衣使者杨文端，诡言文端无礼，且所赐滥恶，愿假美锦三十万匹饷军，如果得赐，当遣工五千，助治东都，静候车驾东巡。敬宗恨他跋扈，欲遣重臣宣慰。度献议道："克融多行不义，必且自毙，陛下何庸另派重使，但颁一诏书，说是中使倨骄，可还我自责，春服不谨，已诘有司，东都宫阙，营缮将竣，不烦远路劳工，朝廷未尝靳惜布帛，惟独与范阳，即幽州未免厚汝薄人。如此说法，狡谋自阻了。"敬宗依言下诏，果然克融送归文端。既而幽州军乱，杀死克融及长子延龄，拥立少子延嗣为留后。延嗣暴虐，又为都知兵马使李载义所屠，载义自称恒山王承乾后裔，拜表陈朱氏父子罪。敬宗不遑查究，即授载义为节度使。嗣是待度益厚，遣李程出镇河东，令李逢吉出镇山南东道，统皆免相。

度屡劝敬宗早朝，且节劳少游，敬宗临朝较早，游戏如故，素嗜击球手搏诸戏，宦官乏力角逐，往往断臂碎首，于是出钱万缗，招募力士，禁军及诸道多采力士上献。敬宗俱令侍侧，尝引与游畋，又好深夜自捕狐狸，叫做夜打猎。力士或恃恩不逊，辄配流籍没。宦寺小有过失，动遭棰挞，流血方休。因此侍从诸人，且怨且惧。十二月辛丑日，敬宗夜猎还宫，与宦官刘克明、田务澄、许文端，及击球军将苏佐明、王嘉宪、石从宽、王惟直等，共二十八人饮酒。酒已将酣，敬宗入室更衣，忽然殿上烛灭，大众毫不惊哗，惟闻室中一声狂呼，确是敬宗声音，刘克明方令左右爇烛，烛方半明，苏佐明从室内出来，语克明道："大事已了，速筹善后方法。"弑敬宗事，用虚写笔法，高人一层。克明道："不若迎立绛王罢。"遂诈传诏敕，宣翰林学士路隋入内，与语主上暴崩，留有遗命，令绛王悟权领军国事。路隋知他有异，不敢穷诘，只好遵草遗制，一面由田务澄、苏佐明等，迎绛王悟入宫。

绛王悟系宪宗子，乃敬宗叔祖行，他见中使来迎，好似喜从天降，冒冒失失的趋入宫中。天已黎明，宰相以下皆入朝，但见刘克明、苏佐明等，先宣遗诏，继拥绛王悟出紫宸殿，就外庑引见百官，百官俱面面相觑，不发一言，独裴度怡然道："度等只知遵奉诏旨，皇上猝崩，遗言犹在，应该遵行。"克明插入道："裴公已三朝元老，一切政策，全仗主裁。"度又

道："度已衰朽，但凭公等裁酌，可行即行便了。"裴公可与言
权。同平章事窦易直，本来是没有人格，当然随声附和。度即
退归私第，决意讨逆，百忙中想不出甚么良法，可巧中尉梁守
谦来见，度即延入，便语道："我正要来邀中尉，今日事情，
中尉以为何如？"守谦道："弑君逆贼，可杀可恨。"度又道：
"度等在外，君等在内，究竟弑逆与否，亦当查明。"守谦道：
"何必多查，闻逆贼刘克明且要将我辈驱逐，我所以来见司
空，同靖大难。"度即道："中尉手握禁兵，一呼百诺，何勿
速入讨贼；稍纵即逝了。"守谦道："果得除贼，绛王亦不应
继立。"度答道："这个自然，名不正，言不顺。"守谦道：
"是否立皇子普。"度半晌才道："皇子年幼，不如立江王涵。"
守谦即行，遂与枢密使王守澄、杨从和，右神策中尉魏从简，
时马存亮已出监淮南军。用牙兵迎江王涵入宫，发左右神策飞龙
兵，进讨贼党，一体骈诛。连绛王悟亦死乱军中。忠勇如裴晋
公，犹必借宦官诛逆，国事可知。

　　守澄等欲号令中外，苦无成例可援，特商诸翰林学士韦处
厚。处厚道："正名讨逆，何嫌何疑？"守澄又问江王如何践
阼？处厚道："先用王教布告中外，说是内难已平。然后有群
臣三表劝进，即以太皇太后令，册命即位，便无可指摘了。"
守澄等统皆欢洽，也不暇再问有司，凡百仪制，都付处厚裁
决。当令裴度摄冢宰，率百官谒见江王。江王素服出见，涕泣
陈辞。度与百官奉笺劝进，继以太皇太后命令，遂即位宣政
殿，改名为昂，是为文宗。乃为敬宗发丧，奉葬庄陵。可怜十
八岁的嗣皇帝，在位仅及两年，只因淫荒过度，乐极生悲，徒
落得烛残身殒，授命家奴，甚至遗骸暴露，好几日才得棺殓，
这岂非咎由自取么？评断精严。

　　文宗年才十七，颇知孝谨，尊生母萧氏为皇太后，奉居大
内，太皇太后郭氏居兴庆宫，称王太后为宝历太后，居义安

殿，当时号为三宫太后。文宗每五日问安，凡饈果鲜珍，及四
方供奉，必先荐宗庙，次奉三宫，然后进御。就是敬宗妃郭
氏，已封贵妃，敬宗子普，已封晋王，文宗一体优待，礼嫂抚
侄，始终不衰。并且去佞幸，出宫人，放鹰犬，裁冗官，省教
坊乐工，停贡纂组雕镂，及金筐宝床等类，去奢从俭，励精图
治，擢韦处厚为同平章事，每遇奇日视朝。奇读如期。对宰相
群臣，延访政事，历久方罢。待制官旧虽设置，未尝召对，文
宗独屡加延问，中外想望太平，翕然称庆。无非善善从长之意。
但也有一大弊处，军国重事，不能果决，往往与宰相等已经定
议，后辄中变，所以宽柔有余，明强不足。众善不胜一弊。

越年，改元太和，韦处厚因文宗过柔，乞请避位。文宗再
三慰劳，不令辞职。淮南节度使兼盐铁转运使王播，力求复
相，所献银器以千计，绫绢以十万计，经权幸再四揄扬，乃召
他入朝，仍命同平章事。于是小人复进，正士日疏。横海、魏
博、成德诸镇，且有不靖消息，免不得又动兵戈。事见后文。
勉强过了一年，至太和二年三月，诏举贤良方正，及直言极谏
诸士，由文宗临轩亲策，命题发问，大旨在如何端化，如何明
教，如何察吏，如何阜财等条目。昌平进士刘蕡，独痛心阉
祸，条陈万言，小子录不胜录，但摘要叙述如下：

　　臣闻不宜忧而忧者国必衰，宜忧而不忧者国必危。陛
下不以国家存亡，社稷安危之策，降于清问，岂以布衣之
臣，不足与定大计耶？或万几之勤有所未至也。臣以为陛
下所先忧者，宫闱将变，社稷将危，天下将倾，四海将
乱，此四者国家已然之兆，故臣谓圣虑宜先及之。夫帝业
不易成，亦不易守，本朝开国二百余年，其间圣明相因，
未有不用贤士近正人而能兴者。伏愿陛下思开国之艰，杜
篡弑之渐，居正位，近正人，远刀锯之残，亲骨鲠之直，

辅相得以专其任，庶寮得以守其官，则朝政自理。奈何以亵近五六人，总揽国务，臣恐祸稔萧墙，奸生帷幄，**曹节侯览，汉中常侍。**复生于今日，此官闹将变也。**伏后来甘露之变。**臣按《春秋·定公元年》"春，王不言正月"者，以先君不得正其终，则后君不得正其始，故曰定无正也。今忠贤无腹心之寄，阉寺专废立之权，陷先帝不得正其终，致陛下不得正其始，况太子未立，郊祀未修，将相之职未归，名器之宜不定，此社稷将危也。天之所授者命，君之所存者令，操其令而失之者，是不君也，侵其命而专之者，是不臣也。君不君，臣不臣，此天下所以将倾也。晋赵鞅以晋阳之兵叛，入于晋，书其归者，能逐君侧之恶以安其君，故春秋善之。今威柄陵夷，藩镇跋扈，有不达人臣大节而首乱者。将以安君为名，不究春秋之微而称兵者，且以逐恶为义，政刑不由于天子，征伐必出自诸侯，此海内之将乱也。**眼光直注唐末。**

今公卿大臣，非不欲为陛下言之，虑陛下不能用也。臣下既言而不行，言泄而祸且随之，是以欲尽其言，则有失身之惧，欲尽其意，则有害成之忧，徘徊郁塞以须陛下感悟，然后得尽其启沃，陛下何不于听朝之余，时御便殿，召当时贤相老臣，访持变扶危之谋，求定倾救乱之术，塞阴邪之路，屏狎亵之臣，制侵陵迫胁之心，复门户扫除之役，戒其所宜戒，忧其所宜忧，既不得治其前，当治其后，既不能正其始，当正其终，则可以虔奉典谟，克成丕构矣。

昔秦之亡也，失于强暴，汉之亡也，失于微弱，强暴则奸臣畏死而害上，微弱则强臣窃权而震主，伏见敬宗不虞亡秦之祸，不翦其萌，还愿陛下深轸亡汉之忧，以杜其渐，诚能揭国柄以归于相，持兵柄以归于将，去贪臣聚敛之政，除奸吏因缘之害，惟忠贤是进，惟正直是用，内宠便僻，无所听焉，如此而有不万国欢康，兆庶苏息者，臣不信也。

　　夫制度立则财用省，财用省则赋敛轻，赋敛轻，则人富矣。教化修则争竞息，争竞息则刑罚清，刑罚清则人安矣。尤有进者，古时因井田以制军赋，闲农事以修武备，提封约卒乘之数，命将在公卿之列，故兵农一致，而文武同方，用以保乂邦家，式遏乱略。太宗置府兵台省军卫，文武参掌，闲岁则櫜弓力穑，有事则释耒荷戈，所以修复古制，不废旧物。今则不然，夏官不知兵籍，止于奉朝请，六军不主武事，止于养阶勋，军容合中官之政，戎律附内臣之职，首一戴武弁，疾文吏如仇雠，足一蹈军门，视农夫如草芥，谋不足以翦除奸凶，而诈足以抑扬威福，勇不足以镇卫社稷，而暴足以侵害闾里，羁绁藩臣，干陵宰辅，隳裂王度，泪乱朝经，张武夫之威，上以制君父，假天子之命，下以御英豪，有藏奸观衅之心，无伏节死难之谊，岂先王经文纬武之旨耶？

　　昔龙逢死而启商，比干死而启周，韩非死而启韩，陈蕃死而启魏，今岂之来也，有司或不敢荐臣之言，陛下又无察臣之心，退必戮于权臣之手，臣幸得从四子游于地下，固臣之愿也，岂忍姑息时忌，窃陛下一命之宠乎哉？

　　是时考官左散骑常侍冯宿，太常少卿贾𫗧等，阅读蕡策，相率叹服。只因王守澄、梁守谦等，盘踞宫禁，势焰逼人，一或取录，必且遭祸，不得已将他割爱。当时有二十二人中第，统皆除官。道州人李郃，亦在选列，得除河南府参军。他独奋然道："刘蕡下第，我辈登科，能勿厚颜么？"遂邀集同科裴休、杜牧、崔慎由等，联名上疏，愿将自己科名，让与刘蕡，以旌蕡直。文宗也怕中官为难，不好批答，但将原疏搁置不提。后来蕡终不得仕，仅由牛僧孺等，召为幕僚，后来且为阉宦所诬，贬为柳州司户参军，抑郁以终。小子有诗叹道：

> 制举由来待有才，如何名士屈尘埃？
> 雷鸣瓦釜黄钟毁，无怪灵均泽畔哀。

刘蕡被斥，朝廷又失了一位贤相，看官道是何人，且至下回表明。

　　敬宗在位二年，未尝行一虐政，且于裴度、李绛、韦处厚诸臣，亦知其忠直可用，非直淫昏无道者比，而卒为逆阉所弑者，好游宴，暱佞幸故也。裴度系三朝元老，不能亲自讨贼，乃委权于王守澄、梁守谦等人，何唐室季年，阉人权力，一至于此？文宗有心图治，终受制于家奴，有一刘蕡而不敢用，黜直言之士，增中官之焰，是而欲治安也得乎？读刘蕡疏，令人三叹不置云。

第八十一回

诛叛帅朝使争功　诬相臣天潢坐罪

却说同平章事韦处厚，表字德载，原籍京兆，以进士第入官，素性介直，穆宗时入为翰林学士，文宗绥靖内难，擢居宰辅。太和二年冬季，因横海留后李同捷叛命，屡入朝会议军情，不意早起遇寒，入殿白事，竟晕仆案前。文宗亟命中人掖出登舆，送归私第，越宿即殁，追赠司空。窦易直同时罢职，改任兵部侍郎翰林学士路隋同平章事。看官欲知李同捷如何叛命，待小子约略叙明。横海军属州有四，便是沧、景、德、棣四州，从前是乌重胤任职，最号恭顺。重胤徙镇山南西道，由杜叔良接任，叔良免职，用德州刺史王日简为横海节度使，参见七十八回。赐姓名为李全略。已而授李光颜兼镇横海军，另授全略为德棣节度使。光颜任事未几，仍乞还镇忠武军。敬宗末年，光颜病卒，追赠太尉，予谥曰忠。随笔带叙李光颜，不没功臣。忠武军由王沛高瑀，依次递任，不劳细叙。惟李全略与李光颜同逝，子同捷擅领留后，敬宗毫不过问。至文宗元年，仍命乌重胤复任，调李同捷为兖海节度使。同捷不愿移镇，托言为将士所留，拒命不纳。一面出珍玩女妓，遍赂河北诸镇，要结党援。卢龙节度使李载义，见前回。执住同捷来使，及所有馈遗，并献朝廷。魏博节度使史宪诚，与李同捷世为婚姻，潜助同捷，当时韦处厚尚未去世，颇疑宪诚，裴度独谓宪诚无二心。裴度公料事颇明，至此几失之宪诚，可见知人之难。可巧宪诚遣亲吏入朝，隐侦朝事，处厚与语道："晋公百口保汝主帅，我却不以为然。若使汝主帅暗助同捷，国法具在，怎得轻恕？只晋公未免为难，汝去归语主帅，负朝廷不可，负晋公愈不可呢。" <small>裴度封晋国公，见七十六回。</small>宪诚亲吏，如言归报，宪诚颇有惧意，不敢与同捷往来。成德节度使王庭凑，替宪诚代求节钺，文宗不许，遂发兵械盐粮，接济同捷。

武宁节度使王智兴，愿率本军三万人，自备五阅月粮饷，讨同捷罪。平卢节度使康志睦，<small>康日知子。继薛平后任，薛平移镇平卢，见七十七回。</small>亦愿先驱往讨。奏章陆续入都，文宗乃命乌重胤、康志睦、李载义、史宪诚四帅，会同义成节度使李听，义武节度使张璠，各率本镇军，进讨同捷。重胤素得士心，受命即行，屡战皆捷，偏是天不假年，中道谢世。文宗因他累积忠勋，赙遗加厚，追赠太尉，予谥懿穆。重胤字保君，系河东将乌承玼子，屡任重镇，始终守礼，幕僚如温造石洪，皆知名士，入为谏官。至重胤殁时，门下士二十余人，刲股以祭，可见他惠爱及人，所以有此食报呢。<small>旌扬美德。</small>王智兴奏荐保义节度使李寰，可继重胤，有诏允准。李寰自晋州赴军，所过残暴，部下多无纪律，既至行营，拥兵不进，但坐索饷糈。惟智兴还算出力，拔棣州，破无棣，康志睦亦下蒲台，相继奏捷。史宪诚首鼠两端，阴怀观望，独长子副大使唐，泣谏宪诚，自督军二万五千趋德州，得拔平原，余军多徘徊不进。

王庭凑出助同捷，屯兵境上，牵制史唐，一面往赂沙陀酋长朱邪执宜，拟与连兵。沙陀本西突厥别部，自唐太宗时入修朝贡，累代不绝，至德宗贞元年间，中国多故，北庭不通，沙陀酋长尽忠，乃降附吐蕃。既而回鹘取吐蕃凉州，吐蕃疑尽忠为导，命徙河外。尽忠惶惧，因与子执宜率三万人，仍来归唐，途次为吐蕃兵追袭，尽忠战死，执宜领残众至灵州，叩关请降。节度使范希朝据实奏闻，诏令就盐州置阴山府，令执宜为府兵马使，率众居住。为后文李国昌父子张本。至是拒绝王庭凑，遣归使人，却还原赂。庭凑没法，又嗾使魏博兵马使元志绍，引部兵还逼魏州。史宪诚上表告急，唐廷派金吾大将军李祐，为横海节度使，专讨庭凑。又令义成节度使李听，调沧州行营诸军，往救魏博。李听与史唐合兵击败志绍，志绍走降昭义军，安置洺州，既而缢死。于是李祐会同李载义各军，攻克德州，进薄沧州，直入外城。

沧州为李同捷住所，见外城被破，当然惶急，乃致书李祐，悔罪乞降。祐遣部将万洪入城抚众，趁便留守，并将详情奏闻，静候朝旨。文宗遣谏议大夫柏耆，驰往宣慰。耆至祐营，大言不逊，威协诸将，诸将已愤懑不平。耆又疑同捷有诈，自率数百骑入沧州城，诱令同捷入朝，并使挈同眷属，即日启行。万洪谓宜转告李祐，耆怒叱道："我奉天子命来取同捷，就是汝主帅李祐，也不能违命，汝有甚么权力，敢来拦阻？"万洪不肯伏气，便抗声道："同捷叛命，已是三年，幸我主帅努力破贼，才得使叛臣畏服，献地归朝，否则公虽远来，三寸舌能说降一贼么？奈何借天子威，藐视功臣，不一告知呢？"道言未已，那柏耆已拔刀砍去，洪不及防备，竟被斫倒，接连又是一刀，结果性命。洪语虽未免唐突，但亦非尽无理，奈何擅加残戮？当下即押同捷等出城，也不再入祐营，即取道将陵，向西进发。途次闻王庭凑发兵将至，来劫同捷，因将同捷枭首，传入京师。看官试想！诸道劳师三载，好容易得平同捷，偏经一无拳无勇的柏耆，篡取渠魁，前去献功，几把诸道将帅，一概抹煞，那诸将帅肯甘心忍受么？自是彼上一表，此陈一疏，均言柏耆载宝而归，恐同捷面陈阙下，因把他杀死灭口。文宗不得已，贬耆为循州司户参军，贪人之功，以为己力，终究不妙。流同捷母妻子弟等至湖南。

李祐因柏耆返京，乃整军入城。是时祐已抱病，入城后闻万洪惨死，愈觉悲忿，病遂加剧，乃驰奏乞代，并述耆擅杀万洪，有功被戮，愧无以对将士等语。文宗得奏，不禁愤慨道："祐前平淮蔡，今平沧景，为国立功，不为不巨。今为柏耆加疾，脱或致死，岂非是柏耆杀他么？"谁叫你遣使非人。遂再流耆至爱州。既而祐讣又至，复赐耆死；特简卫卿殷侑，为横海节度使。侑至沧州，招辑流亡，劝民农桑，与士卒同甘苦，百姓大悦，文宗更拨齐州隶横海军，一年足兵，二年足食，三年后户口蕃殖，仓廪充盈，又是一东海雄镇了。

史宪诚闻沧景告平，令子唐奉表请朝，情愿纳地听命。唐附表改名孝章，有诏进宪诚兼官侍中，调任河中节度使，命李听兼镇魏博，分相、卫、澶三州，归史孝章管辖，即授为节度使。李听屯兵馆陶，迁延未进，宪诚掺括府库，整治行装。将士忿怒，私相告语道："主帅无故求代，卖地邀恩，今又欲席卷以去，难道我等军人，应该饿死么？"嗣是辗转煽乱，激成变衅，遂乘夜闯入军府，杀死宪诚，并监军史良佐，另推都知兵马使何进滔为留后。进滔下令道："诸君既迫我上台，须听我号令，方可任事。"大众唯唯从命。进滔遂查捕乱首，责他擅杀军使及监军，斩首示众，乃为宪诚发丧，自己素服临哭，将吏统令入吊，一面拜表奏陈详情。李听闻魏州有变，方才趋往，已是迟了。进滔率领魏博将士，出阻李听。听尚未戒备，被进滔杀入营中，一阵冲突，顿时骇散，慌得听昼夜逃奔，到了浅口，人马丧亡过半，辎重器械，尽行抛弃。还亏昭义军出来救听，才将追兵截回。听还至滑台，报称败状，御史中丞温造，劾听奉诏逗留，致有魏博乱事，奏请论罪如律。文宗好事优容，但召听入朝，令为太子太师，又因河北用兵日久，饷运不继，未能再讨进滔，乃授进滔为魏博节度使。史孝章自请守制，因将相、卫、澶三州，仍归进滔管领。进滔抚治兵民，颇有权术，人皆听命，他却安枕无忧了。王庭凑始助同捷，已有诏削夺官爵，令邻镇严兵防守，休与往来。庭凑因同捷伏辜，不免忧惧，因上表谢罪，愿纳景州自赎。文宗得过且过，返还景州，赐复官爵，于是河朔一带，勉强弭兵。<small>写尽文宗优柔。</small>

裴度因年高多疾，屡乞辞职，文宗不许。度又荐称李德裕才可大用，乃召入为兵部侍郎，欲令为相。偏吏部侍郎李宗闵，与德裕有隙，暗地里贿托宦官，求为援助。王守澄等内揽大权，力荐宗闵为相，文宗恐他内逼，没奈何擢居相位。宗闵喜出望外，遂设法排挤德裕。适值李听入朝，因奏派德裕出镇义成军，又引入牛僧孺为兵部尚书，做一帮手。<small>牛僧孺出为武昌军节度使，见前文。</small>可巧王播病死，<small>王播为相，亦见前文。</small>僧孺坐继相职，与宗闵交嫉德裕。<small>回应七十二回与七十九回，</small>德裕甫抵滑州，接受义成军节度使旌节，朝旨又复颁下，令他调镇西川，防御南诏。南诏由韦皋收服后，本无贰心，<small>韦皋事见七十一回。</small>自国王异牟寻病殁，再传至劝龙晟。为藩酋嵯巅所弑，拥立劝龙晟弟劝利，劝利隐感嵯巅，赐姓蒙氏，号为大容，蛮人称兄为容，表明尊敬的意思。劝利传弟丰祐，丰祐勇敢过人，具有大志，会故相杜元颖，出任西川节度使，元颖本没甚材具，自诩文雅，玩视军人，往往减扣衣粮，西南戍卒，转至蛮境劫掠，丰祐与嵯巅，趁势引诱戍卒，给他衣食，令为向导，即由嵯巅率众随入，袭陷嶲、戎二州。元颖发兵与战，大败而还。嵯巅复进据邛州，并逼成都。文宗贬元颖为邵州刺史，另调东川节度使郭钊为西川节度使，兼权东川节度事。又令右领军大将军董重质，发太原凤翔各道兵，往救西川。钊贻书嵯巅，责他无故败盟，嵯巅复书道："杜元颖侵扰我境，所以兴兵报怨，今既易帅，自当退兵修好。"钊复遣使与订和约，嵯巅遂大掠子女玉帛，引众南去。嗣复遣使上表，谓："蛮人近修职贡，怎敢犯边？只因杜元颖不知恤下，以致军士怨苦，竟为向导，求我转诛虐帅。今元颖尚未受诛，如何安慰蜀士？愿陛下速奋天威，惩罪安民，勿负众望！”文宗乃再贬元颖为循州司马，令董重质及诸道兵士，一概引还。

郭钊至成都，因疾求代，牛、李两相，遂又请将德裕远调。文宗未悉私衷，即诏令德裕西行。德裕至镇，作筹边楼，每日登楼眺览，窥察山川形势，又日召老吏走卒，咨问道路远近，地方险易，一一绘图立说，详尽无遗。自是南至南诏，西至吐蕃，所有城郭堡寨，无不周知。乃练士卒，葺堡障，置斥堠，积粮储，慎固边防，全蜀大定。确是有才。惟南诏寇成都时，曾调东都留守李绛为山南西道节度使，令募兵进援成都，绛招兵千人赴援，及南诏修和，罢兵还镇。既而绛接奉朝旨，遣散新军，每人各给廪麦数斗，新军多怏怏失望。监军杨叔元，因绛莅镇后，绝无馈遗，暗暗怀恨，遂激动新军，说是恩饷太薄，众情已是不平。更经监军煽惑，索性鼓噪起来，入掠库储，狂奔使署。绛方与僚佐宴饮，闻变登城。或劝绛缒城逃走，绛慨然道：“我为统帅，怎得逃去？尔等只管听便。”僚佐多半散去。只牙将王景延，及推官赵存约在侧，绛亦麾手令去。景延下城与战，为乱军所杀。存约尚随绛未行，绛急语道：“乱军将至，何不速行？”存约道：“存约受明公知遇，要死同死，何可苟免。”言甫毕，乱兵已一拥上城，可怜绛与存约，先后遇害。绛一生忠直，不意竟遭此难。杨叔元奏报军变，尚诬称绛克扣新军募值，因致肇乱。谏官崔戎等，共论绛冤，及叔元激怒乱军罪状。文宗乃赠绛司徒，予谥曰贞，立派御史中丞温造，继任山南西道节度使，往平乱事。

造行至襄城，正值兴元都将卫志忠，征蛮归来，两下相遇，密与定谋，即分志忠兵八百人为牙队，五百人为前军，趋入兴元，守住府门。造声色不动，但说是犒牺士卒，那乱军靠着杨叔元势力，仍然入受犒赏，不意驰入府门，已由志忠指麾牙兵，把他围住。见一个，杀一个，诛死了八百名，单剩百余名逸去。叔元正与造叙谈，造得志忠复报，便语叔元道："监军是朝廷命官，奈何嗾使乱军，戕杀主帅？"叔元无可抵赖，跪伏造前，捧着造靴，哀求饶命。造乃答道："待我表闻朝廷，恐朝廷未必赦汝哩。"当下命将叔元系狱，奏请朝命发落。嗣接文宗诏书，流叔元至康州，乃将叔元释去。绛在地下，恐难瞑目。

越年为太和五年，卢刘副兵马使杨志诚，煽动徒众，逐去节度使李载义，又杀死莫州刺史张庆初，事闻于朝。时元老裴度，屡次乞休，文宗尚不忍令去，加官司徒，限三五日一入中书，平章军国重事。继由牛李两人，妒功忌能，再进谗言，度亦申请辞职，乃出为山南东道节度使，擢任尚书右丞宋申锡同平章事。当下由李宗闵、牛僧孺、路隋、宋申锡四相，同至殿前，会议卢龙善后事宜。牛僧孺进议道："范阳自安史以来，久非国有，刘总暂献土地，朝廷费钱八十万缗，丝毫无获，今日为志诚所得，与前日载义无异，若就此抚慰，使捍北狄，也是一策，不必计较顺逆了。"真是好计。李宗闵本是牛党，路隋系好好先生，申锡乃是新进，当然不加异议。文宗乃命志诚为留后，召载义入京，拜为太保。载义自易州至京师，不到数旬，受诏为山南西道节度使，调温造镇河阳，进志诚为卢龙节度使。惟宋申锡由文宗特擢，因他沈厚忠谨，不附中官，所以拔充宰辅，时常召入内廷，谋除阉党。申锡引用吏部侍郎王璠为京兆尹，谕以密旨，璠竟转告郑注。看官道郑注是何等人物？他本是翼城人，形体眇小，两目短视，尝挟医术游江湖间，元和末至襄阳，为节度使李愬疗疾，愬署为推官，从愬至徐州，渐参军政，妄作威福，军士多半侧目。中官王守澄，方为监军，密将众情白愬，请即逐注。愬笑道："注虽不逊，却是奇才，将军试为叙谈，果无可取，斥逐未迟。"守澄默然退去，愬即令注往谒守澄，守澄颇有难色，不得已与注相见，座谈数语，机辩横生，守澄惊喜交集，延入中堂，促膝与语，说得守澄非常佩服，相见恨晚。次日即语恧道："郑生才具，确如公言。"守澄不足道，李恧未免失人。及守澄入典枢密，注亦随行，日夜为守澄计事，益见宠任，所有关通纳贿等情，多由注一手经营。守澄更为注营宅西邻，达官贵人，陆续趋往，门前如市。王璠与注，素通声气，闻得这番机密，便去通报郑注。看官！你想注为王守澄心腹，怎得不闻风相告呢？守澄忙与计议，当由注想出一法，只说宋申锡谋立漳王，嗾令神策都虞侯豆卢著，先行讦发，然后由守澄密白文宗。漳王凑为文宗弟，向有令望，文宗得守澄言，免不得疑惧交并，立命守澄查讯。文宗既引申锡为心腹，谋除中官，奈何复信守澄？守澄即召集党羽，拟遣二百骑屠申锡家。飞龙厩使马存亮，虽也是个宦竖，倒也有些天良，便挺身出争道："宋相罪状未明，遽加屠戮，岂不要激成众怒，万一京中生乱，如何抵制？不如召问他相，再定进止。"守澄乃遣中使悉召宰相，至中书省东门，牛、李等鱼贯而入，独申锡为中使所阻，且与语道："奉命传召，无宋公名。"申锡自知得罪，望着延英门持笏叩头而退。牛、李诸相，入延英殿，文宗与语申锡阴谋，牛、李等相顾惊愕，良久方同答道："请确实讯明，方可定罪。"文宗乃命王守澄往捕漳王内史晏敬则朱训，及申锡亲吏王师文等，鞫问虚实。师文逸去，敬则与训，系神策狱，叠经榜掠，屈打成招。谳词既定，一王二相，几蹈不测。还亏左常侍崔玄亮，给事中李固言，谏议大夫王质，补阙卢钧舒元褒蒋系裴休韦温等，伏阙力谏，请将全案人犯，移交外廷复讯。文宗道："朕已与大臣议定了。"玄亮叩头流涕道："杀一匹夫，尚应慎重，况宰相呢！"文宗乃复召相臣入商，牛僧孺谏道："人臣极品，不过宰相，今申锡已为相臣，尚有何求？臣料申锡不至出此。"文宗略略点首。郑注恐复讯有变，劝守澄入奏文宗，止加贬黜，乃贬漳王凑为巢县公，宋申锡为开州司马，晏敬则朱训坐死。马存亮倍加愤惋，即日乞休，挂冠而去。莫谓中官无人。申锡竟病殁贬所，漳王凑亦未几告终。及王守澄郑注，相继伏法，乃追复申锡官爵，封漳王凑为齐王。小子有诗叹道：

> 甘将心腹作仇雠，庸主何堪与密谋？
> 更有贤王冤莫白，无端受贬死遐陬。

申锡案已经了结，维州事争案又起，欲知详情，请看官且阅下回。

河朔三镇，叛服靡常，不谓又增一横海军。李同捷袭父遗业，竟尔抗命，成德魏博，又从而阴助之，微李祐之努力进讨，不亦如王庭凑史宪诚等，逍遥法外，坐拥旄节耶？柏耆奉使至沧州，擅杀万洪，并诛同捷，诛同捷犹可，杀万洪实属不情。苟李祐稍有变志，恐横海亦非唐有矣。甚矣哉，文宗之所使非人也！此后如成德卢龙，以乱易乱，无一非姑息养奸，兴元兵变，祸起监军，杨叔元死有余辜，犹得幸生，不特李绛沉冤，即被诛之新军八百人，恐亦未能瞑目，是何凶竖？独沐天恩，无怪王守澄等之久踞宫禁，势倾朝野也。宋申锡不密害成，咎尚自取，漳王何辜，乃亦遭贬。况文宗固欲除阉人，而反信阉人之诬构，庸昧至此，可胜慨哉！周报汉献，原不是过矣。

第八十二回

嫉强藩杜牧作罪言　除逆阉李训施诡计

却说维州在西川边境，地当岷山西北，一面倚山，三面濒江，本是唐朝故壤，为吐蕃所夺，号为无忧城，遣将悉怛谋居守。悉怛谋闻蜀帅得人，有志内附，即率众投奔成都。西川节度使李德裕，喜得悉怛谋，欣然迎纳，即遣兵据维州城，奏称："维州为西川保障，自维州陷没，川境随在可虞，今幸故土重归，内足屏藩全蜀，外足抵制吐蕃，就使吐蕃来争，维州可战可守，亦足控御"云云。文宗览奏，即召百官集议，大众皆请从德裕言，独牛僧孺发言道："吐蕃全境，四面各万里，失一维州，亦无大损，近来与我修好，约罢戍兵，我国对待外夷，总以守信为上，若纳彼叛人，彼必责我失信，驱马蔚茹川，直上平凉阪，万骑遥来，怒气直达，不三日可到咸阳桥，京城且守备不暇，就令得百维州，亦远在西南数千里外，有何用处？"文宗本来懦弱，被僧孺说得如此危险，禁不住胆怯起来，便应声道："如卿言，不如遣还悉怛谋罢！"僧孺道："陛下圣明，臣很敬佩。"维州一案，后儒聚讼甚多，实则僧孺欲倾轧德裕，是非且不必计，居心已不可问。文宗乃饬德裕归还维州，并执悉怛谋畀吐蕃。德裕大为不忍，因恐僧孺再加谗构，没奈何依旨施行。吐蕃得悉怛谋，立刻诛夷，备极惨酷，事为德裕所闻，不胜叹息。西川监军王践言，亦谓朝廷失计，代为扼腕。可巧践言奉召入京，令知枢密，乘便与文宗谈及，谓缚送悉怛谋，既快虏心，尤绝外望。文宗闻言知悔，亦咎僧孺失策。僧孺内不自安，累表请罢，乃出为淮南节度使，另征德裕入朝，授同平章事。

德裕一入，李宗闵与他有隙，当然不安。工部侍郎郑覃，与德裕亲厚，素为牛、李所忌，德裕引为御史大夫，从中宣诏。宗闵语枢密使崔潭峻道："黜陟俱由内旨，何用中书？"潭峻微哂道："八年天子，听令自行，亦属何妨。"宗闵怃然而止。给事中杨虞卿等，均由牛、李进阶，德裕复请出为刺史。文宗尝与德裕、宗闵等，论朋党通弊，宗闵道："臣素恨朋党，所以杨虞卿等具有美才，臣不给他美官。"德裕笑语道："给事中尚不算美官吗？"宗闵不禁失色，自请卸职，遂罢为山南西道节度使。调李载义移镇河东，另任盐铁转运使王涯，兼同平章事。卢龙节度使杨志诚，既逐去李载义，骄恣不法，屡遣使求兼仆射，朝廷但授吏部尚书兼衔。志诚愤怒，竟留住朝使魏宝义。文宗不得已命为右仆射，别遣使臣慰谕。殿中侍御史杜牧，见朝廷专事姑息，慨然论河朔大势，名为罪言，略云：

天宝末，燕盗起，出入成皋函潼间，若涉无人地。郭李辈兵五十万，不能过邺，人望之若回鹘吐蕃，无敢窥者。国家因之，畦河修漳，戍塞其街蹊。齐鲁梁蔡，传染余风，因以为寇。以里拓表，以表撑里，浑顷回转，颠倒横邪，天子因之幸陕幸汉中，焦焦然七十余年。宪宗皇帝浣衣一肉，不敢不乐，自卑冗中拔取将相，凡十三年，乃能尽得河南山西地。惟山东未服。今天子圣明，超出古昔，志于平治，若欲悉使生人无事，应先去兵。不得山东，兵不可去。

窃谓上策莫如自治，何者？当贞元时，山东有燕赵魏叛，河南有齐蔡叛，梁徐陈汝白马津盟津襄邓安黄寿春，皆戍厚兵十余所，才足自护，不能他顾，遂使我力解势弛，熟视不轨者无可如何，因此蜀亦叛，吴亦叛，其他未叛者，迎时上下，不可保信。自元和初，至今二十九年间，得蜀得吴，得蔡得齐，收郡县二百余城，所未能得者，唯山东百城耳。土地人户，财物甲兵，较之往年，岂不绰绰乎？亦足自以为治也。法令制度，品式条章，果自治乎？贤才奸恶，搜选置舍，果自治乎？障戍镇守，干戈车马，果自治乎？井闾阡陌，仓廪财赋，果自治乎？如不果自治，是助虏为虏，环土三千里，植根七十年，复有天下阴为之助，则安可以取？故曰上策莫如自治。中策莫如取魏，魏于山东最重，于河南亦最重。魏在山东，以其能遮赵也，既不可越魏以取赵，尤不可越赵以取燕，是燕赵常取重于魏。魏常操燕赵之命，故魏在山东最重。黎阳距白马津三十里，新郑距盟津一百五十里，陴垒相望，朝驾暮战，是二津虏能溃一，则驰入成皋，不数日间耳。故魏于河南亦最重。元和中举天下兵诛蔡诛齐，顿之五年，无山东忧者，以能得魏也。昨日诛沧，顿之三年，无山东忧，亦以能得魏也。长庆初诛赵，一日五诸侯兵，四出溃解，以失魏也。昨日诛赵，罢敝如长庆时，亦以失魏也。故河南山东之轻重在魏，非魏强大，地形使然也。故曰取魏为中策。

最下策为浪战，不计形势，不审攻守是也。兵多粟多，驱人使战者便于守，兵少粟少，人不驱自战者便于战，故我尝失于战，虏常困于守。自十余年来，凡三收赵，食尽且下，郗士美败，赵复振，杜叔良败，赵复振，李听败，赵复振，故曰不计地势，不审攻守，为浪战，最下策也。

此外如伤府兵废坏，作原十六卫，更作战论守论，亦颇中肯綮。李德裕素奇牧才，很为赏鉴，牧因得累迁左补阙，及史馆修撰，并改膳部员外郎，惟素性好游，更兼渔色。牛僧孺出镇淮南时，牧尝随为书记，供职以外，专以游宴为事。扬州为烟花渊薮，六朝金粉，传播古今，十里歌楼，名娼似鲫，牧出入往来，殆无虚夕，留诗裙带，成为常事。及入居台省，议论风生，压倒四座，所陈利病，切实不虚。嗣复出守外郡，历任黄州池州睦州湖州各刺史，豪游畅咏，不减少年，时人以材同杜甫，号为小杜。后仕至中书舍人，感怀迟暮，不获大用，竟抑郁而终。其实是才不胜德，非必果胜大任，晚唐诗才，除元稹白居易外，如孟浩然卢纶李益司空曙，韩翃钱起李端李商隐等，均负盛名。宗人李贺，字长吉，七岁能诗，韩愈皇甫湜疑为讹传，亲往贺家，面加试验，果然援笔立就，一鸣惊人，愈与湜叹为奇才。后著乐府数十篇，被入管弦，音韵悉合，因入为协律郎，年二十七岁，自言见绯衣使者，召他作《白玉楼记》，因即去世。总之才气有余，德量未足，或自悲落魄，致促天年，或不顾细行，终累大德，这也是文人缺憾，可叹可叹。总括一段，得将晚唐文人，约略叙过。

惟白居易自入谏穆宗，不见信用，见第七十八回。求出为杭州刺史，每当公暇，辄至西湖游赏，因筑堤湖中，蓄水溉田，可润千顷，世称白堤。又复浚李泌所开六井，民得汲饮，均沾惠泽。旋受命为左庶子，分司东都，更调为苏州刺史。文宗即位，召为刑部侍郎，封晋阳县男。嗣见二李党争，不愿留京，乞病仍还东都，除太子宾客分司。自思随俗浮沉，忽进忽退，所蕴终不能施，乃与弟行简，及从祖弟敏中，流连诗酒，乐叙天伦，且就东都所居，疏沼种树，凿八节滩，傍香山麓构一石楼，暇辄游览，自号醉吟先生，亦称香山居士。尝与胡杲吉旼郑据刘真卢真张浑狄兼谟卢贞宴集，年皆七十左右，时称香山九老，至绘图传真，播为韵事。却是一朝特色。居易初生，才七月，即识‘之无’两字，九岁能识声律，善属文，尤工诗歌。初与元稹酬咏，故号元白，继与刘禹锡齐名，又号刘白，每出一诗，时人争诵。鸡林朝鲜地名。行贾，录居易诗售与国相，每篇得一金，国相尚以未窥全豹，引为深恨。至开成初年，开成亦文宗年号，见后文。起为同州刺史，固辞不拜，乃改授太子太傅，进冯翊县侯。武宗初年乃殁，年七十五，得谥曰文。刘禹锡亦于是时病终，禹锡自贬所起复，迭任诸州刺史，进为集贤殿学士，寻加检校礼部尚书，凡连坐王叔文党案，还算禹锡得全晚节，但也因阅历已多，诗酒韬晦，所以得终享天年。刘、白生平，借此毕叙，亦寓爱才深意。

话休烦叙，且说卢龙节度使杨志诚，既得右仆射兼衔，踌躇满志，密制天子衮冕，被服皆拟乘舆，居然有帝制自为的思想，渐渐的骄侈淫暴，酿成众怒，致为军士所逐，另推部将史元忠主持军务。元忠将志诚僭物，悉数取献，乃由朝廷遣使按治，授元忠为留后，并传旨再逐志诚，令戍岭南。志诚带领家属，及亲卒数十人，狼狈奔太原。李载义正镇守河东，出兵报怨，把志诚妻子，及从行士卒，尽行捕戮，及欲并杀志诚，幕僚因未奉朝旨，劝令释放，志诚乃得脱去，孑身至商州，又是一道正法的诏令，传与商州刺史，送他归阴。拥兵者其鉴之！进史元忠为卢龙节度使。成德节度使王庭凑，凶横专恣，幸得善终，军士愿拥庭凑次子元逵为留后。元逵却循守礼法，岁时贡献如仪。文宗嘉他恭顺，特遣绛王悟女寿安公主，下嫁元逵。元逵遣人纳币，备具六礼，迎主而归，自是益加逊慎。

外患幸得少纾，内讧又复继起。王守澄与郑注，狼狈为奸，经侍御史李款，连章弹劾，得旨查究，守澄匿注不出，令潜伏右军中。左军中尉韦元素，枢密使杨承和王践言，亦颇恨注，左军将李弘楚，因密白元素道："郑注奸滑无双，卵翼不除，使成羽翼，必为国患。今因御史劾奏，伏匿军中，请中尉诈称有疾，召注诊治，弘楚愿侍中尉左右，俟中尉举目，擒出杖毙，然后中尉向上请罪，陈注奸伪，窃料杨王诸使，定必替中尉解说，中尉决可无祸，不必迟疑。"元素允诺。当由弘楚召注，注见元素毫无疾病，自知有变，他却从容跪伏，叩首贡谀，但说了几句媚词，已把元素一片杀心，销化净尽。当下亲自扶起，延他入座，殷勤导问，听言忘倦。弘楚屡顾元素，元素却目不转瞬，一意与郑注接谈。语已终席，注即起辞，元素又厚赠金帛，遣还右军。贡谀献媚，足以起死回生，无怪拍马风气，终古不改。弘楚不便下手，郁怒非常，便辞职自去。未几，疽发背上，便即毕命。此人亦太气急。

王守澄入白文宗，言注无罪，且荐为侍御史，充神策判官。文宗内惮守澄，只好允诺，诏赦一下，朝野惊叹。既而文宗忽得风疾，瘖不能言，守澄遂引入郑注，为上疗治。文宗饵服下去，果然灵验，渐能出声，欢颜谢注。注自是更得上宠。会值李仲言遇赦还家，见李逢吉，仲言被流，见第八十回。逢吉正调守东都，意欲复相，即遣仲言入赂郑注，令作内助。仲言素与注相识，旧雨重逢，握手道故，便由注引见守澄，仲言口才，不亚郑注，既说动守澄欢心，复得守澄推荐，入谒文宗。文宗见他仪状秀伟，应对敏捷，也道是个旷世英才，面许内用。越日视朝，李德裕入谏道："仲言前事，谅陛下应亦闻悉，奈何引居近侍？"文宗道："人孰无过，但教改过便好了。"德裕道："仲言心术已坏，怎能改过？"文宗道："就使仲言不能内用，亦当别除一官。"德裕又道："不可不可。"文宗回目右顾，见宰相王涯，亦适在旁，便问道："卿意以为何如？"涯正欲奏答，忽见德裕向他摇手，未免词色支吾。文宗察知有异，转从左顾，见德裕手尚高举，已是瞧透隐情，便即快快退朝；寻命仲言为四门助教。仲言及注，皆嫉德裕，仍引李宗闵入相，请出德裕镇兴元军。文宗已心疑德裕，依言下诏。德裕入见文宗，愿仍留阙下，因复拜兵部尚书，但免相职。至宗闵入相，谓德裕已奉节钺，奈何中止？乃更命德裕出镇浙西。尚书左丞王璠，曾泄宋申锡密谋，赞成漳王冤狱。见第八十回。至是复与郑注等进谗，谓德裕尝阴结漳王，谋为不轨。文宗大怒，召王涯路隋等入商，将下严谴。路隋道："德裕身为大臣，不宜有此，果如所言，臣亦应得罪。"六七年宰相，未闻进一嘉谋，至此始为德裕辨诬，大约是相运已满了。文宗意虽少解，但不免迁怒路隋，竟令他代德裕职任，罢德裕为宾客分司，擢李仲言为翰林侍讲学士。仲言改名为训，隐然有训诲的寓意。太觉厚颜。

御史贾𫗧，褊躁轻急，与李宗闵郑注友善，夤缘为相，得继路隋后任。𫗧喜出望外，忽夜梦见亡友沈传师，瞋目与语道："君可休了！奈何尚贪恋相位？"说着，复兜胸一掌，将𫗧击醒，吓得𫗧浑身冷汗，起坐待旦，特备肴私祭传师。亡友好意示梦，岂为渠一餐耶？越数日，复梦见传师道："君尚不悟，祸至无悔。"一面说，一面摇手自去。𫗧尚欲追问，被传师一推而寤，默思亡友垂诫，少吉多凶，意欲辞职归里，晨起与妻妾等谈及梦兆，女流有何见识，都贪恋目前富贵，争说梦兆无凭，何足深信？𫗧亦辗转寻思，自以为有恃无恐，不至罹祸，遂安心任职。居高官，食厚禄，拥着娇妻美妾，坐享太平。怎晓得祸福无常，一念因循，竟至后来灭族呢？凡身婴夷戮诸徒，往往为贪心所误。

忽京城大起谣言，谓郑注供奉金丹，是由小儿心肝，采合成药，慌得全城士庶，统将小儿藏匿家中，不令外出。注也觉奇异，拟将此事架陷仇人杨虞卿，奏称由虞卿家人捏造出来。虞卿正为京兆尹，凭空受诬，被逮下狱。李宗闵亟为救解，由文宗当面叱退。注与李训，又交谮宗闵，竟贬宗闵为明州刺史，虞卿亦受谪为虔州司马。训欲自取相位，因恐廷臣不服，先引御史李固言，同平章事。郑注亦得受命为翰林侍读学士。注与训更迭入侍，均为文宗规画太平，首除宦官，次复河湟，又次平河北，开陈方略，如指诸掌。语非不是，奈不能力行何？文宗本隐嫉宦官，只因无力驱逐，不得已含忍过去。又尝虑二李朋党，互相倾轧，每与左右谈及，去河北贼易，去朝中朋党难，至是得训注两人，奏对称旨，又非二李党羽，遂大加宠任，倚为腹心。训注无仇不报，凡有纤芥微嫌，不是说他贿通中官，就是说他党同二李，非贬即逐，殆无虚日。又恐王守澄权焰薰天，一时摇他不动，特设一以毒攻毒的计策，劝文宗引用五坊使仇士良，令为神策中尉，隐分守澄权势。引虎逐狼，祸且益甚。士良本与守澄有隙，乃与训注合谋，提出一个大题目来，削除凶孽。看官阅过前文，应知宪宗崩逝，实是不明不白，宫廷内外，已俱疑是王守澄陈弘志等所为，一经仇士良证实，便拟追究前凶，借伸义愤。题目恰是正大。陈弘志方出为兴元监军，当由李训计嘱士良，令他潜遣心腹，诱令入京，且特授封杖，叫他半途了结弘志。好几日得去使返报，已引弘志至青泥驿，杖毙了事。李训大喜，再与郑注入劝文宗，授王守澄为左右神策军观容使，出就外第。阳示尊礼，阴撤内权。更劾二李阴赂宦官韦元素王践言等，求再执政，就是宫人宋若宪，亦曾得贿，于是贬德裕为袁州长史，宗闵为处州长史，韦元素王践言等俱流岭南，连宋若宪亦遣归赐死。应七十九回。权阉已去了一半，乃即遣守澄鸩酒，逼令自尽，表面上却不明宣逆案，但说他暴病身亡，追赠扬州大都督，更将元和逆党梁守谦杨承和等，诛斥略尽。极大义举，反以隐秘出之，便见邪奸伎俩，好为鬼祟。

文宗以李训有功，擢任同平章事。注亦欲入相，偏李训

又阴怀忮忌，托称除阉未尽，须由内外协势，方可成功。注
遂愿出镇凤翔。同平章事李固言，未知李训计划，独入争殿
前，谓注不宜出镇。文宗以固言不能顺旨，免他相职，派为
山南西道节度使，令镇兴元军，即授注为凤翔节度使，命即
赴镇。训复荐御史中丞舒元舆，入为同平章事，引王涯兼榷
茶使，又欲羁縻人望，请加裴度兼中书令，令狐楚郑覃加左
右仆射，并密结河东节度使李载义。昭义节度使刘从谏，拟
尽诛宦官，独揽朝纲，当时王涯贾𫗧舒元舆三相，俱承顺风
指，不敢有违。他如中尉枢密禁卫诸将，亦皆趋承颜色，迎
拜马前。看官！你想李训是一个流人，幸得赦还，因郑注王
守澄等，辗转推荐，骤得致身通显，乃始杀守澄，继并忌
注，已是以怨报德，公义上或尚可原，私德上实说不过去。
而且排去数相，屡斥廷臣，刁狡的了不得，似此行为，难道
能富贵寿考么？小子有诗叹道：

> 天道喜谦且恶盈，倾人还使自家倾。
> 半年宰相骄横甚，专欲由来事不成。

果然历时未几，竟闯出一场大祸祟来了。欲知如何闯祸，
待至下回再说。

杜牧作罪言，以自治为上策，诚哉其为上策也！
但未知其所谓自治者，究指何事？观牧之不谨小节，
沉湎酒色，十年一觉扬州梦，赢得青楼薄幸名，是牧
且未能自治，遑问国家之自治乎？假使一时得志，骤
登台辅，恐亦似训注一流人物，训起自流人，注起自
方伎，不数年间，秉钧轴，侍讲筵，诛积年未除之逆
党，进累朝久屈之耆臣，谁得谓其非是？然异己者必

排去之，厚己者亦芟锄之，暴横太甚，识者早料其不终。乃知君子可大受不可小知，小人可小知不可大受，圣言固不我欺也。杜牧不得逞志，自怨沉沦，吾则犹为牧幸，否则不为训注者，亦几希矣。

第八十三回

甘露败谋党人流血　钩垣坐镇都市弭兵

却说李训欲尽除宦官，起初本与郑注定议，俟注至镇后，选壮士数百为亲兵，奏请入护王守澄丧葬，俟内臣送丧，乘便由壮士下手，一并杀毙，使无噍类。彼此订下密约，注乃启行往凤翔。不料训又变计，因恐事成后注得大功，自己反落注后，乃与舒元舆等密谋，另遣大理卿郭行余为邠宁节度使，户部尚书王璠为河东节度使，令多募壮士，作为部曲；又命刑部郎中李孝本，为御史中丞，京兆少尹罗立言，权知府事，进京兆尹李石为户部侍郎，太府卿韩约为左金吾卫大将军。数人除李石外，统是李训私党，分置要地，指日起事，一俟大功告成，不但尽杀宦官，就是始终合谋的郑注，也拟一并摔去。用心太险，无怪不成。

太和九年十一月间，文宗御紫宸殿视朝，百官鱼贯而入，依班序立。韩约匆匆入奏，谓："左金吾厅事后，石榴上夜有甘露，为上天降祥征兆，非圣明感格，不能得此。"说罢，即蹈舞再拜。李训舒元舆，亦率百官拜贺，且请文宗亲自往视，仰承天庥。天降甘露，岂独在金吾厅后？这已足令人滋疑，怎得称为善策？文宗许诺，乃乘舆出紫宸门，升含元殿。先命李训等往视，良久乃还，报称甘露非真，未可遽行宣布。文宗道："有这般事么？"遂顾左右中尉仇士良鱼弘志等，率宦官再往复验。士良等已去，训即召郭行余王璠两人，入殿受敕。璠战栗不敢前,独行余拜受殿下。时两人所募部曲,已有数百,皆持刀立丹凤门外,训亦召令受敕。河东兵陆续进来,邠宁兵却观望不至。济甚么事?仇士良等至金吾厅,遇着韩约,见他行色仓皇,额有微汗,又是一个没用家伙。士良不觉惊讶道:"将军何为如是?"道言未绝,忽见风吹幕起,里面伏着兵甲,慌忙返奔,走还含元殿,报称祸事。既伏兵甲,何不突出追击,也好杀死数人。

训见士良等还殿,亟呼金吾卫士道:"快上殿保护乘舆,每人赏钱百缗。"金吾兵将要登殿,那士良眼明手快,先已指麾阉党,扶文宗上了软舆,从殿后毁藩突出。训上前攀舆道:"臣奏事未毕,陛下不可入宫。"士良瞋目呼道:"李训反了!"文宗尚说训未敢反,士良不听,竟来殴训,为训所仆。训从靴中拔刃,拟诛士良,不意为阉党救去,于是罗立言率京兆逻卒三百余名,自东趋至,李孝本率御史台从人二百余名,自西奔来,并会同金吾卫士,登殿纵击宦官,杀伤十余人。士良令群阉挡住外面,自导乘舆北进,迤逦至宣政门,训尚追蹑舆后,攀呼益急。天子已被人挟去,追呼何益?宦官郗志荣,颇有勇力,奋拳殴训,训竟仆地,乘舆便驰入门内,将门扃着。至训从地上扒起,已是双镮重闭,无隙可钻,但听门内一派喧呼,统是万岁二字,自思所谋不遂,只好觅一脱身的方法,急忙脱从吏绿衫,穿在身上,乘马跃出,口中却扬言道:"我有何罪?乃被窜谪。"且呼且走,竟得逸出。郭行余王璠两人,早已奔退,罗立言李孝本等,见训已远逸,料已无成,也即窜去。含元殿中,寂静无人,那时李家的天下,又变成了阉宦的天下。

宰相王涯贾𫗧,本不与谋,见殿中忽起变端,究不知为着何事?仓猝间驰还中书省,静候消息。舒元舆也即趋至,也佯作不知,语王涯贾𫗧道:"究竟是何人谋变?想皇上总要开延英门,召我等议事。"两省官即中书门下两省。入问三相,俱说

我等尚未查明，请诸公自便。少顷，已近午餐，将要会食，忽
有吏人入报道："左神策军副使刘泰伦，右神策军副使魏仲
卿，带领禁兵千余人，从阁门杀出来了。"舒元舆闻报先逃，
毕竟心虚。王涯贾餗，也狼狈步走，两省及金吾吏卒千余人，
填门争出，甫及半数，那禁兵已经杀到，好似刈草割麦一般，
砍死了六百余人。士良等又分兵掩闭宫门，横加屠戮，所有诸
司吏卒，及贩卖小民，都冤冤枉枉的饮了白刃，血流狼籍，满
地朱红。又遣骑兵千余，追捕逃人，舒元舆易服单骑，出安化
门，被禁兵追至，擒捉而去。王涯徒步至永昌里茶肆，也被禁
兵擒入左军，各加桎梏，兼施箠楚。涯年已七十有余，哪里忍
受得起，只好依言诬服，自书供状，谓与李训谋行大逆，尊立
郑注。王璠归长兴坊私第，闭门自固，用兵防卫，神策将到了
门前，叩门不应，却佯呼道："王涯等谋反，主上拟召尚书入
相，我等奉鱼护军令，请尚书立即入阁，快快出来，幸勿自
误！"璠信以为真，忙开门出见，神策将尚是道贺，请他上马
速行，及与左军相近，才将他一把抓下，加上铁链，牵入左
军。璠始知受绐，涕泣而入，见王涯等局居一旁，便与语道：
"王公自反，何为见引？"涯答道："老弟前为京兆尹，不向王
守澄漏言，何至有今日呢？"驳诘得妙。璠乃俯首无词。又搜捕
罗立言郭行余，及涯等亲属奴婢，均至两军中系住，户部员外
郎李元皋，系李训再从弟，训与他未协，亦遭捕戮。王涯有再
从弟沐，年老且贫，闻涯为相，跨驴入都，留居岁余，方得一
见。涯白眼相待，经沐嘱托涯家嬖奴，求他关说，涯始许一微
官，自是日造涯门，专候涯命，偏小官尚未到手，大祸先已临
头，无辜株连，同时毕命。前岭南节度使胡证，家称巨富，禁
兵利他多财，托言搜捕贾餗，闯入胡家，任情掠夺。证子溵忍
耐不住，免不得反抗数语，那禁兵仗势行凶，用刀砍去，可怜
溵立时倒毙，无从诉冤。又转入左常侍罗让，詹事浑镦，翰林

学士黎植等家，劫掠货财，扫地无遗。坊中恶少年，乘势讹扰，伪托禁兵，杀人越货，互相攻劫，尘埃蔽天。

攘乱了一昼夜，百官入朝，日出始开建福门，禁兵露刃夹道，只准各官随着一人。各官屏息徐行，至宣政门，尚未启户，四顾无宰相御史，亦无押班官长，乱次站立，无复秩序，好容易待至启扉，才得进去。文宗已御紫宸殿，顾问宰相王涯等，如何不来？仇士良应声道："王涯等谋反，已收系狱中。"说至此，即将涯供状呈上。文宗略略一览，即命召左仆射令狐楚，及右仆射郑覃等入殿，将供状递示，并泪眦荧荧道："这是王涯手笔么？"楚覃同答道："笔迹果是王涯，涯果谋反，罪不容诛。"文宗乃留他两人值宿中书，参决机务，并使楚草制，宣告中外。楚叙李训王涯谋反事，语涉模棱。总是怕死。仇士良尚然不悦，因不欲楚为相，只命覃同平章事。已而添任户部侍郎李石，与覃并相。内事略定，外面恶少年，还剽掠不止，神策将杨镇靳遂良等，各率五百人，分屯通衢，击鼓警众，不准再扰，且杀死恶少年十余人，余众方才骇散，吏民粗安。已吃苦得够了。

贾𫗧易服逃匿，避居民间，住宿一夜，探闻各处都有禁兵把守，料不能逃，乃素服乘驴，诣兴安门，途中适遇禁兵，便自言道："我宰相贾𫗧，也不幸为奸人所污，可送我诣左右两军。"禁兵遂将他执送右军。李孝本改服绿衣，用帽障面，单骑奔凤翔，至咸阳西境，为追骑所擒，也解送京师。李训自殿中逸出，直往终南山，投奔寺僧宗密处，宗密素与训相善，欲将他剃度为僧，以便藏匿，偏徒侣谓私藏罪犯，祸且不测，乃纵令出山。训转奔凤翔，为盩厔镇遏使所擒，械送京师；至昆明池，训自分一死，因恐至都中多受酷辱，便语解差道："得我可致富贵，但汝等不过数人，一入都城，必为禁兵所夺，不若取我首去。"到死尚且逞刁，但始终不免一死，刁狡何益？解差

遂枭了训首，携送入都。仇士良即命左神策军三百人，持李训
首，并王涯王璠罗立言郭行余四人，绑缚出来。右神策军三百
人，也绑住贾餗舒元舆李孝本，依次献入庙社，兼徇市曹，且
饬百官临视，推各犯至独柳树下，一一斩首，悬示兴安门外。
各犯亲属，不论亲疏，悉数处死，孩稚无遗。或有妻女免死，
亦均没为官婢。冤血模糊，惨不忍睹。惟王涯因榷茶苛刻，暗
丛众怨，百姓见他处刑，无不称快，死后尚被人乱投瓦砾，且
掷且詈，聊雪宿愤。

　　复有诏授令狐楚为盐铁转运使，左散骑常侍张仲方，权知
京兆尹，且使人赍密敕至凤翔，令监军张仲清，速斩郑注。注
本率亲兵五百人，出至扶风。途次闻李训事败，折回凤翔。仲
清用押牙李叔和计，邀注过饮。注自恃兵卫，贸然赴约。想是
死期已到，所以转智为愚。仲清迎注入厅，格外殷勤。叔和又引
注护兵，出外就宴，再藏刀入厅，见注正与仲清茗谈，便抢步
近注，出刀猛挥，飕的一声，注首落地。妙语。厅后突出伏
兵，用着大刀阔斧，跑出厅外，专杀随注兵士。门吏又将外门
关住，立将郑注护兵，杀得一个不留，再开门收捕副使钱可
复，节度判官卢简能，观察判官萧杰，掌书记卢弘茂等，一并
处斩。可复有女，年止十四，抱父求免，仲清不从，但令免
女。女凄然道：“我父被杀，我尚何面目求生？”遂亦被杀。不
没孝女。余如郑注及钱可复等家属，屠戮净尽。惟弘茂妻萧氏，
临刑时带哭带骂道：“我系太后妹子，奴辈敢来杀我，尽管从
便。”此语一出，兵皆敛手，才得免死。唐廷尚未接诛注消
息，有诏褫注官爵，改任神策大将军陈君奕为凤翔节度使。君
奕尚未出都，仲清已遣李叔和传送注首，又悬示兴安门。还有
一个韩约，走避了好几日，夜半潜出崇义坊，被神策军瞧见，
一把抓住，当即拥至左军中，眼见得是束手就戮了。于是全案
人犯，一网打尽，仇士良鱼弘志以下，各进阶迁官有差。

　　总计自甘露变后，生杀除拜，皆由两中尉主持，文宗已是木偶一般，得能保全生命，还是大幸，哪敢再与阉党呕气？枉为人主，可怜可叹。仇士良鱼弘志等，气焰益盛，上胁天子，下陵宰相，每至延英殿议事，士良傲然自若。郑覃李石，有所陈请，往往被士良面斥，或引李训郑注事折驳。覃与石齐声道："训注原为乱首，但不知训注因何人得进，闹出这般大祸。"解铃仍须系铃人。士良听到此言，也觉惭恧，嗒然退去。惟宦官深怨训注等人，牵藤摘蔓，诛贬不休，朝吏尚日夕不安。一日，文宗视朝，问宰辅道："坊市已平安否？"李石道："坊市渐安，但近日天气甚寒，恐由刑杀太过所致。"郑覃亦接入道："罪人亲属，前已皆死，余人可不必问了。"文宗点首退朝。接连过了数日，并不见有赦文，忽京城谣言又起，宣传寇至，士民骇走，尘埃四起，两省诸司，也没命的乱跑，甚至不及束带，乘马便奔。突如其来，笔法不测。郑覃李石，正在中书省中，旁顾吏卒，已逃去一半。覃亦不觉惊惶，顾语李石道："耳目颇异，不如出避为是。"石怡然道："宰相位尊望重，人心所属，不宜轻动。况事情虚实，尚未可知，全仗我等镇定，或可弭患，若宰相一走，中外都大乱了。且使果有大乱，避将何往？"覃始勉强坐着。石坐阅文案，安静如常。嗣又有敕使传呼，令闭皇城及诸司各门，左金吾大将军陈君赏，率众立望仙门下，语敕使道："门外未见有贼，就使贼至，闭门未迟，请少安毋躁，待衅乃动，不宜预先示弱。"敕使乃退。坊市恶少年，俱着皂衣，执弓刀，眼巴巴的望着皇城，但俟皇城闭门，即思动手掳掠，幸内有李石，外有陈君赏，从容坐镇，才得无虞。到了日暮，毫无变动，人心方才平定，统还家安枕去了。天下本无事，庸人自扰之。

　　看官听说！谣言虽不足准，未必无因而起。究竟当日惊扰，为着何事？原来王守澄未死时，曾与宦官田全操等未协，训注乘间献计，遣他分巡盐灵等州，密饬边帅就地捕诛，总计遣发六人，分巡六道。会守澄已死，训注又诛，六道镇帅，不敢下手。仇士良等既得权势，便将六人召还。全操等余恨未息，在途中扬言道："我等还都，见有儒冠儒服，不论贵贱，均当杀死。"这语传达都下，遂致人人惊恐，以讹传讹，好似有强寇来攻的情状。及全操等乘驿入城，究竟人少势孤，未便惹祸，更兼仇士良等杀死多人，也恐激成众怒，乐得下台休息，暂享荣华，所以乱事不至再起。赦书亦即下颁，凡罪人亲党，除前已就戮，及指名收捕外，概置不问。诸司官吏，惧罪避匿，亦勿复追捕，各听自归本司。自此诏一下，天日少开，阴霾渐散，惟禁军仍然横暴，京兆尹张仲方，素来懦弱，不敢过问。李石因他才不胜任，奏出为华州刺史，改派司农卿薛元赏继任。元赏刚正不阿，饶有气节，偶至李石第中，闻石方坐厅事，与一神策军将，争辩甚喧，遂大踏步趋入厅中，正色语石道："相公辅佐天子，纲纪四海，今近不能制一军将，使他无礼至此，哪里还能制服四夷呢？"说毕，即呼侍从入厅，擒住军将，令至下马桥候审。侍从拥军将先行，元赏上马趋出，至下马桥，那军将已被褫军衣，长跪道旁，元赏即命动刑，忽有一宦官前来，说是奉仇中尉命，请大尹过谈。元赏道："适有公事，一了即来。"当下杖杀军将，始改服白衣，往见士良。士良冷笑道："痴书生乃具大胆，敢杖杀禁军大将么？"元赏道："中尉是国家大臣，宰相亦国家大臣，宰相属吏，若失礼中尉，中尉将若何处置？中尉属将，今失礼宰相，难道可轻恕么？中尉与国同体，当为国惜法，元赏已囚服而来，任凭中尉裁断，生死惟命！"士良见他理直气壮，反温颜道谢，呼酒与饮，尽欢乃散。不怕死者偏不至死。

越年元旦，文宗御宣政殿，受百官朝贺，大赦天下，改元开成。昭义节度使刘从谏，独上表诘问王涯等罪名，中有

"内臣擅领甲兵，妄杀非辜，流血千门，僵尸万计，臣当缮由练兵，入清君侧"云云。仇士良等得知此奏，也颇畏沮，因劝文宗加从谏官，进爵司徒，从谏复申表辞让，有"死未申冤，生难荷禄"语。且直陈仇士良等罪恶，请正典刑。士良虽说从谏借端谋逆，心下恰很是惊惶，因此稍稍敛迹。郑覃李石，还好略伸意见。就是文宗也借此活命，苟延岁月。令狐楚乃得奏称王涯等身死族灭，遗骸暴露，请有司收瘗，上顺阳和天气。文宗也惨然欲泣，因命京兆尹收葬涯等十一人，各赐衣一袭。仇士良尚存余恨，私令人发掘瘗坟，弃骨渭水。

小子有诗叹道：

> 阉竖穷凶极恶时，杀人未足且漂尸。
> 堂堂天子昏庸甚，国柄甘心付倒持。

文宗再召李固言入相，又擢左拾遗魏谟为补阙，谟为魏征五世孙，欲知他蒙擢情由，待看下回便知。

李训郑注，皆小人耳，小人安能成大事？观本回甘露之变，训注志在诛阉，似属名正言顺，但须先肃纲纪，正赏罚，调护维持，俾天子得操威令，然后执元恶以伸国法，一举可成，训注非其比也。注欲兴甲于送葬之日，已非上计，然天子未尝临丧，内官无从挟胁，尚无投鼠忌器之忧，成固万幸，不成亦不致起大狱。何物李训，萦私妄计，蛮触穴中，危及乘舆，譬诸持刀刺人，反先授人以柄，亦曷怪其自致夷灭也。王涯贾餗舒元舆辈，不知进退，徒蹈危机，死何足惜？但亲属连坐，老幼悉诛，毋乃惨甚。郑覃令狐楚，不能为涯餗辨冤，但知依阿取容，状亦可鄙。至

于讹言再起，覃且欲趋而避之，幸李石从容坐镇，始
得无事，铁中铮铮，唯石一人，其次则为薛元赏，正
人寥落，邪焰熏迷，唐之为唐，已可知矣。

第八十四回

奉皇弟权阉矫旨　迎公主猛将建功

　　却说前御史中丞李孝本，本来是唐朝疏远的宗室，孝本被杀，家属籍没，有二女刺配右军，统是豆蔻年华，芙蓉脸面，文宗闻她有色，召令入宫。自己方得侥生，又想拥抱美人，非昏庸而何？拾遗魏谟上书谏阻，略言："数月以来，教坊选女，不下百数，又召入李孝本女，不避宗姓，大兴物议，臣窃为陛下痛惜"云云。文宗乃遣出二女，且擢谟为补阙。谟入谢时，由文宗面谕道："朕采选女子，无非欲分赐诸王，因怜孝本女孤露无依，所以收育宫中，卿遇事敢言，虽与朕意尚有隔膜，究竟为爱朕起见，可谓无忝厥祖了。"谟拜谢而出。嗣复进谟为起居舍人，文宗向取《注记》，谟对道："《注记》兼书善恶，所以儆戒人君，陛下但力行善政，何必取阅。若必经御览，史官有所避讳，如何取信后世？"文宗乃止。又尝命谟献祖遗笏，宰相郑覃道："在人不在笏。"文宗道："笏虽无益，也是甘棠遗爱哩。赞魏征处，便是赞魏谟处。既而在便殿召见群臣，文宗举衫袖相示道："此衣已三浣了。"群臣俱称扬俭德。独中书舍人柳公权谏道："陛下贵为天子，富有四海，当进贤退不肖，纳谏净，明赏罚，方可渐致雍熙。徒服浣衣，尚是末节哩。"文宗温颜道："卿却是个净臣，惟为中书舍人，似属未当，不若改任谏议大夫罢。"公权便即受命。看似文宗虚心纳谏，然未能刚断，终患庸柔。

无如内讧未已，朋党复兴，李固言入相未几，又出为西川节度使，别任工部侍郎陈夷行，同平章事。到了开成三年正月，李石入朝议事，忽闻前面有箭镞声，石连忙闪避，已受微伤。左右奔散，马惊驰归第，又有一人邀击坊门，亏得石伏住马上，那马疾驰而过，尾被剁断，石尚无恙。乃上表奏闻文宗，文宗急命神策六军，遣兵防卫，且饬中外索捕暴客，竟无所获。石自思忘身徇国，反遭此变，辗转寻思，定是阉人主使，倘再或恋栈，必为所戕！不若趁早辞职，免得受祸，于是累表称疾，固辞相位。文宗亦知石忠诚，实因不便强留，只好令他仍挂相衔，出充荆南节度使。另简户部尚书杨嗣复，及户部侍郎李珏，同平章事。嗣复与珏，又与郑覃陈夷行未协，屡有龃龉，文宗尝面谕道："朕读圣贤书，也不愿为庸主，怎奈势不得行，无可奈何，愿卿等和衷共济，朕只能醇酒求醉，聊写殷忧。"但知求人，不知末己，如何自治？四宰相虽然应命，但彼此私见，总难消融。嗣复与珏，且力排郑覃，更欲召李宗闵入相，先浼宦官进言。文宗转语宰相，覃即进言道："陛下若怜宗闵，只可酌量移调，若召入内用，臣愿避位。"夷行亦言："宗闵贪鄙，前尝聚党乱政，如何再行？"嗣复强与争辩，珏亦旁助嗣复，断断力争。还是文宗代作调人，徙宗闵为杭州刺史，总算暂时解决，得免争端。越年，郑覃陈夷行，终为杨嗣复李珏所排，辞职退位，又丧了一位四朝元老，讣达朝廷。元老为谁？就是司徒中书令晋公裴度。

太和末年，李逢吉因病致仕，旋即身死。度移守东都，目击时艰，自悲衰老，不愿再问国事，就是朝廷令兼中书令，表辞不获，亦只一笺报谢，未曾入朝。至甘露变后，更以文酒自娱，葛冠野服，徜徉终身。不意开成二年，又奉诏令移镇河东，且由吏部郎中传达旨意，令他卧护北门，不得已启行赴镇。适易定节度张璠病死，子元益欲自为留后，经度遣使晓谕祸福，乃束身归朝。莅镇一年，因老病乞还东都，越年去世，寿七十六岁。文宗震悼辍朝，追赠太傅，予谥文忠，时人比诸郭汾阳。度身后无遗表，由文宗遣使往问，寻得半稿，以储嗣未定为忧，语不及私。去使赍表归献，文宗益加叹惜。了过裴晋公，引起下文事实。

　　原来唐自宪宗以降，历穆宗敬宗文宗三朝，均不立后。文宗生有二子，长子名永，为后宫王德妃所出，次子名宗俭，十岁即殇，永初封鲁王，廷臣多请立为太子。文宗欲立敬宗子普，因迁延未定，太和二年，普竟夭逝，文宗很是悲恻，追赠普为悼怀太子，余痛未忘。复将储嗣问题，搁起了好几年。至太和六年，始立永为皇太子。太子永母王德妃，姿貌不过中人，素来失宠，更兼后宫有个杨贤妃，生得花容玉貌，俐齿伶牙，文宗爱若掌珍，惟言是用，王德妃竟被谮死。永年及成童，颇好游宴，狎近小人，杨贤妃又日夕进谗，屡言永短。杨贤妃未闻产子，何为屡谮储君？可见妇人阴险，妒母及子，无非为斩草除根起见，独怪唐室宫闱，遇有宠妃姓杨，往往生事，岂杨李果不相容耶？文宗逐渐入耳，免不得怒气积胸。开成三年九月，召见群臣，谓："太子行多过失，不堪承统，应废立为是。"群臣俱顿首谏道："太子年少，近虽有过，将来自能知改。且储君关系国本，不可轻动，还望陛下矜全！"中丞狄兼谟伏阙固争，甚至流涕，给事中韦温道："陛下只有一子，不善教导，乃至陷入狎邪，这岂尽太子的过失吗？"文宗才不便决议，怏怏退朝。群臣又连章论救，因召太子还少阳院，敕侍读窦宗直周敬复二人，诣院授经，申明大义。太子终未能尽改前非，那杨贤妃又密嘱坊工刘楚才等，及禁中女优十人，诋毁太子。文宗每有所闻，辄召太子面责，惟废立事始终不行。过了月余，太子留居院中，未尝得疾，不料夜间猝毙，甚至五官流血，四肢发青，文宗亲自验视，见他死状甚惨，也不觉悲从中来，默思暴毙原因，好似中毒，但无从觅证，只好殓葬了事，谥曰庄恪。
写尽庸柔。

又越一年，群臣请立东宫，屡陈章奏。杨贤妃又乘间进
言，请立穆宗子安王溶为皇太弟。杀子立弟，究为何意？文宗商
诸宰相，李珏谓立弟不如立侄，较为合宜。乃立敬宗少子陈王
成美为皇太子，饬有司谨具册仪。越日车驾幸会宁殿，召入俳
优，演剧作乐，有童子缘竿而上，一中年男子，在下走视，状
甚惊惶。文宗怪问左右，左右答是童子的父亲。文宗忽增怅
触，泫然流涕道："朕贵为天子，尚不能保全一儿，岂不可
叹？"谁叫你宠爱杨妃？遂命驾返宫，即召刘楚材等四人，及女
优张十十等数人，面加叱责道："构害太子，统出尔曹，今太
子已死，须尔曹偿命！"刘楚材等伏地乞免。文宗不许，命左
右执付京兆尹，即日杖毙。怒首犯而毙从犯，毕竟不公。嗣是感
伤成疾，寝馈不安，卧床数日，勉起至赐政殿，召当直学士周
墀入问道："朕可比前代何主？"墀答道："陛下系当代贤君，
可比古时尧舜。"文宗道："朕岂敢上比尧舜？但拟诸周赧汉
献，究属何如？"墀惊对道："彼乃亡国主子，怎得上拟圣
德？"文宗道："周赧汉献，不过受制强藩，今朕却为家奴所
制，恐尚不如赧献呢。"墀伏地流涕。文宗亦潸潸泪下，俟墀
告退，复还宫睡下。自是御膳日减，瘠弱不支，到了开成五年
元日，病不能起，饬百官免行朝贺礼。越宿，命枢密使刘弘逸
薛季棱，引杨嗣复李珏至禁中，嘱奉太子监国。中尉仇士良鱼
弘志得知消息，即闯入御寝，并谓："太子年幼，且尝有疾，
须另议所立。"李珏道："储位已定，怎得中变？"士良弘志，
愤愤而出。嗣复与珏，也知他不好轻惹，只好敷衍数语，退了
出去。不意到了夜间，竟由士良弘志，颁发伪诏，立穆宗第五
子颍王瀍为皇太弟，权勾当军国事。且言："太子成美，年尚
冲幼，未便入嗣，仍复封为陈王。"翌晨，百官入朝思政殿，

那颍王瀍已仿立殿庑，与百官相见。杨嗣复李珏等，料知由权阉矫旨，只是不敢发言，彼此虚与周旋，便即散去。越二日，文宗驾崩，年只三十二岁，共计享国十四年，改元二次。颍王瀍即位枢前，是为武宗皇帝，命杨嗣复摄冢宰事。

士良即劝武宗除去杨贤妃，及安王溶陈王成美三人，武宗也乐得应允，一道诏命，赐三人自尽，可怜安陈二王，平白地死于非命，就是这个倾国倾城的杨贤妃，无术求生，没奈何仰药自尽，渺渺芳魂，同归地下，仍陪伴文宗去了。杨氏该死。士良等尚追怨文宗，凡从前得邀亲幸的内臣，尽加诛逐。他人不敢多口，惟谏议大夫裴夷直，上疏谏阻，也似石沉大海一般，济甚么事？武宗改名为炎，追尊生母韦氏为皇太后，徙萧太后居积庆殿，号积庆太后。即文宗生母。尚有太皇太后郭氏，宝历太后王氏，居处照旧。过了数月，罢杨嗣复授刑部尚书，崔珙同平章事。又过数月，罢李珏，召入李德裕，令他同平章事。葬文宗于章陵，别号生母韦太后葬园为福陵。魏博节度使何进滔病殁，子重顺自称留后，上表请授诏命。武宗以履位方新，不欲遽加声讨，乃令袭节度使遗缺，赐名弘敬。为后文饬讨泽潞事伏案。

越年，改元会昌，枢密使刘弘逸薛季棱，谋举兵攻杀仇士良，事泄被捕，下诏赐死，并出杨嗣复为湖南观察使，李珏为桂管观察使。士良又屡进邪谋，谓："杨李二人，不愿陛下登基，今既外调，恐有异图，应早除为是。"武宗性颇残忍，闻士良言，即遣中官往诛杨李二使。户部尚书杜悰，亟奔马往见德裕，入门也不及寒暄，便扬声道："天子新即位，便欲杀二故相，此事不可不谏，幸勿手滑。"时太常卿崔郸，及御史大夫陈夷行，先后入相，德裕即邀同崔珙崔郸陈夷行，联袂入奏，请开延英殿赐对。待至日晡，始开门召入，德裕等涕泣极言，请赦杨李二人，免致后悔。武宗连说"不悔"二字，一面却令四相旁坐。德裕道："臣等愿陛下免二人死罪，勿使已死难生，徒贻冤恨。今未奉圣旨，臣等何敢侍坐？"语至此，又叩首请命。武宗方徐徐道："朕为卿等免此二人。"德裕等起身下阶，舞蹈颂德。武宗复召令升座，喟然长叹道："朕嗣位时，宰相等何尝心服？李珏季棱，志在陈王，嗣复弘逸，志在安王，陈王尚是文宗遗意，安王专附杨妃，觊觎神器，且嗣复与杨妃同宗，曾致妃书，谓姑何不效则天临朝。倘使安王得志，朕何得有今日？全是私意，即如嗣复致杨妃书，亦安知非阉人捏造？德裕道："兹事暧昧，虚实难知。"武宗道："杨妃尝有疾，文宗令妃弟玄思入侍月余，因此得通意旨。朕细询内人，确系实迹，但免死二字，已出朕口，朕不食言，卿等可退听后命。"四人乃出。武宗即令追还二使，更贬嗣复为潮州刺史，李珏为昭州刺史。

会回鹘可汗兄弟嗢没斯，与宰相赤心那颉啜，各率众抵天德城外，求买粮食，且乞内附。天德军使田牟，田布弟。欲出兵迎击，借端邀功，当时表闻朝廷，谓："回鹘叛将嗢没斯等，侵逼塞下，愿督兵驱逐，安静边境"等语。武宗览表踌躇，免不得召集群臣，会议可否。小子于回鹘事，久未叙及，正应乘此补叙，方好前后贯通。看官听着！

自咸安公主和番后，见七十八回。回鹘主天亲可汗，当即病死，天亲子多逻斯嗣立，受唐封为忠贞可汗，才阅一年，为弟所弑。国人复杀忠贞弟，立忠贞子阿啜，得受册为奉诚可汗。在位五年，即遭病殁，无子可传，当由国人拥立宰相骨咄禄为主。骨咄禄也得唐封册，号为怀信可汗，阅十年去世。怀信子亦得受封，称腾里可汗。宪宗初年，腾里可汗屡遣使入朝，始与摩尼偕来。摩尼系回鹘僧名，立有戒法，每至日晏乃食，不问荤素，唯不食湩酪。回鹘使归，摩尼留居中国。从前唐廷借援回鹘，回鹘人多入内地，尝请在京城内外，建摩尼

寺，至摩尼入国，复就河南太原各处，分置摩尼寺。摩尼往来
都市，未免为奸，后来遣归回鹘，惟咸安公主，居回鹘几二十
一年，历配天亲忠贞怀信腾里四可汗，至元和三年始死，由回
鹘遣人告丧。未几，腾里可汗亦殁，嗣主为保义可汗，保义求
婚，宪宗不许。保义死后，崇德可汗继立，复表请和亲，是时
唐廷已立穆宗，乃遣宪宗女太和长公主，下嫁回鹘。至敬宗即
位，崇德可汗又死，弟曷萨特勒嗣封，号昭礼可汗。文宗六
年，昭礼为下所杀，从子胡特勒入嗣，受封彰信可汗。至文宗
末年，国相掘罗勿发难，引沙陀共攻彰信，彰信自杀，国人立
䍐驳特勒为可汗。䍐驳特勒方遣使请封，不意部将勾录莫贺，
潜结邻部黠戛斯，合兵十万，掩击回鹘。䍐驳特勒仓猝迎敌，
竟为所杀。掘罗勿亦战死，余众溃散。自天亲可汗后，多是一班
短命鬼，安得不衰？嗢没斯赤心那颉啜等，穷无所归，乃来款
塞。廷臣多请如田牟言，独李德裕进议道："穷鸟入怀，尚思
庇护，况回鹘屡建大功，今为邻国所破，远依天子，奈何欲乘
他困敝，发兵出击呢？臣意应遣使慰抚，赐给粮食，令他感恩
知报，愿为我用。从前汉宣帝收服呼韩邪，便是此法，愿陛下
勿疑！"武宗道："太和公主，不知生死何如？"德裕道："这
正好发使赍诏，问明嗢没斯等，借知公主下落。"武宗乃遣使
至天德城，告戒田牟，毋得操切生事，且令牟乘便探问公主。

　　朝使方行，忽由太和公主遣人入朝，报称回鹘牙部十三
姓，已立乌介特勒为可汗，请朝廷即赐册命。看官道太和公
主，如何替乌介求封？原来回鹘被破，公主亦为黠戛斯所虏，
黠戛斯系汉李陵后裔，自谓与唐同宗，因令使臣达干，奉主归
唐，乘势结好。那时回鹘余部，推立乌介，引兵邀击达干，把
他杀死，遂劫公主南下，进窥天德城。振武军节度使刘沔，出
兵屯云伽关，严行拒守，乌介知不可犯，因胁公主上表请封，
嗣又由乌介通使，乞借振武一城，寓居公主及可汗，来使叫作

颉干伽斯，当由武宗宣令入见，问他何故推立乌介。颉干伽斯道："乌介可汗，系昭礼可汗亲弟，所以众情爱戴。"武宗道："城不便借，朕当颁给粮米，令汝汗规复旧疆便了。"乃即派右金吾大将军王会，赍着宣慰敕书，偕颉干伽斯北往。书中大略，谕："乌介率领部众，渐复旧疆，借城向无此例，如欲别迁善地，求上国声援，亦只应暂驻漠南，朕当俟公主入觐，亲问事宜。倘须接应，亦无所吝"云云。复令王会发边粟二万斛，赐给乌介部众。哪知乌介可汗，阳受朝命，待王会南归，仍然屯兵边境，不肯退归，且反纵兵四扰。非我族类，其心必异。还有赤心那颉啜等，亦潜谋犯塞，经嗢没斯先告田牟，因诱赤心至帐下，设伏击毙。那颉啜收集赤心遗众，东走大同，联结室韦黑沙诸番众，南窥幽州。卢龙节度使史元忠，时已为牙将陈行泰所杀，行泰又为张绛所诛，雄武军使张仲武，起兵逐绛，平定幽州。由武宗特授旌节，命为卢龙留后。仲武闻那颉啜入境，突出痛击，杀得那颉啜孤身穷奔，往投乌介，乌介把他杀死，复入云朔，剽横水，屠掠甚众，有众十万，驻牙大同，抗表求粮食牛羊，并索交嗢没斯。

武宗已授嗢没斯为金吾大将军，爵怀化郡王，即以所部军为归义军，拜他为归义军使，赐姓为李，赐名思忠，当下责令乌介北迁，不得无理要索。乌介不肯奉诏，武宗因调刘沔为河东节度使，兼招抚回鹘使，张仲武为东面招抚回鹘使，李思忠为回鹘西南面招讨使，会军太原，共讨乌介。沔有武略，出营雁门关，与乌介相持。起初与乌介接仗，未见得利，乃按兵不动，故示羸弱，令李思忠张仲武两军，先戕乌介羽翼。乌介见沔军不出，总道他是畏怯无能，不以为意，便移军侵逼振武，营帐如林。沔遣麟州刺史石雄，及都知兵马使王逢，带领沙陀朱邪赤心部众，袭击乌介牙帐，沔自率大军接应。石雄到了振武，登城望回鹘营帐，见氈车数十乘，侍从多着朱碧，状类华人，遂使侦骑探问，返报是太和公主牙帐。雄复使侦骑往告道："公主至此，应求归路，今将出兵掩击可汗，请公主潜与侍从相保，驻车勿动，静候来迎。"公主允诺，侦骑复还报石雄，雄凿城为十余穴，引兵夜出，直攻乌介可汗牙帐。乌介本未预防，突闻官军杀入，吓得手足失措，忙从帐后逸出，连辎重尽行弃去。雄追乌介至杀虎山，大破乌介部众，乌介身受数创，与数百骑北遁。雄斩首万级，降番众二万余人，遂回迎太和公主，送还京师。正是：

逐寇功臣逢大捷，和番帝女幸重归。

欲知公主还京后事，待至下回分解。

唐至文宗之世，威柄已为宦官所握，文宗叹息流涕，自恨受制家奴，不如周赧汉献，情殊可悯，但亦未免自贻伊戚耳。一误于宋申锡，再误于李训郑注，用人不明，已司其咎，乃复暱幸宠妃，不善教子，骨肉且未能保全，遑问他事？至于权阉矫诏，擅立颖王，不能正始者，复不能正终，何莫非优柔寡断之所致也？回鹘雄长北方，虽屡扰唐室，而一再败盟，数犯边境，为唐患者亦非浅鲜。帝女和亲，甘出下策，唐之不能驭夷，亦可见矣。迨回鹘残破，嗢没斯诚心内附，而乌介复劫主横行，忽服忽叛，幸李德裕建以夷攻夷之策，于是强虏退，帝女归，朔方仍得安定，乃知为政在人之固非虚语也。

文宗有一德裕而不能用，此其所以赍恨终身欤。

第八十五回

兴大军老成定议　堕狡计逆竖丧元

却说太和公主，还至京师，有诏令宰相等出迎章敬寺前，又命神策军四百名，备具卤簿，迎主入都。群臣当然奉命，肃班出迎。公主进谒宪穆二庙，欷歔呜咽，退诣光顺门，去盛服，脱簪珥，自陈和亲无状，有负国恩。武宗遣中使慰问，仍令服饰如恒，乃入谒太皇太后。母女重逢，悲喜交集。越日进封为安定大长公主，使居兴庆宫左近，得叙母子欢情。一面令太仆卿赵蕃，为安抚黠戛斯使。黠戛斯是古坚昆国，唐初号为结骨，地在西突厥西面，贞观年间，曾修朝贡，历太宗高宗中宗玄宗四朝，通使不绝，至回鹘强盛，始被隔绝，不得往来。酋长号为阿热，屡受回鹘侵掠，回鹘渐衰，阿热乃自称可汗，与回鹘构兵不解，约二十年，卒破回鹘，送太和公主归唐。会闻乌介杀死国使，料知诚意未达，因复遣注吾合素东来，再申情状。注吾系是夷姓，夷人称猛为合，左为素，合素是猛力左射的意义，就是所称黠戛斯，也就是结骨的转音，注吾合素，在途历一两年，始达唐廷，献上名马二匹，并上书请求册命。补叙数语，尤见详明。武宗乃命赵蕃往慰，并使李德裕手草敕书。德裕谓须俟黠戛斯称臣，且叙同姓执子孙礼，乃行册命。武宗亦以为然，德裕遂草制道：

　　考贞观二十一年，黠戛斯先君，身自入朝，授左屯卫将军兼坚昆都督，迄于天宝，朝贡不绝。比为回鹘所隔，回鹘陵虐诸蕃，可汗能复仇雪耻，茂功壮节，近古无俦。今回鹘残兵不满千人，散投山谷，可汗既与为怨，须尽歼夷，倘留余烬，必生后患。又闻可汗受氏之原，与我同族，国家承北京太守即汉李广。之后，可汗乃都尉指李陵。苗裔，以此合族，尊卑可知。今欲册命可汗，特加美号，缘未知可汗之意，姑遣太仆卿赵蕃喻意，待赵蕃回日，当别命使展礼，以慰可汗之望。先此谕知，毋负朕意！

是时武宗方专任德裕，凡与回鹘黠戛斯交涉事件，必与德裕熟商，所有诏敕，亦多命德裕属草。德裕请委诸翰林学士，武宗道："学士不能尽如人意，劳卿属稿，方免贻误。"因此慰谕黠戛斯敕书，亦由德裕下笔。赵蕃赍敕与注吾合素偕行，到了黠戛斯，黠戛斯可汗，愿为藩属，再遣将军温仵合，随藩入贡，且上言："得乌介可汗，走保黑车子族，应会同王师，合力进讨。"武宗谕以速平回鹘黑车子，乃遣使册封，温仵合应命而去。既而黠戛斯又遣使入贡，请示师期，武宗遂饬幽州太原振武天德四镇，出兵会同黠戛斯，兜剿乌介，且令给事中刘濛为巡边使，拟复河湟四镇十八州。河湟自安史乱后，陷没吐蕃，已历多年，至是因回鹘已衰，吐蕃复有内乱，乃倡此议。刘濛系刘晏孙，武宗悯晏冤死，特擢濛出巡，令预备器械糗粮，俟回鹘告平，进图吐蕃。

会值昭义军节度使刘从谏病死，子稹秘不发丧，胁监军崔士康，奏称从谏病剧，请命稹为留后。武宗览奏即召李德裕崔珙等入议，还有新任宰相二人，一是淮南节度使李绅，是代崔郸后任，一是尚书右丞李让夷，是代陈夷行后任。夷行已出镇河中，郸出镇西川，所以改相二李。与德裕合成三李。绅与让夷，均上言："回鹘余烬，未尽扑灭，边鄙尚须警备。若再讨泽潞，昭义军统辖泽潞邢洺滋五州。恐国力不支，不如令刘稹权知军事。"李德裕独献议道："泽潞事体，与河朔三镇不同，河朔习乱已久，人心难化，所以累朝置诸度外。泽潞近处腹心，一军素称忠义，如李抱真成立此军，德宗且不许承袭，敬宗不恤国务，相臣又无远略，刘悟死后，遂授从谏，今从谏垂死，复欲将兵权私付竖子，若又令他承袭，诸镇将群起效尤，那时天子尚有威令么？"说得甚是。武宗道："朕意亦作是想。"乃遣供奉官薛士幹，往谕从谏，使就东都疗疾，且遣稹入朝，另加官爵。士幹行至潞州，稹已为从谏发丧，抗不受诏，因亟还朝报命。武宗也怒从心起，便召德裕入问道："卿前谓刘氏跋扈，不宜承袭，今刘稹公然抗命，朕欲声讨，拟用何法？"德裕道："稹心中所恃，不过河朔三镇，但得镇魏两处，不相援助，稹便无能为了。今请速遣重臣，往谕王元逵何弘敬，令他助讨刘稹，委以山东三州，邢洺磁。成功以后，将士并加厚赏，果使两镇听命，不复沮挠官军，刘稹竖子，还有甚么难擒呢？"武宗大喜，立命德裕草诏，颁赐成德节度使王元逵，魏博节度使何弘敬，中有数语云："泽潞一镇，与卿事体不同，勿为子孙之谋，欲存辅车之势，但能显立后效，自然福及后昆。"武宗览此数语，大加称许，且语德裕道："应该如此直告，省得他疑议呢。"当下遣发两使，分头去讫。又赐卢龙节度使张仲武诏书，令他专御回鹘，并调忠武节度使王茂元，为河阳节度使，邠宁节度使王宰，为忠武节度使，专待镇魏两处报命，便即出兵。

　　未几，得两镇奏报，并皆听命，于是削夺从谏及稹官爵，授王元逵为泽潞北面招讨使，何弘敬为泽潞南面招讨使，与河东节度使刘沔，河中节度使陈夷行，河阳节度使王茂元，合力攻讨，再调武宁节度使李彦佐，为晋绛行营招讨使，会合诸军，五道齐进。王元逵既受朝旨，即日出屯赵州，进次临洺，渐逼尧山。刘沔守昂车关，分兵屯榆社，何弘敬立栅肥乡，进略平恩，陈夷行驻营冀城，入侵冀氏。王茂元出驻万善，别遣兵马使马继等至天井关，营科斗寨。惟李彦佐自徐州启行，很是迁缓，又表请休兵绛州，兼求济师。李德裕入白武宗道："彦佐逗留观望，无讨贼意，所请皆不可许，宜下诏切责，令即进军冀城。"武宗依言颁诏，德裕又荐天德军防御使石雄，为彦佐副，因调雄为晋绛行营节度副使，复令王元逵取邢州，何弘敬取铭州，王茂元取泽州，李彦佐刘沔取潞州，各专责成，毋得取县，这也是德裕所献的计议。武宗得平潞泽，全是德裕一人主持，故处处归功德裕。

先是刘从谏未殁时，累表言仇士良罪恶，士良亦言从谏窥伺朝廷，至刘稹逆命，士良益借口有资，每扬言宫中，自诩不出所料。武宗以士良有拥立功，曾命为观军容使，外示尊宠，内实疑忌，故命讨泽潞，全然不用禁军。士良又阴嫉德裕，多方进谗。偏武宗委任甚专，毫不见信，同平章事崔珙，伴食无能，武宗将他罢去，特召学士韦琮入内草制，擢中书舍人崔铉入相，内外官吏，全未与闻。仇士良自知失权，乃告老致仕，得旨允准，因出居私第。阉党统送他出宫，士良密嘱道："天子不可令闲，须常举奢靡华丽，取悦心志，令他日积月累，无暇顾及他事，然后我辈可以得志。若使读书礼士，得知前代兴亡，他必心存忧惕，疏斥我辈，这是事上要诀，幸勿忘怀。"阉党谢教而去。士良以为要诀，实是愚谋，须知人主蛊惑心志，必致危亡，难道若辈尚得安荣么？且此策亦只能惑庸主，不能欺英辟，试问士良何故告退呢？士良既去，李德裕少一牵制，越好殚精竭虑，与武宗规划平贼。

王元逵拔宣务栅，进击尧山，击败刘稹救兵，上书奏捷。德裕请加元逵同平章事，激厉他镇。至元逵前锋，早入邢州境内，何弘敬尚未出师。元逵密表弘敬阴怀两端，德裕上言："忠武军累有战功，声威颇震，王宰年力方壮，谋略可称，请诏宰率忠武全军，取道魏博，直抵磁州，以分贼势，弘敬必惧，这便是攻心伐谋的良策。"武宗即命王宰悉选步骑精兵，自相魏趋磁州。果然弘敬闻知，恐忠武军一入魏境，或致兵变，急督军进渡漳水，先赴磁州。独河阳兵马使马继等，驻兵科斗寨，为刘稹牙将薛茂卿所袭，全军溃散，马继被擒。王茂元忧惧成疾，奏达败状，于是朝议又复纷起，争说："刘悟有功，不应绝他后嗣。且从谏练兵十万，储粟十年，甚不易取，何如趁早班师。"武宗听了群议，也不免心动起来，复召问李德裕。德裕道："小小胜负，兵家常事，愿陛下勿听外议，定可成功。"武宗乃语群臣道："此后如有朝士沮挠军情，朕必将他驱入贼境，斩首示众。"自是异议乃止。惟断乃成。

　　德裕复乞调王宰全军，移援河阳，即以宰兼行营攻讨使，武宗也悉从所请。会何弘敬奏拔肥乡平恩，杀贼甚众，武宗因召语相臣道："弘敬已拔两县，可释前疑，既有杀伤，虽欲阴持两端，也无可如何了。"乃加弘敬检校左仆射。嗣闻王茂元病殁军中，复诏擢河南尹敬昕为河阳节度使，专主饷运，接济行营，把战事悉付王宰。宰治军严整，颇为昭义军所惮。昭义军将薛茂卿，因科斗寨一役，独建奇功，未获重赏，心下很是怏怏，闻王宰屯兵万善，遂密使通问，愿为内应。宰遂引兵趋天井关，茂卿略略接仗，便即退走，把关相让。宰得据关隘，进毁大小箕村。茂卿更召宰攻泽州，宰疑不敢进，竟至失期。刘稹探知茂卿隐情，诱至潞州，将他杀死，屠及家族，如此残忍，宜其速亡；改用兵马使刘公直，来拒王宰。宰攻泽州，不利而退。公直复乘胜据天井关，嗣经宰整兵再进，大破公直，得拔陵川。刘沔亦攻克石会关，惟卢龙节度使张仲武，因刘沔破回鹘时，独得太和公主归朝，功为所夺，不免怨沔。朝廷恐他挟嫌掣肘，徙溷为义成节度使，另起前荆南节度使李石，驻节河东。

河东兵多派守要隘，所有府库余蓄，又被溷运往义成军。至李石莅镇，兵少饷绌，已是万分为难。河东行营兵马使王逢，且请添兵至榆社，以资战守，石不得已调回横水戍卒千五百人，令都将杨弁带领，驰诣行营。向来军士出征，每人给绢二疋，石因军用缺乏，益以自己绢帛，尚止人得一疋。时已为会昌三年残腊，军士请过了岁朝，方才登程。偏监军吕义忠，定要他年内就道，军士俱有怨言。杨弁趁势煽动，拟除夕倡乱，佯于是日启行，到了晚间，仍混入城中，夜漏方阑，哗声忽起，兵众随处剽掠，横行城市。都头梁季叶出来弹压，被乱军持刀砍死。李石正起床整衣，遥谒北阙，庆贺岁旦，不意府门外面，人喊马嘶，巡吏即入报兵变。石左右并无将士，如何出御？只好挈领亲属数人，从后门出奔，还幸城尚未阖，一溜烟似的奔往汾州。杨弁入据军府，居然自称留后，且遣从子至潞州，愿与刘稹约为兄弟。刘稹大喜，报书如约。监军吕义忠亦逃出城外，遣人飞奏河东乱状，朝议复为之大哗。或说应招抚杨弁，令讨刘稹，或说两地俱应罢兵，惟坚强不屈的李文饶文饶系德裕字。独上言："太原人心，太原即河东。素来忠顺，不过因赏犒未足，乃致变乱，并非别怀觊觎，况乱兵止千五百人，亦何能为？应令李石吕义忠还赴河东行营，召兵讨乱，一面令王逢留太原兵守榆社，另调易定汴兖兵，共讨杨弁。"武宗一一照允。更遣中使马元实，往太原晓谕乱军，并觇强弱。杨弁欢迎元实，盛筵相待，酣饮三日，且厚贿送归。元实还都复命，极言军心附弁，不如议抚。金钱之效力如此。武宗令与宰相商议，元实乃往见德裕，开口便道："相公今日，须早授杨弁旌节。"德裕问为何因？元实道："自牙门至柳子营，约十五里，遍地统是光明甲仗，如何可取？"德裕道："李相李石为

相，见前。正因太原无兵，乃发横水兵赴榆社，此外库中留甲，
尽给行营，弁何从得此甲士？"元实道："太原民俗强悍，经
弁召募，即可成军。"德裕道："召募须有赀财，李相止欠军
士一疋绢，因致此乱，弁岂能点石成金，立集巨款，可以广募
徒众么？"元实语塞，不能再对。德裕道："就使他有十五里
光明甲，亦必须杀此贼。"诚然诚然。遂叱退元实，自草数语奏
陈，略言："杨弁微贼，决不可恕！如虑国力不及，宁舍刘
稹。"过了两旬，吕义忠捷报已至，擒杨弁，诛乱兵，平定太
原。看官！你道吕义忠能讨平乱贼么？原来榆社戍兵，闻朝廷
令客军取太原，恐妻孥亦遭屠戮，乃情愿还兵平乱。可巧吕义
忠奔至行营，遂拥回太原，攻入军府，立将杨弁擒住，所有乱
卒，悉数诛夷。弁被槛送京师，当然处斩。

　　河东既定，召还李石，降为太子少傅分司，河中节度使陈
夷行，已因疾乞休，改任崔元式继任，至此复调元式镇河东，
令石雄为河中节度使。雄与王宰有宿嫌，宰忌雄立功，故意缓
攻，令刘稹得专力御雄。李德裕侦得隐情，即入奏武宗道：
"行军全仗锐气，不经激发，难望成功。陛下命王宰趋磁州，
何弘敬乃先出师，遣客军讨太原，戍卒乃先取杨弁，今王宰久
不进军，请徙刘沔镇河阳，仍令率义成军二千，直抵万善，蹑
宰后尘，宰恐沔前来争功，必不愿逗留。宰果进军，沔为后
应，亦未始非一大声援呢。"武宗乃令刘沔为河阳节度使，令
出军万善。宰果如德裕所料，进攻泽州，刘稹拒战经年，军心
渐怠，更兼都神牙郭谊王协，宅内兵马使李士贵等，揽权用
事，专知聚财，见功不赏，将士愈觉离心。刘从谏妻裴氏，系
故相裴冕孙女，有弟裴问，典守邢州，裴氏素劝从谏归命，至
从谏死后，又虑稹叛命致亡，令他召归裴问，执掌军政。李士
贵恐问到来，大权被夺，亟语稹道："山东三州，惟恃五舅，
若五舅召还，将靠何人守住山东三州呢？"稹年少寡识，信为

真言，遂不愿召问。问尝募兵五百，号为夜飞，就中多富商子弟，王协令军将刘溪，往邢州征税，大肆婪索，往往拘禁富商。夜飞军闻父兄被拘，当然向问呼吁。问转白刘溪，溪复语不逊，激成众忿。问即与刺史崔碬，杀溪归唐，举州投顺王元逵。洺州守将郭钊，磁州守将安玉，闻邢州降唐，亦并降何弘敬，山东三州，均已效顺，当由王何二镇帅奏闻。德裕请即令给事中卢弘止为三州留后，且敕山南东道节度使卢钧，调任昭义节度使，乘驿赴镇。武宗尚在踌躇，德裕道："今不另简镇帅，若王何二人，欲占三州，朝廷将如何对付呢？"一语破的。武宗大悟，立即下诏。德裕又道："昭义根本，尽在山东，三州既降，潞州必将生变了。"武宗道："朕料郭谊等人，必诛稹自赎。"德裕道："诚如圣料，不日即有好音。"已而得王宰军报，刘稹已诛，郭谊乞降。原来谊本为刘稹心腹，稹阻兵抗命，皆谊主谋，至山东三州，一并失去，谊不免惶急，遂与王协密谋，拟杀稹赎罪，乃令私党董可武说稹道："山东叛去，事由五舅，城中人莫敢相保，敢问留后如何主张？"稹答道："今城中尚有五万人，且当闭门自守，再图良策。"可武道："五万人何足久持？为留后计，不如束身归朝，令郭谊为留后，自奉太夫人及室家金帛，归还东都，这还是保身良策呢。"稹又道："谊果不负我么？"可武道："可武已与谊定约，誓不相负。"稹乃引谊入室，再与面约，复入告从谏妻裴氏。裴氏道："归朝诚为佳事，可惜已晚。我有弟尚不能保，怎能保郭谊？汝自去酌夺便了。"裴氏非无见识，患在太懦。稹沈吟半晌，自思余无善策，没奈何素服出门，以母命署谊都知兵马使。谊谢稹毕，出见诸将。稹治装内厅，李士贵闻得此事，知稹为谊所赚，率后院兵数千攻谊。谊叱众道："何不自取赏物，乃欲与士贵同死么？"军士遂退，共杀士贵。谊易置将吏，部署士卒，一夕俱定。次日，使董可武入邀刘稹，出议公事。积随可武出牙门，至北宅，与谊等相见，置酒作乐。饮至半酣，可武遽前执积手，别将崔玄度自后杀积，刀光一闪，垂首座前，遂乘势收积宗族，及亲属故旧，无论老幼，骈戮无遗，只留裴氏不杀，囚诸别室。当下函积首献与王宰，并奉降表。宰露布奏闻，唐廷称贺。小子有诗叹道：

> 竖子无知欲逞雄，三州坐失智谋穷。
> 须知授首归朝日，早在良臣擘划中。

究竟唐廷如何处置郭谊，待至下回再详。

　　观武宗之讨泽潞，全由李德裕主谋，故本回于德裕规划，叙述较详，当时前敌诸将，非真公忠无二，经德裕操纵有方，能令悍夫怯将，并效驰驱，决机庙堂之上，转移俄顷之间，中使不得关说，武人乐为尽死，即裴度杜黄裳诸相臣，恐亦未之逮也。山东三州，相继归朝，郭谊王协等，即定谋杀积，始则导积为乱，继则杀积求封，而无知狂竖，适堕狡谋，徒惟是身死族灭已耳！天下本无事，庸人自扰之，于积乎何惜；于郭谊王协等何诛？

第八十六回

信方士药死唐武宗　立太叔审毙李首相

却说武宗闻泽潞已降，刘稹授首，即与李德裕等，商酌善后事宜。德裕面奏道："泽潞已平，邢洺磁三州，无须再置留后，但遣卢弘止宣慰三州，及成德魏博两镇，便可了事。"武宗道："郭谊应若何处置？"德裕道："刘稹竖子，胆敢拒命，统由郭谊等主谋，到了势孤力竭，又卖稹求赏，如此不诛，何以惩恶？"武宗点首道："卿言甚是。朕当令石雄入潞，藉应谣言便了。"原来潞州曾有妄男子，在市喧叫道："石雄七千人到了。"是时刘从谏尚在，目为妖言，把他捕戮。及刘稹逆命，德裕曾将此事奏闻，且言欲破潞州，必用石雄，所以武宗特遣石雄入潞，令带七千人随行。郭谊既献入刘稹首级，满望朝廷封赏，即授旄节，好几日不见命下，乃语部众道："大约朝廷将徙我别镇，所以这般迟滞。"遂阅鞍马，治行装，专待朝使到来，约定行止。你亦想作刘悟么？奈福命不及何！忽由巡卒入报道："河中节度使石雄，带兵来了。"谊颇有惧色，但此时不能再拒，只好率众出迎。

雄与敕使张仲清，联辔入城，谊参贺已毕，张仲清宣言道："郭都知告身，来日当至，此外将吏告身，俱已带到，请晚间来牙交代。"谊等唯唯而出。雄即命河中七千人，环集毬场，至晚召谊等受命，一一唱名引入。谊先进去，即由雄喝声动手，将他拿下。余如王协董可武安全庆李道德李佐尧刘武德

等，一并拘住，悉送京师。还有刘稹部将刘公直，已将泽州降
与王宰，亦由宰槛送入京。唐廷已得稹首，悬示都门，复令石
雄发从谏尸，暴露潞州市三日。雄剖棺验视，面色如生，一目
尚开，经雄手刃三次，血流如洏。想是命数中应该斩首。陈尸三
日，仇人各用刀剔骨，几无遗骸。文士张谷张沿陈扬庭，尝屡
言古今成败，规戒从谏。雄颇闻文名，饬吏查访，已被郭谊杀
死，未免嗟悼。张谷尝纳邯郸女为侍妾，名叫新声，曾劝谷挈
族西去，且语谷道："天子以从谏为节度，并非有攻城野战的
功劳，足以褒录，不过因乃父挈齐十二州，归还朝廷，方不忍
夺他嗣袭。自从谏据有泽潞，未尝具一缕一蹄，为天子寿，左
右又皆无赖徒，试想宪宗朝数镇颠覆，大都雄才杰器，尚不能
固天子恩，况从谏擢自儿女手中，以不法始，必以不法终。大
丈夫当见机而作，毋得顾一饭恩，以骨肉畀健儿噉食呢。"言
讫，悲泣呜咽，几不自胜。谷终不能决，迁延至三月有余，反
恐新声语泄，竟将她用帛缢死。有此慧女子，却不得令终，所遇非
人，特志之以存感慨。后来谷竟遭难，家属骈诛。宜哉。

　　从谏妻裴氏，由雄送入都中，候旨发落。武宗因裴氏系出
名门，弟裴问首先效顺，不忍诛及裴氏，拟下诏免死。偏刑部
侍郎刘三复，固言不可，乃将裴氏赐死，以尸还问，令他殓
葬。所有郭谊王协董可武等，尽行正法。加李德裕太尉，爵卫
国公。德裕入朝固辞，武宗道："朕只恨无官赏卿，卿若不应
得此，朕也不愿授卿了。"德裕乃拜谢而退。昭义节度使卢
钧，驰入潞州，慰抚兵民。钧素宽厚爱人，当镇守襄阳时，已
是众志咸孚，一入天井关，昭义散卒，闻风趋附，俱蒙厚待。
至入潞城后，人情悉洽，昭义遂安。武宗从德裕议，割泽州归
隶河阳，减铩昭义军势力，免生后乱；且饬各道兵一律归镇，
封赏有差。

　　德裕复追论维州悉怛谋事，归咎牛僧孺。武宗但赠悉怛谋

为右卫将军，不加僧孺罪责。德裕乃申奏道："刘从谏据泽潞十年，太和中入朝，牛僧孺李宗闵执政，不留从谏在京，纵令还镇，致酿成今日大祸。且闻昭义孔目官郑庆，曾言从谏每得二人书牍，皆自焚毁，可见二人阴庇从谏，实为乱阶，今幸陛下威灵，得平叛逆。惟欲清源正本，还应谴及牛李二人。"报复太甚，私憾何深？武宗徐徐道："且俟再议？"德裕意终未释。过了数日，复呈入河南少尹李述书，略言：僧孺闻刘稹败死，有失声叹恨等情。安知非德裕架诬？当下恼动武宗，再贬僧孺为循州长史，流宗闵至封州。德裕因率同百官，请上尊号，称武宗为仁圣文武章天成功神德明道大孝皇帝，武宗不受。经德裕等固请，表至五上，方才允准。于是郊天祭庙，下诏大赦，赐文武官阶勋爵，遍宴群臣，庆贺了好几日。皇太后王氏即敬宗母。得病身亡，变喜为哀，易贺为吊，免不得又有一番忙碌。礼官上太后尊谥，乃是"恭僖"二字，祔葬光陵东园。光陵即穆宗陵。

　　是时同平章事李绅，以足疾辞职，复出为淮南节度使，召淮南节度使杜悰入朝，拜右仆射，兼同平章事。悰本岐阳公主夫婿，见七十四回。文宗季年，公主已殁，悰由澧州刺史，升任凤翔节度使，复自凤翔徙镇淮南。武宗尝闻扬州倡女，善为酒令，因饬淮南监军，选贡数人。监军转告杜悰，请他同选，悰摇首道："我不奉诏，怎得妄进倡女？"监军即奏悰不肯选旨，武宗叹道："杜悰得大臣体，朕知愧了。"遂召悰入相。悰既受职，独好宴饮，不甚理事，乃复出为西川节度使。既而李绅病殁任所，悰移镇淮南。惟杜悰罢相时，崔铉亦同时免职，改任户部侍郎李回同平章事。回系唐室宗族，颇有胆识，泽潞事起，曾奉诏宣慰河北三镇，并促进师，三镇无不畏服，以此为武宗所器重，特加拔擢。但军国重事，仍专任李德裕评议。李回李让夷，不过奉令承教，署名画诺，便算尽职。

德裕以西域军事，尚未告竣，因上言："回鹘衰微，乌介穷蹙，应乘此荡平回鹘，规复河湟，望遣使赐张仲武诏书，谕以镇魏两镇，已平昭义，只回鹘未灭，仲武尚兼北面招讨使，应早思立功，毋落人后。"武宗依言颁诏，促仲武进逼乌介，仲武出兵数次，收降回鹘散卒，约数万人。巡边使刘濛，亦报称吐蕃内乱，可乘机收复河湟。武宗拟大举平西，偏偏志未毕偿，病已缠体，遂令一位英明果断的主子，渐渐的形神瘦弱，力不从心。看官可知武宗即位时，年只二十七龄，改元后仅历五年，还只三十二岁，春秋方盛，大可有为，如何疾病加身，害得支撑不住？虚设问答，较便梳栉。小子查考唐史，才知有一大病源，不得不从头叙来。

唐自高祖立老子庙，尊为太上玄元皇帝，后世子孙，奉为成例，待遇方士，无不加厚，所以道教尝盛行一时。此外又有佛教、祆教、摩尼教、景教、回教五种，佛教自汉迄唐，愈沿愈盛，唐太宗时，僧玄奘至西域取经，携归佛典六百五十余部，译成华文，辗转流传，徒侣日众。武宗以前，全国佛寺，多至四万余所，僧尼达四十万人。祆教由波斯国传入，敬火以表天神，亦称拜火教，唐初已盛行中国，朝廷为立祆正被祝等官，管辖教徒。摩尼教就从祆教脱胎，参入佛教景教等旨，别成一派，相传为波斯人摩尼所创。其实摩尼二字，就是中国高僧的意义，由波斯传入回纥，更由回纥传入唐朝，京都内外，多建摩尼寺，凡回纥人留居中国，常借寺中栖宿。景教实耶稣教的一派，唐太宗时，波斯人阿罗本，赍经至长安，自称为景教徒，取教旨光华的意义。太宗为建波斯寺，至玄宗时，波斯为大食国所并，因改波斯寺为大秦寺，大秦即罗马国的变称，景教实发源罗马，所以易名存实。德宗时，长安大秦寺僧京静，曾建大秦景教流行中国碑，穷溯原委，颇称详明。至回教为摩罕默德创行，摩罕默德系阿剌比亚人，阿剌比亚即今之阿剌伯。参酌耶稣教及犹太教等，别成一教，广集教徒，征服异域，创成一大食国。大食即阿剌比亚，波斯人有此称呼，所以唐廷亦呼为大食。莫非因他蚕食四方么？大食人来华互市，请诸唐廷，得在广东一带，建造会堂，广传教旨。这四种宗教，统是西洋输入，唐廷准他传布，不加禁止。元元本本，殚见洽闻。

独武宗专信道教，不准异教流行，凡国中所有大秦寺摩尼寺，一并撤毁，斥逐回纥教徒，多半道死。京城女摩尼七十人，无从栖身，统皆自尽。景僧祆僧二千余人，并放还俗。又令京都及东都，只准留佛寺二所，每寺留僧三十人，各道只留一寺，余皆毁去。僧尼勒令归俗，田产归官，寺材改葺公廨驿舍，铜像钟磬，熔作制钱，共计毁寺四千六百余区，及招提、兰若佛徒静室。有常住之寺。四万余间，还俗僧尼二十六万五百人，收良田数千万顷，奴婢十五万人。阅至此，应为称快。

古来帝王排佛，共有三人，魏太武帝周武帝及唐武宗，释家称为三武之祸。武宗排斥异教，不遗余力，专心致志的迷信道教。即位初年，即召入方士赵归真，向受法箓，称归真为道门教授先生，即至禁中筑一望仙观，令他居住。政躬稍暇，常至观中听讲法典，信奉甚虔。归真引入徒侣，为武宗修合金丹，说是长生不老的仙药，武宗服药下去，自觉精神陡长，阳兴甚酣，一夜能御数女，畅快无比。哪知情欲日浓，元气日耗，各种兴阳的药饵，多半是催命的毒物。武宗年甫逾壮，日服此药，渐渐的容颜憔悴，形色枯羸。当时专宠的嫔御，第一位要算王才人。才人系邯郸人氏，家世失传，穆宗时选入宫中，年仅十三，已善歌舞，后来赐与颍邸，一及笄年，性情儿很是机警，模样儿愈觉苗条，亭亭似玉，袅袅如花。武宗本是颀晰，王女亦颇纤长，一对璧人，天作之合，当然情投意合，我我卿卿。及武宗即位，封王氏为才人，宠擅专房，武宗每畋苑中，王才人必跨马相随，袍服雍容，几与武宗相似。道旁人士，远远窥视，还疑有两位至尊，相与出入。有时也能握轻弓，发一二矢，射倒几个小禽小兽，色艺俱工，确是难得。武宗越加宠爱，拟立她为皇后。偏李德裕谓才人无子，家世又未曾通显，恐贻天下讥议，武宗乃止。但因后宫佳丽，无过王才人，宁将正宫位置，虚悬以待，不愿滥竽充数。自宪宗以降，已五代不立皇后。及武宗有疾，王才人每谏武宗道："陛下日服丹药，无非希望长生，妾见陛下近日肤泽枯槁，深抱杞忧，还望陛下审慎，少服丹药。"武宗尚说无妨，且言赵归真说是换骨，应该瘦损，所以愈服愈病，愈病愈服。又召入衡山道士刘玄静，令为崇玄馆学士，还是玄静有些见识，固辞还山。好算明哲保身。

　　武宗尚是未悟，阴精日铄，性加躁急，往往喜怒无常，尝问德裕道："近来外事如何？"德裕道："陛下威断不测，外人颇加惊惧，现在四境承平，愿陛下宽待吏民，务使为善不惊，得罪无怨，然后中外咸安？"武宗默然不答，返入内寝。德裕自退。原来德裕专政有年，才高量浅，所有恩怨，无不报复。方士赵归真得宠，德裕再三指斥，引为深恨。泽潞一役，又由德裕奏明武宗，不准宦官预事。内如中尉枢密，外如各道监军，无从掣肘，因得成功。但内外阉竖，视德裕如眼中钉，常欲把他撵逐，因此勾结方士，日夕进谗。武宗也滋不悦，惟表面上仍敷衍过去。德裕虽上疏乞休，也不见许。给事中韦弘质，上言宰相权重，为德裕所驳斥，贬令出外。德裕又尝言省事不如省官，省官不如省吏，因请罢郡县吏约二千余员。在德裕的意思，原是为国除弊，顾不得甚么仇怨，无如内外怨声，已是丛集，只因主眷未衰，一时动弹他不得。至会昌五年残腊，武宗抱病已剧，诏罢来年正旦朝会，到了六年正月，并不见武宗视朝，德裕除叩阍问安外，专理朝廷政务，无暇顾及宫禁。哪知左神策中尉马元贽等，已密布心腹，定策禁中，竟传出一道诏旨，立光王怡为皇太叔，权勾当军国政事。皇太弟后，又出一位皇太叔，正是闻所未闻。

先是李锜伏诛，家属没入掖廷，见七十二回。有妾郑氏，生有美色，为宪宗所爱幸，纳入后宫，几度春风，得产一子，取名为怡，排行在第十三。宪宗有子二十人。幼时即寡言笑，宫中统目为痴儿。少长，受封光王，益自韬晦，虽群居游处，未尝出言。至武宗疾笃，旬日不颁一谕，马元贽等乘此生心，拟择嗣统，好做一班佐命功臣。武宗本有五子，长名峻，封杞王，次名岘，封益王，三名岐，封兖王，四名峄，封德王，五名嵯，封昌王。不过年皆幼弱，未识大政，宫内一班宦竖，更以为子承父统，乃是寻常旧例，就是拥立起来，也没甚功绩可言，不若迎戴光王，较为得计。如见肺肝。于是遂擅传诏命，但说皇子年幼，令皇太叔处分国事。李德裕等未知诡谋，总道是武宗亲命，不敢对驳。哪知武宗已死多活少，连人事尚且不省，还顾甚么传统不传统呢？会昌六年六月甲子日，武宗疾已大渐，王才人侍立榻旁，武宗瞪视良久，好容易说出一语道："我要与汝长别了。"王才人忍着泪道："陛下大福未艾，怎得出此不祥语？"武宗再想发言，偏喉中已是痰塞，不能再语，只好用手指口，两目却注视不瞬。王才人已揣透意旨，便道："陛下万岁后，妾愿以身殉。"武宗方略有欢容，模模糊糊的说了一个"好"字，嗣是遂不复言。承统问题，全不提及，徒望王才人殉节，恋恋私情，何足道哉？未几驾崩，在位六年，止三十三岁。王才人悉取贮遗，分给左右，遂哭拜榻前道："陛下英灵，契妾同去，妾谨遵前约了。"遂解带自尽榻下。不愧烈妇。马元贽等奉光王怡即位，改名为忱，是为宣宗，命李德裕摄行冢宰事，奉上册宝。宣宗朝见百官，哀戚满容，及裁决庶务，独操刚断，宫廷内外，才知他有隐德，并不是全然愚柔。即位礼成，宣宗顾左右道："适才奉册的大臣，就是李太尉么？他每顾我，使我毛发洒淅，不寒而栗呢。"德裕贬死，伏此数语。当下尊生母郑氏为皇太后，追赠王才人为贤妃。阅数月，安葬武宗，告窆端陵，并将王贤妃附葬陵旁。妃生前得专房宠，后宫嫔媛，多怀顾忌，至殉节捐躯，大义凛然，宫人都为感动，把旧怨一齐蠲释，相率送葬，同声一哭，这可见公道犹存，无德不报哩。一再称扬，无非讽世。

　　宣宗既阴忌德裕，践阼才经数日，即罢德裕为检校司徒，出任荆南节度使。迅雷不及掩耳，非但德裕所不料，就是中外吏民，亦觉是意外奇闻。接连又将李让夷罢相，改任翰林学士白敏中，及兵部侍郎卢商，同平章事，且命牛僧孺李宗闵崔珙杨嗣复李珏五人，一并内迁。惟宗闵未及启行，病死封州。赵归真诛死，仍度僧尼，京中增置八寺，嗣且令各处寺址，尽行修复。尽改旧政，太觉无谓。惟闻刘玄静道术高深，前曾辞归衡山，不与俗伍，应非赵归真可比，乃复征聘入都，由宣宗亲受三洞法箓。更可不必。既而腊鼓催残，改元期届，元旦，朝献太清宫。越日，朝享太庙。又越日，至南郊祭天，改称大中元年，受百官朝贺，大赦天下。会值天旱，自正月至二月不雨，宣宗避殿减膳，理京师因，罢太常教坊习乐，出宫女五百人，放五坊鹰犬，停飞龙厩马粟，果然甘霖下降，沛泽如膏，朝野都称颂皇恩。同平章事白敏中，本由李德裕引入翰苑，至德裕失势，敏中入相，独希承上旨，令党与颂德裕罪，遂贬德裕为太子少保，分司东都。过了半年，廷臣尚交构德裕，册贬为端州司马。越年，又贬为崖州司户参军，德裕竟病死贬所，年六十三，怨家多半称快。惟右补阙丁柔立，前遭德裕摈斥，至是独上疏讼德裕冤，又被谪为南阳尉。宣宗尝问白敏中道："朕昔送宪宗安葬，道遇风雨，百官皆散，惟山陵使身长多髯，攀住灵舆，冒雨不避，这是何人？"敏中答是令狐楚，现已去世了。宣宗问有无子嗣？敏中谓："有子名绹，颇有才能。"宣宗即召令狐绹入见，问及元和政事。绹奏对甚详，遂得擢为知制诰，寻升授翰林学士。绹夜梦见德裕，与语道："公幸哀我，使得归葬。"绹梦中允诺。翌晨起床，长子滈入问起居，绹即与语梦中情形，滈惶然道："执政皆蓄憾李公，如何发言？"绹亦犹豫未决。不意是夕又复入梦，那前任太尉后贬司户的李文饶，目光炯炯，竟来责他负约。绹正无词可对，突闻鸡声一叫，才得惊醒，早起复语子滈道："卫公精爽，确是可畏，我若不言，祸将及我。"乃冠带入朝，请许德裕归葬。宣宗方向用令狐绹，勉允所请。后至懿宗即位，用左拾遗刘邺言，追复德裕太子少保卫国公官爵，赐尚书左仆射。叙及后事，寓善善从长之意。小子有诗咏李德裕道：

> 汉代乘骖霍子孟，唐廷奉册李文饶。
> 假使功成身早退，祸机宁致及身招。

大中元年，文宗母萧太后崩，追谥贞献。越年太皇太后郭氏暴崩，外人颇有异言，欲知隐情，试至下回再阅。

宪宗服丹药而崩，穆宗亦然，武宗岂未闻及，乃亦误信赵归真，饵服金丹，以致速死。俗语有言："做了皇帝想登仙"，岂非愚甚？且弥留之际，专为爱妃顾虑，而于后嗣问题，全未提及，何其恋私情而忘大局耶？王才人以身殉主，节义可风，但于武宗实多惭德，褒王才人，实隐刺武宗，书法固微而显欤。太叔承统，古今罕闻；李德裕以一代功臣，骤遭贬死，虽德裕未得为完人，究无窜殛之罪，直书窜死，所以甚宣宗之失也。德裕死而托梦令狐绹，冤魂其果未泯乎？

第八十七回

复河陇边民入觐　立郓颖内竖争权

却说太皇太后郭氏，入居兴庆宫，颐养多年，历穆宗敬宗文宗武宗四朝，俱得嗣君敬礼，侍奉不衰。独宣宗即位，与太皇太后，乃是母子称呼，本应格外亲近，偏宣宗不甚孝敬，礼意寝薄，推究原因，却由生母郑氏而起。郑氏为李锜妾，前回已曾道及，当郑氏及笄，相士谓郑氏当生天子，因此锜纳为侍人，后来没入宫掖，适为太皇太后的侍儿。太皇太后尚为贵妃，宪宗出入往来，见郑氏秀色可餐，遂召入别室，演了一出龙凤配。妇人家容易怀妒，况郑氏是个犯妇，骤得宠幸，哪得不令旁观气愤？惟宪宗前不便诋斥，一腔郁闷，不能不从郑氏身上发泄。郑氏受骂熬打，料非一次，此番郑氏得为太后，母以子贵，当然欲报复宿嫌。统是一片小肚肠。宣宗也思为母吐气，所以对着这位太皇太后，未免失礼。郑氏又说宪宗暴崩，太皇太后亦曾预谋，惹得宣宗越加悲恨，几视太皇太后，如仇人一般。妇女含血喷人，尚是惯技，宣宗信为真事，也太糊涂。

太皇太后年力已衰，忽遭此变，怎能禁受得起？悲感交集，郁郁无聊。一日，登勤政楼，眺望一回，几欲效坠楼的绿珠，跳出窗外，还亏身后有个侍儿，将她抱住，才免陨命。宣宗闻到此事，很是不悦，免不得背后讥弹。不料到了夜间，太皇太后竟尔暴崩，宫中谣诼纷纭，多说是服毒自尽。宣宗余怒未息，反不欲她祔葬宪宗，有司请葬景陵外园。景陵即宪宗陵，见七十七回。太常官王皞，且奏乞合葬祔庙，宣宗大怒，令宰相白敏中，责问王皞。皞抗声道："太皇太后系汾阳王孙女，宪宗在东宫时的元妃，事宪宗为妇，身历五朝，母仪天下，怎得以暧昧情事，遽废正嫡大礼呢？"理直气壮。敏中闻言，怒形于色，皞辞气益厉，斥责敏中逢君为恶。敏中正要入奏，可巧走过一位新任宰相，举手加额道："主圣臣直，古有是言，今幸得见直臣了。"看官道此人为谁？乃是姓周名墀，曾为兵部侍郎，此时因卢商罢相，与刑部侍郎马植，并入拜同平章事。墀颇忠谠，乃有是言。敏中闻墀誉王皞，也不免顾忌三分，复奏时较为和平。但宣宗意终未惬，竟贬皞为句容令。至懿宗咸通年间，皞复入为礼官，再伸前议，乃始以郭氏配飨宪宗，这且慢表。

惟宣宗既贬去王皞，遂也不悦周墀，会值河湟议起，墀谏阻开边，愈拂上意，遂罢为东川节度使。这规复河湟的计策，在武宗时早有此议，小子于前两回中，亦曾略叙，因看官尚未明白，不得不再行声明。河湟陷没吐蕃，唐廷无暇规复，一则由国家多故，二则由吐蕃尚强，到了武宗时候，正值吐蕃内乱，若要规复河湟，却也是个绝大的机会。原来吐蕃自尚结赞后，君相多半庸弱，赞普乞立赞死，传子足之煎，足之煎再传之可黎可足，久病不能视事，委任臣下，纪纲日紊。至弟达磨赞普嗣位，淫虐益甚，国人不附，灾异相继。勉强拖延了三四载，到了武宗会昌二年，达磨死去，无子承袭，有妃綝氏，素为达磨所宠，至是与一佞相连络，立兄尚延力子乞离胡为赞普，年仅三岁，妃与佞相共执国政。首相结都那不肯入拜，愤然道："先赞普宗族尚多，奈何立綝氏子为嗣？老夫无权无勇，不能拨乱反正，报先赞普大德，计惟一死自明便了。"遂拔刀劙面，恸哭而出。忠有余而智不足。佞相嗾动党羽，追杀结都那，且把他家族尽加屠戮。番俗虽然野蛮，也有一派公论，你怨我谤，交相訾议。洛门川讨击使论恐热，悍狡多谋，乃号召徒众道："贼舍国族，擅立綝氏，屠害忠良，又未受大唐册命，怎得称为赞普？我当与汝等共举义旗，入诛妖妃及贼臣。天道助顺，功无不成。"也想出些风头。遂与青海节度使同盟起兵，自称国相，进兵渭州，连破防兵。转战至松州，所过残灭，伏尸枕藉。鄯州节度使尚婢婢，本姓没卢，名叫赞心，表字号为婢婢，宽厚沉勇，颇有谋略。论恐热假名仗义，实图篡国，恐婢婢袭他后路，因移兵往击。婢婢佯与结欢，遣使犒师，既赆重币，又饵甘言。恐热以为懦怯，即退营大夏川，哪知婢婢用埋伏计，来诱恐热，恐热追陷伏众，被他杀得七零八落，大败而逃。嗣又连战数次，尽为婢婢所败。婢婢因传檄河湟，历数恐热罪状，且语道："汝等本是唐人，吐蕃无主，宁可归唐，休被恐热猎取，自同狐鼠呢。"时唐朝巡边使刘濛，得知此事，立即遣使报闻，且乘机收复河湟。且因回鹘乌介可汗，为卢龙节度使张仲武，及黠戛斯阿热，两路夹攻，已是亲离众散，不堪衰敝。武宗末年，诏遣陕虢观察使李拭，出使黠戛斯，册阿热为宗英雄武诚明可汗。拭尚未行，武宗已崩，乃暂将此事搁起。宣宗即位，国是粗安，可巧回鹘乌介可汗，为下所杀，另立弟遏捻为可汗，遏捻兵食两穷，仰给奚部。张仲武出破奚人，遏捻立足不住，转投室韦。唐廷改派鸿卢卿李业，充黠戛斯册封使，令他剿除遏捻。黠戛斯可汗，遂遣相臣阿播，率诸番兵往破室韦，悉收回鹘余众。遏捻率妻子等九骑遁去，后来不知下落，大约是窜死穷荒了。惟回鹘别部庞勒，尚居甘州总磧西诸城，自称可汗，保存一线，后文再行表见。补应八十回余文。

　　宣宗因回鹘已平，改图吐蕃，适吐蕃秦原安乐三州，及石门等七关来降，诏令太仆卿陆耽为宣谕使，再遣泾原节度使康季乐，收取原州及石门驿藏石峡木峡六盘制胜六关，灵武节度使朱叔明，收取安乐州，邠宁节度使张君绪，收取萧关，凤翔节度使李玭，收取秦州。各州收复后，独改安乐州为威州，且令送河陇老幼千余人，诣阙朝天。宣宗亲御延熹门楼，俯受朝谒，河陇诸民，欢呼舞跃，解胡服，著冠带，伏呼万岁。诏许给资遣还，令垦辟三州七关土田，五年不收租税，就是土著人民，未曾入朝，亦准援例垦荒，将吏若能营田，令给耕牛及种粮，戍卒倍给衣食，三年一代。此外尚未收复诸州县，命各道量力规复。西川节度使杜悰，取得维州，亦即报闻。宰相白敏中等，因克复河湟，盛颂宣宗功德，请上尊号。宣宗道："宪宗尝志复河湟，未遂即崩，今幸得成先志，应议加顺宪二庙尊号，藉昭先烈，朕却未敢当此。"归功先人，算是孝思。乃加谥顺宗为至德弘道大圣大安孝皇帝，宪宗为昭文章武大圣至神孝皇帝。

越年四月，因同平章事马植，与中尉马元贽交通，坐贬常州刺史，另任御史大夫崔铉，及户部侍郎魏扶，同平章事。魏扶受职即殁，又令户部尚书崔龟从，及兵部侍郎令狐绹入相，出白敏中充招讨党项都统制置使。党项屡为边患，宣宗颇不愿用兵，崔铉谓应遣大臣镇抚，乃令敏中出任制置。敏中使边将史元，破党项九千余帐，党项大恐，情愿修和，不敢再犯。敏中上表奏闻，宣宗允党项归顺，命敏中与他定约，办理告竣，移充兖邠宁节度使，不必返朝。惟吐蕃论恐热与婢婢交哄，婢婢虽然得胜，食尽引还，恐热大掠河西诸州，所过捕戮，待下残暴，部众竟起怨言。恐热乃扬言道："我今入朝唐室，当借唐兵五十万，平定婢婢。"于是入唐都求见宣宗。宣宗遣左丞李景让延入宾馆，且问所欲。恐热词色骄倨，求为河渭节度使，景让复白宣宗，宣宗不许，召对三殿，亦大略问答数语，没甚慰抚。恐热告辞，但照寻常胡客例遣归。恐热还居落门川，招集旧众，欲为边患，会天雨乏食，部众散去，才有三百余人，奔往廓州。沙州首领张义潮，奉瓜伊西甘肃兰鄯河岷廓十州地图，献入唐廷。自是河湟尽行归唐，诏任义潮为沙州防御使。嗣就沙州置归义州，即命义潮镇守，拜为节度。宣宗既尽复河湟，一意休息，唐室好几年无事，内只宰相换易数人。崔龟从罢职，改任户部侍郎魏扶，及礼部尚书裴休，既而崔铉出调外任，裴休依次去职，复另任工部尚书郑朗，户部侍郎崔慎由，同平章事。未几，魏扶郑朗崔慎由，又陆续罢去。兵部侍郎萧邺，户部侍郎刘瑑，诸道盐铁转运使夏侯孜，相继入相。刘瑑病逝，继任为兵部侍郎蒋伸。一班相臣，更番进退，幸值国家粗安，大家旅进旅退，倒也无优劣可言。实是一班庸碌徒，不过福命较优。

　　外如卢龙节度使张仲武卒，子直方为留后，直方荒淫暴虐，为军士所逐，别推牙将周琳为留后。越年琳死，军人复立张允伸为留后，宣宗未尝过问，听他自乱自止。就是成德节度使王元逵逝世，军中立元逵子绍鼎为留后。绍鼎嗣立二年，亦即病终，弟绍懿代立，均得受唐廷封爵，惟武宁军乱了二次，先逐节度使李廓，由卢弘止往代，后逐节度使康季荣，由田牟往代，这是由朝廷特任，不归军人拥立。岭南都将王令寰作乱，囚节度使杨发，为后任节度使李承勋讨平，湖南都将石载顺，逐观察使韩琮，为山南东道节度使徐商讨平。江西都将毛鹤，逐观察使郑宪，为观察使韦宙讨平。宣州都将康全泰，逐观察使郑薰，为淮南节度使崔铉讨平。以上数种乱事，统是倏起倏灭，无甚可述。

　　宣宗得享太平岁月，垂裳坐治，就中有几种可称的美政。宣宗事太后郑氏，颇为孝敬，孝生母而逼死嫡母，难免缺憾。郑太后弟光，出镇河中，入朝奏对，语多鄙浅，宣宗留为右羽林统军，不再令他治民。太后屡言光贫，亦不过厚赐金帛，始终不给好官。还有宣宗长女万寿公主，下嫁起居郎郑颢，向例用银饰车，宣宗命易银为铜，以俭约示天下，且尝诏公主谨守妇道，毋得轻夫族，预时事。颢弟颛偶得危疾，宣宗遣中使探视，还询公主何在？中使答言在慈恩寺观戏，宣宗怒道："我每怪士大夫家，不欲与我家为婚，至今才得情由了。"乃亟召公主面责道："小郎有病，怎得自去观戏，不往省视哩？"公主谢罪而出。从此贵戚皆谨守礼法，不敢骄肆。次女永福公主，本拟下嫁于琮，公主与宣宗同食，稍不适意，即把匕箸折断，宣宗艴然道："这般性情，尚可为士大夫妻么？"乃改命四女广德公主，嫁为琮妻，且下诏谓："国家教化，原始夫妇，凡公主县主有子，已寡不得复嫁。"这数种政教，恰是有关道德，可谓一朝模范，史官称他明察沈断，用法无私，从谏如流，重惜官赏，恭谨节俭，惠爱民物，大中政治，媲美贞观，所以号为小太宗。看官试阅上文编叙各节，究竟宣宗得媲美太宗呢，还是未及太宗呢？小子不暇评议，想看官自应理会，闲文少表。不断之断，尤妙于断。

且说宣宗在位十三年，寿数已满五十，因为年力渐衰，不得不借需药物。偏又误信术士李元伯，用了许多金石燥烈等药，供奉宣宗，初服时有效验，到了大中十三年秋季，药性猝发，背上生疽，好几日不见大臣。又蹈覆辙。宣宗有十一子，长子名温，曾封郓王，但未得宣宗欢心。宣宗独爱第三子夔王滋，拟立为嗣，因恐乱次建储，必至臣下谏驳，所以逐年延宕。从前裴休入相时，曾请早建太子，宣宗变色道："朕尚未老，若亟建太子，是置朕为闲人了。"休乃不敢复言。至宣宗不豫，密嘱枢密使王归长等三人，拟立夔王滋为太子，惟右军中尉王宗实，素不同心，为王归长等所忌，归长等恐他作梗，先调他为淮南监军，擅颁诏敕。宗实受敕将出，左军副使元实，语宗实道："圣上不豫，已经逾月，今出公往淮南，是假是真，尚不可辨，中尉何不一见圣上，然后就道呢？"宗实顿

时大悟，便入寝殿谒见宣宗。哪知寝门里面，正起哭声，宣宗
已经归天，正位东首。王归长及马公儒王居方，三人姓名，一并
点明。方在寝殿中安排后事，将拥立夔王滋即位。宗实叱道：
"御驾已崩，奈何不先告中外？乃一般鬼祟，背地设谋，意欲
何为？"说至此，即从袖中取出敕旨，掷示归长等三人道：
"皇上大渐，如何尚有此敕？显见是汝等捣鬼。汝等自思，假
传圣诏，敢当何罪？"归长等只有内柄，并无外权，忽见宗实
进来，已有三分惧怕，况又被他三言两语，抉透隐情，益觉情
虚畏罪，吓得面如土色，当下接连跪地，捧足乞命。实是没用。
宗实道："立嫡以长，古今同然，汝等既已知罪，速即起来，
往迎郓王，还可稍图自赎呢。"二人忙扒将起来，去迎郓王
温，不到一时，郓王已到，至御榻前痛哭一场。宗实亦召进元
实，即刻草诏，立郓王温为皇太子，改名为漼。次日宣宗大
殓，停枢殿中。太子漼即位枢前，召见百官，晋封令狐绹为司
空。待百官退班，即传出一道诏旨，拿下王归长马公儒王居
方，说他矫诏不法，当日处斩。全是宣宗害他。尊皇太后郑氏
为太皇太后，追尊母晁氏为皇太后。晁氏为宣宗侍儿，宣宗即
位，封为美人，越数年病逝，晋赠昭容。至是加谥元昭，祔主
宣宗庙。越年，葬宣宗于贞陵，称晁氏墓为庆陵。总计宣宗在
位十三年，寿五十岁。

太子漼即位后，史号懿宗，罢同平章事萧邺，及首相令狐
绹，复召荆南节度使白敏中入相，兼官司徒，再授兵部侍郎杜
审权，同平章事。会敕使自南诏还都，报称："南诏酋长丰
祐，适经去世，嗣子酋龙，礼遇甚薄"云云。原来宣宗崩逝，
唐廷仍照旧例，讣告外夷。南诏自韦皋抚服后，朝贡惟谨，贡
使利得厚赐，傔从甚多。及杜悰为西川节度使，奏请节减傔从
数目，南诏乃有怨言。酋长丰祐，已生变志，酋龙袭位，接得
唐使丧讣，不觉动怒道："我国亦有大丧，不闻唐廷遣吊，且

诏书系赐故王，与我无涉，何必礼待来使呢?"遂居使外馆，不愿接见。唐使等候数日，怒别而归，因将情状奏闻。朝议以酋龙名字，与玄宗名讳相近，隆龙两字，音近字异，若以此为嫌，何不读韩退之讳辩文。且未曾遣使报告嗣位，显系有意抗命，遂不行册礼，搁过一边。偏酋龙自称皇帝，国号大礼，竟发兵寇陷播州。懿宗方预备改元，行庆贺礼，一时无从过问。次年元旦，改元咸通，行赏施赦，做过了一套旧文章，正思剿抚南诏，忽由浙东观察使郑祗德，飞表告急，系是土贼裘甫造反，连败官军数次，攻陷象山，并破郯县，亟请朝廷派将南征。正是：

蛮服叛王方僭号，溲池小丑又跳梁。

欲知裘甫作乱情形，容至下回表明。

观宣宗之复河陇，未始非一时机会，遣将四出，不血刃而得地千里，天子御延喜楼，亲受河陇人民朝谒，反夷为夏，易左衽而为冠裳，岂不足雪累朝之耻，副万民之望？时人号为小太宗，良有以也。然版籍徒隶强藩，田税未归司计，有克复之名，无克复之实，终非尽善尽美之举。即如大中政治，亦不过粉饰承平，瑜不掩瑕，功难补过，甚至以立储之大经，不先决定，及驾崩以后，竟为宦竖握权，视神器为垄断之物，英明者果若是乎？夫懿宗本为冢嗣，大中已乏权阉，乃无端委任中官，再令其佣立嗣君，无惑乎唐室之天下，与阉人共为存亡也。世有贾生，岂徒痛哭流涕已哉？

第八十八回

平浙东王式用智　失安南蔡袭尽忠

却说浙东贼裘甫，本是一个土匪，纠合无赖子弟，横行乡里，适因两浙久安，人不习战，甲兵朽钝，备御空虚，他即乘势揭竿，攻入象山，观察使郑祗德遣兵往讨，反被扫得干干净净，非逃即死。甫遂进陷郯县，开府库，募壮士，聚众至数千人。郑祗德再派讨击副使刘勍，副将范居植，率兵迎击，至桐柏观前，一场决斗，贼势很是厉害，居植阵亡，勍连忙遁回，侥幸得生。祗德大惧，更令牙将范君纵，副将张公署，望海镇将李珪，招集新卒五百人，驰至剡西，见前面列着贼垒，便杀将过去。贼略战即走，越溪北奔，三将也渡溪追贼，甫经半涉，不料溪水大涨，甲兵漂没，三将急挈残兵，向后退归，偏后面钻出许多悍贼，恶狠狠的拦住岸边，此时三将才识中计，前不得进，后不能退，没奈何投入水窟，同赴幽冥去了。原来贼党中有个刘暀，颇有谋略，他想了一计，设伏溪南，壅溪上流，诱令官军徒涉，待官军半济，决去壅水，使他沉没，再发伏兵邀截，杀个净尽。果然官军堕入计中，竟尔尽覆。小丑中也有小智，故古人谓蜂虿有毒。裘甫连战皆捷，威风大震，山海诸盗，皆遥通书币，愿属麾下。还有各处亡命叛徒，陆续奔集，众至三万，分为三十二队，裘甫自称天下都知兵马使，居然改易正朔，纪元罗平，铸成国玺，镌文天平，用刘暀为谋主，刘庆刘从简为偏帅，造兵械，储资粮，大有并吞两浙的气焰。郑祗德无法可施,累表告急,且向邻道乞援。浙西遣牙将凌茂贞率四百人,宣歙遣牙将白琮率三百人,同赴浙东。两将畏贼众势盛,不敢进击,但远远驻着,作壁上观。

　　朝廷知祗德懦弱,援兵无用,乃用宰相夏侯孜言,特任前安南都护王式,为浙东观察使,召入祗德为太子宾客。式受命入朝,懿宗问以讨贼方法,式对道:"但得兵多,贼必可破。"懿宗尚未及言,旁有中官插嘴道:"发兵若多,所费必巨。"式应声道:"兵多即足破贼,看似多费,实是省费。若兵少不能胜贼,延长岁月,贼势益张,恐江淮群盗,辗转勾连,一旦运道不通,上自九庙,下及十军,羽林、龙武、神武、神威、神策各分左,为北门十军。皆无从取给,所费何可胜计呢。"懿宗方顾中官道:"式言甚是,应该多发兵士。"不与宰相商议,乃与宦官定谋,国政可知。乃下诏发忠武义成淮南诸军,合平浙乱,并尽归王式节制,式拜命即行。

　　裘甫方分兵寇衢婺台明各州,自率万余人掠上虞,入余姚,转破慈溪,陷奉化,据宁海,置酒高会,开怀畅饮。忽有探贼入报,朝廷已派王中丞式,统各道兵马前来了。裘甫不觉失色,用箸击案道:"奈何奈何?"刘暀在侧侍饮,相顾太息道:"火来水掩,将来兵挡。我兵数万,不谓不众,难道未战先怯么?今王中丞统兵前来,闻他智勇无敌,不出四十日,必到此地,兵马使宜急引兵取越州,凭城郭,据府库,遣锐卒五千守西陵,沿浙江一带,筑垒拒守,并大集舟舰,进取浙西,幸而得克,乘胜过大江,掠取扬州财货,作为军饷,还修石头城为国都。窃料宣歙江淮必有人闻风响应,再派刘从简率万人循海南行,袭取福建,照此办法,唐廷贡赋要道,已为我据,但恐子孙不能长守啰,若我身始终,保可无忧。"却是独霸一方的良策。甫沈吟道:"今日已醉,明日再议。"暀见甫迟疑不决,未免动怒,也以酒醉为辞,悻悻趋出。

　　裴甫想了一夜，未得主意，暗思王式虽有盛名，究竟虚实未明，不如遣人请降，窥伺动静。乃即于次日派一党弁，奉书官军。王式正至西陵，接着贼使，便顾左右道："这是来窥我虚实，且欲使我骄怠呢。"一口道破。乃传见使人，取阅来书，便即正色道："裴甫果降，当面缚来前，许以不死，否则彼能造反，尽可来战，缓兵计休得欺我。"贼使闻言，咋舌而去。式即驰入越州，由郑祗德交卸军政，隔宿饯行，与祗德欢饮而别；乃蒐戎行，申军令，振衰起懦，饬纪整纲，才越三日，已是规模大变，耳目一新。

　　先是贼谍入越，军吏多与贼通谋，与约城破以后，保全身家，或诈引贼将来降，潜窥虚实，所有城中动静，均为贼知。式详察情伪，一一捕诛，并严申门禁，如无门照，不准出入，夜间分段巡逻，格外周密，贼计乃无所施。贼将洪师简许会能，率众来降。式与语道："汝等能去逆效顺，尚有何言？但必须立效奏功，方得迁官。"遂使率徒众为先锋，部将为后应，往与贼战，得擒斩数百人，始给一阶。又命诸县开发仓廪，分赈贫乏，有人谓军食方急，如何散赈？式说道："此非汝等所知，我自有主张。"或请在远郊分设烽燧，诇贼远近多寡，式又微笑不答，良将沈几，大都如此。且故意挑选懦卒，令乘健马，少给甲兵，使为候骑。大众暗暗惊讶，但只不敢入问。式复巡阅诸营，选得士卒及土团子弟，共四千人，命导各军分路讨贼，临行下令道："毋争险易，毋焚庐舍，毋杀平民！歼渠魁，宥胁从，得贼金帛，官无所问。"嗣是捕得贼党，多系越人，不但尽行释放，并量给父母妻孥。受捕诸徒，皆泣拜欢呼，情愿效死。贼众闻风反正，陆续归降，遂分部军为东南两大路，节节进剿。南路军转战至唐兴，大破贼将刘眰毛应天，应天败死，刘眰遁去。东路军至宁海，亦连拔贼寨。

　　式尚嫌兵少，再奏调忠武义成昭义各军，共至越州，乃遣忠武将张茵率三百人屯唐兴，截贼南出，义成将高罗锐率三百人，益以台州土匪，径趋宁海，攻贼巢穴，昭义将跌跌戣率四百人益东路军，断贼入湖州路。贼无从远窜，尽锐出海游镇，与官军角一胜负，偏又为南路官军所败，窜入甬溪洞中。官军围住洞口，贼出洞再战，又遭杀退。此外如各处贼寨，亦多为官军捣破。义成将高罗锐，进拔宁海，收集散民，得七千余人。王式屡得捷报，便道："贼窘且饥，必逃入海，海濒辽远，非岁月间可以擒贼，应亟阻海兜拿，方免他远窜呢。"遂命罗锐军速趋海口，拦截逃贼。又令望海镇将云思益，浙西将王克容，率水军巡行海濒，防贼四窜。贼将刘从简，正从宁海东奔，航船下海，不防水军大至，急弃船登陆，遁匿山谷中，各船尽被官军毁去，报知王式。式喜道："贼计已穷，无从逃遁了。"现只有黄罕岭一路，尚可入剡，恨一时无兵可守，但亦必为我所擒了。料事几如指掌。果然裘甫带领残贼，从黄罕岭窜去，各路军四面兜缉，不知盗魁下落。至义成将张茵，捕得贼将一人，坚讯裘甫所在，贼将不肯实供，经张茵加以严刑，方吐实道："裘甫已经入剡，如肯舍我，我请为将军向导，往追裘甫。"茵乃释贼将缚，使为前驱。到了剡县东南，果见贼众已入城中，当即飞使入越，乞速调兵会剿。越人闻贼又至剡，都有惧色，式独笑道："贼来就擒呢。"遂檄东南两路军，倍道进击。贼登城固守，累攻不能下。诸将议壅遏溪水入城，令贼无从觅饮。贼众也防此着，更番出战，计三日间，战至八十三次，贼虽屡败，官军亦疲。裘甫缒使请降，诸将向式请命。式微哂道："贼尚非真降，不过欲稍图休息呢。诸将应乘此急攻，擒渠获丑，在此一举。既而贼果复出，三战皆败。裘甫刘睦刘庆，率百余人出降，离城数十步，遥与诸将问答。官军疾趋前进，绕出裘甫等后面，前后合围，立将裘甫等擒住，解至越州。式命枭斩睦庆等二十余人，械甫送京师。惟剡城尚为贼将刘从简所守，官军因渠魁已获，略一疏防，被从简带领五百骑，突围出走，奔往大兰山。诸将连忙追蹑，好容易攻克山寨，复被从简遁去。

　　台州刺史李师望，募贼相捕，悬赏示励，当有降贼数百人，携从简首级，前来献功。师望转报王式。式因贼众荡平，召诸将还越，置酒犒军。诸将乘着酒兴，争问王式道："末将等生长军中，久历行阵，今年得从公破贼，有好几事未识公意，敢问公始至时，军食方急，奈何遽散贫乏呢？"式答道："这事最易知晓。贼方聚谷，诱动饥民，我先给以食，饥民得安，谁愿从盗？且诸县尚无守兵，贼或入城，仓谷适为贼资，何若先行赈饥为妙！"诸将又问道："何故不置烽燧？"式又道："烽燧所以促救兵，我兵已尽集城中，无兵为继，徒举烽以惊士民，是反自溃乱了。"诸将又问使懦卒为候骑，少给甲兵，究是何意？式复道："候骑苟用锐卒，遇敌即斗，斗死将何人通报呢。"于是诸将皆下拜道："如公智谋，非末将等可及，敢不拜服。"王式所言，实皆情理中事，但诸将未曾深思耳。当下尽欢而散。未几诏命已下，加王式官右散骑常侍，诸将各赏赍有差。惟此次成功，外由王式，内由夏侯孜，孜既荐举王式，且与式书道："公但期擒住贼魁，所需军费，有我在朝，定当不误。"式赖此行军，所奏军情，求无不允，因此不到数月，即已平贼。裘甫解到京师，当然是做了刀头面，不消细说了。

　　浙乱既平，乃图南诏。时安南都护李鄠，已克复播州，拟向南诏进兵，偏安南土蛮，因前时鄠至安南，曾杀死蛮酋杜守澄，各图报怨，乃潜引南诏兵众，乘虚攻陷交趾。鄠猝不及防，只好逃奔武州，告急唐廷。廷议发邕管及邻道兵，往救安南，另诏盐州防御使王宽为安南经略使，贬鄠为儋州司户。鄠尚未接诏，方收集土兵，击破群蛮，再取安南，正思将功抵罪，不意王宽到来，传到诏书，已经遭贬；再经宽举发鄠杀守澄罪状，更流鄠至崖州。朝廷以杜氏强盛，暂事羁縻，特赠守澄父存诚为金吾将军，并为守澄申冤。其实蛮人未尝感德，南诏益复横行。咸通二年，南诏复攻陷邕州，经略使李弘源，弃城奔峦州。嗣因南诏兵引去，始复还城。前邕管经略使段文楚，已入为殿中监，此时再受命复任，贬弘源为建州司户。懿宗方免白敏中相职，进左仆射杜悰代相，悰上言："南诏强盛，西川兵食单寡，未便与争，不若遣使吊祭，谕以新王名号，适犯庙讳，所以未行册命，待他改名谢恩，然后遣使，庶全大体"云云。乃是掩耳盗铃之计。懿宗乃遣左司郎中孟穆为吊祭使。穆尚未发，闻南诏又入寇隽州，转攻邛崃关，穆遂不行。

转瞬间又是一年，安南经略使王宽，屡上紧急奏章。说是南诏屡寇安南，懿宗特授前湖南观察使蔡袭，代任安南经略，且调发许滑徐汴荆襄潭鄂诸道兵马，归袭派遣。兵势既盛，寇乃引退。岭南旧分五营，广桂邕容安南，皆隶岭南节度使，左庶子蔡京，性多贪诈，时相独说他有吏才，奏遣京制置岭南。京奏请分岭南为二道，以广州为东道，邕州为西道。朝廷依议，即命岭南节度使韦宙为东道节度使，蔡京为西道节度使。蔡袭率诸道军，镇守安南。京恐他立功，特奏称："南蛮远遁，边徼无虞，多留戍兵，徒费无益，不如各遣归本道。"有诏依议，令袭遣还戍兵。袭奏言："群蛮伺隙，不可无备，乞留戍兵五千人！"朝廷不省。袭又以蛮寇必至，交趾兵食皆缺，势且谋力两穷，乃作十必死状申告中书。怎奈一班行尸走肉的宰辅，专顾目前，不知后患，任他如何说得要紧，仍然搁置不提。可恨可叹。

会当徐州兵变，逐去节度使温璋，徐州曾号武宁军，自王智兴镇守后，募勇士三千人自卫，有银刀雕旗门枪挟马等名，骄横不法，为历任镇帅所畏惮。一夫猝呼，千人响应，节度使辄为所逐，所以宣宗时叠经两乱，经田牟莅镇后，饮酒犒赐，日以万计，乃得少安。回应前文。牟殁璋继，银刀军闻璋素严饬，阴怀猜忌。璋虽开诚慰抚，始终未惬众望，仍为所逐。有诏调王式移镇徐州，令带许滑两军随行。许军即忠武军，滑军即义成军，前从式平浙东，尚未归镇，至此由式奉命启程，即率两军自随。既至徐州，银刀军怕他势盛，不敢不出城迎谒，式不动声色，好言劝慰，入城三日，宴飨两镇兵士，但说是饯他归镇。银刀军暗地生欢，总道好拔去眼中钉，乐得醉酒食肉，高枕而卧。不料到了夜间，有无数兵士杀入，才伸了头，已被割去，或先伸出手足，也被剁断，内有几个眼明手快，脚长身俏的人物，溜将出去，那外面却已围得密密层层，无隙可钻，结果是仍然一死。至杀到天明，把银刀雕旗门枪挟马等骄兵，一古脑儿杀尽。看官道兵从何来？就是那许滑两镇兵士，暗受王式指挥，来歼这种骄卒。可怜数千人性命，悉数了完。虽是咎由自取，王式亦太觉辣手。式先斩后奏，廷议以为办理妥协。且敕改武宁为徐州团练使，隶属兖海，划徐州归淮南，更置宿泗观察使，留二千人守徐州，余皆分隶兖宿，令式分配将士，赴诸道讫，然后将许滑两军，遣归本镇，并召式还京，任左金吾大将军。式系王播从子，父名起，曾入翰林，为侍讲学士，出任东都留守，进官尚书左仆射，封魏国公，平生饱学，书无不窥，殁谥文懿。起以文学显，式以武功称，父子扬名，富贵终身，这也好算是贤桥梓呢。《旧唐书》谓式系播子，今从《新唐书》。

　　且说岭南西道节度使蔡京，行政苛刻，尝设炮烙刑毒虐兵民，终为军士所逐，出奔藤州。事闻于朝，诏贬为崖州司户，京不肯南行，还至零陵，受敕赐死，改用桂管观察使郑愚，接受岭南西道节度使旌节。惟安南自遣还戍兵后，边备空虚，南诏遂号召群蛮，有众五万人入寇。经略使蔡袭，上表告急，诏发京南湖南兵二千，桂管义征子弟三千，往诣邕州，受郑愚节制，遣援安南。俗语说得好："远水难救近火。"援兵虽出发，哪能飞至安南？那南诏兵已经围攻交趾，蔡袭婴城固守，一面又飞书乞援，懿宗虽复下敕，调山南东道弓弩手千人，续往救急，偏一时未能到达。交趾危急万分，好容易守过残冬，到了咸通四年正月间，城中兵粮皆尽，竟被蛮兵陷入。袭巷战半日，左右无遗，只剩孤身一人，徒步力斗，身中十矢，没奈何大吼一声，杀开一条血路，趋往海滨。安南亦有监军，他已先时出城，下船逃命，至袭仓皇赶到，船早离岸，后面蛮兵又至，忍不住仰天下泪道："袭一死报国了。"遂跃海而死。忠义可嘉。适荆南将士四百余人，本在交趾助守，至是因城陷出奔，走至城东水际，四顾无船，荆南将元惟德等语众道："我辈无船可渡，入水必死，不若还与蛮斗，我等以一身易二蛮，也还值得。"众士应声许诺，遂还入东罗门，乱砍乱剁，杀毙蛮兵二千余名。以一身易四五蛮，愈觉值得。蛮将杨思缙领众来攻，惟德等力尽身亡，四百人同时毕命。南诏两陷交趾，掳杀至十五万人，留兵二万，令杨思缙据守。所有溪峒夷獠，尽行降附。

急报驰达唐都，有诏召还诸道兵，分保岭南东西道。蛮兵复进寇东西江，寖逼邕州，岭南西道节度使郑愚，恐慌的了不得，忙表请辞职，但说自己是个儒臣，素无将略，乞速任武臣，镇遏蛮方。懿宗乃调义武节度使康承训，出镇岭南西道，发荆襄洪鄂四道兵马，给他调遣。又任右监门将军宋戎，为安南经略使，发山东兵万人，随往控御。各道兵络绎奔赴，饷运甚艰。润州人陈磻石，请造千斛大舟，自福建运达广州，稍得接济军食。但大舟入海，有时遇着飓风，不免漂没。有司辄系住舟人，令他偿还。或竟夺商舟载米，把他原有货物，委弃岸上。舟子商人，欲诉无门，多半蹈海自尽。

小子有诗叹道：

> 保全王室仗屏藩，外域何堪撤戍屯。
> 良将捐躯强寇炽，徒劳士马效星奔。

究竟康承训等能否收复安南，且至下回续表。

　　裘甫一无赖子，揭竿而起，骚扰浙东，得良将以荡平之，本非难事，郑祗德非其伦也，王式受命讨贼，严申军令，制敌有方，以之平贼，绰有余裕，然非夏侯孜主持于内，则专阃虽得良才，举动必多掣肘，恐亦难望成功；即幸成矣，要未必若是神速也。孜为相无他长，独专任王式，不让晋公，至若安南之遇寇，不闻孜发一策，献一议，岂能任王式，偏不能任蔡袭耶？袭请留戍卒，不得邀允，卒至蹈海以殉，可悲可惜。盖将相不和，断未有能成事者。式之成功也以幸，袭之致死也以不幸，观于此而知行军之道矣。

第八十九回

易猛将进克交趾城　得义友夹攻徐州贼

却说岭南西道节度使康承训，本来是没甚将略，到了邕州，正值蛮寇大炽，他无法摆布，只是接连上奏，屡请添兵。诏发许滑青汴兖郓宣润八道兵往援。各兵陆续趋集，他又自恃兵众，毫不防备，远郊也不设斥堠，好似没事一般。那南诏带领群蛮，入邕州境，承训才接到警报，遣六道兵约万人，出拒寇锋。六道兵统是新到，路径不熟，用獠为导。獠人与群蛮私通，竟引各军至绝地，一声暗号，蛮兵四集，将各军冲作数橛，各军没处逃避，一万死了八千，惟天平军二千名，尚在后面，所以转身逃还。承训闻报，吓得手足无措。节度副使李行素，率众修治濠栅，甫经毕工，蛮兵即至，围住邕城，大治攻具。诸将请乘夜往劫蛮营，承训不许，有天平小校再三力争，方才允准。小校即召集勇士三百人，夜缒而出，潜抵蛮寨，或呐喊，或纵火，并力闯将进去，一阵乱斫，得蛮首五百余级。蛮众大惊，解围径去。承训乃遣数千人驰追，已是无及，但杀死溪獠二三百人，都是由蛮众胁从，无一渠酋。承训却腾奏告捷，说是大破蛮贼，朝廷信以为真，相率称贺，承训讳败报胜，殊不足责，唐廷不察虚实，遽尔称贺，亦觉可丑。且加承训为检校右仆射。此外奏功受赏，无一非承训子弟亲旧，至若烧营小校，一级没有超迁。嗣是军中失望，怨声盈路。独岭南东道韦宙，具知承训所为，上白宰相。承训亦自疑惧，累表称疾，乃罢承训为右武卫大将军分司，调容管经略使张茵，代镇岭南。茵胆小如鼷，不敢进军，于是同平章事夏侯孜，特荐骁卫将军高骈，出为安南都护，兼本管经略招讨使。

骈系高崇文孙，家传武略，好读兵书，尤能折节为文，与诸儒共谈治道。神策两军，交相称美。骈尝见二雕并飞，抽矢默祝道："我若得贵，当射中一雕。"祝毕，发矢射去，见二雕并落，很是欣慰。后为右神策军都虞侯，时人号为落雕侍御。骈有叛志，自是初萌。此次骈受命南下，先至海门治兵，屯留至一年有余，监军李维周，与骈不协，屡促骈进军，骈乃率五千人先济，约维周发兵接应。维周当面许可，及骈既启行，偏拥众不进。骈却鼓行而南，进至南定峰州，正值蛮众获田，便掩杀过去。蛮众猝不及防，顿时骇散，所有收获诸稻，均由骈军捆载而归，充作饷糈。捷奏至海门，李维周匿住不报，数月不通音问。懿宗不免动疑，传诏诘问维周。维周反奏骈驻军峰州，玩寇不进。是时朝中已迭易数相，蒋坤杜审权杜惊夏侯孜，先后外调，还有礼部尚书毕诚，兵部侍郎杨收曹确路岩高璩徐商等，递次接任，始终不得一贤相。当下懿宗召问诸臣，出示维周奏牍，彼此都认是真确，奏请另易统帅。懿宗乃遣左武卫将军王晏权，代骈镇安南，因即召骈诣阙，拟加重遣。骈尚未得闻，但乘胜进逼交趾，杀获甚众，遂将交趾城围住，安南蛮帅杨思缙，已经归国，换了一个段酋迁，据守交趾。他出城冲突数次，均为骈军所败，城中孤危，旦夕可下。骈遣偏校王惠赞曾衮二人，驾着快船，入报胜状；驶至海中，遥见前面有大船数艘，悬着旌旗，鼓棹而来，两人不胜惊异。巧值海中另有游船，便去探问大船来历。游船中有人答道："想是新经略使及监军呢。"两人越加惊疑，互相商议道："高经略屡得胜仗，如何朝廷换用别人？莫非监军李维周，妒功不报，我等若被瞧着，必夺我表文，将我羁住，不如觅地暂匿，待他过

去，方可北行。<small>两校却也细心。</small>计议已定，便摇船入海岛间，
俟大舟过去，乃兼程驰赴京师。懿宗大喜，即加骈检校工部尚
书，仍镇安南，立遣二校归报。

骈已得王晏权牒文，料知监军舞弊，把军事交与副将韦仲
宰，只率麾下百人北归。行至海门，方由二校赍到诏敕，乃再
还攻交趾城。王晏权素来懦弱，李维周专知贪诈，虽然到了军
前，诸将皆不乐为用，他二人也自觉扫兴，至高骈复到，朝旨
亦即随下，召他二人还阙，二人只好奉旨回去。骈复督兵攻
城，亲冒矢石，一鼓不克，再鼓乃下。段酋迁尚裸身死斗，被
韦仲宰抢将过去，拦腰一刀，劈作两段。土蛮朱道古，系诱南
诏入寇的头目，也做了无头死尸。骈军四处搜杀，共毙三万余
人，再攻破蛮峒二区，尽诛酋长，蛮人始不敢抗命，率众归
附，共得万七千人。捷书既达唐廷，懿宗用宰相议，就安南置
静海军，即以高骈为节度使，一面大赦天下，饬安南邕州及西
川诸军，召保疆域，不必进攻南诏。且令西川节度使刘潼，晓
谕南诏王酋龙，如能更修旧好，一切不问。加岭南东道节度使
韦宙同平章事，其余出力诸将，亦赏赉有差。凑巧吐蕃将拓跋
怀光，亦杀毙论恐热，传首京师，乞离胡君臣，也不知所终。
唐廷以南诏败退，吐蕃衰绝，西南边境，可保无事，遂庆贺了
好几日，仿佛有国泰民安的幸事。<small>为下文返照。</small>

懿宗素好宴游，并耽音乐，供奉乐工，常近五百人，每月
必大宴十余次，水陆佳肴，无不搜集。偶一行幸，扈从多至十
余万人，耗费不可胜计。乐工李可及，善为新声，竟得擢为左
威卫将军。左拾遗刘蜕，一再进谏，反被黜为华阴令。同平章
事曹确，上言李可及不应为将军，亦不见从。至咸通九年，桂
州戍卒作乱，杀都将王仲甫，推粮料判官庞勋为主，劫库兵北
还，所过剽掠，州县不能御，接连递入警报，几与雪片相似。
唐廷君臣，才脚忙手乱起来，会议了一两次，想出了将就的方

法，遣中使高品张敬思，赦他前罪，令勒众安归徐州。原来前时南诏入寇，徐州奉诏募兵，计八百人往援，就中有都虞侯许佶，及军校赵可立姚周张行实等，本是徐州群盗，投入戎伍，当下出戍桂州，初约三年一代，至六年尚不得归，戍卒各有怨言。许佶等遂煽众作乱，杀毙都将，奉勋北还；既得中使慰抚，乃暂止剽掠。到了湖南，监军设法招诱，令悉输甲兵。山东南道节度使崔铉，派兵扼守要害，戍卒始不敢入境，泛舟东下。许佶等计议道："我辈罪大，比银刀军为尤甚，朝廷颁敕赦罪，无非暂时牢笼，若到徐州，必致菹醢了。"遂各出私财，购造甲兵旗帜，过浙西，入淮南。

　　淮南节度使令狐绹，着人慰劳，并给刍米。都押牙李湘谏绹道："徐卒擅归，势必为乱，虽无敕令诛讨，藩镇大臣，亦当临时制宜。高邮岸峻，水狭且深，请焚荻舟塞住前面，用劲兵截住后路，然后可以尽歼。若纵令出淮，必成大患。"*养痈成患，原不若去火抽薪。*绹素懦怯，且因无诏不便擅行，乃对李湘道："彼在淮南，未曾为暴，随他过去便了。"勋等过了淮南，适徐泗观察使崔彦曾，奉敕抚循，遣使喻以敕意，令他不必惊疑。勋尚自申状，辞礼甚恭。及行至徐城，勋与许佶等，复宣告大众道："我等擅归，无非欲还见妻孥，今闻已有密敕，颁下本省，俟我等到后，即须屠灭，与其自投罗网，何若戮力同心，共赴汤火，不但可以免祸，富贵亦或可图，尔等以为何如？"大众踊跃称善。勋复递申状，略言："将士等自知罪戾，各怀忧疑，今已及符离，尚未释甲，实因军将尹勘杜璋徐行俭等，狡诈多疑，必生衅隙，乞即将三人罢职，借安众心，仍乞戍还将士，别置二营，共设一将，如肯俯允，不胜感德"云云。*全是要索。*彦曾览到申状，因召诸将与谋，众皆泣语道："近因银刀凶悍，使一军皆蒙恶名，歼夷流窜，不无枉滥。今冤痛未消，复来桂州戍卒，猖狂至此，若纵使入城，必为逆乱，恐全境将从此糜烂了，不若乘他远来疲敝，发兵往讨，彼劳我逸，料无不胜。"彦曾尚未能决。团练判官温庭皓，复谓："讨乱有三难，不讨乱有五害，利弊相较，还是进讨为宜。"彦曾乃检阅师徒，得兵四千三百人，命都虞侯元密为将，援兵三千人讨勋。一面声明勋罪，檄令宿泗二州，也出军邀击。

元密出至任山，逗留不进，但遣侦卒变服负薪，往探贼踪，拟俟贼众到来，设伏掩击。不意侦卒为贼所执，搒讯得实，遂诡道转趋符离。宿州戍卒五百人，出御濉水，望风奔溃，贼众得进攻宿州。观察副使焦潞，方摄行州事，城中无兵可守，只好弃城逃命。勋即率众入城，自称兵马留后，发财散粟，名为赈给穷民，实是选募徒众，如或不愿，立即杀死，仅一日间，已得数千人，乘城分守。元密闻勋陷宿州城，始引兵进攻，驻营城外。贼用火箭射城外茅舍，延及官军营帐。官军正在扑救，不防贼众出城突击，慌忙抵敌，伤亡了三百人。贼众还入城中，夜使妇人持更，大掠城河船只，备载资粮，顺流而下，拟入江湖为盗。到了天明，已是走尽，官军才得察觉，乘晓追去，约行二三十里，始见贼舣舟堤下，岸上亦有数队贼兵，三三五五，邻走林间。密望将过去，还道临阵畏缩，便驱兵进击。军士尚未早餐，各有饥色，因不敢违拗将令，忍着饥追赶上前；将及贼舟，舟中忽起啸声，突出许多悍徒，前来拦截。官军奋力搏战，哪知岸上的贼兵，却从林间绕出，竟至官军后面，拊背突入，官军顿时大乱。密料不可敌，且战且行，仓猝中不辨路径，竟陷入荷泽中。贼众追至，四面攒射，密与麾下约死千人，尚有残众数百，一齐降贼，没一人得还徐州。勋探问降卒，得知彭城空虚，即引众北渡濉水，逾山进攻。

彦曾尚未悉元密败状，及贼已入境，才有人报闻，急募城中丁壮，登陴守御。怎奈阖城震惧，已无固志。或劝彦曾速奔兖州，彦曾怒道："我为元帅，与城存亡，是我本职，怎得说好逃走呢？"说毕，拔出佩刀，将他杀死。忠而寡谋，死亦无补。过了两日，贼至城下，有众六七千人，鼓噪动地。城外居民，由勋好言抚慰，毫不侵扰。自是人民争附，相助攻城，或纵火焚门，或悬梯攀堞，守卒无心抵御，一哄而逃，坐见城池被陷。彦曾高坐堂上，由贼众将他扯下，牵禁馆中。尹勘杜璋徐行俭三人，无从趋避，俱为贼掳，枭首刳腹，备极惨毒，且将他三家屠灭。勋盛陈兵卫，召见文武将吏，自己高踞厅座，点名传入。将吏等都惶恐伏谒，不敢仰视。统是贪生怕死。勋又召判官温庭皓，令作草表，求请节钺。庭皓道："此事甚大，非顷刻可成，容我还家徐草，方免朝廷驳斥。"勋乃许诺。翌晨，勋着人取稿，庭皓随入见勋，从容答道："昨日未曾拒命，不过欲一见妻子，面诀死生，今已与妻子诀别，特来就死。"勋注视良久，不禁狞笑道："书生独不怕死么？我庞勋能取徐州，何患无人草表，汝不肯为，权寄头颅，改日再与汝算帐。"庭皓趋出，勋另延文生周重为上客，属令草表，重援笔写道：

> 臣庞勋上言：臣军居汉室兴王之地，顷因节度刻削军府，刑赏失中，遂致迫逐。陛下夺其节制，剪灭一军，或死或流，冤横无数。今闻本道复欲诛夷将士，不胜痛愤，推臣权兵马留后，弹压十万之师，抚有四州之地。臣闻见利乘时，帝王之资也。臣见利不失，遇时不疑，伏乞圣慈，复赐旌节！不然，挥戈曳戟，诣阙非迟，谨援甲待命！语气狂甚。

勋览表甚喜，即遣押牙张琯赍诣京师，令许佶为都虞侯，赵可立为都游奕使，党羽各补牙职。连日募兵，分屯要害。泗州刺史杜慆,系杜悰弟,闻庞勋已据徐州,亟完城缮甲,整顿守备。勋党李圆,为勋所遣,率二千人略泗州,先使精卒百名,入城招降。慆封贮府库,佯为投顺,开城迎入贼兵,一俟百人趋入,即阖住城门,杀得一个不留。越日,李圆进攻,城上早已防备,矢石如注,射死贼兵数百名。圆退屯城西,求勋添兵。勋再遣众万人,往助李圆。广陵人辛谠,辛云京孙。素性任侠,隐居不仕,尝与杜慆交游,至是因泗州被寇,入城见慆,劝慆挈家远避。慆答道:"平安时坐享禄位,危难时即弃城池,负君负国,我不敢为,誓与将士共死此城。"谠慨然道:"公能如是,仆亦愿与公同死,当回家一诀便了。"*为君为友,情义兼至,却是一个侠士。*遂辞还广陵,与家属诀别,再往泗州。途次遇着避乱的泗民,扶老携幼,络绎逃来,就中有几个认识辛谠,即与言贼众大至,城已被围,幸毋轻进取死。谠微笑不答,径趋城下,果见贼众环攻,只有水西门留出。他只身棹着小舟,驶进水西门,侥幸得入。慆相见大喜,立署他为团练判官。都押衙李雅,饶有勇略,为慆严设守备,觑贼懈怠,出奇击贼。贼众败退,还屯徐城,众心少安。

已而朝廷降旨讨贼,令右金吾大将军康承训,为义成节度使,兼徐州行营都招讨使,神武大将军王宴权,为徐州北面行营招讨使,羽林将军戴可师,为徐州南面行营招讨使,大发诸道兵,分属三帅。承训复奏乞调发沙陀三部落,使朱邪赤心率众随行,有旨允他所请。且因泗州方急,敕淮南监军郭厚本,领兵往援,厚本至洪泽湖,闻庞勋部下吴迥,又率众数万,再围泗州,他未免胆怯,逗留不前。杜慆日夕望援,待久不至。辛谠夜乘小舟,潜出水西门,径至洪泽湖,谒见厚本,敦促进师。厚本佯与约期,至谠返泗城,仍然按兵不发。那贼众攻城益急,并将水西门围住,负草填濠,为火攻计。城中惶急万分,谠复请求救。慆说道:"前往徒劳,今往何益?"谠忿然道："此行得兵乃来，否则死别。"两语足抵《易水歌》。遂复乘小舟，负着户门，抵挡矢石，好容易突出围城，往见厚本，极陈利害，继以涕泣。厚本颇为感动，意欲发兵。淮南都将袁公弁进言道："贼势至此，自顾且不暇，怎能救人？"谠瞋目呵叱道："贼猛扑泗城，危在旦夕，公受诏赴援，乃逗留不进，岂非有负国恩？若泗州不守，淮南必为寇场，难道公能独存么？我当杀公谢国，然后自杀谢公。"说至此，拔剑遽起，欲击公弁。厚本急将谠抱住，公弁才得走脱。谠回望泗州，痛哭不休。淮南军士，亦皆流涕。厚本乃许分五百人，随谠还援。谠对五百人下拜，乃率同渡淮，遥望贼众耀武扬威，势甚披猖，有一军士失声道："贼势似已入城，我辈不若归去。"谠不觉大怒，一手扯住该兵，一手拔剑拟颈。淮南军连忙劝阻，谠叱道："临敌妄言，律应斩首。"大众见不可争，向前抢救。谠素多力，便将该兵提起，挡住大众，众无力可施，没奈何哀求乞免。谠答道："诸君但驶舟前行，我舍此人。"众亟鼓棹而进，谠乃将该兵放下，驱至淮北，登岸击贼，喊杀连天。惛在城上瞧着，也出兵接应，内外夹攻，贼乃败走，追逐至十里外，至晡乃还。小子有诗赞辛谠道：

> 平生好爵敢虚縻，临难奋身独不辞。
> 为语古今诸侠士，忘躯为国是男儿。

贼众既退，泗州果能免兵否，容至下回说明。

　　高骈复交趾时，原是一员猛将，不得因后时变节，遽没前功。若尽如李维周之忮刻，王晏权之庸懦，安南岂尚为唐室有耶？庞勋之乱，不过因戍卒怨望，激而一决，原其本意，固非有胜广之志也。唐廷专务姑息，酿成骄焰，令狐绹出镇淮南，当勋等东下时，不从李湘之言，纵使出柙，星星之火，遂至燎原，绹罪可胜诛乎？泗州当江淮之冲，杜慆誓众固守，已越寻常，然城存与存，城亡与亡，典守者固不得辞其责。辛谠隐居不仕，独趋见杜慆，愿与同死，突围请救，一再不已，卒能乞师而来，与慆夹攻，得退劲贼，上不负君，下不负友，彼游侠如朱家郭解，宁足望其项背？诚哉一忠义士也！读是回，足令薄夫敦，懦夫有立志云。

第九十回

斩庞勋始清叛孽　葬同昌备极奢华

却说庞勋闻吴迥败退，再派许佶率众数千助攻泗州。濠州贼将刘行及，拘杀刺史卢望回，据有濠城，亦遣党羽王弘立，引兵趋会。杜慆闻贼众又至，告急邻道。镇海节度使杜审权，遣都头翟行约，率四千人救泗州，将抵城下，被贼迎头邀击，行约战死，全部覆没。淮南节度使令狐绹，亦遣押牙李湘率兵往援，至洪泽湖，会同郭厚本袁公弁，进屯都梁城，与泗州隔淮相望。贼众既破翟行约，遂渡淮围住都梁城，李湘挥兵出战，为贼所败，退入城中，门不及闭，骤被贼众捣入，把湘擒住。李湘前劝令狐绹，恰有先见，谁知他毫不耐战？郭厚本亦被拿获，只袁公弁走脱，究竟是他脚长。许佶将郭李二人，械送徐州，庞勋大喜，进据淮口，分派党羽丁从实等，南寇舒庐，北侵沂海，破沭阳下蔡乌江巢县，攻陷滁州，杀刺史高锡望，又转寇和州。刺史崔雍，引贼入城，登楼共饮，贼乘着酒兴，大掠城中，屠害兵民八百余人。都招讨使康承训，闻贼势甚盛，由新兴退还宋州，于是泗州孤立无援，粮又垂尽，每人每日，仅得食薄粥数碗。义士辛谠，复愿至淮浙求救，夜率敢死士十人，执长柯斧，乘小舟潜出水门，斫入贼水寨中。贼不意官兵猝至，纷纷自乱，谠得夺路而去。诘旦，贼始知谠仅十人，乃水陆分追。谠舟轻行速，急驶至三十里外，方才得脱。至扬州见令狐绹，又至润州见杜审权，审权乃遣押牙赵翼，率甲士二千人，与淮南输米五千斛，盐五百斤，往救泗州。诮又转趋浙西，借给兵粮去了。

徐州南面招讨使戴可师，恃勇轻进，率麾下三万人，渡淮而南，迭破淮滨诸贼垒，直薄都梁城。城中贼少，登城再拜道："方与都头议出降，请王师少退，当即投诚！"可师乃退五里下寨。及次日往探，已只剩一空城，守贼不知去向，他还道是贼众畏己，恃胜生骄，毫不设备。是日天适大雾，不防濠州贼将王弘立，引众数万，疾趋而至，纵击官军。官军不能成列，遂致大败。将士伤毙兵刃，及溺死淮水，约二万余名。器械资粮车马，丧失殆尽。可师亦为贼将所杀，传首彭城。庞勋自谓天下无敌，纵情淫乐，掠得美妇数十人，日事荒耽。贼幕周重进谏道："骄满奢逸，断难成事，就使得亦必失，成亦必败，况未得未成，怎宜出此？"周重既知此理，奈何附贼？勋仍不省，安乐过冬。

次年为咸通十年，唐廷授右威卫大将军马举，继任徐州南面招讨使，又因王晏权畏敌不进，将他撤回，改任泰宁节度使曹翔，代任徐州北面招讨使。一面诏令河北诸镇，发兵助剿。魏博节度使何弘敬，时已去世，子全皞嗣为留后，奉诏出师，遣部将薛尤，率兵万三千人，进驻丰萧，与曹翔驻滕沛军，相为犄角。康承训召集诸道兵马，得七万余人，自宋州出屯柳子镇，连营三十余里。勋党分戍四境，徐城中不及数千人，勋始惆惧，日夕募民为兵，百姓不愿应募，多半穴地潜处，冀免迫胁。勋不胜焦灼，调回各处戍卒，保守徐州。那时魏博军已战胜丰县，贼将王敬文败走，阴蓄异谋，被勋诱归杀死。海州寿州各路贼寇，亦多为官军杀败。辛诮又借得浙西军，到了楚州，贼众尚水陆布兵，锁断淮流，诮选敢死士数十人，作为前驱，先用米船三艘，盐船一艘，乘风直进，冒死奋斗，任他矢石如雨，只是有进无退。诮督敢死士用着大斧，砍断铁锁，方得越淮抵城。城上守卒，已拼一死，忽见辛谠到来，好似绝处逢生，欢呼动地。杜慆带领将佐，出城相迎，握手涕泣，及入城后，登陴南望，遥见舟师张帆东来，旗上标明浙西军号，为贼所拒，帆止不进，谠挺身再出，复率敢死士出城，驾船猛进，冲透贼阵。贼见他来势猛锐，恰也畏避，谠得自由出入，迎浙西军同入城中。既而谠复率骁勇四百，往润州乞粮，贼夹岸攻击，经谠转战而前，力斗百余里，得至广陵，过家不入，径向润州乞得盐米二万石，钱万三千缗，还至斗山。贼将密布战舰，截击中途，两下鏖战，自卯至未，不分胜败。谠令勇士改乘小舟，分趋贼舰两旁，用枪揭草，蓺火乱投。贼舰为火所燃，不战自乱，谠得乘机杀出，安抵泗城。勇哉辛谠！

　　泗州既得军粮，当然巩固。庞勋以泗州地扼江淮，锐意进取，屡次益兵助攻，偏偏不能如愿。徐州又为康承训所逼，累与交锋，不得一利。承训本是个庸帅，没甚能耐，只朱邪赤心部下三千骑，冲锋陷阵，无坚不摧，所以贼兵屡败。贼将王弘立，自淮口驰回，愿率部众破承训。恐无第二个戴可师。庞勋喜甚，即令他出渡濉水，往捣鹿头寨。弘立黉夜进袭，潜至寨边，一声呼啸，将寨围住。寨中固守不动，天已黎明，弘立督众猛扑，满拟灭此朝食，谁知寨门一开，突出沙陀铁骑，纵横驰骤，无人敢当，贼众披靡。寨中诸军，又争出奋击，杀得贼尸满地，流血成渠。弘立单骑走免。官军复追至濉水，溺贼无算，共毙贼二万余人。足报可师之败，只恨失一弘立。庞勋以弘立骄惰致败，意欲处斩，周重代为劝解，始令他立功赎罪。弘立收集散卒，才得数百人，请取泗州自赎。勋乃添兵遣往，一面再括民兵，敛取富家财帛，商旅货贿，作为军饷。民不聊生，始皆怨恨。

　　康承训既破弘立，进薄柳子寨，与贼将姚周，大小数十战，周支持不住，弃寨遁宿州。宿州守将梁丕，与周有隙，开城赚入，将周杀死。勋闻报大惊，欲自将出战，周重献计道："柳子寨地要兵精，姚周亦勇敢有谋，今一旦覆没，危如累卵，不如速建大号，悉兵四出，决死力战。且崔彦曾等久禁城中，亦非良策，请一律处决，藉绝人望。"绝计何益？许佶等亦均赞成，遂杀崔彦曾及温庭皓，并截郭厚本李湘手足，赍示康承训军。乃命城中男子，尽集球场，如匿居不出，罪至灭族。百姓无奈趋集，由勋选得壮丁三万名，更造旗帜，自称为天册将军，授庞举直为大司马，与许佶等留守徐州。举直系是勋父，勋以父子至亲，不便行礼，或说勋道："将军方耀兵威，不能顾及私谊。"乃令举直趋拜庭前。勋据案直受，既已无君，自然无父。待举直受了印信，即麾众出城，夜趋丰县，击败魏博军，更引兵西击康承训，直趋柳子寨。可巧有淮南败卒，自贼中奔诣承训，报明贼踪，承训秣马整众，设伏待着。勋令前队先趋柳子，陷入伏中，四面齐起，把他击退。至勋率后队到来，正遇前队败还，惊惶不知所措，哪禁得承训带着诸将，乘胜追击，步骑踊跃，四蹙贼兵，勋部下皆系乌合，只恨爹娘生得脚短，不及急走，顿时自相践踏，僵尸数十里。勋即脱去甲胄，改服布襦，仓皇遁归彭城。甫得喘息，那围攻泗州的吴迥，也狼狈奔来，报称为招讨使马举所败，王弘立阵亡，自己独力难支，只好解泗州围，退保徐城。勋叫苦不迭，忽又接濠州急报，马举由泗州围濠，数寨被焚，请速济师。勋急命吴迥往救濠州，迥出城自去。

康承训既击走庞勋，逐路进军，迎刃即解。及抵宿州，环攻不克。宿州守将梁丕，因擅杀姚周，为勋所易，改任张玄稔据守。玄稔与党人张儒、张实等，分遣城中兵数万，出城列寨，倚水自固，似虎负隅。张实且赍书徐州，为勋设计道："今国兵尽在城下，西方必虚，将军可出略宋亳，攻他后路，

他必解围西顾，将军设伏要害，兜头迎击，实等出城中兵，追
蹑后尘，前后夹攻，定可破敌。"勋正虑承训进逼，更兼曹翔
部将朱玫，拔丰县，克下邳，紧报日至，急得不知所措，镇日
间祷神饭僧，妄期冥佑。及既得实书，乃仍使庞举直许佶留
守，自引兵出城西行，并复书返报张实。实与张儒日御官军，
官军纵火焚寨，儒实两人，没法抵御，退保外城。承训督军攻
扑，城上箭如飞蝗，射死官军数千人，承训暂退，但遣辩士至
城下，劝令降顺。儒实等哪里肯从？唯张玄稔系徐州旧将，陷
没贼中，心常忧愤，夜召亲党数十人，密谋归国，得众赞成，
乃令心腹张皋，出白承训，约期杀贼，愿为内应。承训大喜，
厚待张皋，令返报如约。玄稔即使部将董厚等，埋伏柳溪亭，
然后邀两张入亭宴饮。酒未及半，掷杯为号，董厚等持刀抢
入，手起刀落，将两张挥作四段，并搜杀两张私党，城中大
扰。玄稔出谕兵民，示以逆顺利害，众心才定。越宿开门出
降，膝行至承训前，涕泣谢罪。承训下座慰劳，亲自扶起，即
宣敕拜为御史中丞，馈赐甚厚。玄稔乃复进策道："今举城归
国，四远未知，请诈为城陷，引众趋符离及徐州，贼党不疑，
定可悉数擒获了。"承训允诺。承训本无将才，惟收降玄稔，颇得
推诚相与之术。玄稔还入城中，夜令部下负薪数千束，掷积城
下，一俟天明，燃火焚薪。九城陷伏，便率众出趋符离，佯称
败军。符离守将，开城纳入，被玄稔一刀杀毙，号令兵民，劝
谕归国，众皆听命。玄稔收得兵士万人，亟趋徐州。庞举直许
佶，已有所闻，登陴拒守。玄稔引兵围城，先谕守卒道："朝
廷但诛逆党，不杀良民，汝等奈何为贼守城？若尚狐疑，恐尽
成鱼肉了。"守卒闻言，或弃甲，或投兵，下城遁去。崔彦曾
故吏路审中，开门纳官军，庞举直许佶，自北门出走。玄稔亟
遣兵往追，得斩举直与佶。周重等赴水自尽，所有前戍桂州的
叛卒，一一按名收捕；无论亲属，一概诛夷，骈死至数千人，

徐州乃平。

庞勋将兵二万，自石山西出，沿途焚掠，鸡犬不留。康承训引步骑八万，西向往击，使朱邪赤心为先锋，追勋至亳州。勋正大掠宋亳，猝遇沙陀骑兵，不战而溃，遁至蕲水，官军大集，纵击贼众，贼多溺死，勋亦毙命。越数日始得勋尸，枭首传示，远近贼寨，皆自杀守将，次第请降。惟吴迥守住濠州，不肯归命，马举屡攻未下，自夏及冬，城中食尽，甚至杀人充食，吴迥乃突围夜出，由举勒兵追剿，杀获殆尽。迥窜死昭义，一番叛乱，自是荡平。朝廷颁诏赏功，进康承训同平章事，兼河东节度使，杜慆为义成节度使，张玄稔为右骁卫大将军，辛谠为亳州刺史，朱邪赤心特别召见，赐姓名为李国昌，授左金吾上将军，即就云州置大同军，赐以旌节，并处置徐州后事，乃在徐州设观察使，统徐濠宿三州。惟泗州置团练使，划隶淮南，未几复令在徐州置感化军，特设节度使，以资弹压。康承训为廷臣所劾，说他讨庞勋时，一再逗挠，虚报功绩，竟迭贬至恩州司马，这也未免罪轻罚重了。语淡旨永。

且说懿宗在位十年，也未立后，独宠幸淑妃郭氏，氏生一女，数年不能言，忽张口说道："今日始得活了。"懿宗大为惊异，及年已长成，姿貌不过中人，独得懿宗钟爱，封为同昌公主。右拾遗韦保衡，美秀而文，为郭淑妃所赏识，遂与懿宗熟商，愿将同昌公主，嫁与为妻。临嫁时，尽出宫中珍玩，作为奁资，并在皇宫附近，赐宅一区，窗户俱用杂宝为饰，器皿一切，非金即银，甚至井栏药臼，亦由金银制成，耗费约五百万缗，所行婚仪，备极奢华，就是从前太平安乐两公主，与她相较，也几乎稍逊一筹。韦保衡得此贵妇，当然奉若天神，不敢少忤，除入朝办事外，时常居处内宅，与公主敦伉俪欢。郭淑妃爱女情深，随时探问，或且留宴主第，深夜不归，宫禁里面，免不得生出一种谣诼，说是丈母女婿，也有暧昧情事，这恐是捕风捉影，不足为凭，小子不敢妄断，不过援据史传，有闻必录。不肯讽蔑郭氏，便是下笔忠厚。当时懿宗爱妃及女，一任出入自由，毫不过问。韦保衡得迁授翰林学士，咸通十一年间，曹确罢相。韦氏快婿，竟得与兵部侍郎悰，户部侍郎刘瞻，同时入相，并握枢机。故相高璩早卒，徐商亦已罢去，杨收坐罪窜死，只路岩尚在相位。岩因保衡是皇亲国戚，格外交欢，遂与他串同一气，表里为奸。一班蝇营狗苟的臣僚，乐得趋承伺候，希沐余光，遇有反对人物，群起弹击，时人目他为牛头阿旁，无非说他阴恶可畏，与鬼相同。

但天下祸福无常，祸为福倚，福为祸伏，保衡尚主，仅及年余，偏公主得了一种绝症，卧床不起，医官二十余人，同时诊治，想不出甚么起死回生的方法，勉强拟进一两张药方，配服全不济事，奄奄数日，玉殒香消。郭淑妃陡失爱女，当然痛悼，就是懿宗亦悲念不休，自制挽歌，饬群臣毕和，又令宰相以下，尽往吊祭。追封公主为卫国公主，予谥文懿。一面捕获医官二十余人，说他用药错误，冤死公主，竟不令分辩，一并处斩。且将医官亲族三百余人，悉数系狱。胡乱得很。宰相刘瞻，召集言官，嘱令劝阻，言官以天威难测，各为保全身家起见，不敢进陈。瞻乃自草奏牍，即日进呈，略云：

修短之期，人之定分，昨公主有疾，医官非不尽心，而祸福难移，竟成蹉跌。械系老幼，物议沸腾，奈何以达理知命之君，涉肆暴不明之谤。

懿宗览奏不悦，搁置不报。瞻又与京兆尹温璋等力谏，顿触懿宗怒意，将他叱出，旋即出瞻为荆南节度使；贬璋为振州司马。璋叹道："生不遇时，死何足惜？"竟仰药自杀。此人亦未免过激。韦保衡又与路岩，共谮刘瞻，谓与医官通谋，进投毒药，遂再贬瞻为康州刺史。岩意尚未惬，阅十道图，见骦州去都最远，因复窜瞻为骦州司户。次年正月，葬同昌公主，懿宗与郭淑妃，坐延兴门，目送灵轝，恸哭尽哀。护丧仪仗，达数十里，冶金为俑，怪宝千计，此外服玩，多至百二十舆，锦绣珠玉，辉煌蔽日。乐工李可及作叹百年曲，率数百人为地衣舞，用杂宝为首饰，绅八百匹，舞罢珠玑散地，任民拾取，所有服玩等件，悉置墓中。这岂非暴殄天物，溺爱不明么？

韦保衡座师王铎，是王播从子，前在礼部校文，擢保衡进士及第。保衡因荐他入相，继刘瞻后任。铎却轻视保衡，议政时常有龃龉。路岩本与保衡联络，嗣因彼此争权，凶终隙末，遂被保衡进谗，出岩为西川节度使。岩出城时，路人争以瓦砾相投，忍不住动起忿来。适值权京兆尹薛能，前来送行，他不禁冷笑道："京兆百姓，劳君抚治，今日我奉命西行，百姓却以瓦石相钱，可谓治绩昭彰了。"薛能答道："宰相出镇，不一而足，府司从未发人防护，人民亦从无瓦砾相加，奈何今日公行，演此恶剧？这还当由公自问，究竟为何取怨人民？"以子之矛，攻子之盾，薛能可谓善言。岩被他一诘，反觉满面怀惭，踉跄而去。及行抵任所，幸值南诏退兵，阖境粗安，还得侥幸无事。先是南诏主酋龙，因安南败退，转寇成都，陷入嘉黎雅三州，成都戒严，亏得西川节度使卢耽，与东川节度使颜庆复，联兵战守，击败蛮兵，将军宋威，复奉诏往援，杀死蛮兵无算，残众夜烧攻具，遁出境外。成都旧无濠堑，颜庆复始筑瓮门，掘长濠，植鹿角，设营寨，守备既固，蛮人始不敢进窥。朝廷欲处置路岩，因将卢耽他调，令岩接任。岩好游宴，耽声色，一切政务，俱委任亲吏边咸郭筹。两人相倚为奸，先行后申。岩至都场阅操，边郭侍侧，有所建白，辄默书相示，阅毕焚去，军中相率惊疑，惴惴不安。事为朝廷所闻，乃徙岩改镇荆南。自岩出镇，由礼部尚书刘邺继任，既而于琮复为韦保衡所谮，贬为韶州刺史。悰妻广德公主，系懿宗亲妹，至是随悰赴韶，行必肩舆相并，坐即执住悰带，悰才得保全。悰去后，改用刑部侍郎赵隐为相，上下因循，一年挨过一年，到了咸通十四年正月，懿宗遣敕使诣法门寺，奉迎佛骨，言官多半谏阻，甚且谓宪宗迎入佛骨，遂至晏驾。懿宗道："朕得见佛骨，死亦何恨？"呆极。自春至夏，佛骨始迎至京师，懿宗膜拜甚虔，宰相以下，竞施金帛，乃将佛骨入禁供养，颁诏大赦。过了两月，懿宗竟至患病，服药无效，数日大渐，乃立皇储。未几驾崩，享寿四十一岁，共计在位十四年。小子有诗叹道：

> 奢淫迳启败亡忧，况复流连未肯休。
> 十四年来浑一梦，令终还是迓天庥。

欲知何人嗣统，试看下回便知。

　　庞勋以戍卒八百人猝起为乱，徐淮一带，多遭屠毒，迭经唐廷发兵，先后不下十万人，始得荡平叛逆，再见廓清，虽曰成功，唐威已所余无几矣。康承训之将略，原无足称，但奏调朱邪赤心自随，战胜逆寇，不可谓非明于知人。复能招用张玄稔，以盗攻盗，不可谓非善于因敌。徐乱之平，承训之功居多，乃路岩韦保衡，妒功进谗，贬窜恩州，亦曷怪志士灰心，功臣懈体乎？韦保衡本乏相才，徒以尚主隆恩，骤登揆席，懿宗之溺爱不明，已可概见。至同昌一死，惨戮诸医，株连亲族，当时相臣刘瞻，尚为庸中佼佼，乃因一再进谏，致为所诬，流戍万里，冤乎不冤？及葬同昌时，糜费无算，朽骨无知，饰终何监？

而宠幸保衡，犹然未衰，妹倩可贬，女夫不可黜，甚
至死期将至，犹迎佛骨入都，何其昏愚若是也？史称
懿宗在位十四年，无一善可纪，诚哉是言！

第九十一回

曾元裕击斩王仙芝　李克用叛戮段文楚

却说懿宗生有八子，长为魏王佾，次为凉王侹，蜀王佶，威王偘，普王俨，吉王保，寿王杰，最幼为睦王倚，这八子统是后宫所出，不分嫡庶。但据无嫡立长的故例，论将起来，魏王佾应该嗣立，偏是左神策中尉刘行深，右神策中尉韩文约，利立幼君，竟将懿宗第五子普王俨，立为皇太子。俨系王氏所生，年仅十二，母族微贱，全仗那两个典兵的阉竖，佐命定策。阉官立君，成为常例，唐廷实是无人。懿宗已是弥留，还晓得甚么后事。刘韩即矫称遗诏，传位普王。宰相如韦保衡刘邺赵隐三人，但知居官食禄，不管甚么继统问题。王铎已经罢职，越觉袖手旁观。至懿宗入殓，普王俨即位枢前，是为僖宗，僖宗母王氏已殁，追尊为皇太后，加谥惠安。进韦保衡为司徒，不到两月，保衡为言官所劾，坐罪免职，贬为贺州刺史。嗣又被人讦发，谓与郭淑妃有暧昧情事，再贬为澄迈令，寻且赐死。路岩罪同时并发，降为新州刺史，就道后又下敕削官，长流儋州，越年亦赐令自尽。炎炎者灭，隆隆者绝。边咸郭筹，亦皆伏诛，另任兵部尚书萧仿同平章事。

过了残腊，改元乾符，关东水旱相寻，民不聊生，翰林学士卢携，请敕令遇荒州县，概停征税，并发义仓赈济贫民。僖宗如言下敕，但不过一纸虚文，有司竟未实行。已而罢同平章事赵隐，进华州刺史裴坦为相，未几坦卒，召还故相刘瞻，令复原职。瞻字几之，祖籍彭城，后徙桂阳，平生清介自持，所得俸禄，悉赡贫乏，家无留储；至被窜骧州，无论远近，莫不称冤。幽州节度使张允伸病殁，由平州刺史张公素接任，公素慕瞻忠直，上疏申枉，乃得移徙康虢二州刺史。僖宗召为刑部尚书，即复任同平章事。长安两市，闻瞻得还都，醵钱雇演百戏，藉表欢迎。瞻特为改期，另由他道入都，受任三月，去烦除弊，政简刑清。同僚刘邺，前曾在韦保衡路岩前，痛词诋瞻，至是恐瞻闻声报复，不免心虚，因邀瞻共饮，尽兴而别。哪知瞻醉后归寓，竟一病不起，遽尔谢世，时人共谓邺有意鸩瞻，不为无据。宣宗以降，朝无贤相，仅得刘瞻一人，清直可风，又为奸党播弄至死，特揭录之，以志余慨。

　　兵部侍郎崔彦昭，继瞻后任，彦昭颇有令名，与萧仿和衷办事，执要不烦，且因刘邺毒死刘瞻，情迹可疑，特上章弹劾，出邺为淮南节度使。翰林学十卢携，与吏部侍郎郑畋，相继入相。四相才略，似非全不足用，怎奈僖宗年少，未化童心，暇时辄与嬖僮宠竖，征逐游戏。遇有大臣奏议，往往搁置不理，或且委枢密田令孜处决。令孜是一个小马坊使，读书识字，很有巧思，僖宗在普邸时，已与令孜朝夕相亲，呼为阿父，及即位后，即擢置枢密，倚若股肱。令孜专哄动僖宗欢心，所有僖宗爱嗜的果食，尝自去购办，携陈御榻，与僖宗对坐畅饮，且引入内园小儿，侍奉僖宗，击鞠抛球，赏赐万计。僖宗虑府藏空虚，令孜代为划策，劝籍两市商货，悉输内库，遇有陈诉，辄付京兆尹杖毙。僖宗未识民艰，但教库中取用不穷，便好任情挥霍，且从此益宠令孜，加官中尉。小儿最易受骗，况遇阴柔之小人，自然水乳俱融。令孜揽权纳贿，量略除官，一切黜陟，多不关白。宰相以下，也不敢过问。唐室江山，要在他手中断送了。看官！你想少主童昏，权阉骄恣，人怨沸腾，天变交作，东荒西瘠，饿殍载道，朝廷不加赈，有司不知恤，哪里还能太平呢？

当时西陲不靖，南诏为患，唐廷特调高骈往镇西川，制置蛮事，发兵退敌，擒住蛮酋数十人，修复邛崃关大渡河诸城栅，择要置戍，还算有备无患，全蜀粗安。蜀事用简文带过，与前回笔意相同。只是边境少宁，内乱迭起，盗贼到处横行，官军不能控御，就中有两大盗魁，最号猖獗：一个是濮州盗王仙芝，一个是冤句盗黄巢。仙芝向贩私盐，出没江湖。巢善骑射，喜任侠，麄读书传，屡试进士科，不得一第，乃与仙芝往来，同做这种贩私行业。仙芝于乾符元年，聚众数千人，揭竿长垣，次年即胁从数万，攻陷濮州曹州，天平军节度使薛崇，出兵往剿，反为所败。巢闻仙芝得利，也纠众起应，剽掠州县，与仙芝同扰山东。此外各处盗贼，都遥与联合，四处侵轶。自山东至淮南，几无宁宇。有诏令淮南忠武宣义成天平五军节度使，分别御盗，剿抚兼施。同平章事萧仿，目击时艰，屡劝僖宗勤政求治。偏为田令孜等所忌，迭加驳斥。萧仿抑郁病终，用吏部尚书李蔚代任。右补阙董禹，谏阻僖宗游畋击球，颇蒙褒赐，嗣因邠宁节度使李侃，为宦官义子，特为假父请赠官阶，禹上疏指驳，语侵宦官。枢密使杨复恭，入宫谗诉，竟贬禹为柳州司马。自是上下壅蔽，内外隔阂。仙芝等寇焰浸炽，进逼沂州，平卢节度使宋威，表请率兵讨贼，乃降敕命威为诸道行营招讨使，凡各镇所遣讨贼将士，均归威节制调遣。威俟诸道兵至，出击仙芝，大杀一阵，毙贼甚多，仙芝遁去。遥传仙芝已死，威即奏称贼渠已歼，尽可无虞，诸道兵悉数遣归，自还青州。百官闻捷，入朝称贺，不意过了三日，仙芝又复出现，转掠阳翟郏城，地方官飞章奏闻。御寇几如儿戏，如何平寇？乃诏忠武节度使崔安潜，发兵往剿；再令昭义义成两镇，各发步骑，保护东都宫室；授左散骑常侍曾元裕为招讨副使，出守东都；又敕山南东道节度使李福，选步骑三千，守汝邓要路；邠宁节度使李侃，凤翔节度使令狐绹，选步兵一千，骑兵五百，守陕州潼关。各道将士，本由宋威遣归，欣然就道，偏途次复令赴敌，免不得忿怨交乘，各怀观望。仙芝得由齐入豫，攻陷汝州，执住刺史王镣。镣系王铎从弟，铎正由郑畋推荐，复入为相。罢崔彦昭为太子太傅，一闻王镣被掳，他人没甚惊慌，独王铎非常着急，乃倡议抚盗，赦仙芝罪，且给官阶。仙芝转陷郓复二州，大掠申光舒寿庐通一带，并与黄巢西攻蕲州。王镣尚在贼中，劝仙芝归国拜官，且因蕲州刺史裴偓，为王铎知贡举时所擢进士，彼此交谊相关，特为仙芝致书，浼偓奏保仙芝。*无非为免死计。*偓敛兵不战，报称如约，即开城迎入仙芝及黄巢等三十余人入城，置酒款待，并赠厚赂，一面拜表奏闻。仙芝与巢，恰也心喜，便谢别出城；驻营待命。未几有敕使到来，授仙芝为左神策军押牙。偓与镣皆向仙芝道贺，仙芝也笑逐颜开。偏黄巢不得一官，勃然大怒，指仙芝道：“我与君共立大誓，横行天下，今君独取官而去，试问五千余众，何处安身？”说至此，提起老拳，殴击仙芝。仙芝闪避不及，左额上已遭一击，色青且红。贼众亦附和巢语，群起喧哗。*唐廷既欲抚盗，应该为众盗设法，徒官仙芝，不及黄巢等人，糜烂地方，失策孰甚？*仙芝为众所逼，只好不受朝命，仍然为盗，大掠蕲州，毁民庐舍。裴偓奔鄂州，敕使奔襄州，王镣仍为贼所拘。贼众三千人归仙芝，二千人归巢，分道驰去。

乾符四年，仙芝陷鄂州，黄巢陷郓州沂州，再合众并攻宋州。宋威督兵往援，反为所围，幸左威卫上将军张自勉，率忠武军七千名，往救宋州，杀贼二千余人，贼乃解围遁去。宰相王铎卢携，欲令张自勉归宋威节制，独郑畋谓自勉必不服威，多使疑忌，必致相争，因不肯署奏。铎与携乃自请免职，畋亦请归浐州养疴，僖宗皆不肯许。铎携两相，复议罢归张自勉，改令张贯为将，令率忠武军七千，隶属宋威。畋又与力争，辩论大廷，一口不能胜两口，乃还草奏牍，再行呈请。略言："王仙芝倡乱，忠武节度使崔安潜，尝请会师力剿，至今贼党不敢入境。又以本道兵授张自勉，解宋州围，使江淮漕运流通，不入贼手，今遽罢归自勉，易将统兵，使隶宋威，臣见威忌功讳败，所奏多非实迹，崔宏潜以兵授人，良将空还，若勃寇忽至，如何支持？臣请分四千人归威，三千人仍令自勉统率，还守本道，庶几战守两全，不分厚薄"云云。卢携仍不以为然。必袒宋威，是何用意？毗又劾威欺罔朝廷，屡致败衄，应早行罢黜，亦不见从。宋威有恃无恐，专务欺上冒功。会值招讨副都监杨复光，遣人招谕仙芝，仙芝遣悍党尚君长等请降，威邀击道中，执住君长等，献入京师，但说是临阵生擒。复光奏系来降，非威所获，诏令侍御史归仁绍等讯问，始终不能审明。结果是将君长等牵至狗脊岭，一刀一个，枭首了事。仙芝闻朝廷诱降逞暴，越加咆哮，令黄巢寇掠蕲黄，自趋荆南。黄巢为曾元裕所破，回遁濮州。仙芝至荆南城下，正值乾符五年元旦，荆南节度使杨知温，粗擅文学，素不知兵，元日大雪，犹受僚属谒贺，忽闻城外喊杀连天，才知寇众大至，急忙召集将佐，调兵守堵，外城已被捣入，将佐亟围住内城，请知温出督士卒，登陴御贼。知温尚纱帽皂裘，从容赋诗，且夸示群僚。迂腐可笑。将佐知他无用，忙发使至山南东道告急。山南东道节度使李福，悉众赴援。巧有沙陀兵五百骑，留寓襄阳，遂引与俱行。到了荆门，与贼相遇，由沙陀兵纵骑奋击，大破贼党。仙芝闻风生惧，焚掠江陵而去，转至申州，被曾元裕大杀一阵，击毙万人，招降又万人。仙芝自蕲州出掠，沿途胁从，众至七八万，此次丧失二万名，仓皇远窜，荆南解严。

元裕一再报捷，朝廷乃把招讨使的职务，付诸元裕，饬宋威还驻青州，并令张自勉为副使，贬杨知温为郴州司马。又添些远戍诗料。元裕既握全权，遂与自勉互逐贼众，追至黄梅，四面兜剿，杀毙贼党五万余名。仙芝穷蹙无路，被诸军追及，乱刀砍死，斩首以归。尚有党目尚让，为尚君长弟，招集残众，往归黄巢。巢方攻亳州未下，见让到来，当然迎纳。让因推巢为冲天大将军，改元王霸，设官署吏，再陷沂州濮州，分众陷朗州岳州。有诏令曾元裕移屯荆襄，张自勉充东南面行营招讨使，再发河南兵千人赴东都，与宣武昭义军二千人，共卫行宫。遣左神武大将军刘景仁，为东都应援防遏使，管辖三镇军士。河阳节度使郑延休，领兵三千，屯驻河阴，为东都后援。巢蹙突中州，均为所遏，乃遣书天平军，情愿降顺。天平节度使张裼，上书奏闻，诏授巢为右卫将军，令就郓州解甲。哪知巢是个缓兵计，伺官军少懈，即引众渡江，连陷虔吉饶信等州，顺道入浙。朝议调高骈为镇海节度使，专力防巢，并拟与南诏和亲，暂免西顾忧。

自南诏主酋龙，屡寇西陲，为患几十余年，唐廷屡遣使招抚，终不奉命。至高骈徙镇西川，筑城守堡，稍遏寇氛。骈又因南诏迷信释教，特遣浮屠景仙，南行游说，劝酋龙归附中国，愿与和亲。酋龙颇欲允议，会酋龙病死，子法嗣立，遣使段瑳宝等，往诣岭南，面议和约。亳州刺史辛谠，正调升岭南西道节度使，接见段瑳宝后，即奏称诸道兵共戍邕州，兵饷浩繁，不如与南诏修和，得使边境息肩。朝廷正因内乱蔓延，欲调回戍兵，剿平群盗，乃即从谠议，许和南诏，令将戍兵遣归，但留荆南宣歙数军。已而南诏遣使赵宗政入都，乞请和亲，所赍国书，但给中书省，称弟不称臣。礼部侍郎崔澹等，言南诏骄僭无礼，高骈不达大体，徒遣一僧咕哝，卑辞诱和，若果从所请，必致贻笑后世。语非不是，但按诸当日情势，安内为先，不应再开外衅。僖宗不能遽决，再令高骈妥议。骈上表与澹等驳辩，有诏委曲谕解，进骈检校司徒，封燕国公，一面遣宰臣再议。卢携主张和亲，郑畋力言不可。携不觉大怒，拂衣起

座，袂适触砚，堕地有声。僖宗闻知此事，喟然叹道："大臣
相诟，如何仪型四方？"乃将卢、郑两相，一并罢职，改命户
部侍郎豆卢瑑，吏部侍郎崔沆，同平章事。宣诏时大风拔木，
隐兆不祥，时人已知新任二相，未能令终。伏后文。且南诏事
终未定议，但遣赵宗政归国，不加答复，付诸缓图便了。

　　谁料偷安不安，防乱生乱，大同军又起变端，竟杀死防御
使段文楚，推李克用为留后。克用系李国昌子，国昌即朱邪赤
心，事见前回。为沙陀副兵马使，出戍蔚州。国昌由大同调镇
振武军，会代北荐饥，漕运不继，防御使段文楚减扣军士衣
粮，用法亦不免苛峻，以致军士怨谤。沙陀兵马使李尽忠，与
牙将康君立薛志勤程怀信李存璋等私议道："今天下大乱，朝
廷号令，不能远行，此正英雄立功建业的时期。段使苛暴，不
足与议大计，李振武功大官高，名闻天下，子克用勇冠诸军，
若经我等推戴，代北唾手可定，我等可共取富贵，岂不甚
善？"康君立等同声赞成。乃由君立潜诣蔚州，劝克用起事，
立除文楚。克用道："我父现在振武，俟我禀明，举事未迟。"
君立道："事在速行，缓即生变，尚何暇千里禀命呢？"克用
许诺，遂募得士卒万人，直趋云州。李尽忠闻克用将到，即夜
率牙兵，攻入牙城，执住段文楚及判官柳汉璋等，械系狱中，
并遣人送交克用，请为防御留后。克用率众至斗鸡台下，台在
城东，设帐屯兵，尽忠即将文楚等，驱至克用营前，克用命军
士剐死文楚，并用骑践骸，究竟是狼子野心。乃入城视事，嘱将
士表求敕命。朝廷不许，正思诘问李国昌，国昌已表请速除大
同防御使，若克用逆命，臣当率本道兵往讨，决不溺爱一子，
致负国家。初意却是不错。僖宗以命太仆卿卢简方为大同防御
使。克用拒命不纳，乃由朝廷改诏，命卢简方调任振武，李国
昌复镇大同。哪知国昌忽然变计，竟撕去制书，杀死监军，与
克用合谋为逆，派兵攻宁武及岢岚军。真是出人意表。

　　是时幽州节度使张公素，为部将李茂勋所逐，代主军务，闻大同军乱，上表荐子可举，具有武略，愿讨大同，且请授可举旌节，自乞息肩。僖宗本欲令他出平代乱，授为幽州节度使，及见他上表陈情，遂悉从所请，令可举代父统军，与昭义节度使李钧，合兵讨国昌父子。可举复约吐谷浑酋长赫连铎白义诚，沙陀酋长安庆，萨葛酋长米海万，联兵夹攻。赫连铎饶有勇力，兼程急进，直趋振武。国昌猝不及防，被铎攻入，慌忙挈骑兵五百，遁往云州。云州闭城不纳，乃转奔蔚州。铎取得振武军资械，追国昌至云州，乘势入城，复闻克用屯兵新城，即引兵万人往击，三日不能下。国昌自蔚州往援，铎乃引退，朝廷再命河东宣慰使崔季康为河东节度使，兼代北行营招讨使，与李可举赫连铎部众，共讨沙陀。可举与铎，会兵攻蔚州。李国昌率众抵敌，相持未下。克用却独领一队，趋遮虏城，拒击李钧。钧方与崔季康军，共至洪谷，天适大雪，士卒相继冻仆，不防克用杀到，冲入官军队里，沙陀铁骑，本是勇悍，更兼生长沙漠，素性耐寒，任他大雪飘飘，越发精神健旺，那河东昭义两镇兵士，又冻又馁，如何招架得住，拼命乱逃。季康押着后队，还得侥幸逃生，钧在前驱，竟战死乱军中。小子有诗叹道：

> 国乱纷纷太不平，强藩逐鹿擅行兵。
> 可怜大将无才略，枉向沙场把命倾。

　　两镇兵败，沙陀兵气焰益盛，遂长驱入雁门关。欲知后事，且阅下回。

　　　读此回而已知唐之将亡，亡唐者非他，一田令孜足以尽之，内而宰相，外而寇盗，犹不足责也。僖宗年少嗣统，非得老成夹辅，不足致治，乃独宠任田令孜，导之游狎，厚赋敛，贪货贿，天怒于上而不之知，人怨于下而不之问，王黄二盗，乘势揭竿，朝廷议剿议抚，茫无定见，一二贤相，复被佞幸摧抑至死，国家宁尚有豸乎？宋威老而贪功，欺君罔上，不加斥逐，卒至寇势日炽，迨改任曾元裕，始得击斩仙芝，一盗虽殄，一盗犹存，祸本固尚未艾也。李国昌父子，复起代北，叛命不臣，南顾多忧，何堪再遇北寇？中原抢攘无虚日，而皇纲从此扫地，故观于此而已可知唐之将亡。

第九十二回

镇淮南高骈纵寇　入关中黄巢称尊

却说李克用乘胜长驱，入雁门关，进寇忻代二州，时已为僖宗七年，新改元为广明元年，忻代刺史，乘城拒守，幸免陷没。克用转逼晋阳，攻入太谷，诏遣汝州防御使诸葛爽，率东都防御兵往救河东，再命太仆卿李琢为蔚朔等州招讨都统。琢系前西平王李晟孙，治军严整，奉诏启行，率兵万人至代州，与幽州节度使李可举，吐谷浑都督赫连铎，共讨克用，克用遣部将高文集守朔州，自率众拒李可举。铎遣辩士入朔州城，劝文集归国。文集被他感动，遂执克用将傅文达，与沙陀酋长李友金，同降李琢，开城延纳官军。克用闻文集降唐，顿时大忿，即引兵还击，可举遣行军司马韩玄绍，邀击药儿岭。岭路很是崎岖，玄绍三伏以待，克用乘怒前来，到了岭旁，天色将晚，将士请择险驻营，休息一宵。克用怒道："我恨不得今夜踏平朔州，哪里还有闲工夫在此休息？"念兵必败。将士不好违令，只好策马前进。沿途七高八低，昏黑莫辨，蓦听得一声号炮，有一彪人马突杀出来，冲动沙陀兵。克用尚自恃骁勇，持着一支长槊，当先开路，左挑右拨，把官军驱开两旁，麾兵急进。官兵也不紧追，但慢慢儿随着后面。克用不暇后顾，一味前闯，天色越昏，岭路越仄，号炮声接连又震，岭上岭下，均有官军杀到，口口声声，要捉克用。克用到此，也不禁慌乱起来，自思逃命要紧，只好易骑为步，尽把所有健马，塞住两旁，单剩一条血路，狂奔而去。至官军挑开战马，来杀克用，他已走得甚远，但把他部将李尽忠程怀信等，一阵刹死，并杀毙沙陀兵万余人。收拾悍骑，最好在狭路中。克用虽逃得性命，人马均已丧尽，狼狈奔至蔚州，正值李琢赫连铎，合军杀败国昌，父子相见，好似哑子吃黄连，说不出的苦楚。自知蔚州难守，索性弃城北走，遁往鞑靼去了。

李琢李可举等，连章告捷，有诏加可举兼侍中，徙琢镇河阳，授铎云州刺史，兼大同军防御使，白义诚为蔚州刺史，米海万为朔州刺史。铎闻国昌父子，遁往鞑靼，特派人入鞑靼部，赃以金帛，索交逃犯。鞑靼系靺鞨别部，素居阴山，专以游猎为生，克用入鞑靼后，尝与番酋游畋，就木叶中置着马鞭，或悬针为的，射无不中，番酋统惊为神技。又尝置酒共饮，饮至半酣，克用拊髀叹道：“我得罪天子，无从效忠，今黄巢扰攘中原，必为大患，若天子肯赦我罪，得与公等南向，杀贼立功，岂非一大快事？人生几何，怎可老死沙碛，没世无称呢？”此子亦有悔意么？鞑靼颇服他豪爽，且知无留意，乃谢绝铎使，仍令他父子寓居。事有凑巧，那大盗黄巢，由北而南，复由南而北，杀人如麻，占夺两都，于是亡命外域的李克用，复得遇赦归国，为唐立功。说来又是话长，待小子演述出来。

先是黄巢渡江南下，窜入浙东，中原稍舒盗患。平卢节度使宋威病死，由曾元裕接任，东都亦已解严，只东南各道，渐渐吃紧。镇海节度使高骈，令部将张璘梁缵，分道讨巢，连败巢众，收降贼将秦彦毕师铎李罕之等；还有仙芝余党曹师雄，寇掠两浙州县，杭州募兵使都将董昌等，随处抵御，昌部下有临安人钱镠，勇敢著名，屡摧贼党，积功至兵马使，钱镠事始此。两浙少安。巢由浙赴闽，开山路七百余里，袭击福州，观察使韦岫，仓皇失措，弃城出走，眼见得一座闽城，为巢所据。巢贻浙东观察使崔璆，广州节度使李迢书，求为天平节度使，二人均为奏请，朝廷不许，僖宗以巢要索无状，深以为忧。王铎入奏道："臣久居相位，不能不分陛下忧，抱愧滋甚，愿出督诸将，剿平逆贼。"僖宗甚喜，即命铎以宰相出镇荆南，兼南面行营招讨都统。铎复奏调泰宁节度使李系为副使。系为李晟曾孙，徒具口才，实无勇略，铎因他系出将门，特请为行营副都统，兼湖南观察使，令率精兵五万，出屯潭州，截阻岭北要路。巢又自己上表，乞授广州节度使。僖宗命大臣会议，俱未能决。时于琮早已还都，受任为左仆射，独上言广州滨海，为市舶宝货所集，岂可畀贼？乃由群臣议定，只许除巢为卫率府率，卫率府率系护卫东宫，执掌兵仗羽卫，不过一个微员。看官试想！这野心勃勃的黄巢，岂肯降心下气，受此微职么？当下由朝廷颁给告身，巢掷置地上，大骂执政，且愤愤道："唐廷不给我广州，难道我不能往取么？"随即鼓众至广州，四面架梯，扒城而入；执住节度使李迢，逼使草表，令代掌节钺。迢慨然道："我世受国恩，腕可断，表不可草。"<u>还算硬汉。</u>

巢即拔刀割迢两臂，并截迢头，且分众转掠岭南州县。岭南素多瘴疠，巢众四处侵扰，不免传染，日死数人，徒党劝巢北还，共图大事。巢乃自桂州编筏，顺道湘江，经过衡、永二州，直抵潭州。李系不敢出战，吓做一团，巢即日攻陷，大杀戍兵，独系跳身走免，奔往朗州。<u>脚生得长，却也是一种技艺。</u>巢党尚让，乘胜进逼江陵，众号五十万，江陵兵不满万人，王铎料知难守，托词至山东南道，往会节度使刘巨容，联兵拒巢，但留部将刘汉宏居守，竟率众趋襄阳。<u>未见一敌，即已趋避，好一个大都统。</u>汉宏手下，不过三千兵士，多半羸弱无用，索性弃官为盗，焚掠江陵，满载而去。<u>一个乖似一个。</u>士民都逃窜山谷，天适大雪，僵尸满野。过了旬日，尚让始至，据住江陵，汉宏籍隶兖州，归里后复出掠中原，为各道兵所攻，始再投诚，这且休表。

且说黄巢闻尚让得胜，王铎北遁，遂进兵趋襄阳。山南东道节度使刘巨容，与江西招讨使曹全晟同至荆门御贼，巨容伏兵林中，诱贼入伏，四起奋击，贼众大溃，十成中伤亡七八成。巢渡江东走，或劝巨容急追勿失，巨容叹道："国家专事负人，事急乃不爱官赏，稍得安宁，即弃如敝屣，或反得罪，不若纵贼远飏，还可使我辈图功哩。"负功固朝廷之咎，但既为将帅，何得纵寇殃民？巨容之言大误。遂按兵不追。全晟却不肯舍贼，渡江追击，途次接得朝命，令泰宁都将段彦模代为招讨使，于是全晟亦怏怏而还。唐廷以王铎无功，降为太子宾客分司，又进卢携同平章事。携尚荐高骈才，说他能平黄巢，骈将张璘，屡破巢众，僖宗以携为知人，所以复用，且调骈为淮南节度使，兼充盐铁转运使。内官以用度不足，奏借富户及胡商货财，骈独上言道："天下盗贼蜂起，皆为饥寒所迫，只有富户胡商，尚未至此，不宜再令饥寒，驱使为盗。"僖宗乃止。

原来僖宗游戏无度，赏赐无节，左拾遗侯昌业，尝上疏极谏，且斥田令孜导上为非，将危社稷。一番危言笃论，反惹得僖宗怒起，竟召昌业至内侍省，赐令自尽。嗣是越加游荡，凡骑射剑槊法算，以及音律蒲博，皆加意研习，务求精妙。最喜蹴踘斗鸡，且与诸王赌鹅，鹅一头至值五十缗；尤善击球，尝语优人石野猪道："朕若应试击球进士，必得状元。"野猪答道："若遇尧舜做礼部侍郎，恐陛下亦不免驳放。"石优颇知谲谏。僖宗一笑而罢。惟是本性难移，始终不改，更可笑的是击球赌彩，得胜即选，简放几个边疆大臣出来。中尉田令孜，本姓陈氏，冒宦官姓为田，有兄陈敬瑄，尝业饼师，自令孜得宠，敬瑄连类升官，得封神策将军。令孜见关东群盗，势日鸱张，阴为幸蜀计，特荐敬瑄及私党杨师立、王勋、罗元杲三人，出镇蜀中。僖宗令四人击球赌胜，敬瑄得第一筹，即授西川节度使；次为师立，命镇东川；又次为勋，命镇兴元；元杲最劣，不得迁擢。这种制度，旷古无闻。这等擅长击球的人物，叫他如何治民？眼见得川陕百姓，活遭晦气。惟任郑从谠为河东节度使，尚算得人。先是河东军乱，戕杀节度使崔季康，僖宗令宰相李蔚，出镇河东，即用吏部尚书郑从谠，代蔚为相。蔚戡定河东乱事，整缮军行，朝旨又将蔚罢去，改命康传圭接手。传圭闯茸无能，无术驭众，又被军士杀死，置帅如弈棋，安得不乱？乃派从谠为河东节度使。从谠外和内刚，多谋善断，遇有将士谋乱，辄能预知，先事除去。部将张彦球，亦预乱谋，从谠爱他智勇，且知他事出胁从，特召入慰谕，涕泣与谈。彦球不禁感服，愿为效死，乃委以兵柄，并奏用王调刘崇龟崇鲁赵崇为参佐。均系一时名士，时人号为小朝廷。

同平章事卢携，因河北粗安，只有江南一带，为巢蹂躏，特荐高骈为诸道行营都统。骈既接诏，乃传檄征各道兵马，且就近招募丁壮，得兵七万，威望大振。部将张璘，渡江击贼，屡破巢军，降贼将王重霸常宏。巢自饶州退保信州，被璘追至城下，督兵猛攻，巢卒多死。巢乃用金帛赂璘，且致书高骈，悔过乞降，求骈代为保奏。骈欲诱巢前来，复称如约。适昭义感化义武等军，俱至淮南，骈恐各军分功，奏称贼已穷蹙，即可平定，不烦诸道相助，尽将各军遣归。哪知巢刁滑得很，竟向骈告绝请战。骈再促璘进剿，被巢用埋伏计，将璘击死，巢势复振，分兵陷睦婺两州，再入宣州，自督众渡江北趋，围攻天长六合，气焰甚盛。淮南将毕师铎谏骈道："朝廷倚公为安危，今黄巢率数十万众，乘胜长驱，若不据险邀击，令得逾淮而东，必为大患。"骈以张璘已死，诸道兵又复遣还，自思力未能制，不敢出兵，且上表告急。有诏责骈误事，骈遂称风痹，不复出战。诏发河南诸道兵出戍溵水，并敕泰宁节度使齐克让屯兵汝州，备御黄巢。忠武节度使薛能，遣牙将秦宗权助戍蔡州，又令大将周岌，引兵赴溵水驻扎。会徐州亦派兵三千，至溵水镇守，道过许州，向能索饷，经能好言劝慰，并加厚待，方得免乱。不意周岌闻乱趋还，夜至城下，袭杀徐卒，且怨能厚待外兵，索性入城逐能，能竟死乱兵手中，岌遂自称留后，表称薛能为徐卒所戕，自率兵还城靖难，朝廷亦不暇查究，即令岌继任忠武节度使。秦宗权到了蔡州，亦将刺史逐去，自掌州事。周岌又表荐宗权为蔡州刺史，亦邀批准。周岌秦宗权同恶相济，唐廷处置愦愦，无怪乱端迭起。齐克让恐为岌所袭，引还兖州，诸道兵到了溵水，闻许州不靖，亦皆散去。黄巢遂得率众渡淮，经过颍宋徐亳一带，沿途无犯，惟略取丁壮，充作部兵，自称天补大将军，移牒各道，劝他各守城寨，勿得撄锋，本将军将入东都，顺道至京师问罪，与众无预云云。齐克让得此牒文，飞章上奏，僖宗大惊，急召宰相等入议。卢携称疾不至，豆卢瑑崔沆请发关内兵及神策军守潼关，田令孜独倡议幸蜀，且举玄宗故事为证。别事应从祖制，此事亦应从祖制么？豆卢瑑亦附和一词，僖宗不禁泣下，徐语令孜道："卿且为朕发兵守潼关。"令孜荐左军骑将张承范，右军步将王师会，左军兵马使赵珂，材可大用。僖宗召见三人，即授承范为兵马先锋使，兼把截潼关制置使，师会为制置关塞粮料使，珂为勾当寨栅使。三人拜谢出朝，僖宗复特简令孜为左右神策军内外八镇，及诸道兵马都指挥制置招讨等使，阿父原宜重用，可惜断送祖基。以飞龙使杨复恭为副。兵尚未出，东都已陷，原来东都留守刘允章，并不拒战，一俟黄巢入境，即派人恭迎，开城出谒。巢喜溢眉宇，入城劳问，恰也假仁假义，揭榜安民，禁止部下掳掠，闾里晏然。

齐克让忙上表告急，奏称黄巢已入东都，臣收军退守潼关，乞速发资粮及援兵。僖宗亟命张承范等，挑选两神策军弓弩手，得二千八百人，率赴潼关。看官试想两神策军，多是富家子弟，厚赂宦官，隶名军籍，平时鲜衣怒马，从未经过战仗，一闻出征命令，害得父子聚泣，妻妾牵襟，没奈何取出私资，专雇坊市贫民，顶替出去。这种受雇的人夫，晓得甚么战斗？只为了若干银钱，勉强充选。承范点齐兵数，入朝辞行，僖宗御章信门楼，亲自慰遣。承范进言道："黄巢拥数十万众，鼓行西来，锋不可当，齐克让只率饥卒万人，依托关下，今遣臣率二千余人，往屯关上，兵力未足，馈饷不继，臣实觉寒心，还望陛下速促诸道精兵，指日来援，或尚可勉强保守哩。"承范不足为将，但语恰甚是。僖宗道："卿等且行！朕自当促兵进援。"承范与师会出赴潼关，偕齐克让驻军数日，未见饷运到来，援兵亦无一至，很是焦急。那黄巢军却漫山遍野，疾驱而来，呼喊声达数十里。克让出军接战，倒也拼命相争，自午至酉，士卒饥甚，枵腹如何杀贼？顿时溃散。克让走入关中，关左有谷，平时禁人往来，专擅征税，叫作禁阬，官军仓猝忘守，溃兵自谷趋入，贼亦随进，夹攻潼关。承范尽散辎囊，分给士卒，令他拒守，一面飞表告急，催兵及饷，且有谏阻西巡等语。怎奈兵饷未来，贼众猛扑，勉力固守一日，箭已射尽，贼不少却。且驱民填堑，积尸堑间，由贼践尸逾越，纵火焚关，楼俱被毁。承范所率二千余人，本是不耐久战，况经此眉急，自然弃械逃生。有一日可支，还是难得。师会自杀，承范易服走还，克让早已远去。黄巢入潼关，转陷华州，留党目乔铃居守，自率众趋长安。唐廷迭接警报，非常惊惶，不得已颁下诏敕，授巢为天平节度使，令他即日莅镇。此时巢已痴心为帝，哪里还肯受命，当然拒绝。僖宗急得没法，日召宰相等议事。卢携屡次不赴，乃贬携为太子宾客分司，另授尚书左丞王徽，户部侍郎裴澈，同平章事。会承范逃回都中，报称潼关失守状，田令孜恐僖宗见责，独归咎卢携，携仰药自杀。僖宗至南郊祈天，默求神佑。何必如此，还是击球有趣。及还朝议政，忽由田令孜入报道："贼众来了，陛下不如幸蜀罢！"僖宗大惊道："有这般事么？"令孜又道："臣已召集神策兵五百人护驾，请陛下赶即启行。"僖宗被他一吓，慌忙返宫，但挈得妃嫔三人，与福穆潭寿四王，寿王即昭宗，余俱无考。跟跄趋出，当由令孜接着，指麾神策兵五百名，拥驾西行，出金光门而去。

　　看官道贼众入京，如何这般迅速？原来令孜召募新军，统是裘马鲜明，适有凤翔博野援兵，来至渭桥，见新军如此华丽，不禁大怒道："若辈有甚功劳，反令我辈冻馁？"遂掠夺新军衣服，出为贼众向导，亟趋京师。京中无主，军士及坊市人民，竞入府库，盗取金帛。百官始知车驾西行，有几个出城追去，余多手足失措，不知所为。到了日晡，黄巢前锋将柴存入都，金吾将军张直方，与群臣迎贼灞上，巢乘黄金舆，戎服兜鍪，昂然直入。徒党皆华帻绣袍，乘着铜舆，随在后面。骑士数十万，多半被发执兵，紧紧跟着。所有辎重，自东都至京师，千里相属，都民夹道聚观，贼众见他衣衫褴褛，便分给金帛。且由尚让晓示道："黄王起兵，本为百姓，非为李唐不爱尔曹，尔曹但安居无恐！"人民颇相率欢呼。及巢入春明门，升太极殿，有宫女数千人迎谒，拜称黄王。这是浊乱宫闱之报。巢大喜道："这真是天意了。"遂派党目守住宫廷，自己出居田令孜宅，还不过自称将军，申明军律，约束徒众。过了数日，贼党渐渐恣肆，四出骚扰，既而焚掠都市，杀人满街，见有富家贵阀，越觉逞情搜掠，任意淫戮。做官发财者其听之。巢亦不能禁止，嗣见劝进文牍，联翩递入，索性一不做，二不休，大杀唐家宗室，至无噍类。于是挈眷入宫，自称大齐皇帝，即位含元殿，画皂缯为衮衣，击战鼓数百，权代乐音，列长剑大刀为卫，大赦天下，改元金统。凡唐官三品以上，悉令

罢职，四品以下守官如故。因自陈符命，谓："广明二字，隐
兆瑞谶，唐去丑口，易一黄字，见得黄当代唐，明字是日月相
拼，黄家日月，一览可知。"又黄为土金所生，因号金统，立
妻曹氏为皇后，拜尚让赵璋崔璆杨希古为宰相，郑汉璋为御史
中丞，李俦黄谔尚儒为尚书，孟楷盖洪为左右仆射，王播为京
兆尹，许建米实刘塘朱温张全彭攒季逵等为诸将军。朱温砀
山人，少孤且贫，与兄存昱依萧县刘崇家，崇尝加侮辱，崇母
独申戒道："朱三非常人，汝等宜优待为是。"后来温入巢党，
遂为巢将，朱温将篡唐为帝，故特别表明。巢命温屯东渭桥，
守御唐师。又征召唐室大臣，令诣赵璋处报名，仍复原官。大
臣多不敢出报，乃大索里闾。宰相豆卢瑑崔沆等，避匿张直方
家，直方已为巢臣，惟友情尚笃，所以容纳公卿，藏匿复壁，
不料被巢察觉，发兵攻入，搜得豆卢瑑崔沆等数人，一并枭
斩，连直方亦被诛夷。谁叫他首先迎贼。将作监郑綦，库部郎中
郑系，义不从贼，举家自杀。贼发卢携尸，戮诸市曹。左仆射
于悰，右仆射刘邺，太子少师裴谂，御史中丞赵濛，刑部侍郎
李汤，匿居民间，都被搜斩。于悰妻广德公主，见悰被杀，执
住贼刃，慨然道："我是唐室女，誓与于仆射同死。"贼不加
诘问，抽刀砍去，可怜一位贤德公主，也随于驸马同逝黄泉。
小子有诗赞道：

> 巾帼犹知不惜生，殉夫殉国两成名。
> 长安不少名门女，谁及当时公主贞？

巢既僭号长安，且遣尚让等寇凤翔，追赶僖宗。欲知僖宗
蒙尘情状，待至下回再详。

黄巢渡江而南，中原已经解严，北方可稍纾寇

患，所赖高骈一人，镇守淮南，截住寇踪。骈将张璘，勇冠一时，屡破贼众，假使巢在饶信时，骈率诸道兵，戮力攻巢，则巢易就擒，大盗可立平矣。奈何堕巢诡计，兼起私心，遣归外兵，致丧良将，后且逍遥河上，任贼长驱，故刘巨容之纵寇，已不胜诛，骈身膺都统，误国若是，罪不较巨容为尤甚乎？巢渡淮入关，如入无人之境，僖宗但恃一田令孜，而令孜尤为误国大蠹，倡议幸蜀，仓皇出走，卒致逆巢入都，僭号称尊，宗室无噍类，都市成灰烬，谁为厉阶，酿成此劫乎？故观于黄巢之乱，而益叹僖宗之不明。

第九十三回

奔成都误宠权阉　复长安追歼大盗

却说田令孜拥驾西行，日夜奔驰，不遑休息。趋至骆谷，适郑畋出镇凤翔，迎谒道左，请僖宗留跸讨贼。僖宗道："朕不欲密迩巨寇，且西幸兴元，征兵规复，卿可纠合邻道，勉立大功。"畋知僖宗不肯留跸，乃启奏道："道路梗涩，奏报难通，陛下委臣恢复，还请假臣兵权，便宜从事。"僖宗允诺，住了一宵，复启跸向兴元进发。畋送至十里外而还，乃召集将佐，会议拒贼，将佐齐声道："贼势方炽，且徐俟兵集，再图恢复。"畋勃然道："诸君欲畋臣贼么？"道言未绝，气向上冲，晕仆地上。经将佐扶救入寝，用药灌饮，好多时才得苏醒，但身子不能动弹，口亦不能出声，只是涕泣交下。<small>忠义可敬。</small>将佐见畋情状，不禁天良发现，愿效驱驰。畋用手点额，且麾令暂退。次日将佐等复入问疾，畋尚未能言，将佐叹息而出。忽由监军袁敬柔，召将佐会议，将佐应召而往，但见监军陪着一位贼使，盛筵相待，音乐铿锵，大家不胜惊愕。那袁敬柔恰宣言道："现在新天子颁下敕书，我等理应申谢，只因节使风痹，由我代为署名，草呈谢表。"说到表字，将佐忽发哭声，霎时间泪洒一堂。贼使惊问何故？幕宾孙储道："节使风痹，不能延客，所以大众生悲呢。"贼使亦觉扫兴，宴毕即去。当有人报知郑畋。畋跃起床上，不觉发言道："人心尚未厌唐，贼从此授首了。"<small>前此不言，恐系做作，但借此感励将士，</small>

虽诈亦忠。遂刺指出血，写就表文，遣亲将赍诣行在，再召将佐喻以顺逆，众皆听命，复歃血与盟，然后完城堑，缮器械，训士卒，密约邻道，合兵讨贼。有声有色。

各道兵慕义向风，依次趋集。尚有禁军分镇关中，不下数万人，亦皆响应，来会凤翔。畋散财犒众，士气大振。巢相尚让，率众往攻，由畋将宋文通带领各军，一鼓杀退。让败归报巢，巢再遣部将王晖，赍书招畋。畋扯碎来书，杀死王晖，又令子凝绩报捷行在。僖宗早至兴元，诏令诸道出兵，收复京师。义成节度使王处存，涕泣入援，且遣千人从间道赴兴元，扈卫车驾。河中节度使王重荣，本已向巢通款，巢遣使征发，几无虚日。重荣语众道："我本思屈节纾患，哪知反苦我吏民，此贼不除，如何得安？"乃将巢使一并杀死，整兵拒贼。巢遣朱温进攻，经重荣慷慨誓师，大破温众，夺得粮仗四十余船，遂遣使与王处存结盟，引兵出屯渭北，一面向行在告捷。僖宗在兴元过了残年，越年元旦，改广明二年为中和元年，从官因捷书屡至，相率庆贺。僖宗欲驻驾兴元，静俟规复，偏田令孜以储峙不丰，坚劝僖宗幸蜀。西川节度使陈敬暄，亦遣步骑三千奉迎，僖宗乃转趋成都，由敬暄迎入城中，借府舍为行宫。会兵部侍郎萧遘，及太子宾客分司王铎，先后驰抵行在，僖宗俱命为同平章事。裴澈由贼中自拔来归，亦得官兵部尚书。且恐南诏乘隙入寇，遣使招抚，愿与和亲。更命高骈为东面都统，促使讨巢。还要用他。加河东节度使郑从谠兼侍中，守前行营招讨使，特任郑畋为京城四面诸军行营都统，所有蕃汉将士，赴难有功，悉听畋墨敕除官。畋奏调泾原节度使程宗楚为副都统，前朔方节度使唐弘夫为行营司马，传檄四方，征兵讨贼。

黄巢再遣尚让，率众五万，进寇凤翔，畋使唐弘夫伏兵要害，自督兵数千人，出阵高冈，多张旗帜，诱贼来攻。贼本书生视畋，料无将略，更见他据冈列阵，适犯兵忌，遂贪功竞进，鼓行而前。群贼争先恐后，无复行伍，趋至龙尾陂，被弘夫横击而出，冲断贼兵。贼众前后不及顾，彼此不相救，正觉得心慌意乱，招架为难。畋又麾兵趋下，奋呼杀贼，贼腹背受敌，且不知畋军多寡，总道有无数雄师，覆压下来，顿时东奔西窜，情急求生。哪知逃得越快，死得越多，凌藉了半日余，把头颅抛去了二万多颗。尚让仓皇走脱，遁归长安。

唐弘夫得此大胜，遂由程宗楚唐弘夫等，追贼至都，且檄河中节度使王重荣，义成节度使王处存，权知夏绥节度使拓跋思恭，并为后应。大家兴高采烈，趋集长安城下。尚让已经入城，报知黄巢，巢闻官军大至，无心固守，即率众东走。程宗楚自延秋门杀入，唐弘夫继进，王处存也率锐卒五千，鱼贯入城，坊市人民，欢呼出迎，或取瓦砾击贼，或拾箭械奉给官军，不到一夕，已是全京恢复，无一贼兵。宗楚恐诸将分功，不欲通报外军，但令军士释甲，就宿第舍。军士尚未肯安枕，掠取金帛妓妾，恣意图欢。王处存令部兵首系白巾为号，坊市无赖少年，也模仿军装，冒充名号，掠夺良民。却是自己寻死。贼众露宿灞上，诇知官军不整，且无后军相继，即引兵还袭，掩入都门。宗楚弘夫，未曾防备，蓦闻贼众又至，仓猝出战。军士方挟金帛，拥妓妾，分居取乐，一时不及调集，可怜宗楚弘夫二人，手下只有数百名士卒，不值贼众一扫，两人亦相继阵亡。贪功丧躯，可作殷鉴。王处存急召集部众，出城还营。黄巢复入长安，恨人民迎纳官军，纵兵屠杀，流血成川，他却取出一个新名目，叫作洗城。各道官军闻报，一并退去，贼势益炽，上巢尊号，称为承天应运启圣睿文宣武皇帝。

代北监军陈景思，方率沙陀酋长李友金等，入援京师，到了绛州，将要渡河，绛州刺史瞿积，亦沙陀人，迎白景思道："贼势方盛，未可轻进，不若且还代北，募兵数万，方可进行。"景思乃与积同还雁门，招兵勤王，逾旬得三万人，统是北方杂胡，犷悍暴横，积与友金不能制。友金系李克用族父，欲乘此召还克用父子，即劝景思拜表奏功，请赦克用父子罪，令他入统代北军士，立功赎愆。景思依言代奏，有诏依议。友金遂率五百骑士，赍诏至鞑靼，赦还克用父子。克用甚喜，即率鞑靼诸部万人，入屯雁门。克用移牒河东，说是奉诏讨巢，令招讨使郑从谠，具给资粮，一面进兵汾东。从谠恐克用尚有异心，特闭城设备，不应所请。克用自至城下大呼，求与从谠相见。从谠乃登城与语，许给钱米，待克用退去，遣人运给钱千缗米千斛。克用意尚未足，还陷忻代二州，遂在代州留驻，按兵不发。东面都统高骈，虽出屯东塘，移檄讨贼，但也口是心非，迁延观望。郑畋自宗楚等丧师长安，声威挫失，僖宗加封司空，兼同平章事，都统如故，仍令他锐图恢复，怎奈畋有志未逮，徒唤奈何！

　　忠武节度使周岌，已奉表降巢，监军杨复光，颇具忠忱，与岌尝有违言。一日，岌正夜宴，邀杨预席，左右进言道："周为贼臣，恐不利监军，不如勿往！"复光摇首道："事已如此，义不苟全。"即毅然前往，入席与饮。酒至半酣，岌语及唐事。复光泣下，良久与语道："大丈夫感恩图报，见义勇为，公自匹夫为公侯，奈何舍十八叶天子，甘心臣贼呢？"岌亦忍不住泪，徐徐答道："我不能独力拒贼，所以阳奉阴违，今日召公，正为此事。"复光立即起座，沥酒与盟，难得有此义阉。且因巢使方去，即遣养子守亮，追往驿馆，杀毙巢使。当下出召兵士，调集三千人，亲自带领，径诣蔡州。蔡州刺史秦宗权，素来跋扈，不从岌命，复光入城，勉以大义，宗权也觉心折，遣将王淑率兵三千，随复光往击邓州。邓州正为巢将朱温所陷，所以引兵急攻，王淑虽然从行，途次一再逗挠，被复光数罪处斩，并有淑众。乃再召忠武牙将鹿晏弘晋晖王建韩建张造李师泰庞从等至军，进破朱温，攻克邓州，逐北至蓝桥，方收军还镇。王建事始此。黄巢遣党目王玫为邠宁节度使，邠州镇将朱玫起兵诛贼，推别将李重古为节度使，自率部众讨巢，出屯兴平，与巢将王播接战，失利而退，返屯奉天。为下文谋逆伏案。

僖宗寓居成都，已是半年，因各道军胜负不一，终未能规复长安，他也不免焦烦。但终信任一田令孜，令为行在都指挥处置使，又由令孜倚畀陈敬瑄，拜他为相。敬瑄奏遣西川左黄头军使李铤，往讨黄巢。还有右使郭琪，留卫成都，令孜犒赏扈驾诸军，尝从优给，独不及西川军。琪因诱众作乱，焚掠坊市，令孜奉僖宗保东城，闭门登楼，命诸军击琪。琪突围夜走，渡江奔广陵，往依高骈。令孜骄横益甚，蔑视宰相，所有军国大事，但由令孜处决，宰相不得与闻。先是宦官权重，分宫廷为南北两司，北司属内侍，南司属宰相，两权分峙，及令孜专政，北司权过南司。左拾遗孟昭图痛心阉祸，愤然上疏，略云：

> 治安之代，遐迩犹应同心；多难之时，中外尤当一体。去冬车驾西幸，不告南司，遂使宰相以下，悉为贼所屠，独北司平善。前夕黄头军作乱，陛下独与田令孜及诸内臣，闭城登楼，并不召宰相入商，翌日亦不闻宣慰朝臣，臣备位谏官，至今未知圣躬安否，况疏冗乎？夫天下者，高祖太宗之天下，非北司之天下。天子者，九州四海之天子，非北司之天子。北司未必尽可信，南司未必尽无用，岂天子与宰相，了无关涉？朝臣皆若路人，臣恐收复之期，尚劳宸虑。尸禄之士，得以宴安。臣躬被宠荣，职司补衮，虽遂事不谏，而来者可追，还愿陛下熟察！

这疏呈将进去，田令孜屏匿不奏，反矫诏贬昭图为嘉州司户。昭图去后，又遣人挤溺蟆颐津，一道忠魂，竟归水窟。足令阅者发指。自是天愈怒，人愈乱，靖陵雨血，河东霜杀禾，流星如织，或大如杯碗，陨落成都，这是天怒的见端。至若乱端蜂起，更不胜述，最关紧要的是感化军牙将时溥，逐杀节度使支祥，纳赂令孜，即颁诏令溥为留后。寿州屠夫王绪，与妹夫刘行全，聚众五百，也居然倡乱，盗据寿州，转陷光州。秦宗权反保奏他为光州刺史，固始县佐王潮及弟审郆审知，皆以材气知名，愿为绪用。屠狗果出英雄，居然高坐黄堂，驱使名士。王潮事始此。就是凤翔节度使，兼京城四面诸营的郑司空，也为行军司马李昌言所围。郑畋登城诘问，众皆下马罗拜道："相公原不负我曹，但粮馈不继，饥寒交迫，不得已出此一举。"畋叹息道："汝等愿从司马，司马若能戢兵爱民，为国灭贼，我情愿让主军务，但望司马勿负我言。"昌言许诺。畋即开城自去，奔赴行在。畋亦如此，大杀风景。诏降畋为太子少傅分司，授李昌言凤翔节度使，时溥为感化节度使，令讨黄巢，且屡促高骈进兵。

骈与镇海节度使周宝，同出神策军，相待如兄弟，及封壤相邻，屡争细故，遂与有隙。骈檄宝入援，宝知骈无真意，亦不应召，骈遂表称宝将为患，不便离镇，竟罢兵还府。首相王铎，闻骈无心讨贼，乃发愤请行，泣涕面奏。僖宗乃命铎为诸道行营都统，权知义成节度使，得便宜行事，罢高骈都统职衔，但领盐铁转运使。中和二年正月，王铎自成都启行，奏举太子少师崔安潜为副都统，忠武节度使周岌，河中节度使王重荣为左右司马，河阳节度使诸葛爽，宣武节度使康实为先锋使，感化节度使时溥，为催遣纲运租赋防遏使，右神策观军容使西门思恭，为诸道行营都监。又令义成节度使王处存，鄜延节度使李孝昌，夏绥节度使拓跋思恭，为京城东西北三面都

统，授杨复光为左骁卫上将军，兼南面行营都监使，且赐号夏
州军为定难军，鄜坊军为保大军，共趋关中。行在一方面，复
命郑畋为司空，兼同平章事。畋等议撤去高骈盐铁转运使，但
加给侍中虚衔，以示笼络。骈既失兵柄，又解利权，遂攘袂大
诟，上表诋毁朝廷。僖宗令畋草诏切责，骈因与朝廷决绝，不
通贡赋。

　　王铎会同诸道兵马，进逼黄巢。巢将朱温，方署同华防御
使，屡向巢请兵，捍御河中。巢因官军四逼，粮匮兵空，急切
无从调遣。温知巢势日蹙，变计归唐，遂向王重荣通款，杀死
监军严实，举州归降。重荣申告王铎，铎令温署同华节度使，
且替温奏乞官阶。有诏授温为河中行营招讨副使，赐名全忠。
种一绝大祸根。是时各道兵皆趋集关中，惟平卢不至，平卢节
度使安师儒，为牙将王敬武所逐，自称留后，奉款附巢。王铎
遣判官张浚往说道："人生应先晓逆顺，次知利害，黄巢系一
贩盐虏，试问公叛累代帝王，靦颜事贼，究有何利？今天下各
道兵马，竞集京畿，独淄青不至，一旦贼平，天子反正，公等
有何面目见天下士？"敬武竦然起谢，即发兵数千，随浚西
行。惟各道军尚畏贼焰，未敢轻进。王重荣商诸都监杨复光，
复光请召李克用，且言："克用观望，系与郑从谠有嫌，若以
朝旨喻郑公，令与修好，料克用必肯前来，定可平贼。"铎用
墨敕召李克用，并谕郑从谠。从谠不得已贻克用书，劝令释嫌
报国。克用因率兵四万，进趋河中。部兵皆着黑衣，沿途疾行
如飞，势甚慓悍，贼党望尘却走，私相告语道："鸦子军到
了，快逃生罢！"贼运已衰，故见克用军愈觉生畏。王铎奏请授克
用为雁门节度使，克用受命，格外踊跃。中和三年正月，进击
沙苑，大破巢弟黄揆，直捣华州。铎再向行在请命，授克用为
东北面行营都统，杨复光为东面都统监军使，陈景思为北面都
统监军使。僖宗已经允议，颁诏施行，偏田令孜欲归重北司，

谓："铎讨黄巢，日久无功，幸得杨复光计议，始召沙陀兵破贼，铎不胜重任，应饬令赴义成军，罢去兵柄。"僖宗奉命维谨，但教阿父如何主张，无不乐从。<small>好一个宦官孝子。</small>遂诏命王铎赴镇，任令孜为十军十二卫观军容使。

会魏博节度使韩简，与巢相应，寇掠郓州及河阳。牙将乐行逢诛简，还镇上表，诏令为留后，寻加节度使，赐名彦桢。成德节度使王景崇卒，<small>景崇系元远孙。</small>子熔年仅十龄，嗣为留后，诏授检校工部尚书，命发粟济师。李克用得熔输粟，士饱马腾，围攻华州。黄巢遣尚让往援，克用与王重荣，同率军邀击零口，大败尚让，尚让遁去，克用遂进军渭桥。忠武将庞从，河中将白志迁等，率军继进，黄巢亦倾众出来，至渭桥拦截官军。克用跃马构槊，领沙陀兵充当头阵，无坚不摧，任他逆巢是百战悍贼，见了克用，亦吓退三舍。庞白两将，也不肯落后，奋勇杀贼，贼众三却三进，官军三战三捷，更有义成义武诸军，陆续杀到，贼党方才大奔。<small>寥寥数语，已写尽当日大战。</small>克用等追薄城下，猛扑一昼夜，次日由光泰门杀入。黄巢巷战又败，焚去宫阙，出都遁去，擒住巢相崔璆，余众半死半降。巢出都后，恐官军追蹑，沿途散掷珍宝，以瘿官军。官军果然争取，不愿追贼，巢得远遁。杨复光遣使告捷，百官入贺，诏留忠武等军二万人，居守京师，饬将巢相崔璆，就地处斩；加李克用朱玫，及保大军节度使夏侯速，同平章事。升陕州为方镇，命王重盈为节度使，又建延州为保塞军，即命保大军司马李孝恭为节度使，各道镇帅中，惟克用年二十八，最号少壮，破黄巢，复长安，功居第一，兵亦最强。克用一目微眇，时人称为独眼龙。诸军入京，乘机四掠，无异贼众。长安民居，所存无几，好好一座首都，除四围城墙外，几成一片瓦砾场。<small>回首当年，唏嘘欲绝。</small>各军亦不愿久留，或归镇，或追贼。巢自蓝田入商山，使骁将孟楷往击蔡州，秦宗权出战不利，竟背唐降巢。陈州刺史赵犨，闻蔡州降贼，料知陈州必先被兵，亟缮城掘濠，募兵积粟，令弟昶珝及子麓林，分率兵士，出守项城要路，四面埋伏，专待贼众到来。果然贼将孟楷，移兵进攻，行至项城，恃胜无备，赵昶赵珝等一齐杀出，立斩孟楷，且将余贼扫尽无遗。

　　巢得败报，不禁大怒，即与秦宗权合兵，围攻陈州，掘堑五重，百道攻扑。犨慨谕兵士，誓死固守，有时觑贼少懈，即引锐卒开城出击，杀贼甚多。巢益大愤，扎营州北，为久持计。且掠人为粮，生投碓磑，并骨取食，号为舂磨寨。犨一面拒贼，一面向邻镇乞援。朱全忠方受命镇宣武军，邀同周岌时溥，引兵援陈，至鹿邑杀败贼党，嗣因巢奋力与斗，势且不支，因转向李克用告急。克用方出争昭义，一时无暇移师，至中和四年，告急书连番送至，乃引蕃汉兵五万，往救陈州。陈州被围，几三百日，赵犨兄弟，与贼大小数百战，艰苦备尝，终不少懈。极写赵犨。至克用进援，击败贼将尚让，巢始解围趋汴。尚让且率败兵五千，转逼大梁。全忠又致书克用，请他速援。克用追贼至中牟，乘贼渡河，逆击中流，歼贼万余人。尚让穷蹙请降，巢逾汴北走，克用穷追不舍，至封邱杀贼数千，至兖州又杀贼数千，追至冤句，巢已远飏。俘巢幼子及乘舆服器等物，并贼所掠男女万余名。克用因裹粮已罄，尽将男女遣散，自回汴州。命尚让再行追巢。巢手下只有千人，走保泰山。时溥又遣将陈景瑜，与尚让穷追至狼虎谷。巢屡战屡败，自知难免，顾甥林言道："我本意欲入清君侧，洗濯朝廷，事成不退，原我自误；汝可取我首献天子，保得富贵。"你亦自知悔么？言尚不忍下手，巢自刎不殊，气已垂绝。言乃把巢首砍下，并斩巢兄弟妻子，函首往献时溥，途次为博野沙陀军所夺，且将言首一并取去，送至溥军。溥复派兵搜狼虎谷，得巢姬妾数十人，并巢首赍献行在。共计巢自倡乱至败亡，共历十年，杀人无算，好算是古今一大浩劫。唐室宗社，虽幸得尚存，也已保全无几了。小子有诗叹道：

> 连年寇贼酿兵灾，父老相传话劫灰。
> 巢贼杀人八百万，至今追忆有余哀。

巢首献至行在，僖宗御楼受俘，一切详情，容后再详。

　　郑畋倡义于先，功将成而忽败，李克用赴援于后，兵一奋而即成，非畋之忠义，出克用下也。畋以书生掌戎政，借一时之鼓励，号召诸军，程宗楚唐弘夫等，挟锐入都，一得手而即贪功弛备，复为贼乘，两将战死，余军不振，畋虽孤忠，究系儒者，徒凭意气以为感召，安能久持不敝乎？克用以新进英雄，奉诏讨贼，才足以御众，勇足以制人，而诸军又不足以牵制之，故一举而复京都，再举而歼逆贼，事半功倍，游刃有余，盖求人者难为功，求己者易为力也。余子碌碌，因人成事，王铎两出统军，始未战而即遁，继大举而仍无功，虽无田令孜之嫉忌，亦非真有专阃才。而昏庸如僖宗，骄横如田令孜，更不值齿数焉。

第九十四回

入陷阱幸脱上源驿　劫车驾急走大散关

却说僖宗闻巨寇已平，献入巢首，即御大玄楼受俘，当命将巢首悬示都门。至黄巢姬妾等，跪在楼下，约有二三十人，僖宗望将下去，统是花容惨澹，玉貌凄惶，美人薄命，天子多情，倒也动起怜香惜玉的意思来了，当下开口宣问道："汝等皆勋贵子女，世受国恩，如何从贼？"这句话由上传下，总道必是叩首乞怜，便好借此开恩，充没掖廷，慢慢儿的召幸，谁知跪在前面第一人，举首振喉道："狂贼凶悖，国家动数十万大众，不能剿除，竟致失守宗祧，播迁巴蜀，试想陛下君临宇宙，抚有万乘，尚且不能拒贼，乃反责一女子，女子有罪当诛，满朝公卿将相，应该从何处置？"强词颇足夺理。僖宗听了，不禁变怜为嗔，易爱成怒，即传谕左右，概令处斩，自己返驾入宫。可怜那数十个美人儿，只为那一念偷生，屈身从贼，终难免刀头一死。临刑时，吏役多生悯惜，争与药酒，各犯且泣且饮，统皆昏醉，独为首的妇女，不饮不泣，毅然就刑。前后总是一死，何不决死前日。刀光闪处，蟠首蛾眉，都成幻影，不必细说。色即是空。

且说李克用回军汴州，朱全忠开城出迎，固请克用入城，就上源驿作为客馆，款待甚优，馔具皆丰，音乐毕备。克用少年好酒，免不得多饮数杯，醉后忘情，言多必失。全忠更假意谦恭，克用却一味倨傲，于是全忠挟嫌生忿，遂起了一片毒心，欲将克用置诸死地。克用不无小过，全忠何竟太毒？是晚，宴犒克用兵士，统令部将劝酒，灌得他酩酊大醉。全忠返室，召部将杨彦洪入商，议定一策，密令兵士至大路间，联车竖栅，塞住不通，一面发兵围攻上源驿，呼声动地。克用醉卧方酣，毫不觉悟，帐外亲卒，只有薛志勤史思敬等十余人，已是惊醒，猛闻汴兵杀人，料知有变，亟持械出斗，独留郭景铢入内，唤醒克用。景铢叫了数声，并不见答，忙将克用掖置床下，用水沃面，才解去克用睡魔，报知祸事。克用始张目援弓，起身外出，志勤见克用出来，亟拈弓发矢，射毙汴兵数人，欲夺走路。怎奈汴兵纵起火来，烟焰四合，迷住双目，忍不住叫起苦来。老天却还保全克用，竟雷电交作，大雨倾盆，把烟焰扑灭无余，但黑沉沉的罩住驿门。克用酒意未消，尚是支撑不定，幸经志勤见机奋勇，扶住克用，招呼左右数人，逾垣突围，趁着电光隐现，觅路急走。汴兵扼桥守住，由志勤力战得脱，史思敬孤身断后，竟至战死。志勤保护克用，登尉氏门，缒城得出。监军陈景思手下三百余人，本与克用同入汴城，至此均为所害。枉死城中，却多了一班枉死鬼。朱全忠闻克用得脱，忙与杨彦洪乘马急追，彦洪语全忠道："胡人急必乘马，节使如见有乘马胡人，便当急射，休使走脱！"全忠点首应诺，相偕出城。彦洪见前面有人走动，飞马急追。全忠落后，因天黑不能辨认，错疑彦洪是沙陀将士，一箭立殪，这是该死。那克用却早已远远飏去了。

克用妻刘氏，颇多智略，随克用驻军营。克用左右，仓皇奔归，说是汴人为变，上下尽死。刘氏声色不动，竟把还兵杀毙，隐召大将入议，令约束全军，翌日还镇。到了天明，克用走归，欲勒兵往攻全忠，为雪恨计。刘氏道："君为国讨贼，救人急难，今汴人不道，隐谋害君，君当上诉朝廷，剖明曲直，若遽举兵相攻，反致曲直不明，彼转有所借口了。"说得甚是。克用乃引兵北返，移书责问全忠。全忠复书，托言前夕兵变，仆未预闻，朝廷自遣使臣，与杨彦洪密议，彦洪已经伏罪，请公谅察！既经归咎彦洪还要架诬朝廷，凶狡尤甚。克用明知是假，怀恨不平。及返至晋阳，即表陈："朱全忠负义反噬，命几不保，监军陈景思以下，枉死三百余人，乞即遣使按问，发兵讨罪！"僖宗得见此表，不禁大骇，暗思黄巢伏诛，方得少息，怎可再启兵端？乃与宰相等熟商，颁诏和解。克用不肯伏气，表至八上，极言全忠包藏祸心，他日必为国患，乞朝廷削他官爵，委臣率本道兵往讨，得除祸首，才免后忧。僖宗仍然不从，但遣中使杨复恭等传谕，说是事变甫定，卿当力顾大局，暂释私嫌。克用勉强遵旨，心下总是未怿，乃大治兵甲，密图报怨。

他有养子嗣源，本系胡人，名必佶烈，年方十七，克用爱他骁勇，养为己子。上源一役，嗣源跟着克用，护翼出城，身冒矢石，独无所伤，因此益得克用爱宠，委以军务。还有韩嗣昭、张嗣本、骆嗣恩、张存信、孙存进、王存贤、安存孝七人，俱系少年多力，愿为克用养子，冒姓李氏，当时号为义儿，分统部众。克用又奏请令弟克修镇潞州，潞州本系昭义军属境。昭义迭经兵变，屡篡主帅，自孟方立得受旄节，因潞州地险人劲，意欲迁地为良，改就邢州为治所，潞人不悦，潜向李克用处乞师。克用正战胜黄巢，因遣弟克修等攻取潞州，且争邢洺磁三州地。嗣因朱全忠等，一再乞援，乃移师至汴，补前回所未详。此次乐得奏请，朝廷不敢不允，即命克修镇潞，惟此后分昭义为二镇，泽潞为一区，邢洺磁为一区。克修管辖泽潞二州，克用又晋爵陇西郡王。中使杨复恭往返数次，劝慰克用，克用暂按兵不发。复光即复恭兄，复光自收复长安，即致病殁，军中恸哭，累日不休。惟田令孜忌他威名，闻讣甚喜，且因复恭曾司枢密，屡与龃龉，即降复恭为飞龙使。幸僖宗素宠复恭，仍然倚任，所以复恭尚得自全。

复光麾下八都将，即前回所述忠武牙将鹿晏弘等。各率步兵散去。忠武将鹿晏弘，托言西赴行在，所过残掠，到了兴元，逐去节度使王勋，自称留后。僖宗闻报，亦无可奈何。并有东川节度使杨师立，居然谋变，独移檄行在及诸道，历数陈敬瑄十罪，也以入清君侧为名，造起反来。一击毬镇将被逐，一击毬镇将造反，确是优劣不同。这造反的原因，系为邛州牙官阡能，因公事违期，亡命为盗，聚众万人，横行邛雅。余盗罗浑擎勾胡僧罗夫子韩求等，群起响应，官军往讨，屡为所败。因恐上司见罪，往往掠取村民，充作俘虏。西川节度使陈敬瑄，不问是非，捕到即斩，于是村民亦逃避一空，或反趋附盗巢，遂致盗党益盛。峡贼韩秀升屈行从等，又霸占三峡，骚扰民间。陈敬瑄乃遣押牙官高仁厚，为都招讨指挥使，出讨阡能。仁厚谋勇兼优，六日即平五贼，即上文所述罗浑擎等。归报敬瑄。敬瑄大喜，保奏仁厚为行军司马，再令出讨峡路群贼，临行时且语仁厚道：“此去得成功回来，当为代奏，以东川旌节相酬。”仁厚谢别至峡，焚贼寨，凿贼船，贼众穷蹙，执秀升行从以降。仁厚械送二犯，献至行在，按律枭首，不劳细说。惟东川节度使杨师立，闻敬瑄语，将以东川赏功，好好一个大官，怎肯甘心让人？当然起了怨谤，传入敬瑄耳中。敬瑄转告田令孜，令孜召师立为仆射，师立越加愤迫，竟将令孜所遣的朝使，一刀杀死，并杀东川监军，发兵进屯涪城，声讨敬瑄。敬瑄复荐仁厚为东川留后，令孜讨师立。仁厚至鹿头关，与师立部将郑君雄接仗，用埋伏计，杀败君雄。君雄退保梓州，仁厚进攻不下，乃作书射入城中，但言师立元恶，应加诛戮，余皆不问。君雄遂引众倒戈，返攻师立，师立惶急自杀，由君雄入枭师立，取了首级，出献仁厚。仁厚传首行在，有诏授仁厚为节度使，安镇东川。

田令孜陈敬瑄二人，既得平乱，权焰益张，令孜为判官吴圆求郎官，郑畋不许，敬瑄自恃有功，欲班列宰相上首。畋援例指斥，谓使相品秩虽高，向来在首相下，不得上僭。两人遂交谮郑畋，罢畋为太子少保，以兵部尚书裴澈代相。令孜敬瑄，益肆行无忌，索性挟制天子，任所欲为。降贼叛唐的秦宗权，纵兵四出，侵掠汴州，朱全忠与战不利，向天平军乞援。<small>急则求人，宽则噬人，乃是朱三惯技。</small>天平军节度使朱瑄，本为天平牙将，署濮州刺史。节度使曹全晟，与兄子存实，当黄巢叛乱时，先后阵亡，幸瑄入守郓州，击退贼众，因功拜节度使，有众三万人，既接全忠来牒，乃遣从弟瑾赴汴救急。瑾至合乡，破宗权兵，宗权退去，汴州解严。朱全忠出城犒军，厚待朱瑾。及瑾告别，托致瑄书，与瑄约为兄弟。<small>靠不住。</small>宗权旁寇他镇，到处焚掠，残暴比黄巢尤甚，北至卫滑，西及关辅，东尽青齐，南出江淮，均被蹂躏，千里间不见烟火。还有鹿晏弘据住兴元，仍麾众四扰，王建韩建张造晋晖李师泰等，也率众相从，不过因晏弘好猜，众心未曾固结。田令孜遣人招诱，王建等率众数千，奔诣行在，拜令孜为义父，各得封诸卫将军，受了朝命，往攻晏弘。晏弘弃去兴元，转陷襄州。山东南道节度使刘巨容，仓皇出走，逃往成都。<small>前在荆门破黄巢，颇有智略，惟纵寇勿追，大为失计；此次未战即溃，想是天夺其魄。</small>巨容有炼汞成银的秘方，田令孜向求不得，竟将巨容害死，并至灭族。那晏弘得了襄阳，旁掠房邓，转寇许州。忠武节度使周岌，也弃城遁去。<small>又是一个逃将军。</small>晏弘引众入城，自称留后。僖宗方拟回跸，恐沿途不靖，有碍行程，不得已授晏弘为节度使，且遣使招抚秦宗权。时王铎为中书令，上言："汴许接壤，朱全忠在汴，已是骄悍难制，再加一鹿晏弘，两恶相济，必为国患，不如召还全忠，改授他官，方为釜底抽薪的良策。"僖宗恐全忠不肯应召，反致节外生枝，但命铎为义昌节度使，令他就近监制。

义昌军即沧州地，是太和中创设，与汴许相近，铎既受命，即携带眷属，指日启程。他本厚自奉养，侍妾仆从，不下百人，更有许多箱笼等件，统是惹人眼目，道出魏州，魏博节度使乐彦祯子从训，奉了父命，出迎王铎，行地主礼。从训少年好色，瞧着王铎侍妾，统是珠围翠绕，玉貌花姿，不由的垂起涎来，冶容诲淫。既已迎铎入馆，他却想了一计，令亲卒易去军服，扮了盗装，自己做了盗魁，乘夜至客馆中，明火执杖，破门直入。铎惊醒好梦，披衣出望，凑巧遇着从训，兜头一刀，首随刀落，复将仆从尽行杀死，单留着几个娇娇嫡嫡的丽姝，由从训搂住一个，怀抱而出，余皆令亲卒掠取，或抱或背，回寝取乐去了。铎老且淫，应遭此报，但侍妾等得了少夫，应该贺喜。彦祯舐犊情深，将从训事代为隐瞒，但说是王铎遇盗，表闻行在，一面殓铎入棺，送归铎家。僖宗正安排回都，还有何心查问，乐得糊涂过去。

会值南诏遣使迎女，僖宗曾许与和亲，因封宗女为安化长公主，遣嫁南诏，于是启跸还都。沿途一带，已是苍凉满目，触景生悲，及入都城，更觉得铜驼荆棘，狐兔纵横。趋至大内，只有几个老年太监，出来迎谒，所有前时宫嫔采女，都不知去向，连懿宗在日最爱的郭淑妃，也无影无踪。叙安化公主，及郭淑妃事，统是补足上文，不使遗漏。僖宗很是叹息，忽闻秦宗权僭号称尊，不奉朝命，免不得愁上添愁，勉强颁诏大赦，改元光启。惟宗权不赦，命时溥为蔡州行营都统，往讨宗权。溥尚未出兵，宗权部将孙儒，已陷入东都，逐去留守李罕之，复攻下邻道二十余州，只陈州刺史赵犨，与蔡州相距百里，日与宗权战争，始终不为所夺。有诏令犨为蔡州节度使，犨与朱全忠联络，共拒宗权，宗权乃不敢过犯。此外如光州刺史王绪，与宗权声气相通，已两三年，见前回。宗权发兵四扰，向绪催索租赋，作为饷需，绪不能给。宗权竟引众攻绪，绪弃城渡江，掠江洪虔诸州，南陷汀漳。他因道险粮少，下令军中，不得挈眷随行。惟王潮兄弟，奉母从军，绪恨他违令，欲斩潮母。潮等入请道："天下未有无母的人物，潮等事母，如事将军，若将军欲杀潮母，不如潮等先死。"将士等亦代潮固请，绪乃舍潮母子，惟令潮不得奉母自随，潮只好唯唯而出。适有术士语绪，谓军中有王者气，绪因此疑忌，往往枉杀勇将，众皆危惧。及转趋南安，潮与前锋将商议，派壮士伏竹篁中，突出擒绪，反缚徇众。众遂奉潮为将军，拟引兵还光州，所过秋毫无犯，行及沙县，泉州人张延鲁等，因刺史廖彦若贪暴，偕耆老迎潮，愿奉潮为州将。潮乃袭击泉州，杀廖彦若，奉书与观察使陈岩，自请投诚。岩表请潮为泉州刺史。潮招携怀远，均赋缮兵，颇得吏民欢心，泉州以安。王绪被系数月，料知不能脱身，自尽了事。屠夫终无善果。

　　一波未平，一波又起，各藩镇互争权势，又惹动兵戈，闯出一场大祸。自僖宗返驾后，号令所及，不过河西山南剑南岭南数十州，义武节度使王处存，尚遵朝旨，且与李克用亲善，卢龙节度使李可举，与成德节度使王镕，忌克用兼忌处存，遂密约分义武地。当由可举遣将李全忠攻陷易州，镕亦遣将攻无极县，处存忙向克用处告急，克用率兵驰援，大破成德军。处存亦夜袭卢龙兵，击走李全忠，复取易州。全忠败还幽州，恐致得罪，竟掩攻可举，可举无从抵拒，阖室自焚。李全忠自为留后，朝廷随他起灭，倒也不必说了，偏田令孜招添禁军，自增权势，所虑藩镇各专租税，无复上供，一时腾不出军饷，如何赡给新军？令孜想出一法，奏请收安邑解县两池盐赋，尽作军需，且自兼两池榷盐使，哪知有人出来反对，不使令孜得专盐权。原来两池盐税，本归盐铁使征收，充作国用，至中和年间，河中节度使王重荣，截留盐赋，但岁献盐三千车，上供朝

廷。此次所得余利，复被令孜夺去，当然不肯干休，便上章奏
驳令孜。彼此罪实从同。令孜竟徙重荣为泰宁节度使，调王处
存镇河中，齐克让镇义武。看官试想，重荣不肯割舍盐利，与
令孜争论，难道要他舍去河中，他反俯首从命么？当下再表弹
劾令孜，说他离间君臣，鳌陈至十大罪。令孜尚不止十罪，惟重
荣亦岂得无过？令孜乃密结邠宁节度使朱玫，凤翔节度使李昌
符，抗拒重荣，更促王处存赴河中。处存谓重荣有功无罪，不
应轻易，累表不省，只是颁诏促行。处存不得已引军就道，到
了晋州，碰着一碗闭门羹，也无心与较，从容引还。重荣知己
惹祸，也向李克用求救，克用正怨朝廷不罪朱全忠，招兵买
马，将击汴州，乃复报重荣，俟先灭全忠，还扫鼠子。重荣又
催促克用道："待公自关东还援，我已为所虏了。不若先清君
侧，再擒全忠未迟。"克用闻朱玫李昌符，亦阴附全忠，乃上
言："玫与昌符，与全忠相表里，欲共灭臣，臣不得不自救，
已集蕃汉兵十五万，决定来春济河，北讨二镇，不近京城，保
无惊扰，再还讨全忠，藉雪仇耻，愿陛下勿责臣专擅"云云。
僖宗览表大骇，忙遣使谕解，冠盖相望，克用不应。朱玫欲朝
廷声讨克用，屡遣人潜入京城，焚掠积聚，或刺杀近侍，伪言
克用所为，京师大震，日起讹言。田令孜遣朱玫李昌符，及神
策邠延灵夏等军，合三万人出屯沙苑，讨王重荣。重荣又乞克
用相援，克用乃率兵趋至，与重荣同至沙苑，与朱玫李昌符等
对垒，且表请速诛田令孜及朱玫李昌符。僖宗只颁诏和解，克
用怎肯依命？于是即日开战。玫与昌符，本非克用敌手，又有
重荣一支人马，也是精悍得很，战了半日，纷纷溃散，各败归
本镇。克用遂进逼京城。自食前言。

田令孜闻报大惊，亟挟僖宗出走凤翔，长安宫室，方经京
兆尹王徽，修治补葺，十完一二，至是复为乱兵入毁，仍无孑
遗。克用闻僖宗出走，乃还军河中，与王重荣联名上表，请上

还宫，仍乞诛田令孜。僖宗再授杨复恭为枢密使，将与复恭同行还都。偏令孜请转幸兴元，僖宗不从，谁知到了夜间，令孜竟引兵入行宫，胁迫僖宗，再走宝鸡。黄门卫士，扈从止数百人，宰相等俱未与闻，独翰林学士杜让能，值宿禁中，黄夜出城，追及御驾。翌日，复有太子少保孔纬等继至，宗正奉太庙神主至鄠，中途遇盗，将神主尽行抛去。朝臣陆续追驾，也被乱兵所掠，衣装俱尽。全是盗贼世界。僖宗授孔纬为御史大夫，令还召百官。纬复至凤翔宣诏，宰相萧遘裴澈等，方嫉令孜挟兵弄权，皆辞疾不见，台吏百官等，亦皆以无袍笏为辞。纬召三院御史，涕泣与语道："布衣亲旧，有急相援，况当天子蒙尘，臣子可奉召不往么？"御史等无辞可答，只托言办装，缓日可行。纬拂衣欲走道："我妻得病将死，尚且不顾，诸君乃这般迟疑，请善自为谋，纬从此辞！"我亦愤愤。乃出诣李昌符，请骑卫送至行在。昌符颇感他忠义，即赠装遣兵，送纬至宝鸡。看官阅过上文，应知朱玫李昌符二人，本与田令孜合谋，谁料联军败后，僖宗出走，两人亦幡然变计，与令孜反抗，统是小人行径。可巧宰相萧遘，令玫追还车驾，玫即引兵五千至凤翔，又与凤翔兵同追僖宗。令孜得报，复劫僖宗西走，命神策军使王建晋晖为清道斩斫使，官名奇突。沿途多系盗贼，由建率长剑手五百人，前驱奋击，乘舆乃得前进。僖宗以传国玺授建，令他负着，相偕登大散岭。适凤翔兵追至，焚去阁道丈余，势将摧折，建挟僖宗自烟焰中跃过，方得脱险，夜宿板下。僖宗枕住建膝，稍稍休息，既觉始得进食，僖宗解御袍赐建道："上有泪痕，所以赐卿，留为纪念。"都是阿父所赐，奈何不孝敬阿父？建乃拜谢。待至食毕，复启行入大散关，闭关拒邠岐兵。邠岐兵进攻不下，方才引归，途过遵涂驿，见肃宗玄孙襄王煴，病卧驿中，不能从行，朱玫即挟与同还凤翔。这一番有分教：

　　欲思靖乱反滋乱，未报丧君又立君。

　　朱玫既得襄王煴，遂欲奉煴为帝，又有一番大变动了。看官试阅下回，便知分晓。

　　田令孜，内贼也，各道镇帅，外贼也，内贼外贼，互相争阅，而乱日炽，而祸益迫，天下尚有不危且亡耶？惟内贼田令孜，罪不胜数，无善可言，而各镇帅中尚有彼善于此之别。李克用奉诏入援，击败黄巢，拔朱温于虎口，恩施最厚，第以醉后嫚言，即遭上源驿之围攻，背德如温，抑何太甚？是固曲在温而不在克用也。及克用脱归，表请罪温，朝廷置诸不问，曲直不明，欲已乱而反滋乱，加以田令孜之东挑西拨，如抱薪而益火，遂致藩镇相攻，祸延畿辅，沙苑一败，令孜夺气，乃挟天子西行，闭关奔走，十军阿父，以此报君，可胜慨耶！克用请诛令孜，理直气壮，王重荣等不足以比之，故外臣中只一克用，尚知有国，尚知有君，不得尽目为贼，外此无在非贼也，贼盗满天下，唐事已不可为矣。

第九十五回

襄王熅窜死河中　杨行密盗据淮甸

却说朱玫与襄王熅俱还凤翔，即与凤翔百官萧遘等，再行会奏行在，请诛田令孜，且对遘宣言道："主上播迁六年，将士冒矢石，百姓供馈饷，或战死，或饿死，十减七八，仅得收复京城。主上但将勤王功绩，属诸敕使，委以大权，终致纲统废坠，藩镇扰乱，玫奉尊命，来迎大驾，不蒙明察，反类胁君，我辈心力已尽，怎能俯首帖耳，仰承阉人鼻息呢？李氏子孙尚多，相公何不变计，另立嗣君？"遘答道："主上无大过恶，不过因令孜专权，遂致蒙尘，近事本无行意，令孜陈兵帐前，迫上出走，为足下计，只有引兵还镇，拜表迎銮，废立重事，遘不敢闻命！"*遘若能坚持到底，何致身污逆名。*玫闻言变色，出即下令道："我今立李氏一王，敢有异议，即当斩首！"百官统是怕死，只好权词附和。玫遂奉襄王熅权监军国事，承制封拜百官，仍遣大臣西行迎驾。玫自兼左右神策十军使，令遘为册命襄王文。遘托言文思荒落，乃使兵部侍郎郑昌图撰册，由熅北面拜受，然后朝见百官，即授昌图同平章事，兼判度支盐铁户部各置副使；调遘为太子太保，遘托疾辞官。适遘弟蕘为永乐令，乃往与弟处，不闻朝事。玫即奉熅至京师，自加侍中，大行封拜，藩镇多半受封。淮南节席使高骈，进爵中书令，充江淮盐铁转运副使。淮南右都押牙和州刺史吕用之，升授岭南东道节度使，两人很是喜欢，奉表劝进。独凤翔节度使李昌符，本与玫谋岭立熅，熅已受册，玫自专大权。昌符毫无好处，怏怏失望，乃更通表行在，报称朱玫擅立襄王，应加声讨。有诏进昌符为检校司徒，令就近图玫。

田令孜因人心愤怒，自知不为所容，因荐枢密使杨复恭为左神策中尉，自除西川监军，往依陈敬瑄。复恭斥令孜党羽，出王建为利州刺史，晋晖为集州刺史，张造为表州刺史，李师泰为忠州刺史；调他出外，亦未必无祸。一面与新任宰相孔纬杜让能等，共商还都事宜。计尚未定，忽报朱玫遣将王行瑜，率邠宁河西兵五万，进逼乘舆，已经占住凤翔，各道贡赋，都被遮断，令转运长安去了。看官！你想僖宗寓居兴元，从官卫士，却也不少，此次运道不通，坐致乏食，怎得不上下惊惶哩？杜让能乃献议道："从前杨复光与王重荣，同破黄巢，甚相亲善，复恭系复光兄，若由复恭致重荣书，晓以大义，想重荣当回心归国，重荣既来，李克用应亦服从，诛逆也不难了。"僖宗乃颁敕慰谕重荣，并附以杨复恭书，遣使往河中。重荣果然听命，且表献绢十万匹，愿讨朱玫自赎。去使回报僖宗，僖宗再欲宣慰克用，可巧克用亦表诣行在，愿讨朱玫及襄王熅。原来熅亦赐书至晋阳，通知克用，谓已由藩镇推戴，受册嗣统。克用大怒，毁来书，囚来使，表请进讨。诏令扈跸都将杨守亮，率兵二万出金州，会同重荣克用，共讨朱玫。

玫将王行瑜自凤州进拔兴州，势如破竹，僖宗急命神策都将李茂贞等，出兵抵御。茂贞博野人，本姓宋，名文通，因保驾有功，得赐姓名。茂贞事始此。茂贞颇有能力，与行瑜交战数次，俱得胜仗，复取兴州，且由杨复恭移檄关中，谓能得朱玫首级，立赏静难节度使。行瑜为茂贞所败，正在惶急，忽闻檄文中赏格，不禁转忧为喜，密与部众商议道："今无功回去，也是一死，死且无益，若与汝等斩玫首，定京城，迎帝驾，取邠宁节钺，岂不是绝好的机会么？"大众欣然应诺，遂引兵还长安。玫方立熅为帝，改元建贞，揽权行事，闻行瑜擅归，即召他入问。行瑜率众直入，玫即怒目相视道："汝擅自回京，欲造反么？"行瑜亦厉声答道："我不造反，特来捕诛反贼。"说至此，即麾众向前，竟将玫擒住，立刻斩首，并杀玫党百余人，京城大乱。郑昌图裴澈，亟奉襄王熅奔河中，王重荣正欲发兵，有人入报襄王熅到来，即跃起道："他自来寻死，尚有何说？"当下麾兵出迎，诱熅等入城中，刀兵齐起，将熅杀死。昌图与澈，无从逃避，没奈何束手就缚。重荣先函熅首，赍送行在，刑部请御兴元城南门受馘，百官毕贺，独太常博士殷盈孙，上言："熅为贼胁，并非倡逆，只是未能死节，不为无罪。古礼公族加刑，君且素服不举，今熅已就诛，应废为庶人，将首级归葬，俟玫首献至，方可行受俘礼。"僖宗如言施行，随授李茂贞为武定节度使，王行瑜为静难节度使。静难军即邠宁镇，武定军驻扎洋州，是新设的藩镇，且下诏夺田令孜官爵，长流端州。令孜竟依兄陈敬瑄，并未往戍，后又自有表见。郑昌图裴澈，传旨并诛，连萧遘亦戮死岐山。当时朝士皆受熅伪封，法司都欲处置极刑，还是杜让能再三力争，才得十全七八，这也算是阴德及人呢。

僖宗乃还跸至凤翔，节度使李昌符，恐车驾还京，自己失宠，因托词宫室未完，固请驻跸府舍。僖宗也得过且过，将就数天，偏各道迭来警告，不是擅行承袭，就是互相攻夺。卢龙节度使李全忠死，子匡威自为留后；江西将闵勖逐荆南观察使，自主军务，勖又为淮西将黄皓所杀，皓又为衡州刺史周岳所杀，岳遂代为节度使；董昌部将钱镠，攻克越州，昌自往镇越，令镠知杭州事；天平牙将朱瑾，逐去泰宁节度使齐克让，自为节度使；镇海军将刘浩作乱，节度使周宝，出奔常州，浩迎度催勘使薛朗为留后，已而钱镠迎宝至杭州，宝即去世，镠擒杀薛朗，竟取常润二州；还有利州刺史王建，袭据阆州，逐去刺史杨茂实，自称防御使。头绪纷繁，不得不总叙数语。僖宗连番得报，也是无可奈何。

淮南都将毕师铎，曾由高骈遣戍高邮，控御秦宗权，宗权未曾入境，师铎先已倒戈，看官道是何因？原来高骈心腹，莫若吕用之，用之以邪术惑骈，得补军职，又引私党张守一诸葛殷为助，每日与骈同席，指天画地，诡辩风生，说得骈情志昏迷，非常悦服。骈初与郑畋有隙，用之语骈道："宰相遣刺客刺公，今日来了。"骈大惊惧，急向用之问计。用之转托张守一，守一许诺，乃使骈着妇人服，匿居别室，自代骈卧寝榻中，夜掷铜器，铿然有声，又密用猪血涂洒庭宇，似格斗状。及旦，始召骈回寝道："几落奴手。"骈见寝室中血迹，且谢且泣，竟视守一为再生恩，厚赠金宝。用之又刻青石为奇字，文为玉皇授白云先生高骈，密令左右置道院香案。骈得石甚喜，用之进贺道："玉皇因公焚修功著，将补仙官，想鸾鹤即当下降了。"仿佛是骗小孩儿。骈亦喜慰，遂就道院庭中，刻一木鹤，且着羽服跨行，妄称仙曹。用之自云磻溪真君，谓守一即赤松子，殷即葛将军，暗中却夺人财货，掠人妇女，荒淫骄恣，无恶不为。又虑人漏泄奸谋，劝骈屏除俗累，潜心学道。骈乃悉去姬妾，谢绝人事，宾客将吏，多不得见。用之得专行威福，毫无顾忌，将吏多归他署置，未尝白骈。平居出入，导从多至千人，侍妾百余，统由评花问柳，强夺而来。可充玉女。毕师铎有美妾，为用之所闻，必欲亲睹娇姿，聊慰渴念，偏是师铎不许。用之是色中饿鬼，伺师铎不在家中，突入彼家，逼令一见，问答时未免狎媟，及师铎回家，闻知此事，怒斥侍妾，遂与用之有隙，至出屯高邮，辄怀疑惧，心腹诸将，亦均劝师铎还诛用之。师铎遂与淮宁军使郑汉章，高邮镇遏使张神剑，割臂沥血，喝了一杯同心酒，当下推师铎为行营使，移书境内，极言："用之凶恶，与张守一诸葛殷朋比为奸，蟠据淮南，近由都中授他为岭南节度使，仍不赴任，横行无忌，应亟加诛，特奋义师，为民除恶"云云。神剑原名，本一雄字，因他善能使剑，所以叫作神剑。神剑以师铎成败，究未可料，愿留部众在高邮，接济兵粮，乃推汉章为行营副使，与师铎出兵逼广陵。城中互相惊扰，吕用之尚匿不告骈，骈登阁闻哗噪声，始问左右。左右才述变端，骈亟召用之入商。用之徐答道："师铎戍众思归，为门卫所阻，遂致惊噪，现已随宜处置，就使有变，但求玄女遣一力士，便可靖患，愿公勿忧！"玄女何处寻找，不若令侍妾摆一虚牝阵罢。骈沉着脸道："近已知君多涉虚诞了，幸勿使我作周宝第二。"你也知他虚诞么？还算聪明。说至此，不禁呜咽起来。用之退出，悬赏军中，令出城力战，稍稍杀退师铎，方得断桥塞门，为守御计。师铎初战不利，又见广陵城坚兵众，颇有惧色，忙遣属将孙约驰往宣州，向观察使秦彦处求援，预允破城以后，迎彦为帅。彦乃遣将秦稠，率三千人助师铎，日夕攻城。用之令讨击副使许戡，出劳师铎，竟为所杀。用之没法，大索城中丁壮，不论官吏书生，悉用白刃加颈，胁使登城。自朝至暮，不得休息，于是阖城怨苦，均生叛意。师铎射书入城，劝骈速诛朱吕张等三人，书为用之所得，立即毁去，且率甲士百人，入内见骈。骈骇匿寝室，良久方出语道："节度使居室无恙，为何领兵进来，莫非造反不成？"遂命左右驱出用之。用之誓与骈绝，再率壮士出御。那外城已被攻入，慌忙麾众出内城门，向北遁去。

师铎纵兵大掠，骈不得已遣人议和，愿撤兵备，与师铎相见。师铎乃入见骈，两下晤谈，如宾主礼。骈署师铎为节度副使，如左仆射，郑汉章等各迁官有差。都虞侯申及语骈道："逆党不多，诸门尚未曾把守，公须乘夜出发，募诸镇兵还取此城，还可转祸为福，若迟延过去，恐一二日后，逆党蟠固，及亦不得侍左右了。"骈犹豫不从。该死。到了次日，师铎即派兵分守城门，搜捕用之亲党，尽行处死，一面遣人促秦彦过江。或语师铎道："仆射举兵，无非为用之奸邪，高公不能区理，所以入城除害，今用之既败，军府廓清，仆射宜仍奉高公，自为副佐，但教握住兵权，号令境内，何敢不服？用之一淮南叛将，移书所至，立可成擒，外有推奉美名，内得兼并实效，若使高公聪明，必知内愧，万一不改，也是一机上肉，奈何如此功业，转付他人呢？"师铎不以为然，但逼骈出居南第，用兵监守，并将骈亲党十余人，一概收禁，所有高氏累年蓄积，都被乱兵劫掠一空。悖入悖出。既而捕得诸葛殷，杖毙道旁，怨家争抉眼舌，且投以瓦石，顷刻成冢。何不请仙翁救命？

　　独吕用之自广陵逸出，手下尚有千人，闻郑汉章妻孥，留居淮口，遂率众往攻，旬日不克。郑汉章引兵趋救，用之乃奔投杨行密。行密方署庐州刺史，前由用之诈为骈牒，令为行军司马，促使入援，行密乃悉众东趋，并借和州兵数千人，同至天长。用之情急往投，行密不即拒绝，留居军中。张神剑向师铎求赂，不得如愿，也归行密。海陵镇遏使高霸，及曲溪人刘金，盱眙人贾令威，复率属至行密军营。行密有众万七千人，声威颇盛，张神剑输粮接济，军食更不患虚枵，遂步步进逼，趋至广陵城下。是时秦彦已入广陵，自称权知节度使事，闻行密来攻，闭城自守，但遣毕师铎及部将秦稠，领兵八千，出城西迎击行密。行密军势甚锐，师铎招架不住，先行遁还。秦稠战死，八千人只剩了一二千。秦彦再遣毕师铎郑汉章为将，悉发城中兵士，出阵城西，延袤数里，与行密相持。行密命将金帛粮米，搬集一寨，寨内只留羸卒，寨外暗伏精兵，待两阵相交，行密佯败，绕寨西走。广陵兵入空寨中，争取金帛，一声鼓响，伏兵四起，行密又复杀还，那广陵兵如何抵当，被杀几尽。师铎汉章，单骑走还。秦彦乃不敢出师。高骈局居道院，尚是日夜祈祷，虔祝长生，怎奈秦彦毕师铎，供馈日薄，甚至左右乏食，取木像中革带，煮食疗饥。彦与师铎，因出兵屡败，且疑骈为厌胜，愈加疑忌。适有妖尼王奉仙白彦，谓扬州分野，应有灾祸，必死一大人，方无后忧。彦遂命部将刘匡时，入道院杀骈，并杀骈子弟甥侄，同埋坎中。这消息传达城外，行密命士卒尽服缟素，向城大哭三日，宣告大众，誓破此城。秦彦毕师铎，屡遣兵出战，大小数十仗，均被行密杀败。城中粮食早尽，连草根木实，亦采食无遗，甚至用堇泥为饼，取给军士。军士怎肯平白地饿死，不得不掠人为粮。彦部下更是凶横，驱缚屠割，视人似鸡犬一般，血流城市，满地朱红。吕用之部将张审威，潜率部下登城，启关纳外兵，守卒不战自溃。彦与师铎，急召妖尼王奉仙问计，奉仙道："走为上策。"骈信方士而死，秦彦毕师铎且信重妖尼，真是每况愈下。乃出开化门奔东塘。行密麾诸军入城，改葬高骈及族属，城中遗民，止数百家，统已槁饿不堪，奄奄垂尽。行密运西寨米赈给，才得生全。行密自称淮南留后，且遣兵追击秦彦毕师铎。秦毕两人，竟往投孙儒去了。

　　孙儒前为忠武军指挥使，出戍蔡州，部下有许人马殷，亦素称材勇，与儒同拒黄巢。及秦宗权叛命，儒等皆附属宗权，宗权令儒攻陷郑州，进取河阳，自称节度使。前东都留守李罕之，与濮州人张全义，联兵拒儒，儒乃弃去河阳，移兵东下。罕之收复河阳城，全义亦收复东都，因恐孙儒复来，共向河东求救。李克用得二人书，遂表荐罕之为河阳节度使，全义为河南令。全义明察，治民有惠政，劝农树艺，薄赋轻徭，无事横耒，有事荷戈，诸县户口，逐渐归复，野无旷土，桑麻蔚然。宣武节度使朱全忠，复纠合兖郓兵马，大破秦宗权，因此河南一带，更乏盗踪。独凤翔节度使李昌符，初意欲挟持天子，号令诸镇，嗣与杨复恭养子守立，争道相殴。僖宗命中使谕解，昌符不从，反纵火焚毁行营。守立急部勒禁军，杀败昌符，昌符退保陇州，诏命李茂贞往讨，昌符屡战屡败，穷蹙自杀。茂贞得受命为凤翔节度使，行在稍得纾忧。惟淮南迭经变乱，终未安靖，秦宗权且遣弟宗衡，领万人渡淮，与孙儒合兵攻广陵，即就城西下寨。秦彦毕师铎，也引众来会，大有并吞扬州的声势。会宗权为朱全忠所破，召宗衡等还蔡，同拒全忠，孙儒知宗权不能久持，称疾不行。宗衡屡次催促，激动儒怒，佯邀宗衡入宴，酒未及半，竟拔剑砍死宗衡，枭下首级，献与全忠。一面与秦彦毕师铎，往袭高邮。张神剑仓猝遇敌，弃城奔广陵。孙儒入高邮城，大肆屠戮。高邮残兵七百人，溃围至广陵城，杨行密虑他为变，使分隶诸将，夜间将七百人坑死，不留一人；次日复将张神剑诱至府中，也是一刀两段；又诱入海陵镇遏使高霸兄弟，亦一并杀死。想是杀星转世。吕用之初至天长，曾给行密，谓有银五万锭，埋藏居宅，俟入城后，足供麾下一醉。行密记在胸中，入城后诸事匆忙，不暇提及，至此因孙儒退兵，检阅士卒，始向用之索银。用之本是诳言，哪里取得出白镪，当然瞠目无词。用之偏遣兵搜掘，逼令同往，到了前时居宅，内外掘转，并无藏银，只中堂得一桐人，胸书高骈姓名，加钉于上，手足俱加桎梏，当由来兵携报行密。行密指责用之，用之无言可答，即被牵至阶下，腰斩以徇，家属屠割无遗。张守一亦归行密，为诸将采合仙丹，且欲干预军政，亦为行密所诛。两人却是该死。

僖宗闻淮南久乱，命朱全忠兼淮南节度使，全忠以行密势盛，表为留后。河阳节度使李罕之，与张全义甚是亲暱，嗣闻全义勤俭力穑，乃笑为田舍郎，屡向全义征求粟帛。全义勉力供应，罕之意尚未足，纵兵剽掠，且悉众攻降绛州，转略晋州。河南将佐，无不愤怒，遂怂恿全义，夜袭河阳。罕之逾垣遁去，全义尽俘罕之家属，自兼河阳节度使。及罕之奔往泽州，借李克用军来攻河阳，朱全忠发兵来救，击退河东军，命丁会为留后，仍令全义为河南尹。全义感全忠恩，尽心依附全忠，独罕之抄掠怀孟晋绛，数百里无人烟。河中牙将常行儒作乱，攻杀王重荣，重荣弟重盈，为兄复仇，捕诛行儒。僖宗令重盈承袭兄职，原是应分的处置，独魏博牙将罗弘信，擅杀乐彦桢父子，亦令他充魏博留后，这真是赏罚倒置，益长骄风，唐廷成为故事，毫不见怪。僖宗自凤翔回京，天禄已终，一病不起。小子有诗叹道：

> 世衰总为主昏多，丧乱相仍可若何？
> 十五年来无一治，虚名天子老奔波。

僖宗病剧，免不得又要立储，究竟何人嗣立，容至下回表明。

　　史称襄王熅素性谨柔，无过人材智，观其所为，确是一个傀儡。朱玫挟为奇货，无非欲借名窃权耳，玫败而熅罹祸，愚夫为人所愚，往往致此。郑昌图裴激等，甘受伪命，死不足惜，萧遘拒玫不坚，同遭夷戮，无怪胡致堂之为遘叹息也。高骈系出将门，射雕擅誉，当其初操旌节，颇似有为，及移镇淮南，误信方士，身坐围城，毫无一策，是岂前勇而后怯，始明而终愚者欤？抑毋乃狂易失心，自取灭亡欤？杨行密为骈部将，兴兵援骈，不谓无名，骈死而缟素举哀，尤似理直气壮，但既得广陵，横加屠戮，杀吕用之张守一可也，杀张神剑高霸，果胡为乎？背盟不义，滥杀不仁，朱全忠之表为留后，亦盗与盗应之征耳。故识者不称行密为侠士，而当斥行密为盗臣。

第九十六回

讨河东王师败绩　走山南阉党失机

却说僖宗还都，已经抱病，勉强趋谒太庙，颁诏大赦，改称光启五年为文德元年，入宫寝卧，无力视朝，未几即致大渐。群臣因僖宗子幼，拟立皇弟吉王保为嗣君，独杨复恭请立皇弟寿王杰。杰系懿宗第七子，为懿宗后宫王氏所出，僖宗一再出奔，杰随从左右，常见倚重。至是由复恭倡议，奏白僖宗，僖宗约略点首，遂下诏立寿王杰为皇太弟，监军国事。当由中尉刘季述，率禁兵迎入寿王，居少阳院，召宰相孔纬杜让能入见。群臣见他体貌明粹，饶有英气，亦皆私庆得人。恐是以貌取人。越日，僖宗驾崩，遗诏命太弟嗣位，改名为敏，僖宗在位十五年，改元五次，乾符广明中和光启文德。年止二十七岁。寿王即位枢前，是谓昭宗，追尊母王氏为皇太后，进宰相孔纬为司空，韦昭度为中书令。昭度初党田令孜，得宠僖宗，竟得入相，僖宗末年，且进爵太保。又授户部侍郎张浚同平章事。昭宗嗣统，各宰相依旧供职，纬与昭度，且得加封，未几出昭度为西川节度使，兼招抚制置使。

原来西川节度使陈敬瑄，庇匿田令孜，诱杀高仁厚，骄横日甚，利州刺史王建，袭据阆州，与续任东川节度使顾彦朗，互相联络，潜图敬瑄。敬瑄商诸田令孜，令孜谓建系义子，可以招致，乃作书相召。建颇喜从命，率麾下精兵千人与从子宗镦等，均趋鹿头关。哪知敬瑄复信参谋李义言，遣人止建，不准入关。建不禁发怒，破关直入，迳达成都。田令孜登楼慰谕，令他退还。建率诸军罗拜道："十军阿父，既召建来，奈何复使建去？建能进不能退，只好辞别阿父，他去作贼了。"令孜也无词可答，还报敬瑄。敬瑄登城拒守，建向顾彦朗处乞师，得众数千，急攻成都，三日不克，退屯汉州。敬瑄上表朝廷，乞发兵讨建。诏遣中使和解，敬瑄不从，反断绝贡赋。王建得知消息，乐得据为口实，也上表请讨敬瑄，愿效力赎罪，并求邛州为屯兵地。顾彦朗亦代为申请，昭宗方恨藩镇跋扈，欲借此伸威，遂命昭度出镇西川，召敬瑄为龙武统军。敬瑄拒不受诏，乃割邛蜀黎雅四州，置永平军，命建为节度使，偕昭度同讨敬瑄，并宣布敬瑄罪状，削夺官阶。昭度西行，与建会师进攻，一时未能得手，只好蹉跎过去。

惟朱全忠受命讨蔡，屡破秦宗权，蔡将申丛，执宗权出降，全忠将宗权械送京师，可巧昭宗改元龙纪，百官庆贺，又得把累年横行的强寇，一旦捕诛，正是喜气盈廷，欢腾中外。偏宗权余党孙儒，东驰西突，骚扰不休，秦彦毕师铎郑汉章等，均为所杀，且悉锐袭入广陵。杨行密遁至庐州，收集余众，往攻宣州，宣州方为赵锽所得，不意行密猝至，急切不能抵御，又兼粮食未备，只好仓皇出奔，中途为行密部将田頵所擒，眼见得宣州一城，为行密所据。行密既入宣州，诸将争取金帛，独徐温据困为粥，散给饥民，人已知有大志。徐温事始此。朱全忠与锽有旧，遣人索锽。行密将锽斩首，以首相遗，一面表闻朝廷，只说是为国除奸。朝廷不便细问，授他为宣歙观察使。行密转陷常州，刺史杜棱被擒毕命，留田頵居守。偏孙儒自广陵来争常州，頵复败走，常州又为儒所得。两下转战不息，江淮间成为赤地。还有朱全忠与李克用，仇怨日深，各思占拓地盘，为并吞计。全忠攻下洛孟诸州，克用也攻下邢磁洺诸州。全忠又联结云中防御使赫连铎，与卢龙节度使李匡威，上表请讨克用，乞朝廷速简统帅。昭宗正加上尊号，改龙纪二年为大顺元年，既见三镇表章，遂召宰相等集议。杜让能等俱言未可，台官等亦多主杜议，独张浚献议道："先帝再幸山南，统是沙陀所为，臣尝虑他与河朔相连，今得两河藩镇，共请声讨，这是千载一时的机会，万不可失，愿陛下假臣兵柄，旬月可平。"谈何容易？杨复恭出驳道："先帝播迁，虽由藩镇跋扈，亦因在朝大臣，措置失宜，因致乘舆再出。今宗庙甫安，国家粗定，如何再造兵端？"复恭虽是权阉，足为唐祸，但此语却是可取。昭宗沉吟半晌，亦启口道："克用有兴复大功，今欲乘危往讨，未免不公。"偏孔纬亦赞成浚议，竟面奏道："陛下所言，是一时大体，张浚所言，是万世远利，还乞陛下俯从浚议。"一时尚是难保，还能顾到万世么？昭宗因两相同意，且正忌复恭擅权，不欲依言，乃语张浚孔纬道："此事颇关重大，朕特付卿二人，幸勿贻羞！"随即授浚为河东行营都招讨制置使，以京兆尹孙揆为副。且命朱全忠为南面招讨使，王熔为东面招讨使，李匡威为北面招讨使，副以赫连铎。

浚奉诏出师，陛辞时再白昭宗道："俟臣先除外忧，然后为陛下除内患。"杨复恭在外窃听，料知此语，与己有关，遂至长乐陂饯浚，携酒欢饮。浚一再固辞，复恭戏语道："相公杖钺专征，乃即欲作态么？"浚答道："待平贼回来，作态未迟，目下尚未敢出此呢！"复恭佯笑而别。浚出都西行，檄召宣武镇国静难凤翔保大诸军，同会晋州。朱全忠且乘势进图昭义。昭义军节度使，本是克用从弟克修，克用尝巡阅潞州，因克修供具不丰，横加诟辱，克修惭病即死，弟克恭代为留后。克恭骄暴，不习军事，牙将安居受作乱，焚杀克恭，贻书全忠，自愿归附。全忠遂遣河阳留后朱崇节，率兵往潞，到了潞州，居受已为众所杀，别将冯霸拒战不利，奔往克用。崇节得入潞城，克用遣将康君立李存孝围潞。存孝系克用养子，骁悍异常，既至城下，与崇节交战两次，崇节哪里是他的对手，杀得大败亏输，还城拒守，急向全忠处求援。全忠遣骁将葛从周，率健骑千名，乘夜犯围，入潞助守，遣别将李谠等，至泽州往攻李罕之，牵制克用，且奏促孙揆速援潞州。张浚亦恐昭义为全忠所据，即请旨命揆为昭义节度使，促使赴镇。揆乃自晋州出发，建牙杖节，衰衣大盖，拥众而行。至长子西谷中，忽有一彪军突出，为首一个少年，手执铁挝，径至孙揆马前，大呼道："孙揆哪里走！"揆急欲拔剑招架，哪知已被来将拨下，活擒而去。揆众欲趋前往救，尽被敌骑杀退，死伤甚众。看官道何人擒揆？原来就是李存孝。存孝闻揆将至潞，率三百骑伏住长子谷，掩击揆军，果然将揆擒住，解送克用。克用召揆入见，诱令降附，许为河东副使，揆奋然道："我为天子大臣，兵败身死，分所当然，怎能复事镇使哩？"克用怒起，命用锯杀揆。锯不能入，揆骂道："死狗奴，锯人当用夹板，奈何不知？"克用乃改用夹板锯揆，揆至死骂不绝口，好算是唐季一位忠臣。疾风知劲草，板荡识忠臣。

　　克用再令存孝救泽州，直压汴寨。汴将邓季筠自恃勇力，引兵出战，存孝也出阵相迎，战不数合，但听存孝喝声道着，已把季筠擒去，余众窜散。李谠亦解围遁还，存孝罕之又合军追击，斩获汴军万人，及追至怀州，方收兵西归。罕之仍屯泽州，存孝复攻潞州，葛从周朱崇节等，惮存孝英勇，也弃城走还。昭义军归入克用，克用命康君立为昭义留后，存孝为汾州刺史，李匡威攻蔚州，也为克用养子李嗣源击退。嗣源慎重廉俭，口不言功，他将多自夸战绩，嗣源独徐徐道："诸将喜用口击贼，嗣源但用手击贼哩。"诸将始惭沮而退。张浚闻汴军败走，尚不肯班师，率诸军出阴地关。克用遣存孝领兵五千，出屯赵城。镇国军节度使韩建，夜率壮士三百，劫存孝营。偏存孝先已防备，用了一个空营计，诱建杀人，待建慌忙退还，存孝却麾兵横击，亏得建策马飞奔，才算侥幸逃还。静难凤翔各军，闻建袭营失利，各生惶恐，不战先走，禁军亦溃。存孝乘胜逐北，直抵晋州西门。张浚出战，又复败绩，各镇兵陆续遁去，只剩禁军及宣武军，共计万人，闭城守御，不敢再出。存孝攻城三日，城将垂克，反号令军中道："张浚宰相，俘获无益，天子禁军，亦不宜加害。"乃退五十里下寨。浚与韩建，始得开城遁归。存孝既入晋州，复取绛州，并大掠慈隰诸州，唐廷闻张浚败还，君臣震惧，独杨复恭自鸣得意。那李克用复连上二表，一再陈冤，首表尚在张浚未败时，略云：

> 臣父子三代，受恩四朝，破庞勋，翦黄巢，黜襄王，存易定，致陛下今日冠通天之冠，佩白玉之玺，未必非臣之力也。朝廷当阽危之时，誉臣为韩彭伊吕，既安之后，骂臣为戎羯胡夷，天下握兵立功之臣，宁不畏陛下他日之骂乎？况臣果有大罪，六师征之，自有典刑，何必幸臣之弱，而后取之耶？今张浚既已出师，则臣固难束手，已集蕃汉兵五十万，欲直抵蒲潼，与浚格斗，若其不胜，甘从削夺，不然，轻骑叫阍，顿首丹陛，诉奸回于宸座，纳制敕于庙廷，然后自投司败，恭候铁质。

第二表乃在张浚既败以后，至大顺二年正月，始达唐廷，略云：

> 张浚以陛下万代之业，邀自己一时之功，知臣与朱温深仇，私相连结，臣今身无官爵，名是罪人，不敢归陛下藩方，且欲于河中寄寓，进退行止，伏俟指挥！

是时昭宗已加惩张浚，将他罢职，孔纬亦连坐免官，改相兵部侍郎崔昭纬，及御史中丞徐彦若，至克用二次表至，再贬绛为均州刺史，浚为连州刺史，赐克用诏，赏还官爵，令归晋阳。未几，又加克用中书令，更贬浚为绣州司户。浚至蓝田，转奔华州，依附韩建，密向全忠求救。全忠上表，代为诉冤，昭宗不得已并听自便。纬至商州驰还，亦寓居华州，李克用既得逞志，声焰越盛，乃父国昌，已经早殁，这是补笔。沙陀兵马及代北将士，尽归克用管辖。克用转攻云州，赫连铎败走吐谷浑，嗣为克用追击杀死。克用复转攻王熔，经李匡威出兵相救，克用方大掠而还，朱全忠欲攻克用，假道魏博，罗弘信不许，全忠遂遣丁会葛从周击魏，自率大军继进，五战皆捷。弘信不得已乞和，全忠乃命止攻掠，归还俘虏，还军河上。魏博自是附汴。徐州节度使时溥，亦与全忠失和，屡相争哄，南北东西，彼此逐鹿，几不识当时天下，究竟是谁氏的天下了。藩镇之弊，一至于此。

　　惟韦昭度王建两军，奉诏西征，昭度毫无韬略，但知沿途逗挠，一切攻守事宜，俱听王建处置。建取得邛州，降西川将杨儒，杀刺史毛湘；复略定简资嘉定四州，进逼成都，累攻未下。韦昭度率诸道兵十余万，逗留不进，反请赦陈敬瑄罪，撤归各道兵马。朝廷居然下诏，依昭度议，令王建等率兵归镇。建奉到诏书，慨然太息道："大功垂成，奈何弃去？"参谋周庠在侧，便进言道："公何不请韦公还朝，自攻成都，独成巨业？"建点首称善，即表称敬瑄令孜，罪不可赦，愿毕命以图成功。一面又劝昭度道："关东藩镇，互相吞噬，这是腹心大疾，相公宜早归朝堂，与天子谋定关东，敬瑄不过疥癣，但责建办理，指日可除哩。"昭度迟疑未决。建竟擒昭度亲吏骆保，脔割烹食，说他私盗军粮。昭度大惧，遂托疾东归，将印节授建。建与昭度别后，奋力攻城，环城烽堠，亘五十里。陈敬瑄力不能支，田令孜登城语建道："老夫前待君甚厚，何为见逼如是?”建答道:“父子至恩,建不敢忘,但朝廷命建来此,无非因陈公拒命,不得不然。若果改图,建复何求?”令孜下城商诸敬暄,敬暄无法可施,只好缴出旄节,托令孜至建营交付。建泣涕拜谢,愿为父子如初。建亦逞习。令孜还白敬暄,敬暄开城迎建,建率军入城,自称西川留后,令敬暄出居新津,给以一县租税,且表称收复成都,由敬暄自甘退让,应令他子陶为雅州刺史。昭宗当然照准,并即授建为西川节度使。

东川节度使顾彦朗病逝,军中推顾弟彦晖知留后,彦晖据情奏闻,也即命为节度使,敕赐旄节。朝使宋道弼,赍诏出都,中途为山南西道节度使杨守亮所执,并发兵攻东川。守亮姓訾,因拜杨复恭为义父,冒姓杨氏,前为扈跸都将,后得出镇山南,全是复恭一手提拔。复恭总掌宿卫,独揽大权,诸假子统出司方镇,又养宦官子六百人,多充监军,内外勾连,威赫莫比,昭宗母舅王瓌,求为节度使,复恭不可,瓌怒诉复恭,复恭佯为谢过,奏请王瓌为黔南节度使。及瓌奉节至桔柏津,却被杨守亮阻住中流,拨翻瓌舟,瓌覆水溺死。昭宗闻耗,已疑是复恭主使,可巧天威都将李顺节,也将复恭阴谋,入白昭宗。诏宗大愤,出复恭为凤翔监军,复恭托疾不赴,自愿致仕。有昭赐官上将军,致仕归第。复恭居第近玉山营,因假子守信为玉山军使,屡往探视,且与他密谋为乱。事为昭宗所闻,亲御安喜门,命李顺节等往攻复恭居第。复恭与守信,乃挈族走兴元,往依杨守亮。守亮决计造反,所以拍住宋道弼,遣绵州刺史杨守厚,攻顾彦晖。彦晖急求王建过援,建发兵至梓州,守厚引还。守亮以讨李顺节为名,更欲自金商通道,入袭京师。幸金州防御使冯行袭邀击,大破守亮,才不得逞。守亮守厚,统是复恭假子,就是天威都将李顺节,原名叫作杨守立,也系复恭义儿,昭宗恐他好勇作乱,特召居左右,赐姓名李顺节，令掌六军管钥，擢为天威都将，隐示笼络。顺节骤得贵显，遂与复恭争权，所以复恭密谋，多由顺节报达宫廷。及复恭被逐，顺节恃恩骄横，出入必用兵自随。中尉刘景宣，及西门君遂，屡为所辱，遂入奏昭宗，请除顺节，昭宗允诺。二人诱顺节入银台门，把他杀死，百官皆奉表称贺。全是丑态。昭宗亦颇喜慰，乃于大顺三年正月，改元景福。祸且日至，何福可言？

凤翔节度使李茂贞，静难节度使王行瑜，镇国节度使韩建，同州节度使王行约，秦州节度使李茂庄，相继上表，谓杨守亮容匿叛臣杨复恭，请即出兵加讨。王行瑜等并乞加茂贞为山南西道招讨使。昭宗接览各表，便令群臣集议，大众谓茂贞若得山南，不可复制，不如下诏和解为是。全靠和解，亦非政体。昭宗颁诏慰谕，五节度无一受命。茂贞行瑜，竟擅举兵击兴元，一面由茂贞上表，自求招讨使职衔，且贻杜让能及西门君遂手书，有怨谤朝廷等语。昭宗亦忍耐不住，再召群臣入商，宰相等多面面相觑，不敢发言。独给事中牛徽道："先朝多难，茂贞有翼卫功，诸杨阻兵，亟出攻讨，未始非有心嫉恶，不过未奉诏命，太觉专擅。近闻他兵过山南，杀伤甚多，陛下倘尚靳节麾，不授他为招讨使，恐山南百姓，尽被屠灭了。"昭宗不得已授茂贞为招讨使。茂贞遂进取兴元，杨复恭及守亮等均奔往阆州，茂贞乃自请镇守兴元。朝廷特改任茂贞为山南西道节度使，将他凤翔节度使职任撤销。偏茂贞又不肯奉诏，累得昭宗无法对付，且模模糊糊的延宕过去。是时成德节度使王镕，为李克用所攻，卢龙节度使李匡威，率兵救镕，击退克用。匡威引还，谁知行至半途，乃弟匡筹，竟占据军府，自称留后，不欲匡威还镇，且用兵符追还行营兵。匡威部众，闻风离散。那时匡威归路已断，没奈何返奔镇州，这也是匡威自作自受，所以遭此剧变呢。原来匡筹妻有美色，匡威很是艳羡，只因匡筹同在军中，没法下手，望梅不能止渴，已不知滴了多少馋涎。至出救卢龙时，家人会别，阖室畅饮，匡筹夫妇，不觉多饮几杯，统皆醉倒。匡威却是有心，趁他弟妇醉卧床间，竟去做了一个采花使者，了却生平夙愿。及匡筹妻醒悟转来，才知着了道儿，悔已无及，当下泣诉匡筹。匡筹因此恨兄，乃把匡威拒绝。匡威奔往镇州，王镕事他如父，非常恭敬，偏匡威又欲图镕，镇人不服，攻杀匡威。该死久矣。匡筹闻报甚喜，遂得安据幽州。可惜绿头巾终难洗净。幽州将刘仁恭，前由匡威遣戍蔚州，过期未代，至是闻匡筹擅立，自为军帅，还攻幽州，不利而去，投奔河东，依附李克用。此外如杨行密攻杀孙儒，得封淮南节度使，朱全忠攻拔徐州，感化节度使时溥，登燕子楼，举族自焚。王建杀死陈敬瑄田令孜，只说敬瑄谋乱，令孜私通凤翔，当令判官冯涓草表，中有切要语云："开柙出虎，孔宣父不责他人，当路斩蛇，孙叔敖盖非利己。专杀不行于阃外，先机恐失于彀中。"国家失刑，故得令强藩借口。昭宗也无可奈何，置诸不问。福建观察使陈岩病殁，都将范晖自称留后，晖骄侈不法，被王潮攻死。潮代任观察使，寻且进职节度使，群雄角逐，寰宇分崩，到了景福二年秋季，李茂贞抗表不逊，公然责备昭宗，与敌国相去无二。昭宗恼羞成怒，掷置来表，再拟兴师。正是：

河东覆辙方宜戒，京右来车又妄行。

欲知茂贞是否被讨，且至下回再详。

李克用功罪参半，不必讨而反欲讨之，杨复恭有罪无功，应讨而反不欲讨，此已可见昭宗之不明，其他可无论已。或谓昭宗固不欲讨克用，迫于张濬孔纬之力请，乃有招讨制置使之命，然试思君主时代，国家大事，究竟由谁主持耶？一击不胜，丧师无算，转不得不屈体调停，上替下凌，因此益甚。杨复恭已走兴元，虽有若干义儿，实皆朝秦暮楚之流，不足一试，即如杨守立杨守亮等，匹夫徒勇，亦宁足成大事？为昭宗计，正可遣师进讨，借伸主威，况有五节度使之联表上请乎？乃迟回不决，转令李茂贞等擅自兴师，一再胁迫，不得已授以兵柄，于是朝廷日加退让，而方镇即日加跋扈矣。要之无主之国，非乱即亡，唐至昭宗之季，有主与无主等，虽欲不乱，乌得而不乱？虽欲不亡，亦乌得而不亡？

第九十七回

三镇犯阙辇毂震惊　一战成功邠宁戡定

却说李茂贞恃功骄横，不受朝命，且上表讥毁昭宗，表文略云：

> 陛下贵为万乘，不能庇元舅之一身，指王瓌事。尊极九州，不能戮复恭之一竖，但观强弱，不计是非，体物辖铢，看人衡矿，军情易变，戎马难羁，唯虑甸服生灵，因兹受祸，未审乘舆播越，自此何之？

昭宗览此数语，禁不住愤怒起来，便拟发兵进讨，命宰相杜让能，专司兵事。让能进谏道："陛下初登大宝，国难未平，茂贞近在国门，不宜与他构怨，万一不克，后悔难追。"昭宗叹息道："王室日卑，号令不出国门，这正志士愤痛的时候，朕不能坐视陵夷，卿但为朕调兵输饷，朕自委诸王用兵，成败与卿无干。"让能道："陛下必欲兴师，亦当商诸中外大臣，集思广益，不应专事委臣。"昭宗又道："卿居元辅，与朕义关休戚，不宜畏难避事。"让能泣道："臣岂敢畏避？但时有未可，势又未能，恐他日徒为晁错，不能弭七国兵祸，所以临事踌躇。如陛下必欲委臣，臣敢不奉诏，效死以报。"果然死了。昭宗乃喜，命让能留居中书，计划调度，月余不归。偏崔昭纬阴结邠岐，代作耳目，让能朝发一言，二镇夕即知晓。茂贞暗令党羽混入都中，纠合市民数千，俟观军容使西门君遂，及崔昭纬等出来，即遮集马前，泣诉："茂贞无罪，不宜致讨，免使百姓涂炭。"君遂谓："事关宰相，于己无与。"昭纬且说道："此事由主上专委杜太尉，我辈不得预闻。"市人因乱投瓦石，昭纬等慌忙走避，才得脱身。昭宗闻报，命捕诛为首乱民，并一意遣将调兵，遂命覃王嗣周顺宗子经之后。为京西招讨使，讨李茂贞，神策大将军李铚为副，出宰相徐彦若为凤翔节度使，令嗣周带着禁军三万，送徐赴镇，出驻兴平。茂贞联同王行瑜军，合兵六万，共至枚屋，抵拒禁军。禁军多系新募少年，哪里敌得过两镇雄师？一闻两镇兵至，未战先怯，至茂贞等进逼兴平，禁军多已骇散。嗣周及铚，也只得奔还。茂贞乘胜进攻三桥，京师大震，盈廷惶惶。崔昭纬更密遣茂贞书，谓："用兵非主上意，全出杜太尉一人。"茂贞因陈兵临皋驿，表列让能罪状，请即加诛。让能亦入白昭宗道："臣尝料有此变，今已至此，请以臣为辞。"昭宗且泣且语道："今与卿成诀别了。"遂下诏贬让能为梧州刺史，流观军容使西门君遂至儋州，内枢密使李周潼至崖州，段诩至骧州。茂贞等仍然未退，昭宗又御安福门，命斩君遂周潼诩三人，再贬让能为雷州司户，且遣使语茂贞道："惑朕举兵，实出君遂等三人，非让能罪。"茂贞定欲诛死让能，方肯退兵。崔昭纬复从中怂恿，乃竟将让能赐死，连让能弟户部侍郎弘徽，亦迫令自尽。让能已是枉死，弘徽更属沉冤。再召东都留守韦昭度为司徒，御史中丞崔胤为户部侍郎，并同平章事，授茂贞为凤翔节度使，兼山南西道节度使，并官中书令。王行瑜进爵太师，加号尚父，特赐铁券，两镇兵方卷甲退归。嗣是朝廷动息，均须禀受邠岐二镇意旨，不得擅行。

景福三年，复改元乾宁，李茂贞入朝，大陈兵卫，阅数日归镇，自昭宗以下，无敢少忤。右散骑常侍郑綮，素号诙谐，多为歇后诗，讥嘲时事。昭宗还道他蕴蓄深沉，特手注班簿，命他为相。党吏争往告綮，紫微笑道："诸君太弄错了。就使天下无人，也未必轮到郑綮。"堂吏答道："事出圣意，的确不误。"綮又道："果有此事，岂不令人笑话？"既而贺客趋集，綮搔首道："歇后郑五作宰相，时事可知了。"自知颇明。当即上书固辞，有诏不许，乃勉强受职；已而复累表避位，解组竟归。却是明哲保身。昭宗复命翰林学士李谿为相，知制诰刘崇鲁，出班大恸。昭宗问为何因？崇鲁极言李谿奸邪，不胜重任，乃罢谿为太子少傅。谿上书自讼，亦丑诋崇鲁庭拜田令孜，为朱玫作劝进表，恸哭正殿，为国不祥，于是崇鲁亦即免官，内政不纲，外乱益炽。平卢节度使，任了王师范，镇海节度使，任了钱镠，柳玭为泸州刺史，刘隐为封州刺史，还算由朝廷封拜，奉命就职。他如杨行密擅取庐歙舒泗诸州，所置守吏，毫不禀承。孙儒余党刘建铎马殷，南走至洪州，招集党羽，得十万余人，攻下潭州，杀死节度使邓处讷，自称留后。王建也擅夺彭州，杀死节度使杨晟，及马步使安师建。李克用尝为养子存孝，表求为邢洺磁节度使。存孝为存信所谮，无从申诉，存信为张氏子，亦为克用义儿，已见前九十四回。竟潜结王镕及朱全忠，背叛克用。克用自引兵围攻邢州，存孝固守经年，城中食尽，乃出见克用，泥首谢罪。克用将他械住，囚归晋阳，车裂以徇。存孝骁勇绝伦，克用很加怜惜，意下令用刑时，诸将必代为请免，偏诸将嫉忌存孝，无一进言，坐致令出难回，一个昂藏勇士，分作四裂。存孝部将薛阿檀，勇悍不亚存孝，因与存孝通谋，恐致事泄，也即自杀。克用失去两人，心中好生不悦，好几日不视军事，过了半年，方因李匡筹屡侵河东，乃出师北向，拔武州，降新州，连败匡筹兵众，直捣幽州。匡筹逃往沧州，为义昌节度使卢彦威所杀。他的艳妻，不知如何下落？幽州军民，开城欢迎河东军，克用趋入府舍，命刘仁恭及养子李存审，略定各属，又表荐刘仁恭为卢龙节度使，唐廷不敢不从。

可巧护国节度使王重盈病亡，军中愿奉重荣子珂为留后，珂实重荣兄子，重荣养为己儿，重盈子王珙，曾为保义节度使，同弟晋州刺史王瑶，与珂争位。珂系李克用女夫，当然向克用告急，克用即为珂代求节钺。朝廷准珂为留后，珙与瑶未肯便休，却厚结王行瑜李茂贞韩建三帅，表称珂非王氏子，不应袭职。昭宗下敕相报，谓已先允克用所奏，不便食言。看官！你想这王行瑜李茂贞韩建三人，果肯降心相从，不复异议么？茂贞方攻拔阆州，逐走杨复恭，且献复恭致守亮书，中有："承天门为隋家旧业，汝但应积粟训兵，勿复贡献，试想我在荆榛中推立寿王，才得尊位，今废定策国老，天下有如此负心门生天子么？此恨不雪，决非丈夫。"昭宗得书甚怒，适韩建捕住复恭，及余党多人，书献阙下，枭首独柳。随笔了过杨复恭。两镇立此宏功，愈有德色。偏王珂王珙争位一案，联名上奏，竟撞了一鼻子灰，面子上很过不下去，王珙更遣使语三帅道："珂与河东联婚，将来必不利诸公，请先机加讨！"王行瑜首先发兵，令弟同州刺史王行约攻河中，自与茂贞及建，各率精骑数千人入朝。昭宗御安福门，整容以待。还算胆大。三帅到了门下，盛陈甲兵，拜伏舞蹈。昭宗俯语道："卿等不奏请俟报，便称兵驰入京城，意欲何为？若不能事朕，今日请避贤路。"行瑜茂贞，听到此言，倒也无词可答。惟韩建略述入朝情由，昭宗乃谕令入宴，三帅宴毕，又复面奏，略言："南北司互分朋党，紊乱朝政，韦昭度前讨西川，甚为失策，李谿虽已免相，尚且蟠踞朝堂，非亟诛无以慰众心。"昭宗不愿允行，又不敢毅然拒绝，只得以"且从缓议"四字，对付三帅。偏三帅出了殿门，竟招呼甲士，捕杀韦昭度李谿，及极密使康尚弼数人。目中岂尚有天子耶？又请除王珙为河中节

度使，徒王珂至同州。昭宗惧为所胁，不得已暂从所请。三帅
又密谋废立，拟另戴昭宗弟吉王保为帝。忽闻李克用起兵勤
王，约期入关，三帅各有戒心，乃各留兵三千人宿卫京师，匆
匆的辞归本镇去了。

后来昭宗察知三帅犯阙，由崔昭纬暗中怂恿，乃决意易
相，再起孔纬同平章事，张浚为诸道租庸使，李克用闻浚复任
事，因抗表固争，有"浚朝为相，臣夕至阙"等语。昭宗遣
使慰谕，谓未尝相浚。克用乃申表王行瑜李茂贞韩建称兵犯
阙，戕害大臣，愿率蕃汉兵南下，为国讨贼，一面移檄三镇，
指斥罪状，王行瑜等统皆惊惶，克用长驱至绛州，刺史王瑶闭
城守御，相持十日，竟被克用攻破，斩瑶示威。复进兵河中，
王珂迎谒道旁，克用也不暇入城，即趋同州，王行约弃城遁
走。行约弟行实，时为左军指挥使，奏称同华已没，沙陀将
至，请车驾转幸邠州。枢密使骆全瓘，却请昭宗往凤翔，昭宗
道："克用尚驻军河中，就使到来，朕自有法对付，卿等但各
抚本军，勿使摇动为是。"两人怏怏退出。全瓘却去联结右军
指挥使李继鹏，谋劫上趋凤翔。继鹏本姓阎名珪，因拜茂贞为
假父，所以易姓改名。骆李等正在安排，事为中尉刘景宣所
闻，告诸王行实。行实也欲劫上往邠州，孔纬面折景宣，谓车
驾不应轻离宫阙。到了傍晚，继鹏又连请出幸，昭宗不从。哪
知王行实竟召入行约，引左军攻右军，两下相杀，鼓噪震地。
辇毂下如此横行，尚得谓有法纪么？昭宗闻乱，亟登奉天楼，传谕
禁止，且命捧日都头李筠，率部军侍卫楼前。继鹏竟召凤翔兵
攻筠，矢拂御衣，射中楼桷。左右扶昭宗下楼，继鹏复纵火焚
宫门，烟焰蔽天，阖宫鼎沸。先是有盐州六都兵屯驻京师，为
左右两军所惮，昭宗急令入卫，两军方才退走。昭宗至李筠营
避乱，护跸都头李居实率众继至，昭宗稍稍放心。未几，复有
谣言传入，说是行瑜茂贞，将入都来迎车驾。昭宗又恐他胁

迫，乃命筠居实两都兵自卫，径出启夏门，道过南山，寄宿莎城镇。士民追从车驾，约数十万人，及至谷口，三成中渴死一成，夜间复遭盗劫，哭声遍野；百官多扈从不及，唯户部尚书薛王知柔先至，昭宗命权知中书事及置顿使。既而崔昭纬等皆至莎城，昭宗乃复移跸石门镇。

李克用闻昭宗出奔，遣判官王瓌趋问起居，一面督兵攻华州。韩建登城呼克用道："仆与公未尝失礼，何为见攻？"克用应声道："公为人臣，逼逐天子，公为有礼，何人为无礼呢？"说罢，即麾兵进攻。建亦极力拒守，彼此相持不下。适内侍郗延昱，赍诏至克用军，略言邠岐二镇，有劫驾消息，请即过援。克用乃释华州围，移驻渭桥。昭宗复遣供奉官张承业，诣克用营，克用留使监军，遂遣部将李存贞为先锋，又令史俨统三千骑士，诣石门扈驾，再命李存信李存审令同保大节度使李思存，即拓跋思恭弟。往梨园寨攻王行瑜，擒住敌将王令陶等，械送行在。李茂贞闻风知惧，召还李继鹏，把他斩首，传示石门，奉表谢罪，且遣使向克用求和。昭宗亦遣延王戒丕，玄宗子玢之后。往谕克用，令且赦茂贞，专讨行瑜。克用受命，遣子存勖还报行在。存勖年仅十一，状貌魁梧，昭宗叹为奇儿，用手抚顶道："儿方为国栋梁，他日宜尽忠我家。"存勖拜谢而还。昭宗即命克用为邠宁四面行营都招讨使，保大节度使李思存为北面招讨使，定难节度使李思谏为东面招讨使，彰义节度使张镖为西面招讨使，共讨行瑜。

克用复表请还京，并愿拨骑兵三千，驻守三桥，防蔽京师。昭宗始启跸回都，到了京城，但见宫阙被焚，尚未完葺，没奈何寓居尚书省，百官随驾往来，流离颠沛，亦多半无袍笏仆马，面目憔悴，形色苍凉。乱世君臣，大率如是。宰相孔纬，在途中感冒风寒，即致病死。崔昭纬罢为右仆射，再贬为梧州司马。徐彦若本出镇凤翔，因不得莅任，还为御史大夫，仍进授同平章事；户部侍郎王抟，亦得入相；崔胤已免复起；京兆尹孙偓，也受命为户部侍郎，一同辅政。相臣四人，一个儿也不少，可惜都未能称职。王抟较孚物望，但硕果仅存，何足济事。昭宗专任克用，进命为行营都统，授昭义节度使，李罕之为检校侍中，充行营副都统，且特把后宫中的魏国夫人陈氏，赐与克用。不怕做元绪公么？陈氏才色双全，竟畀克用享受，当然感恩图报，愿尽死力，于是与邠宁兵交战数次，无不奏捷，再令李罕之李存信等，急攻梨园，堵绝粮道。城中无粮可食，自然溃散。罕之等纵兵邀击，杀获万余人，擒住行瑜子知进，及大将李元福。克用复亲往督攻，王行约行实等遁去。行瑜率精骑五千，退守龙泉寨，且飞使至凤翔告急，李茂贞发兵五千各往援，遇着沙陀将士，好似风卷残云，顷刻四散。行瑜复弃寨入邠州，克用追至城下，行瑜登城号哭，顾语克用道："行瑜无罪，胁迫乘舆，皆茂贞继鹏所为，请公移兵责问凤翔，行瑜愿束身归朝。"你是首先发难，为何诿过他人？克用答道："王尚父何谦恭乃尔？仆受诏讨三贼臣，公实与列，若欲束身归朝，仆却不敢擅允哩。"答语颇妙。行瑜知不可免，涕泣下城，越宿，挈族出走。克用得入邠州，封府库，抚居民，禁兵四掠，邠人大悦。行瑜走至庆州境，为部下所杀，传首京师，邠宁告平。

克用还军渭北，昭宗封克用为晋王，加李罕之兼侍中，以河东大将盖寓领容管观察使，其余克用子弟及将佐，并进秩有差。克用遣书记李袭吉入朝谢恩，乘间代奏道："近来关辅不宁，强臣跋扈，若乘此胜势，遂取凤翔，这是一劳永逸的至计。臣今屯军渭北，取候进止。"昭宗迟疑未决，特与近臣熟商。或谓："茂贞复灭，沙陀益盛，朝廷且听命河东，亦非良策。"昭宗乃赐克用诏书，褒他忠勇，且言："跋扈不臣，惟一行瑜，茂贞韩建，近已悔罪，职贡相继，且当休兵息民，徐观后衅。”克用奉诏乃止，但私语诏使道：“朝廷用意，似疑克用有异心，克用居心无他，特自料茂贞不除，关中恐仍无宁日哩。”诚如公言。言下很是叹息。未几，又有诏免他入觐，克用尚欲入朝，经盖寓劝止，乃表称臣总领大军，不敢径入朝觐，惊动宫廷。表至京师，上下始安。

　　克用引兵北归，茂贞仍骄横如故，河西州县，多为所据。还有威胜节度使董昌，历年苛敛，充作贡赋，唐廷宠命相继，他欲求为越王，未邀允准，竟居然称起越帝，自称大越罗平国，改元顺天，署城楼曰天册之楼，令群下呼为圣人。当时吴越间谣传有怪鸟，四目三足，鸣声几似人言，仿佛有“罗平天册”四字。昌指为鸳鸯，依鸟声为国号。实是妖孽。节度副使黄碣，会稽令吴镣，山阴令张逊，先后进谏，均被诛夷。又移书钱镠，详告开国情形，并授镠为两浙都指挥使。镠复书道：“与其闭门作天子，与九族百姓，俱陷涂炭，何若开门作节度使，长保富贵？”昌不见省，镠遂表称董昌僭逆，不可不诛。昭宗乃命镠为浙东招讨使，令击董昌。镠遣部将顾全武许再思等，进兵浙东，昌发兵迎战，屡次失败。余姚石城，接连失守，慌忙向淮南乞援。杨行密令宁国节度使田頵，润州团练使安仁义，往攻杭州戍军，遥应董昌，且自率兵攻苏州，拔常熟镇，虏去刺史成及。镠急召全武还军，令防行密。全武已乘胜抵越州，不愿再还，因复报镠书道：“越州系贼根本，愿先取越州，再复苏州未迟。”镠依议而行。全武即猛攻越州，破入外郭，昌尚据牙城拒战，镠令降将骆团，往贻昌书，伪言已奉有诏命，令大王致仕归临安。昌乃送交牌印，出居清道坊。全武遣都监使吴璋，用舟载昌至杭州，途次把他杀死，并诛家属三百余人。镠得昌首，献入京师。罗平应改称荡平。昭宗加镠兼中书令，出王抟为威胜节度使。威胜军即浙东镇。镠却嘱两浙吏民，公同上表，请任镠兼领浙东。昭宗不得已仍留抟为相，

命镠为镇海威胜两军节度使，更名威胜为镇东军。镠复令全武
等克复苏州，淮南兵遁去。吴越一区，遂长为钱氏守土了。小
子有诗叹道：

> 果然乱世出英雄，戡定东南立巨功。
> 为溯当年吴越事，迄今犹著大王风。

东南暂定，东北又启纷争，待小子下回续叙。

　　李茂贞王行瑜韩建，同为晚唐逆臣，为昭宗计，
非不可讨，但讨罪须仗将士，试问当日有良将否乎？
有勇士否乎？覃王嗣周，素无将略，贸贸然任为元
戎，杜让能一书生耳，无裴晋公李赞皇之才略，而遽
委以兵事，多见其不知量也。迨三帅犯阙，恃众横
行，杜让能之贬死，冤过晁错，韦昭度李谿之被杀，
惨过武元衡，废立将成，神器不保，是非昭宗之自贻
伊戚耶？幸李克用仗义兴师，吓退三帅，梨园一战，
行瑜授首，假令移讨凤翔，更及华州，茂贞韩建，指
日可平，关辅从此弭兵，亦未可知也。乃惑于蜚言，
阻止克用，前之讨茂贞也何其急？后之赦茂贞韩建也
又何其宽？自相凿枘，适召强藩之侮弄而已。至若吴
越一区，更不暇问，钱镠自愿讨逆，始得平定董昌，
于昭宗固无与焉。

第九十八回

占友妻张夫人进箴　挟兵威刘太监废帝

　　却说李克用还兵晋阳，正值朱全忠进攻兖郓，兖郓为天平军属境，节度使朱瑄兄弟，曾助全忠破秦宗权，全忠与他约为弟昆，倚若唇齿。见九十四回。及全忠兼有徐州，遂欲并吞兖郓，只苦无词可借，未便出师，蓦然想了一计，架诬朱瑄，但说他诏诱宣武军士，移书诮让。瑄怎肯受诬，自然复书抗辩。全忠即遣部将朱珍葛从周袭据曹州，并夺濮州。嗣是连年战争，互有胜负。乾宁二年，全忠大举攻兖州，朱瑄遣将贺瓌柳存薛怀宝，率兵万余人，往袭曹州，不意为全忠所闻，夤夜往追，至巨野南，生擒瓌存及怀宝，并获兖军三千余名，乃再至兖州城下，望见朱瑾巡城，便将俘虏推示，指语瑾道：“卿兄已败，何不早降？”瑾因兄瑄留守郓州，未闻失陷消息，料知全忠诳言，遂将计就计，伪称愿降，出送符节。全忠大喜，即使朱琼往迎。瑾被甲出城，立马桥上，令骁将董怀进埋伏桥下，待琼一到，即呼怀进何在？当由怀进突出，擒琼入城，不到片刻，即将琼首掷出城外。全忠易喜为怒，也将柳存薛怀宝杀毙，只因贺瓌素有勇名，留为己用，自己引兵还镇，但命葛从周屯兵兖州。

　　朱瑄闻兖州围急，屡遣使至河东，求他出援。李克用发兵数千，令史俨李承嗣为将，假道魏州，往援兖郓。继又遣李存信率兵万骑，作为后应，再向魏州假道。魏博节使罗弘信，初意颇愿和克用，放过史俨等军，及存信将至，适接到朱全忠书，谓克用志吞河朔，休中他假途灭虢的诡计。弘信信为真言，朱三反复狙诈，难道弘信尚未闻知么？遂发兵三万，夜袭存信。存信未曾防备，哪里敌得住许多魏军，立即大溃，资粮兵械，委弃殆尽。克用见存信逃归，始知弘信依附全忠，便兴兵往攻魏博。全忠正遣大将庞师古，会同葛从周军，径攻郓州，一闻克用攻魏，亟调从周赴洹水，为魏博声援。克用引兵击从周，从周令军士多掘深坎，引河东将士追击，屡踬坎中，俘去甚众。克用性起，也策马驰救，哪知一脚落空，也入坎窖，险些儿为汴军所擒。幸克用眼明手快，拈弓射毙一汴将，始得脱险奔还。河东兵退去，从周复还击兖郓，连破朱瑄兄弟。兖郓属境，统为汴军所据。克用再发兵赴援，辄为魏人所拒，不得前进。全忠遂命庞葛两将，并力攻郓，朱瑄兵少食尽，不复出战，但凿濠引水，聊以自固。师古等夜筑浮桥，冒险渡濠，直薄城下。瑄料不可守，弃城奔中都。葛从周麾兵追蹑，瑄为野人所执，献从周军。全忠得入郓城，命庞师古为天平留后，至从周解到朱瑄，复令从周速袭兖州。朱瑾方虑乏食，留部将唐怀贞守城，自与河东将史俨李承嗣，出掠徐境，接济军需。怀贞孤立失援，突闻汴军奄至，不觉大惊，只好开城迎降。

从周入兖州，捕得朱瑾妻孥，送往郓城。瑾妻饶有姿色，为朱全忠所见，即命侍寝，妇人家畏威怕死，没奈何含垢忍耻，供他淫污。这是妇人最坏处。全忠欢宿数宵，始引兵返汴，到了封邱，正值爱妻张氏，率众来迎。这位张夫人籍隶砀山，甚有智略，素为全忠所敬惮，无论军府大事，必经帷闼参谋，此次全忠还见妻面，不禁带着三分怍色。张夫人已瞧透机关，用言盘诘，知全忠已纳瑾妻，便笑语道："妾虽妇人，不怀妒意，何妨请来相见。"全忠乃令瑾妻入谒，瑾妻俯首下拜。亏地老脸。张夫人亦答拜，且持瑾妻手泣语道："兖郓与我同宗，约为兄弟，只因小故起嫌，遂致互动兵戈，使吾姒辱至此地，他日汴州失守，恐我亦不免似吾姒今日哩。"这一席话，说得瑾妻无地自容，泪涔涔下，连全忠亦自觉赧颜，汗流满面。<small>晋汴举事不同，偏各得一贤妇。</small>乃送瑾妻至佛寺为尼，斩朱瑄于汴桥。自是郓齐曹棣兖沂密徐宿陈许郑滑濮诸州，俱属全忠。惟王师范保有淄青一道，还算独立，但也与全忠通好，不敢擅行。

朱瑾闻兖郓俱失，无路可归，乃与史俨李承嗣走保海州，又恐为汴军所逼，即拥州民渡淮，投奔杨行密。行密至高邮迎劳，并表瑾为武宁节度使。淮南旧善水战，不娴骑射，及得河东兖郓兵，水陆兼备，军声大振。全忠闻行密招纳朱瑾，发兵往击，遣庞师古屯清口，葛从周屯安丰，自将中军屯宿州。行密与朱瑾统兵三万，出御汴军，瑾闻师古营地汗下，拟决淮水上流，灌入敌垒，当下向行密献计。行密欲先趋寿州，李承嗣进言道："朱公计划甚善，清口破敌，全忠夺气，何必再行劳师。"行密遂依瑾议，瑾令军校潜决淮水，自率五十骑先渡。有人报知师古，师古尚谓讹言惑众，将他杀毙。及瑾已逼营，仓猝拒战，适值淮水大至，营中几成泽国，士卒骇乱，师古方手足失措，不料行密又统军杀到，与朱瑾并力夹攻，那时汴军大败，师古竟死乱军中。葛从周闻报骇退，被行密等乘胜追击，杀溺殆尽，生还只数百人。全忠亦扫兴奔归。行密大会诸将，极称李承嗣有谋，表领镇海节度，且待史俨亦甚厚，还军后各赐第宅及姬妾，两人遂愿为行密效力，屡次立功。李克用亦遣人贻书，求还史李二人，行密留住不放，但复书修好，只说待缓日遣归，由是得保据江淮，全忠不能与他争锋了。<small>这是借用客将之效。</small>

梧州司马崔昭纬，沿途逗留，不肯往就贬所，且因武安军方有乱事，节度使刘建锋，私通亲卒陈赡妻，为赡所杀，军中

另立马殷为留后，他便借此借口，只推说道梗难通，一面贻书
朱全忠，求他挽回，全忠置诸不理。唐廷已有所闻，乃遣中使
追及荆南，勒令自尽，中外称快。独李茂贞韩建两人，素与昭
纬表里为奸，不忍闻他诛死，因又欲伺隙发难，可巧昭宗置殿
后四军，选补数万人，使延王戒丕等统带，借资护卫。李茂贞
乘间上表，诡说延王将称兵讨臣，臣今勒兵入朝请罪。昭宗览
表大惊，亟向河东告急。急时抱佛脚，已属无益。偏偏远水难救
近火，河东尚未接洽，凤翔兵已逼京畿。覃王嗣周，带了卫
军，出阻茂贞，茂贞不待晤谈，便指挥众士，杀退嗣周，直薄
长安城下。延王戒丕，入白昭宗，谓："关中藩镇，无可依
托，不如由鄜州渡河，往幸太原。"昭宗因草草整装，挈着嫔
妃嗣王等数十人，潜出都城，奔至渭北。连番奔波，莫非自取。
韩建遣子从允奉表，请幸华州，昭宗知建不怀好意，未肯遽
从，但命建为京畿都指挥，兼安抚制置，及催促诸道纲运等
使，自启驾至富平。建又奉表固请，从官亦不愿远去，乃召建
至行在，面议去留。

　　建抵富平，谒见昭宗，顿首泣陈道："方今藩镇跋扈，不
止茂贞一人，陛下若去，宗庙园陵，何人居守？臣恐车驾渡
河，无复还期。今华州兵力虽微，控带关辅，尚足自固，臣积
聚训厉，已十三年，西距长安不远，愿陛下惠临，徐图兴复，
臣愿为陛下尽力。"口是心非。昭宗因偕建至华州，就府署为行
宫。建请罢崔胤相职，改授尚书左丞陆扆同平章事，王搏亦相
继免相，用左谏议大夫朱朴代任。崔胤密求朱全忠，替他转
圜，且教他营修东都宫阙，表迎车驾。全忠依言上表，力言崔
胤忠臣，不应免职，自愿率兵迎跸。韩建不免惊慌。乃复召胤
为相，遣人谕止全忠，胤再黜再进，遂排挤陆扆，诬他党同李
茂贞。扆竟遭贬为硖州刺史。茂贞入长安，又放了一把无名
火，将重修的宫室市肆，焚毁俱尽。昭宗闻报，命宰相孙偓，

为凤翔四面行营招讨使，讨李茂贞。茂贞才上表请罪，献助修宫室钱。韩建暗中袒护茂贞，阻挠出师，且奏称睦济韶通彭韩仪陈八王，均系唐朝宗室。谋劫车驾往河中。昭宗似信非信，召建入问。建又托疾不入，昭宗不得已，令八王诣建自陈。建又拒绝不见，但再表申请勒归私第，妙选师傅，教以诗书，不准典兵预政。昭宗已陷虎口，无法推诿，乃诏令诸王所领军士，遣归田里，建又请撤去殿后四军，昭宗亦不敢不从。天子亲军，至此尽撤。捧日都头李筠，为石门扈从第一功臣，建诬他谋变，请旨处斩。筠既冤死，建心尚未足，索性大起杀心，纵兵围诸王第，拿住覃王嗣周，延王戒丕，通王滋，沂王禋，彭王惕，丹王允，及韶王陈不韩王济王睦王等十一人，韶王以下，史失其名。共牵至石堤谷，冤诬反状，可怜诸王被发徒跣，极口呼冤，随他叫破喉咙，没一个出来救护，号炮一鸣，刀光四闪，十一王首级，都垂地下。暗无天日。建竟先斩后奏，以谋反闻。看官！你想昭宗至此，果安心不安心么？建又强慰昭宗，奏请立德王裕为皇太子，裕系昭宗冢嗣，为淑妃何氏所出，何氏方从幸华州，建向何氏讨好，立裕为储，并请册何氏为皇后。唐自宪宗以降，好几代不立正宫，至此复行册后礼，行辕草率，粗备仪文。看官听着！这已是着末一出了。

孙偓受诏不行，撤去招讨使，并罢相位。朱朴亦免，王搏再相，也无术维持国政。李茂贞官爵，忽夺忽还，毫无定策。东川为王建所并，节度使颜彦晖自杀。威武节度使王潮逝世，弟审知知军府事，魏博节度使罗弘信死，子绍威自称留后。当时虽皆上表奏闻，昭宗还有甚么辩论。不过有求必应，滥给诏书，予他旌节，便算了事。回鹘别部庞特勒后裔，及南诏嗣酋舜化，先后上书，唐廷也无暇报答，幸外夷亦多衰微，无心入寇，所以边疆尚靖，只内部分扰乱难平。李克用闻茂贞犯阙，拟再发兵进援。茂贞素惮克用，因诈称改过，累表谢罪。嗣又

闻朱全忠营洛阳宫，有迎驾意，复驰表行在，愿修复宫阙，奉
昭宗归长安。韩建已与茂贞串同一气，也劝昭宗还都，昭宗乃
令建为修宫阙使。建与茂贞共致书河东，愿与克用修和。克用
正用兵幽州，乐得应允，韩建乃奉驾还都。看官阅过前回，应
知幽州节度使刘仁恭，为克用所保荐，何故互动兵戈哩？原来
仁恭莅镇，克用曾派亲兵千人监守，所有租赋，除供给军需
外，悉令输送晋阳。至昭宗出奔华州，克用向仁恭征兵，一同
入援，仁恭不应，经克用移书责备，他反掷书嫚骂，拘住使
人。克用大怒，自率兵往攻幽州，中途饮酒，被仁恭将单可
及，设伏杀败，奔还晋阳。仁恭恐克用复仇，亟与朱全忠联
络，全忠因会同幽州魏博两镇军士，攻拔邢洺磁三州，昭宗方
还京大赦，下诏罪己，改元光化，一面命太子宾客张有孚，为
河东汾州宣慰使，替他双方和解。克用颇欲奉诏，独全忠不
从，泽州守将李罕之，本依附克用，平王行瑜，他本思代镇邠
宁，克用谓不应恃功要君，乃怏怏还泽州。

　　会昭义节度使薛志勤病逝，罕之即自泽州入潞州，据有昭
义军。克用遣使诘责，罕之遽输款朱全忠，乞为援助。全忠遂
表荐罕之为昭义节度使。克用遣李嗣昭袭取泽州，掳得罕之家
属，囚送晋阳。罕之惊惶成疾，竟致不起。全忠急使部将贺德
伦代守潞州，嗣昭移军围攻，德伦夜遁，泽潞复归克用，克用
表授孟迁为留后。你也上表，我也上表，其实统是盗名欺世。刘仁
恭与魏州失欢，大举攻贝州，魏博节度使罗绍威，乞师汴梁，
由朱全忠遣将李思安等，率兵救魏，大破幽州，斩仁恭骁将单
可及。可及系仁恭妹婿，骁勇绝伦，绰号单无敌，至是堕思安
计，中伏败死，幽州夺气。仁恭自督兵拒战，又被汴将葛从周
杀退，丧失无算，仅与子守文狼狈遁还。从周乘胜攻河东，拔
承天军，别将氏叔琮拔辽州。克用遣将周德威往破叔琮，生擒
叔琮骁将陈夜叉，叔琮遁去，从周亦引还。保义军乱，杀死节

度使王珙，另推都将李璠为留后。璠又为都将朱简所杀，简与全忠同姓，因作书相遗，改名友谦，愿为全忠子侄。全忠笑允来使，自是陕虢一带，亦为全忠属土。全忠又北攻镇州，成德节度使王熔乞和，献子为质，义武节度使王郜，驻守定州，也被全忠将张存敬所攻，出战大败，奔赴晋阳。兵马使王处直，出降全忠，用缯帛十万犒师，全忠乃还，仍为处直表求节钺。河北诸镇，又折入全忠肘下，全忠势力，直占有中原大半，各方镇莫与比伦了。为篡唐张本。

宰相崔胤，恃全忠为外援，屡与昭宗谋去宦官，枢密使宋道弼景务修，专权自盗，也连结岐华二镇，抵制崔胤。王搏从容入奏道："人君当明大体，不宜意存偏私，宦官擅权已数十年，何人不知弊害？但势难猝除，且俟外难渐平，再惩内蠹。"昭宗转告崔胤，胤即谓搏依附中官，万难再相。昭宗又疑胤怀私，竟将胤免职，复相陆扆。胤怎肯干休，乃浼全忠出头，硬要昭宗贬逐王搏，及道弼务修等人。昭宗乃贬搏为崖州司户，流道弼至骦州，务修至爱州，再用崔胤为相。胤更请命昭宗，令王搏等自尽，于是胤专制朝政，势震中外，宦官相率侧目，遂复酿出一场废立的大祸祟来。当时中尉刘季述，统领左军，曾与韩建谋杀诸王，及道弼务修等贬死，不免动了兔死狐悲的念头，遂与右军中尉王仲先，继任枢密使王彦范薛齐偓等密谋道："主上轻佻多诈，不堪奉事，我辈恐终罹祸患，不若奉立太子，引岐华二镇兵入援，控制诸藩，方得免害。"仲先等同声赞成。会昭宗出猎苑中，夜宴归来，醉后模糊，手刃黄门侍女数人，内外交讧，危亡在即，尚且游宴好杀，是非速祸而何？翌晨日上三竿，尚是酣寝宫中，未曾启户。季述诣中书省，语崔胤道："宫中必有变故，我系内臣，不便坐视，愿便宜从事。"胤半晌无言，季述竟率禁军千人，破门直入，访问宫中，具得昨晚情状，乃复出白崔胤道："主上所为如此，怎堪再理天下？不如废昏立明，为社稷计，不得不然。"胤怕他凶威，含糊答应。季述即召集百官，陈兵殿廷，令胤等连名署状，请太子监国。胤等统是怕死，无奈署名。季述仲先，带领禁军，大呼入思政殿，杀死宫人多名。昭宗闻殿前鼓噪，惊堕床下，及勉强起身，见季述仲先已在面前，吓得毛发直竖。季述等掖令坐定，出百官状递示昭宗。宫人忙走报何后，后趋入拜请道："中尉勿惊动官家，有事不妨徐议。"季述道："陛下厌倦大宝，中外群情，愿太子监国，请陛下移养东宫！"昭宗支吾道："昨与卿曹乐饮，不觉过醉，今日已悔悟了。"季述瞋目道："这非臣等所为，事出南司，众怒难犯，愿陛下且往东宫，待事稍就绪，再当迎还大内，休得自误！"何后见他声色俱厉，颇有惧容，乃顾昭宗道："陛下且依中尉语。"随即从床内取出传国玺，交与季述。季述叱令群阉，扶昭宗及何后登辇，并嫔御侍从十余人，诣少阳院。季述用银挝划地，数昭宗过失道："某时汝不从我言，某事汝又不从我言，罪至数十，尚有何说？"仿佛似父训子。语毕出门，亲自加锁，熔铁锢住，复遣左军副使李师虔率兵环守，穴墙为牖，俾通饮食。昭宗求钱帛纸笔，一概不与。天适大寒，嫔御公主无衣衾，号哭声直达墙外。季述迎太子入宫，矫诏令太子即位，改名为缜，奉昭宗为太上皇，何后为皇太后，加百官爵秩，优赏将士，凡宫人左右，前为昭宗宠信，一律搒死，更欲杀司天监胡秀林，秀林正色道："中尉幽囚君父，尚欲多杀无辜么？"季述倒也不敢下手，听令自去。复恐崔胤密召朱全忠，立遣养子希度至汴，许把唐室江山，作为赠品。小子有诗叹道：

　　　　拼将社稷送强臣，逆竖居然作主人。
　　　　试看唐朝阉寺祸，江山从此付沉沦。

欲知全忠是否乐从？且至下回说明。

乱世无公理，亦几无天道。朱瑾曾救朱全忠，全忠乃诬罪加兵，夺其地，辱其妻，杀其兄，张夫人虽有微言，得释瑾妻为尼，然一经玷污，毕生难涤，全忠之恶，可胜数乎？然犹得横行河朔，无战不克，非后日老贼万段之举，尚何有所谓公理？又何有所谓天道也？若昭宗之被幽，无非自取，权幸虱于内，悍帅麕于外，尚游畋酣宴，恬不知戒，鱼游釜中，蝇集刀上，不死被幽，犹为幸事。但穷凶极恶如刘季述，亦为宦官最后之终点。观其银挝划地之言，试问由何人纵容，乃至于此？而且丧心病狂，竟欲送唐社稷于朱全忠，犬马犹思报主，而晚唐乃有此近臣，不吾忍闻，吾几不欲终读此篇矣。

第九十九回

以乱易乱劫迁主驾　用毒攻毒尽杀宦官

却说刘季述遣人至汴，愿以唐社稷为赠品，崔胤亦密召全忠，令他勤王。全忠接阅两书，踌躇莫决。已有心篡唐了。副使李振进言道："王室有难，便是助公霸业，今公为唐室桓文，安危所系，季述宦竖，乃敢囚废天子，若不能讨，如何号令诸侯？况且幼主位定，天下大权，尽归宦官，岂不是倒授人柄么？"全忠大悟，即将希度囚住，遣亲吏张玄晖赴京，与崔胤共谋反正。计尚未定，巧值神策指挥使孙德昭，因季述废立，常有愤言，胤微有所闻，即令判官石戬，往说德昭道："自上皇幽闭，中外大臣，莫不切齿，今独季述仲先等数人，悖逆不臣，公诚能诛此二人，迎上皇复位，岂非功成名立，传誉千秋？若再狐疑不决，恐此功将为他人所夺呢。"德昭且泣且谢道："德昭不过一个小校，国家大事，怎敢擅行？若相公有命，德昭何敢爱死？"戬即还白崔胤，胤割衣带为书，令戬转授德昭。德昭复结右军都将董彦弼周承诲等，拟至除夕举事，伏兵安福门外，掩捕凶竖，是时已为光化二年的暮冬了。

残年已届，宫廷内外，统是团圞守岁，畅饮通宵，独德昭等部勒军士，分头潜伏。转眼间天色熹微，鸡声报晓，王仲先驰马入朝，甫至安福门外，即由德昭突出，麾动兵士，将他拿下，趁手一刀，砍作两段。名为仲先，应该先诛。德昭持首诣少阳院，叩门大呼道："逆贼已诛，请陛下出劳将士！"何后正与昭宗对泣，骤闻呼声，尚是未信，因即应声道："逆贼果诛，首级何在？"德昭亟将仲先首级，从穴中递入。何后持示昭宗，果然不谬，乃破扉直出，崔胤也已到来，奉上御长乐门楼，自率百官称贺。周承诲亦擒住刘季述王彦范，押至楼下，昭宗正欲诘责，已被各军士用梃乱击，打成了一团糟。薛齐偓投井自尽，由军士搜出枭尸，遂灭四人家族，诛逆党二十余人。宦官奉太子匿左军，献还传国玺。昭宗道："裕尚幼弱，为凶竖所立，不足言罪，可还居东宫。"乃仍降裕为德王，仍复原名。赐德昭姓名为李继昭，承诲姓名为李继诲，彦弼亦赐姓李，继昭充静海节度使，继诲充岭南西道节度使，彦弼充宁远节度使，均兼同平章事职衔，留掌宿卫。阅十日始出还家，赏赐倾府库，时人号为三使相。进崔胤为司徒，朱全忠为东平王。李茂贞闻昭宗复位，特自凤翔入朝，诏封他为岐王。无功加封，益令跋扈。改元天复，大赉功臣子孙。

崔胤陆扆，联名上疏，谓："国家祸乱，皆由中官典兵，乞令臣胤主左军，臣扆主右军，庶宦官无从专擅，诸侯亦不敢侵陵，王室自然渐尊了。"李茂贞闻了此言，谓崔胤等欲翦灭诸侯，大加反对。昭宗乃召李继昭李继诲李彦弼三人入商，三人同声说道："臣等累世在军中，未闻书生可为军帅，且禁军若属南司，必多所变更，不若仍归北司为便。"于是复命枢密使韩全诲，凤翔监军张彦弘为左右军尉，祸水又成了。另用袁易简周敬容为枢密使。李茂贞辞行还镇，崔胤与茂贞商议，令留兵三千人，充作宿卫，监督宦官。茂贞允诺，令养子继筠为将，率三千人留京。谏议大夫韩偓道："留此兵必为国患。"胤不肯从，但日思裁抑宦官，削除内柄。从前杨复恭为中尉时，尝向度支使借拨卖曲榷赋，赡养两军，此后不复归偿。胤不欲宦官专利，特令酤酒家自己造曲，月输榷钱至度支，并近镇亦照例办理。李茂贞亦失利权，表乞入朝论奏。韩全诲更代为申请，乃许茂贞入朝。茂贞至京，全海厚与相结，约为党援，胤始戒惧，益与朱全忠交欢，抵制茂贞。昭宗方倚胤为重，事无大小，先咨后行，每日召胤坐论，至晚方休。胤惟以除绝宦官为职志，奏对时辄加怂恿，宦官越觉侧目。中书舍人令狐涣，及谏议大夫韩偓，已擢为翰林学士，闻胤欲尽诛宦官，从旁屡谏，谓相持过急，恐防他变，胤始终不省。

蹉跎蹉跎，过了半年，昭宗召偓入问道："敕使中多半为恶，如何处置？"偓答道："前时东宫发难，敕使统是同恶，欲加处置，应在正旦，今已错过时机了。"昭宗道："卿在前日，何不与崔胤商决？"偓又道："臣见诏书，谓除刘季述四家外，余人一概勿问。人主所重惟信，既下此诏，不宜食言，若复戮一人，势必人人怕死，转致恟恟不安。况此辈杂居内外，不下万计，怎能一一尽诛？陛下不若择他最恶诸人，声罪正法，然后抚谕余党，选二三忠厚长者，令侍左右，庶几劝善惩恶，激油扬清。目下至要事体，在方镇有权，朝廷无权，陛下能集权朝廷，中官亦何能有为？愿陛下熟权缓急，毋致误施。"^{偓语亦是非参半。}昭宗颇以为然，无心诛阉。偏崔胤日夕营谋，先令宫人掌管内事，阴夺宦官权柄。韩全海等泣语昭宗，求免摈斥，且求知书识字的美女数人，纳诸宫中，令之伺察胤谋。胤有所陈，辄为所闻，乃教禁军对上喧噪，只说胤减扣冬衣。胤方兼握三司使事，昭宗不得已撤胤盐铁使。胤知谋泄事急，不得不致书全忠，令他入清君侧。全忠正取河中晋绛等州，擒斩王珂，复攻下河东沁泽潞辽等州，威振四方，奉诏兼任宣武宣义^{即义成军，因全忠父名诚，改名宣义。}天平护国节度使。既得胤书，遂自河中还大梁，指日发兵。韩全海闻知消息，急与李继昭李继诲李彦弼，及李继筠等潜谋劫驾，先往凤翔。继昭独不肯允议，全海以事在燃眉，势所必行，无论继昭允否，他却决计劫驾，便增兵分守宫禁诸门，所有出纳文书，及进退诸人，一律搜察，盘诘甚严。昭宗闻报，忙召韩偓入语道："全忠入清君侧，大是尽忠，但须令李茂贞共同合谋，方不致两帅交争，卿可转告崔胤，速即飞书两镇，令他联络。"偓徐答道："这事恐办不到。"昭宗道："继诲彦弼等，骄横日甚，朕恐为他所害。"偓又道："此事实失诸当初，前时诸人立功，但应酬以官爵田宅金帛，不宜使他出入禁中，且崔胤欲留岐兵，监制中尉，今中尉岐兵合为一气，汴兵若来，必与斗阙下，臣窃寒心，不知将如何结局哩。"昭宗但愀然忧沮，不知所措。悔之晚矣。及偓既退出，全诲竟令继诲彦弼等，勒兵登殿，请车驾西幸凤翔。昭宗支吾对付，说是待晚再商，继诲等暂退。昭宗亲书手札，遣人密赐崔胤，札中有数语云："我为宗社大计，势须西行，卿等但东行便了。惆怅惆怅！"是夕即开延英殿，召全诲等议事。李继筠已遣兵入内库，劫掉宝货法物。全诲见了昭宗，但云"速幸凤翔"四字。昭宗不答，全诲退出，竟遣兵迫送诸王宫人，先往凤翔。适朱全忠有表到来，请昭宗幸东都，两下交逼，内外大骇。昭宗遣中使宣召百官，待久不至，惟全诲等复带兵登殿，厉声奏请道："朱全忠欲劫天子幸洛阳，求传禅，臣等愿奉陛下幸凤翔，集兵拒守。"昭宗不许，拔剑登乞巧楼。拔剑为何？全诲等随至楼上，硬逼昭宗下楼。昭宗才行及寿春殿，李彦弼已在御院纵火，烟焰外腾。比强盗还要凶悍。昭宗不得已，与后妃诸王百余人，出殿上马，且泣且行。沿途供奉甚薄，到了田家碥，始由李茂贞来迎。昭宗下马慰谕，茂贞请昭宗上马，相偕至凤翔。

　　朱全忠发兵至赤水，闻昭宗已经西去，拟即还兵。左仆射致仕张浚入劝道："韩建系茂贞私党，今正好乘便往取，否则必为后患。"全忠乃引兵至华州，建料不能拒，出城迎谒，愿献银三万两助军。全忠徙建为忠武节度使，派兵送往，令前商州刺史李存权知华州。独行独断，简直是个皇帝。会接崔胤来书，

请全忠速迎车驾。全忠复书道："进以胁君，退即负国，不敢
不勉力从事。"便顺道诣长安。胤率百官出迎长乐坡，列班申
敬。全忠入都，因李继昭不肯附逆，格外礼待，命为两街制置
使，赏给甚厚。继昭尽献部众八千人，全忠即使判官李择裴
铸，赴凤翔奏事，谓臣系接奉密诏，及得崔胤书，令臣率兵入
朝。昭宗已同傀儡，统由全海茂贞等作主，矫诏复答全忠，但
言朕避灾至此，并非宦官所劫，所有从前密诏，都出自崔胤矫
制，卿宜敛兵归保土宇，不必西来。茂贞遣部将符道昭，屯兵
武功，拒遏全忠。全忠与胤，接到矫诏，知非昭宗本意，遂由
全忠派得康怀贞，领兵数千，作为前驱，全忠自统大军继进。
怀贞击破符道昭，直抵凤翔城下，全忠亦至，耀武城东。茂贞
登城语全忠道："天子避灾，非由臣下无礼，公为谗人所误，
不免多劳。"全忠应声道："韩全海劫迁天子，故我特来问罪，
迎驾还宫。岐王若不与谋，何烦陈谕。"茂贞下城，逼昭宗登
陴，自谕全忠，令他退兵。全忠本非实心勤王，不过经崔胤苦
功，勉强前来，既由昭宗面谕退还，乐得拜命奉辞，移趋邠
州。彼此都是好心肠。

邠宁节度使李继徽，本是茂贞养子，闻全忠移师来攻，没
法抵御，只好出城迎降。全忠引兵入城，继徽设宴相待，且出
妻奉酒。全忠见她杏靥桃腮，非常美艳，不由的四肢酥麻，心
神俱醉，待宴罢还营，寝不安枕，默筹了好多时，想定一策，
待至天晓，即引兵再见继徽，令复姓名为杨崇本，仍镇邠州，
但须交出妻孥，徙质河中，方许留镇。继徽惮他兵威，没奈何
唯唯从命，当下唤出艳妻爱子，与他们诀别。全忠不待多言，
即麾兵直前，把他妻子拥去，终不脱盗贼行径。自率兵退出邠
州。蓦闻河东将李嗣昭，由沁州至晋州，来援凤翔，接应茂
贞，当下不得不分兵往御，自己却匆匆还至河中，安置继徽妻
孥，晚间即召继徽妻入行幄，不管她愿与不愿，把她解带宽

衣，自逞肉欲。淫贼。

恋色忘时，又过了天复元年的残冬。河东将李嗣昭，在平阳击退汴兵，复会同别将周德威，攻克慈隰二州，进逼晋绛。全忠接连闻警，方遣兄子友宁，及部将氏叔琮，率精兵十余万人，往击河东。河东兵少，不及汴军半数，闻汴军大至，众情恟惧。周德威出战失利，密令嗣昭率后军先退，自督兵士且战且行。叔琮友宁，长驱追击，大败河东军，擒住克用子廷鸾，克用接得败报，忙遣李存信领兵往迎，到了清源，河东军多弃甲抛戈，狼狈奔还。随后便是汴军追至，存信登高遥望，见汴兵漫山遍野，吓得魂胆飞扬，慌忙收军还晋阳。汴军取还慈隰汾三州，乘胜薄晋阳城。周德威李嗣昭，甫入城中，余众尚未尽归，克用仓猝拒守，巡城俯视，见叔琮等攻城甚急，不由的长叹道："我不该信用李茂贞，遣兵攻凤翔，此次被汴军环攻，恐是城且将不保哩。"借克用口中，补述出兵缘由。遂召诸将入议，欲北走云州。存信主张北行，李嗣昭嗣源及周德威，一齐劝阻道："儿辈在此，必能固守，王勿为此谋，摇动人心。"克用乃昼夜登城，督众力守，甚至寝食不暇，日虞危险，复欲乘夜北走。刘夫人亦谏阻道："王常笑王行瑜轻意弃城，终致身死，奈何王亦蹈彼辙。且王前奔鞑靼，几不能免，幸朝廷多事，始得复归，今一足出城，祸且不测，塞外尚可得至么？"克用乃止。阅数日，溃兵还集，军府渐安。嗣昭嗣源，又屡募死士，夜袭汴营，辄有斩获。汴军惊扰不安，复因霖雨连绵，疫疾大作，叔琮等乃引兵退还。嗣昭与周德威，出城追敌，复取慈隰汾三州，河东复振。但克用遭此虚惊，敛兵静守，不敢与汴军相争，约有数年。全忠便得篡唐了。

昭宗寓居凤翔，已经半载，但任兵部侍郎卢光启，权勾当中书事，参知机务。韩全诲请罢免崔胤，李茂贞荐给事中韦贻范为相，昭宗不得不从，一面分道征兵，命讨朱全忠。杨行密据有江淮，特旨加封吴王，兼任讨汴行营都统。王建并有两川，亦由昭宗颁诏，令出师讨汴，其实统是全诲茂贞，强迫昭宗，下此敕命。行密与建，也是阳奉阴违，各营私利，崔胤因罢相情急，奔赴河中，泣请全忠迎驾。全忠与宴，胤且亲执檀板，长歌侑酒。不知自居何等？全忠乃发兵五万，再赴凤翔。李茂贞也督军出拒，行至虢县，与汴军相遇，斗了一仗，大败奔还。全忠进军凤翔城下，朝服向城泣拜道："臣但欲迎驾还宫，不愿与岐王角胜哩。"嗣是分设五寨，环攻凤翔。茂贞出兵拒击，屡战屡败，保大节度使李茂勋，系茂贞弟，引兵救凤翔，为汴将康怀贞击败。全忠且遣部将孔勍李晖，乘虚袭取鄜坊，茂勋进退无路，只好乞降全忠，改名周彝。茂贞养子继远彦询等，又皆奔赴全忠，王建又袭据山南州镇，弄得茂贞穷蹙失援，镇日里坐守孤城，愁眉不展。汴军诟城上人为劫天子贼，城上人诟汴军为夺天子贼，彼此一攻一守，又过数旬。凤翔城中食尽，天气已值隆冬，连番雨雪，冻死饿死，不可胜计，人肉每斤值百钱，犬肉值五百钱，每日进奉御膳，就把此肉充当。昭宗令鬻御衣，及后宫诸王服饰，暂充日用，军士多缒城出降汴军，茂贞无法可施，乃密谋诛戮宦官，自赎前愆，遂贻全忠书，归罪全诲，请全忠扈跸还都。全忠复书道："仆举兵至此，无非为乘舆播迁，公能协力诛逆，尚有何言？"茂贞得复，独入见昭宗，请诛韩全诲等，与全忠议和，奉驾还京。昭宗当然乐从，便遣殿中侍御史崔构，供奉官郭遵训，赍诏出慰全忠，密订和议。时又年暮，约以正月为期，尽诛阉党。全忠允约，遣崔构等还城，并饬军士缓攻，就在凤翔行营，过了残年。

天复三年正月，李茂贞收捕韩全诲，及李继筼继诲彦弼等十六人，一并斩首，改任第五可范为左军中尉，仇承坦为右军中尉，王知古杨虔朗为枢密使，当由昭宗遣后宫赵国夫人，及翰林学士韩偓，囊全诲等首级，持诣汴营，遣一妇人为使，不知何意。且传述诏语道："向来胁留车驾，不欲协和，均出若辈所为，今朕已与茂贞决议，一体诛夷，卿可将朕意晓谕诸军，俾伸众愤。"全忠总算拜受诏旨，遣判官李振奉表入谢，惟兵围仍然未撤。茂贞疑崔胤从中作梗，请昭宗飞书召胤，令率百官赴行在。胤竟迟迟不至，诏书连下，至六七次，仍不见胤到来。再令全忠作书相招，全忠乃作书戏胤道："我未识天子，请公速来，辩明是非。"胤才来至凤翔，入城谒见昭宗，请即回銮。茂贞无法挽留，但请求何后女平原公主，赐为子妇。后意却是未愿，昭宗叹道："且令我得还长安，何忧尔女？"剜肉补疮，且顾眼前。于是将平原公主，下嫁茂贞子侃，当即启跸出城，幸全忠营，崔胤搜诛扈从宦官，共七十二人。全忠又密令京兆尹，捕斩致仕诸阉，及留居京中各内侍，约九十人。一面迎驾入营，素服谢罪，顿首流涕。全是做作。昭宗命韩偓扶起全忠，且语且泣道："宗庙社稷，赖卿再安，朕与宗族，赖卿再生，卿真可谓再造王室了。"恐就要砍你的脑袋。说罢，即解下玉带，赐给全忠。全忠拜谢，遂命兄子朱友伦，统兵扈驾先行，自留部兵后队，焚撤诸寨。驾至兴平，始由崔胤召集百官，迎谒昭宗。昭宗复命胤为司空，兼同平章事，仍领三司如故。

及昭宗还都，全忠亦至，与胤上殿面奏，谓宦官典兵预政，倾危社稷，此根不除，祸终未已，请悉罢内诸司使，事务悉归省寺。诸道监军，俱召还阙下。昭宗听一句，应一声，及两人奏毕，退朝出来，即由全忠麾动兵士，大索宦官，捕得左右中尉，及枢密使等以下数百人，驱至内侍省，悉数枭首，冤号声远达内外。又命远方宾客诸中使，不问有罪无罪，概由地方官长，就近捕诛，止留黄衣幼弱三十人，在宫洒扫。嗣是宣传诏命，概令宫人出入，所有两军八镇兵，悉属六军，命崔胤兼判六军十二卫事。胤益专权自恣，忌害同僚，贬陆扆王溥韩偓，逼死卢光启，且奏请令皇子为诸道兵马元帅，副以朱全忠。昭宗欲简任德王裕，胤承全忠密旨，利在幼冲，特请任昭宗第九子辉王祚。昭宗不能坚拒，悉从胤议，且加封胤为司徒兼侍中，全忠进爵梁王，赐号回天再造竭忠守正功臣。凡全忠部将敬翔朱友宁以下，各赐号有差。全忠奏留步骑万人戍京，用朱友伦为宿卫使，张廷范为宫苑使，王殷为皇城使，蒋玄晖为卫使，随即陛辞还镇。正是：

宦官扫尽权归去，悍将留屯待再来。

全忠辞归，当有一番饯别情形，且俟下回申叙。

刘季述述后，又有韩全诲，以天子为傀儡，任情侮弄，崔胤之志在尽诛，宜也。但胤身居何职，就近不能诛逆阉，但借外兵以快私忿，始倚李茂贞，继恃朱全忠，亦思茂贞全忠为何如人，而可教猱升木乎？且季述既诛，不闻惩前毖后，以致全诲复起，再劫乘舆，朱全忠逆迹久著，倚若长城，宦官虽歼，而唐室终覆，是亡唐者全忠，崔胤实其伥也。汉袁绍召董卓而汉亡，唐崔胤召朱全忠而唐亡，岂不哀哉？

第一百回

徒乘舆朱全忠行弑　移国祚昭宣帝亡唐

却说朱全忠辞行归镇，昭宗御延喜楼，亲自宴饯，席间赐全忠诗，全忠依章属和，又进《杨柳枝词》五首，一褒一颂，无非是纸上风光。全忠奏荐清海节度使裴枢，可任国政，且谓臣与克用，无甚大嫌，乞厚加抚慰。昭宗惟命是从，全忠即谢宴启行。百官送至长乐驿，崔胤更远送至灞桥，至夜间二鼓，始还都城。昭宗尚召胤入对，问及全忠安否，置酒奏乐，至四鼓乃罢。方得息肩，又要长夜饮，可谓至死不变。克用闻胤得宠，语僚属道："胤外倚强贼，内胁孱君，权重怨必多，势均衅必生，破国亡家，就在目前了。"又闻全忠请抚慰河东，也不觉冷笑道："此贼欲有事淄青，恐我乘虚袭汴，所以假作慈悲呢。"臆则屡中。

看官道全忠何故欲攻淄青？原来平卢节度使王师范，曾接凤翔伪诏，出讨全忠，攻克兖州。及全忠还汴，师范正遣兵围齐州，全忠令朱友宁援齐，击退师范，乘胜拔博昌临淄二县，直抵青州城下。师范向淮南乞援，杨行密遣将王茂章往救，与师范共破汴军，追斩友宁，汴军伤亡几尽。全忠闻报大愤，统兵二十万，兼程东行。师范逆战，大败亏输。茂章手下，不过数千人，眼见得支持不住，收兵退归。全忠留杨师厚攻青州，令葛从周攻兖州，自率余军还汴。师厚连败师范，擒住师范弟师克，师范恐弟为所杀，不得已乞降。兖州守将刘郡，由师范谕令归汴，亦举城降从周。全忠表郍为保大留后，师范为河阳节度使。既而友宁妻泣请复仇，全忠乃拘杀师范，并将他族属骈戮无遗。

会山南东道节度使赵德𬤟病卒，子匡凝依附全忠，复得全忠荐表，得袭父职。匡凝令弟匡明并据荆南，使为留后，岁时贡献朝廷，还算是方镇中的一位忠臣。褒中寓贬。邠宁节度使杨崇本，因妻为全忠所占，免不得惭怒交并，事见前面。乃复姓名为李继徽，遣使白李茂贞道："唐室将灭，朱温猖狂，阿父何忍坐视？"为了爱妻，始记义父，也是情理倒置。茂贞遂与继徽合兵，侵逼京畿，迫昭宗加罪全忠。全忠恐他再行劫驾，特出兵屯河中。左仆射张浚，致仕居长水，当王师范举兵时，欲取浚为谋主，事不果行，全忠虑浚为患，嘱令河南尹张全义，捕杀张浚。浚次子格子身逃脱，由荆南入蜀，投奔王建。这时建已晋封蜀王，与全忠本不相容，便留格在侧，待若子侄。全忠既出屯河中，欲乘势篡夺唐祚，辄与崔胤密书往来，隐露心迹。胤不禁良心发现，外面虽仍与全忠亲厚，暗中却徐图抵制。迟了！迟了！乃复告全忠，但说："长安密迩茂贞，不可不防，六军十二卫，徒有虚名，愿募兵补足，使公无西顾忧。"偏全忠窥破胤意，佯为应允，却密令麾下壮士，入都应募，诇察隐情。一个乖逾一个。胤全未知晓，每日与京兆尹郑元规等，缮治兵仗，兴高采烈。适宿卫使朱友伦，击毬坠马，重伤身死，全忠疑胤所为，遥令张廷范王殷蒋元晖，查出友伦击毬时伴侣，杀毙十余人。更遣兄子友谅，代掌宿卫，并密表崔胤专权乱国，请穷究党与，一体严惩。昭宗不得已罢免胤职，另授礼部尚书独孤损，同平章事，与裴枢分掌六军三司。更进兵部尚书崔远，翰林学士柳璨，一同辅政。胤虽罢相，但尚得为太子少傅，留居京师。不意朱友谅受全忠命，竟带领长安留军，突入胤宅，将胤砍毙，复出捕郑元规等，杀得一个不留。昭宗御延喜楼，正要召问友谅，那全忠已飞表到京，请昭宗迁都洛阳，免为邠岐所制。昭宗览表下楼，同平章事裴枢，也得全忠贻书，昂然入殿，严促百官东行。越日复驱徙士民，概令往洛。可怜都中人士，号哭满途，且泣且詈道："贼臣崔胤，召朱温来倾覆社稷，使我辈流离至此。"张廷范朱友谅等，令人监谤，任情捶击，血流满衢，昭宗尚不欲迁居，怎奈前后左右，统变作全忠心腹，不由昭宗主张，硬要他启驾东行，遂于天复四年正月下旬，挈后妃诸王等，出发长安。

车驾方出都门，张廷范已奉全忠命令，任御营使，督兵役拆毁宫阙，及官廨民宅，取得屋料，浮渭沿河而下。长安成为邱墟，洛阳却大加兴造，全忠发两河诸镇丁匠数万，令张全义治东都宫室，日夜赶造，所需材料，就是取诸长安都中，工匠却是交运。一面遣使报知昭宗。昭宗行至华州，人民夹道呼万岁，昭宗泣谕道："勿呼万岁！朕不能再为汝主了！"及就宿兴德宫，顾语侍臣道："都中曾有俚言云：'纥干山头冻杀雀，何不飞去生处乐？'朕今漂泊，不知竟落何所？"说至此，泪下沾襟。谁为之，孰令听之？左右亦莫能仰视。二月初旬，昭宗至陕，因东都宫室未成，暂作勾留。全忠自河中来朝，昭宗延他入宴，并令与何后相见。何后掩面涕泣道："自今大家夫妇，委身全忠了。"除死方休。全忠宴毕趋出，留居陕州私第。昭宗命全忠兼掌左右神策军，及六军诸卫事。全忠置酒私第中，邀上临幸，面请先赴洛阳，督修宫阙，昭宗自然面允。次日昭宗大宴群臣，并替全忠饯行，酒过数巡，众臣辞出，留全忠在座，此外更有忠武节度使韩建一人。何后自室内出来，亲捧玉卮，劝全忠饮。偏后宫晋国夫人至昭宗身旁，附耳数语，留宴强臣，亦不应使宫人耳语，这正自速其死。全忠已未免动疑。韩建又潜蹑全忠右足，全忠遂托词已醉，不饮而去。越宿全忠即赴东都，临行时，上书奏请改长安为佑国军，以韩建为佑国节度使。昭宗虽然准奏，心下很怀着鬼胎，夜间密书绢诏，遣使至西川河东淮南，分投告急。诏中大意，谓："朕被朱全忠逼迁洛阳，迹同幽闭，诏敕皆出彼手，朕意不得复通，卿等可纠合各镇，速图匡复"云云。未几就是孟夏，全忠表称洛阳宫室，已经构成，请车驾急速启行。适司天监王墀，奏言星气有变，期在今秋，不利东行。昭宗因欲延宕至冬，然后赴洛，屡迁宫人往谕全忠，说是皇后新产，不便就道，请俟十月东行，且证以医官使阎佑之诊后药方。全忠疑昭宗徘徊俟变，即遣牙官寇彦卿，带兵至陕，且嘱语道："汝速至陕，促官家发来。"彦卿到了行在，狐假虎威，迫昭宗即日登程。昭宗拗他不过，只好动身。全忠至新安迎驾，阴嗾医官许昭远，告讦阎佑之王墀及晋国夫人，谋害元帅，一并收捕处死。自崔胤被戮，六军散亡俱尽，所余击毬供奉内园小儿二百余人，随驾东来。全忠设食幄中，诱令赴饮，悉数缢死，另选二百余人，大小相类，代充此役。昭宗初尚未觉，数日乃寤。已经死了半个。嗣是御驾左右，统是全忠私人，所有帝后一举一动，无不预闻。

至昭宗已至东都，御殿受朝，改元天祐，更命陕州为兴唐府，授蒋玄晖王殷为宣徽南北院使，张廷范为卫使，韦震为河南尹，兼六军诸卫副使。召朱友恭氏叔琮为左右龙武统军，并掌宿卫，擢张全义为天平节度使，进全忠为护国宣武宣义忠武四镇节度使。昭宗毫无主权，专仰诸人鼻息，事事牵制，抑郁无聊，乃封钱镠为越王，罗绍威为邺王，尚望他热心王室，报恩勤王。那李茂贞李继徽李克用刘仁恭王建杨行密等，却移檄往来，声讨全忠，均以兴复为辞。全忠方欲西攻茂贞，恐昭宗尚有英气，不免生变，拟乘势废立，以便篡夺，乃遣判官李振至洛阳，与蒋玄晖朱友恭氏叔琮等，共同谋议。数人只知全忠，不知有昭宗，索性想出绝计，做出弑君大事来了。是年仲秋，昭宗夜宿椒殿，玄晖率牙官史太等百人，夜叩宫口，托言有紧急军事，当面奏皇帝。由宫人裴贞一开门，史太等一拥而进，贞一慌张道："如有急奏，何必带兵？"道言未绝，玉颈上已着了一刃，晕倒门前。玄晖在后大呼道："至尊何在？"昭仪李渐荣披衣先起，开轩一望，只见刀芒四闪，料知不怀好意，便凄声道："宁杀我曹，勿伤大家。"昭宗亦惊起，单衣跣足，跑出寝门，正值史太持刀进来，慌忙绕柱奔走。史太追赶不舍，李渐荣抢上数步，以身蔽帝，太竟用刀刺死渐荣，昭宗越觉惊慌，用手抱头，欲窜无路，但听得砉然一声，已是不省人事，倒地归天。年止三十八岁，在位一十六年，改元六次。龙纪景福乾宁光化天复天祐

何后披发出来，巧巧碰着玄晖，连忙向他乞哀。玄晖倒也不忍下手，释令还内，遂矫诏称李渐荣裴贞一弑逆，宜立辉王祚为皇太子，改名为柷，监军国事。越日，又矫称皇后旨意，令太子柷在枢前即位。柷为何后所生，年仅十三，何知大政，就是昭宗死后，匆匆棺殓，何后以下，也不敢高声举哀，全是草率了事。惟全忠闻已弑昭宗，佯作惊惶，自投地上道："奴辈负我，使我受万代恶名。"还想美名么？乃趋至东都，入谒梓宫，伏地恸哭。装得还像，可惜欲盖弥彰。寻即觐见嗣皇，奏称友恭叔琮不戢士卒，应加贬戮，随即贬友恭为崖州司户，叔琮为白州司户，概令自尽。友恭系全忠养子，原姓名为李彦威，临死时，向人大呼道："卖我塞天下谤，但能欺人，不能欺鬼神，似此行为，尚望有后么？"你自己甘为所使，难道得免刑诛？嗣皇帝柷御殿受朝，是谓昭宣帝，尊何后为皇太后，奉居积善宫，号为积善太后。天平节度使张全义来朝，复任河南尹，兼忠武节度使，判六军诸卫事，命全忠兼镇天平。全忠乃辞归大梁，故相徐彦若，曾出任清海军节度使，彦若病故，遗表荐封

州刺史刘隐，权为留后。隐重赂全忠，得他庇护，令掌节钺。

　　倏忽间又是一年，昭宣帝不敢改元，仍称天祐二年。全忠已决意篡唐，特使蒋玄晖邀集昭宗诸子，共宴九曲池。那时联翩赴宴，就是德王裕、棣王祤、虔王禊、沂王禋、遂王祎、景王秘、祁王祺、雅王祯、琼王祥等九人。全忠殷勤款待，灌得诸王酩酊大醉，即命武士入内，一一扼死，投尸池中。行同蛇蝎。昭宣帝怎敢过问，但奉昭宗安葬和陵，算是人子送终的大典。同平章事柳璨举进士及第，不过四年，骤得相位，专知求媚全忠，暨蒋玄晖张廷范等一班权奴，同列裴枢崔远独孤损三人，统负朝廷宿望，看轻柳璨，璨引为深憾。张廷范以优人得宠全忠，表荐为太常卿，枢支吾道："廷范是国家功臣，方得重任，何需乐官？这事恐非元帅意旨，不便曲从。"全忠闻言，语宾佐道："我尝谓裴十四想是裴枢小字。器识真纯，不入浮党，今有此议，是本态毕露了。"璨正欲推倒裴枢等人，乐得投石下井，向全忠处添些坏话，并将损远两相，一并牵入，谓系与枢同党。全忠遂请罢三相，另荐礼部侍郎张文蔚，吏部侍郎杨涉，同平章事。

　　到了孟夏，彗星出西北方，光长亘天，占验家谓变应君臣，恐有诛戮大祸，璨遂将平时嫉忌诸人物，列作一表，密贻全忠，且传语道："此等皆怨望腹诽，可悉加诛戮，上应星变。"全忠尚在迟疑，判官李振进言道："大王欲图大事，非尽除此等人物，不能得志。"璨振等比全忠尤凶。全忠乃奏贬独孤损为棣州刺史，裴枢为登州刺史，崔远为莱州刺史，吏部尚书陆扆为濮州司户，工部尚书王溥为淄州司户，太子太保致仕赵崇为曹州司户，兵部侍郎王赞为潍州司户。此外或系世胄，或由科名，得入三省台阁诸臣，稍有声望，俱一律贬窜，朝右为之一空。李振尚不肯干休，更劝全忠斩草除根。原来振屡试进士，终不中第，所以深恨搢绅，欲把他一网打尽。全忠因派兵至白马驿,截住裴枢等三十余人,尽行杀死,投尸河中。振始得泄恨,笑语全忠道:"此辈清流,应投浊流。"全忠亦含笑点首,引为快事。柳璨既诛逐同僚,因恐人心未服,特召前礼部员外郎司空图诣阙,欲加重任。图本见朝事丛脞,弃官居王官谷,至是不得已入朝,佯为衰野,坠笏失仪。璨复传诏,说他匪夷匪惠,难列朝廷,可仍放还,这数语正中图意,便飘然出都,还我初服。后来全忠篡位,又征图为礼部尚书,仍然不起。昭宣帝遇弑,图不食而死,完名全节,亘古流芳。_{特别}表扬。这且不必细表。

且说朱全忠既揽大权,复受命为诸道兵马元帅,别开幕府,因闻赵匡凝兄弟,也与杨行密等联络一气,声言匡复,乃令杨师厚带兵取襄阳,进拔江陵。匡凝奔广陵,匡明奔成都,全忠欲乘胜攻淮南,亲督大军至襄州。敬翔谏阻不从,复进次枣阳,道遇大雨,尚不肯回军,再进至光州,路险泥泞,人马疲乏,士卒多半逃亡,没奈何敛兵退归。光州刺史柴再用,引兵抄截金忠后队,斩首三千级,获辎重万计。全忠悔不用敬翔言,很是躁忿,因欲急篡唐祚,乃返大梁。杨行密却命数将终,生了一年余的大病,他的长子名渥,曾出为宣州观察使,喜击毬,好饮酒,没有甚么令名。行密因诸子皆幼,不得不将渥召还,嘱咐后事。且令牙将徐温张颢,共同夹辅。未几,行密即死,渥袭职为节度使。朱全忠亦无暇过问,惟密嘱蒋玄晖等,迫令昭宣帝禅位。玄晖与柳璨等计议道:"自魏晋以来,大臣代有帝祚,必先封大国,加九锡殊礼,然后受禅。事当循序,不宜欲速。"柳璨亦以为然。偏宣徽副使王殷等,嫉玄晖权宠,隐思加害,遂私白全忠,谓玄晖与璨,欲延唐祚,所以从中阻挠。全忠大怒,诟责玄晖。玄晖亟至大梁,进谒全忠,全忠忿然道:"汝等巧述闲事,阻我受禅,难道我不加九锡,便不能作天子么?"玄晖道:"唐祚已尽,天命归王,玄晖与

柳璨等，受恩深重，怎敢异议？但思晋燕岐蜀，统是劲敌，王
遽受禅，恐反滋人口实，计不若曲尽义理，然后受禅，较为名
正言顺呢。"无论迟速，总是篡位，从何处窃取义理？玄晖柳璨等恶
贯已盈，因有此议，以自速其死耳。全忠呵叱道："奴才奴才！汝
果欲叛我了。"玄晖惶遽辞归，亟与柳璨议定，封全忠为相
国，总掌百揆，晋封魏王，兼加九锡。全忠愤不受命，玄晖与
璨，越加惶急，即奏称："中外物望，尽归梁王，陛下宜俯顺
人心，择日禅位！"看官！你想昭宣帝童年无识，朝政统由汴
党主持，所有一切诏敕，名目上算是主命，其实昭宣帝何曾过
目，统是一班狐群狗党，矫制擅行，一面修表呈入，一面即由
柳璨承旨，出使大梁，传达禅位的意思。全忠又是拒绝，璨只
好扫兴回来。卖国也这般为难，莫谓天下无难事。

　　何太后居积善宫，得知消息，镇日里以泪洗面，且恐母子
生命不保，暗遣宫人阿秋阿虔，出告玄晖，哀乞传禅以后，幸
全母子两命。为此一着，又被王殷等借口，诬称玄晖柳璨张廷
范，在积善宫夜宴，与太后焚香为誓，兴复唐祚。全忠不问真
假，即令王殷等捕杀玄晖，揭尸都门外，焚骨扬灰。为附贼为
逆者，作一榜样。王殷又说玄晖私侍太后，由宫人阿虔阿秋，作
为牵头，通导往来。于是全忠密令殷等入积善宫，弑何太后，
且请旨追废太后为庶人。阿秋阿虔，并皆杖死，贬柳璨为登州
刺史，张廷范为莱州司户。才阅一日，复将柳璨张廷范拿下，
置璨大辟，加廷范车裂刑。璨被推出上东门外，仰天呼道：
"负国贼柳璨，该死该死！"要他自认，始知空中应有鬼神。这消
息传达各镇，凡与全忠反对的镇帅，当然多一话柄，传檄讨
罪，格外激烈。

　　全忠却一时不敢篡夺，又延挨了一年。

　　魏博节度使罗绍威，曾娶全忠女为子妇，平时因军士跋
扈，力不能制，乃遣人密告全忠。全忠发兵屯深州，伪言将进

击幽沧，暗中欲援助绍威，可巧全忠女得病身亡，全忠即选精兵千人，充作担夫，贮兵械满橐中，挑入魏州，诈云会葬，全忠率大军为后继，会同绍威夜击牙军，屠灭军将八千家，老稚无遗。绍威深感全忠，留馆客舍，供张甚盛，声乐美妓，无不采奉。全忠耽恋声色，一住半年，绍威只好勉力供给，所杀牛羊豕等，不下七千万头，资粮亦耗费无算，蓄积一空。及全忠引兵渡河，往攻沧州，绍威始得息肩，且悔且叹道："合六州四十三县铁，铸成大错，虽悔无及了。"

全忠至沧州城下，督兵围城。刘仁恭搜括兵民，得十万人，自幽州出驻瓦桥关，一面乞师河东。李克用恨他反复，未肯许援，还是存勖进谏，请克用释怨助兵，共御朱温。克用乃召幽州兵共攻潞州，牵制全忠。潞州节度使丁会，本由全忠举荐，因闻全忠弑帝及后，也觉心怀不忍，尝缟素举哀，至是闻克用进攻，竟举城请降。克用留李嗣昭为昭义节度使，令丁会诣河东，厚加待遇。全忠闻潞州失守，复返魏州，绍威情急，亟出迎全忠道："今四方称兵，与王构怨，无非以翼戴唐室为名，王不如趁早灭唐，以绝人望。"全忠乃匆匆还镇。唐廷遣御史大夫薛贻矩，往劳全忠。贻矩到了大梁，请以臣礼相见，北面拜舞，且语全忠道："大王功德在人，三灵改卜，皇帝将行舜禹故事，臣怎敢违慢？"全忠侧身避座，心下很是喜欢，当下厚礼遣还。贻矩返白昭宣帝，劝令禅位，昭宣帝因即下诏，拟于天祐四年二月，禅位大梁，全忠佯上表乞辞。唐宰相张文蔚杨涉等，复共请昭宣帝逊位，且至大梁劝进，全忠尚不肯受。何必做作？文蔚等返至东都，再请昭宣帝降札禅位，老奸巨猾的朱全忠，方应允受禅。张文蔚为册礼使，礼部尚书苏循为副，杨涉为押传国宝使，翰林学士张策为副，薛贻矩为押金宝使，尚书左丞赵光达为副，六个唐室大臣，带领百官，把唐朝二百八十九年的国祚，赠送盗魁朱全忠。全忠受了册宝，改名为晃，居然被服衮冕，做起大梁皇帝来了。唐朝自是灭亡，昭宣帝被废为济阴王，徙居曹州，由全忠派兵监守，越年将他鸩死，追谥为哀皇帝。及后唐明宗即位，始改谥为昭宣帝，昭宣帝在位止三年，年只一十七岁。

看官听着！当全忠受禅时，淮南节度使杨渥，并吞洪州，掳得镇南军留后钟匡时，卢龙节度使刘仁恭，为子守光所囚，守光自称节度使，武贞节度使雷彦恭，屡寇荆南，留后贺瓌闭门自守。朱全忠虑他怯懦，别调颍州防御使高季昌为留后，总计唐室故土，四分五裂，最大的为梁，次为晋李克用、岐李茂贞、吴杨渥、蜀王建。共成五国，尚有吴越钱镠。湖南马殷。荆南高季昌。福建王审知。岭南刘隐。历史上称为五大镇。此外如魏博卢龙等，也是犬牙相错，割据一隅。小子叙述唐事，至此已完，所有五国五镇，及各处未了情形，不能琐叙，只好续编《五代史演义》，再行详述。看官少安毋躁，请续阅《五代史演义》便了。小子有七言诗二绝，作为《唐史演义》的终篇：

三百年间世乱多，几经流血几成波。
追原祸始由来久，开国诒谋已半讹。
妇寺乘权藩镇继，长安荆棘遍铜驼。
百回写尽沧桑感，留与遗民话劫磨。

本回叙朱温篡唐事，一气呵成，为全书之结束，弑昭宗，弑何太后，弑昭宣帝，并滥杀大臣及诸王，凶暴残虐，至温已极，但皆由贼臣等卖国而成。前有崔胤，后有柳璨，引狼入室，后为狼噬，朱友恭氏叔琮蒋玄晖张廷范等，本为全忠爪牙，乃亦死诸全忠之手，党恶为虐者，果有何幸乎？张文蔚杨涉等，迫主传禅，手捧册宝，赠献大梁，益足令人愧死。或谓唐之得国也由受禅，其失国也亦由传禅，冥冥之中，固自有天道存焉。然则祖宗创业，其果可不慎乎哉？